호남한시의
분석적 이해

호남한시의
분석적 이해

박명희

보고사
BOGOSA

필자는 근 20년 동안 호남한시를 주로 연구하였다. 거의 한 우물만 팠기 때문에 미련하다 할 수 있으나 하나하나 성과물을 쌓아가면서 왠지 모르는 성취감도 느꼈다. 한국한문학을 전공했으나 앞으로 무엇을 대상으로 어떤 연구를 진행할지 뚜렷한 진로를 확정하지 못한 채 고민하고 있을 때 접한 호남학은 나에게 많은 것을 알려주었다. 보통 많은 사람들은 가까이 있는 것일수록 귀하게 여기지 않는 경향이 있다. 나의 과거를 되돌아보면 나 자신도 그랬던 것 같다. 박사학위논문을 받고 나서야 내가 나고 자란 호남을 한문학 자료를 통해 점차 알아갔으니……. 그러면서 새삼 가까이 있는 것이 소중하다는 생각을 하였다.

한편, 무슨 소명의식이라도 느껴야 하는 것처럼 호남한시를 연구해야 하는 상황이 계속 만들어졌다. 그리고 그런 속에서 다각도로 연구를 진행하여 이를 바탕으로 과거 두 종의 호남한시 관련 단행본을 출간하였는데, 『호남한시의 공간과 형상』(2006), 『호남한시의 전통과 정체성』(2013) 등이 그것이다. 따라서 이번에 출간하게 된 『호남한시의 분석적 이해』는 그동안의 연구를 줄기차게 이은 성과물이라고 할 수 있다.

본 책은 크게 세 부분으로 나누었다. 제1부의 제목은 "호남한시의 미학적 접근"이다. 그리고 총 다섯 편의 논문을 정리하였다. 제1장에서는 금호(錦湖) 임형수(林亨秀)의 종사관(從事官) 시절 시에 나타난 사유(思惟) 양상을 다루었고, 제2장에서는 고봉(高峯) 기대승(奇大升) 시에 나타난 '흥(興)'을 집중적으로 논의하였다. 제3장에서는 18세기 호남실학의 대표 문인인 여암(旅菴) 신경준(申景濬)·존재(存齋) 위백규(魏伯珪)·이재(頤齋) 황윤석(黃胤錫) 등이 시를 통해 지향한 의식을 살폈다. 제4장에서는 조선 후기 전북 김제 출신 석정(石亭) 이정직(李定稷)의 제화시를 대상으로 구현 양상을 논의하였고, 제5장에서는 한말 격동기 호남의 대표 문인학자 노사(蘆沙) 기정진(奇正鎭)이 시를 통해 우도(友道)를 어떻게 실현했는지를 구명하였다.

제2부의 제목은 "특집 : 미암 유희춘의 한시 연구"이다. '특집'이라 명명한 이유는 미암(眉巖) 유희춘(柳希春)의 한시를 집중적으로 연구한 성과물만을 모았기 때문이다. 필자는 2010년부터 한국고전번역원에서 발주한 협동번역사업에 관여하여 유희춘의 문집 『미암집』을 번역한 바 있다. 특히, 권1과 2의 유희춘의 한시를 번역했는데, 번역하는 과정에서 여러 연구 테마를 도출하여 논문으로 정리하였다. 당시 상황을 떠올려보면, 『미암집』 권1은 전거가 많아 특히 난해했던 기억이 있다. 유희춘이 비록 300편이 채 안 되는 한시 작품을 남겼으나 조선 중기 호남의 대표 문인 중 한 사람으로 집중적인 연구는 필요하다 생각한다.

제3부의 제목은 "고문헌의 한문학적 활용"이다. 여기서는 두 편의 논문을 실었는데, 호남한시와 직접 관련되지 않으나 간접적으로 관련하여 본 저서에 함께 묶었다.

성과물을 매듭지을 때마다 필자는 늘 아쉽다는 생각을 한다. 왜 좀 더 근실한 연구를 진행하지 못했을까 하는 아쉬움이다. 조금 더 부지런했더라면 좋았을 터인데, 그렇게 하지 못한 내 자신을 꾸짖어 본다. 그

러면서 아쉽지만 이번에는 여기까지 끝내고, 다음 단계로 나아가야 한
다고 스스로 위로해본다.

　책을 출간하기까지 많은 분들의 도움이 있었다. 우선 보고사와 가교
역할을 선뜻 맡아주신 우리문화사 최주호 사장님께 고마움을 전한다.
그리고 출판 사정이 여의치 않음에도 불구하고 부족한 글을 출간해주
신 보고사의 김흥국 대표님과 편집을 맡아주신 이순민 선생님께·예쁜
표지를 만들어주신 손정자 선생님께도 진정 고마운 마음을 전달한다.

　　　　　　　2019년 초여름에 호남한시의 큰 그림을 그리며
　　　　　　　　　　　　　　　　　박명희 적다

차 례

일러두기

본 저서는 필자가 학술지에 이미 발표한 논문을 모은 것이다. 전체적인 체재 통일을 위해 약간의 수정을 한 부분도 있으나 원본의 내용에서 크게 벗어나지 않았다. 논문 제목, 게재 학술지 등을 소개하면 다음과 같다.

본 저서의 차례	논문 제목	게재 학술지
제1부 제1장	금호 임형수의 종사관 시절 시에 표출된 사유 양상	『국어국문학』 177호, 국어국문학회, 2016.12.
제1부 제2장	고봉 기대승 시에 나타난 흥감의 미학적 특질	『호남문화연구』 54집, 전남대 호남학연구원, 2013.12.
제1부 제3장	18세기 호남실학 문인의 시 세계와 지향 의식	『한국언어문학』 92집, 한국언어문학회, 2015.03.
제1부 제4장	석정 이정직 제화시의 형상화 구현 양상	『문화와 융합』 38권 4호, 한국문화융합학회, 2016.08.
제1부 제5장	노사 기정진의 시를 통한 우도의 실현	『동방한문학』 69집, 동방한문학회, 2016.12.
제2부 제1장	미암 유희춘 삶의 궤적에 따른 시 작법의 변모	『한국언어문학』 101집, 한국언어문학회, 2017.06.
제2부 제2장	미암 유희춘 시에 나타난 종성 유배기 활동 양상	『고시가연구』 29집, 한국고시가문학회, 2013.08.
제2부 제3장	미암 유희춘 시에 구현된 존주자 의식	『국학연구론총』 9집, 택민국학연구원, 2012.06.
제2부 제4장	미암 유희춘의 영사시를 통한 사유 표출과 지향	『한국언어문학』 82집, 한국언어문학회, 2012.09.

본 저서의 차례	논문 제목	게재 학술지
제2부 제5장	미암 유희춘 시문의 수사적 표현 기법 양상	『고시가연구』 32집, 한국고시가문학회, 2013.08.
제2부 제6장	미암 유희춘 시의 전고 운용 양상과 의미	『고전문학연구』 40집, 한국고전문학회, 2011.12.
제3부 제1장	무등산권 누정문학의 문화지도	『국학연구론총』 16집, 택민국학연구원, 2015.12.
제3부 제2장	전남 화순 능주향교의 보존 고전적 실태와 교육적 가치	『국학연구론총』 20집, 택민국학연구원, 2017.12.

제1부

호남한시의 미학적 접근

금호 임형수의 종사관 시절
시에 표출된 사유 양상

1. 머리말

금호(錦湖) 임형수(林亨秀, 1514~1547)는 16세기의 문인으로 을사사화(乙巳士禍)의 피해를 입어 죽음까지 당했던 사람이다. 이러한 임형수의 문학 연구는 박지영(朴芝英), 허준구(許俊九), 임기중(林基中), 김동준(金東俊), 이재숙(李在淑) 등에 의해 이루어졌다.[1] 이러한 연구자들이 진행한 연구의 대강을 살피면, 작품 「오산가(鰲山歌)」에 치중한 감이 있고, 결정적으로 임형수 한시의 전체적인 맥락이 어떠한지에 대한 이해 부족으로

---

[1] 현재까지 발표된 임형수 한시에 대한 연구 성과물은 다음과 같다. 朴芝英, 「錦湖 林亨秀의 漢詩 硏究」, 건국대학교 석사학위논문, 1991; 許俊九, 「林亨秀詩의 연구」, 『태동고전연구』 10집, 한림대학교 태동고전연구소, 1993; 林基中, 「林亨秀論」, 『조선시대 한시작가론』, 이회출판사, 1996; 金東俊, 「錦湖 林亨秀의 시세계」, 『한국한시작가연구』 5, 태학사, 2000; 李在淑, 「錦湖 林亨秀의 삶과 詩의 豪放性」, 『어문연구』 39집, 어문연구학회, 2002.

곳곳에 오류를 낳기도 하였다.[2] 그리고 시세계를 구분한 근거와 기준이
명시되지 않았을 뿐 아니라 작시 배경에 대한 이해 부족으로 작품을
작위적(作爲的)으로 이해한 측면이 엿보이며, 주요한 부분을 중심으로
했다기보다는 교유 인물과 관련된 작품과 작품을 통해 드러난 풍격 등을
범박하게 논의하였다. 또한 임형수의 시세계를 『동사록(東槎錄)』에 소재
한 작품과 『동사록』 이후의 작품으로 대별하여 거기에서 드러난 풍격을
중심으로 특색을 논의하면서 종사관(從事官) 시절에 지은 작품을 풍격과
연관 지어 논의한 데에서 그친 아쉬움을 드러내었고, 임형수의 성격이
호방하다는 측면에 치중하여 거기에 시의 풍격을 맞춘 경우도 있었다.

본 논고는 임형수의 한시 중에서 특히, 26세 종사관을 수행하면서
지은 작품을 집중적으로 논의해보고자 한다. 임형수는 26세 때 종사관
을 수행하면서 총 73제 95수의 작품을 남겼는데, 구체적으로는 오언절
구 2제(題) 2수(首), 칠언절구 14제 25수, 오언율시 11제 13수, 칠언율
시 38제 47수, 육언 1제 1수, 오언배율 1제 1수, 칠언배율 1제 1수, 오언

---

2 가령, 박지영은 앞의 석사학위논문을 통해 오류를 드러내었다. 구체적인 사례를 들자
면, '그의 시세계는 주로 이 북방에서의 삼년 동안을 배경으로 하고 있으며'(7쪽), '그의
官路는 앞서 언급한 것처럼 중앙의 요직에 접근하기보다는 변방의 외직으로, 혹은 使節
로서 關西, 關北지방을 떠돌아다니는 형태로 일관되었다고 볼 수 있다. 따라서 그의
시 역시 그러한 旅程이나 外職의 任地에서 지어진 것들이 대부분이다.'(27쪽), '아울러
그 포부가 外職으로의 발령에 대해 얼마만큼 충격을 받았으리란 것도 짐작할 수 있는
것이다.'(50쪽), '그것은 임형수가 변방을 떠돌면서가질 수밖에 없었던 心中의 슬픔이며
동시에 미래에 대한 불안감을 나타낸다고 볼 수 있다. 자신을 외지로 몰아내었던 權奸
들, 언제 다시 중앙으로 복귀할 수 있을지 모르는 불확실한 미래에 대한 조급함은 변방에
서 이렇게 늙어버리는 것이 아닐까 하는 조급함을 표현할 수밖에 없었던 것이다.'(52쪽)
등이다. 즉, 박지영은 임형수가 외직을 주로 맡았다고 보았는데, 생애를 살펴보면 사실
은 그렇지 않고, 아마도 추측컨대 明使 從事官으로서 임무를 맡았던 것을 외직이라고
잘못 안 것이 아닌가 한다.

고시 3제 3수, 칠언고시 2제 2수 등이다. 『금호유고』는 시체별(詩體別)
로 편집되어 있어서 종사관 시절에 지은 작품을 선별하는데 다소 어려
움을 느꼈지만 두 가지 기준에 근거했다. 첫째, 시제(詩題)에 한양에서
의주까지 이어진 길에 소재한 지명이 있는 경우와 둘째, 당시 함께 일
을 수행했던 원접사 소세양(蘇世讓)과 그리고 같은 종사관의 입장에 있
던 엄흔(嚴昕) 및 최연(崔演)의 자나 호 등이 들어간 작품은 종사관 시절
에 지은 것으로 판단하였다. 종사관 시절에 지은 이러한 작품은 현전하
는 임형수 한시의 대부분을 차지하고 있기에 1차적 논의 대상이 되기에
충분하며, 무엇보다 현전 자료를 중심으로 보았을 때 임형수의 생각을
구체적으로 알려주고 있다. 구체적인 논의는 종사관에 차출된 배경으
로부터 시작하여 시에 표출된 사유(思惟)의 양상을 구명한 후에 그 표출
된 사유의 특징과 한계는 없는지 등을 검토할 생각이다.

　종사관 시절에 지은 작품들을 살펴보면, 종사관이라는 임무에 맞추
어 사유의 양상이 드러났음을 알 수 있는데, 이에 대한 구명은 임형수
한시 연구의 중요 부분이라고 할 수 있다. 이러한 연구가 원만히 수행
된다면, 수창시(酬唱詩)를 통한 당대 명나라와 조선 양국의 문학 교류
양태의 일면을 엿볼 수 있을 것이고, 또한 16세기 호남 문인 한시의
일 국면을 이해하는 계기가 될 것이다.

2. 금호의 제술 능력과 종사관 차출

　임형수의 본관은 평택(平澤)이요, 자는 사수(士遂)이며, 금호는 그의
호이다. 전남 나주(羅州)에서 태어났으며, 1531년(중종26) 18세 때 진사시

에 합격하였고, 1535년(중종30) 22세 때 별시 문과에 합격한 후에 한림(翰
林), 설서(說書)를 시작으로 홍문관 박사, 시강원 사서, 병조 좌랑, 부수
찬, 회령 판관, 지평, 이조 좌랑, 이조 정랑, 장령, 사간 등등 여러 관직을
두루 거쳤다. 하지만, 1545년(인종1) 그의 나이 32세 때 제주 목사를 마지
막으로 삭탈관직 되었고, 2년 후인 1547년(명종2) 양재역벽서사건(良才驛
壁書事件)에 연루되었다가 34세 때 죽음에 이른다. 이렇듯 그리 길지
않은 생을 살았고, 또한 그의 죽음 자체가 상징하는 바가 크기에 후대인
들에게 주로 이러한 부분이 크게 각인되어 있는 상황이다.

이러한 간단한 이력 외에 임형수와 관련된 구체적인 기록 내용을 통
해 알 수 있는 점은 그의 성격이 대범하고 준결하며 사소한 것에 매이
지 않았고, 마음이 넓고 훤칠하며 기개가 한 세상을 덮을 만하였으며,
풍류가 호일(豪逸)하였고,[3] 제술(製述)에 능했다는 것이다. 특히, 제술
에 능했다는 것은 문장을 짓는 능력이 출중했음을 뜻하는데, 우선 시화
서(詩話書)에 전해오는 두 사례를 들어 본다.

① 임 사문(林斯文)이 말하기를, "내가 일찍이 '천하에 어찌 천리마가 없
으리오, 인간에 구방고를 얻기 어렵도다.'라고 하는 한 연구(聯句)를 얻었
는데, 그 뒤에 황산곡(黃山谷)의 시집을 보니 거기에, '세상에 어찌 천리마
가 없겠는가, 사람 가운데 구방고를 얻기 어렵도다.'라는 글귀가 있었다.
'세상'이라 한 것은 나의 '천하'보다 못하고, 그의 '사람 가운데'라 한 것은
나의 '인간'보다 낫다."라고 하였다. 내 생각으로는 황산곡의 이 말은 고금
에 뛰어났으며, 그 후로 어찌 여기에 겨룰 사람이 있겠는가. 그렇지 않고
우연히 합치되었다면 그는 천 년 뒤에 황산곡과 겨룬다 할 수 있다.[4]

---

3 임형수 지음, 임동철·이두희 역주, 『역주 금호유고』, CBNU PRESS, 2011, 4쪽 참조.

② 금호 임형수는 기질이 호걸스럽고 재주가 뛰어났다. 이조 좌랑이 되었는데, 이때 어떤 정랑이 아랫사람을 단속하기를 심히 엄하게 하였다. 정랑이 밖으로 나가자 그 책상에 시를 쓰기를 "얄미운 이 물건은 그 누가 낳았는가? 세상에서 유독 아랫사람 괴롭히는 재주 뛰어났네. 식량 떨어지던 해에 어찌 죽지 않고, 이미 첨정을 지내고 또 다시 왔는가?"라고 하였다. 식량이 떨어졌다는 것은 사실이다. 정랑이 들어와 보고 크게 성을 내며 더욱 꾸짖고 벌을 주면서도 "시는 좋다."라고 하였다.[5]

①은 권응인(權應仁)이 편찬한 『송계만록(松溪漫錄)』 상(上)에 나오는 내용으로 '임 사문(林斯文)'은 임형수를 일컫는다. 요점을 간추리자면, 임형수가 어느 날 칠언의 시를 짓고 난 후에 황산곡의 시집에서 비슷한 내용의 시 구절을 얻었다 하는데, 그렇다면 임형수는 황산곡과 비견할 수 있는 사람임에 분명하다는 것이다. 주지하다시피 황산곡은 송나라의 시인인 황정견(黃庭堅)을 말하는데, 황정견과 비견될 수 있을 정도라면 최고의 찬사를 얻은 것이다. 그리고 ②는 이수광(李睟光)의 『지봉유설(芝峯類說)』에 나온 내용으로 『금호유고』에도 실려 있다. 임형수가 이조 좌랑이 되었을 때, 어느 날 정랑이 아랫사람을 너무 심하게 단속한 것을 보았다. 그 모습을 본 임형수는 정랑이 자리에 없는 틈을 타 그의 성격을 꼬집는 한 편의 시를 남겼는데, 그 시를 본 정랑이 화를

---

4 權應仁 撰, 『松溪漫錄』 上, 林斯文云 余曾得一聯曰 天下豈無千里馬 人間難得九方皐 及見山谷集有云 世上豈無千里馬 人中難得九方皐 彼之世上劣於吾之天下 彼之人中優 於吾之人間矣 以愚料之 山谷此語冠絶古今 後豈有敵此者乎 不然而暗合 則可與山谷頡 頏於千載之下矣.

5 李睟光, 『芝峯類說』 卷16, 「諧謔」, 林錦湖亨秀 氣豪才俊 爲吏曹佐郎 時有一正郎檢下 甚嚴 値正郎出 書其案曰 憎憎此物孰胚胎 生世偏長虐下才 絶穀當年胡不死 旣經僉正又 重來 絶穀乃其實事云 正郎入見大怒 益加責罰曰詩則佳矣.

내면서도 한편으로는 시를 칭찬했다는 것이다.

이상 시화서에서 보았듯이 임형수의 시 창작 능력은 일찌감치 여러 사람의 입에 오르고내렸는데, 다음『조선왕조실록』의 기록 내용도 같은 맥락에서 이해할 수 있다. 임형수의 제술 능력을 기술한 내용은 총 4건인데, 다음과 같다.

① 상이 서교(西郊)에 나들이를 하여 농사일을 시찰하고 망원정(望遠亭)에서 대주정(大晝停)하고 무재(武才)와 화포(火砲) 쏘는 것을 보았으며 음악을 베풀고 술을 내렸다. 입시한 종척(宗戚)·재신(宰臣)·시종·대간에게 먼 곳과 가까운 곳에 활을 쏘게 하여 맞힌 수에 따라 궁시(弓矢)를 차등 있게 내렸다.「동정모추(洞庭暮秋)」라는 제목으로 칠언율시를 입시한 문신들에게 모두 지어 올리라고 하였는데, 병조 판서 소세양(蘇世讓)이 1위를 차지했고 주서 임형수가 2위를 차지했다. 1위에게는 숙마(熟馬) 1필을 내리고 2위에게는 아마(兒馬) 1필을 내렸다.[6]

② 전교하기를, "제술에 입격한 승정원 주서 남응운(南應雲), 홍문관 부제학 민제인(閔齊仁), 시강원 사서 임형수, 필선(弼善) 최연(崔演), 지중추부사 김안국(金安國), 병조 참판 김희열(金希說), 홍문관 응교 이찬(李澯), 우참찬 성세창(成世昌) 등에게는 각각 반숙마 1필씩을 하사하라."라고 하였다.[7]

③ 시관 윤은보(尹殷輔) 등이 제술을 마친 걸 과차(科次)하여, 입격한 임형수·이순형(李純亨)·나세찬(羅世纘)·이약빙(李若氷)·홍섬(洪暹)·이준경(李浚慶)·김안국(金安國)·조사수(趙士秀)·이거(李遽)·이택(李澤)을 서계

---

6 『朝鮮王朝實錄』中宗朝 32년, 9월 13일 기사.

7 『朝鮮王朝實錄』中宗朝 33년, 4월 19일 기사.

(書啓)하니, 전교하기를, "입격한 사람들은 사서삼경 중 원하는 책 1질을 부표(付標)하여 아뢰라."라고 하였다.[8]

④ 전교하기를, "독서당에 선온(宣醞)하고 제술에서 입격한 임형수와 조사수에게는 오경 가운데 2경을 홍춘경(洪春卿)에게는 사서 가운데 1서를 사급(賜給)하라."라고 하였다.[9]

①의 기록 내용을 보면, 중종이 서쪽 교외에 나들이를 하여 농사일을 시찰하고 망원정이라는 누정에서 점심을 먹었다 한다. 그리고 여러 가지 무예와 음악을 즐겼는가 하면, 동행한 사람들에게 활쏘기를 시켰고, 「동정모추(洞庭暮秋)」라는 시제(詩題)로 모든 문신들에게 칠언율시를 지으라 하고 그 결과를 보니 1위는 소세양이, 2위는 임형수가 차지했다고 하였다. ②와 ③은 임형수가 시강원 사서로서 제술에 입격하여 왕으로부터 하사품을 받았음을 적었고, ④는 임형수가 독서당에 있을 때 제술에 입격하여 5경 가운데 2경을 받은 사실을 말하였다. 여기서 말하는 독서당은 사가독서(賜暇讀書)를 말하는데,[10] 임형수의 제술 실력을 가늠할 수 있는 직접적인 내용이다.

이상과 같이 임형수는 여러 상황에서 제술 능력을 인정받았다. 임형

---

8 『朝鮮王朝實錄』 中宗朝 33년, 4월 22일 기사.
9 『朝鮮王朝實錄』 中宗朝 33년, 10월 8일 기사.
10 이때 사가독서를 했던 사람들은 학문에 전념할 것을 다짐하며 『湖堂修禊錄』이라는 기록물을 남긴다. 『호당수계록』에 기록된 문인의 수는 총 13인으로 崔演, 嚴昕, 宋麒壽, 羅世纘, 尹鉉, 任說, 李湛, 林亨秀, 金澍, 鄭惟吉, 李洪男, 閔箕, 金麟厚 등이다. 『호당수계록』에 대한 자세한 연구는 오항녕의 논문(「같은 인연, 다른 길 – 호당수계(湖堂修契) 재현의 배경, 현실 그리고 기억」, 『東洋漢文學研究』 41집, 동양한문학연구, 2015)을 참조할 것.

수의 이력을 보면, 26세 때 병조 좌랑에 임명된 후에 당시 명나라의 사신이 조선에 오자 원접사 소세양의 종사관이 되는데, 이는 제술 능력을 인정받았기에 가능했다. 이와 관련하여 『조선왕조실록』 중종 34년 4월 10일자 기사를 인용하면 다음과 같다.

> 이른 아침 상이 모화관(慕華館)에 나아갔다. 조서가 도착하려 할 즈음, 상이 면복(冕服)을 갖추고 소차(小次)에 나가 있으니 원접사의 종사관 임형수가 달려와서 아뢰기를, "조사(詔使)가 곧 이를 것입니다." 하니, 전교하기를, "천사(天使)의 시편(詩篇)과 원접사가 화답한 것을 모두 써 가지고 왔는가?" 하므로, 임형수가 회계하기를, "천사가 지은 것은 모두 정서(正書)했으나 원접사가 화답한 것은 미처 정서하지 못했습니다. 그러나 평안도 이전에서 창화한 시는 모두 책을 만들어 가지고 왔으니 지금 입계할 것입니다." 하니, 알았다고 전교하였다. (중략) 칙서(勅書)는 이러하다. "황제는 조선 국왕에게 칙유(勅諭)하노라. 짐이 황태자를 세우고 아울러 두 왕을 봉했으니 은혜가 천하에 미쳤다. 생각하건대, 왕은 동방의 번병(藩屛)으로 대대로 제후로서의 도리를 닦았으니 의당 은택을 베풀어 그대의 충근(忠勤)에 답해야겠다. 특별히 한림원 시독 화찰(華察)과 공과 급사중 설정총(薛廷寵)을 정사(正使)와 부사(副使)로 삼아서 보낸다. 조서를 받들고 아울러 왕과 왕비에게 비단을 예물로 보내니 사신이 이르면 하사물을 받고 특별히 예우하는 짐의 본의를 알 것이다. 이렇게 하유한다."11

위의 내용 중에 칙서의 기록을 통해 당시 명나라의 사신이 어떤 이유로 조선에 왔는지를 알 수가 있다. 명나라의 사신은 정사 화찰과 부사 설정총으로 이들은 자신 나라의 태자를 책봉하고 황자(皇子)들을 봉왕

---

11 『朝鮮王朝實錄』 中宗朝 34년, 4월 10일 기사.

(封王)한 일을 알리는 진하사(進賀使)로 왔던 것이다. 이러한 부분도 중
요하지만, 더 주목해야 할 부분은 처음에 임형수가 등장하는 곳이다.
내용에 따르면, 중종은 명나라에서 온 사신들을 맞이하기 위해 모화관
에 나아갔는데, 이때 임형수가 무엇인가를 보고한다. 그 보고한 내용
을 보면, 조사가 곧 도착할 것이며 명나라 사신이 지은 시편은 바르게
적었으나 조선의 원접사가 화답한 것은 아직 적지 못했다는 것이다.
그러나 평안도 이전에 창화(唱和)한 시는 책으로 만들어왔으니, 곧 입
계(入啓)할 것이라고 하였다.

　위의 내용을 임형수를 중심으로 다시 한 번 정리하자면, 임형수는
종사관의 자격으로 조선에 온 명나라의 사신 화찰과 설정총을 맞이하
러 황해도 의주(義州)까지 갔을 것이고, 이전에 해왔던 관행대로 사신
들을 맞아 수창했음을 알 수 있다. 그런데 명나라의 사신이 읊은 시는
모두 정서되었지만, 조선의 원접사를 비롯한 종사관의 시는 아직 정서
하지 못하여 임시적인 책으로 만들었던 것이다. 이때의 상황을 원접사
의 역할을 맡았던 소세양은 "지난봄에 내가 화찰과 설정총 두 조사를
압록강에서 맞이하고 보내는 일로 최연지(崔演之)·엄계소(嚴啓昭)와 그
대도 함께 하였으니 사실은 종사관이었다. 사신을 접대하는 일을 주선
하면서 나의 허물을 면하게 한 자는 모두 공(公) 등의 힘이었다."[12]라고
한 바가 있는데, 여기서 말하는 '공(公)'은 바로 임형수를 가리킨다.

　한편, 임형수는 그의 나이 31세 때인 1544년(중종39)에 중종이 승하
했을 당시에 조사영접도감(詔使迎接都監) 낭청(郎廳)이 되어 명나라의

---

12 林亨秀, 『錦湖遺稿附錄』, 「送林判官赴會寧府 竝序○陽谷蘇世讓」, 去春 余以迎送華薛
　　兩詔使于江上 子與崔演之嚴啓昭 實從事焉 周旋儐接 免余過愆者 皆公等之力也.

사신을 맞이한 적이 있었다. 이때도 그의 제술 능력은 유감없이 발휘되었을 것인데, 본 논고에서는 종사관 시절의 시에 한정하기 때문에 이때 지은 시는 논의에 포함시키지 않았다.[13]

3. 시에 표출된 사유 양상

그렇다면 임형수는 종사관 시절에 지은 시를 통해 어떤 생각을 나타내었는가? 종사관은 우선 공무(公務)를 담당한 사람으로서 이때 지은 시의 경우, 우선 형식성과 의례성(儀禮性) 등 감성과는 무관한 측면이 있을 수 있다. 이러한 선입견이 아니더라도 실제 임형수가 종사관 시절에 지은 시들을 보면, 종사관으로서 자신의 소임을 다하며, 관인(官人)이라는 신분을 잊지 않으려는 의도적인 측면도 다소 엿보였다. 특히, 종사관은 원접사를 수행하면서 불시에 있을지 모르는 명나라 사신들과의 시 창작 겨루기에 나설 수도 있기에 마음의 준비를 하고 있어야 한다. 임형수가 종사관 시절에 지은 시를 보면 이러한 모든 측면들이 드러나며, 이들은 서로 연결될 수 있는 요소가 강하게 내재되어 있다. 따라서 구체적인 절의 제목으로 '종사관(從事官) 수행과 시 창작열의', '관인적(官人的) 자세와 사유의 의례화(儀禮化)', '경물(景物) 대응과 현실과

---

13 중종이 승하했을 당시에 조제부사(弔祭副使)의 신분으로 왔던 중국 사신은 장승헌(張承憲)이다. 장승헌은 시를 지어 임형수에게 주었는데, 『錦湖遺稿附錄』에 있는 「與林都監爲別」이 그 작품이다. 명사(明使) 장승헌과 조선 문인과의 교유에 대한 연구는 손유경의 논문(「『皇華集』을 통해 본 企齋 申光漢의 작가 의식─明使 張承憲의 酬唱 樣相을 中心으로」, 『한문고전연구』 23집, 한국한문고전학회, 2011)을 참조할 것.

의 괴리'로 정하여 논의를 전개하고자 한다.

1) 종사관 수행과 시 창작열의

임형수가 종사관을 수행하기 위하여 처음 도착해 간 곳은 벽제관(碧蹄館)이었다. 다음 시는 벽제관에서 지은 작품으로 앞으로 어떤 자세로 종사관을 수행하겠노라는 다짐을 담았다.

재주 없는 내가 이제 다시 이 행차에 끼어	不才今復有斯行
역마 탐에 되레 역관 관리 반겨줌이 부끄럽다	駏騎還慙館吏迎
나그네의 마음은 북극성까지 연이어졌고	客路情懷連斗極
역 누각의 안개 경치는 청명절에 가깝다	驛樓煙景近淸明
봄이 되자 방초 우거져 신록 속에 길을 잃고	春回芳草迷新綠
비가 먼지를 적시니 저물녘 갠 날씨 좋아라	雨浥浮塵喜晚晴
이날 뒤따라감이 나에게는 절로 행운이니	此日追隨吾自幸
몸이 가벼워 먼 길을 겁내지 않으리라[14]	身輕應不怯脩程

작품의 시제를 풀어보면 '2월 26일에 사은숙배하고 벽제관에 도착하여 묵었다. 하루 전날에 성상을 인견, 위로하고 보내는 은혜를 입었다'이다. 그리고 시제 다음에 소주(小註)로써 당시의 상황을 구체적으로 설명하였는데, "가정 기해년 봄에 한림원 시독관 화찰과 공부 좌급사 중 설정총이 천자의 명을 받들고 우리나라에 조서를 전할 때, 의정부 좌찬성 소세양 언겸이 원접사가 되고 시강원 필선 최연 연지와 홍문관 부교리 엄흔 계소가 종사관이 되었는데, 공이 병조 좌랑으로 또한 종사

---

14 林亨秀, 『錦湖遺稿』, 「二月二十六日 拜辭 到宿碧蹄館 前一日 蒙賜引見 慰諭而遣」.

관이 되었다."라고 하였다. 다시 한 번 시제와 소주의 내용을 정리하
면, 1539년 2월 26일에 임형수는 백제관에 도착하여 하룻밤을 묵기로
한 모양인데, 그 전날 임금을 이미 뵈었다. 벽제관은 경기도 고양시 벽
제역에 설치되었던 객관(客館)으로 중국 사신이 서울에 들어오기 하루
전에 반드시 이곳에서 유숙하였다. 그런데 시제에 따르면, 임형수 일
행은 우선 의주로 길을 떠나기 전에 이 벽제관에서 하룻밤을 묵은 것이
다. 그리고 소주를 통하여 당시 무슨 연유로 벽제관에서 묵게 되었는지
를 말하였다. 앞의 2장에서 이미 말한 명나라의 사신으로 화찰과 설정
총이 등장하고, 조선쪽 사람으로는 소세양과 최연, 엄흔 등이 거론되
었다. 즉, 명나라의 사신은 총 두 명이고, 조선쪽에서 맞이하러 간 사
람은 총 세 명인 셈이다.

시의 내용을 살펴보면, 수련에서는 임형수 자신이 재주가 없음에도
불구하고 이번 행차에 끼었는데, 게다가 역관의 관리들이 반갑게 맞아주
니 부끄럽다고 하였다. 여기서 말하는 재주는 물론 제술 능력을 말하는
데, 임형수의 능력에 대한 부분은 앞에서 이미 언급했기 때문에 사실
겸손의 의미에서 한 말이라 생각한다. 함련의 두 구는 서로 대우(對偶)를
이루고 있는데, 먼 길을 떠나려는 나그네의 마음은 벌써 북극성까지
닿아있고, 그 반면 역에 있는 누각에 낀 안개 경치는 날씨가 좋아 마치
청명절에 가깝다라고 하였다. 나그네의 심사와 날씨를 대비시켰다. 뒤
이은 경련도 대우를 이루고 있는데, 봄이 돌아와 녹음방초가 우거지니
길을 헤매고, 비가 내려 공중에 떠다니는 먼지를 적시니 저물녘의 날씨
가 좋다라고 하였다. 시제에 의거하여 이 작품을 지었던 때가 음력으로
2월 26일인 점을 감안하면 다소 앞서간 느낌은 있지만 당시의 계절 분위
기를 그렸다고 생각한다. 마지막 미련에서는 작자 자신이 현재 일행과

함께 한 것은 스스로가 생각할 때도 행운이니, 이렇다고 한다면 몸도 가벼워 먼 길을 가더라도 겁내지 않으리라고 하였다. 미련의 2구에서는 특히, 임형수 스스로가 다짐한 내용을 나타내었는데 앞으로 험로(險路)가 예상되지만 꿋꿋하게 이겨내리라는 의지를 드러내었다고 할 수 있다.

이와 같은 다짐을 한 임형수이기에 종사관의 업무를 나름대로 잘 수행하기 위하여 노력했을 것인데, 이 부분은 역시 시를 짓는 열의로 나타난다. 그러나 현재 임형수의 위치는 종사관으로서 원접사를 보조해주는 위치에 있기 때문에 선두에 서서 사신을 맞이하지 않는다. 때문에 많은 노력을 하지 않아도 된다고 생각할 수 있지만, 작품들의 면면을 보면 시 창작에 대한 열의를 보이고 있음을 알 수 있다. 이러한 열의가 필요할 수밖에 없는 이유는 속작(速作)을 해야 하는 상황에서 순발력을 보여주어야 하기 때문이다. 당시 중국 사신과 만나면 수창을 해야 했는데, 이때 기본적으로 속작해야만 했다. 상대방이 기다리고 있기 때문에 빨리 지을 수밖에 없었고, 운서(韻書)를 펼쳐 염운(拈韻)한 경우에는 같은 조건으로 시를 짓지만, 명나라 조사의 경우 먼저 시를 지어 주며 접반사에게 차운을 요구했기 때문에 응구첩대(應口輒對)의 순발력이 필요했다.[15] 그런데 이때 접반사이든지 원접사이든지 이 일을 주로 담당해 해결해야 했지만 때로는 종사관이 그 일을 수행하기도 하였다. 이러한 이유로 종사관일지라도 언제든지 시를 지을 준비를 하고 있어야 했다.

임형수도 종사관으로서 예외는 아니었다. 때문에 원만한 업무 수행을 위하여 숙련이 필요했을 것인데, 그러한 흔적을 곳곳에서 엿볼 수

---

15 허경진, 「통신사와 접반사의 창수 양상 비교」, 『조선통신사연구』 제2호, 조선통신사학회, 2006, 77~78쪽 참조.

있다. 그 흔적은 첫째, 여러 시체(詩體)를 실험하였고, 둘째 같은 일행인 원접사나 또 다른 두 명의 종사관의 시운을 따라 지었는가 하면, 셋째 이전에 우리나라나 중국 사신이 지어놓은 시운(詩韻)을 이어 지은 시, 그리고 마지막으로 마찬가지로 이전에 사신들이 지은 시를 모아놓은 시집의 시운을 이어 지은 작품에서 나타나고 있다.

첫째, 여러 시체를 실험했다는 말은 가령, 한시의 정형화된 시체를 벗어난 경우를 말하는데, 임형수는 당시 회문체(回文體), 연아체(演雅體) 등을 사용하여 시를 지었다. 회문체는 시를 앞에서 읽거나 뒤에서 읽거나 돌려 읽거나 교차해 읽더라도 그 의미가 통하는 시체를 말하고, 연아체는 각 구마다 『이아(爾雅)』에 나타난 충어금수(蟲魚禽獸)의 이름을 그대로 기록하거나, 혹은 『이아』에 나타나 있지 않은 충어금수의 이름이라 하더라도 매 시구에서 사용한 시어(詩語)가 『산해경(山海經)』 등 다른 책을 통해서, 또는 시인 스스로 창조해내어 간접적으로 충어금수를 가리키는 형태의 시체를 말하는데,[16] 둘 다 유희적인 측면이 있다.

임형수의 작품 중에서 이에 해당하는 구체적인 시제를 각각 들어보면, 「도중우음회문체 차사상운(途中偶吟回文體 次使相韻)」과 「숙봉산군 몽귀경국추조조 기이유작 용연아체 차연지(宿鳳山郡 夢歸京國趨早朝 起而有作 用演雅體 次演之)」, 「여관무료 득연아체 차연지 이수(旅館無聊 得演雅體 次演之 二首)」 등이다. 이 중에서 특히, 연아체를 사용한 작품을 예시하면 다음과 같다.

---

16 河政承, 「演雅體 漢詩 研究 : 15·16세기를 중심으로」, 『退溪學과 韓國文化』 31집, 경북대학교 퇴계연구소, 2002, 71쪽 참조.

봉주의 서쪽으로 가면서 큰 관문을 지나니	鳳州西去度雄關
기러기 너머 하늘 멀어 산을 분별 못하겠다	雁外天遙不辨山
만 리의 꾀꼬리와 꽃은 나그네 눈을 어지럽히고	萬里鶯花迷客眼
삼경의 나비 꿈은 조정의 반열에 참여하였다	三更蝶夢繞朝班
사마귀와 매미의 세상일은 순간적으로 지나고	螳蟬世事須臾裏
두견새가 우는 봄의 빛깔도 잠깐 사이구나	鶗鴂春光取次間
말 위에서 시를 읊음에 넋은 끊길 듯한데	馬上吟哦魂欲斷
새 곁의 남은 해는 푸른 바다에 내리는구나[17]	鳥邊殘日下蒼灣

시제를 풀어보면, '봉산군에서 묵다가 서울로 돌아가 일찍 조회에 나가는 꿈을 꾸고 일어나 이 시를 지었는데, 연아체를 사용하여 연지(演之)의 시에 차운하다'이다. 시제를 통해 보자면, 이 작품은 작자가 황해도 서북쪽에 위치해 있는 봉산군에서 묵다가 조정의 조회에 나가는 꿈을 꾸었고, 그것을 연아체를 사용하여 시로 표현했는데, 당시 같은 종사관 일을 수행하고 있던 '연지'라는 자를 가진 최연의 시에 차운했음을 알 수 있다.

구체적인 내용을 보면, 수련에서는 시제에서 밝힌 대로 꿈을 꾸고 있음을 나타내었는데, 봉주의 서쪽을 통해 큰 관문을 지나니 하늘과 멀리 떨어져 있어 어디가 어디인지 분별이 잘 안 된다고 하였다. 꿈은 현실과 다르기 때문에 마치 자신이 날아다니면서 세상을 보는 것처럼 표현할 수도 있는데, 이 부분은 그러한 모습을 나타낸 것이다. 함련은 대우의 방법을 사용하였는데, 꾀꼬리와 꽃, 나비 등을 등장시켜 아직도 꿈을 꾸고 있음을 나타내었고, 경련에서는 사마귀와 매미, 두견새 등을 등장

---

17 林亨秀, 『錦湖遺稿』, 「宿鳳山郡 夢歸京國趨早朝 起而有作 用演雅體 次演之」.

시켜 세상일이 순간과 찰라 속에 있음을 말하였다. 그리고 마지막 미련에서는 현재 말을 타고 가다가 시를 읊으니 넋이 끊어질 정도로 힘이 든데, 남은 해가 푸른 바다에 내린다고 하여 해질녘임을 암시하였다.

이 작품은 시제에서 이미 밝힌 대로 연아체를 사용하였다. 연아체라는 사실에 주목하고, 이 작품의 면면을 살피면 각 구마다 충어금수가 등장하고 있음을 확인할 수 있다. 수련에서는 '봉주'의 봉황새와 기러기를, 함련에서는 꾀꼬리와 나비를, 경련에서는 사마귀와 매미, 두견새를, 미련에서는 '마상(馬上)'의 말과 '조변(鳥邊)'의 새를 각각 등장시켰는데, 그러면서도 어떤 구의 경우 충어금수가 나왔다는 사실을 겉으로 드러내지 않은 점이 특이하다. 당시 중국 사신과의 수창은 대부분 칠언율시를 중심으로 지었으나 사신은 의외의 시체를 돌연 내보이며 화창을 요구하곤 하였다. 양국 문사의 수창은 대부분 융성한 연희와 함께 이루어졌기 때문에 사신은 회문체나 동파체(東坡體)와 같은 다소 유희적이고 재주 고시적인 잡체시를 제작하기도 하였다. 잡체시의 갑작스러운 수창에는 관반을 당혹하게 만들어 기를 꺾고자 하는 의도와 재주를 시험해 보려는 생각이 다분히 깔려 있었던 것이다.[18]

한편, 임형수는 같은 일행인 원접사나 또 다른 두 명의 종사관의 시운을 따다 시를 짓는가 하면, 이전에 중국 사신이 지어놓은 시운을 이어 시를 창작하기도 하였다. 종사관 시절에 지은 시의 대부분이 같은 일행의 시운을 따라 지었기 때문에 낱낱이 들 수는 없지만, 이전에 우리나라나 중국 사신이 지어놓은 시운을 따라 지은 작품으로는 「백상루 차판상운

---

18 金德秀, 「朝鮮文士와 明使臣의 酬唱과 그 樣相」, 『한국한문학연구』 27집, 한국한문학회, 2001, 122~123쪽 참조.

십수(百祥樓 次板上韻 十首)」, 「효음 차사상용진급사운(曉吟 次使相用陳給事韻)」, 「임반도중 차사상용공천사운(林畔道中 次使相用龔天使韻)」, 「양책관 차공천사운(良策館 次龔天使韻)」, 「취승정 차판상운(聚勝亭 次板上韻)」, 「차사상용화헌운 서김생언빈시권(次使相用華軒韻 書金生彦彬詩卷)」, 「김교관 차장천사성운(金郊館 次張天使城韻)」 등이 있다. 이러한 시는 다시 누정이나 객관과 같은 어떤 정해진 장소에서 지은 것과 그렇지 않은 것으로 구분할 수 있다. 전자에 해당하는 작품으로는 「백상루 차판상운 십수」, 「양책관 차공천사운」, 「취승정 차판상운」, 「김교관 차장천사성운」 등이 있고, 나머지는 후자에 해당한다. 이 중에서 「백상루 차판상운 십수」의 경우, 10수 중에서 8수가 이전 사람의 시운을 따라 지었는데, 여기에 등장하는 사람으로는 고려의 충숙왕(忠肅王), 중국 사신 기순(祈順), 진감(陳鑑), 장근(張瑾), 김식(金湜), 장성(張城), 왕창(王敞), 당고(唐皐) 등이다. 백상루는 평안남도 안주군 안주읍에 있는 고려 시대에 세워진 누정으로 그동안 다녀간 사람들이 많았던 것으로 알고 있는데, 여기에서 거론한 8명은 모두 이 누정을 다녀갔다는 의미이기도 하다. 특히, 고려의 충숙왕을 제외한 7명이 모두 중국에서 온 사신이라는 점에 주목할 필요가 있다. 그리고 같은 맥락에서 「효음 차사상용진급사운」, 「임반도중 차사상용공천사운」, 「양책관 차공천사운」, 「김교관 차장천사성운」 작품을 바라볼 수 있는데, '진 급사(陳給事)'는 진가유(陳嘉猷)를, '공 천사(龔天使)'는 공용경(龔用卿)을 가리키는데, 모두 중국에서 온 사신들이기 때문이다.

그렇다면 임형수가 이와 같이 다른 사람의 시운, 특히 중국 사신의 시운을 따라 시를 창작한 것을 어떻게 이해해야 하는가? 이는 앞으로 있을 수창에 미리 대비했다고도 볼 수 있는데, 중국 사신들은 대체로 이전에 다녀간 사람의 시운을 따라 수창을 요구했기 때문이다. 당시 중국 사신과 우리나라 접반사가 창화(唱和)한 시문을 모은 책으로『황화집(皇華集)』이 있는데, 임형수도 분명히 이 시집을 탐독하고 장소에 따라 이전에 다녀간 사신들의 시운에 맞추어 시를 지었을 것으로 추측한다.

이상과 같이 임형수는 종사관을 수행하면서 시 창작을 다각도로 하는 모습을 보이고 있는데, 이는 열의가 부족하다면 할 수 없는 일이라고 생각한다. 여기에는 나랏일을 하고 있다는 투철한 사명 의식이 내재되어 있다고도 하겠다.

2) 관인적 자세와 사유의 의례화

임형수는 종사관의 임무를 수행하면서 자신이 관료라는 사실을 잊지 않고 시로 드러내었다. 이는 마치 고의로 드러낸 듯한 인상을 지울 수가 없는데, 이 부분은 특히 두 방향으로 나누어 이야기할 수 있다. 그 이유는 당시 함께 일을 수행했던 사람, 가령 소세양이나 최연, 엄흔 등과 관련하여 자신의 생각을 나타낸 경우가 있는가 하면, 둘째 관인으로서 임금을 생각하면서 지은 시도 있기 때문이다.

우선 당시 함께 일을 수행했던 사람과 관련하여 자신의 생각을 나타낸 작품을 보이면 다음과 같다.

①
대소의 명성에 그 누가 앞서겠는가   大蘇聲價孰居前
몽매한 날 열어주려고 솔선수범 하신다   欲啓顓蒙爲率先
원컨대 몸을 맡겨 마부가 되려 하니   願卒委身爲僕御
내 평생 동안 공의 채찍을 잡고 싶다   此生終始執公鞭

②

두 분의 재주와 생각에 앞설 자 없으니	二君才思固無前
소문을 향하여 나를 앞에서 인도하였다	好向蘇門導我先
돌아보면 용렬한 난 뒤에 있음도 달게 여기니	自顧疏庸甘在後
조생으로 하여금 먼저 채찍을 들게 했다[19]	任教聯着祖生鞭

위 두 작품은 연작시로서 시제를 풀이하면, '원접사가 두 수의 절구를 읊어 세 사람의 종사관을 권면함에 그 시에 차운하여 한 수는 원접사 합하에게 올리고 한 수는 두 종사관에게 보이다'이다. 다시 정리하자면, 원접사 소세양이 두 수의 절구시를 지어 세 사람의 종사관, 즉 임형수와 최연과 엄흔에게 자신의 운을 이어서 시를 지어보라고 하였다. 그래서 임형수가 그 운에 맞추어 시를 지어 한 작품은 소세양에게 주고, 또 다른 한 작품은 두 종사관에게 주었다는 것이다. 이러한 상황을 이해했을 때 내용을 짚어보면, 작품 ①은 소세양에게 준 작품이고, ②는 두 종사관에게 준 것이다.

작품 ①의 기구의 처음에 '대소(大蘇)'가 등장한다. 대소는 송나라의 대문장가 소식(蘇軾)을 가리킨다. 소식의 집안은 부친인 소순(蘇洵) 때부터 문장을 잘 짓기로 유명하였다. 그래서 소순을 '노소(老蘇)'라고 하였고, 소식을 대소라고 했으며, 동생인 소철(蘇轍)을 '소소(小蘇)'라고 하였다. 임형수가 기구에서 대소를 말한 이유는 이 시를 받는 사람이 소세양이기 때문인데, 같은 소씨이면서 소식과 같은 문장 실력을 갖추었음을 말하고자 한 것이다. 승구에서는 그렇듯 문장 실력이 출중한

---

19 林亨秀, 『錦湖遺稿』, 「遠接使吟成兩絶 以勉三從事 因次其韻 一以上遠接使閤下 一以示二從事 二首」.

소세양이 임형수 자신의 어리석음을 깨우쳐주기 위하여 몸소 앞장섰다고 하였다. 그리고 전·결구에서는 앞 기·승구의 이유로 인하여 임형수 자신이 소세양의 마부가 되어 채찍을 잡고 싶다고 하였다. 전구의 '복어(僕御)'는 마부가 된다는 의미인데, 중국 후한(後漢)의 이응(李膺)은 성품이 강직하고 용기가 있어 선비(鮮卑)의 침략을 물리치는 데에 큰 공을 세운 인물이다. 벼슬에서 물러났을 때에는 그에게 가르침을 받고자 하는 사람이 수천 명이나 되었으며, 사대부가 그와 접견하기만 해도 높은 벼슬을 하였으므로 등용문 구실을 하였다. 순숙(荀淑)의 아들로서 뒤에 석유(碩儒)로 이름을 떨친 순상이 이응을 찾아가 만나고 인하여 이응의 수레를 몰게 되었는데, 집에 돌아와서는, "내가 오늘에야 이응의 수레를 몰게 되었다."라고 하며 좋아했다는 이야기가 『후한서』 권67 「당고열전(黨錮列傳) 이응(李膺)」편에 전해온다. 임형수가 이 말을 한 이유는 그 정도로 소세양을 존경한다는 의미이다.

작품 ②의 기구에서는 두 종사관에 대한 찬양으로부터 시작하여 두 사람보다 앞설 사람은 없다라고 하였다. 승구의 '소문(蘇門)'은 소세양을 가리키는데, 임형수 자신이 현재 소세양과 함께 하게 된 것도 두 종사관이 이끈 덕분이라고 하면서 기구의 찬양을 이어갔다. 그러면서 전·결구에서 임형수는 스스로가 무능하니 두 사람에 비해 뒤에 있어도 괜찮다고 하면서 조생(祖生)이 채찍을 먼저 잡았다는 말을 하였다. 여기서의 조생은 진(晉)나라의 장군 조적(祖逖)을 가리킨다. 『세설신어』 「상예(賞譽)」에 따르면, 조적은 친구 유곤(劉琨)과 함께 북벌을 하여 중원을 회복할 뜻을 지니고 있었는데, 조적이 먼저 기용되었다는 말을 듣자 "내가 창을 머리에 베고 아침을 기다리면서 항상 오랑캐 섬멸할 날만을 기다려 왔는데, 늘 마음에 걸린 것은 나의 벗 조적이 나보다 먼저 채찍을

잡고 중원으로 치달리지 않을까 하는 점이었다.[吾枕戈待旦 志梟逆虜 常恐
祖生先吾箸鞭耳]"라고 말했다고 한다. 임형수는 최연과 엄흔, 두 종사관
이 자신보다 선배요 뛰어나다는 의미에서 조생을 말한 것이다.

이 두 작품에서 임형수 자신은 관인적인 자세를 견지하면서 상하의
위치에서 찬양 일변도의 모습을 보이고 있어서 의례적이라는 인상을
지울 수가 없다. 이러한 모습은 다음의 시에서도 마찬가지로 나타난다.

말과 나그네 함께 동쪽으로 가볍게 가다가	東歸鞍馬共翩翩
잠시 산 정자에 올라 걸상에 기대어 잔다	暫倚山亭對榻眠
해 그림자 정원에 옮기니 새는 지저귀고	日影移庭喧鳥雀
아득한 들판 비에 젖어 경치가 변하였다	雨痕迷野變雲煙
막부로 달려가서 마음을 되레 의탁하고	叨趨幕府心還托
술잔 기울이며 모시니 뜻이 이미 전해졌다	忝侍尊罍意已傳
졸렬해서 임금님 돕는 어려움 부끄럽나니	迂拙自慙難補袞
새 시를 지어 진중하게 영전을 축하한다[20]	新詩珍重賀官遷

이 작품의 시제를 풀어보면, '운암원에서 사상의 시에 차운하다'이기
때문에 소세양의 시에 차운한 작품이라 하겠다. 운암원은 평안도 안주
목(安州牧)에 있는 역원(驛院)이다. 즉, 이 작품은 이 역원을 지나면서
소세양의 시에 차운한 것이다. 내용을 보면, 수련에서는 동쪽으로 말
을 타고 가던 나그네가 잠시 산 정자에 있는 걸상에 몸을 기대었다고
했다. 여기서 나그네는 임형수 자신으로도 볼 수 있다. 함련에서는 그
산 정자에서 바라다본 주변의 모습을 묘사하였다. 해 그림자가 정원에

---

20 林亨秀, 『錦湖遺稿』, 「雲巖院 次使相韻」.

옮겨졌다는 것으로 보아 해가 저물고 있음을 알 수 있고, 멀리 바라다
본 들판은 비가 내려 풍경이 변하였다고 하였다. 그리고 경련에서는
작자가 이전에 했던 행동을 말했다고 할 수 있는데, 소세양과 관련지어
보아야 할 대목이다. 여기서의 '막부'란 소세양이 있던 장소이고, 달려
가서 마음을 의탁하고 술잔을 기울였던 사람은 작자 임형수라고 할 수
있다. 마지막 미련에서는 자신의 능력이 부족한데도 불구하고 임금님
일을 돕고 있어서 부끄럽다고 하면서도 새로운 시를 지어 진중한 자세
로 영전한 것을 축하드린다고 하였다.

이 작품은 운암원 주변의 풍광을 그리는 데에서 그치지 않고, 작자와
소세양과의 인연을 말하였다. 그리고 마지막으로 현재 자신이 관인으
로서 공무를 수행하고 있음을 잊지 않으면서 한편으로는 소세양의 영
전을 축하한다고 하여 다소 의례적인 인상을 주고 있다.

다음은 임금과 관련된 작품이다.

지난 해 오늘은 오색의 구름 가에서	去年今日五雲邊
옥과 비녀로 궁중에서 하례 올렸었지	玉佩瑤簪賀九天
북궐의 새벽 종소리에 만호가 열리고	北闕曉鍾開萬戶
남산의 신묘한 계책은 천년을 송축했다	南山神算頌千年
구름과 용은 이역 멀리 떨어져 있으니	雲龍異域違相遠
견마의 작은 정성은 절로 가련하여라	犬馬微誠竊自憐
맑은 새벽 객사에서 호배를 올리며	客舍淸晨陳虎拜
눈에 가득한 기운 향연을 생각한다[21]	氳氳滿眼想香煙

21 林亨秀, 『錦湖遺稿』, 「三月初五日 行誕日望闕禮 次使相韻」.

이 작품의 시제를 풀어보면, '3월 초5일 임금의 탄신일에 망궐례를 행하다 사상의 시에 차운하다'이다. 수련에서는 지난해에 궁에서 망궐례를 거행했던 일을 말하였고, 함련에서는 여러 곳에서 임금의 생일을 축하했다는 내용을 전하였다. 경련에서는 '운룡(雲龍)'이라는 말을 사용했는데, 마치 임형수 자신과 임금의 관계가 구름과 용과도 같다라는 의미이다. 이는 『주역』의 "구름은 용을 따르고 바람은 범을 따른다.[雲從龍 風從虎]"라는 말에서 유래했는데, 흔히 훌륭한 군주와 신하의 만남을 뜻한다. 즉, "이러한 임금과 신하가 서로 멀리 떨어져 있어서 작은 정성을 드릴 수 없음이 안타깝다"라고 하였다. 미련에서는 임금이 계시는 궁을 향해 호배(虎拜)를 올리는 모습을 묘사하였다. 호배란 원래 『시경』「강한(江漢)」의 "소호는 엎드려 머리 조아리고 임금님 은덕을 사례했다.[虎拜稽首 對揚王休]"에서 유래한 말로 만수무강을 기원하며 임금께 절하는 것을 뜻한다.

이 작품은 시제에서 이미 말했듯이 망궐례를 행하면서 지었다. 망궐례란 전통 시대에 행하던 국가의례 중 하나로 외직에서 근무하는 관원이 왕이나 왕비 등의 탄신일과 명절날에 만수무강을 축복하면서 궁궐을 향해 절을 하는 행사를 말한다. 즉, 이 작품은 임형수가 현재 종사관의 임무를 수행하고 있는데, 그때 마침 임금의 생일이 되어 망궐례를 거행하면서 지은 것이다. 그리고 소세양의 시에 차운했다는 것은 다분히 남에게 보여주어야 하는 상황이라는 의미이기도 하다. 사실 이 작품은 최연의 문집인 『간재집(艮齋集)』속의 『후동사집(後東槎集)』속에도 전해지고 있음이 확인된다. 그렇다고 했을 때 추정해보건대, 당시에 임금의 생일날이 되어 망궐례를 행하면서 축하의 의미로 소세양이 먼저 시를 지었고, 임형수를 비롯한 세 명의 종사관이 운을 따라 지었음을 알 수 있다. 그렇다 보니, 자유로운 자신의 사유를 토로하기 보다는 다분히 의례적인 부분을 떨칠 수는 없었으리라고 본다.

3) 경물 대응과 현실과의 괴리

임형수는 한양에서 의주까지 가는데 수많은 경물을 대했을 것이다. 그렇다면 그러한 경물을 대했을 때 어떤 자세와 사유를 지녔을까? 이러한 면면을 알 수 있는 작품들이 있는데, 「저복원도중 차사상운 삼수(貯福院道中 次使相韻 三首)」, 「당어령 차사상운(堂於嶺 次使相韻)」, 「초현원도중 망성거산 차사상운 삼수(招賢院道中 望聖居山 次使相韻 三首)」, 「마상구점 이율 차연지 이수(馬上口占二律 次演之 二首)」, 「보산도중 차사상운(寶山道中 次使相韻)」, 「운흥관 차사상운 이수(雲興館 次使相韻 二首)」, 「신미도(身彌島)」, 「청석동 차사상운(靑石洞 次使相韻)」 등이 이에 해당한다. 시제에 의거해보면, 임형수 일행은 한양을 출발하여 황해북도에 당도했다 할 수 있는데, 목적지에 이르기까지 각 지역에 있는 경물을 대했을 때 어떤 자세와 사유를 지녔는지를 살펴보겠다.

가장 먼저 「당어령 차사상운」을 소개하면 다음과 같다.

구십일의 동풍을 다 보내고	送盡東風九十
서쪽 푸른 바다 끝까지 왔다	行窮滄海西頭
세월이 공연히 흐름에 마음 놀라	驚心歲月空邁
구름 산 겹친 데로 머릴 돌려본다	回首雲山政稠
가는 비 푸른 물결에 흰 새가 날고	細雨蒼波白鳥
저녁연기 푸른 풀에 누런 소가 있다	晚煙綠草黃牛
하늘가에 해는 지고 시름만 생기는데	天涯日暮愁絶
말을 타고 가는 이 몸 쉬지도 못한다[22]	麾鹽征鞍未休

이 작품은『금호유고』에 전하는 유일한 육언시로 시제를 풀어보면, '당어령(堂於嶺)에서 사상의 시에 차운하다'이다. 당어령은 평안도 정주 (定州)에 있는 고개 이름이다. 수련에서는 당어령에 당도했음을 알렸고, 함련에서는 그 당어령에 고개를 돌리는 모습을 나타내었다. 그리고 경련에서는 당어령 주변의 경물을 묘사했는데, 가는 비가 내리는 푸른 물결이 흰 새가 날아다니고 저녁연기가 나는 푸른 풀에는 황소가 있다라고 하였다. 이러한 경물은 흔히 볼 수 있는 것이면서 한가로움을 나타낸 그 자체라고 할 수 있다. 이러한 한가로운 경물이 있는데도 불구하고 미련의 내용을 보면, 시름이 있는 나는 몸을 쉬지도 못한다고 하였다. 객지에서 느끼는 수심을 나타낸 말이기도 하지만, 주변 경물과 잘 어울리지 못한 것은 부정할 수 없다.

다음은 보산(寶山)이라는 곳을 가다가 소세양의 시에 차운한 작품으로 인용하면 다음과 같다.

해 뜰 무렵 맑은 햇살 안개 뚫고 올라오니　　清旭曈曈隔霧昇
거친 산 험한 모습 모서리 감추지 못한다　　亂峯嶒崒未藏稜
이십 년을 왕래함에 공은 싫증날 것이요　　廿年來往公應厭
만 리 험한 길을 가는 나 역시 마찬가지　　萬里間關我亦曾
아득히 먼 보산은 끝없는 교외에 임하였고　　迢遞寶山臨蒼莽
구불구불 흐르는 신수는 험한 산을 둘렀다　　逶迤神水帶崚嶒
누런 먼지 얼굴에 가득 끼어도 분주히 가니　　黃塵滿面猶奔走
문득 벼슬살이 사양치 못한 것이 부끄럽다[23]　　却愧簪纓謝不能

22 林亨秀,『錦湖遺稿』,「堂於嶺 次使相韻」.
23 林亨秀,『錦湖遺稿』,「寶山道中 次使相韻」.

보산은 황해남도 은천군 덕양리 서북쪽에 있는 산으로 갖가지 보물이
매장되어 있다고 해서 '진주산'이라고도 한다. 시제를 풀어보면, '보산
가는 길에 사상의 시에 차운하다'이다. 내용을 정리하여 적어보면, 수련
에서는 보산을 가는 도중의 주변 풍광을 묘사했는데, 산세는 거칠고
험하다고 하였다. 함련에서는 이러한 험한 산을 지나는 고충을 토로했는
데, 특히 20년 동안 지나다닌 소세양의 노고를 말하였다. 경련에서는
보산이 있는 곳의 주변 풍경과 함께 신수라는 지명도 등장시켜 산세의
험함을 다시 한 번 강조하였다. 그리고 마지막으로 미련에서는 가는
여정이 힘들어도 바쁘게 가니, 벼슬살이 그만 두겠다는 말을 하지 못한
것이 부끄럽다고 하였다. 미련에서 한 말은 벼슬살이 하는 사람들이
흔히 하는 푸념이라고 생각할 수 있지만 현재 임형수가 얼마나 힘든 여정
을 거쳐 가는가를 말한 것으로 함련 1구의 '입년래왕공응염(卄年來往公應
厭)'의 내용이 빈 말이 아님을 알 수 있다. 만일 경물을 보고 힘들지
않았다면, '싫증난다[厭]'는 말을 사용하지 않았을 것이기 때문이다. 경
물과 역시 조화를 이루지 못하는 모습을 보이고 있음을 확인할 수 있다.
　마지막으로 세 수의 연작시를 살펴보겠다. 제목은 「초현원도중 망성
거산 차사상운 삼수」이다.

①
구름 안개 깊은 곳은 신선의 거처요　　　　　　雲霞深處是仙居
옥 봉우리 비 온 끝이라 새로이 뻗쳤다　　　　　玉巑抽新一雨餘
산신령께 노년에 머물 땅 빌리려 하니　　　　　倘借山靈投老地
공명이 나에게 다시 어찌 하겠는가　　　　　　功名於我更何如

②

신령한 곳 몇 해 동안 꿈속에서 찾았나	幾年靈境夢中尋
첩첩이 쌓인 푸른 산속 계곡도 깊어라	疊翠層嵐洞壑深
역마 타고서 갈홍 만날 뜻 이루지 못하고	驛騎未償攀葛志
공연히 그윽한 흥취를 높은 산에 기탁한다	空將幽興寄高岑

③

먼 길 끝이 없는데 말은 더디 가니	長路漫漫馬去遲
모래 바람 귀밑에서 가는 실 되려 한다	風沙催鬢欲成絲
이런 산이 있어도 돌아가지 못하고	有山如此不歸去
홍진 속에 분주하니 나 또한 어리석다[24]	奔走紅塵我亦癡

시제를 풀어보면, '초현원(招賢院)을 가던 중에 성거산(聖居山)을 바라
보며 사상의 시에 차운하다'인데, 전체 내용을 보면, 초현원보다는 성
거산이 작품의 중심이라는 것을 알 수 있다. 참고로 초현원은 보현원
(普賢院)의 옛 터로 개성에서 동파역(東坡驛)으로 가는 20리 지점에 있
고, 성거산은 같은 개성에 있으며 옛날 고려 시조인 성골 장군이 살았
던 곳으로 전해진다.

작품 ①에서는 성거산을 '신선의 거처[仙居]'라고 하였고, 그 산의 봉
우리를 '옥 봉우리[玉巘]'이라고 하였는데, 이는 산의 풍광이 아름답다
는 것을 표현한 말이라고 생각한다. 그리고 전구에서는 이렇게 아름다
운 곳이기 때문에 산신령께 부탁해서라도 노년에 지내고 싶으니 공명
(功名)인들 어쩔 수 있겠는가 하고 반문하였다. 바로 성거산에 매료된
작자의 모습을 나타낸 것이다.

---

24 林亨秀, 『錦湖遺稿』, 「招賢院道中 望聖居山 次使相韻 三首」.

작품 ②에서도 성거산을 '신령한 곳[靈境]'이라고 하면서 그동안 꿈속에서 찾았던 곳이라고 하였다. 성거산을 신령한 곳으로 본 것은 작품 ①과 일맥상통하는데, 승구에서 계곡이 깊다라고 하여 조금 더 구체적으로 표현하였다. 그런데 이어서 이러한 신성한 곳을 마주대하고도 갈홍(葛洪)의 뜻을 이루지 못하였다고 하였다. 갈홍은 동진(東晉) 구용(句容) 사람으로 자호를 포박자(抱朴子)라 했는데, 양생술(養生術)을 익혀 단약(丹藥)을 구운 것으로 유명하며, 교지(交趾)의 구루(句漏) 지방에 선약(仙藥)의 재료가 되는 단사(丹砂)가 생산된다는 말을 듣고 자청하여 구루의 현령이 되었던 사람이다. 즉, 신선술의 대가라고 할 수 있다. 이 작품에서 갈홍을 등장시켜 그의 뜻을 이루지 못했다고 한 것으로 보아 비록 신선들이 살 것 같은 성거산이지만 거기에 동요하지 않았음을 알 수 있다. 그래서 결구에서 '그윽한 흥취[幽興]'만 산에 기탁할 뿐인 것이다.

작품 ③에서는 먼 여정에 성거산을 바라보면서 가지만, 그곳에 돌아가지 못하는 자신을 어리석다라고 책망하였다. 그리고 그 이유를 홍진 속에서 분주하게 살고 있기 때문이라고 하였는데, 속세에 얽매여 사는 모습을 자책한 것이라고 하겠다.

이러한 세 작품은 비록 각각 떨어져 있어 그 의미를 떼어서 볼 수도 있다. 그러나 내용을 세밀히 살펴보면, 시간이 흘러간 순서에 따라 작품이 배열되어 있고, ③의 작품으로 갈수록 작자가 무슨 생각을 하고 있는지를 구체적으로 드러내고 있음을 알 수 있다. 곧, 작품 ①에서는 성거산에 대한 이미지를 중점적으로 그리고 있을 뿐 어떤 사유를 드러내지 않았다. 그런데 작품 ②와 ③에서는 성거산을 바라보면서 자신이 무슨 사유를 하는지를 조금 더 구체적으로 드러내기 시작한다. 하지만 그 성거산은 바라만 볼 수 있는 곳이지, 갈홍의 뜻을 이룰 수도 없고 돌아갈 수도 없는 곳이다. 이는 마치 너무나 신성(神聖)하여 불가침할 수밖에 없는 곳이라고도 할 수 있는데, 자연에 직접 다가가지 못하는 작자의 모습을 보게 된다. 이러한 자연이 곧, 경물이라고 할 때 현실적인 자신의 모습은 분주하여 쉽게 접근하지 못하니 일치하는 모습을 보이지 못하여 괴리되어 있는 것이다.

4. 사유의 특징과 한계

지금까지 임형수가 26세 때 종사관을 수행하면서 지은 작품, 총 73제 95수를 대상으로 시에 표출된 사유 양상을 대별하여 살폈다. 이러한 전개가 가능했던 것은 임형수가 종사관을 수행하면서 지은 시를 보면, 어떤 장소에서 원접사인 소세양이나 같은 종사관인 최연, 엄흔 등의 시운을 따라 지으면서 단순히 경물을 묘사하는데 그치기도 했지만, 작품을 통해서 자신이 생각한 것을 직간접적으로 드러냈기 때문이다. 따라서 그 사유를 기준으로 대별해본 결과 첫째, 종사관을 수행하면서 가장 중요한 부분인 시 창작에 대한 열의를 드러내었는가 하면, 둘째 임형수 자신이 현재 공무를 수행하고 있다는 관인적 자세를 보이는 시를 보면, 내용이 대체로 의례적인 데로 흘러 진솔함이 느껴지지 않는 특징을 보였다. 그리고 마지막으로 임형수는 한양을 출발하여 목적지에 도착할 때까지 수많은 경물을 대하며 거기에 맞춘 시를 지었는데, 그 경물이 현실의 자신과 상당 부분 화합하지 못하고 괴리된 모습을 보였다고 하였다.

이러한 사유 양상의 특징을 전체적으로 종합해 보면, 강박 관념이 내재되어 있고, 짜인 틀에 맞추었다는 느낌을 지울 수가 없으며, 자유

로운 사고를 할 수 없었다고 할 수 있다. 그래서 좋은 시를 짓기 위해
여러 시체에 대한 연습도 부단히 했다고 생각하고, 관인이라는 짜인
틀에 맞추다 보니 사고는 자연스럽게 의례적일 수밖에 없었으며, 여러
사람과 동행하여 보조를 맞추어야 해서 자유로운 사고는 제한되어 주
변의 경물과도 잘 어울리지 못하는 상황에 이른 것이다.

한편, 이러한 임형수의 사유는 평소 알려진 그의 시에 대한 평가와
불일치한 점이 있다. 우선 임형수의 사람 됨됨이에 대해서 김수항(金壽
恒)은 「금호임공묘갈명(錦湖林公墓碣銘) 병서(幷序)」에서 "공은 사람됨이
그릇이 크고 훤칠하였으며 풍모가 아름답고 기개가 높고 호탕하고 명랑
하여 사소한 일에 구구하게 얽매이지 않았다."[25]라고 하였고, 「행적기략
(行蹟紀略)」에서는 "공은 사람됨이 호방하여 남에게 구속을 받지 않으며
탁월한 기개가 있었다. 문장에 능하고 풍모가 아름다우며 활을 쏘고
말 타기를 잘하고 약자를 어루만지고 강한 자를 누르는 재주가 있어
일을 당하여 변론함에 남보다 뛰어난 점이 있었으니 세상에서 나라에
쓰일 인재라고 말하였다."[26]라고 하였다. 이어서 임형수의 시에 대한
평가를 보면, 가령 이민서(李敏敍)는 「금호유고서(錦湖遺稿序)」에서 "대체
로 공의 시는 영특하고 준수하여 그 사람됨을 닮았고, 재주가 호방하고
기세가 성대하여 꾸미는 일을 일삼지 않지만 율격이 흔연히 이루어지고
시의 말이 호방하여 그 기세를 막을 수가 없고 그 빛을 가릴 수가 없다."[27]

---

25 金壽恒, 『文谷集』 卷18, 「錦湖林公墓碣銘幷序」, 公爲人偄儻儒偉 美風儀尙氣槩 疏宕自
    喜 不拘拘小節.

26 林亨秀, 『錦湖遺稿附錄』, 「行蹟紀略」, 公爲人豪俊不羈 氣岸卓犖 能文章美風儀 且善射
    御 有撫禦之才 當事辯論 出人意表 世推爲國器.

27 李敏敍, 『西河集』, 「錦湖遺稿序」, 蓋公之爲詩 警雋英特 肖其爲人 才豪氣盛 不事雕琢
    而格律渾成 辭情逸發 其勢有不可遏而其光有不可掩者.

라고 하였다.

그런데 이러한 임형수의 시에 대한 평가를 전체 작품에 적용하기는 무리라는 생각이 든다. 예를 들어 회령 판관을 지내면서 지은 「오산가(鰲山歌)」라면 호방한 기개가 한껏 드러났다고 할 수 있지만, 26세 종사관 시절에 지은 시는 대체로 호방성과 약간 거리감이 있기 때문이다. 이럴 수밖에 없었던 원인은 앞에서 이미 말했다시피 짜인 일정에다 단체의 행동을 하다 보니, 자유로운 사고를 할 수 없었을 것이고, 따라서 평소 지니고 있던 성격이 시로 자연스럽게 드러나지 않았다고 할 수 있다. 따라서 이것을 종사관 시절에 지은 시의 사유적 한계로 지적하고 싶다.

5. 맺음말

본 연구는 임형수가 종사관 시절에 지은 작품을 중심으로 시에 표출된 사유 양상을 구명한 후에 사유의 특징과 한계 등을 지적하였다. 이러한 연구가 가능했던 이유는 종사관 시절에 지은 작품은 현전하는 임형수 한시의 대부분을 차지하고 있기에 논의 대상이 되기에 충분하기 때문이다.

본격적인 논의에 앞서 임형수의 제술 능력과 종사관으로 차출된 경위를 구체적인 자료를 제시하여 정리하였는데, 권응인이 편찬한『송계만록』과 이수광의 문집인『지봉유설』,『조선왕조실록』등의 내용을 중심으로 살폈다. 특히, 임형수의 제술 능력을 알려주는『조선왕조실록』의 기록은 총 4건인데, 대체로 공식적인 자리에서 경합을 벌여 좋은 성적을 거두었다고 하였다. 이렇듯 공인된 제술 능력 덕분에 26세 때(1539년)

병조 좌랑에 임명된 후에 원접사 소세양의 종사관이 될 수 있었다고 판단하였다.

임형수가 종사관을 수행하면서 시 창작에 대한 열의를 보였다는 것은 여러 정황에서 감지된다. 가령, 첫째 여러 시체(詩體)를 의도적으로 실험해보았다든가, 둘째 같은 일행인 원접사나 또 다른 두 명의 종사관의 시운을 따다 지었는가 하면, 셋째 이전에 우리나라나 중국 사신이 지어놓은 시운(詩韻)을 이어 지어보았든가, 그리고 마지막 마찬가지로 이전에 사신들이 지은 시를 모아놓은 시집의 시운을 이어 지은 작품을 내보이고 있기 때문이다. 이러한 시 창작 열의가 필요했던 이유는 중국 사신에 맞서 응구첩대를 해야 했기 때문인데, 한편으로는 나랏일을 하고 있다는 투철한 사명 의식이 내재되어 있다고 보았다.

임형수는 종사관의 임무를 수행하면서 자신이 관료라는 사실을 잊지 않고 시로 드러내었는데, 이 부분은 특히 두 방향으로 나누어 논의하였다. 구체적으로「원접사음성양절 이면삼종사 인차기운 일이상원접사합하 일이시이종사 이수(遠接使吟成兩絶 以勉三從事 因次其韻 一以上遠接使閤下 一以示二從事 二首)」,「운암원 차사상운(雲巖院 次使相韻)」 등을 통해 살폈는데, 이러한 작품은 자유로운 자신의 사유를 토로하기 보다는 다분히 의례적인 부분을 떨칠 수는 없었으리라고 보았다.

그리고 임형수는 한양을 출발하여 의주에 당도할 때까지 수많은 경물을 접했을 것인데, 이때 그는 어떤 자세와 사유를 지녔는지를 살펴보았다. 여기에 해당하는 작품으로는「저복원도중 차사상운 삼수」,「당어령 차사상운」,「초현원도중 망성거산 차사상운 삼수」 등을 들었는데, 대체로 침울한 감정 등을 드러내며 수려한 경관에 화합하지 못한 모습을 보이며 괴리되어 있음을 확인하였다.

마지막 4장에서는 지금까지 논의한 것을 중심으로 사유의 특징과 한계는 없는지 등을 짚어보았다. 임형수가 종사관 시절에 지은 시는 시간에 대한 예속과 종사관이라는 종속된 지위가 그의 사유를 제한하고 있음을 확인하였다. 여러 문헌의 기록에서도 보이는 바와 같이 임형수의 평소 성격은 활달하고 대범하였다. 그러나 종사관 시절에 지은 시는 오히려 그 반대의 모습을 보이는데, 이러한 부분을 사유의 한계로 지적하였다.

고봉 기대승 시에 나타난 흥감의 미학적 특질

1. 들어가는 말

　고봉(高峯) 기대승(奇大升, 1527~1572)을 나타낼 수 있는 표지(標識)는 여러 가지가 있다. 그 중에서 몇 가지를 간추린다면, 우선 '16세기의 성리학자'일 것이고, 그 다음은 '퇴계(退溪) 이황(李滉)과 12년간 편지를 주고받으면서 학문을 토론했던 문인'이라는 점일 것이다. 이러한 사항 때문에 기대승은 주로 시를 포함한 문학을 창작하는 순수 문인이 아닌 학자로 인식하게 되었다. 그래서 초기 기대승에 대한 연구는 주로 사상과 철학 쪽에서 이루어져 현재 많은 성과를 이룩한 것으로 알고 있다. 하지만, 기대승은 본격적으로 성리학에 관심을 갖기 이전에 먼저 문학에 관심이 많았고, 700수가 훨씬 넘는 시를 남겼으며, 뚜렷한 주관을 가지고 이황과 더불어 주희(朱熹)의 「무이도가(武夷櫂歌)」 작품에 대해 논쟁을 벌인 점 등을 통해서 보자면, 문예적인 기질 또한 상당했음을 알 수가 있다. 사실 그의 시를 들여다보면, 성리학자로서의 면모를 드러낸 작품

도 있지만, 엄정한 학자적 모습을 깬 난만(爛漫)한 기분을 느끼게 하는
작품들도 많아 선입견을 가지고 어떤 한 문인을 평가할 때 그릇된 결과
가 도출될 수 있음을 새삼 깨닫는다.

  본 논고는 기대승이 시에서 자주 언급한 '흥(興)'을 그의 시를 이해하
는 하나의 단서로 생각, 어떤 방법으로 표현했는지에 주목하고, 그와
연관지어 미학적 특질을 구명하려고 한다. 기대승은 시에서 흥과 관련
된 말을 빈번하게 사용하였는데, 가령 '유흥(幽興)', '시흥(詩興)', '발흥
(發興)', '가흥(佳興)', '청흥(淸興)', '고흥(高興)', '광흥(狂興)' 등이 있다.
이들 흥과 관련된 용어들은 대개 외경(外境)을 접하고서 한 편의 시를
창작할 때 나온 말들로 기대승의 시를 이해하고, 미학적 특질을 살피는
중요 부분이라고 생각한다. 그럼에도 불구하고 그동안 기대승 문학에
대한 연구 성과[1]들에서는 이러한 부분에 대한 구체적인 논의가 부족했
다고 생각한다. 이에 대한 구체적인 논의에 앞서서 기대승의 인물기흥

---

1 지금까지 나온 기대승 문학에 대한 연구 성과물을 연도순으로 정리하면 다음과 같다.
  권순열, 「기고봉과 양송천」, 『전통과 현실』 7호, 고봉학술원, 1996; 김성기, 「고봉 기대
  승의 문학과 면앙 송순」, 『전통과 현실』 7호, 고봉학술원, 1996; 김주한, 「高峯의 文學
  世界와 退溪」, 『전통과 현실』 8호, 고봉학술원, 1996; 유연석, 「高峯 奇大升의 表文
  硏究」, 『전통과 현실』 7호, 고봉학술원, 1996; 이병기, 「奇大升의 弔挽詩에 대하여」,
  『전통과 현실』 7호, 고봉학술원, 1996; 李泌秀, 「高峯 奇大升의 詩 世界」, 동국대학교
  석사학위논문, 1996; 尹用男, 「奇大升論-高峰 奇大升의 文學觀」, 『조선시대 한시 작가
  론』, 이회, 1996; 趙麒永, 「高峯 奇大升의 樓亭詩 存在樣相」, 『전통과 현실』 8호, 고봉학
  술원, 1996; 趙麒永, 「高峯詩의 '觀物'精神」, 『동양고전연구』 8집, 동양고전학회, 1997;
  김성기, 「高峯의 贈詩 연구」, 『전통과 현실』 10호, 고봉학술원, 1999; 허경진, 「퇴계와
  고봉이 주고받은 매화시에 대하여」, 『전통과 현실』 10호, 고봉학술원, 1999; 金東俊,
  「高峰 奇大升의 시세계」, 『한국한시작가연구』 6집, 한국한시학회, 2001; 김태환, 「高峯
  起興說의 미학적 의미-興의 미적 본질」, 『정신문화연구』 제26권 제1호(통권90호),
  2003 봄; 曺楨林, 「高峰 奇大升의 詩文學 硏究」, 조선대학교 박사학위논문, 2004;
  권미화, 「高峰 文學觀의 性理學的 양상」, 『열상고전연구』 33집, 열상고전연구회, 2011;
  김병국, 「고봉 기대승의 문학 연구」, 『반교어문연구』 30집, 반교어문학회, 2011.

론(因物起興論)을 다시 한 번 정리해보고자 한다. 이 인물기흥론이 하나의 주장이요, 이론으로 그친 것이 아니라 사실 기대승 자신의 시 창작론이기 때문이다.

2. 고봉의 인물기흥론

기대승은 사실 20세 이전까지는 학문보다는 문장 수련 등 문학적인 면에 관심을 더 가졌다고 생각한다. 그렇게 보는 이유는 다음의 「자경설(自警說)」과 「연보」 등의 기록 내용 때문이다.

① 그해(병신년) 겨울부터 정유년 가을까지 …… 10월 초에 스스로 분발하여 서당에 가서 『대학』을 다 배우고 계속해서 『한서(漢書)』와 한유(韓愈)의 문장을 읽으니 …… 늘 동료들과 더불어 연구(聯句)를 짓거나 문장을 지었는데, 사람들이 모두 나에게 공부에 소질이 있다고 하였다. 『고문진보』 전집(前集)을 읽고 또 고부(古賦)를 읽고는 연이어 줄줄 외웠는데, 그때가 무술년이었다.[2]

② 『고문진보』 후집(後集)을 수백 번 읽고 나니 때는 7월이었다. 그대로 이듬해 10월까지 읽어 마치고 나니, 기해년이었다.[3]

---

2 奇大升, 『高峯續集』 卷2 雜著, 「自警說」, 自其年冬月 至于丁酉之秋 …… 十月之初 自矜奮往書堂 受大學畢 繼讀漢書及韓文 …… 常與儕輩聯句 亦不無述 人皆稱有學性焉 讀眞寶前集 又讀古賦 連誦不已 時則戊戌年也.

3 奇大升, 『高峯續集』 卷2 雜著, 「自警說」, 讀後集數百遍 時則七月也 直至明年十月告畢 已己亥年也.

③ 이때 선배들이 감시(監試)를 보기 위해 서당에 모여 글을 읽고 문장을 짓는 것을 일과로 삼았다. 나도 따라 배웠는데 별 어려움은 없었다. 가송(歌誦)은 시속(時俗)을 따르지 않았고 시부(詩賦)는 내가 하고 싶은 대로 하여 비록 법도에 맞지는 않았지만, 더러 글을 잘 짓는다고 칭찬한 사람도 있었다. …… 해는 경자년이요 달은 1월이었다.[4]

④ 이해(신축년) 늦봄에 총 130구가 되는 「서경부(西京賦)」를 지었다. 용산(龍山)이 평론하기를 "그 글을 읽어 보면 그 사람을 상상할 수 있으니, 그 명성이 오래도록 사람들에게 퍼지겠다. 생각이 원대하고 기상이 장대하며, 어조가 고상하고 문장이 통창하다. 비록 간간이 생소하고 서툰 데가 있기는 하지만, 단지 이것은 조그마한 흠일 뿐이다. 조금만 더 진취하면 곧 옛 작자의 경지에 이를 것인데, 더구나 그 밖의 과문(科文)이야 말할 나위가 있겠는가. 축하할 뿐이다.……" 하였다. 여름에는 「서정부(西征賦)」를 차운(次韻)했는데 미처 완성하지 못하고 그만두었다.[5]

⑤ 이듬해(임인년) 봄에는 …… 한번은 「조정몽주부(弔鄭夢周賦)」를 지어 보았는데 이때는 붓끝이 저절로 막힘이 없었으니, 무슨 이유인지 모르겠다. 5월에는 제생(諸生)들이 모두 돌아갔으므로 나도 집에 내려와 매일 부지런히 하여 날마다 한 번 읊을 때마다 고부(古賦) 총 10여 수를 온습(溫習)하고는 시험 삼아 「의정부부(議政府賦)」와 「고소대부(姑蘇臺賦)」 총 100여 구를 지어 보았는데……[6]

---

4 奇大升, 『高峯續集』 卷2 雜著, 「自警說」, 時先輩以監試之望 卒于書堂 讀書著文爲業 余亦從而學之 亦無難者 歌誦不隨乎時 詩賦惟其所欲 雖不能中於法度 人或謂之能焉 …… 歲則庚子 月乃元也.

5 奇大升, 『高峯續集』 卷2 雜著, 「自警說」, 春暮 作西京賦凡百有三十句 龍山評之曰 讀其詞想其人 宜其聲之久播於人 思遠而氣壯 語高而辭逹 雖間有生澁 特是小疵 一蹴便到古作者列 況其外之科乎 其可賀也已云云 於夏 嘗次西征賦 未及就而置焉. 이에 대한 내용은 「연보」 15세조에도 있음.

⑥ 다음 해 갑진년에 목사 송순(宋純)이 유생 가운데 더 배우기를 청한 자들을 선발하여 글을 강송(講誦)하도록 하고, 반드시 그 강송하기 시작한 때를 기록하여 기간이 오래되었으면 곧 학업이 얼마나 성취되었는지 심사하곤 하였다. 나는 이로 인해 …… 한유의 글을 읽었다. …… 5월에 장차 도회(都會)에 가려고 선생(용산)을 뵈었더니, 선생께서「민암부(民嵒賦)」를 지어보라고 명하셨다. 부가 완성되자 선생께서는 자주 칭찬하셨다. 한유의 글은 제문까지 읽고 돌아왔는데, …… 초가을에는 재차 용산 선생께 가서 또 한유의 글을 읽다가 보름 뒤에 집으로 돌아왔다. …… 9월 초에는 용산 선생께 가서『문선(文選)』을 강습하다가 열흘 경에 집으로 돌아왔다.[7]

⑦ 김집(金緝) 선생이 …… 이어 '식(食)' 자를 부르며 연구(聯句)를 짓도록 명하자 선생은 응하여 읊기를 "밥 먹을 때에 배부르기를 구하지 않는 것이 군자의 도이다.[食無求飽君子道]" 하니, 공은 칭찬하고 탄복하기를…….[8]

「자경설」과 연보 등의 기록을 따져보면, 기대승은 7세부터 학업을 시작하여 9세에『효경(孝經)』을 읽었다. 위 문장 ①의 병신년과 정유년은 기대승의 나이 10~11세로 이때 읽었던 책이『대학』과『한서』이고, 한유의 문장을 읽었다고 했으며, 이듬해 무술년인 12세에는『고문진보』전집을 읽었다고 하였다. ②는 기대승의 나이 13세 때로『고문진보』를 다

6　奇大升,『高峯續集』卷2 雜著,「自警說」, 明年春 …… 而嘗作弔鄭夢周賦 筆端自爾無澁 更不知何故也 夏之仲 諸生皆歸還僕亦下家 爲一日之勤一日之間一哦之頃 而溫故賦凡 十餘首矣 嘗作議政府賦姑蘇臺賦 皆百餘句…….

7　奇大升,『高峯續集』卷2 雜著,「自警說」, 明年甲辰 牧伯宋公純 選儒生求益者 俾之講誦 必書其時 時已久 卽考其所就之如何 余因是 …… 讀韓文 …… 午月 將赴都會 見于先生 先生命作民嵒賦 賦成 先生亟稱之 讀韓文止祭文而還 …… 秋初 再往龍山 又讀韓文 望後 還家…… 九月初 往龍山 講文選 旬時還家.

8　奇大升,『高峯集』卷首,「年譜」(木版本)11歲條, 金公緝 …… 擧食字爲題 先生應聲曰 食無求飽君子道 公稱歎曰…….

읽었다고 하였고, ③은 14세의 기록으로 서당에서 선배들이 글을 읽고 문장을 짓는 것을 일과로 삼으니 기대승 자신도 그렇게 했다고 하면서 특히, "가송(歌誦)은 시속(時俗)을 따르지 않았고 시부(詩賦)는 내가 하고 싶은 대로 하여 비록 법도에 맞지는 않았다."고 하여 자신만의 독특한 창작을 했음을 알렸다. ④는 15세의 기록 내용으로 「서경부」 130구를 지었으며, 이에 대해 스승 용산(龍山) 정즐(鄭騭)의 칭찬이 있었음을 적었는데, 그 내용 중의 "생각이 심원하고 기상이 장대하며, 어조가 고상하고 문장이 통창하다."는 평은 주목을 요하는 부분이기도 하다. ⑤는 16세 때의 기록으로 "「조정몽주부」를 지어 보았는데 이때는 붓끝이 저절로 막힘이 없었다."라고 하였다. 또한 "「의정부부」와 「고소대부」 총 100여 구를 지어 보았다."라고 했는데, 그동안 문장 수련을 한 결과가 서서히 나타나고 있음을 간접적으로 알렸다. ⑥은 18세 때의 기록 내용으로 송순에게 나아가 수학했다고 하였고, 아울러 한유의 글을 읽었으며, 『문선』을 정즐에게서 강습했다고 하였다. 그리고 마지막 ⑦은 연보 11세조에 나오는 내용으로 김집이 운을 띄워 시를 짓도록 하자 기대승이 7언을 지었음을 말하였다.

이상과 같이 기대승은 20세 이전까지 경사류(經史類)의 책도 물론 읽었지만, 훗날 성리학자로 명성을 날린 문인치고 문장 등 문학 수련에 치중했음을 알 수가 있다. 그래서 46세 때 임종을 앞둔 마당에 기대승 스스로가 "다만 어릴 때부터 재기(才氣)가 넉넉하여 문장에 진력하다가 마침내 성현의 학문에 뜻을 쏟았는데……."라고 했던 것이다. 즉, 어렸을 때는 문장 수련에 진력하였고, 그 다음에 도학에 힘을 쏟았다고 고백한 것이다. 이는 기대승이 학자이기 이전에 문예적 기질을 가진 문인이었음을 말한 것으로 그의 시를 탐구해야 하는 이유가 된다 하겠다.

　그렇다면, 기대승은 자신만의 뚜렷한 문학관, 문학론, 창작론 등을
정립했는가? 현재 남아있는 글에서는 이러한 내용들을 알 수가 없다.
다만 이황에게 올린 편지인「별지무이도가화운(別紙武夷櫂歌和韻)」에서
문학론, 좀 더 구체적으로 말하면 한 편의 시가 어떤 과정을 거쳐 창작된
다고 생각했는지에 대한 실마리를 얻을 수가 있다. 일찍이 송나라 주희
는 1184년 무이정사(武夷精舍)에 머물고 있었는데, 그곳에서「무이도가」
10수를 완성한다. 그리고 그 후로 중국에서 이 작품에 화답한 시가 많아
이를 정리한『무이지(武夷志)』·『무이시주(武夷詩註)』등의 책이 간행되
었으며, 강한 존주의식(尊朱意識)을 지닌 조선조 많은 문인들 또한 수많
은 화답시를 지었을 뿐 아니라 이론적 견해를 개진하였다. 기대승은
그의 나이 34세 무렵에 이황으로부터 한 통의 편지를 받는데, 물론 그
편지의 주된 내용은 태극도설(太極圖說) 등 학문에 대한 것들이었다. 그
리고 내용의 거의 말미에서 주희의「무이도가」를 어떤 작품으로 보아야
할 것인지에 대해 질문을 하였는데, 이황이 말한 요점은 이러하다. 송나
라 유개(劉槩)가 간행한『무이시주』를 보니 주희의「무이도가」를 '학문과
도에 들어가는 차례[入道次第]'라 했는데, 아무래도 의심스러운 부분이
있으며, 하서(河西) 김인후(金麟厚)가 지은「무이율시(武夷律詩)」는 유개
의 뜻만을 전용했는데, 기대승은 어떻게 생각하느냐?는 것이었다. 이러
한 질문에 대해 기대승은「별지무이도가화운」이라는 제목으로 답장을
보내는데, 그 서두에서 자신은『무이지』가 있는 줄은 알지도 못하였고,
『무이시주』는 일찍이 서울에 과거시험을 보러갔을 때 종형(從兄)을 통해
본 바는 있으나 끝까지 다 읽지는 않았었다고 하였다. 그러면서 이황이
물어본 입도차제 부분에 대한 자신의 생각을 다음과 같이 피력한다.

　제가 생각하기에 주자(朱子)는 「구곡시(九曲詩)」 10장에서 사물로 인하여 흥(興)을 일으켜 가슴속의 지취(旨趣)를 쏟아내어, 그 우의(寓意)와 선언(宣言)이 모두 청고(淸高)·화후(和厚)하고 맑고 깨끗하여 곧 욕기(浴沂)의 기상과 그 쾌활함을 함께하고 있는데, 어찌 하나의 도에 들어가는 차례를 만들어 암암리에 「구곡도가」 중에 모사(摹寫)해 넣어 은미한 뜻을 붙였을 리가 있겠습니까. 성현의 심사가 아마도 이처럼 복잡다단하지는 않았을 것입니다.[9]

　기대승은 위 글을 통해 주희의 「무이도가」는 학문과 도에 들어가는 차례인 입도차제의 차원에서 지은 것이 아니라 어떤 외경(外境)을 접한 후 자연스러운 흥이 일어 자신의 마음속에 있는 생각을 쏟아낸 인물기흥(因物起興)의 작품이라고 하였다. 이럼으로써 작품에 붙인 뜻과 말들이 "청고·화후하고 맑고 깨끗하여 곧 욕기의 기상과 그 쾌활함을 함께하고 있다."라고 하여 주자의 기상이 증점(曾點)처럼 어디에 얽매인 것이 없이 가슴이 후련하여 무이구곡에서 노는 모습이 쾌활하다고 하였다.[10] 이러할진대 주희가 어떻게 「무이도가」를 통해 남몰래 도에 들어가는 차례를 모방하여 뜻을 붙였겠느냐고 반문한다. 그리고 아무리 성현이라고 하지만, 시를 창작할 때 그리 복잡한 심사를 가지지는 않는다고 자신의 생각을 분명히 밝힌다.

　이러한 생각은 다음의 인용문에서도 일관되게 나타난다.

9　奇大升, 『兩先生往復書』 卷1, 「先生前上狀」 '別紙武夷櫂歌和韻', 私竊以爲朱子於九曲十章 因物起興 以寫胸中之趣 而其意之所寓 其言之所宣 固皆淸高和厚 沖澹灑落 直與浴沂氣象 同其快活矣 豈有粧撰一箇入道次第 暗暗地摹在九曲櫂歌之中 以寓微意之理哉 聖賢心事 恐不如是之嶢崎也.

10　尹用男, 전게논문, 307쪽 참조.

대개 이 10장을 고집스럽게 끌어다가 비유하거나 하나하나 안배할 수는
없으나, 또한 그 사이에 의사(意思)가 뚜렷하게 드러나는 곳이 있으니, 전
적으로 우흥(寓興)에 뜻이 없었다고는 할 수 없습니다. 1곡시에 "홍교가 한
번 끊어지자 소식이 없으니, 만학천봉이 푸른 연기로 잠겨 있다."라고 한
것은 분명히 뜻이 있는 것 같습니다. 그러나 어찌 이로써 도(道)가 묻히고
폐해진 것을 슬퍼하여 지은 것이라고 할 수 있겠습니까. 대개 만난 환경에
따라 느낀 바의 생각을 드러낸 것인 듯합니다. 그러므로 생각과 환경이 참
되어 그 말에 저절로 깊은 지취(旨趣)가 있게 된 것이니, 이것이 바로 주자
의 시가 된 이유입니다. 그런데 만약 이미 경물을 형용하는 데 생각을 두
고, 또 그 경물을 끌어다가 도학을 비유하는 데 뜻을 두었다면 바로 이심
(二心)이 되는 것이니, 이것은 읊조리는 사이에 성정(性情)의 바름을 잃는
것일 뿐만 아니라 학문하는 사이에 매우 적은 차이가 천 리로 어그러질까
두렵습니다.[11]

　기대승은 주희의 「무이도가」가 인물기흥에 의한 서정적인 작품이라
고 하면서도 간간히 우흥(寓興)에 기댄 경우가 있음을 인정하며, 제1곡의
한 부분을 예로 든다. 기대승은 제1곡의 "홍교가 한번 끊어지자 소식이
없으니, 만학천봉이 푸른 연기로 잠겨 있다."라는 부분은 뜻을 품고 있는
것으로 생각하지만, 결코 도가 묻히고 폐해진 것을 슬퍼해서 지은 것이
아니다라고 한다. 여기서의 우흥이란 '탁물우의(托物寓意)'와 거의 동격
의 의미로서 작품에서 뜻을 중시한 것을 말한다고 생각한다.[12] 즉, 기대

11　奇大升, 『兩先生往復書』 卷1, 「先生前上狀」 '別紙武夷櫂歌和韻', 盖此十章 雖不可拘拘
　　牽譬 一一安排 而其間 亦有意思躍如處 此則不可謂專無意於寓興也 如一曲曰 虹橋一斷
　　無消息 萬壑千峯鎖翠烟者 分明若有意焉 然亦豈以是爲悼道之湮廢而發哉 盖卽其所遇
　　之境 而發其所感之意 故意與境眞 而其言自有深趣 此其所以爲朱子之詩也 若旣有形容
　　景物之意 又有援譬道學之意 則便成二心矣 此不惟吟咏之間 失其性情之正 而學問之際
　　亦恐差毫釐而繆千里也.

승은 주희의 「무이도가」는 작품 안에다 자신의 생각을 붙힌 경우도 있는
듯하지만, 심오한 이념까지 담지는 않았다고 하였다. 그리고 앞에서 이
미 말한 인물기흥이라는 말을 다른 형태로 표현한다. 곧, 주희는 무이산
에 머물며 자신이 만난 환경에 따라 느낀 바를 작품으로 나타내었고,
생각과 환경이 참되어 저절로 취지가 드러났으니 이것이 바로 주희의
시가 되는 이유라고 하였다. 인위적이고 억지로 작품을 만들려고 했다기
보다는 환경을 접함으로 인하여 느낀 바의 생각이 자연스럽게 드러났다
는 것이다. 아울러 가정해서 말하기를, 만일에 어떤 경물을 형용해야겠
다고 생각하고, 그 경물을 끌어다가 도학을 비유하는데 뜻을 두게 된다
면, 이는 '이심(二心)'이 된다고 하며, 이어서 두 마음을 갖게 된다면 성정
의 바름을 잃을 것이라고 하였다. 이러한 '이심불가론(二心不可論)'은 기
대승의 일원론적(一元論的)인 철학 이념과도 닿아있다고 할 수 있다. 기
대승은 이기(理氣)의 일원론(一元論)을 주장하였고, 칠정(七情) 가운데 인
의예지의 사단(四端)이 포함되어 있다는 일리적(一理的)인 입장을 표방한
바가 있다. 그래서 경물에 대해서 인물기흥의 흥취가 있고, 입도차제의
의상이 있다면 이는 이심(二心)이 되는 것이니 주희의 「무이도가」는 단지
눈앞의 경계에 대하여 그 느낀 바를 드러낸 것일 뿐이므로 의경(意境)이
진실 되고 말이 스스로 깊은 정취가 있다고 본 것이다.[13] 다시 말해 주희
의 「무이도가」는 환경으로 인하여 읊은 서정시이지 어떤 목적을 드러내
기 위해서 지은 목적시가 아니라는 것이 기대승의 입장이다. 이러한
일관된 생각은 「무이도가」 몇 편을 예시로 든 부분에서도 여실히 드러내

---

12 탁물우의와 관련해서는 李敏弘의 논문(『朝鮮中期 詩歌의 理念과 美意識』, 성균관대학
   교 출판부, 1993, 111~117쪽)을 참고할 것.
13 趙麒永, 전게논문, 40쪽 참조.

는데, 가령 "만약 주자 「도가시」 제4곡의 '달은 공산에 가득하고, 물은 못에 가득하다.'를 참앎[眞識]으로 여겼다면 제5곡의 '항상 이슬비가 평림을 어둡게 한다.'를 또 어찌 의심하였다고 할 수 있습니까. 옛사람이 비록 학문을 하는데 의심을 하면 깨닫는다고 하였으나, 어찌 깨닫고 난 뒤에 다시 큰 의심이 있겠습니까. 운운한 이 말들은 모두 모양을 이루지 못한 듯합니다." 등과 같은 경우이다.

사실 김인후를 비롯한 많은 문인들이 주희의 「무이도가」를 입도차제시로 보았다. 이러한 시각은 주희가 도학자이기 때문에 당연히 시도 도학적으로 지었을 것이라는 선입견에서 출발하였고, 이러한 입장은 조익(趙翼)을 비롯한 많은 이들의 호응을 얻었다.[14] 이러한 상황에서 아마도 이황 스스로도 갈피를 잡지 못하고 있었던 모양인데, 기대승은 다른 사람들의 견해는 아랑곳하지 않고 주희의 「무이도가」는 인물기흥에 해당하는 작품이라고 하였다. 기대승은 이황과 본격적으로 편지를 주고받기 전에 벌써 김인후를 배알한 적이 있었다. 그래서 무조건 김인후의 생각을 따랐을 법도 한데, 기대승은 결코 그렇게 하지 않고, 자신의 뚜렷한 소신을 밝힌 것이다. 앞에서 본 바대로 기대승은 「자경문」에서 14세 때를 "가송은 시속을 따르지 않았고 시부는 내가 하고 싶은 대로 하여 비록 법도에 맞지는 않았지만, 더러 글을 잘 짓는다고 칭찬한 사람도 있었다."라고 기록하였는데, 어려서부터의 소신이 나중에까지 이어졌다고 할 수 있다.

---

14 조선조 중기 사림파의 「무이도가」 수용과 관련된 연구는 李敏弘에 의해 집중적으로 이루어졌다. 이와 관련된 대표 논문으로는 「「武夷櫂歌」受容을 通해본 士林派文學의 一樣相 - 退溪·河西·高峯을 中心으로」, 『한국한문학연구』 6집, 한국한문학회, 1982, 25~44쪽과 「士林派의 武夷櫂歌 受容에 대하여 - 道教的 傳說과 載道的 附會」, 『도남학보』 7·8권, 도남학회, 1985, 28~45쪽 등이 있다.

아무리 선학자(先學者)들의 주장이 있다고 하더라도 자신이 생각한 것과 다를 경우 서슴없이 "아니다."라고 하면서 자신의 신념을 드러냈던 것이다. 따라서 지금의 연구자들은 주희의 「무이도가」에 대한 기대승의 주장을 "당시로선 대담하고 특이하고 혁신적인 견해"[15]라고 했는가 하면, "퇴계나 고봉은 관념적 해석에 매몰된 「무이도가」를 흥취의 세계로 끌어올렸다. 입도차제(入道次第)라는 공리의 구렁텅이에 빠진 「무이도가」를 인물기흥이라는 서정의 본연으로 돌이킨 것이다. 퇴계와 고봉은 「무이도가」의 시성(詩性)을 복권하였다."[16]라고 극찬을 아끼지 않았다. 기대승이 성리학자임에도 불구하고, 거기에 함몰되지 않고 시의 고유한 영역을 인정하고 문학을 학문과 별개로 본 시각을 높이 산 것이라고 생각한다. 다시 말해, 기대승은 이와 같이 주희의 「무이도가」를 학문과 별도로 따로 떼어 작품 자체만을 두고 그 성격을 파악하는 태도를 견지하였다. 이러한 설명은 비록 정치(精緻)한 이론적 무장을 한 가운데 주장된 것 같지는 않지만, 기대승이 문학 작품 특히, 시를 창작할 때는 어떻게 해야 한다는 생각을 나타낸 것이라고 하겠다. 따라서 기대승이 주장한 인물기흥이니 이심불가론이니 하는 것을 시 창작 이론으로 생각하고, 그의 시 작품을 살펴볼 것이다. 이는 그의 시 창작에 대한 생각이 실재 작품 창작에까지 이어졌는가를 알아보는 것이기도 하다.

---

15 이민홍, 전게논문(1982), 27쪽.
16 최진원, 『한국고전시가의 형상성』, 성균관대학교 대동문화연구원, 1996, 75쪽 참조.

3. 외경의 접합과 흥감의 유로

1) 상황 논리에 따른 흥감

기대승은 시를 창작할 때의 분위기나 상황 등 주변적 요소에 민감하게 대응하였다. 예컨대, 인위적으로 만들어진 상황에서 다른 누구와 대결하듯이 시적 수작(酬酌)을 해야 한다면, 시를 창작함에 상당히 고통스러워 하였다.

다음 작품은 기대승의 나이 37세 때 지은 것으로 시제(詩題)는 '계해년에 원기(圓機)가 다시 '시' 자 운을 써서 보내 주므로 용문(龍門)과 함께 화답하고 드디어 왕복하였다. 오후에 해미(海美) 현감 양숙전(梁叔躔)이 마침 오자 통판이 그를 위해 무이루(撫夷樓)에 올라 잔치를 베풀고 과녁을 쏘았는데 나도 참석하였다. 원기는 술에 취해 나오지 못하고 아름다운 시만 여러 차례 보냈다. 용문과 나는 화답할 겨를이 없고 술에도 피곤해서 연이어 차운하지 못한 것이 4,5편 되었다. 취중에 글씨가 마구 쓰여 마침내 희담이 되고 자못 모양을 못 이룬 것도 있지만 그런대로 한번 웃자는 것이다.'이다. 시제를 가지고 당시 상황을 유추해보자면, 기대승을 비롯한 여러 사람들이 무이루라는 누각에 올라 술잔치를 벌였고, 분위기가 무르익자 원기(圓機) 오상(吳祥)이 보내준 시 운을 따서 서로 주거니 받거니 시적 수작을 한 듯하다. 총 24수의 연작시 형태를 띠고 있는데, 기대승은 대체로 여러 편의 시에서 시 창작의 고통을 호소하고 있다. 그 가운데에서 고통을 가장 심하게 호소한 두 작품을 들어본다.

①

하늘땅에 큰 뜻 부질없이 품었으니	乾坤空抱志
한 가지 기예 시 읊음을 웃노라	一技笑吟詩
그런데도 굳건히 붓을 휘두르니	猶復揮毫健
모름지기 기이하게 운을 맞춰야지	須應押韻奇
급급한 압박을 강하게 받으니	剛被侵陵急
더딘 수색을 어이 견디리	那堪搜索遲
서로 만나면 참으로 번뇌스러우니	相逢眞自惱
깊은 밤 괴로이 생각하는 때로다[17]	深夜苦思時

②

밤에 돌아와서 방에 누워	夜室且歸臥
한가로이 동해의 시 펼쳐 보았다	閑繙東海詩
조각 말도 그 입에서 나왔으니	片言猶出口
이십 수에 점점 기이함을 알겠도다	廿首轉探奇
화답하고 싶지만 나는 재주가 없고	欲和吾嫌拙
기다리자면 그대는 늦다고 하리	相須子苦遲
등불을 돋우며 공연히 붓만 깨무니	挑燈空吮墨
우뚝하게 앉아 잠을 이루지 못하였다[18]	兀坐不眠時

---

17 奇大升,『高峯集』卷1,「癸亥 圓機再用詩字韻寄示 同龍門和呈 逐興往復 午後海美倅梁
    叔躋適來 通判爲上撫夷 設筵射帿 余亦參 圓機被酲未出 獨佳什屢至 龍門曁余酬答不暇
    復困杯勺 未能繼次者 蓋四五篇焉 醉墨淋漓 終相爲戲 頗有做不成者 聊以博笑云」열네
    번째 작품.

18 奇大升,『高峯集』卷1,「癸亥 圓機再用詩字韻寄示 同龍門和呈 逐興往復 午後海美倅梁
    叔躋適來 通判爲上撫夷 設筵射帿 余亦參 圓機被酲未出 獨佳什屢至 龍門曁余酬答不暇
    復困杯勺 未能繼次者 蓋四五篇焉 醉墨淋漓 終相爲戲 頗有做不成者 聊以博笑云」스무
    번째 작품.

24수 중에서 시 ①은 열네 번째 작품으로 수·함련에서 작자 자신은 하늘 아래에 큰 뜻을 품은 사람으로서 시를 읊는 일을 한 기예로 생각하여 거기에 노심초사 얽매이는 모습을 비웃었다고 한다. 그럼에도 불구하고 굳세게 붓을 휘둘렀으니 그것은 기이하게 운을 맞추기 위함이라고 하였다. 이 연의 내용을 통해서 작자의 기질도 알 수 있지만, 시를 지을 때 운을 맞추어야 한다는 강박관념에 사로잡혀 고심을 하고 있는 모습이 역력하다. 그럼에도 불구하고 쉽게 작품을 만들지 못한 모양인데, 그 다음의 경련은 그러한 모습을 대변해주고 있다. 즉, 아마도 작자 기대승에게 다른 사람 누군가 빨리 시를 지으라고 재촉을 하였고, 그럼에도 빨리 짓지 못해 난감해하는 모습을 하고 있기 때문이다. 이러한 분위기이다 보니 만남이 즐거운 것이 아니라 번뇌스럽고 고통스럽기까지 한 것이다.

작품 ②는 스무 번째 시로서 수련의 2연에서 동해(東海)의 시를 펼쳐 보았다고 하였다. 동해는 아마도 명나라 때 시문에 뛰어난 재능을 보였던 장필(張弼)을 말하는 것으로 보이는데, 작자 기대승은 다른 사람은 과연 시를 어떻게 창작했는지가 궁금했던 모양이다. 그리고 그 동해의 시를 통해 확인한 것은 작품이 기이하다는 것이었다. 함련의 내용을 통해 보자면, 동해의 시 가운데에서 20수의 연작시를 보았던지 아니면 스무 작품을 보았던지 한 것 같은데, 기이하다는 감정을 드러내어 시 짓기가 그리 쉽지 않음을 나타내었다. 그러면서 경련에서 동해가 그러했던 것처럼 자신도 다른 사람에게 화답하고 싶지만, 재주가 부족하여 그렇게 하지도 못하고, 기다리라고 하면 시를 받는 사람은 너무 늦다고 말할 것이라고 하였다. 이런 난감한 상황이다 보니, 미련에서 등불을 돋우며 부질없이 붓만 깨물고 있을 뿐 아니라 우뚝하게 앉아 잠도 이루지 못했다라고 하며 긴장한 모습을 보였다.

이와 같이 기대승은 인위적으로 만들어진 자리에서 다른 사람을 상대로 시적 수작을 하는 것에 대한 부담감을 가지고 있었다. 이것은 기대승이 시 창작 능력이 부족해서가 아니라 분위기와 상황에 민감한 그스스로의 성격도 있지만, 무엇보다도 만들어진 분위기에서는 감흥이잘 일어나지 않았기 때문이 아닌가 생각한다.

2) 흥감 유로의 두 방법

기대승은 인위적으로 만들어진 분위기가 아닌 그 반대의 상황에서는 오히려 다른 모습을 보이고 있다. 다음의 두 작품을 통해서 이를알 수가 있다.

①

한설이 날리는 듯 냇물이 쏟아지고	川吼飜寒雪
병풍을 두른 듯 숲은 깊어라	林深擁翠屏
흐트러진 차림으로 여울을 구경하고	倒衣看急水
베개 높여 굽이치는 모래톱 바라본다	高枕望回汀
구학에는 거문고 석 장이요	丘壑琴三疊
건곤에는 막걸리 한 병이라	乾坤酒一甁
적막한 속에 시흥이 발동하여	寂寥詩興發
석양이 어두워짐도 깨닫지 못한다[19]	未覺夕陽冥

---

19 奇大升, 『高峯集』卷1, 「吟贈居士」 두 번째 작품.

②

누런 잎은 어지럽게 떨어지고	黃葉紛紛落
국화는 수도 없이 피었다	黃花無數開
마을 속에 좋은 손님 이르니	村中好客至
들 밖에 몇 사람이나 왔는가	野外幾人來
석양은 술잔에 밝게 비치고	落日明浮蟻
가을 소리 낙매곡을 대신한다	秋聲替落梅
창랑을 부질없이 멀리 생각하니	滄浪空遠想
이 흥취 억누르기 어려워라[20]	此興亦難裁

작품 ①은 제목에 의거해보면, 증시(贈詩)의 일종이다. 먼저 수련에서
는 계곡이 흐르는 일반적인 숲속의 풍경을 묘사하였다. 1구에서 냇물이
쏟아지는 모습을 마치 한설(寒雪)이 날리는 듯하다라고 표현하여 감각적
분위기를 한층 고조시켰으며, 2구에서도 비유적인 수사법을 동원하여
숲의 깊이를 알 수 있게 하였다. 아마도 시제에 등장하는 거사(居士)가
사는 곳의 풍경이 아닌가 생각한다. 그러면서 함련에서는 이러한 숲속을
그냥 묘사하는데서 그치지 않고 화자가 적극적으로 움직여 여울을 구경
하고 모래톱을 바라보았다라고 하였다. 즉, 승경 묘사에만 그치지 않고,
화자가 점차 개입되어 가는 양상이다. 그런데 경련에서는 이전까지의
승경을 묘사하는데 치중했던 모습과는 달리 작자의 생각인 듯한 내용이
실려 있는데, 깊은 골짜기에는 거문고 석 장만 있으면 되고, 하늘과 땅에
는 다른 무엇보다도 막걸리 한 병만 있으면 된다는 의미로 풀이된다.
그리고 마지막 미련에서는 이렇듯이 아름다운 승경에 악기 연주와 막걸

---

20 奇大升, 『高峯續集』 卷1, 「白雲亭餞楊通判」 세 번째 작품.

리와 같은 술이 있음을 생각하니 시흥이 저절로 발동하여 해가 저물어 가는 줄도 몰랐다라고 하였다. 전경후정(前景後情) 형식의 작품으로 흥감이 불현듯 갑작스럽게 일어난 것이 아니라 서서히 생기는 모습을 보여주고 있다. 물론 그 흥감을 일으킨 주된 기제가 있을 것인데, 이 작품에서는 자연 승경이라고 할 수 있다. 마치 한설이 날리는 듯한 냇물에 깊은 숲이 자리한 곳을 시적 화자가 직접 눈으로 확인까지 했으니 승경이 어떻다라는 것을 분명히 알게 된 것이다. 다시 말해 마지막에 일어난 시흥은 작자가 일부러 만들려고 한 것이 아니라 자연 승경을 구경하고 나서 생긴 '저절로의 흥'이라고 할 수 있다. 그렇기 때문에 석양이 어두워지는 것도 모를 정도로 자신의 온 정신을 몰입할 수 있었다.

작품 ②는 시제에 따르면, 전송시(餞送詩)의 일종이다. 백운정(白雲亭)이라는 장소에서 통판(通判) 양사기(楊士奇)를 전송하면서 지은 작품으로 앞에서 본 작품 ①과 마찬가지로 살필 수가 있다. 먼저 수련에 등장하는 자연물을 보면, '누런 잎', '국화' 등인데, 이러한 것들이 여기저기 어지럽게 떨어지고 피어있다고 했으니 가을이 무르익어 가고 있음을 알 수가 있다. 그리고 뒤 이어 함련에서는 여러 사람들이 모이는 광경을 표현했는데, 현재 작품 속 상황이 전별을 하는 분위기임을 다시 한 번 상기시키고 있다. 이제 참여할 사람들도 모두 왔으니 이별의 잔치를 시작해야 하는데, 이러한 곳에 반드시 있는 것은 바로 술이다. 경련에서는 잔치 분위기가 점점 고조되어가는 모습을 그렸는데, '석양'이라는 시어의 등장으로 인하여 시적 시간은 하루 중에서 해질 무렵임을 알 수가 있다. 또한 잔치를 고조시키기 위해서는 술 외에 악기 연주 등이 필요했을 것인데, 별도로 준비하기 보다는 가을 소리 그 자체가 하나의 음악이 될 수 있음을 알리고 있다. 경련에 등장한 낙매곡(落梅曲)은 악곡 이름으로 중국 진(晉)나라의 항이(桓伊)가 피리를 잘 불어 「낙매화곡(落梅花曲)」
을 지은 데에서 유래한다. 이러한 분위기이다 보니 원대한 생각을 가질
수가 있었고, 흥취 또한 억누를 수 없을 정도가 되었다. 처음 경치를
묘사한 데에서 시작했지만, 사실 이 작품은 전별의 상황을 그린 것이기
때문에 기쁨보다는 슬픈 감정이 드러나는 것이 맞다. 그런데 작품의
전체적인 분위기에 의거해 보면, 슬픔은 거의 느껴지지 않고, 오히려
흥을 억누를 수 없음을 알리고 있다. 전별의 상황에서조차 흥감을 전하
고 있는데, 작품 ①과 비슷하게 저절로 생긴 흥이지 인위적으로 만든
흥은 아니다.

이상 두 작품을 통해서 2장에서 기대승이 언급한 인물기흥이라는 말
을 다시 한 번 생각해본다. 기대승은 주희의 시를 말하던 중에 인물기
흥을 언급했는데, 외경을 접한 작자가 '저절로의 흥' 아니면, '억누를
수 없는 흥'으로 인하여 시적 창작까지 이어진다는 것이 그 요점이었
다. 즉, 외경을 접한 후 흥이 일어나고, 이에 따라서 시가 지어지는 것
으로 이해할 수 있으니 그 순서를 생각해보면, 위에서 살핀 두 작품과
일맥상통하는 측면이 있다. 따라서 이것을 자연 풍광과 관련된 '저절로
의 흥' 또는 '자연스러운 흥'이라고 명명하려고 한다.

한편, 기대승의 작품 중에는 인위적이고 의도적으로 흥감을 일으키려
고 노력하는 모습을 보인 경우도 있다. 다음 작품은 이와 관련되어 있다.

바닷가에 봄빛이 완연하니	海國春全到
풍경이 이 한때가 좋구나	風光自一時
보슬비 날마다 연이어 내리니	霏微連日雨
넓은 땅 모두 진흙이로구나	浩蕩滿城泥

방초는 그윽한 길에 우거지고	芳草侵幽徑
한가한 꽃 울타리에서 웃는다	閑花笑短籬
막걸리로 좋은 계절 맞으니	濁醪酬美節
흥을 돋우어 새 시를 읊노라[21]	撥興有新詩

이 작품의 시제를 보면, '금성(錦城)에서 사촌(莎村)으로 가다'이다. 즉, 금성에서 사촌을 향해 가던 중에 지은 도중시(途中詩)라고 할 수 있다. 먼저 수련에서는 계절이 봄임을 알렸고, 한창 무르익을 때여서 풍경이 좋다는 것을 말하였다. 그리고 함련에서는 봄비가 내리는 광경을 묘사했는데, 며칠 동안 끊임없이 내렸음을 간접적으로 언급하였다. 봄비는 만물을 소생시키기 때문인지 며칠 동안 내린 비지만, 그에 대한 싫은 감정을 나타내진 않았다. 그 대신 경련에서 녹음방초가 우거져 있고, 만발한 꽃들이 울타리에서 웃는다라고 하여 밝은 분위기를 나타내었다. 이어서 마지막 미련 1구에서 앞 시에서 본 바와 같이 막걸리를 다시 등장시켜 좋은 계절을 맞이했으며, 아울러 흥을 돋운다라고 하였다. '흥을 돋운다'는 말은 흥이 저절로 생기지 않으니까 인위적으로 만든다는 뜻으로 이해되며, 여기에서 막걸리는 흥감을 일으키는 중요한 기제가 되는 것이다.

사실 기대승은 술에 대한 특별한 애착이 있었던 듯한데, 시 곳곳에서 그러한 흔적을 남기고 있기 때문이다. 심지어 망각의 기제로써 술에 취해보려고 한다는 등의 표현을 서슴없이 하고 있는데, 그에 해당하는 몇 가지 사례를 들어보면 다음과 같다.

---

21 奇大升, 『高峯集』 卷1, 「自錦城向莎村」.

①

서호의 병골이라 시도 짓기 어려우니   西湖病骨詩難到
내일 **아침술**에 취해 미쳐나 볼까[22]   准擬明朝醉發狂

②

취해 눕자 바람이 귓가에 나니   醉臥風生耳
도연히 세상일을 잊어버리노라[23]   陶然忘世機

③

모든 것 잊으려고 **술 취함** 도모하니   驅除萬事猶謀醉
취한 후 미친 듯 노래하며 갈건도 잊었네[24]   醉後狂歌遺葛巾

④

회포를 풀기는 오히려 **술**인데   開懷猶綠酒
흥을 일으켜 다시 시를 짓누나[25]   發興更新詩

　작품 ①은 늦게 핀 매화를 보고서 느낌이 일어 지은 시로서 마지막
부분이다. '서호(西湖)의 병골'은 매화를 가리키는데, 아침술을 마신 후
에야 시를 지을 수 있겠다라고 하여 취한 후에 제대로 된 시상이 떠오
를 수 있음을 간접적으로 알렸다. 작품 ②는 시제가 '부질없이 읊다'인
데, 봄비가 내린 뒤의 풍광을 묘사하던 중에 술에 취해 세상의 근심을

22　奇大升,『高峯集』卷1,「梅花數枝 開亦最晚 吟成長句 用破幽寂」미련.

23　奇大升,『高峯集』卷1,「漫興」미련.

24　奇大升,『高峯集』卷1,「小軒幽臥 情興茫然 率爾成詩 奉呈一笑 大升白重之丈」미련.

25　奇大升,『高峯集』卷1,「癸亥 圓機再用詩字韻寄示 同龍門和呈 遂與往復 午後海美倅梁
　　叔躔適來 通判爲上撫夷 設筵射帳 余亦參 圓機被醒未出 獨佳什屢至 龍門曁余酬答不暇
　　復困杯勺 未能繼次者 蓋四五篇焉 醉墨淋漓 終相爲戲 頗有做不成者 聊以博笑云」첫
　　번째 작품 수련.

잊는 모습을 그렸다. 작품 ③은 시제를 보면, '작은 마루에 한가로이 누웠다가 정흥(情興)이 아득하여 갑자기 시를 지어 바치오니 한 번 웃어 보십시오. 대승이 중지 어른에게 아룁니다'로 갑자기 일어난 흥감을 표현한 시로 술에 취한 이유가 모든 것을 잊기 위함이라고 하였다. 작품 ④는 앞에서 살핀 용문 등과 주고받은 24수 연작시 중 첫 번째 작품으로 속마음을 푸는 데는 술이 가장 좋으며, 술을 마신 뒤에 흥을 일으켜 시를 짓는다라고 하였다.

이상과 같이 기대승은 술과 관련하여 자신의 감정을 숨기는 일이 없이 솔직하게 드러내었는데, 이성적이고 엄중한 자세의 성리학자적인 모습은 일단 여기서는 생각하지 않는 것이 좋은 것이다. 즉, 기대승에게 있어서 술은 흥감을 유발시키는데 이용되는 중요한 기제 중 하나라는 것을 알 수가 있다. 특히 난만한 분위기 속에서 유로된 흥감이라면 반드시 술이 등장하며, 심하게 말하면 '술판'이라고 하는 표현이 맞을 듯하다. 다음의 작품은 이와 관련된다.

처음으로 활쏘기 끝내고	初罷鳴弓射
다시 붓을 대어 시를 쓴다	還爲落筆詩
소반을 치니 노래 절로 호방하고	擊盤歌自放
기생을 끼니 좌석도 기이하여라	擁妓坐成奇
고개가 내둘리는 시 읊음 어찌하리	最奈吟頭掉
느릿느릿 춤가락도 시름겹게 본다	愁看舞袖遲
이 풍류 참으로 다행스러우니	風流眞自幸
아름다운 흥이 당장에 솟아난다[26]	佳興聳當時

---

26 奇大升, 『高峯集』 卷1, 「癸亥 圓機再用詩字韻寄示 同龍門和呈 遂與往復 午後海美倅梁

이 시는 먼저 살폈던 용문과 주고받았던 24수 중 한 작품으로 열여섯 번째에 해당한다. 먼저 살폈던 작품은 열네 번째와 스무 번째였는데, 짜여진 분위기에서 시 짓는 것이 상당히 고통스럽다는 것을 주로 표현했었다. 그런데 위 작품은 같은 상황에서 나온 것이지만, 상당히 다름을 알 수가 있다. 그 원인은 바로 술에 있다고 생각한다. 수련의 내용을 보자면, 1차 활쏘기 경주를 마친 후에 시 짓기를 했다고 하였다. 이제 점차 분위기가 무르익어가고 있으며, 그러면서 잔치까지 함께 벌인 것으로 나타나는데, 함련과 경련에서 이를 말하고 있다. 심지어 무르익은 잔치 분위기를 여과 없이 묘사했는데, 소반을 치며 노래를 부르고 춤을 추기도 하며, 기생과 함께 놀기도 하였다. 술판이 난만히 펼쳐진 모습을 거리낌 없이 나타내었으니 어디에서도 엄정하고 절제를 필요로 하는 성리학자로서의 기대승은 찾아볼 수가 없다. 더군다나 마지막 미련에서 이러한 풍류가 다행스럽다고 하면서 가흥(佳興)이 용솟음치듯이 솟아나고 있음을 표현하였다. 흥감의 유로를 감추려고 한다거나 절제하기보다는 오히려 드러내려고 하는 모습이 엿보인다. 이로써 보면, 기대승은 감정이 솔직한 문인임에 분명하다. 그렇지만 이 작품에서의 가흥은 술로 인해 만들어졌기 때문에 '만들어진 흥'이요, '인위적인 흥'이라고 명명하려고 한다. 다음의 작품 또한 '만들어진 흥'과 관련되는데, 난만의 극치를 보여주고 있다.

叔躔適來 通判爲上撫夷 設筵射帳 余亦參 圓機被醒未出 獨佳什屢至 龍門曁余酬答不暇 復困杯勺 未能繼次者 蓋四五篇焉 醉墨淋漓 終相爲戲 頗有做不成者 聊以博笑云」 열여섯 번째 작품.

강가에서 좋은 날 만나 흠뻑 취하니	江頭盡醉偶佳期
술잔이 넘쳐흘러 옷을 적시려 한다	杯酒淋灘欲濕衣
흥에 겨워 날이 저묾 걱정하지 않고	牽興不須愁日晚
시를 써서 봄이 돌아감을 전송한다	題詩且可餞春歸
바람과 안개는 하염없이 서로 일어나고	風烟冉冉猶相惹
꽃과 버들개지는 어지러이 절로 날릴 뿐	花絮紛紛只自飛
신선의 꿈 하룻밤에 속세를 벗어나니	仙夢一宵超物外
세간의 흙먼지 나를 에워싸는 일이 없다[27]	世間塵土莫來圍

작품의 시제는 '배 안에서 취하여 일어나다'이며, 수련의 1구부터 술에 취한 모습을 그렸다. 아마도 어느 날 강가에서 여러 벗들과 만남을 가졌었고, 그 자리에서 술을 마셨으며, 흠뻑 취했음을 알 수 있는데, 2구에서 "술잔이 넘쳐흘러 옷을 적시려 한다."는 표현이 압권이다. 최고의 난만한 분위기를 표현한 것이기 때문이다. 이어서 함련에서는 술에 취하여 흥에 겨워 날이 저무는 것도 걱정하지 않는다라고 했으며, 봄이 돌아감에 시를 써서 보내준다고도 하였다. 기대승은 술과 흥감, 시 등 이러한 세 가지를 작품 속에서 함께 드러내는 경우가 많은데, 이 작품이 그에 해당한다고 하겠다. 그리고 경련에 이르러서야 경물을 표현하였는데, '바람'과 '안개', '꽃'과 '버들개지' 등이 나오는 것으로 보아서 계절로는 봄이라는 것을 알 수가 있다. 많은 작품들이 주로 전경후정의 방법으로 시상을 전개하는데 비해 이 작품은 오히려 반대로 전정후경(前情後景)의 방법을 이용한 것이 또한 특이하다. 그리고 마지막 미련에서 이렇듯이 배 안에서 취한 것이 마치 신선의 꿈을 꾸어 속세를 벗어난 것 같아서

---

27 奇大升, 『高峯續集』卷1, 「舟中醉起」.

세속의 티끌이 작자 자신을 에워싸는 일이 없을 것이라고 하였다.

　지금까지 기대승이 시에서 표현한 흥감 유로의 두 방법을 논하였다. '저절로의 흥'이 외경을 접했을 때 자연스럽게 생기는 흥이라고 한다면, '만들어진 흥'은 인위적인 힘을 가해 흥을 만드는 것으로서 거기에는 술이라는 기제가 자리하고 있음을 확인하였다. 이 둘의 흥 중에서 기대승이 궁극적으로 추구한 흥은 '저절로의 흥'일 것 같은데, '만들어진 흥'이라고 해서 그냥 지나쳐서는 안 된다고 생각한다. 어쩌면 '만들어진 흥'과 같은 이러한 부분에서 기대승의 개성을 찾을 수 있기 때문이다.

4. 흥감의 미학적 특질

　일찍이 송나라 주희는 『시경』 서문을 통하여 시 창작에 대한 생각을 정리했었다. 그와 관련된 처음 부분을 인용하면 다음과 같다.

　　혹자가 나에게 묻기를, "시는 어찌해서 지었습니까?" 하였다. 나는 대답하기를, "사람이 태어나서 고요할 때에는 하늘의 성(性)이 그대로 보존되어 있고, 사물에 감동되어 움직이면 성(性)의 정욕(情欲)이 나온다. 이미 정욕이 있으면 생각이 없을 수 없고, 이미 생각이 있으면 말이 없을 수 없고, 이미 말이 있으면 말로써 다 할 수 없어서 자차(咨嗟)하고 영탄(詠嘆)하는 나머지에 나타내는 것이 반드시 자연스러운 음향(音響)과 가락이 있어 그칠 수 없으니, 이것이 시를 짓게 된 이유이다." 하였다.[28]

---

28 『詩經』序(朱熹), 或有問於予曰 詩何爲而作也 予應之曰 人生而靜 天之性也 感於物而
　　動 性之欲也 夫旣有欲矣 則不能無思 旣有思矣 則不能無言 旣有言矣 則言之所不能盡
　　而發於咨嗟詠嘆之餘者 必有自然之音響節族而不能已焉 此詩之所以作也.

어떤 사람이 주희에게 "시를 짓는 이유는 무엇입니까?"라고 질문을
하자 이에 대해 주희가 대답하는 형식으로 되어 있는데, 그 대답의 요점
은 "사람이 이 세상에 태어나 고요할 때에는 하늘에서 부여한 성품이
그대로 보존되어 있으나 사물에 감동되어 움직이면 성품의 욕구가 나온
다. 그 욕구가 있으면 생각이 있게 되고, 생각이 있으면 말이 있게 되며,
말이 있으면 그 말로써 다 할 수 없는 상황에 이르게 되어 감탄을 발하게
되는데, 그 발하는 감탄에 자연스러운 음향과 가락이 있어 그칠 수 없을
때 한 편의 시가 된다."이다. 즉, 사람이 사물에 감동되면, 생각이 있고
말이 있으며, 말로 다 할 수 없는 어떤 상황에서는 무의식중에 감탄을
발하게 되고, 그 감탄을 그칠 수 없을 때 시가 창작된다는 논리이다.
이것을 주희의 시 창작론이라고 말할 수 있는데, 전통 시대 중국 뿐
아니라 우리나라 문인들은 이 논리를 적극적으로 수용하여 시 이론의
지침으로 삼았다. 여기서 잠깐 주목을 요하는 두 부분이 있는데, '사물에
감동되어 움직이면'과 '자차하고 영탄하는 나머지에' 등이다. 사물에 감
동된다고 함은 어떤 사람이 외경을 접했을 때 마음에 동요가 일어난다는
의미일 것이고, 감탄사를 낸다고 함은 외경에 감동되어 밖으로 어떤
말을 표현한다는 뜻일 것이다. 이렇게 했을 때 결국 한 편의 시가 창작된
다는 말인데, 가만히 보면 이러한 논리는 기대승의 '인물기흥론(因物起興
論)'과 큰 차이가 나지 않는다. 앞의 2장에서 이미 논했던 것처럼 기대승
은 주희가 지은 「무이도가」를 입도차제가 아닌 인물기흥으로 판단하였
다. 그리고 함께 말한 것이 '이심불가론(二心不可論)'이었다. 기대승은 「무
이도가」에 대해 주희가 어떤 외경을 접한 후에 자연스러운 흥이 일어나
마음속에 있는 생각을 쏟아낸 것일 뿐이며, 작품 속에다 심오한 이념까
지 담으려고 하지는 않았을 것이다라고 하였다. 곧, 「무이도가」를 도학

시(道學詩)가 아닌 한 편의 서정시로 본 것이다. 이처럼 기대승이 '인물기흥론'과 '이심불가론'을 주장하게 된 데에는 아무리 학문을 궁구하는 주희이지만, 시를 짓는 순간이 되면 학자적인 모습이 아닌 또 다른 이면이 있을 수 있음을 인정해야 함을 강조한 것이라고 생각한다. 이는 바로 주희가『시경』서문을 통해 말한 시 창작론을 간파해서 말한 것으로서 문학은 학문과 다른 측면에서 바라보아야 함을 강조한 것이기도 하다.

그렇다면, 기대승은 실제로 시 창작을 어떻게 했으며, 외경을 접했을 때 어떤 자세로 받아들이고 어떤 방법으로 표현해 냈을까? 앞 3장에서 살펴보았던 것처럼 기대승은 외경을 접했을 때의 흥을 중요하게 생각했었고, 흥이 원숙해지면 결국 시 창작으로 이어진다라고 생각하였다. 그래서 외경만 부여되고 흥이 일어나지 않으면 시를 창작하지 못하는 고통을 느꼈었다. 그리고 외경을 접한 후 흥감이 일어나면 시상이 떠올라 결국 시를 완결 짓는 단계에 이르렀는데, 여기에도 두 가지 방법을 활용하였다. 그 첫 번째 방법은 외경을 접한 후에 거기에 자연스럽게 동요되어 저절로 흥이 일어나 시를 짓는 것이요, 두 번째 방법은 인위적이고 의도적으로 흥감을 일으켜 시를 완결 짓는 것이었다. 이와 같이 기대승은 시를 창작할 때 흥감의 유로를 중요하게 생각했는데, 앞서 3장에서는 전자를 '저절로의 흥'이라고 하였고, 후자를 '만들어진 흥'이라고 명명하였다. 그런데 이 둘은 분명한 차이가 있음을 알아야 한다. '저절로의 흥'에 의해 창작된 작품의 경우, 외경을 접했을 때 거기에 동요되어 자연스럽게 드러나는 것이기 때문에 시상의 전개가 일관성이 있고 억지스럽지 않아서 받아들이는 사람으로 하여금 거부감이 덜 느끼게 한다. 반면, '만들어진 흥'에 의해 창작된 작품의 경우, 인위적이고 의도적으로 흥감을 일으켜 작품을 이끌어가기 때문에 받아들이는 사람으로 하여금 거부

감이 느껴지기도 한다. 사실 기대승의 시 가운데에서 흥감과 관련된
작품의 경우, '저절로의 흥'보다는 '만들어진 흥'을 드러낸 경우가 많은
것을 볼 수 있는데, 이 부분을 주목할 필요가 있다. 이것을 통해 기대승
시의 한 특징을 찾고, 미학적 특질을 구명할 수도 있기 때문이다.

　기대승의 시를 통해서 보자면, 그 자신이 흥감을 일으키려고 노력하
는 모습을 보였는가 하면, 술판이 벌어지고 나서야 흥감이 생겨 난만한
분위기를 여과 없이 나타내 보이기도 하였다. 즉, 기대승에게 있어서
술은 흥감을 일으키는 중요한 기제로써 이용되고 있음을 볼 수 있는데,
그 술에 의해서 생긴 감정을 감춘다든가 억누른다든가 하기 보다는 당당
하게 펼쳐 보인다. 이런 경우, 고고한 학자적 자세는 엿보이지 않고 그의
기질만이 드러나는 형상(形象)이다. 일찍이 『고봉집』의 서문을 쓴 장유
(張維)는 기대승의 기력을 "굉후(宏厚)하다." 하였다. 또한 『고봉속집』 부
록 권1의 「시장(諡狀)」에서는 기대승에 대해 "호협(豪俠)하고 재주가 뛰어
나다."라고 하였으며, 이이(李珥)는 "기운이 일세를 덮을 만하다."라고 하
였다. 이러한 기록을 통해 보자면, 기대승은 높고 큰 기상을 지니고 있었
고 아울러 호협함도 있었음을 알 수가 있는데, 이러한 기질은 인위적으
로 흥이 만들어졌을 때 자주 드러난다는 것이다. 이렇다 보니, '만들어진
흥'과 관련된 작품을 보면, 기대승의 풍류성이 드러나기도 한다. 따라서
이러한 작품을 학자가 지은 것이라는 잣대로 본다면, 거부감이 일어날
수도 있지만 인간적 정서를 지니고 있으며 문예적 기질을 가진 사람이
지었다고 본다면, 거부감이 일어나기 보다는 그 '만들어진 흥'에 함께
동요될 수도 있다. 즉, 기대승은 학자이지만, 시는 학문과 다른 별도의
창작 정신이 있어야 함을 알고 있었고, 이것을 직접 작품을 통해 실천해
옮겼다고 할 수 있다. 이것이 그가 말한 '이심불가론'인 것이다. 또한

작품을 창작할 때는 흥감이 일어나야 함도 잘 알고 있었기 때문에 여러 작품을 통해 흥의 유로를 강조하였다. 특히, '만들어진 흥'이 있을 때 그 자신의 감정이 서슴없이 표출되었음을 볼 수 있는데, 때문에 여기에서 그의 풍류성을 자연스럽게 엿볼 수가 있다. 시를 통해 보자면, 기대승은 우리가 기존의 통념으로 알고 있던 우아한 도덕적 품격과 이상적 지향만을 지닌 '선비'만은 아니다.[29] 학문에서 드러낼 수 없는 난만(爛漫)한 시 정신을 꿰뚫었던 문예기질이 상당한 낭만주의자였으며, 수준 높은 풍류 정신을 갖춘 학자적 문인이었다고 할 수 있다. 이러한 낭만성과 풍류성이 당시 당시풍(唐詩風)을 구사했던 호남의 다른 문인들과 동급에서 볼 수 있을지는 치밀한 연구가 뒤따라야 하겠지만, 일단은 그 속에서 크게 벗어나지 않는다고 생각한다.

5. 나오는 말

본 논고는 기대승이 시에서 자주 언급한 '흥(興)'을 그의 시를 이해하는 하나의 단서로 생각, 어떤 방법으로 표현했는지에 주목하고, 그와 연관 지어 미학적 특질을 구명하였다. 기대승은 시에서 흥과 관련된 말을 빈번하게 사용하였는데, 가령 '유흥(幽興)', '시흥(詩興)', '발흥(發興)', '가흥(佳興)', '청흥(淸興)', '고흥(高興)', '광흥(狂興)' 등이 있다. 이들 흥과 관련된 용어들은 대개 외경(外境)을 접하고서 한 편의 시를 창작할 때

---

29 김경호, 「선비의 감성 – 고봉의 '락'을 중심으로」, 『호남문화연구』 45집, 전남대 호남학연구원, 2009, 137쪽 참조.

나온 말들로 기대승의 시를 이해하고, 미학적 특질을 살피는 중요 부분
이라고 생각하였다.

본격적인 논의에 앞서서 2장에서는 그가 말한 인물기흥론을 정리하였
다. 이 인물기흥론은 하나의 주장이요, 이론으로만 그친 것이 아니라 사실
기대승 자신의 시 창작론으로 중요하게 인식하였다. 기대승은 즉, 주희의
「무이도가」를 학문과 별도로 작품 자체만을 두고 그 성격을 파악하는 태
도를 견지하는데, 여기에서 그가 생각한 문학이 무엇인지를 알 수가 있었
으며, 시가 창작되는 과정에 대한 생각이 뚜렷했음을 알 수 있었다.

3장에서는 기대승 시의 흥감 유로의 작품을 대상으로 그 방법의 양상
을 살폈다. 기대승의 흥감 유로의 작품 중에는 외경을 접한 작자가 '저절
로의 흥' 아니면, '억누를 수 없는 흥'으로 인하여 시적 창작까지 이어진
경우와 그 반대의 경우가 있었다. 그 반대의 경우를 '인위적인 흥'이요,
'만들어진 흥'이라고 했는데, 이럴 때 기대승의 학자적인 모습은 엿볼
수가 없었다. 또한 '만들어진 흥'의 경우, 거기에는 흥감을 유발시키는
술이라는 기제가 있음을 알 수 있었다. 이 둘의 흥 중에서 기대승이
궁극적으로 추구한 흥은 '저절로의 흥'일 것 같은데, '만들어진 흥'이라
고 해서 간과해서는 안 된다고 생각하였다. 오히려 '만들어진 흥'에서
그의 시적 미감을 찾을 수 있을 것이기 때문이다.

마지막 4장에서는 기대승 시에 나타난 흥감이 가진 미학적 특질을
정리하였다. 보통 '만들어진 흥'에 의해 창작된 작품의 경우, 인위적이
고 의도적으로 흥감을 일으켜 작품을 이끌어가기 때문에 받아들이는
사람으로 하여금 거부감이 느껴지기도 하는데, 기대승의 작품은 이와
조금 다른 느낌을 준다고 하였다. 즉, '만들어진 흥'에서 사용된 술에서
오히려 인간미와 문예미를 느낄 수 있기 때문에 거부감이 일어나기 보

다는 함께 동요될 수도 있다고 보았다. 다시 말해 기대승은 그의 흥감 유로의 작품을 통해서 고도의 풍류성과 낭만성을 드러내었는데, 이것을 미학적 특질로서 규정하였다.

제3장

18세기 호남실학 문인의 시 세계와 지향 의식

1. 들어가는 말

　조선조 18세기에 이르자 호남에서는 신경준(1712~1781), 위백규(1727~1798), 황윤석(1729~1791) 등의 실학자들이 배출된다. 이들은 모두 18세기에 태어나 19세기가 되기 이전에 세상을 떴다는 공통점을 지니고 있으며, 성리학의 공리공론을 배격한 실생활에 근접한 학문을 추구하였다. 이러한 학문을 추구하게 된 궁극적 이유는 생활 속에서 실지 필요했기 때문인데, 비슷한 시기 근기(近畿) 지역 몇몇 학자들의 학문적 성향도 그러했음을 알 수 있다.

　본 논고는 지금까지 행해진 연구를 바탕으로 18세기의 대표적인 호남 실학 문인인 신경준, 위백규, 황윤석의 시적 전개 속에서 실학적 요소를 찾아 밝혀보고, 지향 의식을 구명하려고 한다. 지금까지 이들의 문학 작품을 한 자리에서 본격적으로 논의한 경우는 없었다. 그 이유는 각자 논의하지 않으면 안 될 정도의 거대한 학문적 성과를 이루어 자칫 한꺼번에 거론하게 되면 중요 부분을 놓칠 수 있기 때문이었다. 그러나 세 문인의 시를 함께 아울러 논의하는 것도 의미가 있을 것으로 생각한다. 이들 세 문인은 학문적 성격의 공통점을 찾아 실학자로 명명하고는 있지만, 학문적 성과를 들여다보면 각자의 독특한 개성을 담고 있음을 알 수 있다. 이렇듯 학문적 성과가 다른 것과 비슷하게 시 또한 각자의 개성을 뚜렷이 담았음을 알 수 있는데, 따라서 이를 '삼인삼색(三人三色)'이라고 말하고 싶다. 비슷한 학문을 추구했지만, 이렇게 세 사람의 시가 각자 다를 수밖에 없었던 것은 본질적으로 각각의 관심 대상이 달랐기 때문인데, 따라서 학문적 성격을 통해서 무엇에 주로 관심을 가지고 있었는가를 먼저 살펴야 할 것이다. 이러한 학문적 성격을 밝힌 뒤에 세 문인 각자의 학문이 시를 통해서는 어떻게 전개되었는가를 살피고, 마지막으로 지향 의식을 밝히고자 한다. 이러한 연구 성과는 18세기 호남실학 문인의 시가 어떻게 전개되고 지향한 바가 무엇이었는지를 알려줄 것이며, 더 나아가 호남학의 본질을 아는 계기가 될 것으로 생각한다.

2. 엄박과 실심의 학문

그렇다면 신경준, 위백규, 황윤석의 학문적 성격을 어떻게 규정할 수 있을 것인가? 세 문인의 삶의 궤적에서 엿보이는 학문적 경향을 정리해 보면 다음과 같다.

신경준은 귀래정(歸來亭) 신말주(申末舟)의 10대 후손으로 전라북도 순창(淳昌) 남산대(南山坮)에서 태어난다.[1] 신경준은 43세에 호남좌도(湖南左道) 증광초시(增廣初試)에 합격한 이래 63세 때 제주 목사를 마지막으로

관직에서 물러나왔다. 그런데 여기서 주목할 것은 바쁜 관직 생활 중에
도 다방면의 저술을 남겼다는 점이다. 신경준은 일찍이 관직에 오르기
전에 「시칙(詩則)」과 「소사문답(素沙問答)」, 「직서(稷書)」, 「훈민정음운해
(訓民正音韻解)」 등을 저술한 바 있는데, 관직에 오른 뒤에도 「일본증운
(日本證韻)」, 「언서음해(諺書音解)」, 「평측운호거(平仄韻互擧)」, 「거제책(車
制策)」, 「수거도설(水車圖說)」, 「논선거비어(論船車備禦)」, 「의표도(儀表圖)」,
「부앙도(頫仰圖)」, 「강계지(疆界志)」, 『동국문헌비고(東國文獻備考)』, 「여
지고(輿地考)」, 「산수고(山水考)」, 「도로고(道路考)」, 「사연고(四沿考)」, 「가
람고(伽藍考)」 등의 글을 집필하여 학문에 대한 열정을 보였다. 이들
저술들을 면면히 들여다보면, 한 가지 공통점은 거의 모두 공리공론과는
거리가 먼 일상에 도움이 된다는 것이고, 이로써 신경준 학문의 넓이와
깊이가 어느 정도였는지를 가늠할 수가 있다.

사실 신경준이 이렇게 실리적(實理的)인 학문적 성과를 낼 수 있었던
데에는 남다른 관점이 있었기 때문인데, 다음 홍양호(洪良浩)가 쓴 「묘
갈명(墓碣銘)」의 내용에서 그러한 사실을 살필 수가 있다.

일찍이 말하기를 "대장부가 이 세상에 나매 천하의 일이 모두 나의 직분
이니 하나의 사물이라도 그 원리를 궁구하지 못하면 부끄럽고 하나의 기예
(技藝)라도 능하지 못하면 흠이 된다."라고 하였다. 마침내 성인의 책부터
잠심하여 깊이 탐구하여 그 대지(大指)를 터득하고 구류이교(九流二敎)를
두루 살펴서 천관(天官)·직방(職方)·성률(聲律)·의복(醫卜)의 학문과 역
대의 헌장(憲章)·해외(海外)의 기벽(奇僻)한 책에 이르기까지 그 깊은 이

1 신경준의 가계에 대한 대략적인 소개는 고동환의 논문(「여암 신경준의 학문과 사상」,
『지방사와 지방문화』 6권 2호, 역사문화학회, 2003, 181~182쪽)을 참조할 것.

치를 탐색하고 요체를 헤아리지 않은 것이 없었다.[2]

　신경준의 학문의 폭과 깊이가 어느 정도였는지를 알 수 있는 대목으로 성인의 책에서 근거한 학문이 일상에 소용이 되는 세세한 부분까지 더 나아갔다고 할 수 있다. 위당(爲堂) 정인보(鄭寅普)도 신경준의 학문에 대해 평하기를 "깊은 이치에서부터 미미한 것에 이르기까지 모두 통달하였다."라고 했는데, 홍양호의 견해와 일맥상통하는 측면이 있다. 여기에서 신경준이 왜, '미미한 것'에까지 관심을 두었는지를 헤아릴 필요가 있다. 그의 글 「봉오기(蓬塢記)」를 보면, "땅에서는 난초과 국화가 홀로 날 수가 없고, 쑥 콩과 함께 난다. 비와 이슬은 반드시 난초와 국화만을 적시지 않고 쑥과 콩을 함께 적신다. 오로지 아울러 자라지 않을 뿐 아니라 난초와 국화는 작고, 쑥과 콩이 많은 것은 마치 사람에게서 현명한 자가 적고, 우매한 이가 많으며, 귀한 사람은 적고 천한 사람이 많은 것과 같으니 어찌 우매하고 천하다고 하여 아울러 버리겠는가."[3]라고 한 내용이 나오는데, 여기에서 그 단서를 찾을 수가 있다. 즉, 신경준은 평소 남들이 하찮다고 생각하는 사물에까지 깊은 관심을 보였으며, 아무리 천하다고 하더라도 버릴 수는 없다는 입장을 지녔다. 「봉오기」는 그가 무슨 이유로 '미미한 것'에까지 관심을 가졌는지를 알 수 있는 좋은 예이다. 이와 같이 신경준의 학문적 성격은

2　洪良浩, 『耳溪集』 卷28, 「左承旨旅庵申公墓碣銘」, 嘗曰 大丈夫生斯世 天下事皆吾職 一物未格 恥也 一藝不能 病也 遂自聖人書 潛心探賾 得其大指 汎濫于九流二敎 以至天官職方聲律醫卜之學 歷代憲章海外奇僻之書 靡不鉤其奧而挈其要.

3　申景濬, 『旅菴遺稿』 卷4, 「蓬塢記」, 地不得獨生蘭菊 而蓬葦並生焉 雨露不必獨霑蘭菊 而蓬葦同霑焉 不惟並生 而蘭菊小蓬葦多 如人之賢者小而愚者多 貴者小而賤者多也 豈可以愚賤而並棄之乎.

기본적으로 박통(博通)하다고 할 수 있으며, 그럴 수 있었던 것은 평소 비근(卑近)하다 하여 버릴 수 있는 부분도 소중하게 생각하는 의식이 내재해 있어서였다. 이는 결국 남들이 하는 행동을 무조건 따라가지 않는 자신만의 독특함과도 연결되는데, 이러한 학문적 태도는 시 작품을 창작할 때 형식과 표현기법 등에서 그대로 드러났다.

위백규는 전라남도 장흥 방촌(傍村)에서 문덕(文德)의 장남으로 태어났다. 어려서부터 명민함을 보인 반면 뚜렷한 스승을 찾지 못하고 가학(家學)으로 숙조(叔祖)인 춘담공(春潭公) 세린(世璘)에게서 육갑과 천자문을 익히고 스스로 독서를 통해 여러 책을 두루 섭렵해갔다.

그러나 혼자 하는 공부에 한계를 실감하고 25세 되던 해에는 충청도 덕산(德山)에 살고 있던 병계(屛溪) 윤봉구(尹鳳九)를 찾아가 스승의 예를 갖춘다.[4] 하지만 집안 사정이 넉넉하지 못한 위백규는 멀리 집을 떠나 스승 곁에 오랫동안 머물 수가 없어서 잠시 있다가 고향 집으로 돌아가곤 하였다. 이렇게 스승 곁에 오랫동안 체류하지는 못했지만, 위백규는 저술 활동을 이때부터 본격적으로 시작하였다. 31세 때 「시폐(時弊) 10조」를 지어 스승에게 바치는가 하면, 32세 때에는 세계지리서라고 할 수 있는 『환영지(寰瀛誌)』를, 33세 때에는 경전 중에서 감명 받은 장절(章節)을 엮은 「고금(古琴)」과 그리고 시폐를 논한 「정현신보(政絃新譜)」 등을 짓는데, 이러한 저작들에서 위백규의 관심 방향이 어느 곳에 있었는지를 알 수가 있다. 41세 때 스승 윤봉구가 세상을 뜨자 덕산의 수학기를

---

4 위백규가 윤봉구에게 나아가 스승의 예를 갖출 때 도움을 주었던 사람으로 魏世鈺을 들 수 있는데, 이에 대한 설명은 이종범의 논문(「存齋 魏伯珪의 學問과 政論의 연원과 배경 : 傍村 魏氏家의 傳乘과 轉換을 중심으로」, 『역사문화연구』 19집, 한국외국어대학교 역사문화연구소, 2003, 13~18쪽)을 참조할 것.

마치고 생활 속 현장으로 뛰어들어 궁경독서(躬耕讀書)를 본격적으로 하기에 이르는데, 「연보」에서 "이 해에 사약(社約)으로 인하여 드디어 궁경독서의 규약을 정하였다. 비옷과 삼태, 호미를 갖추고 또한 서책을 허리에 찼다. 직접 목화밭의 김을 매고 정오에 큰 나무 아래에서 쉬면서 각자에게 그날 공부할 내용을 가르쳤다. 매달 초하루와 보름이면 도강(都講)을 설하고서 각자 절구와 장률을 짓도록 하고, 서기와 간찰에 이르기까지 그들의 재질에 따라 품평하였다. 향약과 『소학』의 글들을 가려 뽑아서 익히고 해석하였다. 실행한지 수년 만에 효과가 나타나기 시작하였다."⁵라고 당시의 상황을 적었다. 즉, 삼태와 호미를 가지고 직접 농사를 지으면서 공부 또한 게으르게 하지 않았음을 알 수 있다. 뿐만 아니라 그동안 공부한 내용에 대한 성과가 어떠한가를 살피기 위하여 절구와 장구를 짓도록 하거나 서기와 간찰 등까지도 품평했다고 언급하였는데, 이런 결과 사약을 실시한 지 수년 만에 효과를 보았다고 하였다. 다시 말해, 궁경독서를 통해 경제력도 해결하고, 향촌을 점차 교화해 나갔던 것이다. 그러면서 다른 한편으로는 위백규가 점차 농촌의 현실을 직접 눈으로 확인하며, 무거운 삶의 무게를 좀 더 실감하게 되었다고 할 수 있다. 이는 33세 때 쓴 「정현신보」에서 '조운(漕運)의 폐단'을 논할 때 "이를 보는 병든 백성과 쇠잔한 농민은 발을 구르며 바라다보고 머리를 긁적이면서 탄식하지만 감독관은 단지 구경만 하고 있을 뿐 백성의 고통은 아예 생각하지 않습니다."⁶라고 하여 구체화시키지 못했던 것을 50세

---

5 魏伯珪, 『存齋全書』「年譜」42歲, 是歲因社約 遂爲躬耕讀書之規 具簑笠荷鋤 兼帶書冊
   自耘綿田 而亭午休大樹下 各授課讀 每朔望設都講 各制絶句長律 以至序記簡札 隨其材
   而第之 釋讀鄕約小學章抄 行之數年 著有成效.

6 魏伯珪, 「政絃新譜」漕運之弊, 其槃病氓殘農 頓足旁觀搔首吞聲 其監色恝爾無憫.

무렵에 지은 「봉사(封事)」에서는 비슷한 폐단을 비교적 자세히 적은 것으로도 알 수 있다. 다음 내용은 「봉사」의 내용으로 「정현신보」의 내용과 서로 대비해보면, 그 차이를 알 수가 있다.

> 이미 창소(倉所)에 도달한즉 감관(監官)을 어린아이로 바라보고 농민을 벌레로 보고서 곡(斛)과 저울대를 마음대로 동독하여 호통을 쳐대며 남봉(濫捧)케 하니 시동(尸童) 감색(監色)이 감히 누구냐고 대들지 못하고 애잔한 저 농민들은 발을 구르며 소리를 삼키고 맙니다. 고혈을 다 짜내고 경병도축(傾瓶倒軸)의 지경인데 파선(破船)한 쌀이라 하여 다시 용미(春米)네, 축미(縮米)네, 가미(加米)네 하여 선복(旋復)하기를 여름 유월 보릿고개 한없이 참혹한 때를 당하여 벼락치고 불난 듯이 재촉해대니 대민(大民)은 그 가장(家庄)을 전매하고 소민(小民)은 그 족린(族隣)을 분탕질하여 사방의 들판에 농가(農歌)가 문득 끊어져 버리고 열 집의 마을에 버려진 아이들이 다투어 울어 댑니다.[7]

같은 폐단을 두고서 적은 내용인데도 「정현신보」가 「봉사」에 비할 때 피상적이라는 느낌을 피할 수 없는데, 이런 결과를 가져온 것은 두 글을 쓸 당시의 위백규의 처지가 각각 달랐기 때문으로 판단된다. 즉, 「정현신보」를 지었을 당시는 스승 윤봉구를 찾아간 2년 후로 위백규 자신이 농촌에서 태어난 사람이라고 하지만, 폐단에 대한 인식을 어설프게 했던 때인 것으로 생각된다. 반면, 50세 무렵에 쓴 「봉사」는 자신이 몸소 삶의 현장에 들어가 체험을 한 뒤인지라 비슷한 상황이 일어났

---

7 魏伯珪, 「封事」 漕運之弊, 旣到倉所 則兒視監官 蟲視農民 自董斛槩喝令濫捧 尸童監色 莫敢誰何 殘彼農民 頓足吞聲 輸膏納血 傾瓶倒軸 而破船米 更春米縮米加米 旋復星催火 迫於夏六月麥窖孔慘之際 大民典賣其家庄 小民焚蕩其族隣 四郊之農歌頓絕 十室之孤 孩競號.

을 때 그 전과는 다르게 자세한 묘사가 가능했다고 볼 수 있다.

한편, 뒷날 홍직필(洪直弼)이 위백규의 묘지명을 썼는데, 거기에서 "천문(天文)·지리(地理)·율력(律曆)·복서(卜筮)·병도(兵韜)·산수(筭數) 등을 망라하지 않음이 없고 백공(百工) 기예(技藝)를 눈으로 직접 보고 마음으로 풀어 직접 기형(璣衡)을 만듦에 도수(度數)의 차이가 없었다."[8]라고 한 것을 주목해야 한다. 즉, 위백규는 경세적인 차원에서 시폐만 논의한 것이 아니라 실생활에 소용되는 것들도 관심을 가지고 그러한 것을 직접 만들어보기까지 했던 것이다. 이러한 학문의 성격은 한 마디로 엄박(淹博)하다고 할 수 있으며, 실심(實心)이 없었다면 불가능했으리라고 생각한다.

황윤석은 전북 흥덕현(興德縣, 현 고창군)에서 출생하였다.[9] 황윤석은 다방면에 걸쳐 학문에 대한 열정이 대단했는데, 59세 때에 쓴 「자서설(自叙說)」의 "경사자집(經史子集)과 심성리기(心性理氣)·성음(聲音)·전서(篆書)·그림·의약(醫藥)·상수(象數)·제자백가가 일체 사색의 대상이 아닌 것이 없어 일찍이 어지럼증에 시달리기도 하였다."[10]라는 말을 통해 그의 학문의 넓이와 깊이를 알 수가 있다. 따라서 황윤석을 가리켜 서명응(徐命膺)은 「행장」에서 '박학한 선비'라고 하였고, 영조는 '널리 알고 소박하며 알찬 사람'이라고 하였으며, 제헌(霽軒) 심정진(沈定鎭)은 "육경에 근본을 두면서 백가에 통달하였다. 크면서도 뒤섞이지 아니하고 자세하

---

8 魏伯珪, 『存齋集』 卷24 附錄, 「墓誌銘」(洪直弼), 天文地理律曆卜筮兵韜筭數之類 罔不蒐羅 至百工技藝 皆目擊心解 手造璣衡 度數不差.

9 황윤석의 생애에 대한 자세한 논의는 하우봉의 논문(「이재 황윤석의 사회사상」, 『이재 황윤석 – 영·정 시대의 호남실학』, 민음사, 1994, 15~22쪽)을 참조할 것.

10 黃胤錫, 『頤齋遺稿』 卷23, 「自叙說」, 其於經書史集心性理氣聲律篆隷圖畵醫藥象數一切九流百家 無非思索之地 已嘗苦頭目眩暈矣.

면서도 번잡하지 않으니 세상에 보기 드문 박학자라고 할 수 있다."[11]라
고 했는데, 모두 틀린 말은 아니다.

　그렇다면 황윤석의 박학성은 어떻게 해서 이루어졌는가? 우선 들 수
있는 것은 가학적(家學的) 분위기이다. 황윤석의 부친 만은공(晩隱公) 전
(塼)은 남다른 교육관을 가지고 있었던 듯한데, 유학자들이 보통 잡학(雜
學)으로 생각한 천문과 역법 등에도 관심으로 갖도록 했기 때문이다.[12]
두 번째, 황윤석의 박학성은 사물에 대한 관심과 사물에 대한 지적 호기
심이 있었기에 가능했다. 황윤석의 사물에 대한 지적 호기심이 어느
정도였는지는 가령, 『이재유고(頤齋遺稿)』 권1에 실린 「자명종(自鳴鐘)」
시의 서문을 통해서도 알 수 있다. 이 서문의 내용을 보면, 자명종을
낱낱이 해부하여 내부 모습을 자상하게 묘사했는데,[13] 사물에 대한 관찰
력이 부족하다면 불가능하다 할 수 있다. 황윤석은 이처럼 일상적 사물
을 통해서도 지적 호기심을 발휘했는데, "나는 어려서 글을 읽고 글자를
쓰면서부터 별들을 관찰하여 달을 점치고, 높은 곳에 올라 먼 곳을 관측
하였으며, 불을 밝혀 새우며 온갖 노력을 다하였다."[14]라고 하여 특히

11　黃胤錫, 『頤齋續稿』 卷13, 「行狀」, 本六經而達百家 大而不雜 細而不繁 曠世罕有盡知
　　言也.

12　이와 관련해서는 『頤齋續稿』 卷14, 「年譜」 14歲條의 내용인 '讀林滄溪集 見其十一歲解
　　琴三百 晩隱公 以語先生曰 前輩十一已始許 爾今十四 能之否乎 先生自是 留意理藪.'를
　　참조할 수 있다.

13　黃胤錫, 『頤齋遺稿』 卷1, 「自鳴鐘」, 作花萼三十葉 每葉 刻一小窾 應一月三十日 其朔日
　　位 設一小圓鐵 卽太陽也 其外 則施一圓赤鐵 作一小窾 以爲月輪 周而望之 便有弦望晦
　　朔之分 上下弦月缺其半 缺處黑 不缺處白 望則全白而圓 朔晦則全黑 與日疊合如合璧
　　四面 周布四片方鐵若壁 其連貼處 施小鐵樞 任意闔闢…….

14　黃胤錫, 『頤齋遺稿』 卷23, 「自叙說」, 余少時 讀書寫字 候星占月 登高望遠 明燭達夜
　　勞心費力.

천문에 남다른 관심을 보였다. 이처럼 황윤석의 박학성은 지적 호기심과 관찰 정신에서 유래했다고 하겠다. 세 번째, 황윤석의 박학성은 미호(渼湖) 김원행(金元行)을 석실서원(石室書院)에서 만나 이후 더욱 더 완결되어 나갔다가 할 수 있는데, 특히 많은 학자들과의 연찬(研鑽)은 큰 힘이 되었다. 그 연찬의 내용을 보면, 성리학, 성상(星象)과 일·월식, 역학, 지원설(地圓說), 역사, 문장, 성운, 율력, 상수 등등 거의 모든 부분이 총망라되어 있다.[15] 다시 말해 황윤석은 여러 학자들과 다양한 학문 내용을 주고받으면서 그 스스로 박학자로서 거듭났던 것이다.

3. 시 세계의 특징적 국면

1) 신경준, 파격 형식과 관찰적 묘사

앞 장에서 언급했던 바와 같이 신경준의 학문적 성과는 독특한 측면이 있다. 이러한 성과는 남들이 하는 행동이라면 무조건 따라가지 않는 자신만의 특출함이 있었기 때문에 가능했다 하겠는데, 이러한 면모는 시 창작을 할 때 형식과 소재 및 표현기법 등에서 발휘된다.

신경준은 총 62제 145수의 한시 작품을 남겼다. 이러한 작품을 고체시와 근체시로 분류해보면 근체시는 총 65수이고, 고체시는 총 80수인 것으로 확인된다.[16] 즉, 고체시와 근체시의 비율이 각각 45%, 55%임을

---

15 황윤석의 여러 학자들과의 연찬에 대한 내용은 박명희의 책(『호남한시의 전통과 정체성』, 경인문화사, 2013, 280~281쪽)을 참조할 것.
16 이에 대한 자세한 내용은 박명희(2013), 280~281쪽을 참조할 것.

알 수 있다. 근체시의 작품 수가 10%정도 상회한 것으로 나타나지만, 여기서 그 비율의 차이는 특별히 큰 의미가 없다고 생각한다. 전통 시 대 대다수의 문인들이 즐겨 썼던 한시의 시체가 근체시인데, 신경준은 그 전통의 틀을 그대로 따르지 않는 파격의 모습을 이미 보이고 있기 때문이다. 시에서의 형식은 내용을 담는 그릇과 같은 것으로 파격적이 라는 것은 작자가 의도적으로 그렇게 만든 측면도 있을 터인데, 그 이 유를 아는 것이 중요하리라고 생각한다.

고체시는 다시 제언(齊言)과 잡언(雜言)으로 나뉘는데, 전자가 한 구의 글자 수가 처음부터 마지막까지 일률적인 반면, 후자는 일률적이지 않아 서 운율감마저 느끼게 하는 경우가 있다. 신경준의 고체시는 제언이 잡언보다 9수 더 많은 것으로 나타나는데, 이러한 편수 차이도 그리 큰 의미를 갖는다고 볼 수는 없다. 전체 145수의 작품 중에서 28수가 고체시 잡언이라는 사실은 또한 이미 형식적 파격을 행했다 인정할 수 있기 때문이다. 특히, 고체시 잡언은 한 구절의 글자 수가 다양하며, 형식이 비교적 자유로워서 구애받지 않고 자신의 감정을 토로할 수 있다 는 장점이 있다.[17] 따라서 이러한 고체시 잡언으로 작품을 창작했음은 형식에 큰 구애를 받지 않으려는 작자의 의도가 담겨 있다고 판단된다.

신경준의 고체시 잡언에 해당하는 작품을 다시 나열해보면, 「농구(農 謳)」 12수, 「이십이상자가기이우(二十二相字歌寄李友)」, 「시종상인(示宗上 人)」, 「기이척형칙우(寄李戚兄則優)」, 「고석경(古石磬)」, 「용문금(龍門琴)」, 「응곡산거팔영 분부각이수(鷹谷山居八咏 分賦各二首)」, 「화죽병음(畵竹屛 吟)」 8수, 「송조수재환산(送趙秀才還山)」 등이다.

---

17 임종욱, 『동양문학비평용어사전』, 범우사, 1997, 760쪽 참조.

「농구」12수의 형식은 각 편마다 다른데 가령, 첫 번째 작품인 '우양약(雨暘若)'은 총 10구의 길이로서 각 구가 3·7·5·5·8·3·5·5·3·7언으로 이루어져 있다. 「농구」는 한마디로 농사를 기리는 노래의 일종으로 신경준의 의식 속에는 그 특성을 살려야 한다는 생각이 있었고, 따라서 마치 운율이 있는 노래처럼 지었다고 하겠다. 또 다른 고체시 잡언인 「이십이상자가기이우」의 시제(詩題)는 "'상(相)' 자를 22번 사용하여 지은 노래를 이씨(李氏) 벗에게 부치다'로 작품 속에 '상' 자를 무려 22번 사용하여 만남과 이별을 그렸다. 「시종상인」은 총 7구로 5·5·5·5·7·7·6언으로 되어 있고, 「기이척형칙우」는 총 4구로 6·5·5·7언으로 되어 있으며, 「고석경」은 총 6구로 5·5·5·5·7·7언으로 되어 있다. 그 외에 「용문금」, 「응곡산거팔영 분부각이수」, 「화죽병음」, 「송조수재환산」 등도 마찬가지로 각 구가 다양한 글자 수로 이루어져 있다.

그렇다면 신경준은 왜, 이러한 고체시 잡언 형태의 시를 지었을까? 이를 상황 논리에 맞춘 창작이라고 말하고 싶다. 신경준은 한 편의 시를 지을 때 전통적으로 전해오는 형식이라고 해서 무조건 따라 가기보다는 일단 시적 상황을 고려한 뒤에 형식을 택했을 것으로 생각한다. 이러한 신경준의 사고는 실심(實心)이 없이는 나올 수 없는 것으로 학문적 성격이 시 창작에까지 이어졌다고 하겠다.

신경준이 일상적 미미한 것을 그냥 지나치지 않았음을 앞 2장의 「봉오기」라는 글을 통해 이미 확인하였다. 이러한 미물에 대한 관심은 시 창작으로까지 이어지는데, 「야충(野蟲)」, 「채포인(菜圃引)」, 「소충십장(小蟲十章)」 등이 이에 해당한다. 이 중에서 「소충십장」은 주변에서 흔히 볼 수 있는 개구리, 개똥벌레, 개미, 매미, 귀뚜라미, 거미, 나비, 파리, 모기 등을 소재로 택해 읊은 것으로 칠언절구의 형식을 택했다. 그런데

여기서 중요하게 다루어야 할 것은 소재적 차원이 아니라 신경준이 미물
을 어떻게 묘사했는가 하는 점이다. 다음 「소충십장」의 파리와 모기를
소재로 한 작품을 통해 그 실마리를 찾고자 한다.

①
널 아끼는 사람 없고 널 미워하는 이 많으니   愛爾人無憎爾多
어질고 인자한 구양수도 탄식했다 하더군   歐公仁厚亦云嗟
사람에게 미움과 사랑받기 다 나로부터인데   令人憎愛皆由我
앵앵거리는 것 고치지 못하니 널 어찌 하리[18]   不改營營奈爾何

②
뾰족한 쇠 주둥이 늦바람 불면 시끄러워   鐵嘴如錐鬧晚風
잠깐이면 빈 배에 붉은 색 얻을 수 있다   片時能得滿腔紅
가련한 고운 팔의 새 핏자국에 놀라니   可憐玉臂驚新澈
한 점의 붉은 흔적 수궁과도 같아라[19]   一點丹痕似守宮

파리와 모기는 일상생활에서 흔히 접할 수 있는 곤충으로 인간에게
는 해충으로도 분류된다. 그렇지만 위의 두 작품을 보면, 인간의 편에
서서 해충으로서 파리와 모기를 비판하기 보다는 심지어 희학적(戲謔
的)으로 묘사했음을 알 수 있다.

작품 ①의 기구에서는 파리를 인간들이 어떻게 생각하고 있는지를
적었고, 승구에서는 기구의 연장선상에서 구양수(歐陽脩)와 같이 어진
사람도 파리를 미워했음을 말하였다. 그리고 전·결구는 파리에게 말하

---

18 申景濬, 『旅菴遺稿』 卷1 詩, 「小蟲十章」 蠅.
19 申景濬, 『旅菴遺稿』 卷1 詩, 「小蟲十章」 蚊.

는 듯한 어조로 되어 있다. 즉, 미움과 사랑을 받는 것은 모두 자신이
어떻게 하느냐에 달려 있는데, '앵앵거림'을 고치지 못하니 파리는 분명
미움을 받을 것이라는 뜻을 담았다. 작품 ②의 기·승구는 늦바람이 불면
더욱더 활개를 치는 모기의 생태적인 면을 부각시켰다. 특히 승구에서
"잠깐이면 빈 배에 붉은 색 얻을 수 있다."라고 하여 모기가 사람을 문
다음의 모습을 사실적(寫實的)으로 그려 실감나도록 하였다. 전·결구는
다시 사람의 입장으로 돌아와 모기에 물린 다음에 사람의 신체 변화를
비유적으로 그리는 것으로 끝을 맺었다. 이러한 두 작품의 공통점은
해충으로 분류되는 곤충에 대한 재단(裁斷)을 최대한 자제했다는 것이
다. 다만 작품 ①에서 파리가 미운 이유는 단지 '앵앵거리기' 때문이고,
작품 ②에서는 전구에서 '핏자국에 놀라는' 모습을 보이고 있기는 하지
만, 모기에 대한 어떠한 주관적인 판단을 하지 않았다. 파리와 모기의
생태를 관찰한 후에 묘사하는 데 그쳤을 뿐 주관적 판단도 될 수 있으면
절제하는 자세를 보여주었다. 이는 아무리 미물이지만, 그 나름의 생태
가 있음을 인정한 것으로 사람의 입장이 아닌 물의 입장에서 물을 보았
음을 의미한다.

2) 위백규, 농촌 현실의 사실적 르포

앞 2장에 말한 대로 위백규는 30대 초반에 당시 사회적인 현안과 관련
된 여러 시폐의 글을 작성하였고, 그 이후로도 사회의 부조리한 면과
대안을 제시한 글을 작성하여 알렸다. 위백규의 이러한 현실 인식은
시 작품을 통해서도 드러난다. 그의 삶의 터전인 농촌의 현실을 읊은
작품은 어렵지 않게 발견할 수 있는데, 그 강도와 표현기법 면에서는

사뭇 상이하다는 생각이다. 가령, 『존재전서』 권1에 실린 「이월입장천동(二月入長川洞)」이라는 작품에서 농촌의 빈궁한 현실을 읊었지만,[20] 관조적인 자세로 사실만 전달할 뿐 원인조차 말하고 있지 않다. 이러한 관조적인 태도를 보이는 시 작품은 대체로 현실의 질곡(桎梏)을 말하고 있기는 하지만 한계를 드러낼 뿐 아니라 때로는 관리자를 대하는 자세를 "아마도 관리들이 백성들 식량 걱정하리니, 꼭 산인만 근심하여 잠 못 이루진 않으리라."[21]라고 하여 유연함까지 보이고 있다. 한편, 농촌의 현실을 읊기는 했지만 우화적(寓話的) 수사법을 활용하여 간접적으로 내용을 전달한 작품도 있는데, 「죄맥(罪麥)」, 「맥대(麥對)」, 「청맥행(靑麥行)」 등이 그에 해당한다. 이들 세 작품은 모두 가난의 상징인 보리를 소재로 삼았다는 점이 공통점이다. 우선 「청맥행」은 극적인 요소를 가미하여 현실감을 더하였다. 「죄맥」은 보리의 부정적인 면을 하나하나 알리는 내용으로 되어 있으며, 「맥대」는 「죄맥」을 이어 보리 자신은 아무런 죄가 없음을 항변하는 내용으로 되어 있다. 이러한 수사법을 활용한 작품은 문학성을 확보한 측면은 인정되나 간접적인 전달에 의존하는 경향이 강하여 사실성(寫實性)이 강하다는 느낌은 덜하다. 반면, 「연년행(年年行) 1」과 「연년행(年年行) 2」는 위백규의 시 작품 중에서 가장 사실적이라고 할 수 있다.[22] 전자는 7언 고체시 100구로 이루어져 있고, 후자는

---

20 魏伯珪, 『存齋全書』 卷1, 「二月入長川洞」, 二月田家倒甁罌 不堪時事苦營營 花開古峽 鳥鳴磵 惟有春風非世情. 이 작품은 『存齋集』 卷1에도 수록되어 있다.

21 魏伯珪, 『存齋全書』 卷1, 「苦旱二首壬午」, 只應肉食憂民食 未必山人愁不眠. 이 작품은 『存齋集』 卷1에도 수록되어 있다.

22 위백규의 시는 『存齋集』과 『存齋全書』에 전하는데, 두 종의 문헌을 비교해보면 차이가 있음을 발견한다. 특히 시에서 사회에 대한 비판 의식을 담은 작품의 경우 『존재집』에는 없는 반면 『존재전서』에는 전하고 있어서 주의를 요하는데, 이에 대한 자세한 논의는

고체시 잡언 형식으로 대략 55구정도 된다. 사실 이 두 작품은 창작 시기가 분명하지 않다. 다만, 「연년행1」의 내용 중에 "이 벌레가 재앙이 됨은 장마 가뭄보다 더 심하여, 임·계년과 을·병년엔 사람이 사람을 먹었네"[23]라는 구절로 인하여 위백규의 나이 50대 초반에 지었을 것으로 추정할 뿐이다. 여기서의 임·계년은 1732과 1733년으로 위백규의 나이 46, 7세 때이고, 을·병년은 1735과 1736년으로 49, 50세 때이기 때문이다. 또한 「연년행2」는 내용상 「연년행1」의 연속선상에 놓인 작품이라고 볼 수 있다. 우선 「연년행1」의 처음 16구를 보이면 다음과 같다.

늦은 모 풍흉은 한나절을 겨루나니	晚秧豊歉較一午
품을 구해 일꾼 부르는 소리 시끄럽다	覓雇呼傭相喧閲
누가 가뭄 끝에 곧 장마라고 했던가	誰謂旱餘仍作霖
도롱이 삿갓 값 곱절인데 비옷도 썩었다	蓑笠價倍腐襏襫
일꾼 삯이 삼십에 점심까지 더해지니	傭直三十加点心
떠돌이들 배 두드리나 농부는 독기 품었다	浮氓鼓腹農含螫
거사나 사당패들 염불은 제쳐두고	居士社堂舍念佛
꿰미 가득 삯돈에 생선고기 겸했다	雇錢滿緡兼魚肉
하물며 밀 보리 모두 거두지 못했으니	況是兩麥未全收
거둔 것은 누렇고 밭 있는 것 검어진다	入者蒸黃田者黑
보리 환자 검독관들 마침 때를 만난 듯	牟還檢督正得時
못논에 사람 잡고서 돈과 밥 내라 성화요	縛人秧田索錢食
창고 감독 큰 소리로 나라 곡식 소중타 하며	倉監大言國穀重
마을 일꾼 때려잡으니 볼기짝이 다 터진다	猛打里胥臀皆坼

김석회의 책(『존재 위백규 문학 연구 - 18세기 향촌사족층의 삶과 문학』, 이회문화사, 1995, 13~20쪽)을 참조할 것.
23 魏伯珪, 『存齋全書』 卷1, 「年年行 一」, 此蟲爲灾甚水旱 壬癸乙丙人相食.

마마귀신 때를 틈타 어린아이들 죽이니   痘神乘時殺人兒
밥내는 아내와 밭가는 남편들 절반이 운다[24] 餉婦畊男半啼哭
(생략)

위백규의 「연년행1」은 처음 1구부터 마지막 100구까지 긴장의 끈을 놓을 수가 없다. 그 이유는 끊임없이 당대 농촌의 현실을 끊임없이 사실적으로 그리고 있기 때문이다. 위에서 인용한 처음 부분의 내용만 보더라도 벌써 현실의 모습을 여과 없이 직설적으로 그려 독자로 하여금 여유로움을 주지는 못하고 있다.

위의 인용한 부분의 내용은 대강 다음과 같다. 모내기를 해야 할 시기인데 가뭄이 들어 그만 그 때를 놓치고 말았다. 그래서 서둘러 모를 심으려고 품을 구해 일꾼들을 부르는 장면이 처음의 두 구에 나온다. 그런데 이번에는 어떤 사람이 곧 장마가 닥쳐온다고 하였다. 장마철에 들에 나가 일을 하려면 도롱이와 삿갓을 써야 하는데, 때가 때인지라 벌써 그 값은 두 배로 올랐다고 하여 빠듯한 살림에 어려움이 많음을 나타내었다. 일꾼들의 품삯이 터무니없이 비싸다는 내용도 있다. 이는 당시 농촌에 노동력이 부족했음을 말한 것으로 때문에 이때를 틈타 거사나 사당패와 같은 떠돌이들이 큰 벌이를 하는 모습도 그렸다. 거사는 사장(社長) · 사당(社堂) · 걸사(乞士) 등으로 불려 대개 행상(行商) · 운명감정(運命鑑定) · 연희(演戱) · 행걸(行乞)로 생계를 유지하였다. 또한 조선 후기에 오면 '유랑예인집단(流浪藝人集團)'의 일원으로 참여하고 거사패, 혹은 사당패로써 흥행처를 떠돌며 연희를 팔았다.[25] 이처럼 거사와 같은

---

24 魏伯珪, 『存齋全書』 卷1, 「年年行 一」.
25 진재교, 「이조 후기 유민에 관한 시적 형상」, 『이조 후기 한시의 사회사』, 소명출판,

유랑민들이 하는 일이란 정처 없이 여러 곳을 떠돌아다니면서 기예를
파는 일이었다. 그런데 농촌의 일손이 부족하니 어쩔 수 없이 이러한
유랑민들까지 동원되었는데, 문제는 이들이 받아가는 품삯과 먹는 음식
이다. "꿰미 가득 삯돈에 생선고기 겸했다."라는 말은 거사와 사당패들
이 농촌에 와서 벌인 행태가 어떠했음을 알게 한다. 이렇게 했음에도
불구하고 밀과 보리 수확은 아직 다 하지 못하여 아까운 곡식이 밭에서
썩어가고 있음도 말하였다. 농촌의 현실이 이러한데도 감독관들은 이에
아랑곳 하지 않고 마치 때를 만난 듯이 돈과 밥을 내 놓으라 성화이고,
미처 환곡하지 못한 백성은 볼기 맞는 것으로 대신한 것인지 살이 다
터졌다고 하였다. 본래 환곡은 진휼책의 하나로 시행되었다. 그러나 이
에 붙는 이자, 즉 모곡(耗穀)이 국가의 중요 재정수입으로 활용되면서
지방관청의 강제 분급 및 고율의 이자 적용 등으로 농민의 피해가 극심
하여 고질적인 폐단으로 정착되었던 것이다.[26] 또한 이렇게 암울한 현실
에 전염병까지 번져 어린 아이들이 죽으니 부모들은 안타까워서 흐느껴
운다라고 하였다. 16구의 시 속에 당시 위백규가 바라본 농촌의 현실이
고스란히 담겨있어서 읽는 이로 하여금 사실감을 느끼도록 한다.

「연년행2」도 마찬가지로 처음부터 가뭄, 장마, 멸구, 태풍, 역병 등
을 오재(五災)로 지칭하고, 이로 인한 고통을 호소하였다.

해마다 가뭄   年年旱
밤낮 봇도랑 두레박질에 살 터지고   晝洫夜樟肌肉坼

2001, 136쪽.

26 이형대, 「18세기 전반의 농민현실과 「임계탄(壬癸歎)」」, 『민족문학사연구』 22집, 민족
　　문학사학회, 2003, 47쪽.

해마다 장맛비	年年雨
김매고 둑 수리에 비옷이 썩어간다	畊草補堤腐襪褙
해마다 멸구	年年蝗
물을 치며 잡아내니 우는 소리 머금었고	擊水捕捉吞聲哭
해마다 태풍	年年風
백곡이 쓰러져 썩어 온전한 수확 못하며	百穀偏敗無全穡
해마다 역병	年年疫
사철 두려워 머리 무너질 듯 피한다	四時畏避如崩角
한 해 한 재앙은 그런다 하더라도	一年一災尙云哿
다섯 재앙 다 오니 백성들 어디로 가나	五災兼備民安適
한 해 거른 한 재앙도 살아남기 어려운데	間年一災猶難活
해마다 다섯 재앙 어찌 이리 독한지	年年五災胡此毒
일 년 삼백 예순 날 동안	一年三百六十日
밤낮으로 혀를 차며 발만 동동 구른다	晝晝夜夜嘖舌又頓足
보리밥과 나물 반찬 두 끼니 겨우 이으니	糲飯菜羹兩時僅不絶
오십 육십 세에 머리카락 다 희어진다[27]	五十六十髮盡白

(생략)

위백규는 당시 농촌의 현실에서 횡행(橫行)하던 다섯 가지 재앙을 들고서 그로 인하여 농민들이 얼마나 큰 피해를 받고 있는지를 알렸다. 가뭄이 들면 밤낮으로 봇도랑에 두레박질하느라 살이 터지고, 장마가 내리면 김을 매고 둑을 수리하느라 비옷이 썩어간다고 하였다. 또한 벼멸구라도 만연하게 되면 벌레를 잡느라 고생이 이만저만이 아니고, 태풍이 불면 결국 곡식이 쓰러져 수확을 못하며, 역병이 돌면 죽음에도 이를 수 있어서 피하게 된다고 하였다. 그런데 문제는 이러한 재앙이

---

27 魏伯珪, 『存齋全書』 卷1, 「年年行 二」.

한꺼번에 발생할 때도 있다는 것이다. 백성들이 어떤 어려운 현실에서 살았는지를 사실적으로 나타내보였는데, 특히 "일 년 삼백 예순 날 동안, 밤낮으로 혀를 차며 발만 동동 구른다."라고 말한 부분을 통해 고통이 1년 내내 이어졌음을 알렸다. 자연 앞에 선 인간이기에 나약할 수밖에 없다. 때문에 위와 같은 시 뒷부분에서 "오후(五侯)의 육식(肉食)은 내 분수 아니오, 간민(奸民)의 완부(頑富)도 내 복 아니거니……. 다만 바라기는 해마다 다섯 재앙 없게 하여, 밭 갈고 우물 파서 살게만 해주면 난 스스로 만족하리."[28]라는 소박한 소망을 나타내었다. 이러한 소박함은 결국 현실의 문제를 해결하려는 노력보다는 하늘만 원망하고 마는 데에서 그쳐 아쉬움을 남기는 결과를 가져왔다.[29]

3) 황윤석, 자연 현상의 시적 형상화

앞 2장에서 살펴본 바와 같이 황윤석은 자연 현상에 대한 관심이 어느 누구보다도 컸다. 자연 현상이란 인간 외의 자연에서 일어나는 모든 현상을 가리킨다고 할 수 있는데, 황윤석은 이와 관련한 한시 작품을 남겼다. 이러한 자연 현상을 시적으로 형상화한 작품은 다시 천문과 이상 기후의 내용을 담은 것으로 대별할 수 있다. 우선 천문과 관련된 작품으로는 『이재유고』 권1에 수록된 「관성(觀星)」 2수와 「야좌삼절(夜

---

28 魏伯珪, 『存齋全書』 卷1, 「年年行 二」, 五侯肉食吾不數 奸民頑富吾不福 但使年年無五災 耕田鑿井吾自足.

29 魏伯珪, 『存齋全書』 卷1, 「年年行 二」, 我則知天 天公寧不作 寧不作兮彼天公 我不爲惡胡令至此極. 다른 시문에도 작자가 하늘에 의존하는 모습을 엿볼 수 있는데, 가령 「病中偶吟」에서 '身貧且賤服耕耘 憂慨欺人病又殷 海曲蒼生衆所厭 天何玉汝苦慇懃'이라고 한 것 등이 그러하다.

坐三絶)」·「일식시(日食詩)」·「월식오십운(月蝕五十韻)」·「가탄행(可歎行)」
등과『이재속고(頤齋續稿)』권2에 있는 「상원야독관월출(上元夜獨觀月出)」
2수 등이 있고, 이상 기후와 관련된 작품으로는『이재유고』권1의 「고
재행(苦哉行)」·「정동탄(丁冬歎)」 등이 있다. 이 가운데에서 「관성」 2수,
「야좌삼절」, 「상원야독관월출」 2수 등은 짧은 시형(詩型)으로 되어 있
어서 내용이 구체적이지 않은데, 그에 반하여 「일식시」·「월식오십운」·
「가탄행」·「고재행」·「정동탄」 등은 장편 고체시의 형식이어서 구체적이
고 상세하다는 특징이 있다. 「일식시」와 「월식오십운」은 각각 48행과
100행의 길이를 가진 오언고체시의 형식으로 되어 있으며, 각각 일식
과 월식이 일어난 실제 현장을 형상화했다. 「가탄행」은 40행의 잡언 형
식을 취하여 일·월식을 읊었지만, 앞의 「일식시」와 「월식오십운」에 비
하면 현장감이 떨어진다. 그 대신에 일식과 월식이 일어난 후의 모습을
사실적으로 그렸다. 「고재행」은 71행의 잡언 고체시로써 이상 기후로
인한 전염병의 창궐(猖獗)로 많은 사람들이 죽음에 이른 모습을 읊었
고, 「정동탄」은 108행의 오언고체시로써 겨울철 이상 기후 때문에 겪
는 고통을 적었다. 이러한 자연 현상을 소재로 한 작품을 통해서 황윤
석의 자연관 등을 엿볼 수 있는데, 아무래도 짧은 시보다는 장편의 시
에서 자세한 내용을 알 수 있으리라고 생각한다.

　이 중에서 「일식시」의 부분 부분을 들어 보이면 다음과 같다.

①
지금 왕 22년　　　　　　　　　　　　　　　　今王卄二載
정묘년 3월 초하루에　　　　　　　　　　　　暮春丁卯朔
삼족오 비로소 하늘을 올라　　　　　　　　　踆烏始登天

일찍이 동방에 굴러 이르렀다　　　　　　　　轉到曾桑域
양의 정기 온갖 나라 비추어　　　　　　　　陽精照萬國
그윽한 촛불 나중까지 남아 빛나다　　　　　幽突燭餘輝
음기 돌아 갑자기 날이 흐려지니　　　　　　陰旋忽霿日
냉기가 서재를 위협하는구나　　　　　　　　冷氣逼書幃
맑은 창에 누런 달무리 붙어　　　　　　　　晴窓黏黃暈
밤빛이 대낮을 공격한다　　　　　　　　　　夜色詰白晝
(중략)

②

심한 안개 밝은 빛 깎으니　　　　　　　　　重霧鑢明彩
시드는 것 눈을 멀게 하는 듯하다　　　　　謝謝如目瞱
둥근 바퀴 점점 녹아들어　　　　　　　　　圓輪漸銷鑠
거의 먹혀 다함에 이르렀다가　　　　　　　庶至食之旣
갑자기 빛 다시 토해내니　　　　　　　　　俄狀色重吐
초생달이 생기는 듯하여라　　　　　　　　有似月生肶
아이들이 마침내 위로하며　　　　　　　　兒童竟相賀
가리켜 천구성이 물러갔다 말한다　　　　　指說天狗去
(중략)

③

일찍이 주자 늙은이에게 들으니　　　　　　嘗聞考亭老
묘하게 음양의 변화 통하여　　　　　　　　妙透陰陽化
역사서에 남은 가르침 있으니　　　　　　　靑編有遺訓
그 이치 의심이 없다고 말하리라　　　　　此理言無訝
하늘의 허리 두 도를 둘러　　　　　　　　天腰帶二道
황백은 십자를 사귀어　　　　　　　　　　黃白交十字
해와 달 이를 좇아가서　　　　　　　　　日月從此行

만날 때 서로 부딪쳐 만났다가	會時相撞値
음의 정기가 이윽고 덮어버리면	陰精旣以掩
태양은 이에 빛남을 잃어버린다	太陽爰失耀

④

천문은 보는 듯이 꾸짖고	天文譎如見
인사는 반드시 비춤에 응한다	人事必應照
어찌 성인의 세상에	如何聖人世
큰 밝음이 아침빛을 잃었나	大明夷朝光
붉은 머리띠로도 막을 방법 없어	赤幘無由救
쇠징으로 한갓 방아만 찧네	鐵鉦徒舂鏜
다만 원하는 것은 하늘의 문설주에 올라	只願天根上
상종의 덕을 더욱 힘쓰는 거란다	益懋商宗德
경계하고 두려워함이 깊어 삼가고 떨어	警懼深兢慄
하느님의 꾸짖음에 답하여 쓴다[30]	用答天帝責

(생략)

서술하기 위하여 편의대로 번호를 붙였다. ①에서는 일식이 일어난 시기와 일식이 일어나는 과정을 적었고, ②에서는 일식이 일어난 때부터 일식이 끝날 때까지의 모습을 형상화했다. ③에서는 일식이 일어난 원인을 이론적으로 적었고, ④에서는 일식이 일어났을 때 사람들은 어떤 자세를 취해야 하는지를 말하였다.

①의 내용을 근거해보면, 일식이 일어난 때는 '지금 왕 22년 정묘년 3월 초하루'이다. 이때의 왕은 영조를 가리키며, 연도로는 1747년이다.

---

30 黃胤錫, 『頤齋遺稿』 卷1, 「日食詩」.

실제로『조선왕조실록』영조 22년 3월 1일조를 찾아보면, '일식이 있었다.'라는 기록이 엿보이는데, 위 시에서 말한 시기와 일치한다. '삼족오'는 태양 속에 있다는 세 발 달린 까마귀로 태양빛이 우리나라에 비추는 모습을 표현하였다. 그런데 갑자기 음의 기운이 돌아서 흐려지니 냉기가 서재를 위협했다고 하였다. 일식이 이제 막 일어나려는 순간의 느낌을 그렇게 적었다. 현대 과학에 따르면, 일식이란 지구상에서 볼 때 태양이 달에 의해서 가려지는 현상을 말한다. 따라서 일식 때는 태양과 지구 사이에 달이 들어가서 태양빛에 의해서 생기는 달의 그림자가 지구에 생기고, 이 그림자 안에서는 태양이 달에 가려져 보이는 것이다. 이렇다고 할 때, 10행의 "밤빛이 대낮을 공격한다."라는 표현은 일식 현상을 정확히 나타낸 것이라고 하겠다.

②에서는 일식 현상이 일어나는 순간을 포착하여 마치 느린 영상을 보는 듯이 천천히 형상화했다. 특히, 일식이 일어날 때 태양은 어떻게 변화하는지를 그렸는데, 사실적으로 나타내려는 노력이 엿보인다. 그런데 여기서 한 가지 알 수 있는 점은 사람들의 일식에 대한 인식이다. 마지막 부분에서 일식이 마치 '천구성(天狗星)' 때문인 것처럼 말했는데, 비록 아이들이 말했다고는 하지만 어른들의 생각과 크게 다르지 않을 것이기 때문이다. 천구성은 요성(妖星)의 하나로 하늘을 날아다니며 불법을 방해하는 신통력이 있다는 괴물을 지칭한다. 이로써 보면, 많은 사람들은 일식을 천문의 자연스러운 한 현상으로 인식하기보다는 하늘의 괴물이 신통력을 부려 일어난 해괴한 현상으로 인식했던 것이다.

③에서는 작자 나름의 일식의 원인을 정리해서 적었다. 그 내용 자체가 황윤석이 알고 있는 일식에 대한 지식수준이라고 할 수 있는데, 주자(朱子)의 논리에 거의 의존하는 모습을 보인 점이 특징이다. 시의 내

용을 바탕으로 정리하자면, 일식은 황백의 십자로 교차점에서 해와 달
이 만날 때 서로 부딪쳐 만났다가 음의 정기가 양을 덮어버리면, 양은
그만 그 빛을 잃어버릴 때 일어난다는 것이다. 주자는 그의 저서『주자
어류(朱子語類)』권2에서 천문의 차고 이지러짐을 음양의 논리로 설명
한 바 있는데, 황윤석은 이러한 논리를 따랐다 할 수 있다.

 ④는 전체 시의 마지막 부분으로서 일식이 일어났을 때 사람들은 어떤
자세를 취해야 하는지를 말하였는데, 이와 함께 작자의 일식에 대한
관점도 알 수 있다. 운문적 특성상 일식에 대한 관점을 논리적으로 설명
하지는 않았다. 하지만 '하느님의 꾸짖음'이라는 말을 통해 보자면, 예사
롭게 일어날 수 있는 자연의 한 현상으로서 인식했다기보다는 인간이
무엇인가 잘못을 하자 그에 응해서 일어난 변고로 생각했음이 분명하다.
즉, 작자 황윤석은 일식을 사람이 잘못을 저지르자 하느님이 벌을 내리
는 차원의 재이(災異)로 인식한 것이다.[31] 따라서 일식과 같은 재이를
없애기 위해서는 "천문이 보는 듯이 꾸짖을 때 인사는 반드시 비춤에
응해야 한다."라고 했던 것이다. 그런데 여기서의 '인사'는 일반적인 사
람들의 일이 아니다. 만일에 일반 사람들의 일이라면 "붉은 머리띠로도
막을 방법 없어, 쇠징으로 한갓 방아만 찧는다."라는 표현을 하지 않았을
것이다. 따라서 여기서의 '인사'는 일반 백성의 일이 아닌 다른 사람의
일을 말한 것이라 하겠는데, 그 다음에 나온 '상종(商宗)의 덕'이라는

---

31 黃胤錫, 『頤齋續稿』 卷14, 「年譜」 40세 조에는 李某가 황윤석에게 일·월식을 災異로
 볼 수 있는가?라고 묻자 황윤석이 일·월식을 재이로 규정한 내용이 나온다. 李曰 西洋曆
 法 古未曾有 而彼其所謂日月交食 自有常度未足爲災者 果何如也 先生答曰 雖有常度
 而先儒亦謂天文到此 亦一厄會蓋一常一變互相反復 而日月之貞明者 常也有時 而交食
 者常之變也 安可謂之非災乎.

말을 통해 '임금의 일'임을 알 수 있다. 상종은 중국 상(商)나라 중종(中宗)의 약칭인데, 20대에 왕에 즉위한 후, 3년간 재상에게 정사를 맡기고 국풍(國風)을 살폈으며, 훗날 현신(賢臣) 부열(傅悅)을 얻어 정치를 행하자 천하의 환호를 받은 이로 알려져 있다. 그리하여 어진 사람을 등용하여 나라를 다스린 임금의 대명사로 널리 쓰였는데, 작자는 이러한 상종을 들어 그의 덕을 본받을 것을 기원하였다.

　이와 같이 「일식시」에서는 결론적으로 일식과 같은 자연 현상을 두고 정치와 관련짓는 모습을 보였는데, 이는 하늘과 인간은 하나로 통한다는 천인상관적(天人相關的) 또는 유기체적(有機體的) 사고를 나타낸 것이라고 할 수 있다. 이러한 사고는 자연 현상을 읊은 다른 작품들에서도 찾을 수 있는데, 가령 「정동탄」의 "하늘과 사람은 본래 묘하게 하나여서, 느낌 통하는데 그 흠이 없다네."[32]라고 한 것과 「월식오십운」의 "오직 신명을 거슬리지 말지니, 경계하고 타이르는 데에서 보답하리로다."[33]라고 한 것이 이와 관련된다.

4. 시의 지향 의식과 한계

　지금까지 18세기의 대표적인 호남실학 문인인 신경준, 위백규, 황윤석의 학문적 성격과 학문이 시 작품에 어떻게 드러났는가를 살폈다. 결론적으로 세 사람은 각자의 관심 분야가 달라서인지 나타난 양상도

32　黄胤錫, 『頤齋遺稿』 卷1, 「丁冬歎」, 天人本妙一 感通無闕欠.
33　黄胤錫, 『頤齋遺稿』 卷1, 「月蝕五十韻」, 莫逆惟新命 當酬至戒諄.

각각 달랐음을 확인하였다. 신경준은 시의 형식과 소재적 차원에서 남다른 면모를 보여주었고, 위백규와 황윤석은 소재와 주제적인 차원에서 주목을 하도록 만들었다. 또한 신경준의 경우, 시의 형식과 소재적 차원에 치중하다 보니 대사회적인 모습은 반영하지 못한 측면이 있고, 반면 위백규와 황윤석은 대사회시적인 작품을 지어 시의 역할을 다시 한 번 생각할 수 있었다. 이렇듯 세 문인의 시 작품이 '삼인삼색'의 특성을 드러내고 있음을 확인하였는데, 이들이 시를 통해 지향한 바를 정리하면 다음과 같다.

첫째, 탈구각적(脫舊殼的) 지향 의식을 지녔다. 구각이란 낡은 껍질을 뜻하며, 옛날의 제도나 관습 등에서 벗어난다는 의미를 지니고 있다. 신경준이 시 작품을 통해 보여준 지향 의식이야 말로 구각에서 벗어난 것이라고 할 수 있다. 신경준을 어느 누구보다도 잘 알았던 지인(知人)은 바로 홍양호였다. 두 사람은 당색(黨色)은 달랐어도 학문적으로 서로의 관심 분야를 존경해주었는데, 다음과 같은 홍양호의 신경준에 대한 평은 시사하는 바가 크다.

> 말로 드러낼 때면 왕왕히 궁색하지 않고 드러냄이 있는 곳에서는 모두 꼭 맞았다. **글을 이룰 때엔 앞사람의 입에서 나온 말을 답습하지 않고, 스스로의 가슴 속에 있는 바를 드러내어 구차히 일정한 규칙에 얽매이지 않았으며,** 탁연히 일가를 이루었으니 진실로 드문 굉재(宏才)이며, 희세의 통유(通儒)라 할 수 있다.[34]

---

34 申景濬, 『旅菴遺稿』 「序」(洪良浩), 其發之言也 汪汪乎不窮 鑿鑿乎有徵 其形於文也 不襲前人之口 而自出吾肺腑 不拘攣於繩尺 而自中衆會 卓然成一家之言 可謂絶類之宏才 希世之通儒也.

밑줄 그어진 부분을 중심으로 내용을 파악해 보면, 홍양호가 바라볼 때, 신경준은 글을 지을 때 앞사람의 것을 그대로 답습하지 않았고, 구차하게 일정한 규칙에도 얽매이지 않은 사람이었다. 한시의 종류를 보면, 근체시와 고체시 등이 있는데, 전자는 형식적 규칙이 있어서 어느 정도는 지켜야 한다. 그런데 전통 시대 많은 사람들은 아무런 비판 의식도 가지지 않은 채 형식을 지켜서 지어야 하는 근체시의 작품을 지었다. 근체시는 아무래도 짜인 틀이 있어서 창작을 하는 사람은 우선 그 틀을 생각하고 내용을 채워야 하는 상황이 되었다. 그런데 신경준은 아마도 이러한 시의 형식에 의문을 가졌을 것이고, 평소 성격처럼 옛 것에 크게 얽매이지 않으면서 자기만의 독특한 시형(詩型)을 갖춘 작품을 창작했다고 생각한다. 미물에 대한 관심과 이를 관찰한 후 작품으로 남긴 것도 특이하다. 이는 세계관과도 연관되는데, 세상을 인간 중심의 절대적인 관점에서 바라보지 않고, 인간 외의 물도 중요하다는 생각이 있었기에 가능하였다. 바로 상대주의 세계관을 나타낸 것으로 근대 지향 의식과도 연결 지을 수 있는 부분이다.

둘째, 현실에 바탕에 둔 애민의식을 지향했다. 신경준, 위백규, 황윤석을 실학자로 보는 데 반기를 들지 않는 이유는 이들의 학문이 어느 누가 보아도 현실과 밀접하게 연결이 된 '실(實)'을 바탕에 두고 있기 때문이다. 세 사람 모두 그들이 이룬 성과를 두고 보면, 어느 한 분야에 한정시켜 말하지 못할 정도로 다방면에서 걸쳐 있는데, 그러면서도 서로의 관심 분야가 달랐다. 가령, 신경준은 대체로 지리와 언어 등에, 위백규는 농촌의 삶에, 황윤석은 천문 등에 주로 관심을 가졌고, 이를 바탕으로 시 작품을 창작하였다. 특히, 위백규와 황윤석은 자신의 관심 부분인 농촌과 천문을 소재 삼아 지은 작품을 특징으로 손꼽을 수 있는데, 여기서 중요한 것은 어떤 목적에서 지었는가? 하는 점이다.
이와 관련하여 위백규의 다음 언급은 사사하는 점이 있다.

> 시는 당나라에서 성했다라고 하며, 말하는 이들은 이를 숭상한다. (그러
> 나) 처음의 시들부터 나중의 시 수천만 편의 당시(唐詩)들을 어디에 쓸까?
> 『시경』국풍편은 비록 여자들이나 민간에서 하는 말이라도 모두가 볼 만하
> 고 말할 만하며, 거울삼아 경계하고 본받아 실행할 만한 것들이다.[35]

처음에 당시를 표준삼아 학시(學詩)의 방법으로 삼는 세태에 대한 비
판으로부터 시작하여 당시 무용론까지 제기하였다. 반면, 『시경』국풍
편은 비록 여자들이나 민간에서 하는 말일지라도 경계하고 본받아 실행
할만한 내용이라고 하였다. 바로 시의 효용 가치를 우선으로 생각한
발언이다. 그동안 『시경』을 들어 그 효용성을 논의한 사람이 적지 않았
는데, 위백규의 위의 언급도 이와 같은 맥락으로 볼 수 있다. 즉, 위백규
는 시의 진정한 가치는 효용성에 있다고 보았고, '여자들이나 민간에서
하는 말'이 가치가 있다고 했다. 이는 현실에 바탕을 둔 시 작품을 말한
것으로 실제 위백규가 농촌을 배경으로 한 작품이 많은 것도 『시경』의
시 정신을 실현하기 위해서였다고 할 수 있다. 『시경』의 시 정신이야
말로 애민의식을 바탕에 두고 있기 때문이다. 따라서 황윤석의 지향
의식 또한 같은 측면에서 논의할 수 있다. 황윤석은 위백규와 달리 자연
현상과 관련된 작품을 지어 일·월식과 이상 기후 등으로 백성들이 얼마
나 고통 받고 있는지를 형상화함으로써 지향하고자 하는 바를 나타내었

---

35 魏伯珪, 『存齋全書』卷9, 「物說」詩人, 詩盛於唐 談者尚之 自始音至遺響累千萬篇 何處
用之 詩經國風 雖女子閭巷之言 皆可以觀 可以言 可鑑戒 可體行者.

다. 하지만 위백규와 황윤석 모두 사족(士族)이라는 한계를 벗어나 대안을 제시하는 적극성을 보여주지 않은 점은 한계로 지적할 수 있다.

5. 나오는 말

본 논고는 18세기의 대표적인 호남실학 문인인 신경준, 위백규, 황윤석의 학문적 성격을 밝힌 후에 세 문인 각자의 학문이 시를 통해서는 어떻게 전개되었으며, 지향 의식은 무엇인가를 살폈다.

신경준, 위백규, 황윤석은 모두 전통의 유학을 공부한 사람들로 그 연구 성과를 보면 넓고 깊으며, 또한 실용적인 측면이 강하다는 특징이 있다. 이를 본 논고에서는 '엄박과 실심'이라고 하였다. 신경준은 「일본 증운」 등의 저술을 남겼는데, 한 가지 공통점은 거의 모두 공리공론과는 거리가 먼 일상에 도움이 된다는 것이다. 위백규는 박학하면서 특히, 농촌의 현실과 관련된 시폐의 글을 통해 당시 현실을 비판하였다. 황윤석 또한 박학하면서 천문 역법 등 요즘의 자연과학 분야에 깊은 관심을 가졌다.

신경준, 위백규, 황윤석은 그들의 학문이 반영된 시 작품을 창작하여 각각의 양상을 드러내었다. 먼저 신경준은 시 작품의 형식을 파괴하고, 미물을 관찰적으로 묘사했음을 확인하였다. 신경준은 총 62제 145수의 한시 작품을 남겼는데, 28수가 고체시 잡언의 형식을 띠는 등 형식적 파격을 행하였고, 하찮은 미물을 시의 소재로 삼아 객관적인 자세로 물을 관찰하여 묘사했음을 알 수 있었다. 위백규는 자신의 삶의 터전인 농촌의 현실을 사실적으로 기술하는 시를 남겼다. 이에 해당하는 대표 작품으로 「연년행 1」과 「연년행 2」를 들었는데, 사실성에 치우치다보니 문학성을 획득하지는 못했지만, 당대 농촌의 현실을 실감나게 나타냈다는 특징을 지녔다. 황윤석은 평소 자신이 관심을 가지고 있던 자연 현상과 관련된 시를 남겼는데, 「일식시」·「월식오십운」·「가탄행」·「고재행」·「정동탄」 등이 이에 해당한다. 본 논고에서는 「일식시」를 분석하여 작자가 궁극적으로 유기체적 세계관을 지녔음을 확인하였다.

마지막으로 시에 드러난 지향 의식을 구명하였는데, 탈구각적 지향 의식과 현실에 바탕에 둔 애민의식을 지녔다라고 하였으며, 사족이라는 한계를 벗어나 대안을 적극적으로 제시하지 않은 점을 한계로 지적하였다.

석정 이정직 제화시의 형상화 구현 양상

1. 머리말

석정(石亭) 이정직(李定稷, 1841~1910)을 나타내는 표지(標識)는 다양하다. 그중 몇 가지를 손꼽아보면, 조선 후기 호남 유학을 대표하는 '호남삼걸(湖南三傑)' 중 한 사람이라는 사실을 위시하여 일찍이 칸트·베이컨 등의 서양 철학자의 학문을 소개한 사람이요, 시서화(詩書畵) 등 예술적 재능이 남달랐던 사람으로 알려져 있다. 또한 뚜렷한 스승을 모시지도 않았는데, 여러 옛 전적(典籍)들을 나름대로 섭렵하여 음양(陰陽)·복서(卜筮)·의약(醫藥)·성력(星曆)·율산(律算)·자음(字音)·도서(圖書) 등의 명물기수지학(名物器數之學)에도 밝았다 한다. 이러한 다기(多岐)한 학문과 예술의 업적으로 인하여 사상 연구를 필두로 문학과 서화 등의 연구가 현재까지 진행되고 있다.[1]

본 논고는 이정직의 제화시(題畵詩)에 주목하고, 어떻게 형상화(形象化)

---

1 구사회, 『근대계몽기 석정 이정직의 문예이론 연구』, 태학사, 2013, 17~24쪽.

하여 나타내었는지를 집중 논의할 것이다.[2] 전통 시대 서양의 많은 사람들은 시인과 화가를 겸했지만, 이들은 시와 그림을 완전히 다른 두 가지로 인식하였다. 그러나 동양 사람들은 시와 그림을 연관 지어 그림을 그리고 난 후 여백에 시를 써서 다양한 효과를 기대하였다. 이러한 배경에서 제화시는 자연스럽게 탄생되었는데, 그러한 시를 통해 작가의 그림을 보는 안목은 물론이요, 어떤 과정을 거쳐 그림을 그렸는지 등 다양한 내용을 알 수 있다. 다시 말해, 그림은 정태적(靜態的)이고 평면적인 예술 작품이어서 동태적(動態的)이고 입체적인 부분을 다 담아내기 힘든 난감한 측면이 있는데, 제화시는 그림을 통해 보여주지 못한 요소를 보완해주는 역할을 담당하였다.[3] 이렇듯 시와 그림이 보완하여 함께하는 것을 지칭하여 전통 시대 많은 문인들은 시화일률(詩畵一律), 시화일법(詩畵一法), 시화일묘(詩畵一妙), 시화일치(詩畵一致) 등의 말로 정리하였다.

이정직의 제화시는 그의 문집인 『연석산방미정고(燕石山房未定藁)』 곳곳에 산발적으로 수록되어 있는데, 총 13제 97수 정도 된다.[4] 이러한

---

2 이정직이 남긴 한시 작품은 총 1,200수를 상회한다. 이러한 작품은 『燕石山房未定藁』에 고스란히 남아 그 면면을 볼 수 있는데, 이 문집은 2001년 김제문화원에서 『석정이정직유고』라는 이름으로 번역하여 완간하였다. 본 논고도 『연석산방미정고』를 저본으로 하면서도 번역본인 『석정이정직유고』를 참고하였음을 밝힌다. 또한 필자는 일찍이 이정직의 제화시를 감상자적인 층위와 창작자적인 층위로 나누어 논의(「石亭 李定稷 제화시의 두 층위」, 『호남한시의 전통과 정체성』, 경인문화사, 357~383쪽)한 바 있다. 이번 논문은 그 후속 작업임을 밝힌다.

3 서은숙, 「題畵詩의 연원과 발전 – 宋代 題畵詩가 흥성한 이유를 중심으로」, 『중국어문논집』 16집, 중국어문학연구회, 2001, 139~142쪽 참조.

4 필자는 이정직의 제화시를 총 13제 97수로 파악했으나 김도영은 그의 논문(「石亭 李定稷 書畵의 文化財的 價値 硏究」, 전남대학교 문화재학 박사학위논문, 2014, 104쪽)에서 130수로 파악하였다. 이 부분이 필자의 통계와 相異한데, 김도영은 『燕石山房詩藁』 권2에 소재한 「賦竹十二絶」 12수와 「賦石」 11수 등을 포함시켰기 때문이라고 생각한다. 그런데 제화시는 대체로 그 제목에 '題~圖', '自題~圖', '題~畵帖', '題~詩帖', '題畵',

이정직의 제화시는 전통 시대 다른 문인들이 남긴 경우와 차별화된다. 여러 문집을 근거해보면, 수많은 문인들 또한 적게는 한두 편에서부터 많게는 수십 편까지 다양한 양의 제화시를 남겼는데, 이들의 대다수는 그림을 보는 감식안은 있을지라도 직접 그림을 그리지 않은 경우가 허다하다. 즉, 직접 그림도 그리고, 이와 더불어 제화시까지 남긴 사례는 흔하지 않은데, 이정직이 이 경우에 속해 남다른 부분이 있다. 곧, 이정직은 그 스스로 문인화가로 그림을 그렸을 뿐 아니라 적지 않은 양의 제화시를 남겼기 때문에 여타의 제화시와 차별되는 점이 있을 것으로 생각한다.

그도 그럴 것이 제화시는 그림의 소재와 제재[畵題], 구성 요소[畵面], 형상화 방식[畵法, 畵論], 주제[畵意] 중에 어떤 것에 주목하느냐가 관건이다.[5] 한 작자가 이러한 여러 양상의 제화시를 창작하는 경우는 많지 않은데, 이정직은 특별히 예외라고 생각한다. 그의 제화시를 분석해보면, 첫째 어떤 제화시는 화의(畵意)를 드러내 보이고 있고, 둘째 화면(畵面)의 내용을 설명하는 경우도 있으며, 셋째 화법(畵法)을 제시하는 등 다양한 양상을 보이고 있기 때문이다.[6] 따라서 본 논고는 이정직의 제화시가 이렇듯 세 양상으로 구분된다고 보고 그 구체적인 내용을 전개할 것이며, 화론(畵論)과의 관련성도 논의할 것이다. 이러한 연구 성과는 조선 후기와 근대기를 살았던 한 문인이 어떻게 그림과 시를 접목시켰는지를

'詠畵' 등으로 표현한다. 따라서 '賦~'라고 한 경우는 제화시인지 아니면 詠物詩인지가 불분명하여 본 논고에서는 일단 제외하였다. 이러한 기준에 의거하여 이정직의 제화시는 총 13제 97수 정도인 것으로 파악하였다.

5 구본현, 「한국 제화시의 특징과 전개」, 『동방한문학』 33집, 동방한문학회, 2007.

6 제화시의 양상을 구분하자면, 가장 난감한 부분은 각각의 양상이 때로는 겹칠 수 있다는 점이다. 본 논고는 이러한 점을 무엇보다 먼저 인식하고, 근접한 부분을 중심으로 구분했음을 밝힌다.

알려주는 단서를 제공할 것으로 생각한다.

2. 석정의 예술 기질과 제화시

이정직은 평생 동안 시와 문장을 짓고, 글씨를 쓰며, 그림 그리는
일 등을 즐겨했다. 우선 가령 시와 문장에 대한 열의에 대해, "시문을
좋아하는 독실함은 굶주린 사람이 음식을 구하고 목마른 사람이 물을
찾는 것보다 독실하였다."[7]라든가, "나이 7, 8세 때부터 이미 시를 짓고
문장을 지을 줄 알았고, 지금에 이르기까지 56년 동안 하루라도 책을
놓아본 적이 없다."[8], "성성한 백발 거울 속에 실처럼 보이는데, 창작력
은 왕성하게 양미간에 쌓여있다."[9]라고 언급한 내용을 통해 그의 문예
에 대한 열의가 어느 정도였는지를 알 수 있다.

이정직의 이러한 자세는 말년이 되어서도 변치 않아 54세부터 70세까
지 불과 16년의 시간이었지만 『연석산방미정고』라는 거질(巨帙)을 남길
수 있었다. 이 『연석산방미정고』에는 수많은 문장과 시 작품은 물론이
요, 그에 대한 나름대로의 이론까지 담겨있어 작품이 단순히 감상자의
입장에서 지어진 것이 아니라 철저한 이론이 함께 했음을 알게 한다.
이러한 이론적 무장과 창작에 대한 열의는 서화 방면에서도 그대로 나타
난다. 우선 서화에 대한 이론은 『연석산방미정고』 및 그 별집(別集), 『소

---

7 李定稷, 『燕石山房文藁』 卷1 「燒餘錄序」, 好之之篤 篤於飢者之食渴者之飮.

8 李定稷, 『燕石山房文藁』 卷2, 「答許卯園書」, 弟自年七八時 已知作詩作文 迄今五十
   有六歲 未嘗一日捨卷.

9 李定稷, 『燕石山房詩藁』 卷3, 「藻思示諸生」首聯, 霜華千點鏡中絲 藻思崢嶸到兩眉.

여록(燒餘錄)』 등에 그대로 남아 있는데, 가령 「제장오원십폭사의경색진 (題張吾園十幅寫意輕色盡)」(『연석산방미정고』 권4), 「사란소화(寫蘭小話)」(『연 석산방미정고』 권4), 「제화(題畵)」(『연석산방미정고』 권7), 「제소서삼가첩증노 생처인(題所書三家帖贈盧生處仁)」(『연석산방미정고』 별집2), 「서김석전병 (書金石田屛)」(『연석산방미정고』 별집2), 「여해학논시문기(與海鶴論詩文記)」 (『소여록』) 등의 글이 이에 해당한다. 그리고 서화 작품의 경우, 서품(書品) 16종, 서첩(書帖) 7종, 문인화(文人畵) 15종 등이 현전하는데, 이정직의 예술적 기질이 남달랐음을 보여주는 부분이다.[10] 즉, 이정직은 본질적으 로는 학자이지만 문예와 예술 방면에도 깊은 애정을 가지고 있었던 특별 한 사람으로 인식할 수 있다. 특히, 그의 문예와 예술 방면의 창작 능력 은 남다른 데가 있어서 당시의 문인 중 한 사람인 백촌(白村) 이병호(李秉 浩)는 이러한 모습을 다음과 같은 시로 정리하였다.

> (생략)
>
> | | |
> |---|---|
> | 문장의 풍격은 북송을 거슬러 오르고 | 文章意度溯北宋 |
> | 담론은 위진의 정시 초기를 실었다 | 談說正始之初載 |
> | 시가는 국풍과 이소, 두보를 스승삼고 | 風騷我師老杜存 |
> | 서법은 만년에 안진경을 굴복시켰다 | 波磔晚屈顏平原 |
> | 그림 풍격은 미불과 황정견 사이이니 | 煙雲又在米黃間 |
> | 지산과 석전을 다시 논해 무엇하겠나[11] | 枝山石田誰復論 |
>
> (생략)

---

10 이정직의 서화 작품에 대한 통계 자료는 김도영의 앞의 논문 82쪽과 105쪽을 참조했음을 밝힌다. 이정직은 그의 나이 54세 때 동학농민운동을 맞이하여 이전에 지은 시와 문장 등의 창작물이 불에 타는 불운을 맞이한다. 따라서 54세 이전의 창작물은 남아있는 것이 없는데, 이런 상황을 감안한다면 현전하는 서화 작품 또한 제한적이라고 할 수 있다.

11 李定稷, 『燕石山房詩藁』 卷3, 附 白村詩.

이정직은 여러 편의 글을 통하여 문장가로서 한유(韓愈)와 구양수(歐陽修)를, 시인으로서 두보(杜甫)에 대한 찬사를 아끼지 않았을 뿐 아니라 이들의 시를 창작적 틀로 삼았는데, 위 시의 처음 내용은 바로 이를 두고 한 말이다. 또한 글씨는 중국 당 때의 대서예가인 안진경(顔眞卿)을 굴복시킬 정도의 능력을 갖추었고, 그림 솜씨도 출중하여 송 때의 화가인 황정견(黃庭堅)과 원나라 때의 화가인 미불(米芾) 사이에 두어도 손색이 없을 것이라고 하였다. 이정직의 문예·예술적 기질이 이처럼 뛰어난데 지산(枝山)·석전(石田)과 같은 중국 명나라 때의 시인 화가들을 다시 논할 필요가 있겠느냐?는 것이다. 지산은 축윤명(祝允明)의 호로 시문과 초서에 뛰어난 능력을 보여준 문인이고, 석전은 심주(沈周)의 호로 시와 그림으로 일대를 풍미했던 것으로 알려져 있는데, 이정직의 능력 또한 이들과 비견될 수 있기 때문에 다시 이야기할 필요가 있겠느냐는 것이다. 이정직의 문예·예술적 기질의 실상을 그대로 전해준 시문이라고 할 수 있다.[12]

이정직이 제화시를 제작한 것도 이러한 문예와 예술에 대한 애정이 있었기에 가능하였다. 만일 그림만 그리고, 시를 짓는 창작 능력이 부재했다면 제화시는 존재하지 않았을 것이요, 반대로 시만 짓고 그림에 대해 문외한이라면 마찬가지로 다양하면서도 남다른 제화시는 창작하지 못했을 것이다. 이정직이야말로 시와 그림은 불가분의 관계라고 인식했음을 제화시를 통해 알 수 있다. 이러한 제화시를 표로 정리하면 다음과 같다.[13]

---

12 박명희, 『호남한시의 전통과 정체성』, 경인문화사, 2013, 365쪽.
13 박명희, 전계서, 365~366쪽 참조.

연번	시제(詩題)	문집소재	화재(畵材)	비고
1	오화시축이성당시형기대인수연 (五畵詩祝李惺堂時衡其大人壽筵)	『연석산방문고』별집 권2	죽(竹), 연(蓮), 국(菊), 지(芝), 석(石)	헌수 (獻壽) 제화시
2	제화십이수(題畵十二首)	『연석산방시고』권2	매(梅), 죽(竹), 란(蘭), 국(菊), 목단(牧丹), 파초(芭蕉), 오동(梧桐), 양류(楊柳), 연(蓮), 송(松), 수선(水仙), 석(石)	
3	제사의초룡(題寫意艸龍)	〃	포도	
4	제화포도(題畵葡萄)	〃	포도	
5	기이영필등고 불필독산화호시 잉추서지 료박자찬(旣以詠筆登藁 不必獨刪畵虎詩 仍追書之 聊博自粲)	『연석산방시고』권3	호랑이	
6	노생처인 이기대인화갑지신 신장병풍선기요여작십폭화 내사송죽연국석 배이귤도리지급호상 각제오고기방 인이위수기대인지시(盧生處仁 以其大人華甲之辰 新裝屛風 先期要余作十幅畵 廼寫松竹蓮菊石 配以橘桃梨芝及壺觴 各題五古其傍 因以爲壽其大人之詩)	『연석산방시고』권4	송(松), 죽(竹), 연(蓮), 국(菊), 석(石), 귤(橘), 도(桃), 이(梨), 지(芝), 상(觴)	헌수 제화시
7	증위소계작십폭화 잉이십수시수기대인 후봉소계 지기이폭지비퇴오야 수경사사폭 사장병표리양면 개외폭위팔 칙내폭자위육야(曾爲蘇溪作十幅畵 仍以十首詩壽其大人 後逢蘇溪 知其二幅紙備退誤也 遂更寫四幅 使裝屛表裏兩面 蓋外幅爲八 則內幅自爲六也)	〃	난(蘭), 매(梅), 석류(石榴), 수선(水仙)	헌수 제화시
8	제화삼십이절구(題畵三十二絶句)	〃	매(梅), 난(蘭), 죽(竹), 국(菊), 목단(牧丹), 파초(芭蕉), 송(松), 연(蓮), 오동(梧桐), 양류(楊柳), 수선(水仙), 수구(繡毬), 포도(葡萄), 자미(紫薇), 작약(芍藥), 사계(四季)	

9	제화오수(題畵五首)	『연석산방시고』 권5	분매(盆梅), 북목단(盆牧丹), 석죽(石竹), 석란(石蘭), 노송(老松)	
10	제화이수(題畵二首)	〃	석죽(石竹), 석란(石蘭)	
11	제권백매육수(題圈白梅六首)	〃	매화	
12	제지묵매육수(題漬墨梅六首)	〃	매화	
13	제화십이수(題畵十二首)	〃	노매(老梅), 신죽(新竹), 국(菊), 란(蘭), 목단(牧丹), 오동(梧桐), 연(蓮), 송(松), 파초(芭蕉), 수구(繡毬), 수련(水蓮), 석(石)	

정리한 표에 근거해보면, 연번 1, 6, 7번 등은 화갑과 같은 특별한 날에 남을 축하하는 그림에 붙인 제화시이고, 연번 1, 2, 6, 7, 8, 9, 10, 11, 12, 13번 등은 연작시의 형태를 띠고 있는데, 이중에서 특히 2, 6, 7, 8, 13번 등은 병풍 그림에 곁들인 시로 추정된다. 그림의 소재인 화재를 보면, 매·난·국·죽과 같은 사군자는 물론이고, 모란, 파초, 오동, 버드나무, 연, 소나무, 수선, 바위 등등으로 전통 시대 문인들이 주로 선택했던 것에서 크게 벗어나지는 않는다. 그런데 여기서 짚고 넘어가야 할 점은 이정직이 그린 그림과 제화시가 과연 관련성 있을까? 하는 점이다. 현전하는 이정직의 그림들의 면면을 보면, 소재면에서 사군자, 괴석(怪石), 소나무, 버드나무, 오동나무, 영모화훼(翎毛花卉), 연, 파초, 모란, 기명절지(器皿折枝), 어해(魚蟹), 풍속화 등인데, 몇 가지를 제외하고 제화시의 소재와 일치하는 부분이 많음을 알 수 있다.[14]

---

14 朴光根, 「석정 이정직의 서화세계」, 원광대학교 석사학위논문, 2001, 43쪽 참조.

3. 제화시의 형상화 구현 양상

1) 화의의 현현

화의(畵意)의 현현(顯現)이란 제화시를 통해 주제를 드러냈다는 의미이다. 여기에 해당하는 작품으로는 「오화시축이성당시형기대인수연」(연번1), 「노생처인 이기대인화갑지신 신장병풍 선기요여작십폭화 내사송죽연국석 배이귤도리지급호상 각제오고기방 인이위수기대인지시」(연번6), 「증위소계작십폭화 잉이십수시수기대인 후봉소계 지기이폭지비퇴오야 수경사사폭 사장병표리양면 개외폭위팔 칙내폭자위육야」(연번7) 등으로 이들을 '헌수(獻壽) 제화시'라고 해도 무방하다. 이와 같이 비록 3제(題)에 불과하지만, 연작시 형태로 되어 있어 작품 수는 총 19수에 이르고 있다. 각 시제(詩題)의 첫 번째에 해당하는 작품을 들면 다음과 같다.

①

저 봉래산 바라보니	瞻彼蓬山
조릿대만 있으나	有竹維篈
무성한 줄기와 잎사귀에	猗猗莖葉
붉고 푸른빛 눈에 가득하다	紫翠盈眼
아름다운 열매 구슬 같고	嘉實如珠
신령한 빛 사방을 비추어	靈光四照
좋은 날 헌수하니	良辰獻壽
아드님들 조상을 닮았다[15]	令子克肖

---

15 李定稷, 『燕石山房文藁』別集 卷2, 「五畵詩帿李惺堂時衡其大人壽筵」 竹.

②

사람의 삶은 강녕을 귀히 여기니	人生貴康寧
나이가 많은 건 민폐가 되지 않는다	年多不爲累
치아 단단해 딱딱한 것 끊을 수 있고	齒牢能決乾
쌀과 고기는 좋아하는 대로 따른다	梁肉從所嗜
다리 튼튼하여 명승지 돌아다니고	脚健方濟勝
산수는 마음 내키는 대로 이른다	山水任所至
그대에게 커다란 소나무를 드리오니	贈君千尺松
굳센 기운에 늦도록 푸른빛 더하소서[16]	矯矯增晩翠

③

향기로운 난 심곡에서 피어나니	芳蘭生幽谷
특별한 향기 절로 멀리 풍긴다	異香自遠聞
마치 산 속에 휘황한 빛이 있어	譬如山有輝
저 좋은 옥에서 품어 나오는 듯해	由彼良玉蘊
뜰에서 삐죽이 싹이 움트는 건	庭芽紛且苗
봄빛이 온통 무르익었기 때문이라	春色一以爛
그대 훌륭한 자식 있음을 축하하니	賀君有佳子
장수와 부, 평소 소원을 이루었다[17]	壽福諧素願

작품 ①의 시제인 「오화시축이성당시형기대인수연」을 풀이하면, '다
섯 편의 제화시로 성당(惺堂) 이시형(李時衡)의 그 부친의 수연(壽筵)을
축하하다'이다. 다섯 편의 화재(畫材)는 대나무, 연(蓮), 국화, 지초(芝草),

---

16 李定稷, 『燕石山房詩藁』 卷4, 「盧生處仁 以其大人華甲之辰 新裝屛風 先期要余作十幅
   畫 酒寫松竹蓮菊石 配以橘桃梨芝及壺觴 各題五古其傍 因以爲壽其大人之詩」松.

17 李定稷, 『燕石山房詩藁』 卷4, 「曾爲蘇溪作十幅畫 仍以十首詩壽其大人 後逢蘇溪 知其
   二幅紙備退誤也 遂更寫四幅 使裝屛表裏兩面 蓋外幅爲八 則內幅自爲六也」蘭.

바위 등인데, 위 작품은 대나무를 그린 그림을 통해 헌수하였다. 1구에서 언급한 봉래산(蓬萊山)은 영주산(瀛州山)·방장산(方丈山)과 함께 신선들이 사는 곳으로 알려져 있는데, 이를 말하여 신령스러운 분위기를 한껏 드러내었다. 이렇듯 신령스러운 봉래산에 비록 조릿대만 있으나 줄기와 잎사귀는 무성하고, 그 색깔은 붉고 푸르다라고 하여 예사로운 대나무가 아님을 말하였다. 그리고 죽실(竹實)은 "구슬 같아서 그 빛이 사방을 비추는 이때에 장수를 기원하니, 아들들은 조상을 꼭 닮아 훌륭하다"라고 하였다. 오로지 헌수를 목적으로 한 작품이기 때문에 대나무의 특성을 언급한 부분은 거의 없다고 할 수 있다.

작품 ②의 시제인 「노생처인 이기대인화갑지신 신장병풍 선기요여 작십폭화 내사송죽연국석 배이귤도리지급호상 각제오고기방 인이위 수기대인지시」를 풀이하면, '노 처인(盧處仁)이 부친의 화갑을 맞아 새로이 병풍을 만들었는데, 사전에 내게 열 폭의 그림을 그려달라고 하였다. 이에 소나무·대나무·연꽃·국화·수석을 쓰고, 귤·복숭아·배·지초 및 술잔을 곁들여 각각 그 옆에 5언 고시를 지었으니 이로써 부친의 장수를 비는 시로 삼고자 함이었다'이다. 이 작품은 소나무를 화재삼은 그림을 두고 읊었다. 하지만 소나무의 전형적인 이미지를 드러낸다든가 하는 내용이 아닌, 장수를 기원함을 주로 드러내었다. 1구와 2구에서는 사람의 삶에서 가장 중요한 것은 건강과 안녕이라고 하면서 나이가 많은 것은 결코 민폐가 되지 않는다고 하였다. 그리고 3~6구까지는 나이가 들었음에도 할 수 있는 일을 나열하였는데, 치아와 다리가 튼튼하다면 먹는 것과 유람하는 것은 문제가 되지 않는다고 하였다. 화재가 소나무인데, 1구부터 6구까지 화재에 대한 언급은 한 번도 하지 않았다. 그런데 7구에서 소나무를 언급한 후에 8구에서 늦게까지 푸른빛을 더하라고 주문하고 있다. 즉, 나이가 더 들더라도 소나무와 같이 푸른 빛을 항상 간직하라는 말이다. 소나무는 원래 장수를 뜻하는 나무이기 때문에 이러한 특성을 중심으로 시를 이끌어갈 수도 있을 터인데, 노처인의 부친이 강녕하기만을 바라는 내용으로 일관하였다. 바로 주제를 드러내는 데에 치중했다는 말이다.

작품 ③의 시제인 「증위소계작십폭화 잉이십수시수기대인 후봉소계지기이폭지비퇴오야 수경사사폭 사장병표리양면 개외폭위팔 즉내폭자위육야」를 풀이하면, '일찍이 소계를 위해 열 폭의 그림을 그리고, 아울러 열 수의 시를 적어 그의 부친을 축수하였다. 나중에 소계를 만나고서야 그중 두 폭의 종이가 퇴색하여 잘못되었음을 알았다. 마침내 다시 네 폭을 써서 병풍의 안과 겉 양면을 표구하게 하였다. 바깥쪽이 여덟 폭이 되니 안쪽은 절로 여섯 폭이 되었다'이다. 이 작품은 난을 화재로 한 그림을 두고 읊었는데, 앞에서 본 두 제화시와 마찬가지로 주제를 드러내는 데에 치중하였다. 사실 1구부터 6구까지는 7구와 8구의 주제를 드러내기 위한 과정으로 생각할 수 있다. 이 작품은 병풍에 그려진 난을 보고 지었는데, 1구의 내용에 따르면 그 난은 사실 머나먼 깊은 계곡에서 피어나 널리 향이 퍼져 봄이 되자 뜰에 싹이 돋았다고 하였다. 비록 그림이지만 그윽한 난의 향기가 나는 듯이 활물화(活物化)하여 묘사한 것이 이 작품의 특징인데, 그렇다고 해도 이러한 내용이 주가 될 수는 없다. 작자는 이 작품을 통해 소계의 부친을 축수하는 것이 최종 목적이지 난의 이미지를 그려내려고만 한 것은 아니기 때문이다. 곧, 7구와 8구를 보면, 소계와 같은 훌륭한 자식이 있음을 축하하니, 장수하고 부자가 되는 보통 사람의 소원을 이루었다라고 하여 작자 자신이 말하고자 하는 궁극적인 내용을 적었다.

이상과 같이 제화시 세 작품을 살폈는데, 이들의 공통점은 화재에서 선택인 된 대나무와 소나무, 난 등이 지니고 있는 널리 알려진 이미지를 드러내기 보다는 상황에 맞춘 주제를 나타내는데 치중하였다. 이러한 제화시는 주제를 선명하게 드러내어 내용 이해는 쉽게 되는 이점이 있지만, 문예미는 일단 유보해야 하는 측면이 있다.

2) 화면의 내용 설명

이정직의 제화시 중에서 화면의 내용을 설명한 작품으로는 「제화십이수」(연번2), 「제화삼십이절구」(연번8), 「제화오수」(연번9), 「제화이수」(연번10), 「제화십이수」(연번13) 등이 있다. 작품의 양을 따지면, 5제 63수로 제화시의 많은 부분을 차지한다 하겠다. 이러한 작품들의 그림 속 소재는 사군자를 비롯하여 모란, 파초, 모란 등등인데, 이들은 문인화가들이 즐겨 쓰던 것으로 거기에서 특별한 사항을 찾기란 어렵다. 다시 말해, 그림 속 소재가 무엇인가는 별로 중요하지 않기 때문에 그림 속 내용을 어떻게 나타내었는가를 살펴야 한다. 따라서 본 논고는 대체로 대표성을 띤다고 생각하는 사군자를 소재로 택한 그림을 형상화한 시 작품을 기준으로 정해 놓고 논의해보고자 한다.

「제화십이수」(연번2)는 여타의 화면 속 내용을 설명한 작품들과 차별화되는 측면이 있다. 여타의 작품들은 그림 속 소재를 중심으로 내용을 이끌어가고 있는 반면, 「제화십이수」(연번2)는 그림 속 내용을 설명하면서도 어떤 소재로 그림을 그리게 된 과정이나 느낌 등을 주로 나타내 보이고 있기 때문이다. 그 첫 번째 작품을 보이면 다음과 같다.

매화로 시를 지을 수 없는데	梅花未可賦
옛부터 매화 노래한 이 많았다	古來賦梅多
많아서 홀로 귀하기 어려우니	至多難獨貴
머리가 세도록 너를 어쩔거나	頭白奈汝何
차라리 그림으로 그림이 낫지 않을까	無寧寫作畫
성긴 꽃망울 얽혀서 가지에 붙어있다	疎蘂着交柯
그림 그리는 사람 적지 않은데	畫者非爲少
해가 묵으면 바로 없어져버린다	歲久便消磨
촌사람은 막새기와를 주워들었으니	野人拾瓦鐺
만물을 제대로 가려내지 못한다[18]	博物不辨訛

위 작품은 총 10구의 고체시 형태의 제화시이다. 매화가 그려진 그림을 두고 지은 작품이기 때문에 사군자로서 매화의 전형적인 특성을 드러낸다든지 아니면, 작자 나름대로의 의식을 담을 법도 한데, 그러한 모습은 거의 찾을 수가 없다. 그 대신에 먼저 매화가 그림으로 그려지기까지의 과정을 적었다. 1~4구까지의 내용은 매화를 소재로 시를 지을 수 없는데도 불구하고 많은 사람들은 시를 지어 귀한 존재가 되지 못했다고 하였다. 전통 시대 중국과 우리나라의 수많은 문인들 중에 매화를 소재로 시를 짓지 않은 사람이 없을 정도로 시재로써 각광을 받았는데, 작자는 이러한 실상을 말한 것이다. 때문에 당연히 그 존재 가치가 떨어질 수밖에 없는데, 3구에서 '많아서 홀로 귀하기 어렵다'라고 하였다. 그래서 그 가치를 조금 높이기 위하여 그림으로 그리는 것이 낫지 않을까 하여 반문하였다. 그런데 매화를 소재로 그림을 그리는 사람 또한 적지 않지만 시간이 흐르면 사라져버리고, 게다가 촌사람이

---

18 李定稷, 『燕石山房詩藁』 卷2, 「題畫十二首」 梅.

야말로 막새기와와 같은 하찮은 것을 들었으니 많은 매화 그림 중에서 좋은 작품을 분별해내기가 힘들다라고 하였다. 9구의 '야인(野人)'은 작자 자신을 가리키는 겸사이고, '박물(博物)'은 만물의 의미로 수많은 매화 그림을 뜻한다고 하겠다.

이렇듯 「제화십이수」(연번2)에서는 제화시를 통해 그림을 그리게 된 과정이나 느낌 등을 주로 적었는데, 난·국화·대나무를 소재로 한 제화시에서 각각 "종류에 따라 비슷한 것을 찾다보면, 거의 풍신을 얻을 수 있을 것이다.",[19] "나도 아직 속됨을 면치 못해, 흥에 겨워 몇 가지 그려보는데. 모양이 아니라 흥취로써, 한가로이 생각을 기탁한다.",[20] "한번 붓으로 그려지니, 적막하게 모든 소리 멈추고. 줄기와 잎 솟아오르는데, 바람에 흔들림은 누가 한 것인가."[21]라고 했는데, 위의 매화 제화시와 마찬가지로 그림을 그리게 된 과정이나 느낌 등을 주로 적었다. 필자는 이를 사의화(寫意化)의 또 다른 표현이라고 하고 싶다. 예술 용어의 하나인 사의란 보통 사실성(寫實性)에 중점을 두는 형사(形似)와는 반대로 경물의 사실성보다는 경물이 가지고 있는 물성(物性)을 포착해서 그것을 중점적으로 표출해내거나 경물에 기탁해서 작가의 신우(神宇)를 표출해 내는데 역점을 둔 수법을 말한다.[22] 이는 곧, 이정직이 그림을 감상한 후 그림 내용을 그대로 시문을 통하여 옮겨놓은 것이 아니라

---

19 李定稷, 『燕石山房詩藁』 卷2, 「題畵十二首」 蘭, 因類求彷彿 庶可得風神.

20 李定稷, 『燕石山房詩藁』 卷2, 「題畵十二首」 菊, 我猶未免俗 乘興寫數枝 以趣不以形 悠然寄所思.

21 李定稷, 『燕石山房詩藁』 卷2, 「題畵十二首」 竹, 一自入毫端 寥寥息萬吹 奔騰枝與葉 披拂誰所爲.

22 崔信浩·송재소, 「李德懋의 文學論에 있어서의 形似와 寫意 問題」, 『고전문학연구』 5집, 한국고전문학회, 1990, 290쪽 참조.

그림과 관련하여 자기 나름대로의 생각을 적었다는 말이기도 하다. 다시 한 번 강조하지만, 이정직은 화면의 내용을 설명할 때 대체로 형사의 방법을 쓰기 보다는 사의화했다. 우선 난을 소재로 한 그림을 보고 지은 제화시를 예시하면 다음과 같다.

①

부드러운 잎사귀 들쑥날쑥 푸르니	軟葉綠參差
천생적으로 뛰어난 자태 지녔어라	天生絶異資
바람 불어 향기가 이미 번져가니	風吹香已動
꽃이 피어 있을 때만이 아니란다²³	不獨在花時

②

붓을 씀에 지극히 맑고 심원하여	用筆極淸遠
높은 하늘처럼 한 점 티끌도 없다	天高無點埃
난 꽃은 이내 손길 따라 피어나니	花方隨手發
향기가 이미 사람 향해 오는구나²⁴	香已向人來

③

생김과 바탕은 풀과 다르지 않으나	形質不離艸
난 꽃 향기는 하늘 아래에 높도다	花香天下高
영균은 벌써 초나라에서 태어났으니	靈均曾楚産
천년 세월 「이소경」을 우러러 본다²⁵	千載仰離騷

---

23 李定稷, 『燕石山房詩藁』 卷4, 「題畵三十二絶句」 蘭1.
24 李定稷, 『燕石山房詩藁』 卷4, 「題畵三十二絶句」 蘭2.
25 李定稷, 『燕石山房詩藁』 卷5, 「題畵十二首」 蘭.

①과 ②는 「제화삼십이절구」(연번8)의 작품들이고, ③은 「제화십이수」
(연번13)의 한 작품이다. 작품 ①과 ②에 주목해야 할 부분은 '난의 향기'
이다. ①의 기구에서는 먼저 현상적으로 드러난 난의 잎사귀를 묘사하였
고, 승구에서는 난의 천생적인 자태를 찬양하였다. 그리고 전구에서는
난의 향기가 바람이 불어 멀리 번져간다고 하였고, 결구에서는 그윽한
난의 향기는 꽃이 피어 있을 때만 풍기는 것은 아니라고 하여 다시 한
번 찬양하였다. 작자는 현재 그림 속에 있는 난을 보고 시를 지었다.
그림은 평면인 반면, 시는 얼마든지 입체적으로 표현할 수가 있다. 만일
그림 속의 난을 그냥 평면적인 곳에 있는 것으로만 생각했다면, '난의
향기'는 운운하지 못했을 것이다. 비록 그림 속의 난이지만, 작자는 그곳
에서 '난의 향기'를 충분히 느낄 수 있었고, 이러한 느낌을 시로 형상화한
것이다. 이를 동양 화론(畵論)의 한 부분인 '전신(傳神)'과 연관 지을 수도
있다. 전신이란 말은 화가가 대상물을 핍진하게 표현하여 생동감이 넘치
고 생명력 있게 하는 것을 의미하는 것으로, 그림뿐 만이 아니라 그림을
설명하는 화상기(畵像記)의 내용까지 포함하는 것으로 사용되었다.[26] 작
품 ②도 같은 맥락에서 바라볼 수 있다. 기구에서는 난을 그리고 나니
지극히 맑고 심원하다라고 하였다. 다시 말해 '청원(淸遠)'이라는 시어로
난의 의미를 다 드러내었다고도 할 수 있다. 이러한 난을 승구에서는
마치 높은 하늘과도 같아 한 점 티끌조차도 없다라고 하였다. 난의 깨끗
한 이미지를 부각시킨 것이다. 전구와 결구에서는 난 꽃이 피어나니
그 향기가 사람을 향해 온다라고 하여 시를 읽는 사람으로 하여금 그윽

---

26 최영성, 「석정 이정직의 학문과 사상, 그리고 예술 – 존고정신을 중심으로」, 『전북사학』
    33집, 전북사학회, 2008, 210쪽 참조.

한 난향을 연상하도록 하였다. 작품 ①과 마찬가지로 비록 평면 위의 그림이지만 시를 통해 후각적 이미지를 극대화하였다. 사의화해서 표현했기 때문에 가능했다고 할 수 있다.

작품 ③에서는 무엇보다 중국 초나라의 충신(忠臣)인 굴원(屈原)과 그의 작품인 「이소(離騷)」를 언급한 점에 주목해야 한다. 기구와 승구에서는 난의 생김새와 바탕에 대해 말하였고, 난의 향기는 어떤 다른 풀보다 높다라고 하여 그 특성을 부각시켰다. 전구에서 말한 '영균(靈均)'은 굴원의 자인데, 그는 일찍이 『초사(楚辭)』 「이소」에서 "강리와 벽지를 몸에 걸쳐 입고, 가을 난초를 꿰어서 허리에 찬다. …… 아침엔 목란의 떨어진 이슬을 마심이여, 저녁엔 가을 국화의 떨어진 꽃잎을 먹는도다."[27]라고 하여, 속세를 피해 살면서 고결한 뜻을 지녔음을 나타내었다. 이러한 이유로 훗날 난과 굴원을 연결하여 언급하는 경우가 많았는데, 작품 ③도 그런 차원에서 이해할 수 있다. 곧, 작품 ③도 마찬가지로 난 그림을 보고, 난과 관련된 인물인 굴원을 끌어들여 사의화하여 난의 탈속적(脫俗的)인 이미지를 부각시켰다.

이러한 작품의 사의화는 국화를 소재로 한 그림을 보고 지은 제화시에서도 이어진다. 국화는 꽃들 중에서 가장 늦게 피어 서리를 아랑곳하지 않는다 하여 흔히 '오상고절(傲霜孤節)'이라는 말로 표현한다. 다음의 두 작품은 가을에 피는 꽃이라는 국화의 이미지와 서리도 아랑곳하지 않는 절개를 지녔음을 부각시키는 데에 치중하였다.

---

27 屈原, 『楚辭』 「離騷」, 扈江離與辟芷 紉秋蘭以爲佩 …… 朝飮木蘭之墜露兮 夕餐秋菊之落英.

①

나뭇잎 지니 꽃이 막 피어나고	木落花初發
서리 맑으니 빛깔 더욱 고와라	霜清色愈鮮
앞으로 다가올 봄날의 일을	聊將春日事
이 가을철로 옮겨 놓았구나[28]	移此九秋天

②

저 그윽하고 곧은 바탕으로	以彼幽貞質
이 떨어뜨린 묵향 머금었다	含玆輪墨香
사계절 길이 변하지 않으니	四時長不改
가을 서리만 업신여김 아니다[29]	不獨傲秋霜

작품 ①의 기구와 승구에서는 가을이 되어 나뭇잎이 떨어지자 국화 꽃이 피었는데, 서리를 맞고 피었음을 알렸다. 차디찬 서리 속에서도 당차게 견뎌낸 국화이기 때문에 그 빛깔은 곱게 보일 수밖에 없다. 그리고 전구에서 말한 '춘일사(春日事)'란 봄에 꽃이 피는 일을 말하는데, 국화가 다른 꽃들과는 달리 가을에 핀다는 것을 다시 한 번 알려주었다. 그림 속 국화 모습을 그대로 형상화한 부분은 거의 없다 하겠다.

작품 ②는 국화가 가지고 있는 최고의 이미지인 '오상고절'을 부각시켰다. 기구에서는 국화의 바탕을 '유정(幽貞)'하다라고 하였다. 즉, '그윽하고 곧다'라고 하였는데, 국화의 향기와 서리를 이겨내고 피는 모습을 나타낸 말이다. 그리고 승구를 통해 작자는 그림 속 국화를 보고 있음을 알려주었다. 하지만 뒤 이은 말도 국화를 찬양하는 내용이지

---

28 李定稷, 『燕石山房詩藁』 卷4, 「題畵三十二絶句」 菊.
29 李定稷, 『燕石山房詩藁』 卷5, 「題畵十二首」 菊.

화면 속 국화를 형상화하지는 않았다. 결국 전구와 결구에서는 국화가 사계절 내내 변하지 않는 절개를 지니고 있으니, 단지 가을 서리만 견뎌내는 것이 아니라고 하여 이미지를 극대화하였다. 이미지만 부각시킬 뿐이지 화면 속 그림의 형상은 드러내 보이고 있지 않다.

다음은 사군자의 마지막인 대나무 그림을 보고 읊은 작품이다. 두 작품 모두 시제가 '석죽(石竹)'인 점으로 보아 아마도 상상컨대, 대나무가 바위에 기댄 그림을 감상한 후에 지은 듯하다. 따라서 다소 그림 속 모습을 그대로 나타낸 부분도 있지만, 궁극적으로 전달하고자 하는 내용은 대나무가 지닌 이미지라고 하겠다.

①

얽힌 뿌리는 바위 절벽에 있어	蟠根在石壁
눈 무릅쓰고 절로 그늘 이루었다	凌雪自成陰
기다랗고 굳셈은 천뢰 머금었으니	脩勁含天籟
푸른 빛깔은 만고불변의 마음이라[30]	蒼然萬古心

②

텅 빈 마음 바위 벼랑에 의지했나니	虛心傍石崖
저가 견고한 성질을 지녀 사랑한단다	愛彼有堅性
비우는 것으로 견고함을 받아들이니	以虛受其堅
새롭고 빼어나면서도 푸르고 굳세다[31]	新秀也蒼勁

작품 ①의 기구와 승구에서는 그림 속 대나무가 어떤 모습으로 있는지

---

30 李定稷, 『燕石山房詩藁』 卷5, 「題畵五首」 石竹.
31 李定稷, 『燕石山房詩藁』 卷5, 「題畵二首」 石竹.

를 나타내었다. 그림 속 대나무는 뿌리가 얽힌 채 바위 절벽에 있으며, 흰 눈이 쌓여있다고 상상할 수 있다. 그러나 작자가 진정 말하고자 하는 내용은 전구와 결구에 있는데, '수경(脩勁)'이라는 시어로 대나무의 모습과 이미지를 나타낸 후에 '천뢰(天籟)'라는 말을 하였다. '천뢰'는 자연의 소리를 뜻한다. 즉, 대나무가 자연의 소리를 머금어 만고불변의 마음을 간직하고 있다라고 하였다. 대나무는 소나무와 함께 사시사철 항상 푸름을 간직하고 있는데, 이런 특성의 또 다른 표현이라고 하겠다.

작품 ②도 기구에서는 그림 속 대나무의 모습을 그대로 그렸지만, 결국 말하고자 한 내용은 대나무의 '견성(堅性)'이라고 할 수 있다. 따라서 대나무의 화면 속 모습에 대한 묘사는 기구를 끝으로 더 이상 언급하지 않았다. 그 대신 대나무의 견고한 성질을 말하였는데, 전구에서 '비우는 것으로 견고함을 받아들였다'라고 하였다. 연(蓮)과 대나무는 속이 텅 비어 있음에도 겉은 단단하여 이를 흔히 '중통외직(中通外直)'이라고 하는데, 이 성질을 표현한 말이라고 이해된다. 그리고 마지막으로 대나무를 '신수(新秀)'하면서도 '창경(蒼勁)'하다라고 하여 네 가지의 이미지를 부여하였다. 그림 속 대나무의 모습을 사의화하여 그 이미지를 부각하는데 치중한 작품이라고 하겠다.

이상과 같이 화면 속 내용을 설명한 제화시를 사군자 중심으로 살폈다. 이정직이 본 그림은 대부분 문인화이고, 따라서 그 그림에는 높은 학문과 품격이 스며있다고 할 수 있다. 이정직은 이러한 문인화를 대하고 시를 형상화할 때 만일 눈에 보이는 현상적인 것만을 표현해낸다면, 그림의 내용을 나타낸 진정한 모습이 아니라고 생각했을 것이다. 이는 다시 말하여 선비의 기운을 담은 그림을 감상한 후 그것을 시문으로 읊음에 있어 선비의 기운을 벗어나지 않아야 한다는 사고를 지녔다는 말이기도 하다. 선비의 기질과 대립적인 것은 세속적인 기질이라고 할 수 있는데, 예술 세계에서 보자면 세속적인 기질이란 곧 형사와도 맞물리는 것이기도 하다. 그런데 문인들은 그림을 그릴 때 형사보다는 사의를 존중하며, 마찬가지로 문인이 그린 그림을 감상하는 입장에 놓인 또 다른 문인도 사(似)보다는 의(意)를 중요하게 생각한다. 이처럼 문인화에서 사를 강조하는 사유에는 의를 사할 수는 있지만, 묘(描)로서는 표현 불가능하다는 의식이 깔려 있기 때문이다.[32]

3) 화법의 제시

이정직의 제화시 중에 화법을 제시한 작품으로는 「제사의초룡」(연번3), 「제화포도」(연번4), 「기이영필등고 부필독산화호시 잉추서지 요박자찬」(연번5), 「제권백매육수」(연번11), 「제지묵매육수」(연번12) 등이 있다. 이러한 작품은 다시 두 가지로 구분할 수 있는데, 「제사의초룡」(연번3)과 「제화포도」(연번4)를 통해서는 그림을 그릴 때 무엇에 중점을 두어야 하는가를 말하였고, 「제권백매육수」(연번11)와 「제지묵매육수」(연번12)에서는 매화를 그리는 방법을 통해 그 특징을 언급하였다.

먼저, 그림을 그릴 때 중점을 두어야 할 점을 주로 말한 제화시를 제시하면 다음과 같다.

①
지난날 내가 포도를 그리는데 　　　　　　　　　　昔余寫葡萄

---

32 조민환, 「선비들의 예술세계에 관한 연구」, 『유교사상문화연구』 22집, 한국유교학회, 2005, 405쪽 참조.

형사의 사이에서 애 많이 썼지	費心形似間
잎은 반드시 붓질을 여러 번 하고	葉須繁筆就
열매는 멋대로 먹물을 덧칠했다	實從累墨團
비록 닮은 것 같이 만들어도	縱敎逼相肖
천연의 정취를 어찌 완벽히 하겠나	天趣詎能完
우연히 서법을 연습할 기회를 맞아	偶乘臨池興
소탈하게 부드러운 붓을 놀리니	率易弄柔翰
고상하다고 일컫지는 못하지만	未堪稱高逸
스스로 깊은 어려움 벗어났다[33]	猶自脫深艱

②

포도 그리는 것 본 적이 있는데	嘗觀畵葡萄
낱낱이 형사하는 것만 요구했다	一一求形似
만일 기운이 살아있지 못하면	氣韻如不到
잘 그렸다 해도 비루하니	雖工亦可鄙
서법을 배우는 여가에	不若臨池餘
다시 흥을 붙이느니만 못하다	聊復寄興耳
초룡과 주장은	草龍與珠帳
모두 한 붓에서 나오는 것	俱從一筆起
완연히 초서를 쓰듯이 한다면	宛如作草書
비바람이 손가락을 휘감을 텐데[34]	風雨繞手指

작품 ①은 이정직이 실제로 포도를 그린 경험담을 적은 것으로 진정한 그리기란 무엇인가를 제시하고 있다. 1~6구까지의 내용에 의하면, 처음 포도를 그린 이정직은 외형적인 모습만 닮으려고 애를 썼다고 한다.

33 李定稷, 『燕石山房詩藁』 卷2, 「題寫意艸龍」.
34 李定稷, 『燕石山房詩藁』 卷2, 「題畵葡萄」.

그러기 위하여 잎을 그릴 때에는 여러 번 덧칠을 가하였고, 열매를 그릴 때에는 또한 먹물을 여러 겹 포개었다고 한다. 처음 그림을 수련하는 단계에서는 형사하는 것이 최대의 관건으로 생각될 수 있는데, 이정직의 경우가 그러했다고 할 수 있다. 그러면서도 5~6구에서는 지난날 포도를 그린 자신의 모습을 회의적으로 돌아보고 있는데, 아무리 닮게 그린다고 해도 진정 포도를 그렸다고 할 수 있겠는가라고 말한다. 이는 내면적으로 보자면, 진정한 그림이 아니다라는 의미가 담겨져 있다. 그런데 우연히도 서법을 익힐 수 있는 기회를 얻어 그림에 대해 다시 생각하게 되어 그 전의 형사에만 얽매이던 습관에서 벗어날 수 있었다고 한다.

작품 ②의 1~4구까지는 다른 사람이 포도를 그린 것을 본 다음 느낀 점을 적었다. 내용상으로 본다면 여기서 포도를 그린 사람은 외형만을 따져 모양을 그대로 본떴다고 볼 수 있다. 그것은 2구에서 말한 형사라는 예술 용어 때문인데, 이정직은 결국 외형을 그대로 본뜨는 그림은 기운이 생동하지 못한다면 잘 그렸다고 볼 수 없다고 한다. 즉, 형사만 일삼는 것을 비판적으로 바라보았다고 할 수 있다. 형사는 사물의 외형을 완전히 흡사하게 묘사하는 것을 이르는 것으로 사의와는 의미상으로 대립을 이룬다. 5~10구까지는 그림 그리기와 서예를 동격으로 두고 형사를 넘어설 수 있는 방법으로 제시한다. 다시 말하여 그림 그리기와 서예는 별반 차이가 없기 때문에 초서를 쓰듯이 그림을 그려낸다면 기운이 생동할 것이라고 한다.[35]

---

35 이정직은 「寫蘭小話」(『燕石山房文藁』 卷四)에서 형사와 기운에 대하여 언급하였는데, 난에 색을 칠하여 형사한들 신운이 발생하지 않으며, 결국 기운을 가지고 난을 쳐야 실물에 가까워진다고 한다. 그리고 난을 치는 것은 먹으로 하는 것이지 채색을 가지고 하는 것이 아니다라고도 이른다.[誠設色畵蘭 雖曲盡形似 而神韻不生 愈似而愈遠 惟以

　이정직은 또한 매화를 그리는 방법인 권백매(圈白梅)와 지묵매(漬墨梅)를 직접 체험해보고 그 특징을 말하였는데, 두 작품 모두 6수씩 구성되어 있다. 각각의 첫 번째 작품을 제시하면 다음과 같다.

①

흰 매화꽃 사랑하여	爲愛梅花白
붓 들고 그대로 그리려 한다	拈毫擬寫眞
담박한 중에 특출해지니	淡中還出色
빈 곳이 도리어 전신한다[36]	空處却傳神

②

매화의 성질 깊이 알아	深知梅性質
옅은 먹을 써서 꽃을 그렸다	淡墨用爲花
진정한 백색이 어찌 물들여질까	眞白焉容涅
맑음과 화창함 둘 다 차질 없다[37]	淸和兩不差

　작품 ①의 시제에서 말한 권백매는 백묘법(白描法)으로 윤곽선만을 사용한 것을 말한다.[38] 작자는 승구에서 붓을 들고 그렸다고 하여 어떻게 매화를 그렸는지를 말하였다. 시제에서 이미 말한 대로 매화의 윤곽선만을 그렸는데, 일단 먹물이 많이 들어가지 않았기 때문에 전구에서 담박하다라고 하였고, 빈 곳이 있을 터인데 오히려 그런 부분에서 전신을 얻었다고 하였다.

氣運似之 乃逼眞 故寫蘭 以墨不以彩]
36　李定稷, 『燕石山房詩藁』 卷5, 「題圈白梅六首」.
37　李定稷, 『燕石山房詩藁』 卷5, 「題漬墨梅六首」.
38　김도영, 전게논문, 109쪽 참조.

작품 ②의 시제에서 말한 지묵매는 몰골선염법(沒骨渲染法)을 말하는
데,[39] 종이에 수묵이나 채색을 가하여 표현하는 기법이다. 이는 붓의
흔적이 남아있지 않기 때문에 은은한 효과를 나타낸다. 승구에서 "옅
은 먹을 써서 꽃을 그렸다"라고 했는데, 지묵을 한 모습을 말한 것이다.
전구와 결구에서는 흰 종이에 수묵을 하지만 흰 종이까지 물들여지는
것은 아니라고 하면서 종이와 먹이 조화를 이루는 모습을 나타내었다.
　이상과 같이 이정직이 제화시를 통해 화법을 제시한 내용을 살폈다.
사실 시를 통해 그림의 이론적인 부분을 말했다는 것은 정감과 감성을
우선 생각해야 하는 운문의 특성과 서로 맞지 않다. 이를 '이시논화(以詩
論畵)'라고 할 수도 있을 것인데, 또 다른 시들에서 글씨에 대한 이론을
제시한 것과 맥을 함께 한다. 이는 시를 의론화(議論化)했다는 측면에서
보자면, 정적인 감정을 중시하는 시의 고유한 영역을 깨뜨린 결과라고도
볼 수 있지만, 우선은 이정직 시의 한 특징으로써 인정해야 할 것이다.[40]

4. 화론과의 관련성

　지금까지 이정직이 제화시를 통해 어떻게 형상화했는지 그 구현 양
상을 살폈다. 그런데 이러한 제화시는 그가 주장한 화론(畵論)과 일정
부분 관련성이 있음을 확인할 수 있다.
　이정직의 화론은 크게 문인화론(文人畵論)과 전신론(傳神論)으로 요약

39　김도영, 전게논문, 109쪽 참조.
40　구사회, 전게서, 2013, 38~44쪽 참조.

할 수 있다. 전자는 문인화가인 이정직이 자연스럽게 편 그림에 대한 이론으로 가령, 『연석산방문고』 권4에 실린 「사란소화」나 『연석산방문고』 별집2에 실린 「제화」 등의 글을 보면, 그 실상을 소상히 알 수 있다. 우선 「사란소화」 글의 서두에서 "난을 치는 것은 글씨를 쓰는 사람의 일이지 그림을 그리는 사람의 일이 아니다. 글씨에 대해 아는 사람이 아니라면 난을 충분히 알았다 할 수 없다. 때문에 난을 그린다라고 말하지 않고, 난을 친다라고 말하는 것이다."[41]라고 말한 것은 문인화가가 평소 느낀 소감을 밝힌 그림에 대한 소박한 견해라고 할 수 있다. 또한 「제화」 글에서는 매화, 대, 난, 바위, 국화, 오동, 모란, 파초, 연, 소나무 등을 그리는 방법을 제시했는데, 대체로 시와 경서, 제자백가 등에 대비 설명하여 그림도 문인으로서 소양을 갖추어야만 그릴 수 있음을 말하였다.

이러한 이정직의 문인화론은 그가 남긴 제화시에서도 여실히 드러나는데, 가령 「제사의초롱」(연번3) 시의 7구~10구에서 "우연히 서법을 연습할 기회를 맞아, 소탈하게 부드러운 붓을 놀리니. 고상하다고 일컫지는 못하지만, 스스로 깊은 어려움 벗어났다."라고 한다든가, 「제화포도」(연번4) 시의 5구~10구에서 "서법을 배우는 여가에, 다시 흥을 붙이느니만 못하다. 초롱과 주장은, 모두 한 붓에서 나오는 것. 완연히 초서를 쓰듯이 한다면, 비바람이 손가락을 휘감을 텐데."라고 한 부분을 통해 알 수 있다.

이정직의 화론 두 번째에 해당하는 전신론은 사물의 내재된 의미를

---

41 李定稷, 『燕石山房文藁』 卷4, 「寫蘭小話」, 寫蘭是書家事 不是畵家事 非知書者 不足以 知蘭 故不曰畵蘭而曰寫蘭.

파악하여 그 정신을 담아내는 것을 말하는데, 다음의 인용한 글에서
이정직의 주장을 직접 알 수가 있다.

> 그대는 일찍이 그림을 본 적이 있습니까? 가장 뛰어난 것은 사의(寫意)하
> 여 전신한 것이요, 그 다음은 사형(寫形)한 것입니다. 사형이라는 것은 모양
> 을 본떠서 모양이 반드시 나타나도록 하는 것으로 가령, 꽃받침과 꽃봉오리,
> 꽃, 꽃술, 새의 부리, 눈, 깃, 발톱을 심히 닮도록 하는 것입니다. 그것이
> 무르익고 무르익어서 또 오묘하게 된 이후에 형사를 벗어나 그 뜻을 그리고
> 그 정신을 전할 수 있습니다. 오직 그 형사가 가슴 속에 갖춰지고 손에 익숙
> 해졌기 때문에 몇 번의 필치에도 모든 오묘함은 충분한 것입니다. 만일 여기
> 에서 말미암지 않고 갑자기 사의한다면 대소장단의 배치가 의미를 잃어서
> 스스로 상급에 있더라도 전신할 수 없는 것을 어찌하겠습니까.[42]

이정직의 이 글을 통해 그가 그림을 그릴 때 무엇을 가장 중요하게
생각했는지를 알 수가 있다. 이정직은 그림에서 가장 뛰어난 것은 사의
하여 전신한 것이라고 하며, 그 아래 단계는 사형이라고 한다. 사형은
형사(形似)의 다른 말이라고 할 수 있다. 즉, 겉모양만을 본뜨는 것은
진정한 그림이 아니요, 그림 소재의 내면에 담긴 뜻을 그리고 정신을
전달해야 한다고 하였다. 그러나 사의하여 전신의 경지에 이르려면 부
단한 노력이 필요하다는 말을 잊지 않는다. 다시 말해 사의, 전신의 경
지에 이르기 위해서는 반드시 사형의 단계에서 익숙해질 때에만 가능

---

42 李定稷, 『燒餘錄』, 「與海鶴論詩文記」, 子嘗觀夫畵乎 上焉者寫意而傳神 其次寫形 寫形
　　者 形之而形必至 如花之萼蕾葩蕊鳥之嘴眼羽爪 無不酷其肯焉 熟之又熟能且妙焉而後
　　脫略形似 寫其意而傳其神 惟其形似 具於胸而習於手 故數筆之下 衆妙已足 若不由乎此
　　而遽自寫意 則大小短長 布置失意 雖欲自居於上 奈不能傳神何.

하다는 말이기도 하다.

이러한 전신론을 이정직은 제화시에서도 그대로 적용하는데, 가령 3장 1절에서 예시했던 작품인 「증위소계작십폭화······ 칙내폭자위육야」(연번7) 시의 1구~6구에서 "향기로운 난 심곡에서 피어나니 ······ 봄빛이 온통 무르익었기 때문이라."라고 하여 활물화하여 표현했다거나 3장 2절에서 예시했던 「제화삼십이절구」(연번8) 시의 "바람 불어 향기가 이미 번져가니, 꽃이 피어 있을 때만이 아니란다."라고 표현했기 때문이다. 또한 「제사의초롱」(연번3)과 「제화포도」(연번4) 시에서 말한 내용은 그림에서 전신론을 강조한 또 다른 표현이라고 할 수 있다. 이는 그림을 감상하는 감상자는 그림과 혼연일체가 되어야 함을 강조한 것으로 결국 화론과 제화시가 궁극적으로 추구한 것이 일치함을 보인 것이라 하겠다.

5. 맺음말

본 논고는 이정직의 제화시에 주목하고, 어떻게 형상화하여 나타내었는지를 집중 논의하였다. 이정직의 제화시는 총 13제 97수 정도 되는데, 그 스스로 문인화가로서 그림을 그렸을 뿐 아니라 적지 않은 양의 제화시를 남겼기 때문에 여타의 제화시와 차별되는 점이 있을 것으로 생각하였다. 그래서 정리한 결과, 첫째, 어떤 제화시는 화의(畵意)를 드러내 보이고 있고, 둘째 화면(畵面)의 내용을 설명하는 경우도 있으며, 셋째 화법(畵法)을 제시하는 등 다양한 양상을 보이고 있음을 확인하였다.

이정직이 제화시를 제작한 것은 문예와 예술에 대한 애정이 있었기에 가능했다고 보았다. 만일 그림만 그리고, 시를 짓는 창작 능력이 부재했다면 제화시는 존재하지 않았을 것이요, 반대로 시만 짓고 그림에 대해 문외한이라면 마찬가지로 다양하면서도 남다른 제화시는 창작하지 못했을 것이다. 제화시로 형상화한 그림의 소재인 화재(畵材)는 전통 시대 문인들이 주로 선택했던 것에서 크게 벗어나지 않았음을 알 수 있었고, 그가 남긴 문인화의 소재와도 별반 큰 차이가 없음을 확인하였다.

첫째, 화의를 드러낸 작품으로는 3제 19수로 집계되었는데, 이들은 주로 '헌수(獻壽)'와 관련됨을 알 수 있었다. 이들 작품의 공통점은 화재에서 선택된 대나무와 소나무, 난 등이 지니고 있는 널리 알려진 이미지를 드러내기 보다는 상황에 맞춘 주제를 나타내는데 치중하였다. 이러한 제화시는 주제를 선명하게 드러낸 점으로 인하여 내용 이해는 쉽게 되는 이점이 있지만, 문예미는 일단 유보해야 한다고 생각하였다.

둘째, 화면의 내용을 설명한 작품으로는 총 5제 63수가 있는 것으로 확인하고, 사군자 그림을 시로 읊은 작품을 중심으로 논의하였다. 그 결과, 그림의 내용을 사의화하여 설명했음을 알 수 있었다. 여기에서 선비의 기운을 담은 그림을 감상한 후 그것을 시문으로 읊음에 있어 선비의 기운을 벗어나지 않아야 한다는 사고를 지녔다라고 결론지었다.

셋째, 화법을 제시한 작품은 총 5제 15수가 있음을 확인하였다. 이정직은 일찍이 그림을 그리는 방법적인 차원에서 사형과 사의, 전신에 대한 관점을 이론적으로 드러낸 적이 있는데, 제화시를 통해서도 화론을 말하였다. 또한 매화를 그리는 방법인 권백매와 지묵매를 직접 체험해보고 그 특징을 말하였다. 본 논고는 이를 '이시논화'라고 하고, 시를 의론화 했다라고 결론짓고, 이를 이정직 시의 한 특징으로 생각해야 한다고 하였다.

마지막으로 이정직의 제화시를 그가 주장한 문인화론 및 전신론과 연관지어 살폈다. 이정직은 전문화가가 아닌 문인화가이다. 이러한 그의 입장은 문인화론을 통해 그대로 드러나는데, 제화시에서도 마찬가지로 문인화가적인 취향이 나타남을 알 수 있었다. 또한 이정직은 그림을 그릴 때 사의와 전신을 중요하게 생각하였는데, 그의 이러한 견해는 제화시에서도 은연 중에 드러나 생각과 창작이 일치했다는 것을 알 수 있었다.

제5장

노사 기정진의 시를 통한 우도의 실현

1. 머리말

　주지하다시피 노사(蘆沙) 기정진(奇正鎭, 1798~1879)은 한말의 대표적인 성리학자이다. 이러한 사실은 그가 남긴 저술을 통해 확인할 수 있으니, 근대기 이후 여러 학자들 또한 그의 학문적인 면모에 초점을 맞추어 평가하였다. 가령, 영재(寧齋) 이건창(李建昌)은 전라도 보성으로 유배를 간 적이 있는데, 그곳에서 『노사집(蘆沙集)』을 읽고 감탄하기를 "이것은 천하의 참된 학문이다. 동국에는 있지 않았던 것일 뿐만 아니라 중국에서 찾더라도 원나라와 명나라의 유학자들 중에 그 짝이 거의 없을 것이다. 마땅히 그의 성리에 관한 저작들을 뽑아서 두세 책으로 편집하여 천하에 전하고 명산에 보관해야 할 것이다."[1]라고 하여 극찬을 아끼지 않았다. 매천(梅泉) 황현(黃玹)도 "기정진이 리기를 논의함에

---

1 임형택 외, 『역주 梅泉野錄』, 문학과 지성사, 2005, 240쪽 참조.

전 시대 사람들에게 의지하거나 아부하지 않고 스스로 자신의 견해를 터득하여 문빗장을 뽑고 자물쇠를 열어 정미한 이치를 연구하여 수준이 깊었다."²라고 하여 자득의 경지를 높이 평가하였다.

이와 같이 기정진의 학문에 대한 평가는 그 후로도 간헐적으로 이어지는데, 현상윤(玄相允)은 그의 저서『조선유학사』에서 기정진은 서경덕(徐敬德)·이황(李滉)·이이(李珥)·임성주(任聖周)·이진상(李震相)과 더불어 조선조 성리학의 6대가라고 하면서 아울러 이항로(李恒老), 이진상과 함께 근대 유학의 중심인물이라고 하였다.³ 이는 물론 주관적인 견해일 수 있으나 현재의 많은 연구자들 또한 기정진이 한말을 대표하는 학자라는 점을 부정하지는 않는다. 따라서 기정진에 대한 연구 성과는 주로 철학이 주도적으로 이끌었고, 또한 당시 격변기를 간과하지 않았던 사실에 주목한 역사학의 연구가 뒤따랐다. 이에 반해, 문학 연구 성과는 미미하다 할 수 있는데, 이기순의 석사학위논문인「기노사의 사상과 문학」⁴과 박현옥(朴賢玉)의 박사학위논문인「노사 기정진 시 연구」⁵가 그 대표라고 할 수 있다. 이 중에서 박현옥은 박사학위논문에서 기정진의 시 편 수가 279제(題) 379수(首)에 이른다고 파악한 뒤에 생애와 사상, 문학론의 성격을 언급하고서 시세계의 성격을 '도(道)의 추구', '자연시의 이상적 삶', '만시(挽詩)의 무상과 초월' 등으로 나누어 논의하였다. 그리고 마지막으로 기정진이 조선 후기 정통적인 한문학의 위치를 점하고 있으며, 근대를 잇는 가교 역할을 하고 있다 하였다.

2 임형택 외, 전게서, 238~239쪽 참조.
3 玄相允, 『조선유학사』, 현음사, 1982, 368쪽 참조.
4 이기순, 「奇蘆沙의 思想과 文學」, 고려대학교 석사학위논문, 1992.
5 朴賢玉, 「蘆沙 奇正鎭 詩 硏究」, 단국대학교 박사학위논문, 2001.

본 논고는 지금까지의 성과물을 바탕 삼아 기정진이 제자들과 관련한 시를 통해 우도(友道)를 어떤 방향으로 실현했는지를 집중해서 논의해 보고자 한다. 흔히, 우도라고 하면 친구간의 우정을 연상하지만, 여기서는 사우(師友) 또는 도반(道伴)의 개념으로 보고자 한다. 실제로 기정진은 제자에게 답한 편지글에서 스스럼없이 '오우(吾友)', 또는 앞에 성씨를 붙여 '~우(友)'라는 말을 가끔 썼음을 보는데, 학문적인 사귐의 입장에서는 이러한 호칭이 충분히 가능하다고 생각한다. 이러한 성과물은 결국 전통 시대 문인들이 생각한 참 사귐의 의미를 다시 한 번정리할 수 있는 계기가 될 수 있어서 시사하는 바가 적지 않다. 그런데우선 본론에 들어가기에 앞서 기정진의 시에 등장하는 문생(門生)들과관련된 작품을 개괄적으로 정리해야 할 것이다.

2. 문생과의 시적 교유

기정진의 시에 등장하는 인사(人士)를 가나다순으로 나열하면 다음과 같다.[6]

강순여(姜舜如), 강우지(姜佑之), 강인회(姜寅會), 강지회(姜祉會), 고성
함(高性涵), 고중범(高仲範), 곽효근(郭孝根), 구문호(具文鎬), 구종록(具

---

6 그 외에 누구를 말하는지 알 수 없는 인사도 등장하는데, 다음과 같다. 警巖 崔丈,
溪翁, 光山 鄭生, 光陽 朴生, 鷗沙 老人, 矔翁, 五山 權 僉知, 金官 宗氏, 宗人 道成,
中華里 羅生, 南堂 朴山人, 畏省堂 大老, 晩谷, 梅翁, 默庵, 文生, 自樂亭 朴君, 富有縣
趙氏, 蘇氏, 玉林亭 安氏, 又孫, 四梅堂 尹氏, 尹友, 陰城 朴氏, 鄭 僉知, 石庄 諸友,
湛樂齋 趙氏, 竹湖翁, 四而堂 河氏, 洪 參知.

鍾祿), 권양여(權養汝), 권우인(權宇仁), 기문현(奇文鉉), 기사인(奇師仁), 기사철(奇師轍), 기술원(奇述元), 기재선(奇在善), 기희진(奇禧鎭), 김경윤(金敬潤), 김기풍(金箕灃), 김재우(金載愚), 김녹휴(金錄休), 김대원(金大源), 김덕순(金德純), 김류(金瀏), 김문순(金文珣), 김문택(金文澤), 김성모(金誠模), 김영숙(金榮琡), 김장환(金章煥), 김재림(金在林), 김재진(金在晉), 김제택(金濟宅), 김조(金照), 김종택(金宗澤), 김한익(金漢益), 김화수(金和叟), 나영회(羅英會), 남제(南濟), 노광선(盧光璇), 문규철(文奎哲), 문병환(文秉煥), 문재실(文載實), 민기용(閔璣容), 민영설(閔泳卨), 민재남(閔在南), 민주현(閔冑顯), 민치완(閔致完), 박계만(朴契晩), 박관휴(朴寬休), 박동귀(朴東龜), 박성렬(朴聖洌), 박용휴(朴龍休), 박원응(朴源應), 박정우(朴正佑), 박정현(朴鼎鉉), 박제방(朴濟邦), 박종연(朴宗淵), 박종호(朴鍾浩), 배정학(裵正學), 서유석(徐有奭), 소필기(蘇弼基), 송일현(宋一賢), 송중첨(宋仲瞻), 신재하(愼在夏), 신한철(愼漢喆), 심의항(沈宜恒), 안우옹(安遇翁), 안윤석(安允奭), 안종수(安鍾秀), 양석림(梁錫霖), 양학원(梁學源), 오계수(吳繼洙), 오효석(吳孝錫), 오상봉(吳相鳳), 오영환(吳英煥), 오준상(吳駿常), 오태규(吳泰圭), 왕사형(王師亨), 위봉조(魏鳳祚), 위성조(魏成祚), 유문석(柳文錫), 유시한(柳是漢), 유영석(柳榮錫), 유위(柳渭), 유총춘(柳鏦春), 윤육(尹堉), 윤주헌(尹柱憲), 이계징(李啓徵), 이계생(李圭生), 이근승(李根昇), 이병일(李昺一), 이봉섭(李鳳燮), 이성로(李聖老), 이예(李輗), 이신용(李新容), 이유영(李儒榮), 이윤수(李潤壽), 이장선(李章銑), 이종호(李宗浩), 이중관(李重瓘), 이창팔(李昌八), 이최선(李最善), 이휴원(李休遠), 이희석(李僖錫), 이희수(李禧秀), 임석표(任碩杓), 전계진(全啓鎭), 전석로(全錫魯), 정하원(鄭河源), 정류(鄭鎏), 정면규(鄭冕奎), 정봉현(鄭鳳鉉), 정사응(鄭士膺), 정의민(鄭誼民), 정이암(鄭李庵), 정재찬(鄭在璨), 정지오(鄭之梧), 정환조(鄭煥祖), 정환필(鄭煥弼), 조성가(趙性家), 조의곤(曺毅坤), 조종순(趙鍾淳), 조창기(趙昌驥), 조철호(趙哲浩), 진극순(陳克純), 차계원(車啓轅), 최관현(崔寬賢), 최기호(崔基扃), 최봉(崔鳳), 최일구(崔一九), 최봉구(崔鵬九), 최유윤(崔惟允), 최치화(崔致和), 정몽주(鄭夢周),[7]

하달홍(河達弘), 한홍길(韓弘佶), 허상(許塽), 홍우건(洪祐健), 황석진(黃錫進), 황현(黃玹)

이 중에는 잘 알려진 사람도 있지만, 대다수의 많은 사람들은 짧은 이력조차 알려져 있지 않다. 그리고 기정진과의 관련성을 따졌을 때 족인(族人), 사돈, 선배, 후배, 거의 나이가 비슷한 연배, 제자 등등 다양하다. 족인으로는 기문현, 기사인, 기사철, 기술원, 기재선, 기희진 등인데, 이 중에서 기정진이 평소 믿고 따랐던 분은 종숙부(從叔父) 기재선(1792~1837)이다. 기재선의 자는 경지(敬止)요, 호는 입재(立齋)로 1822년(순조22) 생원시에 합격한 바가 있으며, 그의 손자 기삼연(奇參衍)은 한말 의병장으로 활약하였다.[8] 또한 기문현과 기희진은 족인이면서 동시에 제자이기도 한데, 특히 기문현은 과거시험을 합격한 후에 동복승지(同副承旨)까지 올랐던 인물이다. 사돈으로는 김조(金照)와 김재림(金在林)이 있다. 김조의 자는 일여(日如)요, 호는 동리(東里)로 전남 장성의 수련산(秀蓮山) 아래의 동계리(東溪里)에서 거주하였다. 기정진의 시 속에 등장하는 '동계(東溪)', '동리(東里)', '낙요(樂堯)' 등은 김조를 가리키는데, 다수의 시를 남겨 존경하는 마음을 전하였다. 김재림은 김조(1754~1825)의 아들이며 기정진의 장손인 기우기(奇宇虁)의 장인으로 자는 치회(穉晦)이다.[9] 그리고 이력을 자세히 알 수 없는 중에 선후배의 구분이 어려운

---

7 정몽주의 경우, 「次雙溪樓圃翁韻」(권2) 작품으로 인하여 인사 명단에 포함시켰다.

8 기정진은 기재선과 관련하여 「謹次立齋從叔淸音亭韻」(권1), 「淸音亭」(권1), 「題南靈棄上立齋」(권1), 「從叔父立齋公墓下 草亭新起」(권2) 등의 시 작품과 「上從叔立齋」(권15)와 「上從叔立齋」(권15) 등의 편지를 남겼다.

9 기정진이 김조 및 김재림과 관련하여 남긴 시로는 「東里翁 金照 壽席韻 穉晦 在林 求和」(권1), 「東里翁新居 五首」(권1), 「東里古松流水樓韻」(권1), 「次上東里」(권1), 「次呈

점은 있으나 가령, 선배의 경우 '~옹(翁)', '~장(丈)', '노인(老人)' 등의
칭호를 붙였는데, 경암(警嚴) 최장(崔丈), 계옹(溪翁), 구사 노인(鷗沙老人)
과 같은 이들이 이에 해당한다. 거의 나이가 비슷한 연배에 해당하는
인사로서 특별한 사람으로는 권우인을 들 수 있다. 권우인은 기정진과
이이(李珥)의 이통기국(理通氣局)에 대한 해석의 차이를 보였던 사람으로
『노사집』 권16에 실린 「이통설(理通說)」은 그와 관련된 글이다.

그리고 제자에 해당하는 사람으로는 강인회, 기문현, 기희진, 김기
풍, 김녹휴, 김대원, 김류, 남제, 문병환, 민기용, 민치완, 박계만, 박
원응, 박제방, 박종호, 소필기, 오계수, 오상봉, 유시한, 윤주헌, 이계
징, 이규생, 이근승, 이신용, 이장선, 이최선, 이희석, 정하원, 정면규,
조성가, 조의곤, 한홍길 등을 들 수 있다. 이들 제자들은 기정진의 문
인들을 정리한 문헌인 『사상문인록(沙上門人錄)』에 근거해 간추린 것으
로 본관, 자, 호 등의 간단한 이력과 함께 관련 시제(詩題) 등을 소개하
면 다음의 〈표 1〉과 같다.

東里文丈案下 五首」(권1), 「東溪枕屛八疊 尤翁筆夙興夜寐無忝所生八字」(권1), 「上東
里翁行軸」(권1), 「和東里翁韻 二首」(권1), 「溪夜又用前韻」(권1), 「東里翁新居 有樓曰樂
堯 詩成蓋久 承聽恨不早 感屬意之厚 率爾奉賡 時正鎭抱病 在觀佛山房」(권1), 「和東里
翁莘郊僑居懷古韻」(권1), 「又次東里翁梅字韻」(권1), 「呈樂堯」(권1), 「癸卯冬至 次樂堯
韻」(권1), 「枕漱亭 和金穉晦 二首」(권2), 「和呈穉晦 二首」(권2), 「次穉晦韻 五首」(권2)
등이 있다. 그리고 김조와 관련해서는 「與金東里照」 외 2편의 편지(권4)와 「東溪翁詩集
序」(권17)·「東里處士傳」(권28)을, 김재림과 관련해서는 「答金稚晦在林」 외에 2편의
편지(권5)를 남겼다.

〈표 1〉

연번	제자명 (생몰년)	본관, 자, 호, 거주지	관련 시제	『노사집』 소재 관련 글	비고
1	강인회 (姜寅會, 1807~ 1880)	본관은 진주(晉州), 자는 태화(太和), 호는 춘파(春坡), 무장(茂長) 거주	「憶姜春坡寅會」(권2), 「代春坡答」(권2), 「寄春坡」(권2)		
2	기문현 (奇文鉉, 1811~ 1861)	본관은 행주(幸州), 자는 우용(羽用), 호는 송대(松臺), 광주(光州) 거주	「志喜呈羽用 奇文鉉 兼 簡尹穉沃」(권1)	「與再從弟羽用文鉉」, 「答羽用」,「答羽用」 (이상 권15)	기정진의 재종제 (再從弟)
3	기희진 (奇禧鎭, 1805~ 1870)	본관은 행주(幸州), 자는 치수(穉受), 호는 노재(魯齋), 장성(長城) 거주	「次韻謝魯齋弟禧鎭」 (권2)	「答三從弟穉受禧鎭」 외 1편의 편지(권15), 「族弟魯齋墓誌銘」(권26)	기정진의 삼종제 (三從弟)
4	김기풍 (金箕豊, 1835~ 1907)	본관은 광산(光山), 자는 경삼(敬三), 호는 죽강(竹崗), 무장(茂長) 거주	「答金生箕豊」(권1)		
5	김녹휴 (金祿休, 1827~ 1899)	본관은 울산(蔚山), 자는 치경(穉敬), 호는 신호(莘湖), 장성(長城) 거주	「寄穉敬 金祿休 允敬同 照」(권1)	권9,「答金穉敬祿休」 외에 5편의 편지(권9), 「送金穉敬與崔李諸朋友遊 關東序」(권18)	
6	김대원 (金大源, 1804~?)	본관은 영광(靈光), 자는 윤성(允性), 호는 추려(秋旅), 장흥(長興) 거주	「次李孝一金允性 大源 見 示韻」(권2)	「與金允性大源」 외에 2편 의 편지(권5)	
7	김류 (金瀏, 1814~ 1884)	본관은 경주(慶州), 자는 사량(士亮), 호는 귤은(橘隱), 여수 거문도 거주	「次韻金士亮 瀏 橘隱齋 漫興」(권2)	「與金士亮瀏(권10), 「送金士亮南歸序」(권17), 「題金士亮家德後」(권24)	
8	남제 (南濟, 1807~?)	본관은 의령(宜寧), 자는 원호(原浩), 호는 점암(漸巖), 정읍(井邑) 거주	「寄答南原浩濟」(권2), 「次南原浩」(권2)	「答南原浩濟」 외 2편의 편지(권7)	

9	문병환 (文秉煥, 1817~?)	본관은 남평(南平) 자는 삼좌(參佐), 호는 낙와(樂窩), 능주(綾州) 거주	「文戚三佐 秉煥 告別 悵 然有贈」(권2)		
10	민기용 (閔璣容, 1824~?)	본관은 여흥(驪興), 자는 중호(仲浩), 호는 종리(鳳里), 제천(堤川) 거주	「丙寅秋 洋賊犯江華 賊 退後題閔仲浩 璣容 先蹟 用疏齋李相公韻」(권2)	「答閔仲浩璣容」 외 6편의 편지(권9), 「送閔仲浩小序」 (권20), 「跋閔仲浩家莊景靖 公遺蕖」(권24)	
11	민치완 (閔致完, 1838~ 1910)	본관은 여흥(驪興), 자는 군현(君賢), 호는 지강(芝岡), 산청(山淸) 거주	「閔生君賢 致完 出二絶 甚佳 不可無和」(권2), 「口呼贈君賢」(권2), 「君賢大人六十壽席」(권2)	「答閔君賢致完」 외에 4편 의 편지(권13)	
12	박계만 (朴契晩, 1812~?)	본관은 함양(咸陽), 자는 익정(益貞), 호는 휴재(休齋), 광양(光陽) 거주	「贈別朴君益貞 契晩」(권 2), 「贈朴君益貞」(권2)	「答朴益貞 契晩」 외에 2편 의 편지(권8), 「德巖詩稿後序」(권19)	
13	박원응 (朴源應, 1812~?)	본관은 충주(忠州), 자는 응지(應之), 호는 송음(松蔭), 광주(光州) 거주	「謝朴應之 源應 惠果魚 二首」(권2)	「答朴應之 源應」 외에 2편 의 편지(권7)	
14	박제방 (朴濟邦, 1808~?)	본관은 순천(順天), 자는 순문(舜聞), 호는 안호(安湖), 광주(光州) 거주	「歸家後寄朴舜聞 濟邦」 (권1), 「省墳歸路 次舜聞」 (권2)	「答朴舜聞濟邦」 외에 5편 의 편지(권4)	
15	박종호 (朴鍾浩, 1812~?)	본관은 금성(錦城), 자는 대보(大甫), 호는 북산(北山), 해남(海南) 거주	「次朴大甫 鍾浩 北山新 居韻」(권2)	「答朴大甫 鍾浩」 외 1편의 편지(권8)	
16	소필기 (蘇弼基, 1811~?)	본관은 진주(晉州), 자는 군명(君明), 담양(潭陽) 거주	「次蘇君明 弼基 萱堂六 十壽席詩」(권1), 「書蘇君明牘背」(권1)	「答蘇君明 弼基」 외에 10 편의 편지(권9), 「晉州蘇氏族譜序」(권17), 「題無非錄」(권24), 「祭蘇君明文」(권25)	

17	오계수 (吳繼洙, 1843~ 1915)	본관은 나주(羅州), 자는 중함(重涵), 호는 난와(難窩), 나주(羅州) 거주	「次吳重涵 繼洙 三難韻」 (권2)	「答吳重涵繼洙」 외 1편의 편지(권13)	
18	오상봉 (吳相鳳, 1801~?)	본관은 함양(咸陽), 자는 태지(台至), 호는 지소(止巢), 운봉(雲峯) 거주	「止巢翁 吳相鳳 成壽器 後有韻 以年以病 吾不宜 落後 而亦輸君先著 鳩拙 可愧」(권2), 「止巢翁以詩送九節杖一 莖 其實則爲節者九而又九 步韻以謝」(권2),「又得三 疊 以充九節之數」(권2), 「次止巢老兄別章 意長辭 短 詩云乎哉」(권2)	「答吳台至 相鳳」 외 4편의 편지(권7), 「止巢記」(권22)	
19	유시한 (柳是漢, 1826~?)	본관은 서산(瑞山), 자는 군식(君寔), 호는 노강(魯岡), 광주(光州) 거주	「次柳君寔 是漢 魯窩韻 二首」(권2)	「答柳君寔是漢」(권8)	
20	윤주헌 (尹柱憲, ?~?)	본관은 해남(海南), 자는 백문(伯文), 호 는 수정(壽汀), 강진 (康津) 거주	「次尹伯文 三首」(권2)	「答尹伯文柱憲」(권5)	
21	이계징 (李啓徵, 1840~?)	본관은 고부(古阜), 자는 경운(慶運), 호는 이락당(二樂堂), 제주(濟州) 거주	「送李慶運 啓徵 歸耽羅」 (권2), 「慶運將渡海 可無一言」 (권2)	「答李慶運啓徵」 외 1편의 편지(권13)	
22	이규생 (李圭生, 1817~?)	본관은 경주(慶州), 자는 형도(亨道), 호는 묵헌(默軒), 담양(潭陽) 거주	「寄李圭生」(권2), 「挽李圭生」(권2)	「答李圭生」(권8)	
23	이근승 (李根昇, 1834~?)	본관은 전의(全義), 자는 원식(元植), 호는 연파(蓮坡), 태인 거주	「李甥根昇 以其大人回甲 韻求和」(권2)	「答李甥根昇」 외 2편의 편 지(권11)	기정진의 생질 (甥姪)

24	이신용 (李新容, 1805~?)	본관은 전주(全州), 자는 국현(國賢), 호는 갈암(葛庵), 담양(潭陽) 거주	「次林軒 李新容 韻」(권1)		
25	이장선 (李章銑, 1808~?)	본관은 광산(光山), 자는 관서(寬瑞), 호는 삼괴(三愧), 광주(光州) 거주	「省墳路 入黃溪村 李寬瑞 章銑 以四首近體要和 力 所不及 次其首題一韻」 (권2)	「答李寬瑞章銑」 외 2편의 편지(권7)	
26	이최선 (李最善, 1825~ 1883)	본관은 전주(全州), 자는 낙유(樂裕), 호는 석전경인(石田 耕人), 담양(潭陽) 거주	「送李上舍最善赴義」 (권2)	「與李樂裕最善」 외 5편의 편지(권9), 「聞一亭記」(권21), 「李君瘒固墓表」(권27)	
27	이희석 (李僖錫, 1804~ 1889)	본관은 인천(仁川), 자는 효일(孝一), 자호는 남파(南坡), 장흥(長興) 거주	「李孝一 僖錫 瑩甫 重瓘 聯袂遠訪 感其意 奉贈拙 韻」(권1), 「孝一旣勸之登 山 其得詩而來也 不可以 病昏闕賡和之事」(권1), 「寄南坡」(권2), 「寄南坡」 (권2), 「寄題李孝一新居」 (권2), 「次李孝一金允性 大源 見示韻」(권2), 「惜 別南坡孝一」(권2)	「答李孝一僖錫」 외 5편의 편지(권4)	
28	정가원 (鄭河源, 1827~ 1902)	본관은 진주(晉州), 자는 희청, 호는 소두(小蠹), 무장(茂長) 거주	「鄭氏溪堂八詠 曩時諸名 勝多和者 忘醜步次 非敢 曰道得溪堂公意中事 聊 以塞希淸之求」(권2)		
29	정면규 (鄭冕奎, 1804~ 1868)	본관은 진주(晉州), 자는 가헌(可軒), 호는 노포(老圃) 또는 무남(茂南), 무장(茂長) 거주	「挽鄭可軒 冕奎」(권2)	「答鄭可軒冕奎」 외 1편의 편지(권7)	
30	조성가 (趙性家, 1824~ 1904)	본관은 함안(咸安), 자는 직교(直教), 호는 월고(月皐), 진주(晉州) 거주	「送別趙直教 性家」(권1), 「次直教韻」(권1)	「答趙直教 性家」 외 20편 의 편지(권9), 「送趙直教序」(권19)	

이상 표로 보인 바와 같이 총 32명으로 조사되었으나 이는 전적으로
『사상문인록』에 근거했기 때문에 일반적으로 알려진 것과 다소 차이가
있을 수 있다. 가령, 민주현은 처음에는 부친으로부터 학문을 전수 받
았으나 기정진을 비롯하여 송치규(宋穉圭)·안수록(安壽祿)·장헌주(張憲
周)·홍직필(洪直弼)·임헌회(任憲晦) 등을 두루 사사했다고 알려져 있어
문인록에 포함되어야 하지만 빠져 있다. 이러한 사정이 있으나 본 논고
에서는 일단 『사상문인록』을 기준으로 기정진의 문인 여부를 결정했기
때문에 민주현은 이에 포함시키지 않았다.

3. 우도 실현의 향방

그러면 기정진은 문생들과 관련된 시를 통해 무슨 내용을 이야기했을
까? 크게 몇 가지로 나누어 볼 수 있는데, 첫째 자잘한 사제간의 정을
표출하였고, 둘째 당시 시국(時局)에 관심을 보이고 있으며, 셋째 스승으
로서 제자들에게 학문을 독려하고 방향을 제시했다. 이는 곧, 기정진이
시를 통해 문인들과 나눈 우도라 생각하는데, 이러한 내용을 구체적으로
논의하면 다음과 같다.

1) 사제간의 정의 표출

기정진은 학문적으로는 엄격한 스승이었지만, 시를 통해 제자들에
게 정의(情誼)를 표현할 줄 아는 인간적인 면모도 지니고 있었다. 이러
한 모습은 차운시(次韻詩)나 증시(贈詩), 만시(挽詩) 등을 통해 어렵지 않
게 발견할 수 있는데, 시와 음식을 보내준 것에 대한 감사의 시, 안부를

묻는 시, 이별의 시 등을 예시하여 그 실상을 엿보겠다.

먼저 기희진의 시에 차운한 작품을 들어보면 다음과 같다.

어린 종을 어찌하여 빈산으로 보냈는가   小奚何事走空山

떡을 싸고 시도 보내니 각기 일미로다   餠裏詩筒各一味

아노니, 눈길이 인정에 걸리노니   也知騰六關人情

수고롭기도 하지만 고맙기도 하도다[10]   勞者倍勞慰者慰

시제를 풀어보면, '차운하여 노재 아우 희진에게 사례하다'이다. 희진은 앞 장의 표에서 보인 바와 같이 기정진의 삼종제(三從弟)이다. 이 작품의 내용을 보자면, 어느 날 기정진이 산속에 머물러 있었는데, 기희진이 어린 여자 종을 심부름시켜 떡과 시를 보내왔다. 그런데 그때는 추운 겨울철이기 때문에 산길을 온다는 것이 쉽지 않았을 터이니 기정진으로서는 여자 종에게 미안하면서도 고마운 마음을 가질 뿐이다. 승구의 '일미(一味)'라는 시어 속에서 기정진이 떡과 시에서 느낀 맛이 어떠했는가를 알 수 있다.

사실 이 작품은 『노사집』 권15의 편지 속에 그대로 실려 있다. 그 내용을 적어보면 다음과 같다.

하루에 심부름꾼을 두 번이나 보내다니 이보다 근실할 수가 없네. 반갑고 후련하기 이를 데 없지만 도리어 여자 종에게 미안스럽네. 눈이 개지 않으니 그대가 찾아오길 어찌 바라겠는가. 내구(乃久)가 여기에 있으면서 이틀간의 적막을 깨뜨려 주었네. 스물여덟 글자의 시 또한 귀한 물건이니

---

10 奇正鎭, 『蘆沙集』 卷2, 「次韻謝魯齋弟 禧鎭」.

화답이 없어서는 안 되겠기에 다음처럼 지어보았네. (중략) 말이 되지 않으니 우습네.[11]

이 편지를 통해 그때의 상황을 재구성해본다면, 계절은 겨울철로 기희진이 그날따라 심부름꾼을 두 번이나 보냈다. 그렇다보니 기정진으로서는 여자 종에게 미안한 마음만 들 뿐이다. 그러면서도 기희진을 직접 만나지 못한 것에 대한 아쉬운 마음을 드러내었다. 내구(乃久)는 기희진의 아들인 기준연(奇準衍, 1826~1876)의 자이다. 곧, 기준연이 기정진과 이틀간 같이 있었다고 하였다. 그리고 마지막으로 여자 종이 다녀가면서 가지고 온 것은 칠언절구의 시와 물건인데, 앞에서 인용한 시를 통해 보자면 여기서의 물건은 떡을 가리킴을 알 수 있다. 편지 마지막 부분의 중략이라 적힌 부분에는 앞에서 인용한 시가 들어가 있다. 이 작품은 사제간의 훈훈한 인정세태를 엿보였다.

다음의 제자에게 안부 편지를 쓰고 나서 그 뒤에 쓴 시에서도 스승으로서의 정의를 확인할 수 있다.

소생을 보지 못한 지가 오래인데	不見蘇生久
지금 같은 때 기미가 어떠한지	如今氣味何
과거장에서 글 솜씨 휘두를만한데	三場甘潑墨
한결같이 서울에는 풍사도 많았다	一洛饒風沙
섣달 술은 산의 성곽에서 마시고	臘酒依山郭
봄 쟁반은 물 가까운 집에 있다	春盤近水家

---

11 奇正鎭, 『蘆沙集』 卷15, 「答釋受」, 一日內兩伴 勤莫勤焉 慰豁固多矣 而還爲赤脚不安 雪色未霽 君之行何可望也 乃久在此破兩日寂耳 二十八字亦貴物 不可無謝 (中略) 不成說可笑.

어버이를 모심이 본분이 있으니 承歡有本分
날마다 섬김도 자랑할 만하도다[12] 日事猶堪誇

이 작품의 시제를 풀어보면 '소군명의 서찰 뒤에 쓰다'이다. 군명은 소필기의 자이다. 전체적인 내용을 간추리자면, 수련에서는 소필기를 만난 지가 오래되었으니 지금은 어떻게 지내고 있는지를 물었다. 함련에서는 소필기 정도라면 과거시험장에서 그 능력을 발휘할 수 있을 것인데, 그럴 수 없는 것은 서울의 시끄러운 일 때문에 그렇다 하였다. 그리고 경련에서 기정진 자신이 현재 어떻게 살고 있는지를 말하였고, 마지막 미련에서는 소필기가 부모님을 잘 모시는 것을 칭찬하였다.

위 작품은 시제를 통해 보자면, 소필기에게 보낸 편지 뒤에 덧붙인 시인데, 어떤 편지를 말하는지 확인이 불가능하다. 그러나 다음의 답장 내용에서 소필기에 대한 기정진의 기대가 자못 컸으며, 이는 위의 시 함련의 "과거장에서 글 솜씨 휘두를만한데"라는 부분과 상통함을 알 수가 있다.

아버지의 병환도 회복되어가고 글공부와 붓놀림이 모두 성과가 있어 보이니 심히 바라는 것에 부응하였네. 또 옷깃을 여밀만한 것은 오우(吾友)의 나이가 많다고 하지 않을 수 없어서 다른 사람이라면 공부가 이 정도에 이르면 중단하지 않은 사람이 드무네. 오우만은 홀로 외로운 군사가 적군을 향하듯이 가기만 하고 돌아서지 않는 지기(志氣)가 있으니 다만 이 하나의 '기(氣)' 자가 금석(金石)의 견고함을 논할 것이 없이 다 뚫고 지나갈 수 있을 것이네. 더구나 내가 찾고 구하는 것이 한 줄기의 길이 있어 구멍

---

12 奇正鎭, 『蘆沙集』 卷1, 「書蘇君明牘背」.

도 없는 금석에다가 비할 바가 아니니 다만 이 길을 따라 노력하면 성공하
지 못할 걱정이 없을 것이네.[13]

답장의 내용을 보니, 당시 소필기가 어떤 상황에 놓여있었는지를 가
늠할 수 있다. 이 답장을 쓸 당시 소필기의 나이는 다른 사람에 비할
때 적지 않았다. 그럼에도 불구하고 학업을 중단하지 않은 모습을 기정
진은 칭찬하기를 "홀로 외로운 군사가 적군을 향하듯이 가기만 하고
돌아서지 않는 지기가 있다."라고 하면서 계속 노력하면 큰 성과를 볼
수 있을 것이라 하였다. 그러나 소필기는 이러한 성과를 내지 못하고,
기정진보다 먼저 세상을 뜬다. 이때 기정진의 심정이 어떠했는지『노사
집』권25의「제소군명문(祭蘇君明文)」을 통해 알 수 있다.

한편, 기정진은 제자들과 수시로 만나고 헤어짐을 반복하였다. 이러
한 내용은 무수한 편지글은 물론이거니와 시에서도 쉽게 접할 수가 있
다. 다음의 두 작품을 들어본다.

①
멀리 사는 벗과 서로 만나던 날이	遠友相逢日
흔히 기러기가 날아오는 때였더라	多在鴈來時
평생토록 장부의 뜻을 간직했건만	平生丈夫意
귀밑머리 천 가닥 실을 어찌하랴	柰此鬢千絲
꺾어서 줄 수 있는 것이 무엇이리요	折贈有何物

---

13 奇正鎭,『蘆沙集』卷9,「答蘇君明」, 庭癠向復 而數墨運筆 皆有見成程課 甚副所望 且所
敎袗者 吾友年紀未可不謂之莫大 他人書劍到此而不中廢者鮮矣 吾友乃獨有孤軍向敵
有去無廻底志氣 只此一氣字 不論金石堅頑 皆被透過 況吾所尋求 自有一條路脈 非金石
無孔穴之比 但從此加勉 無憂其無成也.

섬돌의 꽃 피지 않은 국화 가지란다 　　　　　　階菊未花枝
돌아가 민극중에게도 나누어주어 　　　　　　歸分閔克中
세한에도 서로 의심치 말라 하라[14] 　　　　　歲寒莫相疑

②
하늘 위의 한라산에 　　　　　　　　　　　　天上漢挐山
그대 가면 언제나 도착하는지 　　　　　　　　君行何日到
아녀자 같은 심정 견딜 수 없어 　　　　　　　不堪兒女情
작별에 다시 탄식하며 위로한다[15] 　　　　　臨別更嗟勞

　작품 ①의 시제를 풀이하면 '박익정 계만에게 작별하며 주다'이고,
②는 '이경운 계징이 탐라로 돌아감을 보내며'이다. 이를 보면, 둘 다
이별시라고 할 수 있다.

　작품 ①의 내용을 간추리자면, 수련에서는 멀리 사는 벗과 만나던
때가 가을임을 알렸다. 아마도 전남 광양(光陽)에서 살던 박계만은 추수
가 끝난 가을이 되면 스승 기정진을 찾아온 모양이다. 그리고 함련에서
는 박계만이 평생토록 장부의 뜻을 간직한 줄 알았더니, 귀밑머리가
세어졌다고 하여 나이가 점점 들어감을 말하였다. 경련에서는 이별하는
시점에 정표(情表)로 무엇을 줄까를 고민하다가 아직 채 피지 않은 섬돌
의 국화꽃을 꺾어주는 모습을 나타내었고, 마지막으로 미련에서는 민극
중(閔克中)에게도 그 꽃을 나누어주어 세한(歲寒)의 마음을 간직하라고
하였다. 극중은 민의행(閔誼行)의 자인데, 추측컨대 박계만과 가까이 사
는 인사라고 하겠다. 주지하다시피 세한은『논어』「자한(子罕)」의 '날씨

14　奇正鎭,『蘆沙集』卷2,「贈別朴君益貞 契晩」.
15　奇正鎭,『蘆沙集』卷2,「送李慶運 啓徵 歸耽羅」.

가 추워진 뒤에야 소나무와 잣나무가 늦게 시듦을 안다.[歲寒然後 知松柏
之後彫也]'에서 유래하여 의지를 굳게 가져 어려움에도 변하지 않는다는
뜻을 간직하고 있다.

작품 ②는 오언절구의 짧은 시이지만 그 길이와 상관없이 기정진의
정감의 깊이를 알 수 있다. 시제가 '이경운 계징이 탐라로 돌아감을 보내
며'인 것을 보면, 기구에서 왜 한라산이 등장하는지 이해된다. 기정진은
현재 제자 이계징이 탐라로 돌아갈 때 이별의 뜻을 담아 이 작품을 지었
는데, 인상 깊은 부분은 전구의 "아녀자 같은 심정 견딜 수 없어"라는
내용이다. 이 부분에서 이별의 아쉬움이 깊었음을 알 수 있기 때문이다.

기정진에게 만남과 헤어짐은 때로는 또 다른 면을 의미하기도 하였
다. 몇 명의 제자가 기정진보다 세상을 먼저 떴는데, 그에 대한 아쉬움
을 만사(挽詞)로 대신하였다. 이는 박계만이나 이계징과의 이별과 다른
또 다른 이별의 모습이라고 하겠다. 다음의 시를 들어본다.

인간 세상의 만남이 가장 가련하니	人世相逢絶可憐
가벼운 잎사귀가 바람에 날린 듯하다	何如輕葉泛風前
백발인은 금서를 놓고 밤을 대좌하고	白頭或坐琴書夜
청안으로 필묵 상종한 해도 있었지	靑眼曾從翰墨年
몇 번을 그대가 거백옥 같다 했던가	幾度許君伯玉化
일조에 나 앞서 정 영위 신선되었다	一朝先我令威仙
산 내려온 도죽장 오는 곳 모르니	下山桃竹無來處
서쪽으로 운해 봄에 생각이 아득하다[16]	雲海西瞻思渺然

16 奇正鎭, 『蘆沙集』 卷2, 「挽鄭可軒 晃奎」.

시제를 풀이하면 '정가헌 면규에 대한 만사'이다. 수련에서는 인간의
만나고 헤어짐이 마치 가벼운 잎사귀가 바람에 날리는 듯하다라고 하
여 가벼움의 정도를 비유적으로 나타내었다. 함련에서는 기정진과 정
면규가 살아생전에 어떤 공부를 했으며, 둘의 관계가 청안시(靑眼視)할
정도로 좋았음을 알려주었다. 그리고 경련에서는 기정진이 정면규를
거백옥(蘧伯玉) 같다 했던 말을 떠올리는가 하면, 정 영위(丁令威)와 같
은 신선이 되었다고 하여 이미 이 세상 사람이 아님을 말하였다. 백옥
은 춘추 시대 위(衛)나라의 대부 거원(蘧瑗)의 자로 나이 50살에 49년
동안의 잘못을 알았다고 하며, 공자(孔子)가 그의 행실을 칭찬하여 위
나라에 있을 때 그의 집에서 머물렀던 일은 잘 알려져 있다. 기정진이
정면규를 어떻게 평가했는지를 알 수 있는 대목이다. 마지막 미련에서
는 정면규의 장례를 치른 후에 기정진 자신이 어디로 향해 갈지 갈피를
잡지 못하는 모습을 보였다.

기정진이 정면규에게 보낸 두 편의 짧은 답장 편지가 있는데, 모두
건강을 염려하는 내용이 적혀 있음을 확인할 수 있다. 특히, 정면규가
1868년에 세상을 뜨는데, 그해에 기정진이 보낸 답장 내용 중에 "노인
이 늙은이로 자처하지 않아서 접때 병이 악화되지 않았나 의심했었는
데, 지금 편지를 받아보니 과연 그러하였네. 그때 며칠 동안 승죽(僧粥)
을 먹었더라면 어찌 이 지경에 이르렀겠는가."[17]라고 하여 위중한 상태
를 염려하였다. 그러나 정면규는 이러한 위중함을 잘 넘기지 못하고
세상을 떠난 것이다.

---

17 奇正鎭, 『蘆沙集』 卷7, 「答鄭可軒」, 老人不以老自處 曩固疑其添病 今承果然 伊時若喫
   數日僧粥 則豈至於此.

이상의 몇 편의 작품을 통해 기정진이 제자들을 어떤 마음으로 대했는지를 알 수 있다. 즉, 스승이기에 앞서 한 인간으로서 제자들을 대했으며, 이는 학문적 열정을 쏟아내는 이면에 자리한 정의(情誼)라고 할 수 있다. 결국 이러한 정의가 튼실하게 닦여있을 때 학문적 열정도 분출되는 것이요 지속된다고 하겠다. 기정진이 근 600명에 이르는 제자들을 거느릴 수 있었던 것도 학자이기 이전에 인간적인 정감이 있었기에 가능했다고 생각한다.

2) 시국 문제의 실천성 강조

기정진은 제자들에게 한없는 애정 어린 모습을 보인 반면, 시국 문제에 대해서는 냉철한 판단력을 지니고 있었다. 기정진이 살았던 19세기는 대내외적으로 많은 문제점을 드러내고 있었는데, 가령 대내적으로는 삼정(三政)이 문란하여 민란이 일어났는가 하면 대외적으로는 서구 열강의 끊임없는 침탈이 자행되고 있었다. 따라서 지각 있는 인사라면 당연히 이러한 시국을 나라의 큰 위기로 생각하고 타개책이 무엇일까를 생각하였다.

기정진 또한 당시의 시국을 예사롭게 보지 않고 실질적인 타개책을 건의하기도 하였는데, 그의 나이 65세 때 삼정의 개혁을 논한 「임술의책(壬戌擬策)」의 경우가 이에 해당한다. 그러나 이 글은 안타깝게도 봉미(封尾)에 성명을 기재하라는 말을 듣고 올리지 않았다. 그렇다고 시국에 대한 그의 생각이 그친 것은 아니었다. 기정진은 그의 나이 69세 때인 1866년 병인양요(丙寅洋擾)가 일어나기 직전 7월에 소위 육조소(六條疏)라 불리는 1차 「병인소(丙寅疏)」를 올린다. 여기에서 외침에 대한 방비책

여섯 가지를 제시하는데, 당시의 쇄국정책과 보조를 함께하고 있었으며, 위정척사(衛正斥邪) 사상의 이론적 기초가 된 것으로 그 의미가 자못 크다. 그러나 뚜렷한 대비책이 없는 상황에서 같은 해 9월 18일에 병인양요가 일어나 강화도가 함락되자 거의(擧義)할 뜻도 지니고 있었으나 소모사(召募使)가 온다는 소식을 듣고 그만두었다. 이때의 상황을 훗날에 최익현(崔益鉉)은 「노사선생기공신도비명(蘆沙先生奇公神道碑銘)」에서 "금상 3년에 병인양요가 일어나 적이 강화도를 함락하니, 조야는 뒤숭숭하여 간사한 말을 하는 자들이 바야흐로 화의(和議)를 제창하기까지 하였다. 이때에 대의를 들어 간사한 논의를 꺾고, 불끈 성내어 홍수·맹수의 화를 몰아내는 것을 자신의 책무로 삼은 두 원로(元老)가 있었으니, 이는 바로 노사(蘆沙) 기 선생(奇先生)과 화서(華西) 이 선생(李先生) 이름은 항로(恒老)이다."[18]라고 하였다. 그리고 그해 11월 21일에 병인양요가 일단락되자 2차 「병인소」를 올리는데, 여기서는 당시의 국가적 폐습을 비판하고, 사대부의 청렴결백을 주문하였다.

이와 같이 기정진은 대내외적인 현실 문제를 간과하지 않고 끊임없이 그 대안책을 강구하였는데, 여기서 주목할 부분은 '거의를 도모했다'는 점이다. 이는 대안을 글로 나타낸 것을 넘어서서 실천하려는 의지가 있었음을 뜻하는 것으로 하나의 '사상'이 '운동'으로까지 이어질 소지를 다분히 지니고 있었다.

이러한 기정진의 현실 문제에 대한 실천성은 제자들에게도 그대로 이어지는데, 병인양요가 발발했을 당시에 실제로 거의에 참여했던 문

---

18 崔益鉉, 『勉菴集』 卷25, 「蘆沙先生奇公神道碑銘」, 上之三年丙寅 洋寇陷江都 朝野恂懼 邪說者方煽以和議 時則有二老持大義 疏折邪議 捆然以抑洪驅猛 爲己任 卽蘆沙奇先生及華西李先生是已.

인으로 이최선(李最善)을 들 수 있다. 그는 호남의 종친과 친지, 친구들에게 격문을 돌려 의병을 모아 한성부(漢城府)에 올라가 관군을 지원하였는데, 거의에 참여하기 직전에 기정진이 답장의 편지와 함께 한 편의 시를 보낸다. 편지와 함께 시를 함께 인용하면 다음과 같다.

부의(赴義)할 날이 이미 정해졌다는 것을 들었으니 시사(時事)를 논하자면 참으로 천지가 생긴 이래 처음 있는 변고이네. 그러나 남아의 본래 포부로 말하자면, 때를 만났다고 아니할 수 없네. 원하건대, 노력하고 자신을 아끼게나. 병든 이 사람은 발이 문턱을 넘지 못하니 몸이 길가에 나아가지도 못하고 바람결에 정을 보낼 뿐이네. 생각한 것은 많으나 말을 줄이지 않을 수 없네. <u>한 편의 근체시로 박한 노자를 대신하니 살펴 헤아리게나.</u>[19]

금성의 가을빛에 이별 노래가 드는데	金城秋色入離歌
긴 말채찍 주자니 늙어서 어찌하리요	持贈長鞭奈老何
종성이 마땅히 평민의 앞장을 서야지	宗姓宜爲編戶倡
경서 지님이 어찌 창칼 든 것만 하랴	橫經孰與揮戈多
다만 일월이 황도에 있음을 볼지니	但看日月麗黃道
남아가 어찌 녹사 입고 누워 있겠나	焉有男兒臥綠簑
객 중에서 만일 나그네 기러기 보거든	客裏若逢賓鴈翮
한강수 조용하여 물결 없다고 전해다오[20]	爲傳漢水靜無波

편지 말미의 밑줄 친 내용에 근거해보면, 기정진은 편지와 함께 위의

---

19 奇正鎭, 『蘆沙集』卷9, 「答李樂裕」, 承知赴義已有定日 時事論之 固天地初有之變 而以男兒素抱言之 未可謂不遇 願勉旃自愛 病人足不踰閾 未能進身於中路 臨風送情而已 意多辭不能不縮 一近體效薄贐 惟照亮.
20 奇正鎭, 『蘆沙集』卷2, 「送李上舍最善赴義」.

시를 이최선에게 보냈다. 아마도 편지로는 감정을 드러낼 수 없어서 시 양식을 빌었으리라는 생각이 든다.

편지를 쓴 시기가 병인양요가 일어났던 1866년 9월인 점을 보면, 제자 이최선이 거의에서 무사하게 귀환하기를 바라는 스승의 마음을 담았다고 하겠다. 편지에서 주목되는 부분은 당시의 시국을 개탄하면서 한편으로는 남아의 포부를 펼칠 수 있는 때를 만났다고 한 점인데, 다분히 용기를 북돋우기 위한 것이라고 생각한다. 그리고 기정진 자신이 진정으로 가슴 속에 담고 있는 생각은 한 편의 시를 통해 전달한다.

시제를 풀이하면, '상사 이최선이 의거에 나아감에 보내며'이다. 수련에서는 가을날 이별에 즈음하여 기정진 자신이 늙어 아무런 도움을 주지 못함을 한탄하였고, 함련에서는 종성(宗姓)이라면 마땅히 평민들보다 앞장을 서야 하니, 경서를 지닌 것은 창칼을 든 것만 못하다라고 하였다. 이 부분에서 현실 문제를 해결하기 위해서는 무엇인가 몸소 실행해야 한다는 기정진의 실천 정신을 엿볼 수 있다. 그리고 경련에서는 해와 달도 바른 궤도에 있거늘 남아가 어찌하여 푸른 도롱이 옷을 입고 누워 있을 수 있겠는가라고 반문한 후에 미련에서는 거의를 하려는 곳인 한성에서 나그네를 만나면 한강에 물결이 일지 않는다 전하라고 하였다. 한강에 물결이 일지 않는다는 뜻은 나라가 평온을 되찾았다는 의미의 또 다른 표현이며, 그렇게 되기를 바라는 마음을 담았다고 하겠다.

여기서 눈에 띄는 부분은 함련의 종성이라고 언급한 점이다. 종성은 왕족의 성씨를 말하는데, 이는 이최선의 본관이 전주(全州)이기 때문에 한 말이기도 하지만 실제 조상을 거슬러 올라가 보면, 태종의 장남인 양녕대군의 증손자 추성수(秋城守) 이서(李緖)의 후손임이 확인된다. 이서는 26세 되던 해에 역모죄로 담양으로 유배를 가서 14년 만에 유배가

풀렸으나 한양으로 돌아가지 않고 유배지에서 눌러 지내다가 생을 마
감하였다. 그는 국문 가사인 「낙지가(樂志歌)」를 지은 이로도 잘 알려져
있는데, 이최선은 바로 그 이서의 후손이요, 이 때문에 기정진이 종성
이라고 일컬은 것이다.[21]

이와 같이 기정진은 시국에 대한 문제를 해결하기 위한 실천성을 중
요하게 생각하여 시까지 남겼는데,[22] 시의 정조(情調)를 보면 앞 절의
정의를 표출한 작품과 다르게 격정적인 느낌마저 준다.

한편, 기정진이 외침을 당하게 되자 거의까지 도모하려고 했던 학문
적 바탕을 생각해보아야 한다. 기정진의 학문 목표는 리(理)를 중심으
로 도덕적 가치와 당위를 확인하고, 이를 현실 세계에서 실현하고자
한 것이었다. 특히 무너져 가는 국가 체계를 성리학적 가치 체계의 재
공고화를 통해 재건하고자 하는 것이었고, 리를 기반으로 대내외적 모
순을 타개하고자 하였다.[23] 이러한 학문적 바탕이 있었기 때문에 거의
를 도모하였고, 시를 통해 실천적 부분을 강조했던 것이다.

---

21 이최선이 종성의식(宗姓意識)이 있어서 거의에 참여했다는 견해도 있는데, 이에 대한
   자세한 내용은 홍영기의 논문(「19세기 중엽이후 李最善家의 민족운동」, 『대동문화연구』
   제39권, 성균관대학교 대동문화연구원, 2001, 226~227쪽)을 참조할 것.
22 기정진은 병인양요와 관련하여 또 다른 작품인 「送高出身仲範赴義」(권2)와 「丙寅秋
   洋賊犯江華 賊退後題閔仲浩 璣容 先蹟 用疏齋李相齋韻」(권2)을 남겼는데, 본 논고의
   논의에서 이 두 편의 시를 일단 제외하였다. 그 이유는 전자의 시제에 등장하는 고종범은
   기정진의 문인이 아니며, 후자는 시제를 풀이하면, '병인년 가을에 서양의 적이 강화도
   를 침범했는데, 적이 물러간 뒤에 민중호 기용의 선조의 사적에 쓰며 소재 이상공의
   운을 사용하다'로 제자 민기용에게 직접 준 작품이 아니고 관련성만 있기 때문이다.
23 박학래, 『기정진, 한말 성리학의 거유』, 성균관대학교출판부, 2008, 290쪽 참조.

3) 학문의 독려와 방향 제시

앞에서 이미 말한 대로 기정진은 근 600명에 이르는 제자를 두었는데, 전남 장성(長城) 인근은 물론이요, 전라북도와 경상도, 제주도까지 수많은 지역이 망라되어 있었다. 그 제자들은 기정진을 직접 만나 뵙고 학문적인 내용을 묻고 답하기도 했지만, 편지 등의 다른 형식을 활용하기도 하였다. 시를 통해서도 때로는 학문과 관련된 내용을 말하기도 했는데, 운문의 특성상 축약되어 있어서 편지처럼 구체적이지 않은 점이 있다. 그러나 그 축약된 내용 속에서 제자들에게 학문을 독려하는가 하면, 공부의 방향을 제시하고 있어 정리할 필요가 있다고 생각한다.

먼저 제자 조성가(趙性家)를 보내면서 지은 작품을 들어본다. 다소긴 고시이기는 하지만 이해를 돕기 위해 전문을 인용했으며, 내용을 구분하기 위하여 필자가 번호를 붙였다.

①

삼 년 간 『마경』을 읽고 나서	三年讀馬經
문을 나가 두껍을 얻었다 하면	出門得蝦蟆
듣는 사람은 모두 포복절도 하여	聞者皆絶倒
구방이 그 가풍 실추했다 하리라	九方墜厥家

②

나는 그렇지 않다라고 하리니	吾言獨否否
이는 그대의 잘못 읽음이 아니다	是子讀不差
피모는 혹 허술히 보았을지라도	皮毛見或疏
힘줄 마디는 잘 헤아린 것이다	筋節筭無訛
굳힌 뜻은 천리를 달릴 기세이고	凝情千里勢
깊은 생각은 정미한 곳 들어갔다	玄機入塵沙

아마도 책을 덮은 날에	想當掩卷日
눈 속엔 모든 오화마가 사라지리	眼空凡五花

③

우리 당의 경서를 읽는 선비가	吾黨學經士
그대에게 양보할 이 많지 않지마는	讓汝不旣多
입으로 외우기는 글자가 안 틀려도	口誦不錯字
이면에는 신 신고 발바닥 긁는 격	裏面隔靴爬
신이라도 긁으면 가려운데 가깝겠지만	爬靴尙近癢
매독환주는 참으로 안타까운 일이다	買櫝眞堪嗟

④

조생은 타고난 기질이 좋아	趙生天機好
삼십 세에 문학이 넉넉하여	三十富文華
장한 뜻으로 학업을 연마하고	壯志研鑽業
더욱 육경에 힘을 썼었네	更向六經加
경의 풀이는 세밀히 추구함에 있으나	經訓在細推
큰 병통은 대충대충 넘긴 데 있다	大患草草過
한 약으로 한 병을 고치고 나면	一藥醫一病
한 구비 꺾이고 또 횡으로 빗나가지	曲折復橫斜
바퀴와 바퀴살 덮개 둘레막이 중에	輪輻與蓋軫
한 가지만 빠져도 온전한 수레가 아니다	闕一非全車

⑤

헛되이 하루쯤 나이를 더 먹었는데	虛抱一日長
먼 데서 온 벗이 정이 아름답도다	遠朋情所嘉
어찌 이별의 노래가 없을 것인가	那無驪駒唱
손님이 물가로 가는데	客行水之涯

기다려 보리라 손명복이   竚待孫明復
태산에서 영특함 떨치게 되기를[24]   蜚英泰山阿

총 다섯 부분으로 구분하였다. ①의 내용을 보면, 은유적인 수사법을
사용했음을 알 수 있다. 『마경(馬經)』은 『상마경(上馬經)』이라고도 하는
데, 중국 춘추 시대 진(秦)나라 때 백락(伯樂)이 쓴 책이다. 그런데 이
『마경』을 읽고서 거기서 말을 감별하는 법을 터득한 것이 아니라 두꺼비
를 얻었다고 하면, 듣는 사람들은 크게 비웃을 것이요, 구방(九方)은 가
풍을 실추시켰다고 할 것이라 하였다. 구방은 구방고(九方皐)를 말하며,
역시 춘추 시대 준말을 감별했던 말 감별사로 알려져 있다. 곧, ①에서는
이제 막 학문을 시작하는 서툰 초학자의 모습을 떠올리도록 하였다.

그러나 ②에서 기정진은 다른 사람들과 생각이 다르다는 것을 말한다.
다른 사람들이 『마경』을 잘못 읽었다고 비웃을지라도 책을 읽는 사이에
이미 말을 감별하는 방법을 조금이나마 알았을 것이기 때문에 헛된 공부
를 한 것은 아니라 하였다. 그렇지만 거기에서 낙담하고 책을 덮는다면,
보통의 말과 색깔이 알록달록한 말의 구분은 사라질 것이라 하였다.

그러면서 ③의 내용을 통해 조성가가 학자로서 지닌 병폐를 지적하
였는데, 바로 책선(責善)이라고 할 수 있다. 처음 두 구에서는 조성가를
칭찬하는 말로 시작하였지만, 곧바로 잘못된 점을 지적하였다. 즉, 경
서를 읽을 때 입으로 외워 글자를 틀리지는 않지만 마치 신발을 신고
발바닥을 긁는 것과 같이 애를 쓰기는 하지만 정곡을 찌르지 못하며,
상자만 사고 그 안의 구슬은 돌려주는 것과 같이 근본은 모르고 지말

---

24 奇正鎭, 『蘆沙集』 卷1, 「送別趙直教性家」.

(枝末)만 좇으니 안타까울 뿐이라고 하였다. 이런 지적은 진정 상대방을 잘 알지 못하고 애정이 없으면 할 수 없는데, 오랜 세월 제자를 지켜본 스승의 여과 없는 질책이라고 할 수 있다.

하지만 제자에 대해 계속 질책만 하기 보다는 다음에서 공부를 하는 방법을 알려준다. ④의 처음도 ③과 마찬가지로 조성가를 칭찬하는 말로부터 시작한다. 그 내용은 조성가는 타고난 기질이 출중하여 30세에 벌써 문학이 넉넉하였고, 건장한 뜻으로 학업을 계속 닦았는데, 그 중에서도 특히 육경에 힘을 쏟았다고 하였다. 그러면서 그 육경을 대하는 방법을 말하였다. 육경은 대충대충 넘어가서는 안 되고 세밀함을 추구하며, 병폐를 발견하여 그 병폐를 고치고 나면 또 다른 폐단이 생길 수 있다고 하였다. 육경을 대하는 학자라면 늘 경계심을 지녀야 함을 말한 것이라고 생각한다. 그리고 수레에 빗대어 말하기를, 온전한 수레는 바퀴와 바퀴살, 덮개, 둘레막이 등이 모두 있어야 하는데, 이 중에서 어느 하나라도 없다면 수레가 굴러가지 못하기 때문이다. 진정한 학자라면, 경서를 대하여 읽고, 외우며, 정곡을 간파할 줄 알아야 하고, 지말에 연연하기 보다는 근본을 추구해야 함을 비유한 말로 이해된다.

그리고 마지막으로 이별의 시가 없을 수 없어서 작품을 지었다고 하며, 조성가가 훗날 북송 때의 경학자인 손명복(孫明復)과 같은 사람이 되었으면 하는 바람을 적었다. 명복은 손복(孫復)의 자로 일찍이 태산(泰山)에 살면서 제자들에게 『춘추』를 가르쳤던 학자이다.

조성가는 기정진의 주요 제자 중 한 사람으로 경남 함안에서 살았다. 그는 기정진을 30년 이상 모시면서 기정진이 가난하여 식량이 부족하면 하동 옥동 땅에서 300리 길이 멀다 하지 않고 쌀가마니를 싣고 와 생계를 도왔다.[25] 그리고 무엇보다도 기정진의 학문을 전수받아 리일

분수설(理一分殊說)을 적극 지지하였다. 이로써 보면, 위 시에서 조성가에게 말한 학문적인 질책과 독려는 제자에 대한 애정의 또 다른 표현이라고 하겠다.

　다른 측면에서 학문의 방법을 제시한 시를 들어본다.

　　①

　　　평생에 한 가지 일도 한 것 없고　　　　　平生無一事

　　　대략 옛 선비의 기풍을 사모하였다　　　　粗慕前修風

　　　돌아보면 안으로 모자람이 많은데　　　　　環視內多闕

　　　감히 진실한 공부 했다고 말할까　　　　　敢言實下工

　　　친구가 오면 도리어 부끄럽고　　　　　　朋來還可愧

　　　뜻이 떠오르면 간혹 서로 통한다　　　　　意到或相通

　　　문로가 책 속에 있으니　　　　　　　　　門路在方冊

　　　어려움 우선 힘쓰면 효과 보리라[26]　　　先難庶見功

　　②

　　　사문이 도학을 남겼으니　　　　　　　　師門餘道學

　　　일신의 공부에만 있도다　　　　　　　　只在日新工

　　　구구하게 물으려하지 말지니　　　　　　勿爲區區問

　　　책 속에 자세히 나타나 있다[27]　　　　詳於黃卷中

　시제를 풀어보면, ①은 '조직교의 시에 차운하다'이고, ②는 '입으로

25　안동교, 「노사 기정진의 학문과 그 전승」, 『옛 기록으로 본 호남 명가의 학문과 삶2』, 조선대학교 박물관, 2012, 98~99쪽 참조.

26　奇正鎭, 『蘆沙集』 卷1, 「次直敎韻」.

27　奇正鎭, 『蘆沙集』 卷2, 「口呼贈君賢」.

읊어 군현에게 주다'이다. 조직교는 앞에서 이미 말한 조성가의 자이
고, 군현은 민치완(閔致完)의 자이다. 민치완은 1857년 기정진의 나이
60세 때 배알하여 문인이 된 이후에 가르침을 받았고, 대원군으로부터
각별한 총애를 입었던 인물이다.[28]

이 두 작품은 형식은 각기 다르지만 기정진이 전달하고자 하는 주
내용은 같다고 할 수 있다. 기정진은 시 ①의 미련에서 "문로가 책 속에
있으니, 어려움 우선 힘쓰면 효과 보리라"라고 하였고, ②의 전·결구에
서는 "구구하게 물으려하지 말지니, 책 속에 자세히 나타나 있다"라고
하였다. 두 작품 모두 독서의 중요성을 강조했는데, 이것이 기정진이
제시한 최고의 학문 방법인 것이다. 이렇듯 기정진이 독서를 강조한
내용은 이들 두 사람에게 보낸 편지에서도 나타나는데,[29] 시와 편지는
형식은 각기 다르지만 학문과 관련해서는 다른 말을 하지 않았음을 알
수 있다.

이상과 같이 기정진은 시를 통해 제자들과 학문에 대한 논의도 했는
데, 이론적인 부분보다는 독려하고 방향을 제시하였다. 그러면서 학문
을 할 때는 정곡을 찔러 본말이 전도되지 않도록 하며, 경서를 풀이할
때는 세밀히 해야 하고, 책 속에서 길을 찾으라고 하였다. 이렇듯 시를
통해 '이문회우(以文會友)'를 몸소 실천했던 것이다.

---

28 민치완에 대한 설명은 김봉곤의 논문(「蘆沙學派의 形性과 活動」, 한국학중앙연구원
   박사학위논문, 2007, 39쪽)을 참조함.

29 奇正鎭, 『蘆沙集』卷9, 「答趙直敎性家○甲寅四月」, 爲公計者 且當屛掃許多頭緒 以居
   敬窮理四字 作冷淡家計 要使近裏之意多 向外之時少 此是實下工處也 凡讀經史窮物理
   豈不是本分事. / 卷13, 「答閔君賢致完○庚申正月」, 中庸獨非要書切語耶 蓋萬事本領 在
   於自家放心收不收之間 如息之呼吸 手之翻覆 出此便入彼 無頃刻閒時 此最要切處 此處
   立得脚跟 聖賢書 無書非要 無語非切.

4. 남은 문제

　지금까지 기정진의 시에 등장하는 문생들과 관련된 작품을 개괄적으로 정리한 후에 사귐의 방법이 어떤 방향으로 흘러갔는지를 구명하였다. 이로써 기정진은 시를 통해 제자들에게 때로는 사제간의 정의를 표출함으로써 인간적인 모습을 보이는가 하면, 시국의 문제를 함께 고민하며 실천성을 강조한 해결책을 제시하였고, 스승의 입장에서 학문을 독려하고 방향을 제시했음을 알았다.

　기정진의 생애를 보면, 다섯 살 때 홍역과 천연두에 걸려 한쪽 눈을 잃지만 거기에서 좌절하지 않고, 평생 동안 학문에 정진하였다. 그러던 중 31세와 33세 때 거듭 향시(鄕試)에 나아가 급제하여 참봉을 제수 받지만 사은숙배(謝恩肅拜)하지 않았고, 그 후로도 여러 차례 벼슬이 내려지지만 역시 부임하지 않았다. 벼슬에 나아가기를 거절한 기정진은 40세 이후부터 본격적으로 제자들을 받아들이기 시작하였다. 사방의 선비들이 기정진의 명성을 듣고 찾아와 집지(執贄)했으나 그는 사도의 예로 대하지 않고, 속수도 받지 않았다고 한다. 하지만 가르치는 데 있어서는 게으르지 않았고, 각자의 재질과 현우(賢愚)에 따라 모두 도움이 되도록 하였다.[30] 그리고 제자들을 받아들이는 데 무엇보다 신분을 따지지 않았다. 이 때문에 당시에 널리 알려져 저명한 노론의 가문 뿐 아니라 주변의 사족 가문이나 경제적인 부를 축적하여 새롭게 일어나기 시작한 집안, 평민 출신의 인물들도 기정진을 찾아오기 시작하였다.[31]

　이러한 결과 앞에서 이미 언급한 바와 같이 기정진의 문인의 수는

30　박학래, 전게서, 47쪽.
31　김봉곤, 전게논문, 27~28쪽 참조.

근 600명에 이른 것으로 보고 있고, 재전 제자와 삼전, 사전 등등의 제자들까지 합한다면 그 수를 헤아릴 수도 없다. 이런 측면에서 보자면, 본 논고에서 거론한 인사들은 전체 제자들의 수에 견주었을 때 빙산의 일각이라는 생각이 든다. 이는 시를 통해 본 숫자 파악이기 때문에 생긴 한계라고도 할 수 있겠지만, 이로써 앞으로 남은 과제가 무엇인지를 가늠할 수도 있다. 즉, 본 논고에서는 기정진을 기준으로 그의 제자들과 관련된 시를 중심으로 우도가 어떤 방향으로 실현되었는가를 살폈다. 하지만 기정진의 시가 전체 279제 379수로 이르며, 대다수의 작품들이 사람과의 관계 속에 있음을 확인했을 때 전체 인적 네트워크를 파악해야 할 것이다. 시를 통한 이러한 인적 네트워크를 확장하면 기정진과 당시 교유했던 인사들의 면모가 드러날 것인데, 이를 바탕으로 우도가 어떻게 실현되었는지를 살펴야 할 것이다.

지금까지 연구된 성과를 미루어보면, 조선 후기의 문인들까지는 정리가 어느 정도 되어 있다는 생각이 들지만, 그 후의 사람들에게 대해서는 간단한 이력조차 되어 있지 않아 연구하는데 어려움을 느낄 때가 있다. 따라서 앞으로의 연구 질을 향상시키기 위해서는 조선 후기 이후의 인사들에 대한 조사가 이루어져야 할 것이며, 기정진도 그 속에 포함된다고 하겠다.

5. 맺음말

본 논고는 지금까지의 성과물을 바탕 삼아 기정진이 제자들과 관련한 시를 통해 우도를 어떤 방향으로 실현했는지를 집중해서 논의해 보았다.

기정진의 시에 등장하는 제자의 수는 총 32명으로 파악되었다. 이는 『사상문인록』을 바탕으로 한 것으로 시에 등장하는 전체 인원 수에 대비해보면, 극히 일부분이라고 할 수 있다. 하지만 제자들에 한정한 이유는 유학자의 참 사귐인 '이문회우' 정신을 가장 잘 실현했기 때문이다.

기정진은 시를 통해 사제간의 정의를 돈독히 한 모습을 보였다. 기정진은 학문적으로는 엄격한 스승이었지만, 시를 통해 제자들에게 정의를 표현할 줄 아는 인간적인 면모도 지니고 있었는데, 차운시와 증시, 만시 등을 통해 어렵지 않게 엿볼 수가 있었다. 그 결과 기정진은 스승이기에 앞서 한 인간으로서 제자들을 대했으며, 이를 바탕으로 노사학파라는 학문의 큰 물결을 이루었다고 보았다.

기정진은 또한 제자 이최선과 관련하여 당시 시국과 관련된 시도 남겼는데, 내용을 살펴보면 현실 문제를 몸소 실천해 옮길 것을 강조하였다. 1866년에 일어난 병인양요 당시에 이최선은 거의를 실행해 옮기는데, 그런 제자를 기정진은 적극 옹호하면서 시를 통해 생각을 전달하였다. 그리고 이러한 현실 문제에 대한 적극적인 가담은 '리(理)'를 중시하는 기정진의 학문 특성에서 나왔다고 하였다.

기정진은 마지막으로 시를 통해 제자들에게 학문을 독려하고 방법을 제시하였다. 기정진은 조성가에게 준 시를 통해 학문을 할 때는 정곡을 찔러 본말이 전도되지 않도록 하며, 경서를 풀이할 때는 세밀히 해야 하고, 책 속에서 길을 찾으라고 하였다. 본 논고에서는 이를 시를 통한 '이문회우'의 진정한 실천이라고 보았다.

그리고 마지막으로 지금까지의 논의를 바탕으로 기정진 시에 등장하는 전체 인사들을 연구하여 인적 네트워크를 확장해야 한다고 전망하였다.

제2부

특집 : 미암 유희춘의 한시 연구

제1장

미암 유희춘 삶의 궤적에 따른 시 작법의 변모

1. 서론

지금까지 수없이 편찬된 문집의 한시 편집 체제를 보면, 몇몇의 경우를 제외하고는 대체로 시체별(詩體別)로 분류했음을 알 수 있다. 그 이유는 상황에 따라 다르겠지만, 우선 시체별로 분류하는 편집 체제가 가장 편하기 때문일 것이다. 그리고 또 다른 이유가 있다면, 대체로 문집 편찬은 그 문집의 주인이 세상을 뜬 다음에 그 문인의 후손이나 제자 등과 같은 이들에 의해서 행해지는데, 살아생전에 지은 작품의 정확한 시기를 알지 못하는 경우가 허다하기 때문에 또한 시체별로 나열하는 것이 아닌가 생각한다. 이렇듯 시체별로 작품이 정리되어 있다면, 작품이 창작된 순서를 가늠하기가 쉽지 않아 따라서 한 작가의 작품이 어떤 방향으로 변모해 갔는지 알 길이 없다. 한편, 많은 문집의 시 작품 편집 체제가 시체별로 되어 있다고 하더라도 그 변모 양상을 알 수 있다면, 그나마 특별한 경우로 받아들일 수 있을 것이다.

본 논고는 이런 측면에서 미암(眉巖) 유희춘(柳希春, 1513~1577)의 시를 특별한 경우로 받아들이고자 한다. 유희춘의 문집은 『미암집(眉巖集)』으로 전해오는데, 이 가운데 시는 권1과 2에 수록되어 있으며, 수많은 문집과 마찬가지로 시체별로 정리되어 있다. 그런데 시체별로 정리되어 있기는 하지만, 권1과 2의 시는 성격이 다르다. 권1은 1612년 함경도 관찰사를 역임한 한준겸(韓浚謙)이 유희춘이 유배 시절에 지은 시고(詩稿)를 얻어 스스로 교정하여 종성(鍾城)에서 간행했다라고 알려져 있다.[1] 한편, 권2는 권1과 별도로 문집 간행을 할 때 권1에서 빠졌지만 유배지에서 지은 작품과 이와 아울러 해배(解配) 이후에 지은 작품 등을 모아 엮었다. 이렇다고 할 때 권1은 순수하게 유배지에서 지은 시 작품들을 모은 것이고, 권2는 유배지에서 지은 몇 편의 작품과 그 이후의 작품이 섞여 있다. 따라서 권1과 2를 동일선상에 놓고 보기보다는 대비한 후에 변별되는 점은 없는 지를 살펴야 할 것이고, 이렇게 했을 때 변모 양상이 드러날 수 있을 것이다. 그런데 마침 권1의 유배기에 지은 작품과 권2의 해배기에 지은 작품을 대비해보면, 각각의 표현 방법이 다름을 알 수 있다. 본 논고는 주로 이렇듯 작자가 처한 상황에 따른 시적 표현의 변모를 변주(變奏)로 간주하여 논의해 본 뒤에 시풍(詩風)과의 관련성을 이야기하고 그 특징을 밝혀보고자 한다. 이러한 논의는 첫째, 지금까지 유희춘의 시에 대한 연구 성과가 있었음에도 불구하고 유배기와 해배기로 나누어 그 표현적 차이를 깊이 있게 다룬 경우가 없었다는 반성적인 측면과 둘째, 유희춘의 시는 두 시기를 구분해 살필 때 진정 그 성격이 드러날 수 있다는 두 가지 이유에서 출발하였다. 이러한 논의는 결국 16세기

---

1 박명희 외, 『국역 미암집』 1, 경인문화사, 2013, 23쪽 참조.

한 문인의 시가 어떻게 변모해갔는지를 알려줄 것이며, 더 나아가 호남 한시의 한 단면을 이해하는 단서를 제공할 것으로 예상된다.

2. 미암의 삶과 시의 실상

유희춘은 1513년(중종8) 해남현(海南縣)에서 부친 계린(桂隣)과 모친 탐진최씨(耽津崔氏)의 두 번째 아들로 태어나서 26세에 별시(別試) 병과(丙科)에 합격한 이후 권지 성균관학유(權知成均館學諭)를 시작으로 여러 관직을 거친다. 그 후 1545년(인종1) 그의 나이 33세 때 인종의 승하로 인해 인생의 행로가 바뀌기 시작하여 2년 후인 35세 9월 양재역벽서사건(良才驛壁書事件)에 연루되어 제주도로 유배를 가게 된다. 하지만 제주는 고향 해남과 가깝다는 이유로 유배지가 다시 조정되어 이번에는 함경도 종성(鍾城)으로 정해진다. 유희춘은 그곳 종성에서 무려 18년 동안 유배 생활을 하게 되는데, 다음 기록들을 통해 유배지에서 주로 학문, 교육, 저술 등에 몰두했음을 알 수 있다.

① 홍문관 부제학 유희춘이 죽었다. …… 그가 유배지에 있을 때 밤낮으로 깊이 사색하고 글을 썼다. 변방의 풍속이, 글자를 아는 사람이 적었는데 희춘의 가르침으로 인하여 학문하는 인사들이 많아졌다.[2]

② 곤궁하게 살아가면서도 만 권이나 되는 서적을 독파하고 『속몽구(續

---

2 『國朝寶鑑』卷26, 宣祖條3 10年, 弘文館副提學柳希春卒 …… 其在謫也 覃思著述 夜以繼日 塞俗少識字者 因希春敎誨 士多學文.

蒙求)』를 저술하여 선비들에게 혜택을 주니, 그에게 찾아가서 배우는 사람들이 매우 많았다.[3]

③ 바야흐로 생각을 깊게 하고 글을 지을 적에 입으로는 외우고 손으로는 쓰면서 밤낮으로 계속 하였는데 가슴속 기운은 태연하였다. 육진(六鎭)은 말갈(靺鞨)과 가까워서 풍속이 활 쏘고 말 타기를 좋아하고 글자를 아는 이가 적었는데, 선생이 이르자, 선생의 이름을 듣고 배우기를 원하는 사람이 많았다. 선생이 재질에 따라 인도하고 부지런히 가르치고 자세하게 하니 멀고 가까운 곳에서 다투어 와서 집이 항상 가득 찼고 말년에 이르러서는 문학이 성대하였다.[4]

유희춘이 북녘 종성에 도착한 시기는 그의 나이 36세 2월이었다. 기약이 없는 유배 생활이 시작된지라 현지에 빨리 적응하는 것이 급선무여서 마음을 다스리는 방법을 찾았을 것인데, 그것이 학문을 연마하고, 저술에 몰두하며, 현지인들을 가르치는 일이었다. 위 ①②③의 내용을 종합해 보자면, 깊은 사색과 저술, 교육을 실행했음을 알 수 있다. 그 중에서 특히, ②에서는 만 권 독파에 대한 이야기를 했으며, 『속몽구』를 저술하여 교육에 대한 열의를 보였음을 적었다. ③의 내용은 다른 기록에 비해 구체적인데, 북녘의 분위기와 그런 속에서 유희춘이 어떤 노력을 기울였는지를 언급하였다.

---

3 金時讓, 『涪溪記聞』, 古典國譯叢書 65집, 100쪽, 窮居喫口讀破萬卷 著續蒙求以惠士子 從學者甚衆.

4 柳希春, 『眉巖集』 附錄 卷20, 「諡狀」, 方且覃思著述 口誦手抄 夜以繼日 胸中之氣沖如也 六鎭邊於靺鞨 俗尙弓馬 少識字者 公至 聞公之風 願學者衆 公因才誘掖 敎詔諄悉 遠邇爭趨 戶屨恒滿 至季年 文學彬彬馬. 이와 똑같은 기록은 『乙巳傳聞錄』, 「柳希春傳」에도 있다.

이렇듯 유희춘은 힘든 유배 기간에 주로 학문과 저술, 교육 등에 힘을 쏟았는데, 기약 없던 힘든 생활도 점차 막을 내리려고 하였다. 유희춘의 나이 53세 때인 1565년(명종20) 12월에 신원(伸寃)되어 은진현(恩津縣)에 이배(移配)되었고, 2년 후에 사면되어 직첩을 환수 받았기 때문이다. 이때의 상황을 면암(勉庵) 최익현(崔益鉉)은 유희춘의 신도비명에서 다음과 같이 적었다.

> 을축년에 윤원형(尹元衡)이 축출되니, 공론이 조금 신장되어 은진(恩津)으로 옮겨 유배시켰다. 이때 일재(一齋) 이항(李恒)이 지나다가 찾아 담론하고는 탄식하기를, "그대는 전일의 인중(仁仲)이 아니네."라고 하였다. 선조 초기에 다시 성균관 직강에 서용되었고, 삼사(三司)의 여러 관직을 지냈다. 의정부의 검상(檢詳)·사인(舍人)이 되었다가 대사성 겸 좨주에 초배(超拜)되었다. 선생이 여러 생도들의 질문에 답하는데 변론하고 분석하기를 매우 명확하게 하니 성균관에서는, "만나는 곳마다 환하게 알아, 우리의 어두움 열어 주니, 글속의 신명이며, 몇 세대 만에 태어난 분이로다."라고 하였다.[5]

을축년은 1565년(명종20)을 말하며, 이때 그동안 권좌에 있었던 소윤(小尹)의 우두머리 윤원형이 축출되었다. 따라서 이러한 소윤 무리들로 인해 유배를 갔던 사림들의 유배지가 다시 재조정되거나 해배되기에 이르렀는데, 유희춘도 이때 종성에서 은진으로 유배지가 달라진 것이다. 그런데 은진 이배 후 유희춘을 찾아온 사람은 이항인데, 그가 한

---

5 崔益鉉, 『勉菴集』 卷25, 「眉巖先生柳公神道碑銘」, 乙丑 元衡放黜 公議稍伸 逢量移恩津 李一齋恒 歷見談論而歎曰 君非復昔日仁仲也 宣廟初服 叙復成均館直講 歷三司諸職 爲議政府檢詳舍人 超拜大司成兼祭酒 先生引諸生 隨問隨答 辨析如響 館中爲之語曰 觸處洞然 發我昏蔽 書中神明 間世挺生.

말이 인상적이다. 이항은 "그대는 전일의 인중이 아니네."라고 하였는
데, 이는 유희춘의 학문적 수준이 그 전과 대비했을 때 감탄할 정도로
달라졌음을 말한 것으로 주목할 부분이다. 유희춘이 유배지 종성에서
어떻게 생활했는지를 안다면, 깊은 학문적 성과가 그냥 얻어진 것이
아니라는 것을 알 수 있을 것인데, 그것을 알아 본 이항의 안목은 정확했
다고 하겠다. 유희춘은 선조가 왕이 되면서 복직되어 다시 관직 생활을
하기 시작하였다. 위의 기록에서도 이에 대해 언급하였는데, 이보다 더
중요한 사실은 성균관에서 직강(直講)할 때 생도들의 질문에 명확히 답
을 해주었다는 점이다. 따라서 성균관에서 "만나는 곳마다 환하게 알아,
우리의 어두움 열어 주니, 글속의 신명이며, 몇 세대 만에 태어난 분이로
다."라고 감탄해마지 않았는데, 유희춘의 학문에 대한 깊이가 어느 정도
였는지를 재확인하는 내용이라고 할 수 있다. 이러한 유희춘의 학문적
깊이는 선조도 인정하였는데, 『선조수정실록(宣祖修正實錄)』에 "조정에
돌아오자 오랫동안 경연에서 임금을 모시면서 지성으로 아뢰어 속에
품고 있는 것을 다 말하니, 상은 그의 정밀하고 박식한 것을 기뻐하였다.
그리고 자문(諮問)할 적마다 대답하는 데 있어 반드시 옛일을 끌어다
증거하여 분명하지 않은 것이 없으니, 상은 그의 기특함을 칭찬하였다."[6]
라고 한 내용을 통해 이를 확인할 수 있다.

　　이상과 같이 유희춘의 삶을 주요 부분을 중심으로 살폈다. 다시 말해
유희춘의 삶에서 주목해야 할 부분은 그의 나이 35세 때 양재역벽서사
건으로 인해 유배를 갔고, 그 후 근 20년이 지나서야 해배되어 복직되

---

6 『宣祖修正實錄』 10年 丁丑, 「柳希春卒記」, 及還朝 久侍經筵 至誠啓沃 磬竭底蘊 上悅
　其精博 動輒詢問 所對必援據古昔 無不皙然 上稱其奇.

었다는 점일 것이다. 따라서 유희춘의 삶을 살펴볼 때는 이 두 시기에
초점을 맞추어야 할 것인데, 현재 남아있는 시와 문장 등의 기록물들
또한 주로 이때에 지어져 전해지고 있어서 당시의 실상을 알려주고 있
다. 특히, 시는 앞 장에서 이미 말한 대로『미암집』권1과 2에 수록되어
전해지고 있는데, 전자에는 종성 유배기에 지은 작품들이, 그리고 후
자에는 주로 유배가 풀린 후에 지은 작품들을 수록했지만 간혹 유배
시절에 지은 작품도 있다.

『미암집』을 근거로 필자가 정리한 바에 따르면, 유희춘은 총 243제
(題) 282수(首)의 작품을 남겼는데,[7] 이 중에서 종성 유배기에 지은 작품
수는 144수 정도 되는 것으로 확인된다. 그 근거는 권1의 120제 126수를
비롯하여 권2의 4제 18수를 포함했기 때문이다. 특히, 권2의 4제 18수의
면면을 보면, 「화김하서인후운(和金河西麟厚韻)」14수와 「우기하서(又寄
河西)」2수, 「송경련겸시계문(送慶連兼示繼文)」1수, 「만나송재세찬(輓羅
松齋世纘)」1수 등인데, 이들 작품은 종성 유배기에 지은 시이지만, 한준
겸이 종성 유배기 시를 엮을 때 실재(實在)하지 않았기 때문에 권1에
포함될 수 없었다고 생각한다. 이로써 보면, 전체 282수 중에서 종성
유배기 시는 144수이고, 유배가 풀린 후에 지은 작품 수는 138수라고
할 수 있다. 유배기와 해배 이후의 작품 편수를 대비했을 때 큰 차이가
나는 것은 아니지만, 그 실상을 살펴보면 상당한 차이점이 있음을 발견
할 수 있다.

우선 형식적인 측면을 보면, 유배기에는 고시(古詩) 형태의 작품을

---

7 유희춘의 한시 작품 편 수에 대해 宋宰鏞은『眉巖日記硏究』, 제이앤씨, 2008, 68쪽에
   서『미암집』외에『미암일기』,『미암시고(眉巖詩稿)』,『덕봉문집병미암집(德峯文集幷
   眉巖集)』등 유희춘과 관련된 저서를 종합해 보면, 320수정도 된다고 주장하였다.

더 많이 지었으며, 근체시의 경우도 절구보다는 율시가 다수를 차지하고 있음을 확인할 수 있다. 그 반면, 해배 이후의 시 작품의 형식을 보면, 고시보다는 근체시가 더 많은 것으로 나타난다. 주지하다시피 고시는 근체시에 비할 때 우선 형식을 크게 따지지 않으면서 내용 중심으로 작품이 전개된다. 따라서 이 시점에서 유희춘이 유배 시절에 왜, 고시와 근체시 중에서도 율시 형식을 통해 작품을 창작했으며, 반대로 해배 이후에는 고시보다 근체시가 절대적 우위를 차지하고 있는가를 생각해보아야 한다. 필자는 이러한 시 형식의 선택은 작자가 처한 상황과 깊이 관련된다고 판단한다. 작자는 어떤 상황에 처해 있느냐에 따라 시 창작을 할 때 형식을 달리 할 수 있기 때문이다. 유배는 형벌의 일종으로 유배를 가게 된 사람은 일단 깊은 사유(思惟)를 할 가능성이 높다. 그 깊은 사유는 결국 시를 창작함에 있어 형식적 선택에도 영향을 미치게 되는데, 결과론적으로 짧은 근체시보다는 긴 고시 형식을 빌릴 가능성이 농후하다. 이는 유희춘이라고 예외는 아니었을 것으로 생각하는데, 앞에서 이미 살핀『국조보감(國朝寶鑑)』권26, 선조조(宣祖條)3 10년조의 기록 내용 "그가 유배지에 있을 때 밤낮으로 깊이 사색하고 글을 썼다."는 것을 통해서도 확인할 수 있다. 또한 이러한 형식의 선택은 작시 방법과도 관련성을 갖는데, 아무래도 고시는 그 특성상 설명적이고 의론적(議論的)으로 될 가능성이 높다. 실제 유희춘이 유배지에서 지은 작품들 대다수는 시적 흥취(興趣)와는 무관한 의론(議論)에 가깝다는 것을 알 수 있다. 이러한 이유로 본 논고는 유희춘의 유배기 시의 작법 특성을 의론적이라고 보고, 다음 내용을 전개하려고 한다. 한편, 해배 이후의 시는 또 다른 각도로 봐야 하는데, 복직된 후 개인적 감회에 젖어 짓기는 했지만 마찬가지로 흥취와는 크게 관련성이 없으며, 시

작법이 다양하지 못하다는 특징을 보여주었다. 따라서 이런 작법 특성을 중심으로 해배 이후의 작품을 논의해보고자 한다.

3. 시 작법의 변모 양상

1) 유배기, 사유의 의론적 표출

유희춘이 종성 유배지에서 지은 시 작품은 존주사상(尊朱思想)을 중심으로 한 학문적 소양을 담은 것이 있는가 하면, 역사적 지식을 시화(詩化)한 것이 있고, 교육을 시킨 문생(門生)들과의 관계 속에서 지은 것이 있으며, 유배 현지의 사정을 알려주는 것이 있고, 시국을 염려하면서 지은 것이 있으며, 유배자로서 애환과 희망을 담은 것이 있고, 뭇 지인들과 교유하면서 지은 것 등등 다양하다. 학문적 소양을 담은 작품으로는 「감흥(感興)」 4수, 「곤학(困學)」, 「반무당(半畝塘)」, 「문중추월(問中秋月)」 4수 등이 있고, 역사적 지식을 시로 형상화한 작품으로는 「독한퇴지삼상서시(讀韓退之三上書詩)」, 「과자금(瓜子金)」, 「도명비(悼明妃)」, 「장성회고(長城懷古)」, 「송사호환상산(送四皓還商山)」, 「한망자방분(韓亡子房奮)」 등이 있는데, 이는 유희춘 스스로가 학자이면서 문인의 기질을 드러낸 경우라고 할 수 있다. 그리고 문생들과의 관계 속에서 지은 작품으로는 「경술윤유월십오야 기사시삼생(庚戌閏六月十五夜 記事示三生)」, 「문인작시하여병유사이시(門人作詩賀余病愈謝以詩)」 등이 있고, 유배 현지의 사정을 알려주는 작품으로는 「서암가(徐巖歌)」, 「부문묘신설정문충공위판(府文廟新設鄭文忠公位版)」 등이 있으며, 시국을 염려해서 지은 작품으로는 「왜노탄(倭奴嘆)」, 「문조산보사(聞造山堡事)」, 「문종계개정장반강(聞宗系改正將頒降)」,

「문적호패(聞賊胡敗)」 등이 있다. 또한 유배자로서 애환과 희망을 담은
작품으로는 「읍수훤당기발(泣受萱堂寄髮)」, 「남향탄(南鄕嘆)」, 「오삭무소
식(五朔無消息)」, 「원일기몽(元日記夢)」, 「억고원(憶故園)」, 「칠삭무소식(七
朔無消息)」, 「문방적인우문허연몽(聞放謫人又聞許演夢)」, 「심통(心痛)」, 「방
대남노등화보희(方待南奴燈花報喜)」 등이 있고, 마지막으로 지인들과의
교유시는 다수 있는데, 그중에서 「화김하서인후운(和金河西麟厚韻)」 14
수를 대표작으로 들 수 있다. 이들 시는 유희춘이 종성 유배지에서 지은
주요 작품들로 모두 눈여겨볼 만하다. 하지만 시 작법과 관련해서는
학문적 소양을 담은 작품과 역사적 지식을 시로 형상화한 작품, 그리고
전고(典故)를 운용(運用)해 지은 작품 등을 주목할 수 있다. 학문적 소양
을 담은 작품이나 역사적 지식을 형상화한 작품들은 각각의 소재는 달라
도 시 작법상 공통적인 점은 주제를 전달하기 위해 논리적인 설명을
가하고 있다는 것이다. 또한 유배기 시는 유배 이후의 시와 비교했을
때 전고 운용의 폭이 넓고도 다양한데, 이 역시 작시 방법과 관련된다고
생각한다.

먼저 학문적 소양을 담은 작품 중에서 대표라고 생각되는 「감흥」을
살펴보겠다. 이 작품은 총 네 수로 이루어진 연작시의 형태를 띠고 있다.
윤치희(尹致羲)는 일찍이 『미암집』 서문에서 "선생에게 덕의 스승은 본
성이고 본성의 스승은 도이며 도의 스승은 고정(考亭) 주 부자(朱夫子)였
다."[8]라고 한 바가 있다. 즉, 유희춘은 남송의 유학자 주희(朱熹)를 극히
숭모했는데, 사실 「감흥」 4수는 이와 관련된다. 주희는 그의 나이 41세

---

8 柳希春, 『眉巖集』 卷首, 序(尹致羲), 其德之師者 性也 性之師者 道也 道之師者 考亭朱
夫子也.

때 건양현(建陽縣) 서북쪽 70리에 있는 운곡(雲谷)에 '회암(晦庵)'이라는
초당(草堂)을 짓고, 10년 동안 사상을 확립하고 저작과 강학 활동에 힘을
기울였다. 이 무렵 20년 동안 갈고 닦은 학문과 사상을 시에 기탁하였는
데, 이것이 바로「재거감흥(齋居感興)」20수이다.[9] 이러한 주희의「재거
감흥」20수는 많은 사람들에게 도학시(道學詩)로 인식되어 훗날 많은
이들에게 지대한 영향을 끼쳤는데, 유희춘도 그 중 한 명이라고 할 수
있다. 특히, 이호민(李好閔)이 쓴 유희춘의 시장(諡狀)에 따르면, "「감흥」
시 20장은 의리가 심오하여『시경(詩經)』300편에 버금갈 정도이다."[10]라
고 한 말을 통해 보더라도 주희의「감흥」시에 대한 유희춘의 생각이
어떠했는지를 가늠할 수 있다. 예로부터『시경』은 시 창작의 모범서로
생각해 왔는데, 주희의「감흥」20수를 그에 버금간다고 말한 것은 극찬
을 아끼지 않은 표현이라고 할 수 있으며, 이러한 이유로 이를 이은
시를 창작했다고 하겠다. 네 수 중에서 첫 번째 작품의 전체 내용을
소개하면 다음과 같다.

추로 땅에 가을 햇볕 저무니	魯鄒秋陽沒
어둡고 어두운 밤 왜 이리 기나	冥冥夜何長
명유가 비록 도학을 보호하나	名儒雖衛道
별에 크고 작은 빛 있음 같았다	星有小大芒
염관에 초승달 떠오르니	濂關弦月出
하락엔 보름달 밝아온다	河洛望宵昌
빼어나도다, 자양산이여	卓哉紫陽山

9　申美子,「朱子 感興詩 硏究(1)」,『중국어문논집』11집, 중국어문학연구회, 1999, 221~
　　222쪽 참조.
10　柳希春,『眉巖集』卷20,「諡狀」, 竊見感興詩二十章 義理淵奧 亞三百篇…….

상서로운 해 부상에 솟는다	瑞日湧扶桑
건곤은 대낮처럼 밝으니	乾坤皎白畫
온갖 오묘함 다 드러내어	萬微盡昭彰
눈으로 모두 볼 수 있으나	有目皆可覩
다만 큰 길 높여야 하리	但當尊康莊
어이하여 두세 학자들은	云何二三子
경망스레 틈새 빛 빌리는가	沾沾借隙光
경전 공부에선 쌍봉 비웃고	治經笑雙峯
역사 편찬엔 정강을 의심한다	纂史怪正綱
고루하도다, 왕씨의 학문은	固矣王氏學
감히 대학장구 어지럽혔도다	敢亂大學章
도를 풀어 세상의 맹주 되니	解道主世盟
북계 선생을 잊지 못하리라[11]	北溪不可忘

위 작품은 총 20구로 이루어져 있으며, 내용을 세밀히 따지면 1~4구, 5~12구, 13~18구, 19~20구와 같이 네 부분으로 나뉜다. 먼저 1~4구에서는 공맹(孔孟)으로부터 시작한 유학이 크게 일어나지 못한 모습을 말하였다. 처음 1구에서 말한 '추로(鄒魯) 땅'은 공자(孔子)와 맹자(孟子)가 태어난 곳을 가리키는데, 아쉽게도 "가을 햇볕 저무니"라고 하여 유학이 점점 기울어져 가고 있음을 표현하였다. 그리고 5~12구에서는 중국의 북송과 남송을 거치면서 주돈이(周敦頤), 정호(程顥) · 정이(程頤) 형제, 장재(張載), 주희 등이 유학을 크게 부흥시켰음을 들었다. 5구에서 8구까지 송 때 유학이 부흥한 것을 두고 "보름달 밝아온다", "부상에 솟는다"라고 말하여 유학이 드디어 큰 빛을 발하게 된 사실을 알렸다.

---

11 柳希春, 『眉巖集』 卷1, 「感興」 1.

이어 13~18구에서는 유학이 크게 부흥한 송나라 때에도 훼방을 놓은 학자가 있었음을 들었다. "어이하여 두세 학자들은, 경망스레 틈새 빛 빌리는가."고 하여 몇몇의 학자들이 정통 유학에서 벗어난 모습을 보였음을 질책하면서 그 구체적인 내용을 다음에 적었다. 쌍봉(雙峯)은 송 때 요로(饒魯)의 호를 가리키는데, 황간(黃榦)의 제자로서 경학에 조예가 깊었던 사람이고, 정강(正綱)은 『자치통감강목(資治通鑑綱目)』의 약어로 각각 "비웃고", "의심한다"라고 하여 당시 정통 유학이 잠시 신뢰를 잃었던 상황을 말하였다. 또한 왕씨(王氏)가 『대학(大學)』 장구(章句)를 어지럽혔다고 했는데, 여기서의 왕씨는 명나라 중기의 유학자인 왕수인(王守仁)을 가리킨다. 마지막 19~20구에서는 도학의 맹주가 된 북계(北溪) 진순(陳淳)을 잊지 못하겠노라고 하였다. 진순은 황간과 함께 주희의 고제자로 알려져 있는데, 유희춘은 곧 이들 덕분에 유학이 끊어지지 않았음을 잊지 못한다고 한 것이다.

이상과 같이 「감흥」 1수를 살폈다. 그런데 오언의 형태를 띠면서 압운을 갖추었다는 것을 생각하지 않는다면, 운문이라고 하기 보다는 작자 스스로가 생각한 바를 정리해서 나열한 산문이라고 해도 틀리지 않을 정도로 문예적인 측면과 거리감이 있다. 문예적인 측면은 처음부터 거의 고려하지 않았다고 해도 과언이 아닌데, 그 대신 논리성은 확보했다고 하겠다. 유희춘은 「감흥」 1수를 통해 공맹으로부터 시작한 유학이 송나라를 거쳐 어떻게 발전해갔으며, 그 가운데 걸림돌로 작용한 것은 무엇이었던가를 되돌아보았는데, 이는 사실 그 뒤에 이어지는 2~4수까지의 본격적인 내용을 말하기 위한 서론에 불과하다고 할 수 있다.

두 번째 작품은 총 20구로 이루어져 있는데, 다시 내용을 세분하면 1~4구, 5~16구, 17~20구까지 세 부분으로 나뉜다. 1~4구까지의 내용을 들어보면, "나는 주자의 뒤에 태어나, 이미 삼백 년이나 떨어졌고, 내 사는 곳은 건양과 멀어, 그 거리가 만 여리라네.[我生後朱子 三百年已 疎 我居遠建陽 其里萬有餘]"라고 하였다. 곧, 작자가 본격적으로 말하고 싶은 내용이 시작되었다고 할 수 있는데, 만일 행 구분이 없었다면 1수 의 마지막을 이었다고 해도 손색이 없을 정도로 연계적(連繫的)이다. 이 처럼 작자는 두 번째 작품의 처음 부분에서 주희와 시공간적인 차이를 절감하는 모습을 보이는데, 때문에 그의 거동과 모습을 볼 수가 없어서 공연히 그가 남긴 저서를 읽었노라는 내용을 5~6구에서 적었다. 그리 고 뒤이어 작자 자신이 주희의 저서를 읽은 다음의 느낌을 적었고, 점 차 주희의 학문에 침잠해 들어가는 모습을 비유적으로 읊었다. 하지만 마지막의 17~20구를 통해서 자신과 주희의 학문을 함께할 사람이 없 음에 대한 아쉬움을 드러내었다.

세 번째 작품은 총 12구로 이루어져 있는데, 역시 두 번째 작품의 연장선에 놓여있다고 할 수 있다. 두 번째 작품에서는 주로 작자 자신이 주희의 학문을 받아들이는 과정을 중심으로 언급하였다면, 세 번째 작품 에서는 주희의 학문을 수용한 이래 학문적으로 성숙해가는 모습을 말하 였다. 세 번째 작품의 1~4구까지의 내용을 적어보면, "나는 동산의 나무 를 보고서, 지리가 이에 있음 알았으니, 드높은 행실은 그 줄기이고, 넓디넓은 딕은 뿌리 되었다.[吾觀園中樹 至理諒斯存 峥嶸行是幹 磅礴德爲 根]"라고 하였다. 즉, 주희의 학문을 받아들인 후에 동산의 나무에도 지극한 이치가 있음을 알았다고 하면서 점차 학문적으로 원숙해가는 자신의 모습을 표현하였다. 그리고 마지막 부분에서 "뿌리와 가지는 차 등이 있으나, 바탕과 쓰임 본래 하나였으니, 속히 덕의 씨 뿌리기 힘쓰 면, 아름다운 꽃이 울을 비추리라.[本末雖有等 體用元一原 勉哉邁種德 英華

照藩垣"라고 하였다. 이는 다시 말해 씨앗을 뿌리듯이 덕을 널리 행하기를 힘쓴다면, 아름다운 꽃이 울을 비추듯이 좋은 결실을 맺을 수 있을 것이라는 의미이다.

네 번째 작품은 총 20구로 이루어져 있는데, 「감흥」 시의 내용을 매듭짓는 결론 부분에 해당한다고 볼 수 있다. 작자는 1~4구에서 "성인 주자는 세상의 맹주 되어, 긴 밤을 밝은 낮으로 바꾸었고, 오묘한 이치를 깊이 꿰뚫으니, 후생이 어찌 쉬이 궁구하리요.[朱聖主世盟 長夜變白晝 玄思徹萬微 後生那易究]"라고 하여 다시 한 번 주희의 공을 찬양하였다. 여기서 주목할 부분은 마지막 4구이다. "후생이 어찌 쉬이 궁구하리요"라고 한 말은 후생은 결코 주희의 학문을 궁구할 수 없다는 다소 비관적인 의미로 풀이할 수 있다. 하지만 13~16구에서 "오묘한 이치 궁구하여, 그윽이 아로새기고자 하는데, 어찌 정밀하고 오묘함 발명하여, 행여 장과 구 나눌 수 있을까.[鑽仰化工妙 竊欲妄雕鏤 何能發精蘊 庶以分章句]"라는 주희의 학문을 궁구하고자 하는 생각이 있음을 밝히면서도 장과 구를 나눌 수나 있을까라고 하여 다소 자신감 없는 모습을 보였다. 사실 존주의식(尊朱意識)을 지닌 유희춘은 주희의 저서와 관련하여 『주자어류전해(朱子語類箋解)』를 편찬한 바가 있다. 이로써 유희춘은 비록 「감흥」 시에서는 다소 자신감 없는 자세를 보였지만, 주희의 저서와 관련된 글을 완성한 것으로 보아 생각한 것에서 그치지 않고 실천에 옮겼음을 알 수 있다.

지금까지 학문적 소양을 담은 대표적인 작품인 「감흥」 시 네 수를 검토하였다. 그 결과 행 구분을 하여 첫 번째 작품부터 네 번째 작품까지의 내용을 연결 논리성을 확보하여 운문의 형식을 띠었다지만 결코 운문 같지 않음을 알게 되었다. 그런데 「감흥」 시의 이러한 특징은 학문적 소양을 담은 또 다른 작품에서도 나타난다는 것에 주목해야 한다. 학문적 소양을 담은 또 다른 작품으로는 「곤학」, 「반무당」, 「문중추월」 4수 등이 있다.

「곤학」은 총 50구의 오언고시 형식을 띠고 있다. 곤학(困學)의 의미는 '곤이지지(困而知之)'와 '학이지지(學而知之)'를 줄인 말로, 『중용장구』 제 20장에 나와 있는 "어떤 이는 태어나면서부터 알고, 어떤 이는 배워서 알며, 어떤 이는 곤고(困苦)한 상황에 처해서 안다."[12]라는 말에서 유래하였다. 즉, 유희춘이 시제(詩題)를 곤학으로 정한 이유는 자신이 현재 처한 유배라는 곤고한 상황과 관련되어 있기 때문이라고 할 수 있다. 그러면서 한편으로 전체 내용을 면밀히 살펴보면, 유희춘 자신이 학문에 본격 입문하여 『소학』과 『대학』 책을 읽고, 궁구한 것을 시작으로 기질이 유약하여 열심히 하지 않으면서 세월만 보내다가 드디어 주희의 가르침을 받고서야 진정한 학문적 자세를 갖추었노라는 내용을 논리적으로 적었음을 알 수 있다. 「반무당」은 총 20구의 칠언고시 형식을 띠고 있다. '반무당'은 주희의 시문 「관서유감(觀書有感)」 첫 번째 작품의 내용인 "반묘 방당이 원 거울이 열렸으니, 하늘빛 구름 그림자가 배회한다. 묻노라, 어찌 이렇게도 맑은가. 원두에 활수가 오는 것이 있는 까닭이다."[13]에서 유래했으며, 마음을 표현하였다. 이 작품은 1~10구, 11~14구, 15~20구 등 세 부분으로 나뉜다. 처음 1~10구에서는 주희가 서실을 짓고 제자들을 길렀던 건계(建溪)라는 시냇가에 차가운 연못이 있는데, 그곳은 찌꺼기 한 점 없으며, 수사염락(洙泗濂洛)의 이치가 다 모였다고 하여 반무당

---

12 『中庸章句』 제20장, 或生而知之 或學而知之 或困而知之.

13 朱熹, 『朱子大全』 卷2, 「觀書有感」1, 半畝方塘一鑑開 天光雲影共徘徊 問渠那得淸如許 謂有源頭活水來.

의 모습을 알려주었다. 11~14구는 앞에서 말한 연못에 황톳물이 침노하여 지척에 있는 태산도 비추지 못하게 되었다고 하였다. 여기서의 황톳물은 정통 유학을 흐리게 만드는 이단(異端)을 상징한 것으로 위기가 닥친 상황을 표현했다고 생각한다. 그리고 마지막 15~20구에서는 작자 유희춘 개인으로 돌아와 자신의 마음속에 있는 작은 연못은 무이산(武夷山)의 물가에서 도래했다고 하면서 잠시 게을리 하면 불결해진다고 하여 부단한 노력을 다짐함으로써 끝맺었다. 결국 유희춘은 「반무당」 작품에서 연못을 매개체로 주희와의 일체화를 꾀했다고 할 수 있는데, 역시 논리적인 설명에 가까운 시 작법에 근거했다고 하겠다. 「문중추월」의 시제를 풀이하면, '한가위 보름달에게 묻는다.'이다. 총 네 수의 연작시 형태인데, 시제가 말해주듯이 각 작품 첫 번째 구마다 "한가위 보름달에게 묻노니[爲問中秋月]"로 시작하고 있다. 그런데 첫 번째 작품에서 마지막 작품까지 그 면면을 살펴보면, 첫 번째 작품에서는 '수사(洙泗) 물가'가 나오고, 두 번째 작품에서는 '호기옹(浩氣翁)'이 나오며, 세 번째 작품에서는 '오성(五星)'이 나오고, 마지막 네 번째 작품에서는 '복건(福建)의 휘주(徽州)'가 나온다. 이들 네 가지는 각각 어떤 사람을 상징적으로 나타낸 말인데, '수사 물가'와 '호기옹'은 공자와 맹자를, '오성'은 북송 때의 대표적인 유학자인 주돈이, 소옹(邵雍), 장재, 정호, 정이를, 마지막에 나온 '복건의 휘주'는 주희를 가리킨다. 다시 말해, 작자는 보름달에게 묻는 형식을 취하여 옛날의 학자들은 과연 어떤 모습이었을까를 상상하여 각 작품을 적었다. 그러면서 한편으로 그 옛 선인들을 비추었던 보름달이 현재 자신도 비춘다고 하여 은근히 서로 동일시하고 있기도 하였다. 흔히 시 속에 등장하는 보름달은 정감적이거나 즉흥적인데 반해, 유희춘의 「문중추월」에 나오는 보름달은 그렇지 않다. 오히려 이성적이

고, 논리적인 모습을 엿볼 수 있는데, 이로써 도학적(道學的)이고 염락시
풍(濂洛詩風)과 연결 지을 수도 있다.

지금까지 「감흥」을 시작으로 학문적 소양을 담은 작품을 살폈다. 앞
에서도 이미 말했다시피 이들 작품은 운문의 형식을 띠고 있지만, 전개
상황이나 내용을 보면 결코 운문의 전형성을 엿보기 힘들다. 오히려
논리성과 합목적성을 확보하고 있는데, 이러한 이유로 시 작법이 의론
적이라고 한 것이다.

이러한 시 작법의 의론적인 모습은 학문적 소양을 담은 작품 외에 역사
를 소재로 한 작품을 통해서도 엿볼 수 있다. 유희춘은 중국의 역사를
소재 삼아 총 여섯 편의 장편 작품을 남겼는데, 「독한퇴지삼상서시」,
「과자금」, 「도명비」, 「장성회고」, 「송사호환상산」, 「한망자방분」 등이
그것이다. 이 중에서 「독한퇴지삼상서시」 전문을 소개하면 다음과 같다.

한퇴지는 강직한 선비로	退之剛腸士
오히려 빈천을 옮기었고	猶爲貧賤移
문장은 황유 빛낼 만했으나	文堪煥皇猷
벼슬 없어 베풀 곳 없었다	蹭蹬靡所施
비록 한 명성 겨우 얻었으나	一名雖僅得
박봉이나마 받을 기약 없었고	微祿沾無期
집엔 쌀 한 섬 남아 있지 않아	家無甔石儲
불쌍케도 기한에 괴로워하였다	恤恤苦寒飢
마침내 광범문에 엎드려서	遂伏光範門
재상에게 벼슬 구하는 글을 올려	上書干台司
첫 번째로 영재를 기르라 했으니	始言育英材
스스로 천거함 결코 흠되지 않았고	自進不必疵
두 번째는 위험을 무릅쓰라 하며	中言蹈水火

큰소리로 인을 소망하였고	大聲望仁之
마지막엔 천하를 근심하라 했으니	終言憂天下
논설이 어찌 보탬이 없었으리오	論說豈無裨
혹여 구품관이라도 얻었다면	儻得九品官
공사 간에 도움 있었을 것을	可補公與私
명령 기다리기를 사십여 일	待命四旬餘
문지기의 거절 몇 번이었던가	幾被閽人辭
변변치 못한 당시의 재상들	碌碌當時相
업신여겨 귀담지 않았으나	藐藐莫聞知
천 년 후에 남긴 글 읽으니	千載讀遺文
북두성처럼 찬란하게 비추었다	星斗光陸離
한스러워라, 민생고 진술하여	恨不陳民瘼
청문에 부응하지 못하였으니	仰塞淸問時
어찌 밝은 달같은 구슬 되어	胡爲明月珠
어둠에서 뛰어남 보이지 못하였는가	暗投不見奇
또한 하물며 옛날의 지사는	又況古志士
시신 구렁에 버려짐 잊지 않으며	不忘溝壑屍
함부로 나아감을 원치 않았으니	冒進非所願
가난과 병고를 어찌 슬퍼하리오	貧病豈足悲
녹을 구한 자장 인하지 못하니	干祿張未仁
단표의 안회를 누가 멸시하리오	簞瓢顔孰夷
한유가 옛날의 도를 배웠으나	韓公學古道
진수는 잃고 가죽만 얻었구나	失髓得毛皮
아니 이것은 젊어서의 일이니	抑此少時事
만년엔 맘속으로 부끄러워했다	晚年心忸怩
쫓아다닌 지난날 슬퍼함이 세차니	趨營悼前猛
그대는 자회시를 한번 보게나[14]	君看自悔詩

　　위 작품은 총 40구로 되어 있으며, 시제가 '한퇴지가 재상에게 세 차
례 올린 글을 읽고 읊은 시'인 것으로 보아 작자 유희춘이 당나라의 한
유(韓愈)가 지은 「상재상서(上宰相書)」를 읽고 지었음을 알 수 있다. 즉,
유희춘은 한유의 글을 읽고 느낌이 일어 그 생각을 시를 통해 정리했다
고 할 수 있는데, 논리적인 것은 기본이고 자신의 주장을 당당히 말하
고 있다. 구체적으로 의미상 구분해보면, 1~8구, 9~24구, 25~34구,
35~40구 등 크게 네 부분으로 나뉜다. 1~8구는 문장으로 말하자면 서
론에 해당하는데, 한유가 무슨 이유로 재상에게 글을 올릴 수밖에 없었
는가를 적었다. 한유는 원래 강직한 선비로 문장 능력이 출중했지만
빛을 낼 기회를 얻지 못하여 기한(飢寒)에 늘 괴로워했다고 하였다. 그
러다 벼슬을 구하는 글을 재상에게 올렸는데, 그 올린 글의 내용이 무
엇이며, 그 결과 어떻게 되었는지를 다음 9~24구에서 말하였다. 내용
에 따르면, 한유는 재상에게 세 가지 내용을 제안했다고 한다. 그 세
가지는 첫째, 영재를 기를 것, 둘째 위험을 무릅쓰며, 셋째 천하를 근
심할 것 등인데, 유희춘은 이러한 논설이 "어찌 보탬이 없었으리오."라
고 하여 한유의 생각에 동조하는 모습을 보였다. 그러나 시의 내용에
의거해보면, 한유의 이러한 제안은 당시 재상들로부터 거의 묵살당하
는데, 이런 상황과는 별도로 작자는 "천 년 후에 남긴 글 읽으니, 북두
성처럼 찬란하게 비주었다."라고 하여 재상에게 올린 글에 대한 신뢰
를 보이고 있다. 하지만 이러한 신뢰도 잠시 뿐, 25~34구에서는 한유
의 행동에 대해 비판을 가한다. 그 이유는 첫째, 재상에게 올린 글에
민생고를 담지 않았고, 둘째 진정한 지사(志士)는 가난하다 하여 함부

14　柳希春, 『眉巖集』 卷1, 「讀韓退之三上書詩」.

로 벼슬을 구걸하지 않아야 하는데, 한유는 그렇지 않았다는 것이다. 이 부분에 작자가 말하고자 하는 주제가 담겨있다. 유희춘은 한유의 「상재상서」를 읽고서 긍정과 부정의 두 가지 느낌을 모두 받았는데, 시 내용 전개는 전자보다 후자에 치중했다고 생각한다. 이는 한유가 문장 실력이 뛰어난 것에 대해서는 약간의 칭송이 있었지만, 재상에게 글을 올려 벼슬을 구걸한 행동은 구체적으로 비판한 것을 통해 알 수 있다. 마지막 35~40구는 결론의 의미를 지니는데, 한유도 자신이 젊어서 벼슬을 구걸한 것을 훗날 부끄러워했다고 하여 작품을 통해 말하고자 하는 뜻이 진정 무엇인지를 알도록 하였다.

유희춘은 이와 같이 역사를 소재로 한 작품을 바탕으로 자신의 의견을 개진하고 있는데, 같은 류의 작품인 「과자금」, 「도명비」, 「장성회고」, 「송사호환상산」, 「한망자방분」에서도 명확한 주제를 드러내었다. 「과자금」은 『송사(宋史)』에 나오는 이야기를 기반으로 한 작품으로 뇌물을 좋아하는 관료를 비판하였고, 「도명비」는 중국 한나라 원제(元帝) 때의 궁녀인 왕소군(王昭君)과 관련된 작품으로 덕의 중요성을 강조하였다. 「장성회고」는 진(秦)나라 시황제(始皇帝)가 쌓았던 만리장성을 회고하면서 지은 작품으로 위정자에게 중요한 것은 인화(人和)임을 말하였고, 「송사호환상산」은 한나라 고조(高祖) 때 속세를 떠났던 상산(商山)의 사호(四皓)가 황후인 여후(呂后)의 초청을 받았다가 다시 상산으로 되돌아가는 상황을 배경 삼아 지은 작품으로 정통성 정립을 주장하였으며, 「한망자방분」은 한(韓)나라의 장량(張良)이 자신의 나라가 시황제에 의해 망하자 시황제를 죽이려했던 이야기를 배경으로 한 작품으로 절의를 강조하였다.

지금까지 유희춘이 유배기에 지은 주요 시가 의론적임을 확인하였다. 작시에서 의론적이라고 하는 것은 작자가 작품을 통해 전달하고자 하는 이론·사상·관점을 논리 전개에 충실하여 논설문의 요소로 표현하는 것을 말한다. 이성적·논리적인 사고를 운용하여 의론의 전개방식을 위주로 한다는 점에서 감정 표현에 주력하는 서정적인 서술방식과 변별되며, 포진(鋪陳)의 기법으로 대상을 그대로 묘사하거나 사건을 서술하는 데 치중하는 서사적인 서술방식과도 다르다.[15] 따라서 보통 이와 같은 시를 작시법상 '이문위시(以文爲詩)' 또는 '이학문위시(以學問爲詩)'라고 한다. 다시 말해, 전자는 문장을 짓는 법으로써 시를 쓴다는 뜻이고, 후자는 자신의 학문적 역량으로써 시를 쓴다는 의미이다. 이는 시가 산문화되었다거나 학문적 요소를 지니고 있다는 의미이기도 한데, 앞에서 본 장편고시에서만 이러한 특징이 나타난 것은 아니고 단편이지만 다수의 전고를 사용한 작품에서도 비슷한 면모를 엿볼 수 있다. 한시를 창작할 때 전고를 즐겨 사용하여 작품을 완성했다는 것은 마치 산문에서 말을 많이 하여 작품을 읽는 독자를 설득하려는 의도를 지니고 있다는 것과 흡사하다. 따라서 시는 당연히 난해할 수밖에 없는데, 유희춘이 유배기에 지은 작품 또한 이러한 특징에서 자유로울 수는 없다. 다음에 보이는 작품은 이와 관련된 대표적인 경우이다.

누가 보옥을 가져다가 초공에게 보였나	誰把和瑜示楚工
연꽃이 푸른 못에서 나와 깜짝 놀라 보았다	驚看荷出碧潭中
서로 업신여겨 소·황의 자태 비웃었고	相輕久笑蘇黃態
묻기를 좋아하여 안·계의 기풍 많았으며	好問深多顔季風
장량처럼 손·오를 좋아하여 수석을 면했고	張悅孫吳終受石

---

15 김진경, 「訥齋 朴祥 賦文學 연구 – 주제·형상화 방식을 중심으로」, 『한문고전연구』 26집, 한국한문고전학회, 2013, 16쪽 참조.

양웅같이 시부만을 탐하여 조충을 후회했다   楊耽詞賦悔雕蟲
구름 안개 헤치고 하늘 해를 보려면   欲披雲霧覩天日
그대는 응당 회옹을 경모해야 하리[16]   景晦應須景晦翁

　시제가 「답이경회시문(答李景晦示文)」이므로 이 작품은 경회(景晦) 이
염(李爓, ?~?)이 글을 보임에 화답한 시라는 것을 알 수 있다. 시제만
본다면, 이 작품은 이염의 문장에 대한 평가를 주 내용으로 하고 있다.
그런데 문제는 지나친 전고 사용이다. 수련 2구를 제외한 7구에서 전
고를 운용하고 있어서 이에 대한 선행 이해가 없다면, 명확한 의미 파
악이 힘들 수도 있다. 수련 1구에 나온 '화유(和瑜)'는 '화씨지벽(和氏之
璧)'을 말하는데, 보옥은 이경회의 글을, 초나라 장인은 유희춘을 가리
킨다. 함련 1구의 '소황(蘇黃)'은 송 때의 문인인 소식(蘇軾)과 황정견(黃
庭堅)을 가리키는데, 이염의 문인다운 면모를 말한 것이고, 2구의 '안계
(顔季)'는 공자의 제자인 안연(顔淵)과 계로(季路)를 가리키는데, 이염의
유학자적인 면모를 말한 것이다. 경련의 1구는 "장량처럼 손·오를 좋
아하여 수석을 면했고"라고 풀었는데, 이염이 평소 병법을 익혔음을
알 수 있는 내용이다. 장량은 『태공병법(太公兵法)』을 익혀서 한(漢)나
라 고조를 도왔던 사람으로 알려져 있다. 그리고 손·오는 손무(孫武)와
오기(吳起)를 병기한 말로 역시 병법의 대명사처럼 쓰이는 사람들이다.
'수석(受石)'은 중국 호북성(湖北省) 곡성현(穀城縣)의 남하(南河)에 있는
돌의 이름으로 그 석근(石根)은 댓잎 같고 황색을 띠고 있는데, 이것을
본 사람은 죽음에 이르기도 한다고 전해진다. 즉, 장량이 손무와 오기

---

16 柳希春, 『眉巖集』 卷1, 「答李景晦示文」.

의 병법을 익혀 죽음을 면했듯이 이염도 병법을 익혀 화를 면하였다고 하였다. 그리고 "양웅같이 시부만을 탐하여 조충을 후회했다."라고 했는데, 이염이 양웅(揚雄)과 같이 한때 문사를 지었던 것을 후회했다는 말이다. 마지막 미련에서도 전고를 운용하였다. 1구의 '피운무(披雲霧)'는 『세설신어(世說新語)』에 나오는데, 진(晉)나라 장수인 위관(衛瓘)은 낙광(樂廣)이 조정의 명사들과 이야기하는 것을 보고 기특히 여겨 했던 말에서 유래하여 훌륭한 사람을 만난다는 뜻으로 쓰인다. 2구의 '경회옹(景晦翁)'의 '회옹(晦翁)'은 주희를 말한다.

이처럼 단편이지만, 거의 매구 전고를 운용하고 있어서 짧은 시의 느낌을 주지 못하고 있다. 근체시의 율시라고는 하지만, 고시보다는 단편이기 때문에 고시에 비해 상대적으로 함축되어 있다는 느낌을 주어야 한다. 그런데 함축적인 느낌을 받기 이전에 전고의 의미를 알아서 내용 파악을 해야 한다는 강박감에 사로잡히다보니 단편다운 느낌을 주고 있지는 못하다. 칠언율시이지만 그 속에서 '이문위시' 또는 '이학문위시'의 시 작법을 충분히 알 수가 있다.

2) 해배 후, 감회의 단형 · 반복적 표출

유희춘은 무려 19년이라는 시간 동안 유배 생활을 하다가 1567년(선조 1) 그의 나이 55세 때 사면되어 복직되었다. 복직된 후에 지은 작품들의 면면을 따져보면, 작자의 위치에 따라 몇 가지 유형이 있음을 발견한다. 첫째, 관원의 위치에서 지은 작품이 있는데, 여기에 해당하는 시로는 「천장음(天奬吟)」 2수, 「인순왕후만(仁順王后輓)」, 「감구음(感舊吟)」, 「등감악(登紺嶽)」, 「복희(伏喜)」, 「은대(銀臺)」, 「억미인(憶美人)」, 「상사직장(上辭職狀)」, 「성지면부(聖旨勉赴)」, 「감군은(感君恩)」, 「모화관습의일입호불

각의람어호 대오존심위응사지본(慕華館習儀日入戶不覺衣攬於戶 大悟存心
爲應事之本)」, 「우음(偶吟)」, 「사미인(思美人)」, 「을해정월망일예강릉구점(乙
亥正月望日詣康陵口占)」, 「복몽상교이강관위지심우 감격유작(伏蒙上敎以講
官爲知心友 感激有作)」 2수, 「경복어사의화 감읍작시(敬服御賜衣靴 感泣作
詩)」 2수, 「연입주강(連入晝講)」, 「감은(感恩)」 등이다. 둘째, 집안사람들
과 관련해 지은 작품이 있는데, 「중구소작(重九小酌)」, 「단오여오자회신
사(端午與吳姊會新舍)」, 「이대헌예릉소기성중(以大憲詣陵所寄成仲)」, 「갱사유
주덕봉하불위천거계시성중(更思留住德峯下不爲遷居計示成仲)」, 「차운성중
영동당(次韻成仲詠東堂)」, 「차성중제야운(次成仲除夜韻)」, 「광선광연우애
지독감이성시(光先光延友愛之篤感而成詩)」, 「기성중(寄成仲)」, 「희추증(喜追
贈)」, 「감추증삼세(感追贈三世)」, 「답성중(答成仲)」, 「문가보(聞家報)」, 「추감
(追感)」 2수, 「영회(詠懷)」, 「시아(示兒)」, 「지락음시성중(至樂吟示成仲)」,
「첩소상팔구추증성중(疊瀟湘八九秋贈成仲)」, 「정천거우담양광동(定遷居于潭
陽廣洞)」, 「설야(雪夜)」, 「삼이시(三異詩)」, 「희광선병차(喜光先病差)」, 「감음
(感吟)」, 「영급삼세(榮及三世)」, 「견성중규화대청인성사운(見成仲規畫大廳因
成四韻)」 등이 이에 해당한다. 그리고 마지막으로 지인들과 관련해 지은
작품이 있는데, 「증박공화숙(贈朴公和叔)」, 「여신정언희남송나복선생운
(與愼正言喜男誦蘿葍先生韻)」, 「등나주임계대억석년여규암동등(登羅州臨溪
臺憶昔年與圭庵同登)」, 「여신정자대수음(與申正字大壽飮)」, 「한응교시중주
상대환연(韓應敎時中澍相對懽然)」, 「여민이연침(與閔李聯枕)」, 「차이응진운
(次李應震韻)」, 「우증이응진(又贈李應震)」, 「등과음(登科吟)」, 「야와구점(夜
臥口占)」, 「침상구점(枕上口占)」 등이 이와 관련된다.

그리고 각각의 유형에 해당하는 작품들은 내용을 바탕으로 다시 세분
할 수가 있다. 첫째 관원의 위치에서 지은 작품의 경우, 왕의 신임을

받아 고마움을 나타낸 것을 비롯하여 관직에 부임하면서 지은 것 등이
있고, 둘째 집안사람들과 관련해 지은 작품의 경우, 부모를 비롯한 조상
에 대한 존경을 표시한 것과 부인인 송덕봉(宋德峯)과 주고받은 시, 후손
들을 격려하는 시 등이 있으며, 셋째 지인들과 관련해 지은 작품의 경우,
주로 오래 전부터 알고 지내던 사람들과 만나 회포를 푸는 내용으로
되어 있다. 이로써 보자면, 해배 후에 지은 작품은 유배기에 지은 작품과
대비했을 때 내용 면에서 차이를 드러낸다는 것을 알 수 있다. 유배기에
지은 작품에서는 주로 학문과 사상, 교육에 관한 내용을 담았는데, 해배
후에는 관직과 가족, 지인들과의 회포와 관련된 시가 많기 때문이다.

  그렇다면 형식상의 차이는 없는 것인가? 앞 절에서 이미 확인했듯이
유배기에 지은 작품에는 의론적인 시가 많았는데, 해배 후에도 그에
대한 변화는 없는 것인가? 우선 말할 수 있는 점은 해배 후의 시 형식을
따져보면 의론적인 측면을 거의 찾아볼 수 없을 뿐 아니라 전고 사용도
눈에 띄게 줄어들었다는 것이다. 의론적이지 않다는 것은 시의 본령인
서정성을 더 가미했다는 말이 될 것이고, 전고 사용을 많이 하지 않았다
는 것은 시를 쉽게 이해할 수 있도록 지었다는 말이 된다. 실제 비교를
위해 『미암집』 권1과 2의 형식적 실태를 표로 보이면 다음과 같다.

형식 \ 권수	권1	권2
사언(四言)		2제 3수
오언고시(五言古詩)	12제 15수	4제 4수
칠언고시(七言古詩)	11제 11수	
오언율시(五言律詩)	7제 10수	13제 13수

칠언율시(七言律詩)	40제 40수	10제 10수
배율(排律)	1제 1수	
오언절구(五言絶句)	4제 4수	28제 43수
칠언절구(七言絶句)	45제 45수	66제 83수
	총 120제 126수	총 123제 156수

오언과 칠언의 고체시가 권1의 경우, 총 23제 26수이고, 권2에는 4제 4수가 수록되어 있음을 확인할 수 있다. 또한 오언과 칠언의 율시는 권1에는 47제 50수가, 권2에는 23제 23수가 수록되어 있으며, 오언과 칠언의 절구는 권1에는 50제 50수가, 권2에는 74제 126수가 있음을 알 수 있다. 한편, 배율은 권1에 1제 1수가 있고, 사언은 권2에만 2제 3수 있음을 볼 수 있다. 고체시는 근체시와 비교했을 때 압운(押韻)이나 평측(平仄), 대우(對偶) 등의 형식에서 자유롭다는 측면이 있는데, 이는 앞 절에서 논의했던 의론적인 측면과 유관하다. 반면, 권2를 차지하는 다수의 형식은 절구인데, 그 양을 권1과 비교해보면 눈에 띄게 차이가 난다.[17] 즉, 유희춘은 유배기에는 주로 긴 고체시를 지은 반면, 유배가 풀린 후에는 단형(短型)의 시 형식을 주로 활용했다는 말이기도 하다. 시가 단형이라는 말은 함축적이라는 말과 무관하지 않은데, 만일 이렇다면 자칫 난해한 시가 될 소지가 있다. 그런데 유희춘이 해배 후에 지은 시를 읽어보면, 난해성과는 거리가 있어 보인다. 시가 난해하지 않다는 느낌을 준 이유로

---

17 앞 절에서 이미 언급한 대로 권2에는 유배 시절에 지은 시가 있다. 이들 작품의 형식을 따져보면, 「和金河西麟厚韻」과 「又寄河西」는 오언절구이고, 「送慶連兼示繼文」은 칠언절구이며, 「輓羅松齋世纘」은 오언율시이다. 그런다고 했을 경우에 해배 후의 작품 형식을 다시 한 번 정리하자면, 사언은 2제 3수, 오언고시는 4제 4수, 오언율시는 12제 12수, 오언절구는 26제 27수, 칠언절구는 65제 82수 등이다.

여러 가지를 들 수 있겠지만, 그 중 하나를 든다면 비슷한 내용을 반복적
(反復的)으로 사용했기 때문이라고 생각한다. 비슷한 내용이 반복된 시
구절을 보인 작품을 두 구씩 예시해 보면 다음과 같다.

①
삼십년 전의 옛 친구가   三十年前舊
사천 리 밖에서 왔다[18]   四千里外來

②
사십 년 전의 나그네가   四十年前客
삼천 리 밖에서 왔노라[19]   三千里外來

③
사십년 전부터 탄식하다가   四十年前歎
삼천리 밖에서 찾아왔다[20]   三千里外來

④
이십년 전의 옛 친구가   二十年前舊
삼천 리 밖에서 왔노라[21]   三千里外來

작품 ①은 박순(朴淳)을 만나 지었고, ②는 나주(羅州) 임계대(臨溪臺)
에 올라 옛날을 추억하며 지었으며, ③은 모목동(牟木洞) 묘 앞에다 연

---

18 柳希春, 『眉巖集』 卷2, 「贈朴公和叔」.
19 柳希春, 『眉巖集』 卷2, 「登羅州臨溪臺憶昔年與圭庵同登」.
20 柳希春, 『眉巖集』 卷2, 「牟木洞墓前鑿池」.
21 柳希春, 『眉巖集』 卷2, 「與申正字大壽飮」.

못을 파면서 지었고, ④는 정자 신대수(申大壽)와 술을 마시면서 지었다. 인용한 구절을 보자면, '삼십 년', '사천 리', '사십 년', '이십 년' 등 주로 해의 수를 말하거나 거리를 수치화해서 나타내었다는 공통점이 있다. 유희춘 스스로가 오랜 유배를 끝내고, 지인을 오랜만에 만나거나 옛 추억이 깃든 곳을 오랜만에 찾아와 그 감회가 남달랐음을 알려주고 있다 하겠다. 그러면서 한편으로는 비슷한 내용의 시 구절을 반복적으로 사용했다는 것은 창작에 열의가 다소 부족하다는 측면과 함께 시를 경제적인 논리로 설명했을 때 긍정적으로 생각할 수만은 없을 것이다. 다소 성의가 없어 보이기도 하여 작자의 역량에 조금은 의심을 가져봄직한 요인이 되기 때문이다.

지금까지 해배 이후의 작품의 특징을 논하였다. 19년이라는 오랜 유배 생활을 끝낸 유희춘은 바로 복직되어 관직 생활을 시작한다. 그리고 그동안 만나지 못했던 지인을 만나고, 가보지 못했던 장소에 가서 옛 추억을 더듬기도 했으며, 오랜 시간 헤어져 있던 가족과도 여유를 즐기는 삶을 이어간다. 유배 시절에 지은 시가 주로 깊은 사고를 담고 있다면, 해배 후의 시를 보면 유배기에 볼 수 있었던 사고의 깊이를 느낄 수는 없다. 반면에 가벼운 감정만을 드러내었음을 확인할 수 있는데, 이는 유희춘 자신의 처지가 완전히 달라졌기 때문이라고 생각한다. 이러한 바뀐 처지는 결국 깊은 사색을 방해했을 것이고, 시가 의론적이지 않으면서 전고를 자주 사용하지 않아 쉽게 이해할 수 있는 여지를 남겼다.

4. 시풍과의 관련성과 특징

지금까지 유희춘의 시를 유배기와 해배 이후로 나누어 시 작법의 변모 양상을 살폈다. 그 결과 유배기의 시와 해배 이후의 시는 내용 뿐 아니라 형식적인 면에서도 차이가 큼을 확인하였다. 우선 내용적인 면에서, 유배기의 시는 주로 학문과 역사적인 지식, 제자들과의 관계 속에서 지은 것 등이 많았고, 해배 후의 시는 관원과 집안사람들, 그리고 지인과 관련된 것이 많았다. 또한 형식적인 면에서도 차이가 있다는 것을 알게 되었는데, 유배기에는 해배 후에 지은 시에 비할 때 고체시가 더 많았고, 반면 해배 이후의 시는 유배기에 비할 때 단형이 더 많았다. 결국 이러한 시 작법의 차이가 생기게 된 이유는 유희춘의 삶의 궤적이 달라졌기 때문이라고 할 수 있다. 또한 유배기의 시가 의론적이라고 했는데, 이 점은 시풍과 관련지어 논의할 수도 있기 때문에 간과해서는 안 된다고 생각한다.

한국한시사의 흐름에서 시풍은 통일신라 말기 만당풍(晚唐風)으로부터 출발하여 이후 줄곧 송시풍(宋詩風)으로 흘러갔다가 조선 중기쯤에 이르러서는 당시풍(唐詩風)이 유행하였다. 당시풍과 송시풍의 차이는 확연한데, 전자가 주로 정감(情感)에 호소한다면 후자는 그렇지 않은 측면이 있다. 이 둘의 차이는 일찍이 허균(許筠)과 이수광(李睟光)도 언급한 바가 있는데, 그 내용을 인용하면 다음과 같다.

①시의 원리는 상세하고 완곡한 데 있는 것이 아니라, 말은 끊어졌어도 뜻은 이어지고, 가리킴은 가까우나 지취(旨趣)는 멀며, 공리(公理)에 사로잡히지 아니하고 언적(言跡)에 떨어지지 않는 것이 가장 상승(上乘)이 되

는 것이니 당인의 시가 왕왕 이에 가까움직하다. 송대(宋代)의 작자가 많지 않은 것은 아니지만, 모두 다 뜻을 다 드러내기를 좋아하고 일을 인용하기를 힘쓰며, 또 험운(險韻)과 군압(窘押)으로써 스스로 그 격조(格調)를 손상시키니 참으로 모르겠다.[22]

② 당인(唐人)이 시를 쓸 때는 오로지 시상(詩想)과 흥취(興趣)에 힘써서 용사(用事)가 많지 않았다. 송인(宋人)이 시를 쓸 때는 오로지 용사만을 존중하여 시상과 흥취가 보이지 않는다. (중략) 근래에 이러한 폐단이 더욱 심하여 시 한 편 가운데 용사가 절반이 넘으니 고인의 구절과 어절을 표절한 것과 같다.[23]

허균과 이수광이 언급한 위의 내용은 당시와 송시의 차이를 알려주는 것으로 잘 알려져 있다. 다시 한 번 정리하자면, 허균은 당시에 대해 말은 끊어졌어도 뜻은 이어지고, 가리키는 것은 가까운 데에 있으나 그 뜻하는 바는 원대하며, 공리에 사로잡히지 않고, 언어의 자취에 떨어지지 않는다고 하였다. 반면, 송시에 대해서는 뜻을 다 드러내기를 좋아하고, 일을 인용하기를 힘쓰며, 험운과 군압 등을 사용한다고 하였다. 이수광은 당나라 사람들은 시를 지을 때 시상과 흥취에 힘을 쏟을 뿐 다른 것은 신경 쓰지 않는 반면, 송나라 사람들은 시를 지을 때 오로지 용사만 신경을 쓴다라고 하여 둘의 차이점을 극명하게 대립시

---

22 許筠, 『惺所覆瓿藁』卷4, 「宋五家詩鈔序」, 詩之理 不在於詳盡婉曲 而在於辭絶意續
    指近趣遠 不涉理路 不落言筌 爲最上乘 唐人之詩 往往近之矣 宋代作者 不爲不少 俱好
    盡意而務引事 且以險韻窘押 自傷其格 殊不知.
23 李睟光, 『芝峯類說』卷9, 「文章部二」詩, 唐人作詩 專上意興 故用事不多 宋人作詩
    專尙用事而意興則少 (中略) 近世此弊益甚 一篇之中用事過半 與剽竊古人句語者 相去
    無幾矣.

컸다. 특히, 위의 인용 내용에서 주목해야 할 부분은 허균이 말한 "모두
다 뜻을 다 드러내기를 좋아하고 일을 인용하기를 힘쓰며"라는 부분과
이수광이 말한 "오로지 용사만을 존중하여 시상과 흥취가 보이지 않는
다."라고 말한 대목이다. 전자는 의론적인 부분을, 후자는 지나친 전고
사용을 말하여 송시의 부정적인 측면을 부각시켰다.

이상의 허균과 이수광이 언급한 것을 근거 삼아 유희춘이 유배기에
지은 시에 대비해보면, 그 시풍이 송시풍에 가깝다라고 할 수 있다. 앞
에서 이미 말한 대로 유희춘은 유배 시절에 시를 의론화시켰는가 하면,
전고 사용을 빈번히 하여 읽는 사람으로 하여금 난삽함을 느끼도록 했
기 때문이다.

그렇다면 해배 이후의 시는 어떠한가? 사실 해배 이후의 시는 시풍과
연관 지어 말하기 보다는 다른 측면에서 그 의미를 새겨볼 필요가 있다.
해배 이후의 시는 『미암일기(眉巖日記)』와 함께 읽어야 하는 측면이 있
다. 『미암일기』는 유희춘이 은진 배소(配所)에 있던 1567년 10월 1일부터
해배·복직되어 관직에 있던 1576년 7월 29일까지 기록한 일기이다. 즉,
유희춘은 그가 세상을 뜨기 불과 몇 달 전까지 거의 매일매일 일기를
썼던 것이다. 그런데 해배 이후의 시를 보면, 일기를 쓰던 도중에 지은
작품이 적지 않다는 것을 발견하게 된다. 다음은 해배 이후의 시 중에서
일기를 쓰던 도중에 창작된 작품들을 표로 정리한 것이다.

연번	시제	『미암일기초본』 소재
1	희추증(喜追贈)	1571년 3월 16일
2	감추증삼세(感追贈三世)	1571년 3월 초5일
3	상사직장(上辭職狀)	1571년 3월 초5일

4	성지면부(聖旨勉赴)	1571년 4월 12일
5	호남잡시(湖南雜詩) 13수	여러 곳에 산재해 있음.
6	답성중(答成仲)	1571년 9월 19일
7	감군은(感君恩)	1571년 10월 28일
8	희청(喜晴)	1573년 7월 7일
9	청후납량(晴後納涼)	1573년 7월 7일
10	몽견홍일조신(夢見紅日照身)	1573년 9월 20일
11	영회(詠懷)	1571년 10월 24일
12	등북악(登北嶽) 2수	1573년 5월 6일
13	모화관습의일입호 불각의람어호 대오존심위응사지본 (慕華館習儀日入戶 不覺衣攬於戶 大悟存心爲應事之本)	1572년 10월 13일
14	사미인(思美人)	1571년 3월 16일
15	을해정월망일 예강릉구점(乙亥正月望日 詣康陵口占)	1575년 1월 15일
16	영홍안(詠鴻雁)	1576년 7월 18일
17	이술사이강매언 착지심은동묘전(以術士李江邁言 鑿池 深隱洞墓前)	1567년 12월 30일
18	우음(又吟)	1568년 4월 10일
19	광양김수자구십팔세 노직별시위(光陽金水滋九十八歲 老職別侍衛)	1576년 1월 15일
20	작란시(作蘭詩)	1576년 1월 17일
21	곡퇴계선생(哭退溪先生)	1570년 12월 29일
22	감은(感恩)	1571년 11월 13일
23	영급삼세(榮及三世)	1571년 3월 18일
24	천제음(天祭吟)	1575년 11월 21일
25	원일시(元日詩)	1576년 1월 1일
26	견성중규화대청 인성사운(見成仲規畫大廳 因成四韻)	1576년 2월 15일

이상과 같이 유희춘은 총 26편이 넘는 시 작품을 일기를 쓰던 도중에 지었다. 26편은 해배 이후의 전체 시 작품의 양과 대비했을 때 일부분에 해당하지만, 작품을 정확하게 이해하기 위해서는 『미암일기』도 함께 읽어야 한다. 그런데 시와 일기는 운문 대 산문이라는 문학 양식상의 차이가 있어 둘은 그 성격을 달리한다고 할 수 있다. 즉, 유희춘은 일기를 쓰던 도중에 정감을 필요로 하는 부분에서는 시를 지었는데, 일기를 통해 긴 설명을 하고 있어서 굳이 긴 장편의 시 작품을 창작할 필요성을 느끼지 않았던 것이다. 따라서 해배 이후의 시가 단형이 많았던 이유도 이와 관련지어 이해할 필요가 있다고 생각한다.

5. 결론

본 논고는 미암 유희춘이 처한 상황에 따른 시적 표현의 변모를 변주로 간주하고 논의하였다. 이러한 논의는 결국 16세기 한 문인의 시가 어떻게 변모해갔는지를 알려줄 것이며, 더 나아가 호남 한시의 한 단면을 이해하는 단서를 제공할 것으로 예상된다.

『미암집』에는 총 243제 282수의 시 작품이 수록되어 있는데, 크게 유배기에 지은 작품과 해배 이후의 작품으로 구분할 수 있다. 그 편수를 구분했을 때, 전체 282수 중에서 종성 유배기 시는 144수이고, 유배가 풀린 후에 지은 작품 수는 138수라고 할 수 있다. 유배기와 유배 이후의 삶은 큰 차이가 난다고 하겠는데, 이는 시의 형식적인 측면만 두고 보더라도 변별됨을 알 수가 있다. 유배기에는 고시 형태의 작품을 더 많이 지었으며, 근체시의 경우도 절구보다 율시가 다수를 차지하고 있음을 확인할 수 있고, 해배 이후의 시 작품의 형식을 보면, 고시보다는 근체시가 더 많은 것으로 나타나기 때문이다. 뿐만 아니라 유배기에 지은 작품의 가장 큰 특징으로 지목할 수 있는 것은 시가 의론적이라는 점과 전고에 의지해 창작했다는 점이다. 반면, 해배 이후의 작품은 단형에 의존하거나 비슷한 내용을 반복적으로 나타내어 창작에 열의가 다소 부족하다는 느낌을 지울 수가 없으며, 시를 경제적인 논리로 설명했을 때 긍정적으로 생각할 수만은 없다라고 결론지었다.

이상으로 유희춘이 처한 상황에 따라 시적 표현을 어떻게 다르게 나타내었는가를 언급하였다. 이를 시풍과 관련지어 이야기해보자면, 시가 의론적이라는 뜻은 정감과 무관하기 때문에 송시풍과 관련지었다. 또한 해배 이후의 시는 단형의 작품이 주로 창작되었는데, 그 내용의 부족한 부분은 『미암일기』가 보충했다고 하였다.

제2장

미암 유희춘 시에 나타난
종성 유배기 활동 양상

1. 머리말

본 논고는 미암(眉巖) 유희춘(柳希春)이 함경도 종성(鍾城) 유배 시절에 지은 시문에 나타난 활동 양상을 구명하고, 그 시문의 성과를 정리하였다. 유희춘은 16세기 훈구와 사림 간의 갈등이 첨예화되던 시기를 살다간 문인정치가이다. 또한 주지하다시피 선조 때 10여년의 개인 일상사 및 경연(經筵)의 모습을 『미암일기(眉巖日記)』를 통해 남겼다. 『미암일기』는 내용적인 측면에서 비록 개인의 일상사를 주로 담고 있지만, 유희춘이 유배에서 풀려 복직된 후 궁에 드나들면서 기록한 자료이기에 단순한 개인적 자료로만 인식하지는 않는다. 따라서 이러한 인식하에 『미암일기』에 대한 연구는 문학, 역사, 민속 등 다각도로 이루어졌다. 이렇듯 『미암일기』에만 연구가 주로 집중되다 보니, 심지어 유희춘에 대한 연구는 마치 『미암일기』에만 국한된 듯한 인상도 지울 수 없다. 그러나 유희춘도 다른 문인들처럼 엄연히 시를 남겼고, 양으로 따지면 282수정도 된다. 또한 이러한 시들은 유배 중의 시와 해배 후의 시로 구분된다. 그럼에도 불구하고 그동안 유희춘의 시를 대상으로 한 연구 성과물들을 보면, 이렇듯 구분된다는 사실에 큰 관심을 보이지 않거나, 관심을 보였더라도 온전한 안목에서 나온 성과물이 아니었다.[1] 즉, 유희춘의 시문은 종성 유배기와 해배기(解配期)에 지은 시문으로 나뉘며, 장소와 처한 상황이 다른지라 내용 전개도 구분된다.

유희춘의 일대기를 정리한 연보는 없다. 그 대신 『미암집』 권21에 부록으로서 이호민(李好閔)이 쓴 「시장(諡狀)」이 남아있는데, 이를 바탕으로 하면, 생애는 4기로 나뉜다. 1기는 '출생과 학문수학기'로 출생해서 벼슬에 나아가기 전인 1세~24세까지이고, 2기는 '1차 사환기(仕宦期)'로 25세~33세까지이다. 그리고 3기는 '유배와 해배기'로 35세~54세까지이고, 마지막 4기는 '2차 사환기'로 55세~65세까지이다. 이러한 생애 가운데 본 논고가 중점적으로 다루려고 한 부분은 제3기이다. 1기는 벼슬에 나아가기 전으로 간헐적 기록만 있을 뿐이지만, 2기는 벼슬에 나아간 후이기 때문에 『조선왕조실록』과 같은 자료를 통해 유희춘이 어떤 족적(足跡)을 남겼는지를 알 수 있다. 뿐만 아니라 4기는 『미암일기』를 쓴 기간이기 때문에 어느 때보다 유희춘의 행적을 소상히 알 수 있다. 하지만, 종성 유배기인 3기에 대한 기록은 시를 통하지 않고는

---

1 그동안 발표된 유희춘의 시문 연구 성과물을 연도순으로 정리하면 다음과 같다. 송재용, 「미암 유희춘의 시세계 – 한시와 시조를 중심으로」, 『동양학』 제30집, 단국대 동양학연구소, 2000; 김종성, 「미암 유희춘의 한시 연구」, 전남대학교 교육대학원, 석사학위논문, 2003; 황수정, 「미암 유희춘 문학 연구」, 『한국한시연구』 제14집, 한국한시학회, 2006; 이연순, 「미암 유희춘의 유배기 문학 연구」, 『동양고전연구』 제32집, 동양고전학회, 2008. 이 가운데에서 송재용, 김종성, 황수정 등은 유희춘의 유배 문학에 특별한 관심을 두지 않았고, 이연순은 유배기 문학 연구를 시도했지만, 중요 사실을 대부분 놓친 듯한 느낌이 든다.

도저히 알 수가 없다. 시는 운문이기 때문에 서정성과 감성이 개입되어 객관적인 자료로서의 성격은 가지고 있지 않지만, 깊은 내면을 알 수 있다는 특장(特長)이 있다. 이런 이유로 유희춘에게 있어 종성 유배기 시는 소중할 것이며, 지금의 연구자는 시에 나타난 여러 활동 양상을 밝혀야 할 것이다. 시의 전개 양상을 본격적으로 구명하기에 앞서 종성까지 이르게 된 과정을 유희춘 개인을 중심으로 정리해보고자 한다.

2. 유희춘과 종성 유배

유희춘은 1513년(중종8) 해남현(海南縣)에서 부친 계린(桂隣)과 모친 탐진최씨(耽津崔氏)의 두 번째 아들로 태어난다. 자는 인중(仁仲)이요, 호는 미암·연계(漣溪) 등이 있으며, 본관은 선산(善山)이다.

유희춘은 7, 8세에 부친으로부터 『통감(通鑑)』을 배웠으며, 이후 학문에 매진하여 25세에 생원시에, 이듬해 26세에는 별시(別試)에 병과(丙科)로 합격하였다. 그리고 그해 10월에 권지 성균관학유(權知成均館學諭)가 되고, 다음 해 27세에는 실록청 겸 춘추관기사관(實錄廳兼春秋館記事官)에 선임되었으며, 29세에는 예문관 검열(藝文館檢閱)이 되어 점차 경륜을 펼치기 시작한다. 30세에는 세자시강원설서(世子侍講院說書)가 되어 왕이 되기 이전의 인종에게 『대학연의(大學衍義)』를 가르쳤으며, 그해 8월 사서(司書)로 승진하지만, 9월에 휴가를 내어 성친(省親)하고 사직한다. 이듬해 2월에는 홍문관 수찬이 되어 사서까지 겸하는데, 고향에 계신 모친을 잊지 못해 사직을 청한다. 그러나 중종은 사직을 바로 받아들이지 않고, 고향과 조금 가까운 무장(茂長)의 현감을 제수한다. 다음해에는 중종이 승하하고, 33세 되던 해에 인종이 즉위하는데, 유희춘은 이때 대사헌 송인수(宋麟壽)의 추천을 받아 홍문관 수찬이 되었으며, 8월에 사간원 정언으로 자리를 옮긴다.

이 무렵에 대윤(大尹)과 소윤(小尹)이라는 말이 퍼지기 시작하는데, 전자는 인종의 외삼촌인 윤임(尹任)을 지칭하고, 후자는 명종의 외삼촌인 윤원로(尹元老)와 윤원형(尹元衡)을 가리킨다. 소윤들은 자신들을 따라줄 사람이 없음을 알고, 간사한 무리들을 주로 끌어들여 세력을 규합, 대윤 일파가 역모를 꾀하고 있다는 밀지(密旨)를 문정왕후(文定王后)에게 내려달라고 청한다. 그러면서 대사헌 민제인(閔齊仁)과 대사간 김광준(金光準)이 중학재(中學齋)에 유희춘을 비롯 송희규(宋希奎)·백인걸(白仁傑)·김난상(金鸞祥) 등 당대 주요 관직에 있던 이들을 모이게 하여 소윤 편에 서줄 것을 요청했으나 모두 들어주지 않았다. 그러자 일을 그르칠 것을 염려하여 이번에는 정순붕(鄭順朋)·이기(李芑)·임백령(林百齡)·허자(許磁) 등을 동원하여 고변을 하도록 하였다. 이로써 대윤 세력의 핵심인 윤임·유인숙(柳仁淑)·유관(柳灌) 등이 유배나 파직 등을 당하게 되었고, 이에 발맞추어 여러 요직의 사림들도 파직시킬 것을 요청하였다. 따라서 사림들이 항의를 하자 문정왕후가 크게 노하여 백인걸은 옥에 가두고 송희규와 유희춘에게는 파직을 명하였다. 을사사화의 여파가 유희춘에게 미친 것이다.

그리고 35세 9월에 양재역벽서사건(良才驛壁書事件)이 일어났다. 이 사건은 소윤 세력이 자신들의 정적(政敵)으로서 잠재력을 가지고 있는 잔존 인물을 도태시키려는 의도에서 일으킨 것으로 많은 사람들이 사사되거나 유배를 갔다. 유희춘도 이 사건에 연루되어 절도(絶島) 제주로 유배를 가기에 이른다. 그러나 제주는 고향인 해남과 가깝다는 이유

로 취소되고, 이번에는 절변(絕邊) 함경도 종성에 이배되어 19년이라는
세월을 그곳에서 지내게 된다. 이러한 정황을 이호민은 유희춘의 「시
장」에서 다음과 같이 적었다.

　　대저 선생은 외로운 몸으로 서울에서 벼슬하면서 곧은 도리를 따라 행하
　고 남을 따라 휩쓸리지 않았다. 사화의 시초에, 임백령(林百齡)이 같은 향곡
　(鄕曲) 사람으로 요직에 있으면서 끌어들여서 도움을 받으려고 하였으니,
　만약 선생이 한마디라도 도왔다면 즉시 높은 지위를 취했을 것이다. 선생은
　오직 몸을 바쳐 나라 위하는 것만 알았고, 사생영욕(死生榮辱)으로써 그
　지키는 지조를 변하지 않았기 때문에 임백령·김광준 등과 더불어 말할 적에
　조금도 굽혀서 스스로를 낮추지 않았고, 말을 거리낌 없이 하고 낯빛을 바로
　하여 곧게 남의 마음속을 헤쳐 가며 공격하였다. 선생이 화를 당함은 진실로
　당연한 결과이다. 이 뒤에 여러 사람의 원망이 합세하여 반드시 선생을 죽이
　려고까지 했는데, 제주는 고향이 멀지 않다 하여 종성으로 이배하였다.[2]

　유희춘이 곧은 도리를 지니고 있었을 뿐 아니라 지조가 있어서 옳은
일이 아니면 남을 함부로 따르지 않았음을 적었고, 임백령과 김광준을
거론하였다. 이들은 모두 소윤에 가담하여 대윤 세력을 탄압하면서 유
희춘을 회유하였다. 그러나 유희춘은 이들의 뜻에 결코 동조하지 않고,
자신의 의지를 꿋꿋하게 지켜 결국은 화를 당하였으니 이렇게 된 것은
당연한 결과라고 하여 유희춘의 처세가 틀리지 않았음을 강조하였다.
　유희춘이 종성에 도착한 때는 그의 나이 36세 2월이었다. 2월이어서

2　柳希春,『眉巖集』附錄 卷20,「諡狀」, 蓋公以孤身宦京師 直道而行 不隨人俯仰 士禍之
　始 百齡以鄕曲居要地 力欲汲引以爲助 使公一言贊之 則立取隆顯矣 而公惟知徇身爲國
　不以死生榮辱 變其所守 其與百齡光準語也 不少降以自貶 危言正色 直發其肺腑而掊擊
　之 公之受禍 固其所也 是後 群憾合勢 必欲置公死地 以濟州去家鄕不遠 移配鍾城.

추운 겨울은 끝났다고 할 수 있지만, 북변인지라 아직은 차가운 바람이 불고, 곤경에 처한지라 심리적으로 위축되어 자칫 중심을 잃을 수 있었다. 하지만 유희춘은 그러한 모습 대신에 학문에 열중하고 현지인을 교육시키는가 하면, 저술에 몰두한다. 이러한 사정은 다음의 몇몇 기록을 통해 알 수 있다.

① 3년 2월에 적소(謫所)에 이르렀는데 선생이 곤경에 처하여도 지조를 지키고 마음을 편히 하기를 천명과 같이 여겼다. 바야흐로 생각을 깊게 하고 글을 지을 적에 입으로는 외우고 손으로는 쓰면서 밤낮으로 계속 하였는데 가슴속 기운은 태연하였다. 육진(六鎭)은 말갈(靺鞨)과 가까워서 풍속이 활 쏘고 말 타기를 좋아하고 글자를 아는 이가 적었는데, 선생이 이르자, 선생의 이름을 듣고 배우기를 원하는 사람이 많았다. 선생이 재질에 따라 인도하고 부지런히 가르치고 자세하게 하니 멀고 가까운 곳에서 다투어 와서 집이 항상 가득 찼고 말년에 이르러서는 문학이 성대하였다.[3]

② 그리하여 여러 유감이 있는 자들이 합세하여 선생을 꼭 죽을 곳으로 귀양 보내려고 하였으니, 제주도에 보냈다가 고향과 가깝다는 이유로 다시 종성으로 유배시켰다. 육진은 말갈과 이웃하여 궁마(弓馬)를 숭상하고 문자는 없었는데 선생이 한결같이 진심으로 응대하고 가르치기를 성실하게 하니 풍속이 크게 변화하였다.[4]

---

3 柳希春,『眉巖集』附錄 卷20,「諡狀」, 三年戊申二月 至謫所 公處困遂志 安之若命 方且覃思著述 口誦手抄 夜以繼日 胸中之氣沖如也 六鎭邊於靺鞨 俗尙弓馬 少識字者 公至 聞公之風 願學者衆 公因才誘掖 敎詔諄悉 遠邇爭趨 戶屨恒滿 至季年. 이와 똑같은 기록은『乙巳傳聞錄』,「柳希春傳」에도 있다.

4 崔益鉉,『勉菴集』卷25,「眉巖先生柳公神道碑銘」, 於是羣憾合勢 期欲置之死地 乃編管濟州 又謂其家鄕近 移配鍾城 六鎭邊靺鞨 尙弓馬無文字 先生一以誠信接應 敎誨諄實 俗尙丕變.

③ 홍문관 부제학 유희춘이 죽었다. …… 그가 유배지에 있을 때 밤낮으로 깊이 사색하고 글을 썼다. 변방의 풍속이, 글자를 아는 사람이 적었는데 희춘의 가르침으로 인하여 학문하는 인사들이 많아졌다.[5]

④ 미암 유희춘은 을사사화 때 종성에서 귀양살이한 것이 19년 동안이나 되었다. 곤궁하게 살아가면서도 만 권이나 되는 서적을 독파하고『속몽구(續蒙求)』를 저술하여 선비들에게 혜택을 주니, 그에게 찾아가서 배우는 사람들이 매우 많았다.[6]

⑤ 유미암이 종성에 귀양 갔을 적에『속몽구』를 짓고 이어서 스스로 주석까지 하고 선유(先儒)의 의론을 많이 참고하여 덧붙였다.[7]

⑥ 밤에 미암 유희춘이 귀양살이할 적에 가르쳤던 유생(儒生)인 김공수(金恭守), 한경두(韓景斗), 허응세(許應世) 세 사람을 만나보았는데, 미암이 귀양살이할 때의 일을 자못 말하였다.[8]

①에서 ⑥까지 유희춘이 유배 이후 어떻게 지냈는가를 전체적으로 적었다. 이를 간략히 정리하면, 곤경에 처했음에도 마음을 편히 하고 생각을 깊게 했는가 하면 글을 지었다고 하였다. 또한 당시 변방 백성들이 글자를 아는 이가 적었는데, 배우려고 한 이들이 많아 유희춘이 가르

---

5 『國朝寶鑑』卷26, 宣祖條3 10年. 弘文館副提學柳希春卒 …… 其在謫也 覃思著述 夜以繼日 塞俗少識字者 因希春教誨 士多學文.

6 金時讓,『涪溪記聞』, 柳眉巖希春 乙巳之禍坐謫鍾城者十九年 窮居喫口讀破萬卷 著續蒙求以惠士子 從學者甚衆.

7 李圭景,『五洲衍文長箋散稿』,「蒙求四庫韻對辨證說」, 柳眉巖謫鍾城時 作續蒙求 仍自分注 先儒議論.

8 金誠一,『鶴峯逸稿』卷3,「北征日錄」己卯年 12月 12日, 夜見眉巖柳公謫居時 受業儒生金恭守韓景斗許應世三人 頗能言謫居時事.

치니 원근에서 이른 사람이 많게 되었고, 풍속도 크게 변화되었다고
하였다. 특히, ④에서는 유희춘의 독서량을 구체적으로 적었으며,『속몽
구』를 저술했음도 알렸다. ⑥은 김성일(金誠一)이 쓴 일기 중 일부로 김성
일이 그의 나이 42세(1579년) 9월에 함경도의 순무어사(巡撫御史)가 되어
유희춘이 유배 시절 가르쳤던 제자들을 만난 내용을 적었다. 1579년은
유희춘이 세상을 뜬 2년 후로 김성일은 유배지에서의 유희춘의 삶의
흔적을 찾아 확인한 셈이다.

이상 유희춘이 종성으로 유배 온 과정을 알리기 위하여 을사사화와
양재역벽서사건의 전말을 정리하였고, 마지막으로 종성에 도착한 이후
유희춘의 행적을 여러 기록을 통하여 알렸다. 그 행적은 크게 보면, 학문
과 교육을 통한 교화, 저술 등이라고 할 수 있는데, 실제 시에서는 그
사실이 좀더 구체적으로 확인된다. 그 외에도 여러 시에서 확인되는
것은 뭇 인사와의 교유이다. 그 교유 인사는 유배 현지와 그 외 밖으로
나누어 내외로 구분되는데, 이들 인사와의 소통을 통해 현실에 적응하고
세상의 추이를 눈여겨보았으리라고 생각한다. 따라서 시에 나타난 활동
양상은 세 부분으로 나누어 전개하고자 하는데, 첫째, 학문을 연마하며
존주의식(尊朱意識)을 표출한 내용, 둘째, 현지인들에 대한 교화와 저술,
셋째, 뭇 인사와의 교유와 이를 통한 소통 등이 그것이다.

3. 시에 나타난 활동 양상

1) 학문 연마와 존주의식의 표출

앞 장의 기록 내용을 통해 보았듯이 유희춘은 유배라는 어려운 상황에

서도 공부하는 자세를 버리지 않았다. 이러한 그의 모습은 여러 시에서 감지되는데, 다음의 「곤학(困學)」 시는 그와 관련된 대표적인 작품이다. 이 작품은 형식을 따지면 장편 고체시로, 내용은 크게 세 부분으로 나뉜다. 처음 부분은 스물두 살이 되어 학문에 대한 진정한 맛을 알았다는 내용으로부터 시작하였다. 이어서 주자(朱子)의 학문에 심취하여 『소학』 외편을 보았을 때의 느낌과 『대학』을 혹문(或問)으로 연구했을 때의 상황 등을 말한 후 앞으로 나아갈 방향을 제시받았다고 하면서도 기송(記誦)으로 좇아갈 수 없었다는 자신의 생각을 덧붙였다. 그러나 두 번째 내용은 자신이 학문에 열중하지 않는 모습을 자책하는 것으로부터 시작하였다. 또한 의리와 공리는 대략 변별하지만, 쌓아둔 공부가 없었고, 그러면서도 학문을 이루고자 서두르지 않아 오히려 구습에 안주하며 마치 우물 안의 개구리와 같은 상황에서 세월만 흘러갔다고 하였다. 세 번째 내용은 두 번째 상황과 달라진 자신의 모습을 형용하였는데, 인용하면 다음과 같다.

(전략)

어제는 주자의 가르침을 보고	昨看考亭訓
홀연히 문짝 열리는 듯이 깨달아	忽覺轉戶樞
정녕히 놓았던 마음 거두어들였다	丁寧收放心
한 걸음 한 걸음 먼 길을 떠남에	步步進長途
처음엔 삽시간에 마음 다잡다가	始也操一霎
점점 밥 먹는 시간도 넘겼는데	漸到終食踰
다만 하루 사이에도	但使一日間
네다섯 번 정신을 일깨웠다	提撕三五蘇
자신을 경계하자 절로 간직되어	自警輒自存

어두운 곳에서도 마음이 밝아지니	暗室生明珠
이제부턴 온갖 이치 연구하여	從玆窮萬理
드러나고 은미한 이치 천하에 밝히려	顯微燭九區
수레를 몰아 만 리 길을 가려했더니	驅車萬里道
두 수레바퀴가 함께 굴러가지 못한다	兩輪不可俱
삼십구 해가 마침내 기울어가니	卅九日終斜
어찌 말년엔 거둔 바 없으리요	豈無收桑楡
후일 곤학을 기억할 때는	他年記困學
아득한 종산의 모퉁이라다[9]	渺渺鍾山隅

시의 내용을 따르자면, 유희춘은 자신을 달라지게 만든 요인은 '주자의 가르침'이라고 하였다. 마치 우물 안의 개구리와 같았던 자신이 주자의 가르침을 만난 이후 홀연히 문짝이 열리는 듯한 느낌을 받았으며, 그동안 학문에 게을렀던 마음을 잡아서 잠시의 시간도 아까울 정도로 열심히 매진했다고 하였다. 이는 곧, 주자가 자신이 나아가야 할 학문의 방향을 제시했음을 강조한 것이다. 그런데 여기에서 끝난 것이 아니었다. 본격적으로 온갖 이치를 연구하여 이치를 천하에 드러내려고 했는데, 나아갈 수가 없게 되었다고 하며 체념에 가까운 심정을 나타내었다. 또한 마지막 부분에서 두 수레바퀴가 쉽게 굴러가지 못하는 듯이 현실은 어렵지만, 조금씩 나아가다 보면 말년에는 반드시 거둔 성과가 있을 것이라고 하여 희망을 버리지 않았다. 작품 말미에서 '삼십구 해'를 운운한 것으로 보아 이 작품은 유희춘이 그의 나이 39세에 지은 것으로 보이는데, 이 무렵은 종성 유배 후 4년의 시간이 흐른 뒤이다.

---

9 柳希春, 『眉巖集』卷1, 「困學」 일부.

4년의 시간이 흐르기까지 현실에 적응하기 위한 노력을 기울였을 것이
데, 위 작품은 유배라는 어려운 현실 속에서도 결코 학문을 단념하지
않고 연마하는 작자의 노력이 엿보인다. 특히, 위 작품의 시제(詩題)이
기도 한 '곤학'은 『중용(中庸)』 20장에 나오는 '곤이지지(困而知之)'를 줄
인 말로 어려운 상황에 처해서야 비로소 학문을 안다는 뜻인데, 작자가
처한 현실을 제대로 대변한 것이기도 하다.

유희춘은 이와 같이 자신이 주희에게 매료되어 학문의 방향을 정했음
을 말하였는데, 「감흥(感興)」 4수, 「차광음(借光吟)」, 「구월십오야완월유
감(九月十五夜翫月有感)」, 「반무당(半畝塘)」, 「사장경순견가회암시(謝張景
順見假晦菴詩)」 등의 작품을 통하여 존주의식(尊朱意識)을 강하게 드러내
었다. 이 가운데에서 「감흥」 4수와 「반무당」은 주희의 시 작품인 「재거
감흥(齋居感興)」 20수와 「관서유감(觀書有感)」 2수를 각각 바탕으로 한
것으로 주희에 대한 경모(敬慕)가 어느 정도인지를 가늠할 수 있다.

먼저 「반무당」 작품을 통해 유희춘 자신의 학문의 유래처를 밝혔다.
20구의 고체시인데, 이 중에서 뒷부분 6구를 인용하면 다음과 같다.

(전략)
나의 마음속에 있는 작은 연못은   我有小沼靈臺下
한 흐름 무이산 물길로부터 왔으니   一脈初從武夷潯
정화를 조금 게을리 하면 불결해지고   澄治少懈便不潔
하류는 더욱 시컴해져 임할 수 없다   下流幽黑不堪臨
어찌 한 치의 아교로 큰 혼탁함 구제하리   安得寸膠救大渾
주자의 활수가 지금도 전해온다[10]   紫陽活水傳至今

---

10 柳希春, 『眉巖集』 卷1, 「半畝塘」 일부.

시제 「반무당」은 주희의 시 「관서유감」 첫 번째 작품 "반무 방당이 원 거울이 열렸으니, 하늘빛 구름 그림자가 배회하는구나. 묻노라, 어찌 이렇게도 맑은가. 원두에 활수가 오는 것이 있는 까닭이로다."[11]의 반무 방당에서 온 것으로 마음이 있는 곳을 뜻한다. 유희춘이 지은 「반무당」 시의 처음 부분의 내용에 따르면, 작자 마음 속의 작은 연못의 유래처는 무이산(武夷山)이라고 하였다. 주지하다시피 무이산은 주희가 한 때 무이정사(武夷精舍)를 짓고 제자들과 함께 학문을 강론했던 곳이다. 따라서 마음 속 연못의 유래처가 바로 무이산이라고 한 것은 자신의 학문 유래처가 곧, 주희에게서 온 것임을 뜻한다. 그런데 만일 이러한 학문을 정화하지 않으면 불결해지고, 하류는 더더욱 시컴해진다고 하여 나름의 노력이 필요함을 강조하면서 마음 속 연못에 주희의 활수(活水)가 지금도 전해지고 있다 하였다. 주희의 학문을 과거에 그랬던 것처럼 현재에도 변함없이 받아들이고 있음을 말한 대목이기도 하다.

다음 「감흥」 두 번째 작품에서는 주희의 학문을 접했을 때 받았던 느낌과 자득(自得)해가는 과정을 비유적으로 읊었는데, 시 속에 감동이 고스란히 남아있다.

나는 주자의 뒤에 태어나	我生後朱子
이미 삼백 년이나 떨어졌고	三百年已疎
내 사는 곳은 건양과 멀어	我居遠建陽
그 거리가 만 여리란다	其里萬有餘
거동과 모습 뵈올 수 없어	儀形不可見

---

11 朱熹, 『朱子大典』 卷1, 「觀書有感」, 半畝方塘一鑑開 天光雲影共徘徊 問渠那得淸如許 謂有源頭活水來.

공연히 지은 책만 읽어보니	空讀所著書
처음엔 사탕 깨무는 듯했으나	初味猶啖蔗
결국 통하니 맛난 음식과 같다	遂通芻豢如

(중략)

한밤중에 춤추고 싶으니	中宵欲舞蹈
발랄한 모습 강호의 물고기인 듯	沛若江湖魚
궁통은 비록 만 가지로 변화하나	窮通縱萬變
그 즐거움은 항상 처음과 같다	此樂恒如初
다만 종자기의 죽음이 한스러우니	只恨子期逝
거문고는 누구를 위해 튕기리	瑤琴爲誰攄
도의 근원은 책 속에 있어	淵源黃卷裏
홀로 성인의 문하를 찾아간다[12]	獨尋聖人閭

시의 서두에서 작자는 주희가 태어난 곳과 거리가 멀어 직접 뵐 수가 없었기에 책을 통해 접했노라고 하였다. 그리고 책을 통해 학문을 접했을 때의 첫 느낌과 거기에 점차 동화되어가는 느낌을 "처음엔 사탕 깨무는 듯했으나, 결국 통하니 맛난 음식과 같다."라고 표현하였다. 즉, 첫 느낌은 사탕을 깨무는 듯이 달콤하기만 하더니 점차 주희의 학문에 몰입해가자 맛난 음식을 먹은 듯이 즐거움까지 주었다고 말하였다. 주희의 학문을 통해 받은 느낌이 점차 변모해갔음을 알 수 있다. 이러한 좋은 느낌은 중략 이후의 부분까지도 이어지는데, 한밤중에 춤추고 싶기도 하고, 강호의 물고기가 물을 만나 활력을 되찾은 듯하다라고 하여 감정을 비유적으로 드러내었다. 다만 아쉬운 것은 자신의 이러한 학문적 경지를 알아줄 이가 없는 점이지만, 그래도 도의 근원은 책 속에

---

12 柳希春, 『眉巖集』 卷1, 「感興」 두 번째 작품.

있기에 이를 통해 주희를 만난다라고 하였다. 독서를 통해 주희의 학문을 접하고, 거기에서 받은 감동이 적지 않았음을 알 수 있는 작품이다.

이렇듯 유희춘은 강한 존주의식을 유배 시 곳곳에서 드러내었는데, 특히 주희를 다음 시와 같이 '상서로운 해', '밤을 낮으로 바꾼 이', '자줏빛 기운' 등으로 표현하며, 유학에 희망이 있음을 나타내었다.

①
(전략)

염관에 초승달 떠오르니	濂關弦月出
하락엔 보름달 밝아오고	河洛望宵昌
빼어나도다, 자양산이여	卓哉紫陽山
상서로운 해 부상에서 솟았다	瑞日湧扶桑

(후략)

②

성인 주자는 세상의 맹주가 되어	朱聖主世盟
기나긴 밤을 밝은 낮으로 바꾸었다	長夜變白晝

(후략)

③

고정이 홀로 이 세상 맹주가 되어	考亭獨主斯世盟
긴 밤 되돌려 새로운 빛 되게 하였다	回却長夜爲新陽

(후략)

④

상서로운 달 자양산에 솟으니	瑞月聳紫陽
만고의 자욱한 안개 사라지고	萬古昏霧空

붉은 광채 온누리에 흩어져	朱輝散六合
한 점 빛 촉룡에 붙었다	一點付燭龍
(후략)	

⑤

(전략)	
해와 달 이제야 크게 빛나	兩曜方光大
하늘이 자양옹을 낳으니	天誕紫陽翁
오성은 이미 규성에 모이고	五星旣聚奎
자줏빛 기운 다시 하늘에 솟았다	紫氣復騰空
(후략)	

시문 ①은 「감흥」 첫 번째 작품의 일부로 공맹(孔孟)으로부터 시작한 유학의 흐름을 더듬는 중에 언급한 부분으로 주로 송 때 부흥했을 때의 모습을 상징적으로 나타내었다. 염계(濂溪)의 주돈이(周敦頤)로부터 시작된 북송의 유학이 정호(程顥)·정이(程頤) 형제를 지나 남송의 주희까지 이르렀는데, 특히 주희에 이르러서는 상서로운 해가 솟아난 것과 같다고 하여 크게 찬양하는 모습을 보였다. 시 ②와 ③은 각각 「감흥」 네 번째와 「사장경순견가회암시」 작품의 서두 부분으로 침체기에 있던 유학을 주희가 부흥시켰음을 은유적으로 나타내었다. 작품 ④는 「차광음」의 처음 부분으로 앞의 ①·②·③의 내용과 비슷하다. 차광음의 '차광'은 원래는 '월차광어일(月借光於日)'에서 유래하였는데, 빛을 빌린다는 것은 어리석은 자가 현인이 발하는 덕성(德性)의 빛을 빌려 깨달아간다는 뜻이다. 즉, 작자는 주희가 발하는 빛을 빌려 유학의 도를 깨달아가고자 한 것이다. 마지막 작품 ⑤는 「구월십오야완월유감」의 중간 부분으로 주희의

탄생으로 수화목금토(水火木金土) 오행(五行)의 별이 문장을 주관하는 규성(奎星)에 모여 자줏빛 기운이 하늘에 솟았다라고 하였다. 곧, 주희의 존재를 극대화시킨 내용이라고 하겠다.

이와 같이 유희춘은 주희를 다양하게 찬양하였다. 이러한 존주의식에 대해 기정진(奇正鎭)은 『미암집』 서문에서 "대개 선생의 주자 존숭은 마음을 스승으로 삼고, 이목(耳目)을 스승으로 삼은 것이 아니다."[13]라고 하였다. 유희춘이 진실로 주희를 존숭한 것은 스스로의 마음에서 우러난 것으로 결코 남에게 보이기 위함이 아니었다는 말이기도 하다.

2) 현지인에 대한 교화와 저술

앞의 2장에서 이미 확인한 대로 유희춘이 종성 유배 시절 현지인들은 배움의 의지를 보여 모여들었고, 유희춘 또한 이들을 교육으로 인도하여 문맹(文盲)에서 벗어날 수 있도록 하였다. 이 뿐만이 아니라 유교적 현창(顯彰) 사업과 저술 활동을 통하여 현지인들을 교화시키려고 하였다. 이러한 내용은 몇몇의 시문을 통해 알 수 있다.

먼저 문인 제자와의 관계 속에서 나온 30구의 시문 가운데 일부를 제시하면 다음과 같다.

> (전략)
> 술 한 잔으로 너에게 노래 권한 적 없지만　　　　　雖無一盃勸爾歌
> 크게 부른 노래 금석 소리 나오고　　　　　　　　高唱聲聲出金石
> 노래 마치고 옛사람의 시 낭랑히 읊조리니　　　　歌闋朗吟古人詩

---

13 柳希春, 『眉巖集』 卷首, 「序(奇正鎭)」, 蓋先生之尊朱子 師心而非師耳目者.

단산의 외로운 봉황이요 구고의 학이로다	丹山孤鳳九皐鶴
한유의 용용함 어찌 좋지 않으리요	昌黎春容豈不好
주자의 청묘 음악 다시 울려 퍼진다	紫陽更有清廟樂
상쾌한 바람과 가을 달 모두 가없어	光風秋月共無邊
무릎 치며 세 번 탄식하니 귀신도 놀란다	三嘆擊節神鬼愕
글귀 모아 서로 읽으며 빼어남 비교하고	集句競誦較輸贏
흠 지적하고 머리 치며 마음껏 해학한다	指瑕叩頭恣諧謔
밤 깊어 누고 소리 지나도 흥은 더욱 넘쳐	侵更歷漏興悠然
나그네 가슴에 만 섬 시름 풀어지누나	羈愁萬斛消胸膈
아, 나는 남쪽 바닷가에서 자유롭게 지내다	嗟我飮啄南海濱
삼천 리 밖 사막에 던져져	三千里外投沙漠
흙집에서 목 움츠린 지 어언 삼 년	縮頸土屋已三秋
구름 보고 달 대하며 공연히 가슴을 친다	望雲對月空撫擗
신선같은 아름다운 문생들 없다면	不有躚躚媚學子
누가 초가집 찾아주어 위로하겠나[14]	誰遣跫音慰蓬藋

(후략)

위 작품의 시제를 풀이하면, '경술년 윤 6월 15일 밤에 일을 기록하여 세 문생에게 보이다'이다. 경술년은 1550년으로 유희춘이 종성으로 유배 온 지 3년이 흐른 시점이다. 추측컨대, 유배 온 지 3년이 된 6월 보름에 세 명의 제자와 함께 노래를 부르고 시를 읊조리며 유흥의 분위기를 한껏 낸 것으로 보인다. 전략된 부분에서는 보름달이 뜬 분위기를 전체적으로 묘사하였고, 인용한 부분부터 유희춘과 제자가 난만(爛漫)한 분위기를 즐기는 내용을 나타내었다. 술을 마시고, 흥이 무르익자 노래를 부르며, 시를 읊조리는 등의 모습은 여느 회합에서도 어렵지

14 柳希春, 『眉巖集』 卷1, 「庚戌閏六月十五夜記事示三生」 일부.

않게 볼 수 있는 광경이다. 작자는 시를 낭랑히 읊조리는 광경을 보고,
마치 "단산(丹山)의 외로운 봉황이요, 구고(九皐)의 학인 듯하다"라 하였
다. 단산은 단사(丹砂)를 내는 산의 구멍으로 단혈이 있는 산을 말하며,
그곳에 봉황이 깃든다고 한다. 또한 구고는 아홉 언덕 땅위란 뜻으로
『시경』소아 「학명(鶴鳴)」 시에 "학이 구고에서 우는 소리가 하늘에 들
리다."[15]는 내용에서 유래하였다. 그리고 제자들의 위세가 당 때의 문
인인 한유(韓愈)와 남송의 학자인 주희에 대비해도 결코 뒤떨어지지 않
음을 나타내었다. 문장을 지어 서로 읽으며, 서로의 장단점을 지적해
주면서 해학을 나누는 사이에 어느덧 밤이 깊어 가는데, 작자는 그러는
중에 시름이 풀어졌다고 하였다. 종성 유배 후 쌓였던 시름이 제자들과
의 놀음으로 점차 풀려감을 알 수 있다. 때문에 "신선 같은 문생들이
없었다면, 자신을 위로해줄 이가 없었을 것이다"라고 하여 유배의 시
름을 달래는데 제자들의 힘이 컸음을 적었다.

이 외에 제자와 관련하여 지은 작품으로는 「문인작시하여병유사이
시(門人作詩賀余病愈謝以詩)」가 있다. 시제에 따르면, 이 작품은 유희춘
이 병이 들었다가 나은 후에 이것을 제자들이 축하해 주었고, 이에 대
해 다시 유희춘이 사례하는 차원에서 지었다. 주된 내용은 유배 온 후
심하게 앓았는데, 제자들이 극진히 간호를 해준 덕에 낫게 되었다라는
것이다.

이렇듯 유희춘은 문인 제자들과의 관계 속에서 자신이 지닌 지식을
전했을 것이며, 제자들 또한 이를 받아들여 점차 지식을 소양하여 교화
되어 갔을 것으로 생각한다.

---

15 『詩經』「鶴鳴」, 鶴鳴于九皐 聲聞于天.

또한 시에 따르면, 유희춘은 정몽주(鄭夢周)의 위패를 신설한 것을 고무적으로 생각하는 한편, 죽기 전 착한 행실을 남겼던 범석(範石)이라는 사람을 포상하도록 부백(府伯)에게 권유하였는데, 이는 유학자적인 입장에서 현지인 교화와 관련되기 때문이라고 생각한다. 20구로 이루어진 「부문묘신설정문충공위판(府文廟新設鄭文忠公位版)」의 일부와 두 수로 된 「권부백포보범석(勸府伯襃報範石)」의 첫 번째 작품을 인용하면 다음과 같다.

①
(전략)

조정에서 통문 띄워 문묘에 종사하니	朝廷通諭祀文廟
현철을 높여 범인들 흥기시키고자 함이다	欲尊賢哲興庸凡
어찌 북쪽 변방 대낮에도 어두울까	胡爲北鄙昧白日
깊은 계곡 다시 구름과 가랑비에 가렸다	幽谷復自遮雲霙
내 들으니 예전의 흠모 격동하고	伊我一聞激夙慕
정성스런 사군은 지성에 감응하였다	丁寧使君感至誠
실추된 법도 일으키니 유생들 감동하고	墜典一擧靑衿動
작은 새들 큰 집 축하하며 재잘거린다	燕雀賀廈相諵諵
광풍제월은 비록 전하기 어려우나	光風霽月縱難傳
병이호덕은 사람들마다 갖추었다	秉彝好德人人咸
그댄 보지 못하였나, 이락관민의 연원 유래 있음을	
	君不見伊洛關閩淵源有自來
주렴계의 탁월한 식견 굴레를 초월하였다[16]	濂溪卓識超羈嘈

---

16 柳希春, 『眉巖集』 卷1, 「府文廟新設鄭文忠公位版」 일부.

②

사또 묘갈문 지어 보는 이 감동시키니	使君題碣動觀瞻
십 년 만에 숨은 덕 이제야 드러난다	十載幽光今發潛
다시 천서 받들어 높은 행실 찾아내니	更會天書搜卓行
부도는 필시 위층 철탑과 어울려야 하리[17]	浮圖須合上層尖

작품 ①의 시제를 풀이하면, '부의 문묘에 정 문충공(鄭文忠公)의 위폐를 신설하며'이다. 정 문충공은 고려 말의 충신 정몽주를 말하는데, 당시 종성부에 정몽주의 위패가 신설되었던 것으로 보인다. 따라서 이를 기념하며, 감회를 시로 옮겼다. 전략 부분에서는 정몽주가 남송 주희의 성리학을 받아들여 유학의 도를 몸소 실천했음을 말하였다. 인용한 부분은 정몽주가 문묘에 모셔진 상황부터 적었다. 내용에 따르면, 정몽주를 문묘에 모신 이유는 보통 사람들을 흥기시키고자 함이라고 했는데, 이것은 교화의 또 다른 표현이라고 할 수 있다. 그리고 종성은 북쪽 변방인지라 유학이 일어나지 않아 대낮에도 어두운 듯하였는데, 정몽주의 위패가 모셔지면서 유생들의 감동이 있었음을 전하였다. "광풍제월(光風霽月)은 비록 전하기 어려우나, 병이호덕(秉彝好德)은 사람들마다 갖추었다"는 유학의 전파 정도를 상징적으로 나타내었다. 광풍제월은 맑고 깨끗하다는 의미이다. 송나라 황정견(黃庭堅)이 「염계시서(濂溪詩序)」에서 친구 주돈이(周敦頤)의 인품을 기리기를, "용릉의 주무숙(周茂叔)은 인품이 너무도 고매해서, 흉중이 쇄락하기가 마치 맑은 바람이요 갠 달과 같다.[胸中灑落 如光風霽月]"라고 말 한데에서 유래하였다. 또한 병이호덕은 본성을 지니고 아름다운 덕을 좋아함을 말하는데, 『시경』 대아 「증민(烝民)」

---

17 柳希春, 『眉巖集』 卷1, 「勸府伯襃報範石」 두 번째 작품.

의 "백성들 모두 하늘이 내려 준 본성을 지니고 있는지라, 이 아름다운
덕을 좋아하게 되었도다.[民之秉彝 好是懿德]"라는 말에서 왔다. 즉, 유학
이 전래되자 아직 광풍제월과 같은 인품을 지니는 데까지 나아가지는
못했으나 인간으로서 지녀야 할 기본적인 본성을 갖추게 되었음을 말하
였다. 그리고 이락관민(伊洛關閩)는 모두 송대 도학가들과 관련된 지명이
다. '이'는 이천(伊川), '락'은 낙양(洛陽)으로, 정이·정호가 강학한 곳이
고, '관'은 관중(關中)으로 장재(張載)가 살던 곳이며, '민'은 주희가 강학
하던 곳이다. 아울러 주렴계(周濂溪)의 '염계'는 송나라 유학자인 주돈이
의 호이다. 그는 도가사상의 영향을 받아 새로운 유학을 창시하여 흔히
신유학의 개조(開祖)라고 부른다. 이렇듯 마지막 부분에서 송나라의 신
유학을 언급하며, 정몽주의 위패와 이러한 유학과의 관련성을 간접적으
로 알렸다.

작품 ②의 시제는 '부백(府伯)에게 범석(範石)을 포상하도록 권유하다'
이다. 시제에서 언급한 범석의 인적 사항은 구체적으로 알 길이 없다.
다만, 「권부백포보범석」 두 수 외에 「차영범석(次詠範石)」이라는 작품
에서 죽은 범석을 기리고 있다.[18] 위 작품에서 "십 년 만에 숨은 덕이
이제야 드러난다"고 했으니, 범석이 죽은지는 대략 10년 정도 되었고,
살아서 선행을 했음에도 불구하고 그동안 알려지지 않았다는 것을 알
수 있다. 3구에서 언급한 '높은 행실'도 선행과 관련된다 하겠다.

이처럼 시에 따르면, 유희춘은 북변 종성에까지 유학이 전파된 것을
환영하였고, 선행을 한 사람을 드러내어 많은 이들의 모범으로 삼고자

---

18 이외에 한자를 '範碩'이라고 쓴 「次柳侯詠範碩韻」 시문도 있는데, 글자가 다른 관계로
   여기에서는 제외하였다. 하지만, 「차유후영범석운」의 내용에 의하면, 서로 관련이 있는
   것으로 보인다.

하였다. 이러한 생각은 결국, 유배지인들을 교화시키고자 하는 의도에
서 나온 것으로『속몽구』의 저술도 같은 맥락에서 볼 수 있다. 2장에서
이미 정리한 기록을 통해서 보면, 유희춘은 종성 유배 시절에『속몽구』
를 저술한 것으로 나타난다. 이 책은 당나라 이한(李瀚)이 저술한『몽구』
를 잇는다는 의미로 지었으며, 전 4권으로 엮었다.『미암집』권3에「속
몽구제(續蒙求題)」에 따르면, "이한의『몽구』가 글이 잘 정돈되고 운은
조화롭게 되어 마치 구슬을 꿰어놓은 것 같아 아이들이 당연히 구해보아
야 할 책이지만, 각주를 달지 않은 점이 안타깝다."라고 하였다. 곧,
『몽구』를 아이들을 가르치는 교본으로 삼고자 했으나 각주가 없어 아쉬
웠고, 이런 아쉬움을 달래기 위해 지은 책이『속몽구』인 셈이다.[19] 유희
춘은『속몽구』를 저술하고서「속몽구제」를 통해서는 저술 동기를 적고,
또한 시 작품「제속몽구(題續蒙求)」에서도 "삼천 갈래 물줄기 한 곳으로
이끌어, 넓고 깊은 만경창파를 보려한다. 장난 좋아하는 주인아, 참으로
우스우니, 먼저 반 이랑 연못에 연꽃을 심었으니."[20]라는 짧은 소회를
적었다. 내용이 상징적이기는 하지만, 한 권의 책을 통해서 많은 것을
얻었으면 하는 바람이 담겨있다. 따라서 유희춘이『속몽구』를 저술한
목적도 현지인 교화와 연결되어 있다고 볼 수 있다.

3) 문인 인사와의 교유와 소통

유희춘은 종성 유배기에 유무명 인사(人士)들과 시로 교유하며, 현지

---

19 유희춘의『속몽구』에 대한 자세한 내용은 李演淳의 논문(「眉巖 柳希春의『續蒙求』
　　研究」,『어문연구』38집, 한국어문교육연구회, 2010)을 참조할 것.

20 柳希春,『眉巖集』卷1,「題續蒙求」, 三千支水導同歸 擬看汪汪萬頃波 主人好弄眞堪笑
　　先作芙蕖半畝池.

에 적응하는 한편, 외부와의 소통을 끊임없이 이어나갔다. 여기서 중요
한 것은 누구와 관련하여 어떤 배경에서 무슨 내용을 적었는가이다.
유희춘은 시제(詩題)를 통해 시와 관련된 인물을 알리고 있는데, 이는
크게 네 부류로 나눌 수 있다. 첫째, '경원부사 이모', '김·허', '유·이'
등과 같이 성만 언급한 경우, 둘째, '영공(令公)', '부백(府伯)'과 같이 직함
만 언급한 경우, 셋째, '이후(李侯)', '유후(柳侯)', '고 상사(高上舍)' 등과
같이 성과 직함을 언급한 경우, 넷째, '허연(許演)', '장경순(張景順)', '김
유선(金惟善)', '조카 연개(沿漑)', '대숙(大叔)', '김흥조(金興祖)', '고백준
(高伯雋)', '송정순(宋庭筍)·정황(庭篁)', '이경회(李景晦)', '진사 고군수(高
君粹)', '중연공(仲沿公)', '경직(景直)', '언신공(彦愼公)', '이광문(李廣文)',
'윤원례(尹元禮)', '진국광(陳國光)', '공택(公擇)', '김호(金鎬)', '장봉령(張鳳
靈)' 등과 같이 이름이나 자, 호를 언급한 경우 등이다. 이 가운데에서
넷째만이 누구를 말하는지 정확히 알 수 있을 뿐 나머지 경우들은 전혀
알 수 없거나 어림잡아 알 수밖에 없는 아쉬움이 있다. 이러한 인물들은
크게 유배지와 유배지 밖 사람들로 나뉜다. 또한 유배지인은 일반적인
인사와 관직에 있는 사람, 제자 등으로 구분되며, 유배지 밖 사람들로는
친인척을 비롯하여 유배 오기 전부터 교유했던 유무명의 문인들이 포함
되어 있다. 유희춘은 유배지 사람들과 교유하며 유배의 아픔을 달랬으
며, 한편 유배지 밖 사람들과는 서간(書簡)을 통해 소식을 주고받으며
바깥세상과 소통하였다.

　유배지 사람들 중에서 시제에 등장하는 빈도수가 가장 많은 이로는
'이후'(7회)와 '유후'(7회)인데, 이들은 직함을 보면 관직에 있는 사람들
이다. 이 두 사람과 관련된 작품 한 수씩을 들면 다음과 같다.

①

구름 걷힌 가을날 상쾌한 기운 차가워   雲減秋晴爽氣寒
두만강의 맑은 흥 거닐기 좋아라   豆江淸興好盤桓
산은 붉은 깃발 맞아 붉은 색 더하고   山迎赤幟增丹色
상앗대 은도를 낚아 옥소반에 올린다   竿引銀刀供玉盤
오랑캐 사막 조용해 유난히 밝아 보이고   胡沙恬靜偏明眼
물소리 맑게 울려 더욱 기쁨을 돕는구나   水樂鏗鏘轉助歡
멀리 추억하노니 호남 땅에 벼 익을 때면   遙憶湖南香稻熟
술자리에서 둥근 게 배딱지 다투어 찢었지[21]   酒邊爭擘蟹臍團

②

사흘 동안 문 닫으니 영혼만 남아   三日關門魂獨居
오늘 아침 문 두드리며 문안하였다   今朝剝喙問何如
산음의 왕휘지 노를 수리하지 못하여   山陰未理王猷楫
북해의 공융은 다시 서신 떠받든다[22]   北海還擎孔守書

　작품 ①의 시제를 풀이하면, ‘중추절에 유후를 모시고 강서에서 노닐
다’로 추석을 맞이하여 유후와 함께 놀이를 나가 지은 것으로 보인다.
수련에서는 맑게 갠 가을날 두만강가로 놀이를 나간 모습을 나타내었
고, 함련에서는 붉은 깃발과 어울린 붉게 물든 단풍을 묘사하면서 낚시
로 잡은 물고기를 소반 위에 올린 내용을 적었다. 경련에서는 밝은 주
변의 승경과 함께 맑은 물소리를 말하여 청각적인 이미지를 부각시켰
다. 그리고 마지막 미련에서는 중추절 벼가 익을 때 쯤 고향에서 먹던
음식을 추억하는 모습을 형용하였다. ‘유후’와의 교유를 알 수 있는 직

21　柳希春, 『眉巖集』 卷1, 「中秋陪柳侯遊江西」.
22　柳希春, 『眉巖集』 卷1, 「次李侯春雪」.

접적인 시이다.

작품 ②의 시제를 풀이하면, '이후의 「춘설」시에 차운하다'이다. 이후가 「춘설」이라는 작품을 보내왔고, 유희춘이 이 시문의 운을 빌어 지은 것이다. 기·승구에서는 사흘 동안 외출하지 않으면서 집안에만 머문 작자에게 이후가 「춘설」시를 보내준 것을 간접적으로 나타내었다. 그리고 전·결구에서는 이후의 시를 받았으나 직접 가 뵙지 못하고, 대신 차운으로 서신을 대신하겠다는 뜻을 보였다. 산음(山陰)은 중국 소흥부(紹興府)에 속한 고을 이름으로 일찍이 진(晉)나라 왕휘지(王徽之)가 이곳에서 살았다. 어느 날 홀로 술을 마시며 「초은시(招隱詩)」를 읊다가 갑자기 섬계(剡溪)에 있는 벗 대규(戴逵)가 보고 싶어지자 작은 배를 타고 밤새 그 집에 갔다가 문 앞에서 안으로 들어가지 않고 다시 돌아왔는데, 그 까닭을 물으니 "흥이 나서 왔다가 흥이 다해 갈 뿐[乘興而來 興盡而反]"이라고 했다 한다. 또한 후한 말년에 북해(北海) 상(相)을 지냈던 공융(孔融)은 선비들을 좋아하였고 특히 후진들의 앞길을 이끌어 주었으므로 한직(閑職)에서 물러난 뒤에도 빈객들이 날마다 집에 가득했다고 한다. 여기서 북해의 공융은 곧, 유희춘 자신을 가리킨다고 하겠다.

한편, 유희춘은 유배지 밖 사람들과 서신을 주고받는 중에 외부의 소식을 전해 들었을 것이고, 자신의 유배 생활 중 소회(所懷)를 알렸다. 이와 관련된 대표적인 작품으로는 「기질연개(寄侄沿漑)」와 「요사송정순정황(遙謝宋庭筍庭篁)」·「사경직기원(謝景直寄遠)」, 그리고 김인후(金麟厚)와 주고받은 수답시(酬答詩)가 있다. 이 중에서 먼저 「요사송정순정황」 시문을 인용하면 다음과 같다.

모래바람 날리는 하늘 끝에 홀로 서서	獨立風沙天一邊
친구 편지를 발자국 소리인양 기뻐했다	故人書到喜跫然
문필 예봉 매화부에 뒤지지 않은데	詞鋒不減梅花賦
장원 급제 어찌 의죽편을 기다리랴	科甲何須蟻竹編
서회의 남전 전별 일찍이 곡진하였고	徐晦藍田曾繾綣
후산의 담이 이별 매우 애처로웠다	后山儋耳極哀憐
어느 해에 천둥 비에 때 씻어내고	何年雷雨湔瑕垢
우리 모두 한·장 되어 연주시 지을까[23]	共作韓張會合聯

이 작품의 시제를 풀이하면, '멀리서 송정순·정황 형제에게 사례하다'
이다. 송정순은 일찍이 유희춘과 경사를 강론한 바가 있고, 아우인 정황
은 윤원형과 뜻이 맞지 않아 등용되지 못하고 세상을 떴던 인물이다.
당시 학문을 토론하고, 정치적으로 소윤에 맞서 의기투합할 수 있었는
데, 유희춘이 먼 변방 종성으로 유배를 가게 되었으니 정순·정황 형제가
갖게 된 아쉬운 마음은 누구보다 컸을 것이다. 수련 2구에 따르면, 형제
가 먼저 자신들의 마음을 담아 편지를 보냈고, 이에 답장 형식으로 지은
작품이 위의 시문인 셈이다. 함련에서는 정순·정황 형제의 필력을 당나
라 송경(宋璟)의 「매화부(梅花賦)」에 비겨 말했는가 하면, 의죽편(蟻竹編)
을 들어 과거시험에서 장원 급제할 정도의 실력도 있음을 알렸다. 의죽
편은 『운부군옥(韻府群玉)』에 나오는 내용으로 어떤 사람이 물에 빠져
헤매는 개미를 보고 장난삼아 대나무를 엮어 다리를 만들어 건너게 해주
었다. 이 이야기를 들은 스님이 "이것은 음덕이다. 훗날 과거에 장원하리
라." 했다 하여 음덕으로 과거에 급제함을 이른다. 경련에서는 정순·정

---

23 柳希春, 『眉巖集』 卷1, 「遙謝宋庭筍庭篁」.

황 형제와의 이별이 서회(徐晦)의 남전(藍田) 이별 및 후산(后山)의 담이(儋
耳) 이별과 닮았음을 말하였다. 『당서(唐書)』에 따르면, 당 때 경조 윤(京
兆尹)을 지낸 양빙(楊憑)이 탄핵을 받아 폄직되자 찾아가는 사람이 한
사람도 없었다. 그런데 산동(山東) 선비인 서회만이 남전까지 가서 전별
하여 신의를 저버리지 않았다고 한다. 또한 후산은 송 때의 문인인 진사
도(陳師道)의 호이고, 담이는 남만족(南蠻族)의 고장으로 소식(蘇軾)이 혜
주(惠州)로 귀양을 간 지 3년 만에 이배(移配)된 곳이다. 소식과 진사도는
사제지간으로 담이 이별은 곧, 이때의 상황을 말한다. 미련에서는 훗날
정순·정황 형제와 재회(再會)하면 당 때의 시인이자 문장가인 한유(韓愈)
와 장적(張籍)이 그랬던 것처럼 시문으로써 수답하자고 기약하였다. 정
순·정황 형제의 편지를 받고 기뻐한 모습으로부터 시작하여 형제에 대
한 칭찬과 이별할 때의 감정 상태, 그리고 미래를 기약하는 것까지 다양
한 내용을 담아 전했다.

유희춘은 이와 같이 여러 문인인사와 교유 및 소통을 하며, 유배의
외로움을 달래었다. 하지만, 어느 누구보다도 유배오기 전 막역하게 지
냈던 김인후와의 소통이 필요했다. 김인후는 절의, 문장, 학문을 두루
갖춘 문인이며, 우리나라 18현인 가운데 한 사람으로 알려져 있다. 이러
한 김인후와 유희춘은 신재(新齋) 최산두(崔山斗)에게서 동문수학한 인연
을 시작으로 훗날 유희춘이 종성으로 유배가 있을 때 사돈을 맺기까지
하였다.[24] 따라서 유희춘 입장에서는 외부 인사 가운데 그 누구보다도
김인후의 소식을 듣고 싶었을 것인데, 그러한 마음을 담아 유배 간 10년
후에 「여김후지인후서(與金厚之麟厚書)」라는 편지를 써서 보낸다. 다음

---

24 이에 대한 내용은 許筠의 문집인 『惺所覆瓿稿』 권23의 「惺翁識小錄」 中에 나와 있다.

은 편지의 일부분으로 유희춘의 당시 처지와 심정을 읽어낼 수 있다.

저는 모래바람 불고 혹한이 계속되는 땅에서 비록 얼마 남지 않은 목숨
을 연명하고 있으며, 어머님 나이는 76세로 서산에 지는 해와 같아 항상
끝없는 두려움을 안고 있습니다. 근래에 누나와 조카가 서로 연이어 죽었
음을 만 리에서 늦게나마 들으니 간장(肝腸)이 갈기갈기 찢어집니다. 번거
롭지만 수심과 적막 속에서 그대의 주옥같은 우아한 문장을 완미하여 근심
을 잊고자합니다. 장편 10여 수를 써서 보내주기를 고대합니다.[25]

내용에 의하면, 유희춘의 처지가 그리 좋은 편은 아닌 것으로 보인다.
거기에다가 고향에서 반갑지 않은 소식까지 들려오니, 심정이 편안할
리가 없었다. "간장이 갈기갈기 찢어진다"는 표현은 그러한 마음을 잘
대변하고 있다. 때문에 이러한 심정을 달래줄 것이 필요했는데, 바로
김인후의 시에서 찾고자 하였다. 그래서 김인후는 유희춘의 위 편지를
받고서 소회를 담아 14수의 연작시를 지어 보냈고, 유희춘 또한 화답시
로써 응대하였다. 다음은 두 사람이 수답한 작품이다.

①
아름다운 미암 친구여   有美眉巖子
어이해 그립게 만드는가   胡然使我思
언제나 한 자리에 어울려   何當共一榻
책 펴고 은미한 이치 분석할까요[26] 開卷析毫釐

---

25 柳希春, 『眉巖集』 卷3, 「與金厚之麟厚書」, 僕風沙沍寒之地 縱延殘喘 母年七十有六
    日薄西山 常懷無涯之懼 近來娣及只子相繼零落 萬里晚聞 肝腸摧裂 煩白愁寂之中 欲得
    君咳唾之珠 玩以忘憂 長篇十餘首 書送是冀.
26 柳希春, 『眉巖集』 卷1, 「和金河西麟厚韻 以相思一夜梅花發 忽到窓前疑是君爲韻」. 이

②

북쪽 변방에는 인간 세상 없어	塞北無人間
나는 하서만을 생각한다네	河西獨我思
새로운 시 삼백 자는	新詩三百字
멀리서 부쳐온 약간의 이야기였네[27]	遙寄話毫釐

작품 ①과 ②는 김인후와 유희춘이 각각 지은 것으로 전체적으로 서로를 그리워하고 있는 점이 공통된다. 비록 멀리 떨어져 있지만, 두 사람의 변함없는 우정을 알 수 있는 작품이다. 유희춘과 김인후의 관계는 유배지 내외 인사를 통틀어 가장 막역하다고 할 수 있다. 이들은 여러 측면에서 많은 공통점을 지니고 있는데, 그 가운데 최고는 당시 사림이라는 위치에서 배우고 익힌 것을 실천에 옮기고자 했던 측면에서 찾을 수 있다. 이러한 공통된 실천성은 결국 거리는 멀리 떨어져 있어도 누구보다 가깝게 느끼도록 했으며, 짧은 시문으로나마 지닌 소회를 나타냈다고 하겠다.

4. 시 작품의 성과와 남은 문제

앞에서 이미 언급한 대로 유희춘이 유배지 종성에서 지은 시 작품은 총 143수이다. 이 작품 수는 물론 남아있는 것을 기준으로 한 것이고, 『미암집』「시장」의 "바야흐로 생각을 깊게 하고 글을 지을 적에 입으로

작품은 『河西集』 卷5 「奉和柳眉巖鍾山謫所」 연작시 첫 번째 시로도 정리되어 있다.
27 柳希春, 『眉巖集』 卷1, 「和金河西麟厚韻 以相思一夜梅花發 忽到窓前疑是君爲韻」 原韻.

는 외우고 손으로는 쓰면서 밤낮으로 계속 하였는데……."라는 기록 내용을 통해 보자면, 더 많은 작품을 지었으나 일실(逸失)되었을 것으로 생각한다. 또한 이는 해배 후 일상 생활을 낱낱이 기록한 『미암일기』를 통해서도 추측할 수 있다. 유희춘은 유배가 풀린 후부터 죽기 직전까지 대소의 구분 없이 일기 형식을 빌려 소상히 기록하였는데, 이는 글을 남긴다는 행위가 얼마나 중요한지를 알고 있었기 때문이다. 이러한 기록에 대한 중요성을 충분히 인식한 유희춘이었기에 유배기에는 더욱더 많은 글을 남겼으리라고 생각한다. 따라서 충분치 못한 자료이지만, 유희춘이 종성에서 지은 시는 19년이라는 긴 세월동안의 행적을 더듬을 수 있어서 주의 깊게 살필 필요가 있다. 특히, 유희춘이 종성에서 남긴 시는 그의 개인적인 감정을 실은 서정적인 작품도 있지만, 활동 영역을 알 수 있는 작품도 다수 있다. 더군다나 활동 영역을 알 수 있는 작품 속에서 또한 그의 생각까지 감지할 수 있어서 그 중요도를 배가(倍加)시켰다. 유배 시의 본령은 단순한 서정적인 작품보다는 현지에서 무슨 활동을 통해 어떠한 행적을 남겼으며, 그러한 활동은 기록에는 어떻게 남아있는가 하는 점일 것이다. 이러한 이유로 유희춘의 유배지 시에서 활동을 드러낸 작품이 중요하다.

유희춘의 종성 유배기 활동은 크게 세 가지로 나뉘는데, 학문과 교육, 그리고 교유가 그것이다. 이 가운데에서 앞의 두 가지는 후대의 기록에서 주로 언급한 것으로 유배지에서 행했던 유희춘의 주요 행적이라고 할 수 있다. 그리고 마지막 교유는 후대의 기록에서는 거의 언급이 없었지만, 시의 내용을 통해 알 수 있고, 그러한 활동이 유배라는 특수한 상황에서는 결코 간과할 수 없음을 인식해야 한다. 어떤 사람에게든지 유배지는 낯설기 마련이다. 또한 그러한 낯선 곳에서 새로운 사람을 만나 인간적인 관계를 맺고, 관련된 작품이나 기록을 남긴다는 것은 쉬운 일은 아니다. 이러한 점 때문에 유희춘이 종성에서 남긴 시 작품 가운데 교유시를 그냥 넘길 수만은 없다. 따라서 3장에서 학문과 교육, 교유로 세분하여 주로 활동적인 측면에 초점을 맞추어 구체적인 시의 내용을 살폈다. 그 결과 유희춘은 학문적으로는 강한 존주의식을 드러내었고, 유배 현지인을 교육이나 현창 사업을 통해 교화시키려 하였으며, 교유 인물이 유배 현지인과 외부 인사로 나누어짐을 알 수 있었다. 따라서 유희춘이 종성 유배기에 어떤 활동을 했는지를 알려면 반드시 시에 대한 이해가 선행되어야 하며, 이것이 시 작품이 지닌 최대의 성과라고 할 수 있다. 결국 유희춘이 남긴 종성 유배기 시는 각각 이 한 편의 작품에 불과하여 떼어서 보면, 그다지 큰 의미를 지니지 않지만, 전체를 관망해 본다면 유배기를 정리해주는 이야기(story)이라는 점에서 그 성과를 찾아야 한다는 말이기도 하다.

한편, 유희춘의 종성 유배기 시를 보는 시각에서 남은 문제가 있다. 유희춘은 2장에서 이미 언급한대로 7,8세 되던 해부터 『통감』을 읽으며 역사를 알아갔다. 이러한 그의 학문적 관심은 유배기까지 이어지는데, 6편의 중국 역사를 소재로 한 시문을 남겨 이를 증명하였다. 구체적인 작품을 나열하면, 「독한퇴지삼상서시(讀韓退之三上書詩)」, 「과자금(瓜子金)」, 「도명비(悼明妃)」, 「장성회고(長城懷古)」, 「송사호환상산(送四皓還商山)」, 「한망자방분(韓亡子房奮)」 등이다. 이들 작품은 비록 중국 역사에서 택한 소재이기는 하지만, 유희춘의 역사의식과 이념을 알 수 있기에 그 중요도 측면에서 결코 작지 않다고 생각한다. 또한 유희춘이 종성에서 남긴 작품 중에는 당시 주변 정세와 현실 인식을 담은 경우도 있다. 총 6편정도 되는데, 「왜노탄(倭奴嘆)」, 「문조산보사(聞造山堡事)」, 「즉사

(卽事)」, 「우장탄(牛瘴嘆)」, 「문종계개정장반강(聞宗系改正將頒降)」, 「문적
호패(聞賊胡敗)」 등이 그와 관련된다. 이들 가운데에서 특히, 「왜노탄」,
「문조산보사」, 「즉사」, 「문적호패」 등은 당시 위급했던 주변 정세를 알
려주었다는 점에서 그 의의를 찾을 수 있다. 이러한 작품은 또한 왜노(倭
奴)와 북쪽 오랑캐의 침입을 늘 감수해야했던 북변 지대의 사정을 실제
눈으로 확인한 상황에서 지은 것이기 때문에 사실적이라는 인상을 남겼
다. 따라서 앞으로 유희춘의 종성 유배 시에 대한 연구를 시도할 때는
이러한 시 작품에 대한 관심도 보여야 할 것이다.

5. 맺음말

본 논고는 유희춘이 함경도 종성 유배 시절에 지은 시에 나타난 활동
양상을 구명하고, 그 시문의 성과를 정리하였으며, 남은 과제를 제시
하였다.

유희춘은 16세기 훈구와 사림 간의 갈등이 첨예화되던 시기를 살다
간 문인정치가로 을사사화의 여파로 일어난 양재역벽서사건에 연루되
어 그의 나이 36세부터 19년 동안 함경도 종성에서 유배 생활을 하였
다. 이때의 생활 모습은 143수의 시를 통해 알 수 있는데, 그 양상을
첫째, 학문을 연마하며 존주의식을 표출한 내용, 둘째, 현지인들에 대
한 교화와 저술, 셋째, 뭇 인사와의 교유와 이를 통한 소통 등으로 나누
어 살폈다.

첫째, 학문을 연마하며 존주의식을 표출한 내용에서는 유배라는 어려
운 상황에서도 공부하는 자세를 버리지 않은 모습에 초점을 맞추었다.

특히, 유희춘은 학문과 관련된 시문을 통해 남송 때의 학자인 주희를 존숭하는 태도를 강하게 내비치는데, 구체적으로 「곤학」, 「감흥」 4수, 「차광음」, 「구월십오야완월유감」, 「반무당」, 「사장경순견가회암시」 등의 작품에서 그러한 모습을 엿볼 수 있었다.

둘째, 현지인들에 대한 교화와 저술 활동을 펼쳤음을 확인할 수 있었다. 유희춘이 종성 유배 시절 현지인들은 배움의 의지를 보여 모여들었고, 유희춘은 유교적 현창 사업과 저술 활동을 통하여 현지인들을 교화시키려 했음을 몇몇 시문을 통해 알 수 있었다. 관련된 작품으로는 「경술윤유월십오야기사시삼생」, 「문인작시하여병유사이시」, 「부문묘신설정문충공위판」, 「권부백포보범석」 등이 있다. 또한 유희춘은 유배지 종성에서 『속몽구』를 저술하고서 「제속몽구」라는 시문도 남겼는데, 『속몽구』를 통해서 많은 것을 얻었으면 하는 바람을 담았다.

셋째, 뭇 인사와의 교유와 이를 통한 소통을 끊임없이 행했음을 알 수 있었다. 이와 관련된 작품으로 「중추배유후유강서」, 「차리후춘설」, 「기질연개」, 「요사송정순정황」, 「사경직기원」, 그리고 김인후와 주고받은 수답시가 있다. 이 가운데에서 특히, 김인후와 주고받은 수답시가 인상적인데, 총 16수가 있음을 확인하였다. 유희춘과 김인후는 당시 사림이라는 위치에서 배우고 익힌 것을 실천에 옮기고자 했던 측면에서 공통점을 찾을 수가 있었고, 이러한 공통된 실천성은 결국 거리는 멀리 떨어져 있어도 누구보다 가깝게 느끼도록 했으며, 짧은 시로나마 지닌 소회를 나타냈다고 보았다.

유희춘의 종성 유배기 시는 각각이 한 편의 작품에 불과하여 떼어서 보면, 그다지 큰 의미를 지니지 않지만, 전체를 관망해 본다면 유배기를 정리해주는 이야기(story)라는 점에서 성과를 찾을 수 있었다. 이

와 더불어 유희춘이 유배지에서 남긴 중국 역사 시문과 현실 인식을
담은 시문에 대한 관심은 남은 과제로 제시하였다.

미암 유희춘 시에 구현된 존주자 의식

1. 머리말

미암(眉巖) 유희춘(柳希春)은 순수 시업(詩業)을 주로 한 작가라기보다는 학자라고 하는 것이 맞다. 그 이유는 무엇보다도 김굉필(金宏弼)로부터 연원하는 최산두(崔山斗)와 김안국(金安國) 등에 나아가 수학하였고, 찬술하거나 편집된 책들을 보면, 주로 학업의 결과 산출된 것들이 많기 때문이다. 이런 이유로 『선조수정실록』의 유희춘 졸기(卒記)에 "희춘은 사장(詞章)을 좋아하지 않았다."라고 하였고, 기정진(奇正鎭)도 『미암집(眉巖集)』 서문에서 "사장으로 마음을 구속하지 않았다." 하였다. 곧, 여기서의 사장은 순수 문예적인 면을 말하는데, 그러한 사장에 마음을 쏟지 않았다는 것은 시업을 주로 하지 않았음을 간접적으로 알려주는 대목이기도 하다. 그렇다고 유희춘이 시 한 편도 남기지 않았다는 의미는 아니다. 고려 때부터 맥을 이은 성리학자들도 학문을 강조하면서 수많은 시를 창작했는데, 유희춘도 학자적인 모습을 보이면서 반면

282수의 시를 남겼기 때문이다. 즉, 학업과 시업 중에서 더 비중을 둔 것은 전자였다고 하는 것이 올바른 풀이일 것이다.

본 논고는 유희춘의 시 282수 가운데 「감흥(感興)」, 「곤학(困學)」, 「반무당(半畝塘)」 세 작품에 주목하여 논의를 전개한 후 도학시(道學詩)로서의 성과를 정리해보고자 한다. 이 세 작품에 주목하게 된 이유는 유희춘이 평생 존경의 대상으로 여겼던 주희(朱熹)의 시를 수용해서 지은 결과물로 학자적인 모습을 엿볼 수 있기 때문이다. 그래서 이들 세 작품을 아울러 도학시라 명명해도 될 터인데, 진지한 학업에서 나온 결과물로서 작자 유희춘을 감안한다면 그냥 지나칠 수만은 없다. 이런 이유 때문인지 유희춘의 한시를 연구한 연구자들 중에는 앞의 세 작품을 언급하고 분석까지 했지만, 본질적인 부분은 비켜간 느낌이다. 이 세 작품은 주희의 작품에 근간을 두고 있기 때문에 원작품을 근간으로 한 수용과 변모의 단계를 거쳐 논의해야 한다고 생각한다. 주희 시의 영향 하에 놓여있다는 데에서 머물며 소개하는 수준에서 그친다면, 진정 작자 유희춘의 의식은 드러나지 않을 것이기 때문이다. 주희에 대한 절대적인 존숭의식을 지니고 작품을 수용했지만, 분명 변모된 의식은 나타나기 마련이다. 따라서 각 작품마다 보인 변모된 의식을 구명하는 것이 본 논고가 추구한 궁극적인 목표이며, 그랬을 경우에 유희춘의 도학시의 고유성이 드러날 수 있으리라고 생각한다. 그러면 본격적인 논의에 앞서 세 작품의 출현 배경을 정리해야 할 것이다.

2. 존주자 의식의 시적 수용

유희춘이 살았던 16세기는 주자성리학(朱子性理學)을 정착시킨 시기
이다. 즉, 15세기 말 초기사림들이 성리학의 가치를 재발견하고 16세기
초 기묘사림(己卯士林)들이 성리학을 보급한 후 16세기 중반부터 주자성
리학 연구를 본격화하여 16세기 말에 이르면 주자성리학으로서의 방향
이 대체로 제시되었다.[1] 이렇듯 주자학이 정착되어 가는 시점에 살았던
유희춘은 당대 어느 누구보다도 주희를 존숭하였다. 이러한 사실은 후대
에 기록된 여러 자료에서 확인되는데, 특히 최익현(崔益鉉)은 「미암선생
신도비명(眉巖先生神道碑銘)」 곳곳에서 관련 내용을 적었다. 이를 제시하
면 다음과 같다.

① 국운이 융성했던 선조대왕 시절에 여러 현인들이 한 길로 나아가, 성
의정심(誠意正心)으로 몸을 다스리고 충효로 임금을 섬겼으며, 한결같이
주자의 학문을 존중하여 믿으며 다른 이의가 없었다. 우리 미암 유 선생이
난 뒤에는 존중하는데도 더욱 존중하고, 믿던 중에도 더욱 믿어서 주위 사
람의 시비를 돌아보지 않고 똑바로 주자를 대성인(大聖人)에 비유하였으
니, 이는 어찌 그에게 아첨해서 그러했겠는가.[2]

② 책은 읽지 않은 것이 없어 경전자사(經傳子史)에서 벽서소설(僻書小
說)까지 통달하지 않은 것이 없었는데, 특히 주자의 글에 대해서는 더욱

---

1 金恒洙, 「16세기 經書諺解의 思想史的 考察」, 『규장각』 10, 서울대학교 규장각 한국학
   연구원, 1987, 17쪽 참조.
2 崔益鉉, 『勉菴先生文集』 卷25, 「眉巖先生柳公神道碑銘」, 穆陵盛際 羣賢彙征 誠正以
   治其身 忠孝以事其君 一是尊信朱子之學 而無間然 然乃得我眉巖先生柳公而後 尊之又
   尊 信之又信 不顧傍人是非 直以大聖擬之 豈阿好乃爾哉.

힘을 많이 써서 무젖어 반복하여 읽기를 30여 년이나 한 다음에 환하게 터득함이 있었다고 하였다.[3]

③ 일찍이 말하기를, "주자의 전주(傳註)는 이미 선유들의 주소(注疏)가 있는데, 『주자대전(朱子大全)』과 『주자어류(朱子語類)』만이 주해가 없다." 하고 『주자어류』에 주석을 달았으나, 의리가 무궁한데 연구가 미진하다고 여겨서 발표하지 않았다. 또 『주자대전집람(朱子大全集覽)』을 편찬하다가 체제가 방대하여서 다 정리하지 못하였다. 편찬한 『강목고이(綱目考異)』가 『주자대전』과 아울러 전한다.[4]

④ 아, 선생이 학문을 하고 도를 한 방법과, 출세하여 임금을 섬기는 방법과 사우(師友)와 친하고 제자들을 가르친 방도가, 저술에 나타나고 힘써 배척한 것들이 주자의 범주에서 흘러나오지 않은 것이 없으니, 휘국공(徽國公)의 소신(素臣)이라 말하여도 될 것이다.[5]

①에서는 선조 때 학자들이 주희를 존숭했다고 하면서 그 가운데 특히 유희춘은 주희를 '대성인'이라고 할 정도로 남달랐다고 하였다. ②에서는 유희춘의 독서에 대한 열의를 적었다. 실제 『선조수정실록』 유희춘의 졸기에서 "서적을 몹시 좋아하여 음악과 여색에 빠진 것처럼 하였다."[6]

---

3 崔益鉉, 『勉菴先生文集』 卷25, 「眉巖先生柳公神道碑銘」, 於書無所不讀 自經傳子史 以至僻書小說 靡不貫通 而於紫陽書 致力尤篤 沉潛反覆 三十餘年而後 怳然有得云.

4 崔益鉉, 『勉菴先生文集』 卷25, 「眉巖先生柳公神道碑銘」, 嘗言朱子傳註 已有諸儒之疏 而獨大全語類 未有註解 就語類 係以箋釋 而猶謂義理無窮 探索未至 不出以示人 又纂大全集覽 以體大未克就緖 所撰考異 與大全並行.

5 崔益鉉, 『勉菴先生文集』 卷25, 「眉巖先生柳公神道碑銘」, 嗚呼 先生所以爲學爲道 所以立身事君 所以親師友訓門人 與夫見於著述 力於排斥者 無一不自朱先生範圍中流出來 雖謂之徽國公素臣可也.

6 『宣祖修正實錄』 10年 5月 1日條.

고 적었는데, 최익현의 견해와 일맥상통하는 측면이 있다. 최익현은 아울러 유희춘의 독서 범위가 넓었음을 말하며, 많은 서적 가운데에서 주희의 저서에 대한 애착이 어느 정도였는지를 언급하였다. 유희춘은 다른 어떤 서적보다도 주희의 저서에 깊이 침잠했다고 하며, 반복하여 읽기를 무려 30년이나 했다고 하였다. 성의와 열의가 없으면 불가능한 일이라고 하겠는데, 『청장관전서(靑莊館全書)』의 "미암 유희춘은 『주자대전(朱子大全)』을 배송(背誦)하였고……."[7]라는 내용은 바로 이를 두고 한 말임을 알 수 있다. ③에서는 유희춘이 주희의 저서에 주석을 달고, 관련 편찬서를 정리하려 했던 사실을 말하였다. 책을 읽고 배송한 데에서 그치지 않고, 나름의 주석을 달았다는 것은 깊이 있는 성찰 없이는 불가능하다 하겠는데, 유희춘의 주희에 대한 존숭이 어느 정도였는지를 알게 한다. ④에서는 유희춘의 학문을 하는 방법, 임금을 섬기는 방법, 제자들을 가르치는 방도, 저술에 나타나고 배척한 것들이 주희에게서 벗어나지 않았다고 하며, '휘국공(徽國公)의 소신(素臣)'이라 비유하였다. 휘국공은 주희의 봉호(封號)요, 소신은 원래 공자(孔子)의 뜻을 계술하여 『춘추좌씨전(春秋左氏傳)』을 지은 좌구명(左丘明)을 가리키는데, 여기서는 유희춘이 주희의 학문을 계술하였다는 뜻으로 일컬은 말이다.

지금까지 최익현의 언급을 통해 유희춘은 16세기 주자성리학이 점차 자리를 잡아가는 시점에서 주희에 경도된 정도가 남달랐음을 알 수 있다. 그러나 최익현의 언급은 객관적인 입장에서 정리한 자료가 될 것이고, 실제 유희춘은 자신의 저술에서 주희를 어떻게 언급하고 그렸는지 살펴볼 필요가 있다.

---

7 李德懋, 『靑莊館全書』 卷56, 「盎葉記」 3, 柳眉巖希春 背誦朱子大全.

유희춘의 저술은 크게 유배기에 지은 것과 유배를 다녀온 후 지은
것, 두 부분으로 나뉜다. 유희춘은 그의 나이 35세 때인 1547년 양재역벽
서사건(良才驛壁書事件)에 연루되어 제주도로의 유배를 명받는다. 하지
만, 제주도는 고향 해남(海南)과 가깝다 하여 다시 먼 북녘 함경도 종성(鍾
城)으로 이배되어 19년이라는 긴 세월동안 적거(謫居)의 삶을 살았다.
유희춘은 유배 생활 중에 교육과 독서, 저술 활동에 몰입하는데, 당시에
지은 143수의 시와 몇 편의 문장 등이 『미암집』에 남아있다. 또한 명종이
죽고 선조가 즉위한 해인 55세 때 해배(解配)되어 죽기 전까지 10년 동안
의 일상적인 자잘한 내용을 기록한 일기와 시 139수를 남겼다. 이로써
저술을 두 부류로 나누게 된 것이다. 이 가운데 유배기에 지은 143수와
139수의 시를 대비해보면, 시적 소재가 다를 뿐 아니라 시체(詩體)에서도
확연한 차이를 보이는데, 이것은 상황의 변화로 인한 당연한 현상이라고
하겠다. 유배기에는 아무래도 침잠할 수 있는 시간적 여유가 있어서
역사적 소재를 끌어다가 쓴다든가 사변적(思辨的)이어서 시체도 고체시
가 다수 있다. 동시에 유배기는 심리적으로는 불안한 시기이지만, 시간
적 여유가 있어서인지 사상적으로 재무장을 하는 모습도 보여주었다.
본 논고가 연구 대상으로 삼은 「감흥」, 「곤학」, 「반무당」 세 작품은 모두
유배기에 지은 것들로 주희의 작품을 의방(依倣)하여 지었다. 곧, 「감흥」
은 『주자대전』 권4의 「재거감흥(齋居感興)」 20수를, 「곤학」과 「반무당」
은 『주자대전』 권2의 「곤학(困學)」과 「관서유감(觀書有感)」 2수를 수용하
여 나름의 의식을 투영하였다. 다시 말하여 유희춘은 수용자의 입장에서
주희의 작품을 받아들여 나름의 의식을 담았을 것이기에 중요한 것은
각 작품에 담긴 생각을 찾아내는 것이다. 이에 대한 구체적인 논의는
다음의 개별 작품을 통해 전개하고자 한다.

3. 의식의 시적 구현 양상

1)「감흥」, 존주자 의식의 체계화

주희는 그의 나이 41세 때 건양현(建陽縣) 서북쪽 70리에 있는 운곡(雲谷)에 '회암(晦庵)'이라는 초당(草堂)을 짓고, 10년 동안 사상을 확립하고 저작과 강학 활동에 힘을 기울였다. 이 무렵 20년 동안 갈고 닦은 학문과 사상을 시에 기탁하였는데, 이것이 바로「재거감흥」 20수이다.[8] 주희는 「재거감흥」 20수를 본격적으로 전개하기에 앞서 서문에서 시를 짓게 된 사연을 말하였는데, 초당(初唐) 진자앙(陳子昻)의「감우(感遇)」시의 영향을 들었다. 주희는 진자앙의「감우」시는 시어의 뜻이 그윽하고 깊으며 음절이 호탕하여 당세의 시인들이 미칠 바가 아니어서 좋아했다 라고 하며, 그 시체를 본떠 십 수편을 짓고자 했으나 생각이 평범하고 필력이 약하여 지을 수 없었다고 하였다. 그러면서 한편으로는「감우」시가 이치에 정밀하지 못함과 또 스스로 도교와 불교 사이에 기탁하여 고상하게 여기는 것을 한스럽게 생각하였다는 말을 덧붙여 불만을 드러내었다. 이러한 불만은「감우」시가 좋다는 생각과 함께 토로한 것으로 특히, 진자앙이 도교와 불교에 기탁한 것을 강조함으로써 자신이 지을 새로운 시는 그러한 두 사상과는 정반대가 됨을 간접적으로 나타내었다. 그리고 마지막으로 재거(齋居)하며 20수를 지었는데, 모두 일용의 실상에 절실하기 때문에 말 또한 비근하면서도 쉽게 알 수 있다고 하였다.

진자앙의「감우」시는 총 38수로 이루어져 있으며, 당시의 시대적 상

---

8 申美子,「朱子 感興詩 硏究(1)」,『중국어문논집』 11집, 중국어문학연구회, 1999, 221~222쪽 참조.

황과 맞물려 자신의 회재불우(懷才不遇)의 심사를 어두운 필치로 그린
작품이다. 주희는 당시 이러한 진자앙의 「감우」 시에서 느낀 점이 많았지
만, 완벽하다고는 보지 않아 자신이 스스로 새로운 시를 창작해야겠다고
마음먹었던 것이다. 이러한 과정을 거쳐 지은 「재거감흥」 20수는 자연계
와 인간계의 이법을 논설한 도학적인 시[9]로 후대에 한·중·일 문인학자
들에게 끼친 영향이 지대하여 감흥시에 주를 달고, 화운(和韻) 또는 모의
를 하는가 하면, 문장을 통해 평론을 하는 일들이 적지 않았다.[10]

　유희춘도 주희의 「재거감흥」 20수에 대해 남다른 견해를 가지고 있었
다. 이호민(李好閔)이 쓴 「시장(諡狀)」에 따르면, 유희춘은 그의 나이 30
세(1542년) 때 세자시강원설서(世子侍講院說書)가 되어 당시 세자이던 인
종(仁宗)을 가르친 바가 있었다. 그러던 어느 날 『대학연의(大學衍義)』를
진강(進講)하다가 제나라 환공(桓公)과 경공(景公)의 일을 이야기 하고서
"그러므로 현명한 군주가 세상을 다스릴 때는 치세를 당해서도 음기가
잠복하여 성장하는 것을 막고, 난세를 당해서도 양기의 미약함을 길렀습
니다. 이러한 뜻은 주자의 「감흥」 시 제8장에 갖추어져 있습니다."[11]라고
하여 주희의 「재거감흥」 시의 효용성을 강조하였다. 그리고는 뒤이어서
인종에게 다음과 같은 말을 하였다.

9　沈慶昊, 「朱子『齋居感興詩』와『武夷櫂歌』의 조선판본」, 『서지학보』 14집, 한국서지학
　　회, 1994, 6쪽.

10　주희의 「재거감흥」 20수에 대한 유통과 수용에 관한 연구로는 卞東波의 논문(「『재거감
　　흥이십수(齋居感興二十首)』의 유통과 수용 양상 연구」, 『한국문화』 54, 서울대 규장각
　　연구원, 2011)을 참조할 것.

11　柳希春, 『眉巖集』卷20, 「諡狀」, 故明主之御世 當治而防陰之潛長 當亂而養陽之方微
　　斯義也 朱子感興詩第八章 備矣.

　가만히 살펴보니, 「감흥」 시 20장은 의리가 심오하여 『시경(詩經)』 300편에 버금갈 정도인데 『성리군서(性理群書)』의 첫 권에 실린 것을 참고할 만하고, 『성리군서』 중에 수록된 명(銘) · 잠(箴) · 찬(贊) · 시(詩)와 같은 부류들은 모두 차분히 음미하면 사람을 흥기시킬 수 있습니다. 공자는 "시에서 흥기한다."고 말하였고, 선대 유학자도 이르기를, "글을 읽다가 틈이 생기면, 이따금 한가로이 음미한다." 하였으니, 참으로 경서를 강론하는 여가에 시 읊기를 폐하지 않아 덕성을 함양한다면, 성왕의 학문에 도움이 적지 않을 것입니다.[12]

　유희춘이 바라본 주희의 「재거감흥」 20수는 깊은 뜻을 담고 있어서 『시경』 300편에 버금갈 정도이다. 그러면서 송나라 때 웅절(熊節)이 편찬하고 웅강대(熊剛大)가 주석을 단 『성리군서』 첫 권에 실린 것이 참고할 만하다고 하여 주희의 「감흥」 시 20수의 출처까지 알려주고 있다. 아울러 공자와 선대 유학자들의 말을 빌려 시의 효용적인 가치를 다시 한 번 상기시켰다. 유희춘의 논리인 즉, 경서를 강론하는 여가 중에 틈틈이 시 읊는 것을 폐하지 않아 덕성을 기른다면, 성왕의 학문에 도움이 적지 않을 것이라고 하여 그 가치를 높이 평가하였다. 물론 유희춘이 여기서 말하는 시는 주희의 「재거감흥」 20수와 같은 도학과 관련된 작품일 것이다.

　이와 같이 유희춘은 주자의 「재거감흥」 시를 각별히 생각하였는데, 실제로 비슷한 종류의 시를 창작하고 싶은 마음도 있었을 것이다. 유희

---

12 柳希春, 『眉巖集』 卷20, 「諡狀」, 竊見感興詩二十章 義理淵奧 亞三百篇 載於性理群書 首卷者可考 而凡羣書中所收銘箴贊詩之類 皆可以從容玩味 使人興起 夫子曰 興於詩 先儒亦云 讀書之餘 間以遊泳 誠於講明經書之暇 不廢諷誦 以涵養德性 則其於聖學 非小補也.

춘의 「감흥」 시는 이러한 맥락에서 바라보아야 하지만, 주희의 감흥시
와의 차별성도 찾아야 할 것이다.

유희춘의 「감흥」 시는 4수로 이루어진 연작시로 각 연은 별도의 내용
을 담고 있지만, 사실 연속적이라고 할 수 있다. 첫 번째 작품에서는
공맹(孔孟)으로부터 시작한 유학이 침체되었다가 송 때 여러 학자들에
의해 유학이 다시 일어난 것, 그리고 왕수인(王守仁) 같이 양명학(陽明學)
을 일으켜 유학을 어지럽혔던 일 등을 담았다. 인용하면 다음과 같다.

추로 땅에 가을 햇볕 저물어	魯鄒秋陽沒
어둡고 어두운 밤 어찌나 긴지	冥冥夜何長
명유가 비록 도학을 지켰지만	名儒雖衛道
크고 작은 별빛과 같았다	星有小大芒
염관에 초승달 떠오르니	濂關弦月出
하락엔 보름달 밝아오고	河洛望宵昌
빼어나도다, 자양산이여	卓哉紫陽山
상서로운 해 부상에서 솟았다	瑞日湧扶桑
하늘과 땅 대낮처럼 밝아져	乾坤焂白晝
오묘한 이치를 다 드러냈지	萬微盡昭彰
눈이 있어 모두 볼 수 있으니	有目皆可覩
다만 큰 길 높여야 하리	但當尊康莊
어이하여 두세 학자들은	云何二三子
경망스레 틈새 빛을 빌리는가	沾沾借隙光
경전을 공부할 땐 쌍봉을 비웃고	治經笑雙峯
역사 편찬하며 정강을 괴히 여긴다	纂史怪正綱
고루하도다, 왕씨의 학문이여	固矣王氏學
감히 대학장구를 어지럽히는가	敢亂大學章

도를 풀어 세상의 맹주 되니   解道主世盟
북계 선생 잊지 못하리라[13]   北溪不可忘

    총 20구로 이루어져 있는데, 내용은 모두 3부분으로 나뉜다. 1구부터 12구까지는 공맹으로부터 시작한 유학이 침체되었다가 북송 때 다시 한 번 흥기하여 남송 주희까지 이어졌음을 적었다. 13구부터 18구까지는 유학이 어지럽혀졌던 사실을, 그리고 마지막 두 구에서는 주희의 학문이 진순(陳淳)과 같은 제자에게 전해진 것을 말하였다.

    유희춘은 처음 1구에서 공맹의 학문이 점차 기울어져 가는 모습을 "가을 햇볕이 저물었다"라고 표현하였고, 그 저문 햇볕이 긴 어두운 밤으로 이어졌다라고 하였다. 이는 비유적인 표현으로 공맹에 의해서 일어났던 유학이 사그라져갔음을 나타낸 것이다. 그리고 공맹 이후로 비록 명유(名儒)들이 나타나 유학을 지켰다고는 하지만, 마치 별빛과도 같아 겨우 학문을 이어갔음을 말하였다. 그러나 북송에 이르러 상황이 대반전되었음을 5구부터 8구까지에서 드러내었다. 염관은 염(濂)·락(洛)·관(關)·민(閩)의 준말로 염계(濂溪)의 주돈이(周敦頤), 낙양(洛陽)의 정호(程顥)·정이(程頤) 형제, 관중(關中)의 장재(張載), 민중(閩中)의 주희가 태어난 곳을 가리킨다. 즉, 염계의 주돈이로부터 시작된 북송의 유학이 정호·정이 형제를 지나 남송의 주희까지 이르렀는데, 특히 주희에 이르러서는 상서로운 해가 솟아난 것과 같다고 하여 크게 찬양하는 모습을 보였다. 이렇듯이 상서로운 해가 솟아나와 하늘과 땅이 대낮처럼 밝아졌다고 하여 유학이 드디어 큰 빛을 발하게 된 사실을 알렸다.

---

13 柳希春, 『眉巖集』 卷1, 「感興」 첫 번째 작품.

그러면서 고비가 있었음도 언급하였다.

13구부터 18구까지는 그와 관련된 내용으로 경망스레 틈새 빛을 빌려 경전을 공부할 때 쌍봉(雙峯)을 비웃고, 역사서를 편찬하면서 정강(正綱)을 이상히 여겼다라고 하였다. 쌍봉은 송나라 요주(饒州) 여간(餘干) 사람 요로(饒魯)를 가리키는데, 황간(黃榦)의 제자로서 경학에 조예가 깊어 『오경강의(五經講義)』, 『어맹기문(語孟紀聞)』, 『논맹기문(論孟紀聞)』, 『춘추절전(春秋節傳)』, 『학용찬술(學庸纂述)』, 『근사록주(近思錄注)』 등 많은 저술을 남겼다. 정강은 총 59권으로 이루어진 『자치통감강목(資治通鑑綱目)』의 약어로 주희가 사마광(司馬光)의 『자치통감(資治通鑑)』에 의거하여 주(周)나라 위열왕(威烈王) 23년부터 후주(後周)의 세종(世宗) 현덕(顯德) 6년까지 1362년간의 중국 역사를 엮으면서 별도로 의례(義例)를 정하여 서술하였다. 그런가 하면, 왕수인이 나타나 『대학』 장구 해석에서 송나라 유학자들에 반발했던 사실을 들었다. 왕수인의 호는 양명(陽明)으로 명나라 중기의 유학자이다. 일찍이 송 때의 『대학』 장구 해석의 중심에는 격물치지(格物致知)가 있었다. 정자(程子)는 격물의 물이 사마광의 설처럼 외물의 물이 아니라 내면의 이치라고 보았고 성의와 정심의 행(行) 공부가 『대학』의 중점이라고 보았으므로 이에 맞게 『대학』을 개정하였다. 주희는 이정(二程)의 '대학개정'의 이론을 집대성하면서 치지(致知)의 중요성을 강조하여 보망장(補亡章)을 보충한 『대학장구』를 지어 지선행후설(知先行後說)을 강력하게 제기하였다. 그러나 주희의 『대학장구』가 명나라 영락(永樂) 연간에 『사서대전(四書大全)』으로 출간되면서 과거의 필독서가 되었고, 장구 이전의 『대학』에 대해서는 오히려 잊게 되자 그에 대한 반발로 왕수인은 '대학고본(大學古本)'을 표장하고 나섰으니, 곧 『대학』은 원래 착간도 없고 빠진 내용도 없다는 견해였다. 유희춘은

이러한 왕수인의 견해가 주희의『대학장구』를 어지럽혔다고 하여 반발
한 것이다. 그리고 마지막 두 구를 통하여 주희의 학문이 진순과 같은
제자에 의해 전해졌음을 말하였다. 진순은 주희가 장주 태수(漳州太守)로
있을 때 나아가 수학하여 황간과 함께 고제(高弟)가 된 인물로『북계자의
(北溪字義)』와 같은 저술을 남겼다. 결국 첫 번째 작품에서는 공맹 시대
이후 송 때에 펼쳐진 유학의 흐름을 정리하면서 주희의 역할이 컸음을
강조하였다.

　두 번째 작품도 총 20구로 이루어져 있는데, 유희춘 자신이 주희의
학문을 접한 과정을 때로는 비유적인 수사법을 동원해 정리하였다. 인
용하면 다음과 같다.

나는 주자의 뒤에 태어나	我生後朱子
이미 삼백 년이나 떨어졌고	三百年已疎
내 사는 곳은 건양과 멀어	我居遠建陽
그 거리가 만 여리라네	其里萬有餘
거동과 모습 뵈올 수 없어	儀形不可見
공연히 지은 책만 읽어보니	空讀所著書
처음엔 사탕 깨무는 듯했으나	初味猶啖蔗
결국 통하니 맛난 음식과 같다	遂通芻豢如
옛 것을 익혀 점차 새 것 알고	溫故漸知新
처음의 막힘은 확 트여 돌아오니	先礙後還虛
윤편에게 비록 기롱 당하였으나	輪扁雖見譏
노재가 실로 나를 일으켰다	魯齋實起予
한밤중에 춤추고 싶으니	中宵欲舞蹈
발랄한 모습 강호의 물고기인 듯	沛若江湖魚
궁통은 비록 만 가지로 변화하나	窮通縱萬變

그 즐거움은 항상 처음과 같도다	此樂恒如初
다만 종자기의 죽음이 한스러우니	只恨子期逝
거문고는 누구를 위해 퉁기리	瑤琴爲誰撫
도의 근원은 책 속에 있어	淵源黃卷裏
홀로 성인의 문하를 찾아간다[14]	獨尋聖人閭

처음 4구를 통해서는 주희와 유희춘 자신의 시공간의 차이를 말하였
다. 그리고 5구부터 8구까지는 그러한 시공간의 차이로 인하여 직접
뵐 수가 없어서 책을 통해 만나게 되었다라고 하였다. 그러면서 주희의
저술을 접한 후의 첫 느낌을 "마치 사탕을 깨무는 듯했다."라는 것으로
표현하였다. 이는 단맛을 느꼈다는 말이다. 그러나 다음 구의 내용을
통해서 보자면 아직 진정한 맛을 느끼지는 못한 것으로 보이는데, 통하
고 나서야 맛있는 음식을 먹은 듯하다라고 하여 주희의 학문을 점차
이해해 가는 모습을 나타내었다. 본문의 추환(芻豢)의 추는 풀을 먹는
소·양을, 환은 곡식을 먹는 개·돼지를 가리키는데, 이와 관련하여 『맹
자』「고자(告子)」 상에 "리(理)와 의(義)가 내 마음을 즐겁게 함이 소·양
고기와 개·돼지고기가 내 입을 즐겁게 함과 같다."라는 말이 있다. 즉,
학문이나 이·의의 참맛이 고기가 내 입을 즐겁게 하는 것과 같다는 뜻
으로 유희춘는 시를 통해 주희의 학문을 알아가는 것이 마치 추환을
먹는 듯하다라고 표현한 것이다.

9구부터의 내용도 학문의 깊이가 점차 깊어져 감을 나타낸 것으로
특히, '윤편(輪扁)'에게는 기롱을 당하였지만, '노재(魯齋)'가 유희춘 자
신을 일으켰다고 하였다. 윤편은 『장자』「천도(天道)」 편에 따르면, 춘

---

14 柳希春, 『眉巖集』 卷1, 「感興」 두 번째 작품.

추 시대 제나라 사람으로서 수레바퀴를 깎아 만드는 장인(匠人)으로서 제나라 환공(桓公)과 대화를 하던 중에 성인의 학문을 가리켜 '찌꺼기'라고 하며 비아냥거렸던 사람으로 유명하다. 또한 노재는 원나라 때의 학자인 허형(許衡)의 호로 경학(經學)과 자사(子史)와 예악(禮樂)·명물(名物)·성력(星曆)·병형(兵刑)·식화(食貨) 등에 박통하였으며, 특히 정자와 주희의 학문을 떠받들어 유인(劉因)과 함께 원나라의 2대 학자로 칭해졌다. 다시 말하여 자신이 주희의 학문을 추종하는 것은 마치 윤편에게 기롱을 당하는 것일 수 있겠지만, 원나라 때 마찬가지로 주희를 존숭했던 허형이 학문의 방향을 제시해주었음을 적었다.

뒤이어 13~14구에서는 학문의 깊이가 점차 더욱더 깊어져 흥에 겨워하는 모습을 강호의 물고기에 비유하여 나타내었다. 그리고 학문의 궁하고 통함은 변화무쌍하지만, 학문을 접한 후의 즐거움은 처음과 같다라고 하며, 시종일관된 모습을 보여주었다. 마지막 17~20구까지는 마무리의 내용으로서 백아와 종자기의 우정 고사를 통하여 자신과 짝할 진정한 친구가 없음을 아쉬워하면서 결국 책을 통해 도의 근원을 알아갈 것이라고 하였다. 이와 같이 2연에서 유희춘은 학문에 입문하여 깨쳐가는 과정을 그려 자신은 주희의 문하생임을 자임하였다.

세 번째 작품은 총 12구로 이루어져 있는데, 유희춘의 관물(觀物) 정신을 알 수 있다. 인용하면 다음과 같다.

나는 동산의 나무를 보고서	吾觀園中樹
지극한 이치 있음을 알았다	至理諒斯存
높은 행실은 그 줄기이고	崢嶸行是幹
넓은 덕은 뿌리 되었으며	磅礴德爲根

사업은 가지처럼 무성하고	事業枝條盛
문장은 꽃잎처럼 번화한다	文辭花葉繁
도는 터전으로 비유하고	道將基地喩
학문은 심고 물 준다고 말한다	學以栽灌言
뿌리와 가지는 차등이 있으나	本末雖有等
바탕과 쓰임은 본래 하나였다	體用元一原
속히 덕의 씨 뿌리기를 힘쓰면	勉哉邁種德
아름다운 꽃이 울을 비추리라[15]	英華照藩垣

관물은 사물을 본다는 뜻인데, 단순히 사물의 외면을 본다는 뜻이 아니라 사물의 이면에 들어있는 이치를 본다는 뜻이다. 성리학에서의 이러한 관물에 대한 논의를 처음으로 한 사람은 북송의 소옹(邵雍)이다. 소옹은 '이물관물(以物觀物)', 즉 물로써 물을 볼 것을 주문하였는데, 이는 자신에게 갖추어져 있는 관념의 틀로써 사물을 볼 것이 아니라 사물에 갖추어져 있는 이로써 물을 보아야 한다는 것이다. 소옹의 이러한 관물법은 주희에 이르면 거경(居敬)과 궁리(窮理)의 두 방향으로 심화되는데, 특히 거경은 보통 격물치지(格物致知)의 설로 대표된다. 주희는 천하의 사물이 모두 이를 가지고 있고, 나의 마음의 성은 곧 천하 사물이 가지고 있는 이의 전체라고 여겼으므로 천하 사물의 이를 궁구하는 것이 곧 나의 성 속에 존재하는 이를 궁구하는 것이라고 보았다. 반면, 거경은 한 가지를 주로 하는 것으로 몸과 마음을 한 곳에 집중시킨 상태를 계속 유지하는 것을 말한다. 주희는 격물치지에서 치국평천하(治國平天下)에 이르기까지 이 거경의 뒷받침이 있어야 한다고 하였다.[16]

---

15 柳希春, 『眉巖集』 卷1, 「感興」 세 번째 작품.

유희춘은 3연의 1, 2구에서 동산에 있는 나무를 보고 거기에 지극한 이치가 있음을 알았다고 하였다. 이것이 바로 앞에서 말한 소옹의 '이물관물'이요, 주희의 격물치지와 관련된다. 비록 하찮은 동산의 한 나무에 불과하지만, 거기에서 이치가 있음을 깨닫고 이치를 궁구해 가고 있기 때문이다. 3~6구까지는 네 가지 사항을 동산의 나무에서 찾고 있는데, 곧 높은 행실은 줄기요, 넓은 덕은 뿌리이고, 사업은 가지이며, 문장은 꽃잎이라고 하였다. 그리고 7~12구에서는 학문이란 무엇인가라는 궁극적인 물음을 하였다. 그러면서 도를 터전에 비유하였는데, 학문이란 특별한 다른 것이 아니라 그 터전에 무엇인가를 심고 물을 주는 행위이며, 그 터전에 빨리 덕의 씨앗을 뿌릴 것을 주문하였다. 본문의 '종덕(種德)'은 씨앗을 뿌리듯이 덕을 널리 행한다는 뜻으로 『서경』 「대우모(大禹謨)」에 순 임금이 우에게 왕위를 선위하려고 하자 우가 말하기를, "저는 덕이 없어 백성들이 따르지 않을 것입니다. 고요(皐陶)는 힘써 덕을 펴서 그 덕이 아래에 미쳤으니 백성들이 그를 우러러볼 것입니다."[17]라고 사양한 대목에서 유래하였다. 다시 말해 유희춘은 3연을 통해 주희에게서 배운 성리학의 한 이론을 시를 통해 드러냄으로써 2연에 이어 학문적 수준이 어느 정도임을 간접적으로 보여주었다.

네 번째 작품은 총 20구로 이루어져 있는데, 주희를 찬양하는 것으로부터 시작하여 주희의 학문을 통해 후대의 학자 및 유희춘 자신이 이룬 성과 등을 언급하였다. 인용하면 다음과 같다.

---

16 李鍾默, 「韓國 漢詩와 哲學 – 朝鮮 中期 理學派의 觀物論과 修養論을 중심으로」, 『한국한시연구』 1, 한국한시학회, 1993, 63~64쪽 참조.

17 『書經』 「大禹謨」, 朕德罔克 民不依 皐陶邁種德 德乃降 黎民懷之.

성인 주자는 세상의 맹주가 되어	朱聖主世盟
기나긴 밤을 밝은 낮으로 바꾸었다	長夜變白晝
오묘한 이치를 깊이 꿰뚫으니	玄思徹萬微
후생이 어찌 쉬이 궁구하리	後生那易究
강목에는 유와 윤이 있었지만	綱目有劉尹
격언에는 우연히 붙이지 못하였고	格言偶未附
문집과 어류에는	文集與語類
누가 주석을 이룰까	註釋誰當就
이 나라에선 문하에 들 수 없으니	陋邦不得門
백관의 부를 어찌 알쏜가	寧識百官富
아, 나는 그 천분의 일을 엿보았지만	嗟我窺千一
전수하지 못함이 부끄러울 뿐	但慙非傳授
조물주의 묘한 솜씨 연구하고 받들어	鑽仰化工妙
슬그머니 망령되이 아로새기려 하였다	竊欲妄雕鏤
어찌 정밀하고 오묘함을 발견할 수 있으랴만	何能發精蘊
혹 장과 구를 나누어	庶以分章句
담장에 댄 내 낯을 이미 열었으니	旣開吾墙面
어린애들의 어리석음 일깨워 주었다	亦爲童蒙扣
어느 해에나 책을 깨우칠 수 있을까	何年會書籍
이 작은 정성을 하늘은 도와주리라[18]	寸誠天應祐

먼저 1, 2구에서 주희를 성인이라고 지칭하며, 기나긴 밤을 낮으로 바꾸었다고 하였다. 기나긴 밤을 낮으로 바꾸었다는 말은 앞에서 본 1연의 1, 2구와 연결되는데, 유희춘의 「감흥」 시 각 연이 개별적이지 않음을 보인 것이다.

---

18 柳希春, 『眉巖集』卷1, 「感興」네 번째 작품.

　3~10구까지는 주희의 학문이 심히 깊어 후생들이 쉽게 알 수 없지만,
주희가 쓴 역사서인『자치통감강목(資治通鑑綱目)』을 들어 이와 관련하
여 후대의 유우익(劉友益)과 윤기신(尹起莘)이 관련 저술을 냈던 사실을
들었는데, 전자는『통감강목서법(通鑑綱目書法)』을, 후자는『통감강목발
명(通鑑綱目發明)』을 각각 남긴 바가 있다. 그러면서 7, 8구에서 과연 문
집과 어류에는 누가 주석을 이룰 것인가라고 하며, 근심 섞인 어조를
보였다. 여기서의 문집은『주자대전(朱子大全)』을, 어류는『주자어류(朱
子語類)』를 가리키는데, 이 둘은 주희 학문의 집합체요, 요체를 담고 있
다고 할 수 있다. 그렇다고 여러 여건 때문에 조선인은 문하생이 될
수 없기에 더욱더 그 학문의 깊이를 헤아리기가 쉽지 않다고 하였다.
10구의 "백관의 부를 알 수 없다"는 말은『논어』「자장(子張)」편에서
자복경백(子服景伯)이 숙손무숙(叔孫武叔)의 말을 빌려 자공(子貢)이 공자
보다 낫다는 말을 전하자 자공이 "집에다 비유하자면 나의 담장은 어깨
높이라 나의 살림을 엿볼 수 있지만, 부자의 담장은 몇 길이라 문을
통해 들어가 보지 못하면 종묘의 아름다움과 백관의 성대함을 알 수가
없소. 그런데 그 문으로 들어가 본 이도 사실 드무니 숙손무숙의 말이
또한 당연하지 않은가."[19]라는 내용에서 유래한 것으로 주희의 학문적
수준이 높아 진정 알 수 없다는 말과도 같다.
　그리고 뒤이어 11~20구까지는 유희춘 자신이 주희의 학문을 알기 위
해 어떠한 노력을 기울였는지를 말하였다. 여기에서 유희춘은 주희 학문
의 천분의 일만 보았다라고 하여 자신의 공부가 아직은 일천(日淺)함을

---

19 『論語』「子張」, 譬之宮牆 賜之牆也及肩 窺見室家之好 夫子之牆數仞 不得其門而入 不
見宗廟之美百官之富 得其門者或寡矣 夫子之云 不亦宜乎.

간접적으로 드러내었다. 하지만, 연구하고 아로새겨서 정밀하고 오묘함
을 발견하려고 혹 장과 구를 나누어 천착한 결과 담장에 얼굴을 댄 것과
같은 답답함은 해소되어 이로써 어린 아이들을 일깨워 주었다라고 하였
다. 곧, 주희의 저술이 어린 아이들을 깨우치는 계몽서(啓蒙書)로써 활용
되었음을 알 수 있다. 유희춘은 마지막으로 주희의 저술의 내용을 어느
때에나 모두 이해할 수 있을 것인지에 대한 의문을 제기하면서 정성을
기울이려는 모습을 보였다. 앞의 2장에서 최익현이 쓴 신도비명을 통해
살폈듯이 유희춘은 주희의 저술과 관련하여 주석을 달거나 편찬하려는
노력을 보였었다. 「감흥」 시 4연의 마지막 내용은 주희의 저술과 관련하
여 보여주었던 일련의 노력들과 유관하다 하겠다.

　이상으로 유희춘의 「감흥」 시 4수의 내용을 살폈다. 지금까지 살핀
대로 유희춘의 「감흥」 시는 주희에 대한 존숭에서부터 시작하여 나름의
시적 체계를 갖추어 전개시켰다. 1연에서는 공맹 이후 사라지기 시작한
성리학이 송에 이르러 부흥하는 계기를 마련하였는데, 특히 주희의 위치
를 부각시켰고, 2연에서는 유희춘 자신이 주희의 학문을 받아들이는
과정을 비유적으로 표현하여 현실감 있게 나타내었다. 그리고 3연에서
는 진정 주희에게서 익힌 학문적인 면을 드러내어 유희춘 자신이 익힌
유학이 어느 정도 수준에 있는지를 보여주었으며, 마지막 4연에서는
주희의 학문을 통해 후대의 학자 및 유희춘 자신이 이룬 성과 등을 언급
하였다. 이와 같이 4수의 작품 내용은 각각 연결되어 있으며, 체계적이
고 짜임새 있게 구성하여 주희에 대한 존숭 의지와 함께 자신의 학문적
면모도 아울러 보여주었다. 이로써 유희춘의 「감흥」 시가 비록 주희의
「재거감흥」을 의방한 작품이기는 하지만, 공맹으로부터 시작한 유학의
흐름과 유희춘 자신이 어떤 과정을 거쳐 그러한 유학을 수용하게 되었으

며, 어떠한 학문적 결과로 이어졌는지 등을 말하였다.

2) 「곤학」, 학주자 정신의 현현

앞 2장에서 말한 대로 유희춘의 「곤학」 시는 주희의 「곤학」 시를 의방
하였다. 주희의 「곤학」 시는 칠언절구 총 2수로 이루어져 있는데, 첫
번째 작품에서는 지난 날 학문에 매진하지 않았던 자신을 반성하였고,
두 번째 작품에서는 곤학 공부를 이루기가 쉽지 않음을 말하였다. 주희
는 그의 나이 35세 때 자신의 거실에 곤학실(困學室)이라는 현판을 걸고,
자신의 학문에 대한 잡기(雜記)를 모아 『곤학공문(困學恐聞)』이라는 책을
편 바가 있다. 이 책은 현재 전하지 않지만, 서명의 '공문(恐聞)'은 『논어』
「공야장(公治長)」의 "자로는 좋은 말을 듣고 아직 미처 실행하지 못했으
면 행여 다른 말을 들을까 두려워하였다."[20]라는 말에서 취하였다. 이처
럼 주희의 곤학에 대한 생각은 남달랐음을 알 수 있는데, 그의 「곤학」
시도 지난날 자신의 학문적 자세를 반성하는 의미에서 지은 것이라고
하겠다.

그러면 '곤학'은 무엇을 의미하는가? 먼저 『중용』 제20장에 "어떤 이
는 태어나면서부터 알고, 어떤 이는 배워서 알며, 어떤 이는 곤고(困苦)
한 상황에 처해서 안다."[21]라는 말이 있음이 확인된다. 또한 『맹자』 「고
자(告子)」 하에 "사람은 항상 잘못이 있은 뒤에 고치니 마음에 곤궁하고
생각에 걸린 뒤에 분발하며, 얼굴빛에 징험되고 음성에 나타난 뒤에
깨닫게 되는 것이다."[22]라는 말이 있는데, 여기서의 '곤형(困衡)'은 '곤어

---

20 『論語』 「公治長」, 子路有聞 未之能行 惟恐有聞.
21 『中庸』, 或生而知之 或學而知之 或困而知之.

심(困於心) 형어려(衡於慮)'를 줄인 말로 마음이 곤궁해지고 생각이 걸린 뒤에야 비로소 잘못을 고친다라는 의미이다. 이러한 두 내용을 종합해 보자면, 곤학은 마음이 곤궁한 가운데 비로소 자신의 지난날을 반성하면서 잘못된 점을 고친다는 뜻으로 풀이된다.

유희춘의 「곤학」 시는 총 50구로 이루어진 장편고체시로서 내용을 보면, 주희의 「곤학」 시 첫 번째 작품과 연결된다. 곧, 젊어서 한 때 학문에 매진하다가 방심했던 지난날을 반성하면서 현재 조존(操存)하는 자세를 보이고 있기 때문이다. 50구의 내용은 크게 세 부분으로 나뉘는데, 첫 번째는 1~12구까지이고, 두 번째는 13~32구까지이며, 세 번째는 33~50구까지이다. 첫 번째 내용에서는 유희춘 자신의 나이 20대 때 공부했던 모습을 회고하였고, 두 번째 내용에서는 방심하여 공부가 아닌 다른 곳에 정신을 쏟았던 지난날을 반성하였으며, 세 번째 내용에서는 다시 주희의 가르침을 받고서 학문에 매진하는 모습을 그렸다. 이 가운데에서 세 번째 내용이 유희춘이 진정 말하고자 한 것이기 때문에 가장 중요하다고 할 수 있다. 인용하면 다음과 같다.

> (전략)
>
> | | |
> |---|---|
> | 어제는 주자의 가르침을 보고 | 昨看考亭訓 |
> | 홀연히 문짝 열리는 듯이 깨달아 | 忽覺轉戶樞 |
> | 정녕히 놓았던 마음 거두어들이고 | 丁寧收放心 |
> | 한 걸음 한 걸음 먼 길을 떠남에 | 步步進長途 |
> | 처음엔 삽시간에 마음 다잡다가 | 始也操一霎 |
> | 점점 밥 먹는 시간도 넘겼는데 | 漸到終食踰 |

---

22 『孟子』「告子」下, 人恒過然後能改 困於心 衡於慮而後作 徵於色 發於聲而後喩.

다만 하루 사이에도	但使一日間
네다섯 번 정신을 일깨웠지	提撕三五蘇
자신을 경계하자 절로 간직되어	自警輒自存
어두운 곳에서도 마음이 밝아지니	暗室生明珠
이제부턴 온갖 이치 연구하여	從兹窮萬理
드러나고 은미한 이치 천하에 밝히려	顯微燭九區
수레를 몰아 만 리 길을 가려했더니	驅車萬里道
두 수레바퀴가 함께 굴러가지 못한다	兩輪不可俱
삼십구 해가 마침내 기울어가니	卅九日終斜
어찌 말년엔 거둔 바 없으리요	豈無收桑楡
후일 곤학을 기억할 때는	他年記困學
아득한 종산의 모퉁이란다[23]	渺渺鍾山隅

바로 앞의 내용이 지난날 잘못했던 행적을 적은 것이기 때문에 위의 인용 부분은 그에 대한 반전의 의미를 지닌다. 그동안 잘못했던 행적을 반성하고, 어제 다시 주희의 학문을 접하고 나서야 깨달음을 얻었다고 하였다. 따라서 그동안 방심했던 마음을 거두어 들여 한 걸음씩 앞으로 나아감에 공부에 빠져서 밥 먹는 시간까지도 넘겼다고 하여 학문 연마에 온 정신을 쏟는 모습을 보이고 있다. 본문의 '종식(終食)'은 『논어』「이인(里仁)」편의 "군자는 밥 먹는 동안이라도 인의 정신을 어겨서는 안 되니, 아무리 다급한 때라도 이 인에 의거해야 하고, 넘어져 뒤집히는 때라도 반드시 이 인에 의거해야 한다."[24]는 말에서 나왔는데, 잠시 동안이라도 방심하지 않는다는 의미를 담고 있다. 이와 같이 자신을 철저히 경계하

---

23 柳希春, 『眉巖集』 卷1, 「困學」.
24 『論語』 「里仁」, 君子終食之間違仁 造次必於是 顚沛必於是.

자 그동안 놓았던 마음이 다시 거두어들여져 어두운 곳에서조차 마음이
밝아지니 온갖 이치를 연구하여 은미함을 천하에 밝히려고 했는데, 그것
이 이제는 마음대로 되지 않는다라고 하여 자책하는 자세를 보이고 있
다. 시 내용 중에 '삼십구 해'라는 말과 '종산(鍾山)'이라는 지명을 통해
유희춘이 함경도 종산에서 유배 중에 지은 것임을 알렸는데, 그러고
보면 자책하는 이유도 한편으로는 이해가 된다. 이와 같이 유희춘은
「곤학」 시를 통해 보자면, 한때 방황했던 적도 있었지만, 결국 주희의
학문을 익히고자 하는 자세를 버리지 않았음을 말하여 존주자 의식에
대한 정신적 무장 정도가 어느 정도인지를 보여주었다.

3) 「반무당」, 주자와의 정신적 일체화

앞에서 이미 언급한 대로 유희춘의 「반무당」은 주희의 「관서유감」을
수용하여 지은 시이다. 곧, 「반무당」의 '반무당(半畝塘)'은 반무(半畝) 반
당(半塘)의 약어(略語)로 마음을 뜻하며, 주희의 「관서유감」 첫 번째 시
의 "반무 방당이 원 거울이 열렸으니, 하늘빛 구름 그림자가 배회하는
구나. 묻노라, 어찌 이렇게도 맑은가. 원두에 활수가 오는 것이 있는
까닭이로다."[25]에서 유래하였다. 「관서유감」은 총 2수로 이루어진 칠
언절구의 시로 『주자대전』 권2에 수록되어 있으며, '물'이라는 객관사
물을 매개로 시적 정감과 도학적 사유를 융합한 도학적 시세계의 한
전형을 보여준 작품이다.[26] 도학자들은 이처럼 물에 대한 각별한 생각

---

25 朱熹,『朱子大全』卷2,「觀書有感」1연, 半畝方塘一鑑開 天光雲影共徘徊 問渠那得淸
    如許 謂有源頭活水來.
26 鄭東和,「道學的 詩世界의 한 局面 – 朱子의 「觀書有感」과 그 韓國的 受容에 대하여」,
    『민족문화』 22집, 한국고전번역원, 1999, 164쪽 참조.

을 가지고 있었는데, 유희춘의 물에 대한 생각도 여기에서 크게 벗어나지 않는다. 유희춘은 일찍이 종성 유배 시절 당시 지방관으로 있던 퇴재(退齋) 홍연(洪淵)과 함께 대동강을 유람한 적이 있었다. 여기에서 홍연이 먼저 강물을 바라보면서 '아름답다'라고 찬탄을 하자, 유희춘이 "물은 도학에 비유할 수 있기 때문에 아름답게 여기는 것이다."라고 하며 다음과 같은 말을 하였다.

> "하늘이 한 번 물을 낳으니 물은 오행(五行) 가운데 조화의 최선을 얻고, 조리가 한결같지 않으므로 고인들은 오래 전부터 물로 도학을 비유하였다." 말하기를, "이 물은 어떤 물인가. 수사(洙泗)에서 발원하고 염락(濂洛)과 횡거(橫渠)를 흘러서 건계(建溪)의 학해(學海)에 넘실거리니 넓고도 넓은 근원이 무궁하게 흘러나와 온 천하를 뒤덮고 영원토록 존재한다."27

유희춘의 물에 대한 생각이 도학자들과 크게 다르지 않음을 볼 수 있는 글로 특히, 물로써 송 때 유학의 흐름을 이야기한 부분이 인상적이다. '수사', '염계', '횡거', '건계' 등은 모두 하나의 물줄기들로 송 때 유학을 일으킨 학자들과 관련된다. 즉, 수사는 노나라 곡부(曲阜)에 있는 수수(洙水)와 사수(泗水)를 함께 일컫는 말로 공자의 고향이며, 염계는 송학(宋學)의 비조인 주돈이(周敦頤)가 거주했던 곳이다. 횡거는 북송 유학자 장재(張載)가 강학했던 장소이고, 건계는 복건성(福建省)에 있는 시내 이름으로 주희가 그곳 주변에 서실을 짓고 제자들을 길렀다. 이와 같이 유희춘은 강물을 통해 거기에서 유학의 흐름을 상징적으로

---

27 柳希春, 『眉巖集』 卷3, 「觀水說」, 天一生水 水在五行 得造化之最先 而條理不一 故古人 以水喩道學 尙矣 曰 斯水也 何水也 發源於洙泗 流行于濂洛橫渠 洋溢乎建溪之學海 所 謂溥博淵泉 出之無窮 彌六合而亘今古者.

말하였는데, 마지막 부분의 '온 천하를 뒤덮는다'는 표현에 주목을 요한다. 이 표현은 곧, 송나라 유학의 파급력과 영향력을 말한 것으로 사실 그 속에는 유희춘 자신도 포함되어 있음을 볼 수 있다. 「반무당」은 물을 매개로 유희춘이 주희와 긴밀히 연결되어 있음을 보여준 작품으로 마치 「관수설」에서 '온 천하를 뒤덮는다'는 말이 사실임을 보여준 것 같은 생각이 든다.

「반무당」은 총 20구로 이루어진 장편고체시로 내용은 크게 세 부분으로 나뉜다. 첫 번째 내용은 1~10구까지로 주희가 서실을 짓고 제자들을 양성하였던 건계를 언급한 것으로부터 시작하였다. 건계에 만상(萬象)이 펼쳐진 차가운 못이 있는데, 맑은 바람이 불어도 물결이 일지 않고, 어떤 상황에도 높낮이가 없으며, 찌꺼기도 없어서 물고기들이 자유자재로 부침한다고 하였다. 그러나 근원이 있는 샘물이 쉼 없이 솟지 않는다면, 맑음은 탁해질 것이라고 하여 부단히 솟아 흘러야 함을 강조하였다. 그리고 9~10구를 통해 수사염락(洙泗濂洛)의 이치가 건계 못에 다 모이니 연원이 깊음을 알겠다라고 하여 사실 송나라의 유학을 주희가 집대성했음을 간접적으로 나타내 보였다. 뒤 이어 11구의 내용이 전개되는데, 인용하면 다음과 같다.

> (전략)
>
> | 아, 슬프다 어디에 고요한 물 없을까마는 | 堪嗟何處無止水 |
> |---|---|
> | 샘물이 졸졸 흐르려 하면 황톳물 침노한다 | 涓涓欲達黃流侵 |
> | 진흙물 밀려오면 누가 씻어 맑힐까 | 泥沙澒洞孰淘淨 |
> | 지척의 태산도 비추지 못하거늘 | 咫尺不映太山岑 |
> | 나의 마음속에 있는 작은 연못은 | 我有小沼靈臺下 |
> | 한 흐름 무이산 물길로부터 왔으니 | 一脈初從武夷潯 |

정화를 조금 게을리 하면 불결해지고	澄治少懈便不潔
하류는 더욱 시컴해져 임할 수 없다	下流幽黑不堪臨
어찌 한 치의 아교로 큰 혼탁함 구제하리	安得寸膠救大渾
주자의 활수가 지금도 전해온다[28]	紫陽活水傳至今

내용은 11~14구까지와 15~20구까지로 각각 구분할 수 있다. 먼저 11~14구까지의 내용을 보면, 앞에서 건계에 못이 있었던 것처럼 어느 곳에나 물은 있을 터인데, 샘물이 흐르려고 하면 황톳물이 침노한다고 하였다. 만일 황톳물이 침노한다면, 가까운 산조차도 비추지 못할 것이고, 또한 그 물을 누가 맑게 할 것인가라고 하여 반문하고 있다. 이 부분의 표현은 상징적이라고 할 수 있다. 이미 건계 못의 물은 여러 곳으로 흘러들어갔고, 따라서 어디에서든지 만날 수 있지만, 때로는 황톳물의 침입도 받을 수 있다고 하였다. 이는 다시 말해 송나라의 유학이 이미 여러 곳으로 흘러들어갔음을 말한 것인데, 반면 그 유학을 해치는 학문이 있을 수 있음을 제시한 것이다. 유희춘은 앞에서 본 「감흥」 첫 번째 작품에서 왕수인이 주장한 양명학을 경계하는 자세를 보였는데, 여기서 유학을 해치는 학문이란 양명학과 같은 것이라고 할 수 있다.

15~20구까지는 유희춘 개인과 관련하여 말한 것으로 처음 두 구에서 자신의 마음속에는 작은 연못이 있는데, 무이산(武夷山)에서 왔다고 하였다. 무이산은 주희가 간신 한탁주(韓侂冑)를 피하여 머물렀던 산으로 무이정사(武夷精舍)를 짓고 학문을 강론한 곳이다. 다시 말해 무이산은 주희를 상징적으로 표현한 말로 유희춘 자신의 학문이 주희에서 유래했음을 나타낸 말이다. 그런데 자신의 마음속에 있는 작은 연못의

---

28 柳希春, 『眉巖集』 卷1, 「半畝塘」.

물을 정화시키는데 조금만 게을리 한다면, 더러워질 것이라고 하며, 한 치의 아교와 같은 임시방편이 아닌 쉼 없는 노력이 필요함을 강조하였다. 그리고 마지막 20구에서 "지금도 주자의 활수(活水)가 전해온다." 라고 하여 시의 내용을 마감하면서 주희와 정신적 교감이 계속 이어져 일체화되었음을 나타내 보였다. '활수'는 주희의 「관서유감」 첫 번째 작품의 마지막 구절 '원두활수(源頭活水)'에서 유래하였으며, 물을 통한 정신적 교감이 끊임없이 이어지고 있음을 말하여 주희에 대한 존숭이 강하다는 것을 나타내었다.

4. 도학시로서의 성과와 의의

지금까지 유희춘의 「감흥」, 「곤학」, 「반무당」 세 작품에 주목하여 존주자 의식이 어떻게 구현되었는지를 구명하였다. 다시 한 번 정리하자면, 「감흥」 시에서는 공맹으로부터 시작한 유학의 흐름과 유희춘 자신이 어떤 과정을 거쳐 그러한 유학을 수용하게 되었으며, 어떠한 학문적 결과로 이어졌는지 등을 언급하였다. 또한 「곤학」 시에서는 한때 방황했던 적도 있었지만, 결국 주희의 학문을 익히고자 하는 자세를 버리지 않았음을 말하여 존주자 의식에 대한 정신적 무장 정도가 어느 정도인지를 보여주었다. 마지막으로 「반무당」 시에서는 활수를 통한 주희와의 정신적 교감이 끊임없이 이어지고 있음을 표현하여 마찬가지로 주희에 대한 존숭 의식이 깊음을 나타내었다. 결국 세 작품에서 보인 존주자 의식의 양상은 상이(相異)하지만, 주희의 학문과 사상을 받아들이려는 적극적 자세는 강했음을 알 수 있었다.

그러면 다음은 이러한 세 작품을 앞의 머리말에서 미리 언급했던 것처럼 도학시로 규정할 수 있을까?에 대해 답할 차례이다. 사실 세 작품에 흐르는 주요 기조는 주희에 대한 존숭 의식이기 때문에 모두 도학시라고 규정하기에는 무리가 있다. 도학시는 문학의 실천의 면에서 학문의 과정을 문학으로 표현해내고, 그 체득의 순간을 자연스레 시로 발현한 작품을 일컫는다.[29] 또한 성리학적 사유체계가 반영된 시로 주로 논의되어야 할 점은 사물에 대한 인식의 방식인 관물론과 실천 방식으로서의 수양론(修養論)이라고 할 수 있다.[30] 이러한 도학시의 성격 규정에 의하면, 유희춘의 존주자 의식을 구현한 세 작품 모두 여기에 해당하지는 않는다. 하지만, 모두 다 도학시에서 벗어난다고 할 수도 없다. 세 작품 가운데 「감흥」의 세 번째 작품의 경우, 관물 정신을 드러내 보이고 있다는 사실은 곧, 도학시로 볼 수 있는 가능성을 열어두었기 때문이다.

유희춘은 「감흥」의 세 번째 작품 1, 2구에서 "동산의 나무를 보고서 지극한 이치가 있음을 알았다"고 하였다. 원문의 '원수(園樹)'는 곧, 일찍이 정호(程顥)가 언급한 '정초(庭草)'와 비슷한 의미로 "뜰의 풀에서 생의(生意)를 살핀다"는 뜻을 담고 있다. 이는 다시 말해, 거경(居敬)하는 데에서 그치지 않고, 궁리(窮理)까지 나아갔다는 뜻이며, 관물찰리(觀物察理)의 시학을 드러낸 것이라고 하겠다. 이러한 관물찰리의 시는 사물의 존재 원리는 리이며, 관물을 통해 사물에 내재한 이를 살피면 사물의 근원을 알 수 있다[31]는 논리로 이어진다. 유희춘의 「감흥」 시 세 번

째 작품의 1, 2구는 이러한 관물찰리의 정신과 맞닿아 있으며, 따라서 그가 본 '동산의 나무'는 현상적(現象的)인 것이 아닌 비유적인 것으로서 바로 주희의 갖가지 면모라고 할 수 있다. 동산의 나무에는 줄기와 뿌리, 가지, 꽃잎 등이 있듯이 주희에 갖추어진 '높은 행실'은 줄기에, '넓은 덕'은 뿌리에, '사업'은 가지에, '문장'은 꽃잎 등에 비유하며, 네 가지의 이치가 있음을 드러내었다. 이러한 관물찰리의 시는 관물찰기(觀物察己)의 시와 대별되는데, 후자는 특히 사물을 관찰하면서 심성을 수양하고 다시 수양된 심성의 경지를 시로 드러내어 강한 주체의식을 드러내 보이고 있기 때문이다.[32] 따라서 유희춘의 「감흥」 시 세 번째 작품은 관물찰리의 도학시로 규정할 수 있으며, 이는 결국 주희의 격물치지설과도 관련된다 하겠다.

　앞에서도 언급했듯이 유희춘은 순수 시업을 주로 한 작가는 아니다. 그는 성리학적 이론으로 무장된 문인들인 김굉필로부터 연원하는 최산두와 김안국에게 나아가 학문을 연마하였으며, 후대인들도 사장에 얽매이지 않았다고 적고 있기 때문이다. 따라서 그가 남긴 282수의 시를 살필 때도 이러한 점을 구명하는 일이야 의미 있는 작업이 될 터인데, 「감흥」 4수와 「곤학」, 「반무당」 등이 이와 관련하여 이야기할 수 작품들이다. 이들 세 작품은 주로 주희에 대한 존숭 의식을 강하게 드러내 보였다는 공통점을 지니고 있으며, 특히 「감흥」의 세 번째 시는 성리학적인 사유인 관물 정신이 표출되어 있어서 주목을 요한다. 이러한 유희춘 시의 한 국면은 결국 도학시라 규정해도 무방할 것이며, 이는 당대

참조.
32 李鍾默, 전게논문, 72~73쪽 참조.

성리학이 점차 무르익어가는 시점에 나온 것으로서 학문이 어떻게 시로 수용되어 표출되었는지를 단적으로 알게 해준다는 점에서 의의를 찾을 수 있다.

5. 맺음말

본 논고는 유희춘의 시「감흥」,「곤학」,「반무당」세 작품에 주목하여 주희에 대한 존숭 의식의 구현 양상과 도학시로서의 성과 등을 논의하였다.

유희춘은 여러 기록을 통해 볼 때 주희에 대한 존숭의식이 절대적이었다. 이것은 당대 16세기라는 사상의 흐름과 관련된 것으로 유희춘은 그러한 주희에 대한 경모(敬慕)를 실제「감흥」,「곤학」,「반무당」등과 같은 작품을 통해 드러내어 의식의 한 단면을 보여주었다. 다시 말해,「감흥」,「곤학」,「반무당」등은 주희의「재거감흥」20수,「곤학」,「관서유감」등을 수용, 의방한 것으로 유희춘은 수용자의 입장에서 주희의 작품을 받아들여 나름의 의식을 담았다.

먼저「감흥」시는 총 4수로 이루어져 있는데, 각 작품은 내용상 서로 연결되어 존주자 의식을 체계화하였다. 첫 번째 작품에서는 공맹(孔孟)으로부터 시작한 유학이 침체되었다가 송 때 여러 학자들에 의해 유학이 다시 일어난 것, 그리고 왕수인같이 양명학을 일으켜 유학을 어지럽혔던 일 등을 담았다. 두 번째 작품에서는 유희춘 자신이 주희의 학문을 접한 과정을 때로는 비유적인 수사법을 동원해 정리하였다. 세 번째 작품에서는 유희춘의 관물 정신을 드러내었으며, 네 번째 작품에서는 주희를 찬양하는 것으로부터 시작하여 주희의 학문을 통해 후대의 학자 및 유희춘 자신이 이룬 성과 등을 언급하였다. 따라서 유희춘의 「감흥」 시는 비록 주희의 「재거감흥」을 의방한 작품이기는 하지만, 당시 유학의 현실과 자신의 학문 수준 등을 정리하여 나름의 독특한 모습을 보였음을 알 수 있었다.

두 번째 작품인 「곤학」 시는 총 50구로 이루어져 있으며, 주희의 학문을 익히고자 하는 정신이 그대로 드러나 있다. 이 작품은 내용상 크게 세 부분으로 나뉘는데, 첫 번째 내용에서는 유희춘 자신의 나이 20대 때 공부했던 모습을 회고하였고, 두 번째 내용에서는 방심하여 공부가 아닌 다른 곳에 정신을 쏟았던 지난날을 반성하였으며, 세 번째 내용에서는 다시 주희의 가르침을 받고서 학문에 매진하는 모습을 그렸다. 즉, 유희춘은 「곤학」 시를 통해 주희의 학문을 익히고자 하는 자세를 견지하면서 그러한 정신을 보여주었다고 하겠다.

세 번째 작품인 「반무당」은 총 20구로 이루어져 있는데, 물이라는 매개체를 통해 주희와 정신적으로 일체화되었음을 보여주었다. 주희의 「관서유감」은 물이라는 객관사물을 매개로 시적 정감과 도학적 사유를 융합하였는데, 유희춘도 「반무당」에서 물을 각별히 생각하고 도학자적인 입장에서 시 내용을 전개하였다. 그러면서 자신의 그러한 도학자적인 면모는 주희에게서 유래했음을 나타내 보여주었다.

유희춘의 「감흥」, 「곤학」, 「반무당」 등 세 작품은 도학시로서 평소 주희에 대한 존숭의지를 극적으로 보여주어 16세기 당대 유학자들이 주희시를 어떤 양상으로 수용했는지를 단적으로 알게 해 주었다.

미암 유희춘의 영사시를 통한 사유 표출과 지향

1. 머리말

영사시(詠史詩)는 역사적 사실을 소재로 한 작품을 일컫는 포괄적인 개념이다. 이러한 영사시는 한국한문학을 통해 볼 때, 고려 중엽 이규보 (李奎報)가 「동명왕편(東明王篇)」을 지은 이래 수많은 작가들이 지속적으로 창작하여 그 작품의 수 또한 적지 않다. 작품의 수가 적지 않다고 하는 것은 끊임없는 창작 계기가 있었다는 말이기도 한데, 가령, 의미 있는 역사적 현장을 지나게 된 경우, 역사서를 읽고 나서 지은 경우, 특정 인물과 관련된 유적지를 지나다가 지은 경우, 역사적 사실·인물· 그림 등을 접했을 경우 등등 영사시의 창작 배경[1]은 실로 다양하다. 이 가운데 역사서를 읽고 나서 지은 경우는 특히, 전통 시대 문인들의 독서 범위와 관련된 것으로 우리의 역사서보다는 중국의 역사서를 읽고 지은

---

1 영사시 창작 배경에 대해서는 成範重의 논문(「한국 한시의 역사적 소재 수용양상」, 『진단학보』77집, 진단학회, 1994, 94~95쪽)을 참조함.

작품이 다수를 차지한다.

미암 유희춘은 총 6편의 영사시를 남겼는데, 모두 중국의 역사서를 읽고 나서 지었으며, 역사를 알리고 서술하거나 회고한 데서 그치지 않고 자신의 사유(思惟)를 덧붙이고 있어서 사론적(史論的)이라고 할 수 있다. 선행 연구 가운데 영사시를 유형화한 사례를 검토해보면, 심경호(沈慶昊) 는 역사 사실의 선택 방식과 형상화 방법에 근거하여 회고시(懷古詩), 시사 (詩史), 사시(史詩), 논사시(論史詩) 등으로 나누었으며,[2] 이택동(李澤東)은 사전형(史傳型), 사론형(史論型), 영회형(詠懷型) 등으로 구분한 바 있는 데,[3] 이로써 보면, 유희춘의 영사시는 논사시 또는 사론형에 해당한다 하겠다. 이 사론적 영사시가 다른 영사시와 차별화된 점은 작가가 역사를 소재 삼아 자신의 생각을 시 속에 담고 있어서 사유의 넓이와 깊이를 알 수 있으며, 때로는 과거의 역사를 바탕으로 직간접 현실에 대한 인식을 담는다는 것이다. 이처럼 작시자의 의향이 깊이 반영되기 때문에 같은 역사적 소재일지라도 작가와 시대적 상황에 따라 포(襃)와 폄(貶)이 다를 수밖에 없다. 또한 사론적인 영사시는 더 나아가 작가의 지향 의식까지 읽을 수 있기에 궁극적으로는 이에 대해 주목할 필요가 있다.

본 논고는 유희춘의 영사시가 사론적이라는 측면에 초점을 맞추어 첫째, 왜? 사론적이라고 하는지에 대한 이유를 설명하고, 둘째, 시적 전개 방법은 어떻게 진행되었으며, 마지막으로 영사시를 통해 궁극적 으로 지향한 바는 무엇인가 등을 구명해보고자 한다.

유희춘은 영사시를 통해 유학자로서 자신의 사유를 표출하였다. 때

---

2 沈慶昊, 「한국 한시와 역사」, 『한국한시연구』 1집, 한국한시학회, 1993, 22쪽 참조.
3 李澤東, 「한국 영사시의 장르론적 연구 – 고려후기·조선전기 작품을 중심으로」, 서강 대 박사학위논문, 1995, 105~123쪽 참조.

문에 시를 통해 그의 생각을 읽어내려면 영사시를 결코 간과해서는 안
된다. 그럼에도 불구하고 지금까지 이루어진 유희춘 시에 대한 연구
성과를 보면 영사시를 깊이 있게 다루지 않았다. 본 논고는 기본적으로
이러한 반성에서부터 출발하였으며, 결국 유희춘의 영사시를 통해 그
의 사유와 인식 등을 헤아릴 것으로 예상된다.

2. 미암 영사시의 성격

영사시 창작은 역사에 대한 관심에서부터 출발한다. 그러면, 유희춘
은 언제부터 역사에 대한 관심을 가졌던 것일까. 이호민(李好閔)이 지은
시장(諡狀)에 유희춘이 어려서 역사를 접한 내용이 나오는데, 시사하는
바가 자못 크다.

> 7, 8세에 학문의 방향이 이미 원대하였다. 참판공이 몸소 『통감(通鑑)』을
> 가르치자 공은 때때로 의견을 내어 지난 역사를 논평하였는데 남보다 뛰어
> 난 점이 많았다. 나라가 혼란하거나 멸망하게 되는 까닭에 이르면 문득 책을
> 덮고 크게 탄식하다가 간혹 눈물을 흘리기도 하니, 참판공이 기특히 여겨
> 사랑하였다.[4]

위의 기록대로라면 유희춘이 역사서 『통감』을 처음 접한 나이는 7,
8세 때이다. 아버지 유계린(柳桂麟)의 가르침이 있자 역사에 대한 견해

---

4 柳希春, 『眉嚴集』附錄 卷20, 諡狀(李好閔), 七八歲 趣向已遠大 參判公親授以通鑑 公時
   以其意論往事 多出人意表 至於國家亂亡之故 輒掩卷太息 或繼之以流涕 參判公奇愛之.

를 제시하였고, 남들보다 뛰어난 점이 있다 하였다. 또한 나라의 치란
에 이르러서는 탄식하거나 눈물을 보였다고 하여 비록 어린 나이지만,
역사에 동화된 정도가 어떠했는지를 적었다.

 유희춘은 이후 26세에 별시 병과에 합격하여 권지 성균관학유(權知成
均館學諭)로 들어갔으며, 이듬해 실록청 겸 춘추관기사관(實錄廳兼春秋館
記事官)으로 선임된 것을 시작으로 벼슬살이를 하였다. 그러던 중 1547
년(명종2) 35세 9월 양재역벽서사건(良才驛壁書事件)에 연루되어 제주로
유배되었다가 고향 해남과 가깝다는 이유로 먼 북변(北邊) 함경도로 이
배(移配)되어 19년 동안 그곳에서 지내게 된다. 종성에서의 삶이 어떠했
는지는 『미암집』 권1의 시를 통해 재구성할 수도 있는데, 김시양(金時讓)
이 지은 『부계기문(涪溪記聞)』에 "곤궁하게 살아가면서도 만 권이나 되는
서적을 독파하였다."[5]는 기록을 통해 유배라는 어려운 현실을 독서로
극복했음을 알 수 있다. 여기서 눈여겨 볼 것은 만 권에 이르는 책을
독파했다는 점이다. 그 만 권속에는 경서류만 있을 리 없고, 경사자집
모든 책들이 총 망라되어 있었을 것이다. 유희춘은 수많은 전적을 접하
고 난 후 느낀 점도 많았을 것인데, 특히 역사서를 읽고 나서는 그러했다
할 수 있다. 곧, 유희춘의 영사시 6편은 모두 종성 유배 기간에 지은
것들로 비록 시라는 양식을 빌려 썼으나, 마치 독서 후기와도 같은 느낌
을 주기 때문이다. 영사시 6편의 대강의 줄거리를 말하기에 앞서 우선
시제와 형식 등을 문집에 나온 순서대로 정리하면 다음과 같다.

---

5 金時讓, 『涪溪記聞』, 窮居喫口讀破萬卷.

①「독한퇴지삼상서시(讀韓退之三上書詩)」 - 오언고시 40구
②「과자금(瓜子金)」 - 오언고시 50구
③「도명비(悼明妃)」 - 오언고시 20구
④「장성회고(長城懷古)」 - 칠언고시 32구
⑤「송사호환상산(送四皓還商山)」 - 칠언고시 20구
⑥「한망자방분(韓亡子房奮)」 - 칠언고시 40구

①「독한퇴지삼상서시」은 시제를 풀이해 보면, '한퇴지가 재상에게 세 차례 올린 글을 읽고 읊은 시'로 중국 당 때의 문장가인 한유(韓愈)와 관련된 시이다. 한유는 당나라 덕종(德宗) 정원(貞元) 8년(792)에 진사 급제는 했으나 그 후 벼슬길이 여의치 않자 정원 11년(795)에 당시 재상으로 있던 조경(趙景), 가탐(賈耽), 노매(盧邁) 등에게 벼슬을 구할 목적으로 자천(自薦)의 글을 세 차례 올린 적이 있었다. 이「한퇴지삼상서시」은 그런 한유의 행동을 보고 읊은 것이다.

②「과자금」은 『송사(宋史)』에 나오는 이야기를 기반으로 한 작품으로 뇌물을 좋아한 관료를 비판한 내용이다. 과자금은 중국 광서(廣西) 지역에서 생산되는 오이씨만한 금을 말하며, 작품에 조보(趙普)라는 관료가 나온다. 조보는 조송(趙宋)의 개국공신으로 자는 칙평(則平)이요, 송 태조를 도와 천하를 평정하였고, 태종 때에도 다시 정승이 되었을 뿐 아니라 죽은 뒤 한왕(韓王)에 추봉된 인물로 유희춘은 「과자금」을 통해 재상으로서 현명하다고 알려진 조보가 사실 한편으로는 뇌물을 좋아했다고 비꼬았다.

③「도명비」는 중국 한나라 원제(元帝) 때 궁녀로 미색이 가장 뛰어난 왕소군(王昭君)과 관련된 작품이다. 왕소군은 중국 역대 비운의 한 여인으로 당시에 흉노 호한야 선우(呼韓邪單于)가 한나라에 입조(入朝)하여

미인을 요구하므로 흉노에게 시집을 가 자살로써 생을 마감한 것으로 알려져 있다. 명비라는 이름은 진(晉)나라 때의 문제(文帝) 사마소(司馬昭)의 이름과 글자가 같아 이것을 피하기 위하여 부르게 되었다.

④「장성회고」는 진(秦)나라 시황제(始皇帝)가 북쪽의 흉노족의 침입을 막기 위해 증축하면서 쌓은 산성인 만리장성을 회고하면서 지은 작품이다. 『사기』「진시황본기(秦始皇本紀)」에 따르면, 시황제는 연나라 사람 노생(盧生)이 올린 참위(讖緯)의 글만 믿고 만리장성을 쌓으면서 백성들에게 갖은 고통을 안겨주었는데, 유희춘은 이 작품을 통해 진시황의 실정을 비판하였다.

⑤「송사호환상산」은 한나라 고조(高祖)의 황후인 여후(呂后)의 초청을 받은 사호(四皓)가 잠시 속세에 머물다가 다시 상산으로 돌아가는 상황을 배경으로 지었다. 사호는 중국 진 시황제 때에 난리를 피하여 섬서성(陝西省) 상산에 들어가서 숨은 동원공(東園公), 하황공(夏黃公), 녹리 선생(甪里先生), 기리계(綺里季) 등 네 사람을 일컫는다.

⑥「한망자방분」의 시제는 중국 전국 시대 칠웅(七雄) 중에 한(韓)나라가 진나라에 의해 망하자 남조 송의 시인인 사영운(謝靈運)이 "한나라가 망하자 장자방이 분발하고, 진 황제를 노중련이 부끄러워했다.[韓亡子房奮 秦帝魯連恥]"라는 시에서 가져왔다. 당시 사영운은 무함을 당해 반역을 꾀하고 있을 때 이러한 작품을 지었는데, 여기에서 장자방은 사영운 자신을 일컫는다 하겠다. 또한 『사기』「장량전(張良傳)」에 의하면, 장자방은 이름이 장량(張良)으로 한나라 고조를 도와 항우(項羽)를 멸망시키고 한나라를 세우는데 큰 공을 세웠으며, 한 고조가 천하를 평정하고 황제의 위에 오르자 유후(留侯)에 봉해졌으나 정치에 관여하지 않고 초연히 물러나 신선의 술(術)을 즐긴 것으로 알려져 있다. 이

작품은 장자방이 자신의 나라인 한(韓)나라가 망하자 원수를 갚고자 진시황제를 죽이려고 했던 사실을 들어 그의 강개함을 찬양하였다.

이상 6편 영사시의 대강 줄거리를 정리하였다. 이들 영사시는 앞에서도 이미 언급했듯이 역사적 사실을 그대로 전달하지 않고, 많은 부분을 할애하여 유희춘 스스로의 생각을 담고 있기에 사론적이라고 할 수 있다. 이는 시 전체 내용 가운데 원래의 역사적 사실과 유희춘의 의론을 구분해 보면 알 수 있다.

① 「독한퇴지삼상서시」는 총 40구 중에서 원래의 역사적 사실은 9구부터 24구까지이고, 나머지 내용들은 작가의 사론이다. 즉, 1구부터 8구까지는 한유가 재상들에게 세 차례에 걸쳐 글을 올렸다는 사실을 알리기 위한 전 단계이고, 25구부터 마지막 40구까지는 한유의 행적을 통해 얻은 유희춘 자신의 느낌을 적었다. ② 「과자금」은 총 50구 가운데 원래 역사적 사실에 대한 내용은 5구부터 20구까지이고, 나머지는 유희춘 자신의 느낌 및 중국 역대 다른 비슷한 사건과 연계지어 나타내었다. 곧, 전체 시 가운데 사론이 차지하는 비중이 높다 하겠다. ③ 「도명비」는 총 20구 가운데 원래의 역사적 사실은 1구부터 10구까지이고, 나머지 11부터 20구까지는 사론으로 채워져 있다. ④ 「장성회고」는 전체 32구 가운데 원래의 역사적 사실은 5구부터 28구까지로 많은 부분을 차지하고 있으며, 사론에 해당하는 부분은 1구부터 4구와 29구부터 32구 등이다. 다른 작품에 비해 역사적 사실 전개에 많은 부분을 할애하고 있지만, 마찬가지로 사론적임은 피할 수 없다. ⑤ 「송사호환상산」은 총 20구 가운데 원래의 역사적 사실은 1구부터 10구와 17구에서 18구까지이다. 11구와 16구까지, 그리고 마지막 19구와 20구는 작가의 사론이 들어가 있다 하겠다. ⑥ 「한망자방분」은 총 40구 중에서 원래의 역사적 사실은

5구부터 22구까지이고, 나머지 1구부터 4구와 23구부터 40구에서는 사론을 전개하였다. 앞에서 본 ②「과자금」과 함께 역사적 사실보다 사론이 상당 부분 포함되어 있다 하겠다.

이상 6편을 대상으로 원래의 역사적 사실과 작가의 의론이 들어간 사론 부분으로 나누어 구분하였다. 비록 작품마다 약간씩의 다과(多寡)는 있으나 유희춘은 역사적 사실을 바탕으로 자신의 생각을 정리하여 보여줌으로써 역사적 인물과 사건에 대한 사유의 양상을 가늠하게 하였다. 그 사유의 양상은 곧, 지향하는 바가 무엇인지를 알려주는 것이기도 한데, 지향 의식의 자세한 내용은 구체적인 작품 분석을 통해 알 수 있을 것이다. 그런데 앞 대강 줄거리에서 각 작품마다의 내용이 어떠하다는 것을 알았기 때문에 이제는 사론화의 시적인 전개를 구체적으로 살펴야 할 것이다.

3. 작품의 사론화를 통한 사유 표출

1) 「독한퇴지삼상서시」의 경우

앞에서 말한 대로 40구로 이루어진 「독한퇴지삼상서시」는 전체 세 부분으로 나누어지는데, 1구부터 8구까지는 서두에 해당한다 할 수 있고, 9구부터 24구까지는 한유가 세 재상에게 글을 올렸다는 역사적 사실을, 그리고 25구부터 마지막 40구까지는 유희춘이 자신의 생각을 정리한 사론 부분이다. 유희춘은 9구부터 24구까지에서 한유가 광범문(光範門)에 엎드려 태사(台司)에게 벼슬을 구하는 글을 세 번 올렸음을 구체적으로 적었다. 그러나 결국 한유가 문지기에게조차 거절을 당했

다고 하며, 한편 한유의 글은 명문이었음을 인정한다. 그리고 이어서
25구부터 40구까지 다음과 같은 사론을 편다.

(전략)

한스러워라, 민생고를 털어놓아	恨不陳民瘼
황제 물음에 부응할 때 없었다	仰塞淸問時
어찌 밝은 달처럼 빛나는 구슬이 되어	胡爲明月珠
하물며 뜻있는 옛 선비는	又況古志士
시체 구렁에 버려짐 잊지 않으며	不忘溝壑屍
함부로 나아감을 원치 않았으니	冒進非所願
가난과 병고를 어찌 슬퍼했으랴	貧病豈足悲
녹 구하려 한 자장 인자가 아니니	干祿張未仁
단표의 안회를 누가 멸시하리오	簞瓢顔孰夷
한유가 옛 도를 공부했으나	韓公學古道
진수를 잃고서 털가죽만 얻었구나	失髓得毛皮
이것은 다만 젊어서의 일이며	抑此少時事
나이 들어선 마음 부끄러워하였다	晩年心忸怩
쫓아다닌 맹렬한 지난날 슬퍼했으니	趨營悼前猛
그대는 자회시를 한 번 보게나[6]	君看自悔詩

먼저 처음 4구에서는 당시 한유의 글이 받아들여지지 않았음을 아쉬
워했는데, 특히 한유의 글을 밤중에도 빛을 발하는 보주(寶珠)인 명월주
(明月珠)에 비유하여 문장의 훌륭함을 재확인하였다. 그리고 이어진 6구
에서는 유희춘이 생각한 '지사론(志士論)'을 전개하였다. 유희춘이 생각
한 진정한 지사는 시체 구렁에 버려질 것도 잊지 않는다 하였다. 『맹자』

---

6 柳希春, 『眉巖集』 卷1, 「讀韓退之三上書詩」.

「등문공(滕文公)」하에 "지사는 구학(溝壑)의 뜻 잊지를 않고 용사는 언제나 목 떨어질 각오를 한다."[7]라 하였는데, 유희춘의 지사론은 바로 여기에서 유래한다 하겠다. 또한 진정한 지사는 가난과 병고를 슬퍼하여함부로 벼슬에 나아가지도 않는다 하며, 공자(孔子)의 제자인 자장(子張)과 안회(顔回)를 비교하여 두 사람의 삶의 태도를 드러내었다. 『논어』「위정(爲政)」에 자장이 벼슬하여 봉록을 얻는 방도를 배우려고 하자 공자가 "말에 허물이 적으며, 행실에 뉘우침이 적으면 봉록이 그 가운데 있는것이다."[8]라고 말하여 자장을 깨우친 부분이 나온다. 또한 『논어』「옹야(雍也)」에서 공자는 안회가 가난을 즐기면서 소박한 삶을 사는 모습을높이 찬양하였다. 다시 말해, 유희춘은 같은 스승 아래에서 공부한 제자일지라도 각각의 삶의 양태는 달랐음을 대비하여 결국 안회의 삶이 나쁘지 않았음을 나타내었다. 마지막 35구부터 40구까지는 다시 한유에게로돌아가 소회를 적었다. 한유는 옛 도를 공부한 선비로서 진수는 잃은대신 털가죽만 얻었다고 비판하면서 이것도 한때 젊어서의 일이며, 나이가 들어서는 부끄러워하면서 자회시(自悔詩)까지 지을 정도로 삶의 태도가 달라졌다고 하였다. 처음 한유가 벼슬을 얻기 위하여 글을 올렸던부분에서는 비판적인 입장이었으나 노년에 후회했음을 들어 다소 누그러진 태도로 변모되었음을 알 수 있다. 유희춘은 「독한퇴지삼상서시」를통해 한유의 삶의 태도를 돌아보면서 진정한 지사는 어떠해야 하는지에대한 고민을 드러내었다고 하겠다.

---

7 『孟子』「滕文公下」, 志士不忘在溝壑 勇士不忘喪其元.
8 『論語』「爲政」, 言寡尤 行寡悔 祿在其中矣.

2)「과자금」의 경우

두 번째 작품인「과자금」은 50구의 긴 작품으로 세 부분의 내용 구분
이 가능하다. 1구에서 4구까지는 서두이고, 다음 두 번째 부분인 5구부
터 20구까지에서는 송 때의 뇌물 관료 조보에 대한 역사적 사실을 적었
고, 마지막 세 번째 부분인 21구에서 50구까지에서는 유희춘이 조보에
대한 사실을 바탕으로 소회를 밝혔다. 5구부터 20구까지의 역사적 사
실은 대강 다음과 같다. 송나라를 건국한 태조는 검약하려고 신경을
썼는데, 그 신하인 조보만은 유독 거기에 부응하지 않고서 부자가 되려
고 했다 한다. 조보는 높은 관직에 있었기 때문에 많은 녹을 받았을
터인데, 욕심 또한 지나쳐 사해의 보물을 독차지할 정도로 재화를 탐하
였고, 결국 과자금까지 얻게 되었다고 한다. 그리고 이어서 유희춘 자
신의 생각을 적었다. 21구에서 40구까지를 들어보면 다음과 같다.

(전략)

다리도 없이 어떻게 왔을까	無脛豈自至
아주 좋아하면 원근도 없어라	篤好無邇遐
잉어를 쪼개보지 않았다 핑계해도	雖諉鯉未剖
길게 벌린 이리의 입 훤히 보리라	洞見狼長呀
장무에게 비록 돈을 주었지만	張武縱賜錢
조정의 관리들 얼마나 얼굴 붉혔던가	朝著顔何椵
한스럽구나, 사어의 정직함으로	恨無史魚直
미자하 물리치지 못하였다	劾退彌子瑕
십년 동안 위복을 전횡하니	十年專威福
음흉한 간교 크게 자랑하였으며	凶狡太矜誇
상식원 사사로이 바꾸고	私易尙食園

멋대로 진롱의 옛목 팔았다	冒販秦隴槎
(중략)	
더구나 이 외교의 죄목은	矧玆外交罪
춘추법으로 목을 속히 베나니	春秋誅不賒
천 년의 역사서 읽어보며	千載讀靑史
뜻있는 선비 없어 탄식하노라[9]	志士空咨嗟
(후략)	

처음 내용의 출발은 다리도 없는 과자금이 어떻게 왔는지 모르겠다
며 의문을 제기하면서도 결국 좋아하는 사람이 있기에 어디에선가 왔
을 것이라고 하였다. '길게 벌린 이리'는 부정을 일삼는 관료로 조보와
같은 사람을 일컫는다 하겠다. 그리고 중국 역사 속 두 명의 부정 관료
인 장무(張武)와 미자하(彌子瑕)를 언급하였다. 장무는 한나라 문제(文
帝) 때의 낭중령(郎中令)이었는데, 그가 남의 뇌물을 받았을 때 문제는
도리어 그에게 상을 주어 부끄러워하도록 만들었다 한다. 또한 미자하
는 중국 춘추 시대 위(魏)나라 영공(靈公)의 신하로 간신으로 알려져 있
다. 사관(史官) 사어(史魚)가 미자하의 부정을 영공에게 자주 말하였지
만, 영공이 그 말을 듣지 않자 사어가 죽으면서 "거백옥(蘧伯玉) 같은
현인을 진출시키지 못하고 미자하를 진출시켰다." 하여 자신의 상례(喪
禮)를 정당(正堂)에서 치르지 말라는 유언을 남겼다. 영공이 그 말을 듣
고 비로소 후회하면서 거백옥을 진출시키고, 미자하를 퇴출시켰다는
이야기가 전한다. 이어서 다시 조보의 부정한 행적을 들추어 알리고
있다. 조보는 십년간 위복(威福)을 전횡하며 음흉한 간교를 자랑하였

---

9 柳希春, 『眉巖集』卷1, 「瓜子金」.

고, 상식원(尙食園)을 사사로이 바꾸었을 뿐 아니라 자기 맘대로 진롱
(秦隴)의 뗏목을 팔았다고 하였다. 위복은 위력으로 억압하기도 하고
복덕을 베풀어서 사람을 달래기도 하는 일을 뜻하는데, 신하가 위복을
부리면 군권(君權)을 침범한 행위로 보았다. 상식원은 주로 황제의 음
식을 담당하는 곳을 이른다. 진롱은 지금의 섬서성(陝西省) 지방을 말하
며, 조보가 그곳의 뗏목을 팔았던 일이 있었다. 결국 유희춘은 마지막
부분에서 역사는 대의명분에 맞춰 준엄하게 기록해야 하는데, 역사서
를 읽어보면 지사가 없어 탄식이 나온다 하였다. 곧, 앞의 시 「독한퇴
지삼상서시」에서 들었던 지사론을 다시 끄집어낸 셈이다. 유희춘은 결
국 「과자금」을 통해 관료인의 처신을 말하였으며, 아울러 역사는 모름
지기 춘추법을 적용해 써야 하는 것도 강조하였다.

3) 「도명비」의 경우

세 번째 작품인 「도명비」는 전체 20구로 되어 있어서 유희춘의 다른
영사시에 비할 때 그리 긴 편은 아니다. 앞에서 이미 말한 대로 전반부
10구는 왕소군과 관련된 역사적인 사실을, 후반부 10구는 사론으로서
작자의 사유를 알 수 있다. 후반부 10구를 인용하면 다음과 같다.

<blockquote>
(전략)
우물을 어찌 연모하리요   尤物何足戀
귀함은 덕 있는 데 있거늘   所貴在有德
당당한 소태부   堂堂蕭大傅
일찍이 공현에게 해 입었다   曾爲恭顯賊
사랑하는 현인을 애석히 여겨   愛賢如痛惜
</blockquote>

혁연히 간특한 무리의 목 베려다	赫然誅姦慝
하늘의 처벌을 행하지 못했건만	不惟廢天討
도리어 천직까지 주었다	翻與其天職
공자는 탄식 했다지	孔聖嘆未見
덕을 색 좋아하듯 한 사람 보지 못함을[10]	好德如好色

　전략된 10구의 내용을 간추리면, 왕소군이 한나라 궁에 있을 때 삼천 궁녀들이 경국지색을 양보했다고 하였다. 또한 왕소군이 자신의 아름다움에 자신감이 있어서 화공(畵工)에게 뇌물을 주지 않으니 화공은 왕소군을 추하게 그렸다고 하였다. 그리고 곧바로 흉노에 가는 날 황제를 배알하러 들어간 사실을 언급하며, 황제는 왕소군의 얼굴을 정확히 보고서야 놀라 얼굴이 붉어졌다고 하였다. 뒤이어 왕소군을 '국향(國香)'이라 지칭하며, 북방의 사막에서 떠돌아 다녔다고 하였고, 왕소군을 추하게 그린 모연수(毛延壽)를 죽여 원한을 되갚았음을 적고서 역사적 사실을 매듭지었다. 하지만 역사서에 기록된 왕소군의 이야기는 전략된 10구의 내용처럼 간단하지 않다. 왕소군에 대한 최초의 기록은 반고(班固)의 『한서(漢書)』에 나타나며, 이후로 범엽(范曄)의 『후한서(後漢書)』, 채옹(蔡邕)의 『금조(琴操)』, 오균(吳均)의 『서경잡기(西京雜記)』 등 실로 여러 전적에 보인다. 이들 책들에 기록된 내용과 위 유희춘이 언급한 역사적 사실을 대비해 보면, 유희춘은 왕소군의 탄생이나 궁에 들어가게 된 사연, 흉노의 호한야 선우가 한나라에 궁녀를 요구하였고 결국 왕소군이 가게 된 사실 등을 적지 않았다.[11] 이들 여러 사실을 적지 않은 것은 작자

---

10 柳希春, 『眉巖集』 卷1, 「悼明妃」.
11 鄭雲采, 「왕소군 고사 수용 한시에 나타난 충신연주지사의 심리적 특성」, 『고시가연구』

유희춘에게 있어 위 시에서 전략한 역사적 사실 10구 외의 다른 내용은
별로 중요하지 않았기 때문일 것이다. 그러고 보면, 시에서 전략한 10구
의 내용은 주로 왕소군의 미색에 맞추어져 있으며, 이는 뒤이어 전개되
는 사론과 깊은 관련성이 있다.

위의 인용한 사론은 왕소군이 아무리 뛰어난 미색을 가진 여인이지만,
연모할 수는 없다는 내용으로부터 시작하였다. '우물(尤物)'은 일반적으
로 진귀한 물건이나 미인 등을 일컫는데, 여기에서는 왕소군을 가리킨
다. 그리고 연모할 수 없는 이유로 진정 귀하게 생각하는 것은 '미(美)'가
아닌 '덕(德)'이기 때문이라 하였다. 그러면서 갑자기 소태부(蕭太傅)와
공(恭)·현(顯)의 이야기를 하였다. 소태부는 한나라 원제(元帝)의 스승인
소망지(蕭望之)를 가리키고, 공·현은 마찬가지로 한 원제 때 총애를 받던
홍공(弘恭)과 석현(石顯)의 합칭이다. 당시 소망지는 충신으로서 나라를
바로 잡으려고 하였으나 결국 홍공과 석현의 함정에 빠져 자결을 하였는
데, 위 작품의 "공현에게 해를 입었다"고 함은 이를 두고 한 말이다.
15구에서 18구까지의 내용인 "사랑하는 현인을 애석히 여겨, 혁연히 간
특한 무리의 목 베려다, 하늘의 처벌을 행하지 못했건만, 도리어 천직까
지 주었다."라고 한 것은 소망지가 당시 정권을 농락한 공·현을 제거하
려다가 그 일이 발각되는 바람에 도리어 공·현의 역습을 당한 것을 표현
한 것이다. 마지막 19~20구에서는 『논어』 「위령공(衛靈公)」편에 나온
"끝났구나. 나는 여색을 좋아하듯 덕 좋아하는 사람을 보지 못했다."[12]고
한 공자의 말을 들어 덕을 좋아하기가 얼마나 어려운지를 새삼 다시

5집, 한국고시가문학회, 1998, 541~542쪽 참조.

12 『論語』 「衛靈公」, 已矣乎 吾未見好德如好色者也.

한 번 확인하였다.

이러한 사론을 미루어 보자면, 유희춘의 「도명비」는 수많은 왕소군을 소재로 한 다른 영사시와 대비할 때 독특하다는 생각이 든다. 왕소군 관련 영사시들은 대체로 그녀의 신산(辛酸)스러운 생평(生平)에 대한 동정과 연민의 정조를 투영하고 있으며, 간혹 작가 개인의 개아적(個我的)인 입장이 투영되거나 실정(失政)에 빠진 당대 현실에 대한 기롱의 정조를 표현한 경우와 왕소군의 삶을 숙명적인 것으로 파악하여 인사(人事) 전체에 대한 무상감을 환기하는 작품도 있다.[13] 그런데 유희춘의 「도명비」는 이러한 왕소군 관련 영사시의 어디에도 포함되지 않으나 분명한 것은 다른 영사시에서는 볼 수 없는 '덕'을 강조하고 있다는 사실이다. 이는 결국 사론에 유희춘의 유학자적인 면모가 투영된 것으로 19구~20구에서 마치 공자가 덕을 색보다 더 좋아한 사람을 보지 못함을 탄식한 것처럼 표현했지만, 이는 순전히 작자 스스로의 생각이 그렇다라고 할 수 있다.

4) 「장성회고」의 경우

네 번째 작품인 「장성회고」 총 32구는 크게 세 부분으로 나눌 수 있다. 1구부터 4구까지는 서두의 역할을 하고 있고, 5구부터 28구까지는 역사적 사실을 적었으며, 마지막 29구부터 32구까지는 결론으로서 작품을 통해 말하고자 한 진정한 사유를 드러내었다. 즉, 다른 작품에 비해 역사적 사실 부분을 구체화한 것이 특징이라 할 수 있다. 먼저 서두 부분에 해당하는 1구부터 4구까지의 내용을 인용하면 다음과 같다.

---

13 李澤東, 전게논문, 156쪽 참조.

성가퀴 만 리 길까지 연이어 있는데 　　　　　　雉堞連延萬里程
음침한 날 슬픈 귀신의 울음소리 들린다 　　　　啾啾鬼哭天陰聲
임조에서 요동까지 이어지니 무슨 성인가 　　　　首洮尾遼何等城
지금까지 백골이 서로 쌓여있구나[14] 　　　　　至今白骨相拄撐
(후략)

　　만리장성 주변의 분위기를 형상화하였는데, 특히 2구와 4구를 통해
보자면, 음산하기 그지없다. 이는 그동안 만리장성의 역사가 진행되는
동안 수많은 사람들이 희생당했음을 간접적으로 말하는 것으로, 그리고
뒤이어 5구부터 28구까지 지나온 과거 역사를 더듬어 회고하였다. 그
회고한 과거 역사를 시에 표현된 것을 기반으로 정리하면 다음과 같다.
　　먼저 진(秦)나라의 시황제가 입을 벌리니 제(齊)·초(楚)·연(燕)·조(趙)·
한(韓)·위(魏) 등의 여섯 나라가 피를 흘리고, 채찍질과 포악한 불꽃 천지
를 불살랐다고 하여 전국 시대 말기 혼란상을 그대로 표현하였다. 그리
고 시황제가 만리장성을 쌓게 된 연유가 된 '바다 속 그림'을 언급하였다.
이 '바다 속 그림' 이야기는 『사기』 「진시황본기(秦始皇本紀)」 32년 조에
자세히 나와 있다. 연나라 사람 노생(盧生)이 파견되어 바다에 들어갔다
가 돌아와서 귀신에 관한 일로 인하여 참위(讖緯)의 글월을 상주(上奏)하
였다. 거기에는 "진을 망하게 할 자는 호이다.[亡秦者胡也]"라고 쓰여 있
어서 이에 진 시황제는 몽염(蒙恬)으로 하여금 "군사 30만 명을 일으켜서
북쪽으로 오랑캐를 공격하게 하여 하남 지역을 점령하였다."라고 하였
다. 이때 노생이 바다 속에서 가지고 온 것은 『녹도서(錄圖書)』라는 도참
(圖讖)과 부명(符命)에 대한 내용을 기록한 책으로 시황제는 이러한 노생

14　柳希春, 『眉巖集』 卷1, 「長城懷古」.

의 말만 믿고, 오랑캐를 막을 계책으로 만리장성을 쌓았던 것이다. 시의
내용으로 다시 되돌아가보면, 만리장성을 쌓기 위해 부역을 일으켰고,
결국 그로 인해 수많은 백성들이 희생된 모습을 "서로 베고 누워 구덩이
를 메웠다."라고 표현하여 죽음에 이른 수가 적지 않았음을 나타내었다.
그러니 절로 백성들의 원망의 소리는 높아만 갔는데, 함곡관(函谷關)의
독부(獨夫)인 시황제는 그런 분위기를 전혀 느끼지 못했다고 하였다.
그렇지만 시황제를 깨우쳐주는 그 어떤 사람도 없었고, 심지어 담 안에
조고(趙高)와 호해(胡亥) 같은 도적이 있음에도 이들이 위험하다 생각하
지 않음이 놀랍다라고 하였다. 그러다가 드디어 시황제가 순행하다가
사구(沙邱)에서 죽음을 맞이하게 되었다고 하며, 곧바로 진나라의 혼란
상을 형상화하였다. 그리고 이러한 혼란상을 말하며, 북쪽에 쌓은 만리
장성의 돌들이 모두 헛된 일이 되었다고 하였다. 결국 후대에 길이 물려
주어 북쪽 오랑캐를 막으려던 만리장성의 처음 계획은 틀어져 오호(五胡)
와 금·원나라가 중원을 차지하였으니 그러고 보면, 만리장성은 큰 도적
을 위해 만들었던 것이다라고 하여 역사적 사실 내용을 끝맺었다. 이어
마지막 29구부터 32구까지 4구로써 전체 시의 내용을 매듭지었는데,
인용하면 다음과 같다.

　　(전략)
　　왕공의 요새 설치 어찌 이를 생각했으랴　　　　王公設險豈謂是
　　인화야말로 원근의 전쟁 막는 것이니　　　　　人和足弭邇邇兵
　　그댄 보지 못했나, 삭방의 성 쌓아 흉노 물리쳐
　　　　　　　　　　　　　　　　　　君不見周城朔方獫狁襄
　　팔백 년의 왕업 인으로부터 누린 것을[15]　　　八百王業由仁亨

29구의 '왕공(王公)의 요새'는 『주역』 「감괘(坎卦) 단사(彖辭)」의 "왕공이 험요(險要)를 설치해서 그 나라를 지킨다."라는 내용에서 유래하였다. 곧, 왕공의 요새는 만리장성처럼 큰 도적을 위해 설치한 것이 아니라는 의미이다. 그리고 중요한 것은 인화(人和)이며, 흉노를 물리치려거든 제대로 된 성을 쌓을 것도 주문하였다. 결국 유희춘은 「장성회고」 작품을 통해 한 나라가 온전히 유지되기 위한 방법은 백성을 힘들게 동원해서 만리장성 같은 성을 쌓는 것보다는 인화하는 것이 가장 먼저임을 강조하였다. 역사를 통한 감계(鑑戒)가 그 어떤 작품보다 크다 하겠다.

5) 「송사호환상산」의 경우

다섯 번째 작품인 「송사호환상산」은 전체 20구 가운데 1구에서 10구까지와 17구에서 18구까지가 역사적인 사실의 내용이고, 그 외는 사론이라고 할 수 있다. 1구에서 10구까지 나온 역사적 사실을 시의 표현에 따라 정리하면 다음과 같다.

우선 진 시황제 입을 벌리니 검붉은 피 낭자하여 고매한 사람들 손잡고 상산으로 숨어들었다고 하였다. "입을 벌리니 검붉은 피 낭자했다"는 표현은 전국 시대 말기에 진나라가 여섯 나라와 대치하여 전쟁을 하던 상황을 말한 것으로 참혹했음을 대변한다. 때문에 많은 사람들이 속세를 떠났는데, 그 가운데 상산으로 숨어들어간 이들을 지목하였다. 상산으로 숨어들어간 이들은 바로 '상산사호'를 가리키며, 상산에서 그들은 세상의 변화에는 전혀 관심을 두지 않고 지초(芝草)를 캐며 한가롭

---

15 柳希春, 『眉巖集』 卷1, 「長城懷古」.

게 살아갈 뿐이었다고 하였다. 그렇지만 비록 속세를 떠나 있지만, 그들은 세상을 완전히 잊은 것은 아니었다라고 하여 마음만은 세상에 머물고 있었음을 간접적으로 드러내었다. 그 근거로 "미앙궁(未央宮)의 일월과 모여 얼굴을 대하였다"로 나타내었다. 미앙궁의 일월은 한나라 고조(高祖)와 황후인 여후(呂后)를 가리키며, 당시 여후의 요청에 의해 사호가 미앙궁에 초청되어 만나게 된 내용을 말한다. 그리고 여후가 사호를 초청한 이유를 다음에 이어 표현하였다. 즉, 한나라 고조가 여후의 소생인 태자 대신에 척 부인의 소생인 유여를 태자로 바꾸려 하자 여후의 입장에서 고조의 마음을 되돌리고자 사호 같은 훌륭한 사람들이 태자 곁에 있음을 나타내보이고자 했다는 것이다. 유희춘은 태자 곁에 사호가 있음을 9구와 10구의 "번연히 일어나 홍곡의 날개짓하며, 사해를 횡단하니 누가 활 당길 생각하겠나"로 표현하였다. 이 부분은 고조가 유여를 태자로 세우려 한 일이 결국 수포로 돌아가자 척 부인을 위로하여 노래하기를 "홍곡이 높이 날면 대번에 천리를 가는데, 날개가 이미 이루어져서 사해를 횡단하는지라, 사해를 횡단하니 어찌할 수 없도다.[鴻鵠高飛 一擧千里 羽翮已就 橫絶四海 橫絶四海 當可奈何]"라고 한 내용을 축약한 것이다. 여기서의 홍곡은 태자를 가리키며, 날개는 태자를 돕기로 나선 사호를 가리킨다 하겠다. 그리고 다시 태자가 제자리로 돌아가자 사호는 다시 상산으로 숨어들어갔는데, 이 사실은 17구와 18구에서 "신야에서 밭 갈던 늙은이 은나라 갔다가, 호연히 몸 거두어 전원으로 돌아왔다"라고 표현하였다.

이상 상산사호와 관련된 역사적 사실을 제외한 사론을 인용하면 다음과 같다.

(전략)

우리들 장차 입으로만 다투려 하나	我輩徒將口舌爭
선생들의 덕화는 전환과도 같아라	先生德感如轉圜
태자가 다시 안정됨은 잠깐일 뿐이나	國本再安俄頃間
기막힌 공 어찌 수지의 반열뿐이리오	奇功奚趐首止班
옛 산의 소나무 얼어 원숭이 학 원망하니	古山松冷猿鶴怨
누가 백구를 속세에 머물게 하겠나	白駒誰得留塵寰

(생략)

봉황이 덕행 보려고 한가로이 왔다 가니	鳳凰覽德閑來去
높은 자취 닿을 수 없어 서글프게 바라본다[16]	悵望高蹤不可攀

11구와 12구에서 각각 '아배(我輩)'와 '선생(先生)'을 들어 보통 사람들은 입으로 다툴 뿐인데, 사호는 덕화를 전환(轉圜)과도 같이 쉽게 굴려 고조를 설득시켰다고 하였다. 그리고 사호가 있음으로써 태자가 잠깐 안정된 것 같으나 '수지의 반열'과도 같다 하여 그 공이 작지 않음을 나타내었다. 수지란 땅은 주(周)나라의 17대 왕인 혜왕(惠王)이 서자(庶子) 대(帶)를 총애하여 태자 정(鄭)을 폐하고 그를 세우려 하자 제나라 환공(桓公)이 존왕(尊王)이란 명분 아래 제후를 회합하여 태자를 안전하게 보호한 곳이다. 그렇지만 사호를 궁에 오래 머물게 할 수 없음을 다음 15, 16구 두 구절을 통해 표현하여 아쉬움을 드러내었다. 마지막 구절의 서글프게 바라보는 주체는 시적 화자이지만, 유희춘 스스로의 마음을 대변했다고도 할 수 있다.

여기서 다시 한 번 상산사호에 대한 일반적인 관념을 정리할 필요가

---

16 柳希春, 『眉巖集』 卷1, 「送四皓還商山」.

있다. 상산사호는 고사(高士)의 전형적인 인물로 진(秦)나라 말기의 혼란
기에 상산에 은거하여 채지(菜芝)하는 것으로 자급하며 살았다. 한조(漢
朝) 이후에도 입사(入仕)하지 않고 한적한 생활을 하며 조정과 온 천하에
성예(聲譽)가 드높았다. 이러한 상산사호를 주인공으로 한 후대의 시
작품들을 보면, 행위를 두고 심심한 경의를 표하며, 찬양의 정조로 일관
하는 경우와 은거해서 삶을 끝내 관철하지 못한 말년을 두고 미미한
풍자를 가하는 경우 등으로 대별된다.[17] 전자가 상산사호를 긍정적으로
바라보았다면, 후자는 부정적으로 바라보았다고 할 수 있다. 이렇듯 긍
정과 부정 두 입장을 두고 볼 때, 유희춘은 「송사호환상산」에서 사호를
긍정적으로 바라보았음을 알 수 있다. 특히, 사호가 잠시나마 태자 곁에
있으면서 정통을 바르게 세우려 한 것을 높이 평가한 것으로 보인다.

6) 「한망자방분」의 경우

마지막 여섯 번째 작품인 「한망자방분」은 전체 40구 가운데 1구부터
4구까지는 서두에 해당하는 역할을 하고 있는데, 인용하면 다음과 같다.

주나라 쇠하자 진나라가 함양에서 어흥하니   周衰秦虎呀咸陽
여섯 왕 궁전 사당 황폐해졌다   六王宮廟成榛荒
바다 밟으려던 노중련 다시는 볼 수 없고   魯連蹈海不可作
장대의 거리에선 어지러이 종종걸음 친다[18]   章臺街裏紛趨蹌
(후략)

---

17 李澤東, 전게논문, 144쪽 참조.
18 柳希春, 『眉巖集』 卷1, 「韓亡子房奮」.

비록 4구이지만, 전국 시대 말기 급격한 변화 때문에 혼란에 빠진 모습을 역동적으로 표현하였다. 진나라와 여섯 나라가 서로 대치한 모습을 시작으로 바다 밟으려던 노중련(魯仲連)을 다시 볼 수 없음을 아쉬워하고 있다. 또한 유희춘은 책 속의 이야기이지만, 바로 눈앞에서 펼쳐진 광경처럼 사실적으로 나타내어 실감을 더하고 있다.『사기』「노중련열전(魯仲連列傳)」에 의하면, 노중련은 전국 시대 제나라의 고사(高士)로 조나라에 가 있을 때 진(秦)나라 군대가 조나라의 수도인 감단(邯鄲)을 포위하였는데, 이때 위나라가 장군 신원연(新垣衍)을 보내 진나라 임금을 황제로 섬기면 포위를 풀 것이라고 하였다. 이에 노중련이 "진나라 왕이 만약 아무 방해 없이 제왕이 되어 잘못된 정치를 천하에 편다면 나는 차라리 동해에 빠져 죽는 게 낫지, 차마 그의 백성이 될 수는 없습니다.[彼卽肆然而爲帝 過而爲政於天下 則連有蹈東海而死耳 吾不忍爲之民也]"라고 하니, 진나라 장군이 이 말을 듣고 군사를 50리 뒤로 물렸다고 한다. 이러한 서두의 내용을 끝내고 5구부터 22구까지 장자방과 관련된 역사적 사실을 적었는데, 시에 표현된 것을 바탕으로 정리하면 다음과 같다.

먼저 유희춘은 시에서 장자방을 '창 베고 원수 갚으려던 사내'라고 하여 진나라에 대한 복수심에 불타오른 모습을 표현하였다. 그리고 장자방의 선조가 5대 동안에 나라의 중책을 맡았다고 하여 거사(巨事)를 결행할 수밖에 없었던 이유를 들었다.『사기』「유후세가(留侯世家)」에 따르면, 장자방은 실지로 조부와 부친이 한나라의 5대 왕에 걸쳐서 재상을 지냈었다. 조부 희개지(姬開地)는 한나라의 소후(昭侯) 선혜왕(宣惠王), 양애왕(襄哀王)의 재상을 지냈고, 아버지 희평(姬平)은 이왕(釐王), 도혜왕(悼惠王)의 재상을 지낸 이력이 있다. 결국 이 때문에 장자방은 가산(家産)까지 다 털어가며 시황제를 죽일 자객을 구해서 한나라의 원수를 갚고자

했다고 한다. 이리하여 드디어 거사를 도모하기에 이르는데, 시에서는
장자방의 말인 듯한 "저들이 강대하지만 내 씩씩하게 나아가면, 한 방망
이로 시랑(豺狼)을 죽일 수 있으리."라는 표현까지 곁들여 당시의 상황을
대변하였다. 여기서의 시랑은 물론 시황제를 가리킨다. 그 다음에는 장
자방이 자객을 사서 박랑사에서 시황제를 저격했으나 실패로 돌아갔던
일, 한(漢)나라의 유방(劉邦)을 도와 진나라를 멸망시키고 드디어 천하를
통일했던 일 등을 역동적이면서 빠른 전개로 그려 역사적 사실을 마무리
하였다. 그리고 이어 지금까지의 역사적 사실을 바탕으로 23구부터 마
지막 40구까지 사론을 폈는데, 인용하면 다음과 같다.

(전략)

어찌 이 세상에서만 늠름한 기풍 흠모할까	豈惟四海欽風稜
지하의 돌아가신 선왕도 편히 눈 감았다	地下瞑卻先王眠
뉘 알았겠나, 하비의 한 사내	孰知下邳一男子
가슴 속에 백 만의 병사 숨긴 것을	百萬兵甲胸中藏
평왕을 채찍질하던 오자서도 초나라 버렸고	鞭平子胥尚遺楚
옷을 내리친 예양도 방황할 뿐이다	擊衣豫讓徒彷徨
위대하도다, 헤아릴 길 없는 영웅이여	偉哉英雄不可測
성 무너뜨려 걸왕 죽이니 끝내 어찌 막을까	墮城殺傑終何防
의기 떨침은 공자에게 가르침 받은 것	奮義政如沐浴孔
유학자의 기상으로 강상을 붙들었다	儒者氣象扶綱常
훗날 어느 시대인들 멸망이 없을까마는	後來何代無滅亡
하늘 아래 어느 누가 강개함을 품을까	戴天誰人懷慨慷
사영운은 시 지어 부질없이 소리치며	靈運有詩謾大言
몸 굽혀 유씨 집안 일으켜 세웠지	屈身已作劉家郎
영웅 기풍 천 년 뒤에도 머리털 세우고	英風千載豎人髮

열렬한 정기 가을 서리와 겨룰만하다 　　　　　　　烈烈正氣爭秋霜

그댄 보지 못했나, 육천 리 길 원수 위해 일을 했건만

　　　　　　　　　　　　　　　　君不見六千里爲讐人役

전에 초 양왕과 후에 남송 고종 있었음을[19]　　　後有宋高前楚襄

　먼저 장자방의 늠름한 기풍을 돌아가신 선왕도 기특하게 생각할 것이
라는 내용으로 시작하였다. 그리고 이어서 장자방을 찬양하였다. '하비
(下邳)의 한 사내'는 바로 장자방을 가리키는데, 일찍이 장자방이 시황제
의 저격을 실패한 후 이름을 바꾸어서 하비 땅으로 달아나 숨어 지내면서
한 노인으로부터『태공병법(太公兵法)』책을 얻어서 늘 익히고 송독(誦讀)
했던 일이 있었기 때문이다. 곧, 하비의 사내인 장자방은 '가슴 속에 백
만의 병사를 숨겼다'고 하여 용맹함을 한껏 드러내었다. 그 뿐만이 아니
라 장자방을 역사적으로 유사한 인물인 오자서(伍子胥), 예양(豫讓)과도
비교하였다. 오자서는 춘추 시대 초나라 사람으로 초나라 평왕(平王)에
의해 부친 오사(伍奢)와 형 오상(伍尙)이 살해된 뒤 송과 정나라를 거쳐
오나라로 도망간 뒤 합려(闔閭)를 보좌하여 훗날 오나라가 초나라를 함락
시키는데 일조했던 인물이다. 그리고 오자서는 평왕의 무덤을 찾아 시신
을 파낸 뒤 채찍질을 300번이나 함으로써 복수하였다. 이로써 나온 고사
성어가 굴묘편시(掘墓鞭屍)이다. 예양은 전국 시대 진(晉)나라 사람으로
지백(智伯)의 신하였는데, 지백이 조양자(趙襄子)에게 죽임을 당하자 복
수를 생각한다. 첫 번째 결행에서 실패하나 운 좋게 석방되어 몸에 옻칠
을 하여 나환자로 변장한 뒤 조양자를 다리 밑에서 치려했으나 이번에도
실패한다. 이때 예양은 조양자에게 간청하여 그의 옷을 받아 칼로 세

19　柳希春,『眉巖集』卷1,「韓亡子房奮」.

번 친 뒤에 "지하에서 지백에게 보고하겠다."하고 칼로 자결하였다. 그런
데 이러한 오자서와 예양에 대해 "평왕을 채찍질하던 오자서도 초나라
버렸고, 옷을 내리친 예양도 방황할 뿐이다."라고 표현하여 장자방이
이들보다 특별히 강개했음을 간접적으로 드러내었다. 그리고 이러한 의
기는 공자(孔子)에게 받은 가르침 덕분이라고 하여 유학의 영향을 부각시
켰다. 또한 나라가 위급한 상황에 처해 있을 때 어느 누가 강개함을 품을
것인가라고 하여 자신의 목숨까지 내놓으며 위험을 자행하지 않을 것이
라는 회의적인 입장을 내놓았다. 그러면서 마지막 두 구에서 앞에서와는
반대로 나라를 위해 충성한 신하에게 해를 입힌 사례로써 초나라 양왕(襄
王)과 남송 고종(高宗)을 들어 경계의 뜻을 보내었다. 초나라 양왕과 남송
고종은 모두 악정(惡政)을 했던 사람들로 알려져 있다. 초나라 양왕은
회왕(懷王)을 이어 왕이 되었는데, 사치하고 음탕하여 국고를 낭비하는가
하면 충신을 멀리 하였다. 당시 충신 중에 장신(莊辛)이라는 신하가 있어
서 양왕에게 사치스러운 생활을 그만 두고 국사(國事)에 전념할 것을 충언
하였지만, 양왕은 오히려 욕설을 퍼부으며 말을 듣지 않았다. 이로 인하
여 장신은 결국 조나라로 갔는데, 5개월 뒤에 초나라가 진(秦)나라에 침
공을 당하는 일이 발생하니 양왕은 장신의 말을 듣지 않음을 후회했다고
한다. 또한 남송 고종의 이름은 조구(趙構)로 그는 북송 휘종(徽宗)의 아홉
번째 아들로 북송이 망하자 남경(南京)으로 도피하여 황제에 즉위하였다.
이후 양주(楊州)로 천도했다가 다시 임안(臨安)으로 옮겼다. 임안으로 옮
긴 뒤에 금나라에 대항하기 위하여 악비(岳飛)·한세충(韓世忠) 등 주전파
(主戰派)를 대거 기용했지만, 나중에는 다시 진회(秦檜)와 같은 투항파(投
降派)를 임명하여 금나라에 화친을 청하는 굴욕적인 일을 자행하였다.
또한 얼마 지나지 않아 악비에게 억울한 누명을 씌워 그를 죽이고, 신하

의 예를 갖추어 조공을 바치겠다는 조건으로 금나라와 '소흥화의(紹興和議)'를 체결하는 등 무능함을 보였다. 곧, 장신과 악비는 충성스러운 신하였음에도 불구하고 악정을 했던 왕들에 의해 배반을 당했던 사실을 통해 통치자의 경계를 각인시켰다.

4. 사유의 지향점과 의의

지금까지 유희춘의 영사시 6편을 전반적으로 살폈다. 우선 영사시를 사론적이라고 규정하면서 그 이유를 밝혔고, 시의 사론적인 부분을 중심으로 어떤 사유를 드러내었는가 등을 구명하였다. 각 작품마다 드러낸 사유를 다시 한 번 정리하자면 다음과 같다.

첫 번째 작품인 「독한퇴지삼상서시」에서는 한유의 삶의 태도를 돌아보면서 진정한 선비상은 어떠해야 함을 제시하였다. 유희춘은 시에서 "뜻있는 옛 선비는, 시체 구렁에 버려짐 잊지 않으며, 함부로 나아감을 원치 않았으니, 가난과 병고를 어찌 슬퍼했으랴."라는 말을 하면서 진정한 선비라면 아무리 어려워도 세상의 사리사욕과 어느 정도 거리를 두어야 함을 강조하였다. 두 번째 작품인 「과자금」에서는 송 때의 뇌물 관료인 조보를 통해서 관료자는 진정 어떠한 처신과 태도로 국정(國政)에 임해야 하는가를 말하면서 역사는 춘추지법에 따라 서술되어야 함도 덧붙였다. 세 번째 작품인 「도명비」에서는 신산(辛酸)한 왕소군의 이야기를 통해서 '덕'을 강조하였다. 왕소군 이야기와 '덕'을 결부시킨 사례는 극히 이례적인데, 따라서 작자의 유학자적인 면모를 여실히 알 수 있었다. 네 번째 작품인 「장성회고」에서는 진 시황제가 만리장성을 쌓게 된 과정과 실정(失政)으로 인한 백성들의 고통을 밝히면서 한 나라를 다스림에는 어떤 정책보다도 인화(人和)가 우선해야 함을 말하였다. 다섯 번째 작품인 「송사호환상산」에서는 진말 한초에 살았던 상산사호의 출처(出處)를 다루었는데, 한나라가 건국된 후 잠시 출했던 사실에 대해서 작자 유희춘은 긍정적으로 평가하였다.[20] 그동안 상산사호의 출처 문제에 대해 여러 사람들이 문제 삼았다. 그런데 유희춘은 「송사호환상산」 작품을 통해 상산사호와 관련하여 출처 문제를 중요하게 다루기보다는 태자를 통한 한 나라의 정통성을 바르게 세우는 것을 강조하였다. 마지막 여섯 번째 작품인 「한망자방분」에서는 한(韓)나라의 충신인 장자방을 통해 나라가 위급한 상황에 처해 있을 때 행했으면 하는 절의와 함께 통치자도 인물을 잘 알아보고 정사를 펼쳐야 함을 밝혔다.

이상의 사유를 바탕으로 유희춘이 영사시를 통해 진정 지향하고자 한 의식을 전체적으로 정리해보면, 큰 맥은 유학의 도덕주의와 연결되어 있음을 알 수 있다. 「독한퇴지삼상서시」와 「과자금」은 각각 선비와 관료라는 대상을 통해 진정한 삶의 태도를 고민하였고, 「도명비」에서는 최종적으로 '덕'을 강조하고 있기 때문이다. 또한 「장성회고」에서는 한 나라를 통치하는 통치의 방법을 논하였고, 「송사호환상산」의 내면을 들여다보면, 한 나라의 정통성을 고민하였으며, 「한망자방분」에서는 절의를 중요 덕목으로 생각하고 드러내려 했기 때문이다.

여기서 한 가지 짚고 넘어가야 할 것은 역사에 대한 도덕주의적인 지향 의식이 유희춘의 의식 속에 이미 잠재되어 있었고, 이 잠재된 의

---

20 유희춘의 상산사호에 대한 생각은 『미암집』 권3, 「擬留侯招四皓書」를 통해서도 알 수 있는데, 여기에서도 상산사호의 '出'을 긍정적으로 논의하며 사고의 일관성을 보여주었다.

식이 역사적 사실을 접함으로써 도출되어 나왔을 가능성이 높다는 사실이다. 이러한 가능성을 점치는 이유는 그의 학문적인 성향 때문이다. 유희춘은 당대 어느 누구보다도 주희(朱熹)를 존중했던 존주주의자(尊朱主義者)였으며, 따라서 학문적인 측면도 주희의 영향을 받았을 것임은 자명하다. 주희를 중심으로 한 송유(宋儒)들은 어떠한 사물에도 모두 리(理)가 존재한다고 보았다. 이러한 관점은 역사의식에도 적용되어 역사적 사실 그 자체의 전개는 그다지 중요치 않다고 보고, 인간 사회의 치란(治亂), 흥쇠(興衰), 성패(成敗), 득실(得失)에도 모두 이가 있다고 보았다. 즉, 리의 현현(顯現)이라는 관점에서 보았을 때, 고금(古今)은 모두 이 이를 좇아 행해지는 단순한 시간대일 뿐으로 오늘이 과거보다 발전적으로 파악되어야 할 이유가 없다고 보았다.[21] 그리고 이러한 역사인식은 이황(李滉)에게서도 나타난다. 이황은 인간이 반드시 준수해야 할 이를 설정하고 그 이에 의거해서 객관적 역사 변화를 이해하려고 하였다. 즉, 일정한 역사 현상은 그 자체로서 가치를 지니는 것이 아니라 인간 사회에 당연히 지켜야 할 규율(規律)로서의 이를 검증해 낼 수 있을 때 진정한 가치를 지니는 것이라고 여겼던 것이다.[22] 유희춘은 존주주의자인데다가 이황의 문인록인 『도산급문제현록(陶山及門諸賢錄)』에 든 문인이기도 하다.[23] 따라서 학문적인 영향을 받았을 것은 분명한데, 앞의 영사시 6편을 통해 보더라도 역사에 대한 인식에서 일맥상통하는 측면이 있다. 역사가 어떻게 흘러갔는지에 대한 관심보다는 역사

---

21 李潤和, 「退溪의 理學的 歷史認識」, 『退溪學』 4집, 안동대학교, 1992, 73~74쪽 참조.
22 李潤和, 전게논문, 79쪽 참조.
23 고영진, 「이황학맥의 호남 전파와 유학사적 의의」, 『한국의 철학』 32집, 경북대 퇴계연구소, 2003, 82쪽 참조.

적 사실을 통해 도덕적인 규범에 맞추어 사론을 펴고 있기 때문이다.

또한 송유들의 역사 인식 안에는 그들 나름의 현실 인식이 강하게 작용하고 있었고, 이황에게도 그 나름의 현실에 대한 인식이 자리 잡고 있었다.[24] 이로써 보면 이 또한 역사에 대한 인식에서 유희춘과 일맥상통하는 측면이 있다. 유희춘은 그의 나이 55세(1567년, 명종22) 때 기나긴 19년간의 유배 생활을 마치고 성균관직강으로 복직하였다. 또한 선조가 즉위하자 경연(經筵)에 참석하여 학문을 토론하였다. 이때 경연에 참석한 유희춘은 어떤 사안(事案)이 있을 때 자주 과거 역사적 사실을 들어 해결의 실마리를 찾았다. 즉, 현실에 역사적 사실을 적용한 것이다. 이러한 총괄적인 면모는 다음 기록에서 확인할 수 있다.

① 이때부터 조정에 돌아와 오랫동안 경연에서 임금을 모시면서 지성으로 아뢰어 알고 있는 것을 다 말하였다. 상은 그의 정밀하고 박식한 것을 좋아하여 걸핏하면 물어보았는데 대답할 때는 **반드시 옛일을 끌어다 증거 대어 어느 것이나 석연하였으므로** 상은 그의 기특함을 칭찬하였다.[25]

② 유희춘은 박람강기(博覽強記)하여 서사(書史)를 다 외우고 성품이 온화하니, 임금이 심히 중하게 생각하였다. 그러나 **경세제민할 재주와 곧은 말을 하는 절조(節操)는 부족하여 매양 경연에서는 문담(文談)뿐이었고, 시폐(時弊)에는 한 말도 언급하지 못하니,** 식자들이 부족하다 생각하였다.[26]

①은 경연에서 유희춘이 역사적 사실을 들었던 것을 말한 것이고,

---

24 李潤和, 전게논문, 86쪽 참조.
25 『國朝寶鑑』 제26권, 선조조 3, 10년.
26 李珥, 『石潭日記』 卷下.

②는 이이(李珥)가 그의 『석담일기(石潭日記)』에서 유희춘이 경연에서 문담에 치우쳐 시폐를 제대로 언급하지 못하였다고 지적한 내용이다. 유희춘이 현실에 역사적 사실을 적용한 것에 대해 ①과 ②의 태도는 상반되는데, 전자는 긍정적으로 본 반면 후자는 부정적으로 본 차이가 있다. 이러한 둘의 차이가 있음에도 분명한 것은 유희춘은 역사와 현실을 따로 떼어 보지 않았다는 점이다. 이러한 관점에서 보자면, 영사시 6편도 현실에 대한 인식과 무관치 않다고 할 수 있다. 유희춘이 영사시 6편을 지은 시기는 함경도 종성 유배 시절이었다. 유배를 간 배경에는 결국 훈척(勳戚)들의 횡포가 자리하는데, 영사시 6편도 이들 훈척들의 행태와 무관치 않다고 할 수 있다.

조선조는 건국 후 15세기 후반에 이르면 한계와 모순이 노정(露呈)되면서 훈척들이 권력을 완전히 장악하여 권귀화(權貴化)의 추세가 현저해지고, 관료 전반이 관권(官權)을 통한 수탈을 자행하고 있었다. 사림들의 본격적인 관계(官界) 진출은 이때쯤부터 행해지는데, 훈척 세력들은 이들 사림들을 경계의 대상으로 삼았다. 그러면서 사림들은 훈척들이 내세운 권부(權富)를 축적하기 위한 수단인 부국강병의 논리를 반대하는 등 치자(治者)의 도덕적 양심과 청백적 생활을 강조하였다.[27] 유희춘이 살았던 16세기는 이러한 현상이 더욱더 강화되는 방향으로 흘러갔을 것이며, 훈척과 사림 간의 갈등은 결국 사화(士禍)가 발발하게 된 배경이 되었다고 할 수 있다. 유희춘도 사림 중 한 사람으로서 사화의 여파를 제대로 받았고, 긴 유배 생활을 거쳐야 했다. 그리고 유희춘은 유배 생활 중에도 유학자로서의 본분을 잊지 않으려 했을 것이다. 비록

---

27 李潤和, 전게논문, 70~71쪽 참조.

몸은 세상과 멀리 떨어져 있어도 마음만은 늘 시류(時流) 속에 있고자
했다는 말이다. 그렇다고 유학자적인 입장에서 직접 세태(世態)를 말할
수 없었기에 과거 지나간 역사 속에서 이야기들을 찾아 간접적으로나
마 현실의 모순을 말하고자 하였다. 따라서 영사시 6편의 사론을 통해
유희춘은 당대 현실의 모순을 간접적으로 지적하였고, 곧 이러한 모순
이 수정되기를 간절히 바랐다고 할 수 있다.

이상 지금까지 유희춘의 영사시 6편에 드러난 지향 의식을 학문적인
측면에서 추적하여 정리하는 한편, 그러한 지향 의식이 현실과 동떨어
져 있지 않음도 언급하였다. 결국 유희춘의 영사시 6편은 비록 과거
역사적 사실을 근간으로 했지만, 사론을 통해 자신의 사유를 정리함과
동시에 그 속에서 현실의 문제까지 읽을 수 있다는 점에서 의의를 부여
할 수 있을 것이다.

5. 맺음말

본 논고는 유희춘의 영사시 6편을 사론적이라고 규정하고, 첫째,
왜? 사론적이라고 하는지에 대한 이유를 설명하였고, 둘째, 시적 전개
방법은 어떻게 진행되었으며, 마지막으로 영사시를 통해 궁극적으로
지향한 바는 무엇인가 등을 구명하였다.

유희춘의 영사시 6편은 「독한퇴지삼상서시」, 「과자금」, 「도명비」, 「장
성회고」, 「송사호환상산」, 「한망자방분」 등이다. 이들 6편을 대상으로
원래의 역사적 사실과 작가의 의론이 들어간 사론 부분으로 나누어 구분
해보니, 비록 작품마다 약간씩의 다과(多寡)는 있지만, 유희춘은 역사적

사실을 바탕으로 자신의 생각을 정리하여 보여줌으로써 역사적 인물과 사건에 대한 사유의 양상을 가늠하게 하였다.

또한 각각의 작품을 대상으로 사론화의 시적 전개를 정리하였다. 그 결과 「독한퇴지삼상서시」에서는 한유의 삶의 태도를 돌아보면서 진정한 지사는 어떠해야 하는지에 대한 고민을 드러내었고, 「과자금」에서는 관료인의 처신을 말하였으며, 아울러 역사는 모름지기 춘추법을 적용해 써야 함도 강조하였다. 그리고 「도명비」에서는 왕소군 관련 영사시를 통해 '덕'을 강조하였고, 「장성회고」에서는 한 나라가 온전히 유지되기 위한 방법은 백성을 힘들게 동원해서 만리장성 같은 성을 쌓는 것보다는 인화하는 것이 가장 먼저임을 주장하였다. 「송사호환상산」에서는 사호를 긍정적으로 바라보면서 정통성 문제를 짚었고, 「한망자방분」에서는 장자방을 통해서 절의를 드러내려 하였고, 아울러 한 나라의 통치자는 어떤 자세를 갖추어야 하는가 등을 말하였다.

이러한 영사시 6편의 사론을 통해서 지향하고자 한 의식을 정리하였는데, 유학의 도덕주의와 무관치 않다고 결론지었다. 「독한퇴지삼상서시」와 「과자금」은 각각 선비와 관료라는 대상을 통해 진정한 삶의 태도를 고민하였고, 「도명비」에서는 최종적으로 '덕'을 강조하고 있기 때문이다. 또한 「장성회고」에서는 한 나라를 통치하는 통치의 방법을 논하였고, 「송사호환상산」의 내면을 들여다보면, 한 나라의 정통성을 고민하였으며, 「한망자방분」에서는 절의를 중요 덕목으로 생각하고 드러내려 했기 때문이다. 곧, 이러한 지향 의식이 드러날 수 있었던 데에는 학문적 배경이 자리 잡고 있었으며, 현실과 연결될 수 있는 개연성(蓋然性)을 언급하였다.

미암 유희춘 시문의 수사적 표현 기법 양상

1. 머리말

본 논고는 미암(眉巖) 유희춘(柳希春) 한시에 나타난 수사적 표현 기법 양상을 정리해보고, 이를 바탕으로 그 의의를 구명해보고자 작성되었다. 좀 더 구체적으로 말하자면, 유희춘이 시를 형상화함에 있어 활용한 수사적 표현 기법은 무엇이며, 이러한 기법에 대한 나름대로의 시각을 정리한 후 의의를 부여하려는 것이 본 논고의 최종 목표이다.

동양의 문학 전통에서 시의 수사적 표현 기법에 대한 문제를 논할 때 가장 먼저 대상으로 삼는 것은 『시경』 육의(六義)에 포함된 부(賦), 비(比), 흥(興)이다. 이 세 가지를 『주례(周禮)』 「춘관(春官)」 권23에 근거해 개념 정의해 보자면, 부는 현재의 정치적인 모습을 그대로 펼쳐내는 것이고, 비는 현재의 국정이 잘못됨을 보고서 그것을 감히 배척하여 말할 수 없기에 비유될 수 있는 말을 빌려 하는 것이며, 흥은 현재 치자(治者)들의 미덕을 그대로 칭찬하면 아첨에 가깝기 때문에 일반적으로 선한 일들을 취하여 간접적으로 권유하는 것이다¹라고 하였다. 다시 말해, 부는 단순한 수식법으로 있는 그대로의 모습을 표현하는 것이요, 비는 비유법으로서 다른 사물이나 자연물에 감정을 기탁하는 것이며, 흥은 비슷한 자연물 또는 자연 현상을 노래하여 시상을 불러일으키게 하는 것을 말한다고 하겠다.

한편, 육조 시대 유협(劉勰)은 그의 문학 비평서인『문심조룡(文心雕 龍)』에서 내용과 형식의 조화를 강조했는데, 특히「정채(情采)」제31에 서 비유적인 기법을 통해 "호표(虎豹)에 무늬가 없다면 가죽은 개나 양 과 같다. 코뿔소의 모피(毛皮)도 붉은 물감으로 염색 처리 된 것으로 내용은 장식을 필요로 한다는 것이다."²라고 하였다. 이러한 관점은 마 치『논어』「옹야(雍也)」편에 나온 '문질빈빈(文質彬彬)'과 같은 것으로 결국 한 편의 문학 작품은 내용과 형식의 조화가 잘 이루어질 때 훌륭 한 평가를 받을 수 있다는 것을 의미하기도 한다.

우리나라 문인들의 경우, 대체로 '문이재도(文以載道)' 또는 '문이관도 적(文以貫道的)'인 관점에서 부화(浮華)한 형식보다는 내용을 더 우선시한 것으로 나타나는데, 이러한 시점에서 조선조 초기에 있었던 김종직(金宗 直)과 성현(成俔)의 논쟁은 시사하는 바가 크다. 김종직은 종경적(宗經的) 인 입장에서 "문장이라는 것은 경술(經術)에서 나오는 것이니 경술이 곧 문장의 근본이다. 초목에 비유하자면 뿌리가 없이 어찌 가지와 잎사귀가 무성하게 자라며 꽃과 열매가 곱고 빼어날 수 있겠는가."³라고 하였다.

---

1 『周禮』「春官」卷23, 賦之言鋪 直鋪陳今之政教善惡 比 見今之失 不敢斥言 取比類以言 之 興 見今之美 嫌於媚諛 取善事以喻勸之.

2 『文心雕龍』제31「情采」, 虎豹無文 則鞹同犬羊 犀兕有皮 而色資丹漆 質待文也.

3 金宗直, 『佔畢齋文集』卷1,「尹先生祥詩集序」, 文章者 出於經術 經術 乃文章之根柢也

이에 대해 성현은 사장(詞章)을 옹호하는 입장에서 "비유하건대 마치 정원
의 나무는 가지와 꽃과 잎사귀가 우거진 뒤에라야 뿌리를 보호하여 나무
가 반드시 크게 무성해지는 것과 같다."[4]라고 하여 김종직의 문학관과
다른 입장을 보였다. 이러한 논쟁은 중종조에 이르면, 도학파(道學派)와
사장파(詞章派)간의 정쟁(政爭)으로까지 번지는 사태에 이르게 되었다.

　이러한 두 세력 간의 정쟁이 있은 조금 후에 본격적으로 활동한 유희
춘은 문학(시를 포함)에 대해 어떤 관점을 지니고 있었던가? 사실 그의
문집『미암집(眉巖集)』과 근 10년 동안 하루하루의 기록은 담은『미암일
기(眉巖日記)』등을 살펴보면, 문학에 대해 진지하게 논의한 대목은 발견
되지 않는다. 따라서 기정진(奇正鎭)도『미암집』서문에서 유희춘의 학
문을 논의하는 가운데 "사장(詞章)으로 마음을 구속하지 않았다."[5]라고
하였다. 사실 유희춘은 문학에 치중한 문인이라기보다는 경세론자(經世
論者)로 많이 알려져 있으며, 특히 다독(多讀)과 강기(强記)가 특장(特長)
이라고 할 수 있다. 수많은 책들을 섭렵하고, 또한 기억하면서 시를 창작
함에 전고(典故)로 활용하였다. 또한 1547년(명종3)에 발생했던 양재역벽
서사건(良才驛壁書事件)으로 인하여 19년 간 함경도 종성(鍾城)에서 유배
생활을 마친 후 관직에 복직한 다음에 있은 경연(經筵) 자리에서도 자신
의 박람강기(博覽强記)를 십분 발휘하여 현실의 문제를 해결하려 하니
선조가 이를 기특하게 여기기도 했지만, 한편 시폐(時弊)는 한 마디도
언급하지 못했다 하여 율곡(栗谷) 이이(李珥)의 비판을 받기도 했다는

譬之草木焉 安有無根柢 而柯葉之條[뜰] 華實之穠秀者乎.

4　成俔,『虛白堂文集』卷13, 雜著,「文變」, 譬如庭樹 枝柯花葉紛鬱 然後得庇本根 而樹必
　　碩茂.

5　柳希春,『眉巖集』序(奇正鎭), …… 不以詞章累其心…….

기록이 보인다.[6] 다시 말해, 유희춘은 수많은 전적들을 섭렵하여 이의 내용을 기억했으며, 또한 생활에까지 활용하려했던 경세론자로서 학자적 면모가 강한 문인이라고 규정할 수 있다.

이처럼 사장에 치중하지는 않았지만, 그럼에도 불구하고 『미암집』 권1과 2에는 총 282수의 시가 수록 정리되어 있는데, 주목해야 할 부분은 표현 기법이다. 유희춘의 시에는 직설적인 표현으로 인하여 어렵지 않게 이해할 수 있는 작품도 있지만, 시를 형상화함에 있어 수사적 표현 기법을 쓰고 있음을 볼 수 있는데, 원관념을 전달하기 위하여 다른 관념을 끌어다 활용하는 비유의 방법을 쓰고 있기 때문이다. 또한 수많은 전고를 운용하고 있음도 볼 수 있다. 따라서 유희춘의 시를 이해하기 위해서는 일단, 전고의 운용 유무와 출처 등을 파악해야 하며, 궁극적으로는 어떤 의미로 이해할 수 있을 것인가 등등 여러 경로와 과정을 거쳐야 하는 어려움이 뒤따른다. 또 한 가지 유희춘은 몇 작품을 통하여 내용을 전달함에 있어 무엇을 의미하는지 알 수 없을 정도로 '감추기'를 시도하여 모호함을 느끼도록 하였다. 따라서 본 논고에서는 이러한 표현 기법에 치중하여 유희춘의 시를 분석, 정리하여 이러한 문학적 장치가 궁극적으로 획득할 수 있는 것이 무엇인지를 따져보려고 한다. 지금까지 이루어진 유희춘 연구 성과 중에서 이러한 논의는 한 번도 시도되지 않았으며, 결국 본 논고가 추구하고자 한 연구 방향이 문학 작품의 내용 이해에 그쳤다기 보다는 '어떻게' 표출했는가라는 측면에 중점을 두었음을 밝힌다.

---

6 이에 대한 기록은 『國朝寶鑑』 제26권, 선조조 3, 10년조와 李珥의 『石潭日記』 권하에 나온다.

2. 수사적 표현 기법 양상

유희춘이 시를 형상화함에 있어 주로 활용한 수사적 표현 기법으로는 은유(隱喩)와 상징(象徵), 인유(引喩) 등이 있다. 은유는 비유법 중 하나로 연결어 없이 어떤 대상을 그것과 유사하지만 성질이 다른 대상으로 치환(置換)하는 것으로 대상들 사이의 의미론적 전이(轉移)를 시도하면서 동일성을 모색해가는 것이다.[7] 상징은 은유가 두 관념(원관념과 보조관념)을 내세워 그들 사이의 공통점과 유사성을 기반으로 하는 것과는 달리 원관념은 숨어버리고 감각적 대상으로서의 보조관념만 나타나 원관념의 의미를 대신하는 경우이다.[8] 인유는 저명한 시적(事蹟), 전고(典故) 또는 고인(古人)의 문사(文辭)를 인용하여 문장을 꾸미고 문취(文趣)를 풍부하게 하는 수사법의 한 가지이다.[9] 이러한 수사적 표현 기법이 어떤 양상으로 나타났는지 다음에서 구체적으로 논하고자 한다.

1) 은유적 표현과 의미 전달의 다양함

유희춘은 시에서 은유적 표현 기법을 다양하게 구사하였다. 가령, 첫째 원관념과 보조관념이 뚜렷하게 연관되는 경우, 둘째 상황에 대한 이해가 부족하다면, 보조관념이 무엇을 뜻하는지 알 수 없는 경우, 셋째 한 작품 안에 여러 보조관념이 나와서 결국 원관념을 유추하게 하는 경우, 넷째 한 작품 안에 비슷한 의미를 가진 보조관념이 연속으로 나와 마찬가

---

7 김동수, 『시적 발상과 창작』, 천년의 시작, 2008, 95쪽 참조.
8 김동수, 전게서, 102~103쪽 참조.
9 http://terms.naver.com/entry.nhn?cid=3423&docId=940080&mobile&categ oryId=3423 참조.

지로 원관념을 유추하게 하는 경우, 다섯째 하나의 보조관념을 시의 처음에 제시한 후 이것으로써 마지막까지 내용을 이끌어가는 경우 등의 의미를 전달하는 기법이 실로 다양함을 볼 수 있다.

　첫째, 원관념과 보조관념이 뚜렷하게 연관되어 시의 의미를 파악하는데 그리 어렵지 않은 경우의 작품을 들어보면 다음과 같다.

①

용흥강가의 **수선화**야	龍興江上水仙花
무슨 일로 두만강까지 흘러 왔나	何事飄來豆滿涯
알괘라, 강매가 눈 속 오얏과 사귀지만	知是江梅交雪李
어찌 **벌·나비**가 **봄꽃** 찾음과 같을까[10]	肯同蜂蝶若春葩

②

비파와 거문고를 타다 지음을 만났으니	鼓瑟琴中遇賞音
옛 주씨와 지금의 이씨 교분이 더욱 깊다	古朱今李契尤深
정성 바쳐 다시 재상으로 임명되었으니	獻芹更遇鹽梅漿
버드나무는 본래 **곧은 나무**를 찾는다[11]	楊柳從來直木尋

③

십 년 동안 칼 갈아 늠름하고 기특한 용모	十年磨劍凜奇容
하루 저녁 과장에서 날카로운 필봉 시험한다	一夕詞場試利鋒
푸른 바다 큰 고래 일찍이 시원스레 쪼개더니	碧海長鯨曾快斫
가을 되자 구름 사이에서 또 **용**을 죽인다[12]	秋來雲際又屠龍

10　柳希春, 『眉巖集』 卷1, 「戱投羽溪」.

11　柳希春, 『眉巖集』 卷1, 「直木吟」.

12　柳希春, 『眉巖集』 卷1, 「送門生赴會圍」.

작품 ①의 시제를 풀어보면, '장난삼아 우계에게 주다'이다. 우계는 당시 종성 부사인 이감(李戡)을 가리키는 것으로 보이는데, 이감의 본관이 우계이기 때문이다. 기구에 나오는 용흥강(龍興江)은 함경도 영흥 대도호부(永興大都護府)에 있는 강 이름으로 이감이 있는 곳을 상징적으로 말한 것이다. 따라서 기구에서 말한 보조관념으로서의 '용흥강가의 수선화'는 원관념 이감을 가리킨다고 할 수 있다. 승구의 '두만강'은 기구의 '용흥강'에 대립되는 개념으로서 작자 유희춘이 있는 곳을 상징화했다고 하겠다. 또한 결구의 보조관념 '벌, 나비'와 '봄꽃'은 각각 원관념 이감과 유희춘을 가리킨다고 볼 수 있다.

작품 ②의 시제는 '곧은 나무를 읊다'인데, 작품 말미에 "이는 이습지와 정승 이탁을 가리킨다.[李指李習之及李政丞鐸]"라는 설명이 있는 것으로 보아 '곧은 나무'가 가리키는 것은 이습지와 이탁이라고 할 수 있다. 습지(習之)는 이중열(李中悅)의 자로 1545년 을사사화에 연루된 이휘(李輝)를 변호하다가 파직되어 이듬해 갑산에 유배되고, 1547년 사사되었다. 용모가 준수하고 태도가 의젓하여 조정에 있을 때 이황(李滉)에게 인정을 받았고, 유희춘과 친하게 지냈다. 이탁은 조선 중기의 문신으로 1535년(중종30)에 문과에 급제했으며, 1564년(명종19)에는 대사헌에 올라 윤원형(尹元衡)을 탄핵한 바 있다. 『대동야승(大東野乘)』에 "이탁은 지위가 정승에 이었으나 오직 녹봉으로만 생계를 꾸리며 치산(治産)은 추하게 여기니, 끼니를 잇기에 급급하였다. 지방에서 혹 먹을 것을 보내오면 반드시 이웃과 친구들에게 먼저 나누어 주니, 부엌에는 남겨 둔 것이 없었다."라고 할 정도로 청빈한 생활을 했다고 할 수 있다. 이 작품에서 은유의 표현 기법이 활용된 부분은 결구이며, '버드나무'와 '곧은 나무'가 보조관념으로 쓰였는데, 각각 원관념 유희춘과 이습지, 이탁을 가리킴을 알 수 있다.

작품 ③의 시제를 풀어보면, '회시를 보러가는 제자를 전송하며'이다. 회시는 문무과 과거의 초시(初試) 급제자가 서울에 모여 제2차로 보는 시험으로 복시(覆試)라고도 한다. 시제의 의미로 보자면, 유희춘의 제자가 초시에 급제한 후 복시를 보러가게 되었는데, 제자를 전송하면서 지은 것으로 보인다. 기구에서는 제자가 10년 동안 과거시험 공부를 한 것과 용모에 대해 말하였고, 승구에서는 과거시험장에서 자신의 실력을 발휘하는 제자의 모습을 그렸다. 그리고 전구와 결구에서 은유법을 활용했는데, 전자에서는 '푸른 바다 큰 고래'를, 후자에서는 '용'을 보조관념으로써 말하였다. 여기에서 원관념과 연관 지어 보자면, '푸른 바다 큰 고래'는 초시를, '용'은 복시를 가리킨다고 할 수 있다.

이상의 작품들은 원관념과 보조관념이 뚜렷하게 연관되기에 의미를 파악하는데 특별한 어려움이 없다는 공통점을 지녔다.

그런데 다음 작품은 상황에 대한 이해가 부족하다면, 보조관념이 무엇을 뜻하는지 알 수가 없다.

처음엔 **쥐**와 혼사 의논할 듯하다가	初如議婚鼠
되레 **소나무** 이름으로 정하였다	還似定名松
도잠과 적씨의 끝없는 즐거움은	陶翟無窮樂
반드시 분수 지킴에서 찾아야 하리[13]	須尋安分中

이 작품의 시제를 풀이해 보면, '다시 덕봉(德峯) 아래에서 살까 하다가 옮기지 않겠다고 성중(成仲)에게 보이다'이다. 이 작품은 앞에서 본 세

---

13 柳希春, 『眉巖集』卷2, 「更思留住德峯下不爲遷居計示成仲」.

작품과 달리 작자의 주변 상황에 대한 이해가 선행되어야 의미를 파악할
수 있다. 시제에 나오는 '덕봉(德峯)'은 지명이기도 하지만, 유희춘의 부인
인 송종개(宋鍾介)의 호이고, '성중(成仲)'은 부인의 자이다. 유희춘과 부인
송덕봉은 금슬 좋기로 유명한데, 전구에서 중국 동진(東晉) 때의 문인인
'도잠(陶潛)'과 그의 부인인 '적씨(翟氏)'를 들어 이를 나타내었다. 한편,
은유적으로 표현된 부분은 기구와 승구로 '서(鼠)'와 '송(松)'은 성씨 '서
(徐)'와 '송(宋)'을 가리킨다고 할 수 있다. 즉, 시의 내용을 이해하자면,
처음에는 '서씨' 성을 가진 낭자와 혼사가 오고가다가 나중에는 '송씨'
성을 가진 송덕봉으로 결정했다는 의미로 받아들일 수 있다. 다시 말해,
위 작품을 이해하는 주요점은 바로 기구와 승구의 은유법이며, 만일 작자
주변의 상황 이해가 선행되지 않는다면, 온전히 이해하기 힘들다 하겠다.

셋째, 유희춘은 한 작품 안에 여러 보조관념이 나와서 결국 원관념을
유추하게 만드는 시를 남기기도 하였다. 다음의 「황리일수송허연(黃鸝
一首送許演)」이라는 작품이 이에 해당하는데, 24구의 장편 고체시로 전
부 인용할 수는 없고, 해당하는 앞부분만 들어본다.

어디에서 온 **꾀꼬리**인가	黃鸝來何處
좋은 노래로 사막을 놀래킨다	沙漠驚好音
한강물에서 훨훨 날다가	翺翔漢江滸
흘간산의 참새와 해후하였다	邂逅紇干禽
날개 짓 **새매**와 대등히 배워	學習侔鷹隼
숲에서 산꼭대기까지 날아오른다	從叢飛上岑
맑고 고운 소리 봄바람에 전하니	晛晥隨春風
온갖 새들 다투어 날아 모인다[14]	百禽皆盍簪
(이하 생략)	

이 작품의 시제를 풀이해 보면, '꾀꼬리 시 한 수로 허연(許演)을 떠나보내며'로, 1구의 '꾀꼬리', 4구의 '흘간새의 참새', 5구의 '새매', 8구의 '온갖 새' 등이 보조관념으로 쓰였음을 알 수 있다. 이러한 보조관념에 대한 원관념을 찾아본다면, 1구의 '꾀꼬리'는 '허연', 4구의 '흘간새의 참새'는 시의 작자인 유희춘, 5구의 '새매'는 허연과 유희춘을 제외한 훌륭한 다른 사람들, 8구의 '온갖 새'는 허연·유희춘 등과 뜻이 같은 사람들이라고 할 수 있다.

이렇듯 원관념과 보조관념을 알고, 다시 한 번 시의 의미를 새겨본다면 다음과 같다. 처음에 작가 유희춘은 허연을 꾀꼬리로 비유하여 어디에서 왔는지 알 수 없는 듯이 표현하였다. 그렇지만 그 꾀꼬리는 좋은 노래로 사막을 놀래켰다고 하여 허연이 예사롭지 않은 인물임을 간접적으로 나타내었다. 그리고 3구에서는 허연이 한양에서 벼슬살이했음을 나타내었고, 4구에서는 유희춘과 허연이 드디어 만나게 되었는데, 유희춘 자신을 흘간산의 참새로써 비유하였다. 흘간산의 참새는 떠도는 신세를 뜻하는데, 여기에서는 유배 온 유희춘을 가리킨다. 흘간산은 중국 산서성(山西省) 대동시(大同市)의 동쪽에 있으며, 흘건산(紇乾山) 또는 흘진산(紇眞山) 등으로 불리는데, 이 산 정상은 여름에도 눈이 쌓여 있을 정도로 늘 춥다고 한다. 때문에 이러한 흘간산과 관련하여 "흘간산 꼭대기 얼어 죽는 참새들, 어찌하여 좋은 곳에 날아가 살지 않나.[紇干山頭凍殺雀 何不飛去生樂處]"라는 말이 유행하고 있었는데, 유희춘은 자신의 유배지인 함경도 종성을 흘간산이라고 생각한 것이다. 5~6구에서는 허연이 북방에 있으면서 여러 사람들과 사귀는 모습을, 7~8구에서는 허연에

---

14 柳希春, 『眉巖集』 卷1, 「黃鸝一首送許演」.

게 동화되어 많은 이들이 모여드는 모습을 그렸다. 결국 이 작품은 여러
보조관념을 말함으로써 여러 원관념을 유추하게 만들었으며, 이로써
은유가 의미를 전달하는 한 방법이 되었음을 알 수 있다.

넷째, 유희춘은 한 작품 안에 비슷한 의미를 가진 보조관념을 연속적
으로 내보냄으로써 원관념을 유추하게 만드는 은유법을 활용하였다.
이와 관련된 대표적인 작품이 『미암집』 권1의 첫 번째 시 「감흥(感興)」
이다. 이 작품은 20구로 이루어져 있는데, 전 내용을 인용할 수는 없
고, 보조관념이 나오는 14구까지 인용해본다.

추로 땅에 **가을 햇볕** 저무니	魯鄒秋陽沒
어둡고 어두운 밤 왜 이리 기나	冥冥夜何長
명유가 비록 도학을 보호하나	名儒雖衛道
별에 **크고 작은 빛** 있음 같았다	星有小大芒
염관에 **초승달** 떠오르니	濂關弦月出
하락엔 **보름달** 밝아온다	河洛望宵昌
빼어나도다, 자양산이여	卓哉紫陽山
상서로운 해 부상에 솟다	瑞日湧扶桑
건곤은 대낮처럼 밝으니	乾坤焌白晝
온갖 오묘함 다 드러내어	萬微盡昭彰
눈으로 모두 볼 수 있으나	有目皆可覩
다만 큰 길 높여야 하리	但當尊康莊
어이하여 두세 학자들은	云何二三子
경망스레 **틈새 빛** 빌리는가[15]	沾沾借隙光
(이하 생략)	

15 柳希春, 『眉巖集』 卷1, 「感興」.

유희춘은 존주의식(尊朱意識)을 지니고 있었고, 이러한 의식은 시를 통해 발현시켰는데, 위 「감흥」 작품도 이와 관련된다. 주희(朱熹)는 초당(初唐) 진자앙(陳子昂)의 「감우(感遇)」 시의 영향을 받아 「재거감흥(齋居感興)」 20수를 남긴 바가 있고, 유희춘는 주희의 영향을 받아 「감흥」 4수를 남겼기 때문이다. 위 「감흥」 시는 4수 가운데 첫 번째에 해당하는데, 공맹(孔孟)으로부터 시작한 유학이 침체되었다가 송 때 여러 학자들에 의해 유학이 다시 일어난 것, 그리고 왕수인(王守仁) 같이 양명학(陽明學)을 일으켜 유학을 어지럽혔던 일 등을 담았다.

먼저 1구에서 언급한 '노추(魯鄒)'는 보통 '추로'라고 하는데, 공자(孔子)와 맹자(孟子)가 태어난 곳을 가리킨다. 그런데 "추로 땅에 가을 햇볕 저무니"라고 했으니, 공맹의 유학이 끊어졌음을 의미한다. 그리고 그러한 유학은 '어둡고 어두운 밤'처럼 좀처럼 활기를 찾기가 힘들었고, 비록 몇몇의 명유(名儒)가 도학을 보호하기는 했지만, 별에 크고 작은 빛이 있는 듯이 반짝하다가 사라졌다고 표현하였다. 아마도 한(漢) · 당(唐) 시절 간신히 유학의 흐름이 이어지던 때를 은유적으로 표현한 것이 아닌가 생각한다. 이어 5구부터 북송과 남송 시절 유학이 다시 한 번 일어난 것을 말하였는데, '염관(濂關)'과 '하락(河洛)', '자양산(紫陽山)' 등의 시어가 이러한 내용을 대변해주고 있다. 염관은 염(濂) · 락(洛) · 관(關) · 민(閩)의 준말로 염계(濂溪)의 주돈이(周敦頤), 낙양(洛陽)의 정호(程顥) · 정이(程頤) 형제, 관중(關中)의 장재(張載), 민중(閩中)의 주희가 태어난 곳을 가리킨다. 즉, 염계의 주돈이로부터 시작된 북송의 유학이 정호 · 정이 형제를 지나 남송의 주희까지 이르렀는데, 특히 주희에 이르러서는 상서로운 해가 솟아난 것과 같다고 하여 크게 찬양하는 모습을 보였다. 자양산은 주희가 학당을 세웠던 산 이름이다. 유희춘은 이때를 "건곤은 대낮처럼

밝아 온갖 오묘함 다 드러냈다."고 하여 극찬해마지 않았다. 그러면서
'강장(康莊)'이라는 말을 빌려 공맹의 도를 높여야 한다고 하였다. '강장'
은 『이아(爾雅)』 「석궁(釋宮)」의 "다섯 가닥으로 통한 길은 강이라 하고,
여섯 가닥으로 통한 길은 장이라 한다.[五達爲之康 六康爲之莊]"라는 말에
서 유래했으며, 흔히 번화한 거리 또는 사통팔달의 큰길을 의미하는데,
여기서는 공맹의 도를 뜻한다고 볼 수 있다. 이렇듯이 공맹의 도를 높여
야 하는데, 두세 학자들은 '틈새 빛'을 빌려 경망스러운 행동을 했다고
하며 비판하고 있다. 경망스러운 행동을 한 두세 학자들은 왕수인과
같이 정통 유학과 다른 학문을 펼친 이들을 말한다.

이와 같이 「감흥」 작품은 처음부터 마지막까지 직설적으로 내용을
이끌기 보다는 은유의 방법을 통해 의미를 전달하고 있음에 주목해야
한다. 특히, 비슷한 의미를 가진 보조관념들인 '가을 햇볕', '크고 작은
빛', '초승달', '보름달', '상서로운 해', '틈새 빛' 등을 연속적으로 씀으
로써 원관념을 유추하도록 하였다. 이들 보조관념의 원관념을 유추해
보자면, 대체로 '희망' 정도가 아닌가 생각한다.

마지막으로 유희춘은 하나의 보조관념을 시의 처음에 제시한 후 이
것으로써 마지막까지 내용을 이끌어가는 은유의 기법을 활용하였다.
다음 작품이 이에 해당하는데, 시제는 「추안효서곤체(墜鴈效西崑體)」로
풀이하자면, '떨어지는 기러기를 보고 서곤체를 본떠 읊다'이다.

<u>기러기</u> 용황에 떨어지며 깃털 떨어뜨리니 鴈墜龍荒落羽毛
생각건대 유궁후예의 화살도 닿지 못하겠다 回思羿彀不曾超
상림원에 날아왔다가 금마문으로 옮겨가고 上林翔集遷金馬
벼슬의 바다에 표류하다 철묘를 따른다   宦海漂淪隨鐵猫

하늘을 이미 슬퍼하여 푸른 공작 따르고　　　　　霄漢已悲追孔翠
느릅나무 한갓 그리워하며 법새를 짝한다　　　　　榆枋空戀伴鷦鷯
어느 때에 반가운 까치 와 사면 소식 전할까　　　　何年喜鵲來傳赦
강 위 갈매기에게 오랫동안 부름 받았다[16]　　　　江上沙鷗久見招

　시제에 보이는 서곤체는 중국 송나라 양억(楊億)·유균(劉筠) 등이 당
나라 이의산(李義山)의 시체를 모방하여 『서곤수창집(西崑酬唱集)』이라
는 시집을 남긴 데에서 연유하였다. 시의 수련 1구에서 '기러기'를 말하
였는데, 이 시어가 바로 시의 내용을 마지막까지 이끄는 기능을 담당하
고 있다. 수련 1구의 '용황(龍荒)'의 '용(龍)'은 흉노족이 하늘에 제사를
지내던 용성(龍城)을 가리키고, '황(荒)'은 멀리 떨어진 변방이라는 뜻의
황복(荒服)을 가리키는 말로, 북쪽 오랑캐가 출몰하는 지역이라는 의미
를 담고 있다. 그리고 수련 2구에서 말한 '유궁후예(有窮后羿)'는 옛날에
오랑캐족의 수령으로 활을 잘 쏘았다고 한다. 『회남자(淮南子)』 「본경
(本經)」에 따르기를, 당요(唐堯) 때 열 개의 태양이 함께 떠올라 초목이
말라버려 백성들이 먹을 것이 없게 되자, 당요가 유궁후예에게 아홉
개를 활로 쏘아 떨어뜨리게 하였는데 태양 속에서 산다는 까마귀가 다
죽어 날개가 땅으로 떨어졌다고 한다. 즉, 기러기가 용황에 떨어지며
깃털을 떨어뜨리니 유궁후예와 같은 활의 명수도 쏘아 맞추기 어렵다
는 뜻을 담고 있다. 함련에서는 기러기가 여기저기 옮겨 날아다니는
모습을 묘사하였다. 먼저 1구에서는 '삼림원'과 '금마문'을 말하였는데,
전자는 한나라 무제(武帝)가 중건한 궁전의 정원 이름이고, 후자는 한
나라의 궁궐 문으로 동방삭(東方朔)·주부언(主父偃)·엄안(嚴安) 등의 문

16　柳希春, 『眉巖集』 卷1, 「墜鴈效西崑體」.

인들이 황제의 조서(詔書)를 기다리던 곳이다. 이들은 보통 조정의 의
미로 쓰인다. 2구에서 말한 '환해(宦海)'는 '벼슬의 바다'라는 뜻으로 사
람이 벼슬살이 한 것을 기러기가 마치 바다를 날아다니는 모습처럼 묘
사하였다. 경련에서는 기러기가 자신과 뜻이 맞는 새를 찾아다니는 모
습을 그렸으며, 마지막 미련에서는 결국 시를 통해 전하고자 하는 의미
를 직접 드러내었다. 즉, 유희춘이 「추안효서곤체」를 지은 시기는 함경
도 종성 유배기로 언제쯤 사면(赦免) 소식이 전해올까 노심초사한 가운
데 자신의 생각을 기러기에 빗대어 간접적으로 나타내었다고 하겠다.
따라서 시어로 쓰인 '기러기'는 바로 유희춘 자신을 은유적으로 표현한
것이라고 하는 것이 맞다.

2) 시제를 통한 상징과 중의성의 추구

유희춘의 시 중에는 제목을 통해 상징적으로 무엇인가를 나타내 보
여주려고 한 작품이 있는데, 상징적이기 때문에 단일의 의미보다는 중
의적으로 의미를 파악하게 한다. 이처럼 독자로 하여금 의미를 중의적
으로 파악하게 한 것은 작자가 의도하지 않았다면 그럴 수 없다고 생각
하는데, 「창기가요(娼妓歌謠)」와 「반무당(半畝塘)」 등 두 작품이 이에 해
당한다. 먼저 「창기가요」를 인용해 본다.

예전 구천 위에 있을 때	昔在九天上
일찍이 낭군을 모시고 살았지요	曾陪夫子居
자수를 천손에게 배우고	刺繡學天孫
푸른 노을로 옷깃을 기웠답니다	爲補靑霞裾
황정이 인간 세상에 귀양 오니	黃庭謫人間

영예와 미천함이 또 마을 달리 하네	榮賤又異閭
그대는 구름 사이의 학 같은데	公如雲際鶴
첩은 곧 구렁 속의 두꺼비랍니다	妾乃溝中蛤
영주산에 올라 옥서를 걸어보나	登瀛步玉署
어찌 다정한 옛날 기억하시리요	豈憶曩相於
어찌 알았으리, 오십년 만에	那知五十載
초거 타고 찾아주실 줄을	惠然乘軺車
요금으로 운화 곡조 연주하니	瑤琴奏雲和
옛 정 간직하여 날 멀리 하지 않았네	懷舊不我疎
소상강에서 만남 비록 늦으나	瀟湘逢縱晚
봉도의 약속 헛되이 할 수 있으랴	蓬島約可虛
하물며 저 양자강과 한수도 변했으니	況彼江漢化
깨끗하게 내 초심으로 돌아가리라	皓潔返吾初
원컨대 한 치의 작은 옥이 되어	願爲徑寸玉
길이 허리 사이의 경거가 되고	長作腰間琚
원컨대 무의 뿌리가 되어	願爲菲下體
날로 소반 위의 김치로 올려지리라	日進盤中菹
한 번 웃어보자, 삼천 년의 세월을	一笑三千歲
모이고 흩어짐이 뜬구름과 같구나[17]	聚散浮雲如

「창기가요」는 '기생의 노래'로 시제에 의하면, 마치 노래로 불릴 수도 있는 작품이다. 총 24구로 이루어져 있으며, 기생이 주인공이 되어 자신의 과거를 회상하는 모습으로부터 시의 내용은 시작한다.

기생은 예전에 구천(九天)에 있었고, 여기에서 낭군을 모시고 살았다고 하였다. 그리고 자수는 하느님의 손녀에게 배워 푸른 노을로 옷깃을

---

17 柳希春, 『眉巖集』 卷1, 「娼妓歌謠」.

기웠다고 하며, 낭군을 위하는 자신의 모습을 나타내보였다. 그러나 5구
부터는 구천에 있던 기생이 지상에 내려와 살아가는 모습을 그렸다.
5구에 나온 '황정(黃庭)'은 『황정경(黃庭經)』의 약칭이며, 도교의 선서(仙
書)로서 신선을 의미한다고 하겠다. 곧, 신선과 같은 천상의 기생이 인간
세상에 귀양 오니 낭군과 대비했을 때 영예와 미천함이 나뉘어져 낭군은
'구름 사이의 학'이고, 자신은 '구렁 속의 두꺼비'라고 비유하였다. 9~10
구에서는 신선이 산다는 영주산(瀛州山)에 올라 옥서(玉署), 즉 홍문관을
걸어보지만 다정했던 옛날은 기억하지 못할 것이라고 하여 기생의 체념
어린 속마음을 나타내었다. 그러나 11구부터는 이전 내용과는 달리 반전
의 상황을 보여주고 있다. 곧, 기생은 낭군과 헤어진 지 50년 만에 만나
게 되었는데, 그것도 낭군이 초거(軺車)를 타고 찾아준 것이다. 때문에
마음이 즐거울 수밖에 없는데, 13구에서 이러한 상황을 악기를 연주함으
로써 보여주었고, 낭군이 기생 자신을 멀리 하지 않은 것을 말하였다.
15~22구까지는 기생 스스로가 하는 다짐의 내용으로 엮어져 있다. 대강
보자면, 비록 낭군과 오랜만에 만났지만, 옛날에 했던 약속을 어길 수가
없으며, 초심으로 돌아가겠노라고 하였다. 또한 기생 자신은 한 치나
되는 작은 옥이 되어 낭군의 허리에 찬 구슬이 될 것이며, 무의 뿌리가
되어 낭군이 먹는 소반 위의 김치로 올려질 것이라고 하였다. 다시 말해,
낭군과 영원히 함께 하고 싶다는 마음을 간접적으로 나타냈다고 하겠다.

이와 같은 「창기가요」는 현상적인 내용만 두고 보면, 어떤 한 기생이
행복했던 과거 자신의 모습을 회상하는가 하면, 우여곡절 끝에 결국
낭군과 만나 영원히 함께 하고 싶다는 마음을 드러낸 것으로 이해할
수 있다. 하지만, 이 작품이 지어진 시기와 배경 등을 고려한다면, 밖
으로 드러난 현상적인 모습만이 작품의 전부가 아님을 알게 된다. 「창

기가요」는 유희춘이 함경도 종성에서 유배 생활을 하고 있던 도중 지은 작품이다. 때문에 여기서의 '기생'은 유희춘 스스로를 지칭한 것이요, '낭군'은 당시 임금인 명종(明宗)을 가리킨다고 할 수도 있다. 유희춘은 힘든 자신의 처지를 유약한 여성의 목소리를 빌려 나타냈다고 생각하는데, 직설적인 표현이 어려운 상황에서 간접적이나마 자신의 입장을 알리고 싶은 의중이 숨어 있다고 하겠다.

다음은 「반무당」 작품으로 총 20구로 이루어져 있으며, 반무당은 반무(半畝)와 반당(半塘)의 약어로 마음을 표현한 것이다. 주희의 시문 「관서유감(觀書有感)」 첫 번째 작품에 "반무 방당이 원 거울이 열렸으니, 하늘빛 구름 그림자가 배회하는구나. 묻노라, 어찌 이렇게도 맑은가. 원두에 활수가 오는 것이 있는 까닭이로다.[半畝方塘一鑑開 天光雲影共徘徊 問渠那得清如許 謂有源頭活水來]"라는 내용이 있는데, 여기에서 따온 것이다. 따라서 이 작품 또한 존주의식이 발현된 것으로 이해할 수 있는데, 인용하면 다음과 같다.

건계 시냇가에 차가운 못 있어	建溪溪邊有寒潭
푸른빛 엉긴 깊은 못에 만상이 펼쳐 있다	泓澄凝綠萬象森
맑은 바람 서서히 불어와도 물결 일지 않고	光風徐來波不動
해와 별 구름에도 높고 낮음이 없다	日星雲物無差參
그 속에는 찌꺼기 한 점 없으니	此中查滓無一點
명주장 아래에 물고기 부침한다	明珠莊底魚浮沈
혹 근원 있는 샘물 콸콸 솟지 않으면	儻非原泉混混來
맑음은 탁해지고 양은 음으로 변하겠지	清冷還濁陽還陰
수사염락의 이치 이 못에 모였으니	洙泗濂洛會兹塘
물결 바라보면 연원 깊음을 알겠다	觀瀾始識淵源深

아, 슬프다 어디에 고요한 물 없을까마는	堪嗟何處無止水
샘물이 졸졸 흐르려 하면 황톳물 침노한다	涓涓欲達黃流侵
진흙물 밀려오면 누가 씻어 맑힐까	泥沙潁洞孰淘淨
지척의 태산도 비추지 못하거늘	咫尺不映太山岑
나의 마음속에 작은 연못 있으니	我有小沼靈臺下
한 가닥이 무이산 물가로부터 왔다	一脈初從武夷潯
정화를 조금 게을리 하면 불결해지니	澄治少懈便不潔
하류는 더욱 검어져서 접근할 수 없다	下流幽黑不堪臨
어찌 한 치의 아교로 큰 혼탁함 구제하리	安得寸膠救大渾
주자의 활수가 지금도 전해온다[18]	紫陽活水傳至今

이 작품은 내용상 크게 세 부분으로 나누어지는데, 1~10구가 처음 부분이고, 11~14구까지가 중간 부분이며, 15~20구까지가 마지막 부분이다. 1~10구까지는 주희가 제자들을 길러냈던 건계(建溪)를 언급한 것으로부터 시작하였는데, 건계에는 한담(寒潭)이 있다고 하며, 한담의 모습을 묘사하였다. 그러면서 샘물이 쉼 없이 솟지 않는다면 탁해질 것이라고 하여 쉼 없이 흘러가야 함도 강조하였다. 그리고 9~10구에서 수사염락(洙泗濂洛)의 이치가 건계 연못에 다 모이니 연원이 깊음을 알겠노라고 하여 송나라의 유학이 주희 때에 이르러 집대성되었음을 나타내보였다. 11~14구까지의 내용을 보면, 건계에 연못이 있었던 것처럼 어디든지 고요한 물은 있을 것이지만, 샘물이 흐르려고 하면 황톳물이 침노하니 그 흐린 물을 누가 맑게 할 것인가? 하고 의문을 제기하였다. 흐린 물로는 가까이 있는 산조차도 비추지 못할 것이기 때문이다. 15~20구까지는 작자 자신과 관련하여 자신의 마음속에는 '소소(小沼)',

---

18 柳希春, 『眉巖集』 卷1, 「半畝塘」.

즉 작은 연못이 있다는 말로부터 내용을 전개하였다. 그리고 중요한
것은 그 작은 연못은 바로 무이산 물가로부터 왔다고 했는데, 작자 자
신의 학문적 연원이 어디에서부터 출발했는지를 간접적으로 나타내었
다. 그리고 그 연못의 물을 정화하기를 게을리 한다면, 불결해진다라
고 하여 끊임없는 학문적 탐구 정신을 북돋우고 있다.

이 「반무당」 작품은 시제 자체를 두고 보면, 연못을 중심으로 자신의
생각을 담았다고 할 수 있으나 청정무구한 마음을 상징하고 있어서 중
의적임을 알아야 한다. 따라서 이 반무당은 실존한 연못은 아니고, 마
음의 상징체로서의 의미를 가지며, 존주 정신을 견지하고자 하는 작자
정신을 나타내었다고 하겠다.

3) 전고를 통한 인유와 의미의 극대화

앞 장에서 이미 말한 대로 유희춘은 박람강기한 사람으로서 시를 창
작함에 있어 이러한 자신의 능력을 충분히 발휘하였다. 그러한 박람강
기함은 결국 시에 나타난 전고 운용 실태를 보고서 알 수 있는데, 절구
및 율시, 장시 등 많은 작품에서 전고가 나오고 있다. 이러하기 때문에
비록 절구 작품일지라도 쉽게 이해되지 않는 측면이 있다. 심지어 시의
처음부터 마지막까지 전고를 운용하여 마치 한 편의 작품에서 자신의
박학성(博學性)을 알리려고 지은 것이 아닌가 하는 착각이 들 정도이다.
본 논고에서는 전고를 통해 풍유법을 활용한 많은 작품을 모두 예시할
수 없기에 전고를 통해 결국 한 작품의 의미를 주도적으로 이끈 몇 가
지 경우를 들고자 한다.

먼저 칠언절구의 길지 않은 작품이지만, 전고의 운용을 통해 시를

완성한 사례를 들어본다. 시제는 「탄묵쇄(嘆墨碎)」이다.

난교와 달수 구하려면 오자를 괴롭혀야겠고	鸞膠獺髓煩吳子
화씨벽 온전히 하려면 군후를 데려와야겠다	璧返珠還控君侯
묵경을 열 겹으로 싸두지 않아 한스러우니	恨不保卿勤十襲
너를 봄에 안영의 여우 갖옷에 부끄럽구나[19]	相看慙愧晏狐裘

위 작품의 시제를 풀어보면, '부서진 먹을 탄식하다'이다. 먹은 문방
사우(文房四友) 중 하나로 전통 시대에는 반드시 필요한 물품 중 하나였
을 것인데, 사용하던 먹이 어느 날 부서진 것이다. 안타까운 마음은 있
었을 것이지만, 시의 전반적인 내용은 그리 심각한 것 같지는 않고, 다
소 희학적(戲謔的)인 측면도 있다.

기구에서는 부서진 먹을 붙이기 위해 강력한 아교풀을 찾는다는 뜻의
내용을 담았다. 오자(吳子)는 중국 오나라의 손화(孫和)를 가리킨다. 후진
(後晉) 시대 왕가(王嘉)가 지은 『습유기(拾遺記)』에 따르면, 손화가 일찍이
영정여의(水精如意)를 가지고 춤을 추다가 잘못하여 등 부인(鄧夫人)의
뺨을 다치게 하였는데, 태의(太醫)가 말하기를, "흰 수달의 골수를 구하
여 옥과 호박 가루에 섞어서 이것을 얼굴에 바르면 상처를 흔적 없이
치유할 수 있다."라고 하였다. 난교는 봉인주(鳳麟州)의 선가(仙家)에서
봉황의 부리와 기린의 뿔을 섞어 고아서 만든 고(膏)의 명칭으로 이것은
이미 끊어진 궁노(弓弩)의 줄도 다시 접속시킬 수 있는 강력한 접착제라
고 한다. 또한 달수(獺髓)는 수달의 골수로 상처를 빨리 아물게 하는
특효로 알려져 있다. 승구에서는 화씨지벽(和氏之璧) 고사를 들었다. 『사

---

19 柳希春, 『眉巖集』 卷1, 「嘆墨碎」.

기』「인상여열전(藺相如列傳)」에 따르면, 화씨벽은 전국 시대 조나라 혜문왕(惠文王)이 소유했던 진귀한 구슬이다. 진(秦)나라 소왕(昭王)이 그 소문을 듣고 탐을 내어 조왕(趙王)에게 진(秦)나라의 15개의 성과 바꾸자고 청하였는데, 조나라의 인상여(藺相如)가 화씨벽을 가지고 진나라에 갔다가 온갖 어려움을 겪고서야 그 구슬을 온전히 보전하여 조나라로 돌아왔다고 한다. 따라서 시에서 말하는 군후(君侯)는 인상여를 말한다. 곧, 이 부분은 유희춘 자신이 귀중하게 생각하는 먹을 온전하게 보전해 달라고 인상여에게 하소연이라도 하고 싶다는 뜻을 말했다고 이해할 수 있다. 결구에서는 먹을 오랫동안 쓰지 못한 아쉬움을 드러내었는데, 춘추 시대 제나라의 어진 재상인 안영(晏嬰)이 여우 갖옷 한 벌을 30년 동안 입은 것에 대비하여 자신은 그렇게 하지 못했음을 부끄럽게 생각하고 있음을 전하였다.

다음 위와 같은 맥락에서 작품 「문조산보사(聞造山堡事)」를 들면 다음과 같다.

세 봉화 처음 경보 알리더니	三烽初報警
다섯 횃불 불현듯 동으로 온다	五炬奄來東
벌과 전갈 비록 독 품었으나	蜂蠆雖懷毒
웅·비는 씩씩함 다투는구나	熊羆正競雄
유곤의 피리 장한 전략 아니며	劉笳非壯略
설인귀의 화살 기공을 세웠다지	薛箭有奇功
저 멀리 생각건대 장안의 성왕께선	遙想長安聖
응당 위강의 충성을 시행해야 하리[20]	應施魏絳忠

---

20 柳希春, 『眉巖集』 卷1, 「聞造山堡事」.

이 작품의 시제는 '조산보(造山堡)의 사변을 듣고' 정도로 풀이할 수 있다. 조산보는 함경북도 경원(慶源)에 있는 보 이름으로 당시 외적의 침해를 자주 받았던 것으로 알려져 있다. 유희춘은 조산보에 외적이 침입했다는 소식을 듣고 위 작품을 지은 것으로 보이는데, 내용을 온전히 이해하기 위해서는 곳곳에 숨겨져 있는 전고를 이해해야만 한다.

먼저 수련에서는 조산보에 외적이 침입하자 이러한 다급한 사태를 알리는 모습이 그려졌다. 세 봉화가 경보를 울렸다는 것은 다급함의 정도가 심했음을 알 수 있다. 봉화대는 군사상의 목적을 위하여 설치한 통신수단으로 외적이 침입했을 때 위험 정도에 따라 신호를 단계별로 알렸다. 평시에는 일거(一炬)이지만 적형(賊形)이 나타나면 이거(二炬)로, 또 경(境)에 가까워오면 삼거(三炬), 경을 범하게 되면 사거(四炬)이고, 접전(接戰)이 시작되면 오거(五炬)로 표시하는데, '세 봉화'를 말하는 것으로 보아 적이 경계선에 다가왔음을 알 수 있다. 함련 1구의 '봉채(蜂蠆)'와 2구의 '웅비(熊羆)'는 의미상 서로 대립되는데, 전자는 독충(毒蟲)으로서 외적을 나타내고, 후자는 외적에 맞서 싸우는 용맹스러운 장수를 뜻한다. 경련의 1구 '유가(劉笳)'는 중국 진(晉)나라 혜제(惠帝) 때의 사직신(社稷臣)인 유곤(劉琨)이 불었던 피리를 뜻한다. 『진서(晉書)』 권62의 「유곤전(劉琨傳)」에 따르면, 유곤이 일찍이 병주 자사(幷州刺使)가 되어 진위 장군(振威將軍)의 직함을 띠고 있을 때 오랑캐가 노략질을 자행하는 진양(晉陽)으로 가서 전투를 벌이던 중 오랑캐 기병에게 성이 겹겹으로 포위되어 빠져나갈 길이 없었다. 유곤은 달빛 아래 누각에 올라가 청아하게 휘파람을 불자 적들이 그 소리를 듣고 처량한 생각에 장탄식을 하였고, 다시 한밤중에 피리를 불자 눈물을 흘리며 고향땅을 간절히 그리워하였으며, 새벽녘에 피리를 또 불자 적들은 모두 포위를 풀고

달아났다고 한다. 2구의 '설전(薛箭)'은 중국 당나라 고종(高宗) 때의 장군인 설인귀(薛仁貴)가 쏜 화살을 뜻한다. 『신당서(新唐書)』 권111의 「설인귀열전(薛仁貴列傳)」에 따르면, 설인귀는 일찍이 천산(天山)에서 10여 만의 돌궐족(突厥族)을 향하여 화살 세 발을 발사하여 잇달아 세 사람을 차례로 죽이자, 돌궐족이 기가 꺾여서 모두 항복하였는데, 이에 "장군이 화살 셋으로 천산을 평정하니, 장사들은 길이 노래하며 한관을 들어간다.[將軍三箭定天山 壯士長歌入漢關]"라고 노래 불렀다는 고사가 전한다. 미련의 2구에서도 전고를 운용했는데, '위강충(魏絳忠)'이란 '위강(魏絳)의 충성'이라는 뜻으로 위강은 춘추 시대 진(晉)나라의 대부로 도공(悼公) 때 산융(山戎) 무종자(無終子)가 호표(虎豹)를 바치며 화친을 청하니, 위강은 산융과 화친하면 다섯 가지 이로운 점이 있다고 말하였다. 이를 계기로 진후(晉侯)는 위강을 시켜 여러 산융과 회맹(會盟)하게 하였고, 그 덕분에 진나라는 융환(戎患)이 그치게 되었다고 한다.

이상 시의 내용을 살폈는데, 전고의 이해 없이는 완전한 의미 파악이 힘들다고 할 수 있다. 보통 율시의 경우, 함련과 경련에서 전고를 운용하고 마는데, 위 작품은 마지막 미련 2구까지 전고를 운용함으로써 이로 인해 의미를 극대화하는 모습을 보이고 있다.

또 다른 작품을 예시로 들어본다. 이 작품의 시제는 「요사송정순정황(遙謝宋庭筍庭篁)」이다.

모래바람 날리는 하늘 끝에 홀로 서서	獨立風沙天一邊
친구 편지에 발자국 소리인양 기뻐했다	故人書到喜跫然
문필 예봉 매화부에 뒤지지 않는데	詞鋒不減梅花賦
장원 급제 어찌 의죽편을 기다리랴	科甲何須蟻竹編

서회의 남전 전별 일찍이 곡진하였고	徐晦藍田曾繾綣
후산의 담이 이별 매우 애처로웠다	后山儋耳極哀憐
어느 해에 천둥 비에 때 씻어내고	何年雷雨湔瑕垢
우리 모두 한·장 되어 연주시 지을는지[21]	共作韓張會合聯

이 작품의 시제는 '멀리서 송정순(宋庭筍)·정황(庭篁) 형제에게 사례하다' 정도로 풀이할 수 있다. 시제와 전체 내용으로 보았을 때 유희춘이 종성 유배 시절 멀리 떨어진 송정순·정황 형제가 편지를 보내왔고, 이에 답장으로 보낸 시가 위 작품이라고 하겠다. 송정순은 호가 물염정(勿染亭)으로 일찍이 유희춘과 경사를 함께 강론한 바가 있고, 송정황은 송정순의 아우로 1556년 문과에 급제하여 벼슬에 나아갔으나 당시 실세(實勢)였던 윤원형(尹元衡)과 뜻이 맞지 않아 결국 등용되지 못하고 죽었던 인물이다. 저간의 사정을 살폈을 때, 유희춘과 의기투합할 수 있는 인물임을 알 수 있는데, 이 두 형제에게서 편지를 받았으니 그 기쁨이 컸을 것이다.

위 작품을 이해하는 중요 단서 또한 전고라고 할 수 있다. 심지어 수련의 1구와 미련의 1구를 제외한 나머지 모두에서 전고를 운용하고 있어서 이에 대한 선행 연구가 부족하다면, 난해한 작품으로 각인될 수도 있다. 먼저 수련에서는 멀리 종성에서 유배 생활을 하고 있는데, 친구의 편지가 와서 마치 아는 이가 오는 발자국 소리인 양 반가웠다는 의미를 담았다. 여기에서 2구의 '희공연(喜跫然)'은 외로운 처지에서 지인(知人)의 방문이나 소식을 듣는 것을 말하는데, 『장자』 「서무귀(徐無鬼)」에 "혼자 빈 골짜기에 도망쳐 살 때에 인기척만 들려도 반가울 텐데, 더구나

---

21 柳希春, 『眉嚴集』 卷1, 「遙謝宋庭筍庭篁」.

형제와 친척의 기침 소리가 옆에서 들려온다면 어떻겠는가.[夫逃虛空者
聞人足音跫然而喜 又況乎昆弟親戚之聲欬其側者乎]라는 내용에서 유래하였
다. 함련에서는 송정순·정황 형제의 문장 솜씨가 뛰어나기 때문에 반드
시 과거에 급제할 것이라는 의미를 담았다. '매화부(梅花賦)'는 당나라
송경(宋璟)이 지은 「매화부(梅花賦)」를 말하고, '의죽편(蟻竹編)'은 음덕(陰
德)으로 과거에 급제함을 이른다. 어떤 사람이 물에 빠져 헤매는 개미를
보고 장난삼아 대나무를 엮어 다리를 만들어 건너게 해주었다. 이 이야
기를 들은 스님이 "이것은 음덕이다. 훗날 과거에 장원하리라." 했다는
말이 『운부군옥(韻府群玉)』 권5에 나온다. 경련에서는 송정순·정황 형제
와의 이별이 아쉬웠음을 서회(徐晦)와 진사도(陳師道)의 일을 들어 보여
주었다. 『당서(唐書)』에 따르면, 서회는 당나라 때 산동(山東)의 선비로
당시 높은 벼슬에 있던 양빙(楊憑)과 관련하여 이러한 일이 있었다. 양빙
은 친구를 가려 사귀고 기절(氣節)을 숭상하여 많은 사람들로부터 부러
움을 샀다. 그가 경조윤(京兆尹)으로 있다가 어사중승(御史中丞) 이이간
(李夷簡)의 탄핵을 받아 임하위(臨賀尉)로 폄직되었는데, 그러한 일로 인
하여 그 뒤 찾아가는 사람이 한 명도 없었다. 그러나 평소 잘 지내던
서회만이 남전(藍田)까지 가서 전별하여 신의를 저버리지 않았다고 한
다. 또한 후산(后山)은 송나라 진사도의 호이고, 담이(儋耳)는 남만족(南
蠻族)의 고장으로 소식(蘇軾)이 혜주(惠州)로 귀양을 간 지 3년 만에 이배
(移配)된 곳이다. 소식과 진사도는 사제지간으로 당시 스승을 귀양 보낼
때 제자의 슬픔이 컸음을 알 수 있는 대목이다. 그리고 마지막 미련에서
는 송정순·정황 형제를 다시 만나 시문을 주고받을 날을 고대한다는
뜻을 담았다. 2구의 '한장(韓張)'은 당나라 때의 시인이자 문장가인 한유
(韓愈)와 장적(張籍)을 가리키는데, 장적은 한유의 추천으로 국자 박사(國

子博士)가 되었으며, 둘은 시문을 주고받으며 친분을 쌓았던 것으로 알려져 있다. 곧, 유희춘 자신이 송정순·정황 형제와 하루 빨리 만나 시를 주고받고 싶다는 심사를 과거의 옛 문인들을 들어 간접적으로 나타내었다고 하겠다. 전고가 시 내용을 이끄는데 막대한 기능을 담당했음을 알 수 있는 작품이다.

다음 작품은 위 두 시들보다 더욱더 전고에 기댄 형상이다. 시제는 「답이경회시문(答李景晦示文)」으로 예시하면 다음과 같다.

누가 보옥을 가져다가 초공에게 보였나	誰把和瑜示楚工
연꽃이 푸른 못에서 나와 깜짝 놀라 보았다	驚看荷出碧潭中
서로 업신여겨 소·황의 자태 비웃었고	相輕久笑蘇黃態
묻기를 좋아하여 안·계의 기풍 많았으며	好問深多顏季風
장량처럼 손·오를 좋아하여 수석을 면했고	張悅孫吳終受石
양웅같이 시부만을 탐하여 조충을 후회했다	楊耽詞賦悔雕蟲
구름 안개 헤치고 하늘 해를 보려면	欲披雲霧覩天日
그대는 응당 회옹을 경모해야 하리[22]	景晦應須景晦翁

시제에 따르면, 이경회(李景晦)가 자신이 지은 글을 유희춘에게 보이자 이에 화답하는 의미에서 지었다고 생각한다. 이경회는 이염(李爛)의 자로 1545년 을사년에 '역적의 가까운 친척'이라는 이유로 파직되고, 1547년 정미년에 경흥(慶興)에 귀양 갔다가 뒤에 석방되어 돌아왔으며, 벼슬은 이조 정랑에 이르렀던 인물이다. 아마도 이경회가 경흥에 유배 시절 종성에서 유배 생활하고 있던 유희춘을 만난 것이 아닌가 추측해본다.

---

22 柳希春, 『眉巖集』卷1, 「答李景晦示文」.

위 작품의 수련에서는 비유법을 활용하여 이염이 유희춘에게 글을 보여준 것을 미화하였다. 즉, 1구의 보옥은 이염의 글을 가리키는 것이고, 2구의 연꽃은 이염의 글이 훌륭함을 뜻한 것으로 생각된다. 그러면서 '화유(和瑜)'와 '초공(楚工)'이라는 말을 사용함으로서 마찬가지로 전고에서 벗어나지 못하는 모습을 보이고 있는데, 이들 어휘로 인하여 앞에서 이미 언급한 화씨지벽을 가리킴을 알 수 있다. 함련에서는 이염의 문인다운 면모와 유학자다운 면모를 각각 부각시켰는데, 전자는 송나라의 문인인 소식과 황정견(黃庭堅)에, 후자는 공자의 제자인 안연(顔淵)과 계로(季路)에 각각 빗대었다. 경련에서는 중국의 역사적인 인물인 장량(張良)과 양웅(揚雄)을 등장시켜 이염이 어떤 인물이라는 것을 알렸다. 다시 말해, 1구에서는 병법(兵法)에 관심이 있었음을, 그리고 2구에서는 양웅과 같이 문사(文詞)나 지었던 것을 후회했음을 말하였다. 1구의 의미를 좀더 구체적으로 알기 위하여 관련된 전고 내용을 살피면 다음과 같다. 장량은 일찍이 하비(下邳)의 다리 위에서 황석공(黃石公)이라는 노인에게서『태공병법(太公兵法)』을 받고 익혀서 한나라 고조(高祖)를 도와 천하를 통일하는데 일조했던 인물이다. 손·오는 손무(孫武)와 오기(吳起)를 병칭한 것으로 여기서는 병법의 대명사처럼 쓰였다. 수석(受石)은 중국 호북성(湖北省) 곡성현(穀城縣)의 하남(南河)에 있는 돌의 이름으로 그 석근(石根)은 죽엽과 같고 황색을 띠고 있는데, 이것을 본 사람은 흉한 일이 생겼다고 한다. 때문에 수석은 곧, 죽음을 의미하게 되었다. 결국 1구에서는 이염이 장량처럼 병법을 익혀 죽음을 당하지 않고 무사했다는 뜻을 담았다. 미련에서는 훌륭한 사람을 만나려거든 반드시 남송의 유학자인 주희(朱熹)를 경모할 것을 강조하면서 끝을 맺었다. 1구와 관련해서『세설신어(世說新語)』에 연관된 이야기가 나오는데, 진(晉)나

라 장수인 위관(衛瓘)이 상서령(尚書令)이 되었을 때에 악광(樂廣)이 조정
의 명사들과 이야기하는 것을 보고 기특히 여겨 말하기를, "이 사람은
사람 중의 수경(水鏡)이라 만나보면 운무를 헤치고 청천을 본 것 같다."라
고 했다 한다. 이로써 마지막 부분까지 전고가 운용되었음을 알 수 있다.

3. 표현 기법에 대한 시각과 의의

수사의 사전적 의미는 말이나 글을 다듬고 꾸며서 보다 아름답고,
정연하게 하는 일이다. 이러한 수사는 문학 작품을 창작함에 있어 표현
방법 및 기법적인 측면과 연결되는데, 작품이 예술성, 문학성을 확보
하기 위한 하나의 장치라고도 볼 수 있다.

유희춘은 자신이 가진 생각을 시를 통해 드러내었는데, 여러 작품을
통해서 이러한 수사적 기법을 활용했음을 확인하였다. 특히, 많은 수사
적 기법 중에서도 은유와 상징, 인유 등의 기법을 활용하였는데, 이들
세 수사 기법이야말로 수사법 중에서도 가장 중심에 놓일 수 있는 것들이
어서 주목을 요한다. 은유는 비유법의 하나로서 연결어가 없이 어떤 대상
을 다른 대상으로 바꾸는 것이기 때문에 의미를 파악하려는 고도의 집중
력이 없다면, 작자가 무엇을 전하려고 하는지를 알 수가 없다. 상징은
원관념은 숨은 상태에서 보조관념만 내보이는 것이기 때문에 은유와 마
찬가지로 곧바로 의미 파악이 안 될 수도 있다. 인유는 인용법이라고도
할 수 있는데, 한시의 경우 작자의 박학다식(博學多識)을 알게 해주는
한 부분이기도 하며 작품의 의미 파악을 하는 입장에 놓인 사람에게 때로
는 난감함을 안겨주는 요인이 되기도 한다. 그런데 유희춘은 시 창작을

함에 있어 이러한 인유의 방법을 광범위하면서도 깊이 있게 활용하여 다른 문인의 시와 대비했을 때 난해함은 더했다고 할 수 있다. 어쩌면 유희춘의 시를 아는 최대의 관건은 전고를 어떻게 활용했는지를 아는 것이 된다고 할 정도로 인유법은 중요하게 생각해야 한다.

　그렇다면 유희춘은 이러한 수사적 표현 기법을 의도하고 작품을 지었을까? 아니면 의도하지 않는 가운데 작품을 지었을까? 결론은 의도하고 지었다라고 할 수 있다. 그 이유는 수사적 기법을 활용한 작품이 작자의 어떤 처지와 상황에서 지어졌는지를 보면 알 수 있기 때문이다. 유희춘의 282수의 시는『미암집』권1과 2에 편집되어 있는데, 전자에는 120제 126수, 후자에는 123제 156수가 있다. 권1과 권2의 가장 큰 차이점은 유배 시절에 지었느냐? 그렇지 않느냐? 하는 점이다. 즉, 권1은 유희춘이 함경도 종성 유배 시절에 지은 작품으로 모두 채워져 있으며, 권2는 몇 작품을 제외하고 대다수는 해배 후 복직한 후에 지은 것으로 이 둘은 작품 창작의 시공간의 차이로 인하여 많은 점에서 확연한 변별을 보이고 있다. 그리고 또 한 가지 짚고 넘어가야 할 것은 권1과 2의 수사적 활용 빈도수의 차이인데, 앞의 2장에서 인용한 시를 근거해 보더라도 수사적 기법을 주로 활용한 작품이 권1에 소재해 있음을 알 수 있다. 2장을 서술하던 중에 인용한 작품 수는 총 13편인데, 그중「갱사유주덕봉하불위천거계시성중(更思留住德峯下不爲遷居計示成仲)」을 제외한 12편이 모두 권1에 소재해 있다는 것은 시사하는 바가 크다. 다시 말해 유희춘은 유배 시절에 지은 작품에서는 수사적 기법을 적극 활용했지만, 해배 후에 지은 작품에서는 대체로 수사적 기법을 활용하지 않는 모습을 보였다는 것이다. 그렇다면, 이러한 현상을 어떻게 바라보아야 할 것인가? 그렇게 된 연유를 추측해보자면, 유배지에서 작품을 창작할 때 직서적

(直敍的)으로 표현하지 못한 심리적인 요소가 있었을 것으로 생각한다. 따라서 한 작품을 창작할 때마다 깊은 사려가 우러나올 수밖에 없었고, 밖으로 표현해내기 위해서는 특별한 문학적 장치가 필요했을 것이다. 그 문학적 장치가 바로 수사적 표현 기법이 된 것이고, 많은 수사적 기법 중에서도 은유와 상징, 인유 등을 끌어다 썼을 것으로 생각한다.

유희춘은 주지하다시피 문인이면서도 학자적인 면모가 강하여 그동안 시 작품에 대한 문예적인 평가를 특별히 하지 않았었다. 문예적인 평가라는 것은 결국 문학성 및 예술성을 보고 이야기하는 것인데, 경세적인 모습이 두드러져서 작품에 대한 구체적인 평가가 이루어지지 않았다고 생각한다. 하지만, 유희춘의 시를 구체적으로 들여다보면, 특히 유배지에서 지은 작품의 경우, 수사적 표현 기법을 적극적으로 활용하고 있기에 문학성 및 예술성을 어느 정도 획득했다고 볼 수 있다. 수사적 표현 기법 자체가 '어떻게 표현할 것인가?'와 관련된 것으로 문예에 대한 인식이 부족하다면 보여줄 수 없는 것이다. 따라서 유희춘의 학자적인 면모만 부각시키면서 시를 재단(裁斷)한다면 작품을 온전히 보지 못할 수도 있다. 적어도 유희춘의 시를 바라볼 때는 이러한 표현 기법에 유의해서 바라보아야 작품을 제대로 이해할 수 있을 것이다. 유희춘이 살았던 16세기는 학문과 문예가 막 융성하게 꽃피던 시절로 학자적인 기질을 가졌던 작자가 시를 창작할 때는 문예적 장치가 특별히 필요함을 느꼈던 것이다. 때문에 유희춘을 학자로 보면서도 한편, 문예 기질이 풍부한 문인으로 보아야 하며, 이를 대변해주는 것이 수사적 표현 기법을 활용한 작품들이라고 할 수 있다. 이러한 이유로 유희춘에게 있어 수사적 표현 기법을 활용한 작품은 최고의 문예미를 자랑하는 것으로서의 의의를 지닌다고 하겠다.

4. 맺음말

본 논고는 미암 유희춘 한시에 나타난 수사적 표현 기법 양상을 정리해보고, 이를 바탕으로 그 의의를 구명해보고자 작성되었다.

『미암집』 권1과 2에는 총 282수의 시가 수록 정리되어 있는데, 주목해야 할 부분은 표현 기법이다. 유희춘의 시에는 직설적인 표현으로 인하여 어렵지 않게 이해할 수 있는 작품도 있지만, 시를 형상화함에 있어 수사적 표현 기법을 쓰고 있음을 볼 수 있는데, 원관념을 전달하기 위하여 다른 관념을 끌어다 활용하는 비유의 방법을 쓰고 있기 때문이다. 또한 수많은 전고를 운용하고 있음도 볼 수 있었다. 따라서 본 논고에서는 이러한 표현 기법에 치중하여 유희춘의 시를 분석, 정리하여 이러한 문학적 장치가 궁극적으로 획득할 수 있는 것이 무엇인지를 따져보려고 하였다.

유희춘이 시를 형상화함에 있어 주로 활용한 수사적 표현 기법으로는 은유(隱喩)와 상징(象徵), 인유(引喩) 등이 있었다. 유희춘은 시에서 은유적 표현 기법을 다양하게 구사하였는데, 첫째 원관념과 보조관념이 뚜렷하게 연관되는 경우, 둘째 상황에 대한 이해가 부족하다면, 보조관념이 무엇을 뜻하는지 알 수 없는 경우, 셋째 한 작품 안에 여러 보조관념이 나와서 결국 원관념을 유추하게 하는 경우, 넷째 한 작품 안에 비슷한 의미를 가진 보조관념이 연속으로 나와 마찬가지로 원관념을 유추하게 하는 경우, 다섯째 하나의 보조관념을 시의 처음에 제시한 후 이것으로써 마지막까지 내용을 이끌어가는 은유의 기법을 활용한 경우 등 의미를 전달하는 기법이 실로 다양함을 볼 수 있었다. 이에 해당하는 대표적인 작품으로 『미암집』 권1에 소재한 「희투우계(戲投羽

溪)」, 「직목음(直木吟)」 등을 들었다. 또한 유희춘의 시 중에는 제목을
통해 상징적으로 무엇인가를 나타내 보여주려고 한 작품이 있는데, 상
징적이기 때문에 단일의 의미보다는 중의적으로 의미를 파악하게 한
다. 이처럼 독자로 하여금 의미를 중의적으로 파악하게 한 것은 작자가
의도하지 않았다면 그럴 수 없다고 생각하는데, 「창기가요」와 「반무당」
등 두 작품이 이에 해당하였다. 마지막으로 유희춘은 박람강기한 사람
으로서 시를 창작함에 있어 이러한 자신의 능력을 충분히 발휘하였다.
그러한 박람강기함은 결국 시에 나타난 전고 운용 실태를 보고서 알
수 있는데, 절구 및 율시, 장시 등 많은 작품에서 전고가 나와 비록 절구
작품일지라도 쉽게 이해되지 않는 측면이 있었다. 본 논고에서는 전고
를 통해 풍유법을 활용한 많은 작품을 모두 예시할 수 없기에 전고를
통해 결국 한 작품의 의미를 주도적으로 이끈 몇 가지 경우를 들었는데,
예로 든 작품으로는 「탄묵쇄」, 「문조산보사」 등이다.

유희춘은 자신이 가진 생각을 시를 통해 드러내었는데, 여러 작품을
통해서 이러한 수사적 기법을 활용했음을 확인하였다. 그러면서 유배
기에 유달리 수사적 표현 기법을 활용한 점에 주목하면서 유배지에서
작품을 창작할 때 직서적으로 표현하지 못한 심리적인 요소가 있었을
것으로 생각하였다. 따라서 한 작품을 창작할 때마다 깊은 사려가 우러
나올 수밖에 없었고, 밖으로 표현해내기 위해서는 특별한 문학적 장치
가 필요했을 것으로 결론지었다. 그리고 마지막으로 유희춘을 학자로
보면서도 한편, 문예 기질이 풍부한 문인으로 보아야 하며, 이를 대변
해주는 것이 수사적 표현 기법을 활용한 작품들이라고 하였다. 이러한
이유로 유희춘에게 있어 수사적 표현 기법을 활용한 작품은 최고의 문
예미를 자랑하는 것으로서의 의의를 지녔다고 보았다.

미암 유희춘 시의 전고 운용 양상과 의미

1. 머리말

한시를 어떻게 지을 것인가 하는 작시(作詩)에 대한 고민은 전통 시대 문인이라면 누구나 했을 것인데, 전고(典故) 운용에 대한 문제도 이런 맥락 하에서 나왔다. 전통 시대 문인이라면 전래한 고전을 학습하고 익숙하게 암송하며, 이를 또한 작시 과정에서 자연스럽게 운용했기에 특이한 현상으로 받아들이지도 않았다. 시를 창작하는 작자는 지나치게 험벽(險僻)한 것을 사용하지 않는 이상 자신의 시를 읽는 독자 또한 당연히 전고를 알고 시를 이해할 것이라는 확신을 가지고 있었다. 그만큼 작자와 독자 사이에는 공유한 텍스트가 있었고, 이 공유한 텍스트는 전고 운용의 원래 텍스트로서 누구나 인정을 했기 때문에 활용하는 사람도 그것을 받아들이는 사람도 큰 거리낌을 느끼지 않았다. 즉, 전고 운용은 이처럼 특별한 것이 아닌 보편적인 것으로써 시를 지을 때에 필요한 한 방법이 되었다. 따라서 중국과 우리나라에서 시학(詩學)을 논한 수많은 문인들은 당연히 시의 전고 운용에 관심을 두었는데, 이러한 문학적 장치(Literary device)를 이해한다는 것은 문학 작품을 향수하기 위한 출발점이기 때문에 이에 대한 이론적 연구를 바로 시학의 소임으로 생각하였다.[1] 또한 전고 운용은 시문의 작법이나 미학의 중요한 축을 이루고 있기에[2] 연구 대상이 되기에 충분하다.

본 논고는 미암(眉巖) 유희춘(柳希春)이 시에서 운용한 전고의 원래 텍스트 범위와 양상에 관심을 가지고 이를 바탕으로 미학적 의미를 구명하고자 한다. 유희춘은 16세기 문인으로서 여느 문인들과 마찬가지로 시문을 지을 때 익힌 고전을 자연스럽게 시에 운용하였다. 한 편의 시에 전고 운용이 지나치게 많을 경우, 현대적 입장에서 해독이 안 되어 전체적인 내용 파악조차 하기 힘들 수도 있는데, 유희춘의 시야말로 바로 이런 경우에 해당된다고 하겠다. 앞에서 말한 대로 전통 시대에는 작자와 독자 사이에 익힌 공통된 텍스트가 거의 정해져 있다시피 하여 공유할 수 있는 부분이 분명히 있었는데, 현대는 전통 시대와는 달라 한시를 해독함에 있어 전고는 커다란 걸림돌이 되기 일쑤이다. 현대에도 관용어구로 굳어진 전고야말로 누구나 알 수 있지만, 그렇지 않은 경우라면 많은 시간을 할애하여 시 내용에 맞는 전고를 찾아야 한다. 전통 시대 다른 문인들이 그러했듯이 유희춘도 시를 창작함에 먼 훗날의 독자까지 고려하지는 않았을 터이고, 때문에 아무리 어려운 전고를 사용했더라도 그의 시를 이해하기 위해서는 여러 번의 고비를 마다않고 넘어야 하는

---

1 崔美汀, 「漢詩의 典據修辭에 대한 고찰 – 麗末·鮮初의 詩話를 중심으로」, 『국문학연구』 47집, 국문학연구회, 1979, 1쪽 참조.

2 李鍾默, 「고전시가에서 用事와 點化의 미적 특질」, 『한국시가연구』 3집, 한국시가학회, 1998, 324쪽 참조.

고충이 뒤따른다. 유희춘은 자신의 높은 지식수준을 알리기 위한 방편으로 시에서 전고 운용을 하지는 않았을 것이다. 김굉필(金宏弼)의 문인인 부친 계린(桂隣)을 이는 가학적(家學的)인 분위기와 함께 최산두(崔山斗)와 김안국(金安國)에게 나아가 수학한 전력을 통해 보자면,[3] 어려서부터 자연스럽게 학문을 터득하고 결국 이런 학문적 바탕이 시 창작의 전고로 운용되었으리라고 생각한다. 그리고 그가 운용한 전고를 정리해보면, 경(經)·사(史)·자(子)·집(集) 모두에 망라되어 있는데, 이는 그의 독서 취향과도 관련된다. 이러한 전적(典籍)을 바탕으로 한 독서 경험은 한 편의 시가 완성되기까지 전고를 운용한 형태로 그대로 드러나 결국, 유희춘 시의 한 특징을 이루고 있다. 유희춘 시의 특징은 곧, 16세기 유학자적 문인의 시 특징이기도 한데, 따라서 본 논고를 통해 16세기 문인이 남긴 시의 한 단면을 엿볼 수 있으리라고 생각한다.

2. 전고 텍스트의 범위

전통 시대 문인들이 시 창작에 활용한 전고의 범위는 어느 정도였을까? 그 범위는 개인적인 편차로 인하여 하나로 규정하기는 힘들지만, 이는 한 개인의 독서 체험 및 경험과 관련된다 하겠다.

유희춘은 어느 문인보다도 독서 체험과 경험이 다양하면서 넓었고,

---

3 유희춘의 구체적인 생애에 대해서는 본 논고에서는 별도로 정리하지 않는다. 생애에 대해서는 정재훈의 논문(「眉巖 柳希春의 생애와 학문」, 『남명학연구』 3집, 경상대학교 남명학연구소, 1993) 및 김종성의 논문(「眉巖 柳希春의 한시 연구」, 전남대학교 교육대학원, 석사학위논문, 2003)을 참조할 것.

암기력이 뛰어나 이러한 점이 여러 사람의 입에 회자되었다. 이는 몇몇 기록을 통해 알 수 있는데, 구체적인 사례를 들어보면 다음과 같다.

① 종성(鍾城)에 안치(安置)된 유희춘[천품이 온아하고 **경사에 박통(博通)**했다.][4]

② 미암 유희춘은 을사사화 때 종성에서 귀양살이한 것이 19년 동안이나 되었다. 곤궁하게 살아가면서도 **만 권이나 되는 서적을 독파(讀破)**하고 ……[5]

③ **책은 읽지 않은 것이 없어 경전자사(經傳子史)에서 벽서소설(僻書小說)까지 통달하지 않은 것이 없었는데**……[6]

④ 전 홍문관 부제학 유희춘이 죽었다. 유희춘은 박람강기(**博覽强記**)하여 서사(書史)를 다 외우고 성품이 온화하니……[7]

⑤ 유희춘은 **널리 책을 읽고 잘 기억했으며** 역시 당시에 명예가 있었다.[8]

⑥ 미암 유희춘은 **경적(經籍)에 넓게 통하고 아울러 자사(子史)에 이르기까지 모두 거침없이 외었다.**[9]

---

4 『朝鮮王朝實錄』明宗20年 12月 2日 條.

5 金時讓, 『涪溪記聞』, 柳眉巖希春 乙巳之禍坐謫鍾城者十九年 窮居喫口讀破萬卷..

6 崔益鉉, 『勉菴集』卷25, 「眉巖先生柳公神道碑銘」, 於書無所不讀 自經傳子史 以至僻書小說 靡不貫通……

7 李珥, 『石潭日記』下卷, 前弘文館副提學柳希春卒 希春博覽强記 擧書史輒成誦 性且溫和.

8 李珥, 『石潭日記』上卷, 柳希春博覽强記 亦有時譽.

9 尹根壽, 『月汀漫筆』, 柳眉岩希春 博通經籍 傍及子史 擧輒成誦.

　⑦ 본관은 본래 선산(善山)이다. 자는 인중(仁仲)이고, 호는 미암(眉巖)이며 …… **책을 널리 읽고 기억력이 좋았으며 학문에 정통하고 읽지 않은 책이 없었다.**[10]

　⑧ **희춘은 기억력이 남보다 뛰어나 경서(經書)나 사서(史書)를 한 번 보기만 하면 외우니,** 당대의 박학한 유신(儒臣)인 기대승(奇大升)·김계휘(金繼輝) 등이 모두 첫째 자리를 양보하였다. 천성이 온화하고 후하여 모나지 않았으며 조용하고 검소하여 마치 빈한한 선비처럼 처신하였다. 다만 **서적을 몹시 좋아하여 음악과 여색에 빠진 것처럼 하였다.**[11]

　⑨ 미암 유희춘은 **『주자대전(朱子大全)』을 배송(背誦)하였고** …….[12]

　⑩ 글을 믿은 잘못이야 달게 받겠지만, 궁한 시름에 글맛이 더욱 깊어가네. 먼 곳에서 특별한 글 다리 없이도 이르니, 집사람들 손뼉 치며 서음(書淫)이라 비웃네.[13]

　①과 ②에서는 유희춘의 유배 사실과 함께 그의 성품과 특징 등을 언급하였고, ③부터 마지막 ⑨까지는 독서에 대한 열의와 그로 인한 박통(博通), 그리고 기억력이 뛰어나 책 내용을 외었던 일 등을 주로 적었다. 유희춘은 그의 나이 35세 때(1547, 명종2) 일어났던 양재역벽서사건(良才驛壁書事件)에 연루되어 처음에는 제주도로 유배 갔었다. 그러나

---

10 『海東雜錄』 4, 「柳希春」, 其先本善山人 字仁仲 號眉岩 …… 博覽强記 精於學問 無書不讀.

11 『宣祖修正實錄』 10年 5月 1日 條.

12 李德懋, 『青莊館全書』 卷56, 「盎葉記」 3, 柳眉巖希春 背誦朱子大全.

13 柳希春, 『眉巖集』 卷1, 「文山集來自洛中」, 信書自誤尙甘心 書向窮愁味轉深 千里異書無脛至 家人拍手笑書淫.

고향 해남(海南)과 가깝다는 이유로 함경도 종성(鍾城)으로 다시 배치되어 55세 때(1567, 선조1) 해배(解配)될 때까지 근 20년간 유배의 세월을 보냈다. ①과 ②에서는 이러한 그의 유배 사실과 함께 다독(多讀)했음을 알리고 있다. 특히, ②의 만 권을 독파했다는 기록은 다소 과장된 부분이 있기는 하지만, 많은 책을 통해 유배의 아픔과 쓸쓸함을 달랬음을 알 수 있다. ③에서는 유희춘의 독서의 폭이 어느 정도였는지를 구체적으로 알려주고 있다. 유희춘은 편벽되게 독서하기 보다는 두루두루 읽었고, 심지어 유학자들이 즐겨 읽지 않는 벽서와 소설까지 망라했음을 언급하였다. ④와 ⑤는 이이(李珥)의 일기 내용으로 유희춘의 온화한 성품과 역시 뛰어난 암기력을 말하였다. ⑧은 유희춘의 뛰어난 암기력을 당대 문인인 기대승·김계휘 등과 비교함과 동시에 마찬가지로 책을 좋아한 사실을 마치 "음악과 여색에 빠진 것 같았다."라고 하여 독서벽(讀書癖)을 강조하였다. ⑩은 『미암집』 권1에 수록된 유희춘의 시문으로 종성 유배 시절 남송의 정치가 겸 시인인 문천상(文天祥)의 문집 『문산집(文山集)』이 한양에서 오자 그 기쁨을 나타낸 작품이다. 특히, 마지막 구절의 '서음'은 서책 읽기를 몹시 좋아하여 그것으로 버릇이 되어버린 것을 뜻하는 말로 유희춘의 독서 열의를 알 수 있는 대목이다.

이상 유희춘의 독서량과 뛰어난 암기력 등에 대한 기록 내용을 살폈는데, 이러한 그의 면모는 결국 시의 전고 텍스트에 운용되었을 것으로 판단된다. 이렇듯 유희춘이 시에서 운용한 전고를 동양 전적의 분류 방법인 경·사·자·집 4부(部)로 세분해 보면, 경부의 12종, 사부의 19종, 자부의 21종, 집부의 18종 등 총 59종을 시 창작에 운용했음을 알 수 있다.[14]

---

14 유희춘의 전고 운용에 대한 구체적인 상황은 【별첨】1의 표를 참조할 것. 경·사·자·

이런 숫자상의 통계는 사실 현상적인 모습만을 두고 판단한 것으로 정확하다고 단언할 수는 없으며, 대체로 그러한 것으로 보아야 한다.

경부의 12종을 보면, 소위 13경에 포함되는 전적(典籍)이 대다수를 차지하고 있지만, 『소학』·『여씨춘추』·『중용』·『한시외전』 등 그렇지 않은 것도 있다. 『소학』은 유자징(劉子澄)이 아동들에게 유학을 가르칠 목적으로 편찬한 수신서(修身書)이고, 『여씨춘추』는 중국 진(秦)나라 때의 여불위(呂不韋)가 편찬한 역사서이며, 『한시외전』은 중국 전한(前漢)의 한영(韓嬰)이 편찬한 『시경』 해설서이다. 사부의 19종에는 사마천(司馬遷)의 『사기』를 비롯하여 중국 역사를 알 수 있는 전적들이 총망라되어 있다. 이 중에서 『사기평림』·『삼보황도』·『월절서』·『현안춘추』 등은 전적의 이름만 보아서는 그 내용을 짐작할 수 없다. 『사기평림』은 사마천이 지은 『사기』에 대한 제가(諸家)의 해설과 주석을 명나라의 능치륭(凌稚隆)이 모두 집록(輯錄)하여 엮은 책이고, 『삼보황도』는 진(秦)·한 대(漢代) 장안(長安)의 지리와 궁전(宮殿)·능묘(陵墓)·학교(學校)·교치(郊畤) 및 주대(周代)의 유적 등의 위치와 모습을 수록한 책이며, 『월절서』는 한나라 때 원경(袁庚)이 편찬한 책으로 월나라의 흥망을 기록한 책이고, 『현안춘추』는 후한 때 황보밀(黃甫謐)이 지은 역사서이다. 자부의 21종에는 제자백가 등 여러 전적들이 망라되어 있다. 『법원주림』은 당의 승려 도세(道世)가 편찬한 불교 유서(類書)이고, 『산당사고』는 명나라 팽대익(彭大翼)이 지은 유서이다. 또한 『삼략』은 명나라 유인(劉寅)이 지은 병서(兵書)인 『삼략직해(三略直解)』를 언해한 책이고, 『서언고사』는 중국

집 4부 분류는 연구자에 따라 약간의 차이가 있을 수 있는데, 본 논고는 규장각 한국학연구원(http://e-kyujanggak.snu.ac.kr)에서 분류한 원칙을 따랐다.

의 고사성어를 분류, 해석하고 그 출전을 밝힌 책이며, 『술이기』는 임방(任昉)이 편찬한 것으로 북제(北齊)의 무성(武成) 연간과 하청(河淸) 연간의 일들을 기록한 책이다. 『습유기』는 후진(後晉) 때 왕가(王嘉)가 중국의 전설을 모아 지은 지괴서(志怪書)이고, 『시자』는 진(晉)나라 때의 시교(尸校)가 지은 책으로 '의(義)' 한 자를 요지로 하여 수신·제가·치국·평천하의 길을 설명하였다. 『신선전』은 동진(東晉)의 갈홍(葛洪)이 편찬한 책으로 도가의 전기를 기록하였다. 집부의 18종에는 중국 진·한과 당·송 때의 문인들로 익히 알려진 도잠, 한유, 가도, 두보, 백낙천, 왕유, 유우석, 유종원, 이백, 주희, 황정견, 소식 등의 문집이 포함되어 있다. 그리고 그 외에 몇 종이 더 포함되어 있는데, 『개원천보유사』는 당의 개원(開元)·천보(天寶) 연간의 궁중의 잡다한 일들을 기록한 책이고, 『서경잡기』는 진나라 때의 갈홍이 전한(前漢) 시대의 잡사(雜事)를 기록한 것으로 작자를 유흠(劉歆)이라고도 한다. 『세설신어』는 유의경(劉義慶)이 한대(漢代)에서 동진(東晉)까지 명사들의 청담(淸談)과 일사(逸事)를 수집하여 덕행, 언어, 식감(識鑑) 등으로 분류해 편찬한 책이고, 『태평광기』는 송나라 때 이방(李昉)이 편찬한 중국 역대 설화집이다.

이상 유희춘이 운용한 경·사·자·집의 전적들에 대한 설명을 간략하게나마 정리하였다. 비록 『부계기문』의 "만 권의 책을 독파했다"는 기록에는 크게 미치지 못하지만, 이것보다 더 중요한 사실은 유희춘 자신이 유학자임에도 경사류 외의 책들을 가리지 않고 읽었다는 점이다. 특히, 자부류의 온갖 잡다한 책들은 유학자적 취향에 맞지 않은 것도 있었을 것인데, 그런 태도를 보이기 이전에 읽고 직접 시 창작에 운용했다는 점에 주목할 필요가 있다.[15] 이것은 유희춘의 독서 경험과 체험이 다양했고, 폭넓었음을 말하는 것으로 결국, 시에 운용한 전고를 통해 그의 박통성이 드러났다고 하겠다.

한편, 유희춘은 전체 시 282수 가운데 189수의 작품에서 전고를 사용하였고, 총 365회를 활용한 것으로 집계되었다. 경부에서는 136회, 사부에서는 119회, 자부에서는 54회, 집부에서는 56회를 운용한 것으로 나타나는데, 이러한 통계를 보면 역시 시의 전고로써 경사를 자주 원용(援用)했음을 알 수 있다. 또한 권1과 2로 나누어 활용 횟수를 산출했는데, 그 이유는 권1의 시는 유희춘이 종성 유배 기간에 지은 작품들로 권2의 해배 후에 지은 것과 대비되기 때문이다. 그 결과 권1에서는 총 262회의 전고를 운용했는데, 권2에는 권1에 크게 못 미치는 103회를 운용하여 대비가 된다. 시를 창작할 때 전고를 자주 운용했다는 것은 유희춘의 인생에 시련이 많았다는 것을 상징적으로 말한 것으로 불만과 울분의 세월을 보내는 불편함 심기가 과다한 용사(用事)로 나타났다는 견해[16]와 어느 정도 일맥상통한다.

3. 시의 전고 운용 양상

그러면 유희춘은 시에서 전고를 어떤 양상으로 운용했을까? 이는 두

---

15 유희춘은 『眉巖集』卷1의 「謝李侯假我莊子」에서 『장자』 책을 빌려 본 후의 느낌을 '높은 글은 하늘에 은하수가 쏟는 듯, 험한 말은 천둥 번개가 귀신을 놀래킨 듯[高詞河漢翻穹昊 險語雷霆駭鬼神]'이라 하여 비유적으로 표현하였다. 특히, 두 번째 구절의 '천둥 번개가 귀신을 놀래킨 듯하다'라는 표현은 장자의 뛰어난 언변을 표현한 것으로 보이는데, 경사류 책에서 느끼지 못한 특별한 인상을 받았던 것으로 보인다.

16 李鍾默, 「李仁老의 漢詩作法과 詩世界」, 『한국한시작가연구』 1, 한국한시학회, 1995, 114쪽 참조. 이종묵은 여기에서 海東江西詩派의 시와 士禍에 희생된 인물의 시에서도 과다한 용사가 엿보인다고 하였다.

가지 측면에서 논의될 수 있다. 첫째, 자신이 현재 처한 상황과 의식 등을 대신할만한 전고의 어휘를 다양하게 찾아 반복 운용했다는 점과 둘째, 한 편의 시를 완성하기까지 전고를 자주 운용하여 난삽(難澁)함 까지 안겨주고 있다는 점이다. 따라서 이 두 가지 양상을 중심으로 논 의를 전개하고자 한다.

1) 전고어의 운용과 상황의 대칭

앞 장에서 이미 언급한 대로 유희춘은 35세 때 양재역벽서사건에 연루 되어 20년 가까운 세월동안 함경도 종성에서 보냈다. 종성은 거의 북녘 끝에 위치해 있어서 사람이 살기에 힘든 곳이기도 하지만, 유배라는 심리적인 기제가 정신을 더 힘들게 했을 것이다. 이런 모습은 여러 시에 서 반복적으로 운용한 전고 어휘에서 감지할 수 있다. 먼저 관련된 전고 어를 간추리면, '흘간산(紇干山)의 참새[흘간금(紇干禽)]', '우경(虞卿)', '굴 서(掘鼠)', '주자(朱子)를 배우는 혈각(血脚)[학주혈각(學朱血脚)]', '범숙(范 叔)', '이고(李皐)', '진청(秦青)', '북해(北海)의 공융(孔融)' 등이다. 그리고 이들 모두는 거의 떠돌이, 유배, 궁핍함 속에도 절의를 지키는가 하면 학문도 게을리 하지 않았다는 이미지를 공통으로 가지고 있으면서 시의 맥락상 유희춘 스스로나 처한 상황 등을 대칭(代稱)하고 있다.

먼저 유배 온 유희춘 자신을 상징적으로 나타낸 '흘간산의 참새' 전 고는 두 작품에서 운용하였는데, 두 작품 모두 장편 고시이기 때문에 축약하여 싣는다.

①

어디에서 온 꾀꼬리인가	黃鸝來何處
좋은 노래로 사막을 놀래킨다	沙漠驚好音
한강물에서 훨훨 날다가	翶翔漢江滸
흘간산의 참새와 서로 만났다	邂逅紇干禽

(중략)

삼 년을 종산 주위 맴도니	三載遶鍾山
듣는 이들 모두 마음이 즐거워	聞者盡歡心
고향 산천 학의 오랜 원망에	故山鶴久怨
백구와의 맹세 홀연히 찾는다	鷗盟今忽尋
원거가 본래 눈물 흘리지만	鶃鶋元涕淚
너를 보내며 다시 슬피 우노라	送渠轉悲吟
어느 때나 모여 재잘거릴까	何年會嚶嚶
아스라한 남쪽 바다 물가에서[17]	渺渺南海潯

②

(전략)

나는 먼 변방 사막으로 귀양왔으니	我來沙漠禦魑魅
마치 **흘간산에 있는 참새** 같구나	有如雀寄紇干山
야윈 몸은 본디 귀신도 경시하는데	羸形固爲鬼所欺
여러 전염병이 허약함을 틈타 농간질하니	九瘟乘虛來作姦
처음에는 얼음 같다가 금방 불덩이 되어	初如凝氷旋炎火
여섯 달 동안 입술이 타고 코피가 났다	脣焦鼻衄六月間
문득 드문 효과 거두어 마음 원만해지니	奇功忽收淸心圓
조화 소아는 어디로 돌아갔는가[18]	造化小兒何處還

(후략)

---

17 柳希春, 『眉巖集』 卷1, 「黃鸝一首送許演」.

18 柳希春, 『眉巖集』 卷1, 「門人作詩賀余病愈謝以詩」.

작품 ①은 유희춘이 허연(許演)이라는 사람과 이별할 때 지은 시로 허연을 꾀꼬리에, 자신은 흘간산의 참새에 비유하였다. 허연은 누구를 말하는지 분명하지 않지만, 시의 내용을 통해 보자면 원래 한양에 살던 사람으로 종성에 있는 유희춘과 만나 3년을 함께 지낸 모양이다. 중략된 내용에 따르면, 두 사람은 동고동락하며 의기투합하였는데, 허연이 한양으로 떠나게 되었으니 유희춘 자신은 함께 할 수 없음을 아쉬워하고 있다. 정황상 허연이 한양으로 가게 된 사연은 유희춘처럼 종성에 유배 왔다가 가든지, 아니면 좌천되었다가 내직으로 부임 받았든지 둘 중 하나인 것으로 보인다. 시 속 원거(鶢鶋)는 『장자』에 나오는 크기가 망아지 정도 되는 바다새로서 이를 신비롭게 생각한 노(魯)나라 왕이 마치 높은 사람을 모시듯이 대하자 슬피 울다가 3일 만에 죽었다고 하여 훗날 실정에 맞지 않은 일을 말할 때 비유적으로 쓰였다. 이러한 원거가 슬피 울었던 것처럼 흘간산의 참새인 유희춘 자신도 슬피 운다고 하여 이별의 아쉬움을 적고 재회(再會)할 때를 기약하였다.

흘간산에 관해서는 『태평어람』 권45 「흘간산(紇乾山)」조에 나온다. 흘간산은 중국 산서성(山西省) 대동시(大同市)의 동쪽에 있으며, 흘건산 또는 흘진산(紇眞山) 등으로 불리는데, 정상은 여름에도 눈이 쌓여 있을 정도로 늘 춥다고 한다. 때문에 이러한 흘간산과 관련하여 "흘간산 꼭대기 얼어 죽는 참새들, 어찌하여 좋은 곳에 날아가 살지 않나.[紇干山頭凍殺雀 何不飛去生樂處]"라는 말이 유행하고 있었다. 당나라 말 소종(昭宗) 때 주전충(朱全忠)이 난을 일으켜 황제가 화주(華州)로 파천하였는데, 소종이 곁에 있는 신하에게 흘간산의 참새와 관련된 유행어를 말하며 눈물을 흘렸다고 한다. 즉, 소종이 현재 자신의 처지가 곧 흘간산의 참새 같다고 생각했기 때문이다. 유희춘도 북녘 종성에 유배 온 자신의 처지

가 곧 흘간산의 참새와 같이 애처롭다고 생각하여 이에 비유한 것으로
보인다.

작품 ②는 종성 유배 시절 여섯 달이 넘도록 병을 앓다가 낫자 제자
들이 축하하니 답례의 뜻으로 지었다. 여기서도 마찬가지로 자신을 흘
간산의 참새에 비유하여 외롭고 쓸쓸하다는 심사를 드러내었다.

다음 작품에 나오는 '굴서' 전고를 통하여 유희춘은 유배 온 자신의
처지를 상징적으로 나타내었다. 장편 고체시로 축약하여 싣는다.

> (전략)
> 내가 일찍이 얼굴 뵙고 아량 살펴보니   我嘗承顔窺雅量
> 팽려호가 가을에 장강의 물결 접한 듯하였다   彭蠡秋接長江濤
> 기민을 먹인 은혜가 <u>굴서</u>에게 미치니   哺飢之仁及掘鼠
> 하늘 끝 객지에서 만남이 얼마나 다행인가[19]   天涯何幸萍蓬遭
> (후략)

이 작품은 경원 부사를 지낸 이모(李某)가 광주 부사로 자리를 옮겨
이별의 의미로 지은 시이다. 전략 부분은 대체로 이 경원 부사가 부사
부임 후 이루었던 업적과 백성들을 은혜로 돌보았다는 내용으로 되어
있다. 팽려호는 지금의 중국 강서성(江西省) 파양호(鄱陽湖)를 이르는데,
이모의 아량이 넓었음을 비유적으로 나타내었고, 굶주린 백성에게 미
친 은혜가 쥐를 파먹은 사람에게까지 미쳤다고 하였다. 쥐를 파먹은
사람은 원문의 '굴서'로 바로 유희춘 자신을 가리킨다. '굴서' 전고는
『한서』권54, 「소무(蘇武)」조에 나오는데, 중국 한(漢)나라 무제(武帝)

---

19 柳希春, 『眉巖集』卷1, 「送李慶源遷刺光州」.

때의 절신(節臣)인 소무(蘇武)와 관련된다. 소무는 당시 중랑장(中郎將)
으로서 북쪽의 흉노 땅에 사신으로 갔는데, 그만 19년 동안 흉노에게
잡히어 온갖 고초를 당하면서도 절개를 지켰다. 특히, 북해 근방으로
이동되어 양을 치며 세월을 보냈는데, 양식이 없어 들쥐를 잡아먹었다
는 이야기는 주지하는 바이다. 이러한 소무와 관련된 이야기를 '굴서'
두 글자로 축약하여 나타내었는데, 이로써 유희춘 자신도 어려운 유배
상황에서도 소무와 같은 절개를 가졌음을 보였다. '흘간산의 참새'가
외롭고 쓸쓸함의 표지(標識)였다면, '굴서'는 여기에 절개를 덧붙여 상
징화한 것으로 비록 유배라는 비참한 상황이지만 절개만큼은 지키겠다
는 의지가 엿보인다.

다음 작품의 '우경'과 '주자를 배우는 혈각'은 궁핍한 상황 속에서도
학문에 대한 의지를 꺾지 않은 뜻을 나타내는데, 마찬가지로 유희춘
자신을 상징적으로 나타내었다.

① 춘추는 **우경**을 감히 잇지 못했는데　　　　　春秋未敢續虞卿
　　역을 주석해 근심 잊음은 중상에 부끄럽다[20]　　註易忘憂慙仲翔

② 뒷 수레에 다시 책 삼천 권을 실었으니　　　　後車更有三千卷
　　응당 **우경**처럼 약간의 시간 쓰리라[21]　　　應假虞卿消寸暉

③ 다만 **우경**의 소일꺼리 없으니　　　　　　　只欠虞卿消日物
　　기꺼이 공택의 책 몇 상자 보내 주겠나[22]　　肯分公擇數函無

20 柳希春, 『眉巖集』 卷1, 「謝張景順見假晦菴詩」.

21 柳希春, 『眉巖集』 卷1, 「呈仲洽公」.

22 柳希春, 『眉巖集』 卷1, 「呈彦愼公」.

④ 궁한 시름에서 글을 쓴 **우경**을 생각하며　　　窮愁著述念虞卿
　　먼 길에 은근히 열 벌의 진귀한 책 준다[23]　　　百舍勤貽十襲珍

⑤ 나의 고황에 든 병 치료할 수 있을까　　　　　　我有膏肓能療否
　　주자를 배우는 혈각 하늘가로 향한다[24]　　　學朱血脚向天涯

　작품 ①은 장경순(張景順)이 주자(朱子)의 시문을 빌려주자 이에 고마움의 표시로 지은 시이고, ②는 중연(仲沿) 유사(柳泗)가 당시 종성 부사로 있을 때 드린 시이다. 또한 ③은 언신공(彦愼公)에게 드린 시이고, ④는 공택(公擇) 권용(權容)이 서적을 보내주어 감사의 뜻으로 지었다. ①의 장경순은 누구인지 분명하지 않고, ②의 유사는 광주(光州) 출생으로 호는 설강(雪江)이며, 중연은 그의 자이다. 한때 종성 부사를 지냈는데, 이 무렵에 유희춘과 교유했으며, 사직 후 낙향하여 호가정(浩歌亭)을 지어 후학을 양성하였다. ③의 언신공은 이감(李戡, ?~?)을 가리킨 것으로 추정된다. 이감은 본관이 우계(羽溪)이며, 1552년에 함경도 순변사 이준경(李浚慶)의 종사관을 거쳐 종성 부사로서 변경의 수비를 담당하였는데, 이 무렵에 유희춘과 교유한 것으로 보인다. ④의 권용은 명종 때의 문신으로 한양에서 종성에 있는 유희춘에게 서적을 빌려주었는데 시로써 사례하였다.

　이 네 작품의 공통점은 모두 '우경'이 등장한다는 것이다. 우경과 관련된 전고는 『사기』 권76의 「우경열전(虞卿列傳)」에 나온다. 우경은 전국 시대 유세객으로 일찍이 조(趙)나라의 재상이 되었다가 친구인 위제

23　柳希春, 『眉巖集』 卷1, 「謝公擇」.
24　柳希春, 『眉巖集』 卷1, 「觀玩溫泉」.

(魏齊)의 일로 인하여 양(梁)나라에서 곤고(困苦)한 생활을 하였다. 그는 그러면서도『우씨열전(虞氏春秋)』를 저술하였는데, 이를 두고 사마천은 "우경이 곤궁하게 생활하며 시름 속에 보내지 않았던들, 글을 지어서 후세에 자신을 드러내지 못했을 것이다."[25]라고 평가하였다. 이러한 우경을 유희춘이 시문에 자주 등장시킨 이유는 바로 유배로 인한 자신의 곤궁한 처지가 그와 흡사하다고 생각했기 때문이다. 더군다나 곤궁할 때 우경이『우씨춘추』를 남겼던 것처럼 자신도 유배라는 어려운 상황 속에서도 찬술, 편집한 책이 여러 가지[26]로 이런 점에서 동질 의식을 느꼈을 것이다.

작품 ⑤는 온천을 갔다가 지은 시이다. 이 작품도 종성 유배 시절에 지었는데, 시의 내용을 보자면, 당시 유희춘은 고질병을 앓고 있었던 듯하다. '주자를 배우는 혈각'은 고질병을 앓고 있는 유희춘 자신을 비유한 것으로 주자의 제자인 채원정(蔡元定)과 관련된 전고이다. 이와 관련해서는『송사(宋史)』권434의「채원정(蔡元定)」조에 나와 있다. 채원정은 어릴 적에 정이(程頤) · 소옹(邵雍) · 장재(張載)의 학문에 심취하여 깊은 경지에 이르렀고, 장성한 뒤에는 서산 정상에 올라가 냉이 나물로 연명하며 글을 읽었다. 훗날 주자의 제자가 되어 주자가 여러 경사류의 책에 주를 달 때 도움을 주었는데, 한탁주(韓侂冑) 등이 집권하면서 도학을 위학(僞學)이라 배척하며 결국 채원정은 유배를 가게 되었고, 유배를 가던 중 짚신을 신은 채 3천여 리를 걷다보니 다리에서 피가 흘렀다고

---

25 『史記』卷76,「虞卿列傳」, 虞卿非窮愁 亦不能著書以自見于後世.

26 『선조수정실록』10년 5월 1일 조에 유희춘이 유배 시절에 찬술, 편집한 책을 열거했는데,『儒先錄』·『信增類合』·『六書附註』·『綱目考異』·『歷代要錄』·『續蒙求』·『川海錄』·『朱子大全語類箋釋』등이다.

한다. 곧, '혈각'은 채원정의 다리에서 피가 흘렀다는 뜻에서 온 말이다.
그런데 유희춘이 채원정을 전고로 운용한 근본 이유는 둘 다 유배를
와 몸이 성치 않다는 데에 있지 않다. 유희춘은 철저한 존주의식(尊朱意
識)을 지니고 있었다.[27] 때문에 채원정 전고를 운용하면서도 '혈각'보다
는 채원정이 주자의 제자라는 사실에 더 주목했을 것이며, 자신을 채원
정과 동일시하고 있다. 즉, 아무리 어려운 상황이 닥쳐도 자신의 학문적
고집은 저버리지 않겠다는 의지를 나타낸 것이기도 하다.

그 외에 '범숙', '이고', '진청', '북해의 공융' 등도 시문에서 유희춘
자신을 대칭하고 있는데,[28] 자신과 관련된 고유한 전고를 사용하여 처
한 상황을 대신하며, 의식과 이미지를 드러내었다.

2) 전고의 빈용과 의미의 난삽

유희춘은 시를 지을 때 전고의 힘을 믿고 이를 운용하는 것을 하나의
방법으로 생각했음에 분명하다. 이는 다수의 시에서 으레 전고가 운용되
었기 때문이다. 전고를 운용한 것이 자신의 박학에서 나온 자연스러운
것이었겠지만, 의미 파악이 쉽지 않은 부분이 적지 않다. 이럴 경우,
전고를 함께 공유한 당대의 지식인들에게는 특별한 배려심이 필요치

---

27 유희춘의 尊朱意識은 기정진의 서문에서도 엿볼 수 있다. 기정진은 "유희춘의 학문은
일정한 방향을 두고 공부는 가리는 바가 없어 바탕은 반드시 깊어지고 지식은 반드시
넓어졌으며, 조석으로 노력하여 주자와 합일되는 것을 구하고 주자와 합일되지 않은
것은 버렸다.[學有定向 工無所分 則資之必深 聚之必博 早夜孜孜 求其合於朱子者 捨其
不合於朱子者]"라고 하였다.

28 범숙, 이고, 진청, 북해의 공융 등의 전고 내용을 담고 있는 시는 다음과 같다. 범숙 –
「感尹元禮」(『미암집』 권1), 이고 – 「七朔無消息」(『미암집』 권1), 진청 – 「贈陳國光」(『미
암집』 권1), 북해의 공융 – 「次李侯春雪」(『미암집』 권1)

않겠지만, 특별한 배려심을 받아야 하는 독자라면 당연히 어려울 수
밖에 없다.

먼저 투호(投壺)를 소재로 하여 지은 칠언율시의 시를 보이면 다음과
같은데, 전고를 빈번히 운용했음을 알 수 있다.

투호의 정미로운 뜻 뉘라서 찾으랴	投壺精意孰推尋
삼대의 위의가 예기에 펼쳐졌다	三代容儀禮記森
속수는 명문 지어 백마를 매어두고	涑水有銘維白馬
노재는 해가 없어 청금에게 시험했다	魯齋無害試青襟
제준의 장막 속에서 맑은 흥이 생기고	祭遵帳裏生清興
붕거의 술잔에는 낭랑한 시 읊어 도왔다	鵬擧樽邊助朗吟
풍류와 시와 예 갖춘 장수에 묻노니	爲問風流詩禮將
옛 기물을 좋아하는 마음 어찌 해로우리[29]	何妨古器好娛心

투호는 옛 예법의 하나로 연회석에서 병을 놓고 일정한 거리에서 병
속에 화살을 던져 넣는 유희이다. 곧, 유희의 일종이기 때문에 경계 대상
이었지만, 보통은 건전한 놀이 문화로써 생각하는 경우가 많았다. 유희
춘은 위 작품을 통해 투호의 실용성을 최대한 부각시켰는데, 여기에는
전고가 절대적으로 운용되었다. 먼저 수련에서는 투호의 정미로운 뜻은
『예기』에서 찾을 수 있다고 하며, 오랜 역사성과 함께 단순히 놀이로만
생각할 수 없음을 강조하였다. 『예기』에는 「투호」편이 있으며, 투호의
외형적인 설명과 함께 하는 방법 등이 적혀있는데, 이를 두고 한 말이다.
그리고 함련부터 경련까지 투호와 관련된 사마광(司馬光)·허형(許衡)·

---

29 柳希春, 『眉巖集』 卷1, 「投壺呈柳侯」.

제준(祭遵)·악비(岳飛) 등 네 사람을 들어 비록 놀이이기는 하지만, 결코 그렇게만 볼 수 없음을 말하였다. 함련의 속수(涑水)는 북송의 정치가인 사마광의 고향 이름으로 곧, 사마광을 지칭한다. 그는 투호와 관련하여 「투호도서(投壺圖序)」를 지었는데, 이를 거론하였다. 노재(魯齋)는 송말 (宋末)과 원초(元初)의 학자인 허형의 호로 자신이 학자임에도 유생들에 게 투호로써 시험한 것을 말하였다. 또한 경련의 제준은 후한 때의 장군 으로『후한서』권20의 「제준열전(祭遵列傳)」에 따르면, 유술(儒術)이 있 는 선비들만 모아놓고 술을 마시고 음악을 연주하면서 반드시 아시(雅詩) 를 노래하고 투호를 즐겼다고 한다. 붕거(鵬擧)는 송나라 때의 충신인 악비의 자인데, 그는 아가투호(雅歌投壺)를 하면서 마치 서생처럼 신중을 기하였다고 한 내용이『송사』권365의 「악비열전(岳飛列傳)」에 나온다. 사실 이러한 네 사람의 행적 가운데 투호와 관련된 내용을 알지 못하면, 위의 시문의 의미는 원만히 파악되지 않는다. 즉, 위의 시를 이해하는 절대적 단서는 함련과 경련 속 전고에 있기 때문이다.

다음의 시는 칠언율시로서 여덟 구 중에서 단 한 구만 제외하고 모두 전고에 근거해 지었다. 더군다나 중국 역사 속의 인명을 자주 운용하면 서 비유적 수사법도 함께 사용하여 전고의 극치를 보여주었다.

누가 보옥을 가져다 초나라 장인에게 보였나	誰把和瑜示楚工
연꽃이 푸른 못에서 나와 깜짝 놀랐다	驚看荷出碧潭中
서로 업신여겨 소·황의 자태 비웃었고	相輕久笑蘇黃態
묻기를 좋아하여 안·계의 기풍 많았다	好問深多顏季風
장량처럼 손·오를 좋아하여 수석을 면했고	張悅孫吳終受石
양웅같이 시부만을 탐하여 조충을 후회했다	楊耽詞賦悔雕蟲
구름 안개 헤치고 하늘 해 보고자 한다면	欲披雲霧覩天日

그대는 응당 회옹을 경모해야 하리라[30]	景晦應須景晦翁

시제는 '이경회(李景晦)의 문장에 화답하다'이다. 경회는 이염(李曄, ?~?)의 자이며, 을사사화 때 '역적의 가까운 친척'이라 하여 파직되고, 2년 후인 양재역벽서사건 때 경흥(慶興)에 유배 간 적이 있으며, 벼슬은 이조정랑까지 올랐다. 추측컨대 이염이 경흥에 유배 갔을 때 유희춘과 교유했으며, 이염이 먼저 문장을 지어 유희춘에게 보내자 답장의 뜻으로 위의 시문을 지은 듯하다. 전체적으로 보자면, 이염의 문장을 읽고 나서의 놀람과 함께 이염의 학자적인 면모, 앞으로의 공부 방향 등의 내용을 담고 있다. 그러나 이러한 내용 파악을 하기까지 전고의 힘을 빌지 않으면, 쉽게 이해되지 않는 부분도 있으며, 또한 비유의 대상을 잘 파악해야 한다.

먼저 수련의 '보옥'과 '초나라 장인'에 주목하자면, 이는 잘 알려진 화씨지벽(和氏之璧) 전고에서 유래한 것이다. 이는 『한비자』「화씨편(和氏篇)」에 나오는 이야기로 화씨지벽은 초나라 사람인 화씨가 감정한 '천하의 명옥(名玉)'을 이른다. 따라서 시에 나오는 '초나라 장인'은 '화씨'를, '보옥'은 '명옥'을 말한 것이라 하겠는데, 전자는 유희춘을, 후자는 이염의 문장을 비유적으로 가리킨 것이다. 그러면서 유희춘은 이염의 문장을 두고 마치 푸른 못에서 연꽃이 나온 듯하다라는 표현을 하였다. 시 전편 가운데 이 부분에서만 전고를 운용하지 않았는데, 그러면서도 이염의 시가 훌륭하다는 사실을 비유적으로 나타내었다. 함련에서는 이염이 문인으로서도 특출하지만, 학자적인 모습도 갖추었음을 말하였

---

30 柳希春, 『眉巖集』 卷1, 「答李景晦示文」.

다. '소황(蘇黃)'은 송나라 때의 문인인 소식(蘇軾)과 황정견(黃庭堅)을, '안계(顔季)'는 공자의 제자인 안연(顔淵)과 계로(季路)를 가리키는데, 전자가 문인의 특성을 갖추었다면, 후자는 학자를 대신한다고 하겠다. 경련의 1구에서는 장량(張良)·손무(孫武)·오기(吳起) 등 세 사람을 거론하여 이염이 병법(兵法)에도 관심이 있음을 말하였다. 장량과 관련된 이야기는『사기』의「유후세가(留侯世家)」에 나오는데, 그는 일찍이 하비(下邳)의 다리 위에서 황석공(黃石公)이라는 노인에게서『태공병법(太公兵法)』을 받고 익혀서 한나라 고조를 도와 천하를 통일하는데 일조했던 인물이고, 손·오는 춘추전국 시대 병법가로 알려져 있다. 그리고 수석(受石)을 면했다고 했다. 수석은 중국 호북성(湖北省) 곡성현(穀城縣)의 남하(南河)에 있는 돌의 이름으로 그 석근(石根)은 죽엽(竹葉)같고 황색(黃色)을 띠고 있는데, 이것을 본 사람은 흉한 일이 생겼다고 한다. 때문에 수석은 곧, 죽음을 의미하게 되었다. 즉, 이는 이염이 장량처럼 병법을 익혀 죽음을 당하지 않고 무사했다는 의미를 담고 있다. 그러나 이염도 한때 문사에만 치우치다가 후회했던 적이 있었던 것 같은데, 전한의 학자 겸 문인인 양웅(楊雄)을 들어 말하였다. 양웅은 그의 저서『법언』에서 "사부(辭賦) 짓는 것을 말하되 동자(童子)의 조충전각(雕虫篆刻)을 장부(壯夫)는 하지 않는다."라는 말을 남겼는데, 이와 관련된다 하겠다. 마지막 미련 1구의 "구름 안개 헤치고 하늘의 해를 본다"는 뜻은 훌륭한 사람을 만난다는 의미이다. 이와 관련된 전고는『세설신어』에 나오는데, 진(晉)나라 장수인 위관(衛瓘)이 상서령(尙書令)이 되었을 때에 악광(樂廣)이 조정의 명사들과 이야기하는 것을 보고 기특히 여겨 말하기를, "이 사람은 사람 중의 수경(水鏡)이라 만나보면 운무를 헤치고 청천을 본 것 같다."라고 한 데에서 유래하였다. 미련 2구의 '경회옹(景晦翁)'은 남송의 학자 '주희를 경모한다'는 의미인데, 이염의 자인 '경회(景晦)'의 의미를 문자 그대로 풀어 학문의 방향을 제시하였다. 중국 역사 속 다양한 인물과 비유적 수사법을 통해 시의 내용을 이끌어 이러한 내용에 대한 이해가 없다면, 난삽한 시가 될 가능성이 높은 작품이다.

　다음 시도 중국의 인명을 자주 운용한 측면에서 같은 맥락에서 읽을 수 있는 작품이다. 칠언배율로서 전문을 싣지 못하고, 중간 부분만 인용한다.

> （전략）
> 하수에서 비록 한씨가 한 품었다지만　　　　　　河水縱懷韓氏歎
> 죽림엔 오히려 완가의 즐거움이 있구나　　　　　竹林猶有阮家欣
> 파주로 좌천된 유우석 말없이 떠났는데　　　　　播州禹錫無辭去
> 진령을 읊은 한상 은근한 뜻 있었다[31]　　　　　秦嶺韓湘有意勤
> （후략）

　이 작품의 시제는 '조카 연개(沿漑)에게 부치다'이다. 연개(1514~1548)는 유희춘의 형인 유성춘(柳成春)의 아들로 자는 옥경(沃卿)이요, 호는 소곡(小谷)이라 하였다. 즉, 위 작품은 유희춘이 종성 유배 시절에 조카 유연개에게 부친 편지 형식의 시이다. 유희춘이 1547년에 종성 유배지에 당도하였고, 유연개가 1548년에 생을 마감했음을 감안하면 종성 도착 후 오랜 시간이 흐르지 않았을 때 지은 것으로 보인다.

　앞의 전략 부분은 "형님 유성춘이 젊은 나이에 생을 마감했지만, 자식들이 선대의 업을 전하고 있어 다행이다."라는 내용으로 이루어져

31　柳希春, 『眉巖集』 卷1, 「寄侄沿漑」.

있다. 그리고 후략 부분에서는 일흔이 넘은 어머니에 대한 그리움을
적었다. 그 외에 인용한 부분에서는 유희춘 자신과 조카 연개와의 관계
를 전고를 통해 전하고 있다. 먼저 '하수(河水)'와 '한씨(韓氏)', '죽림(竹
林)'과 '완가(阮家)'를 들었다. '하수'는 '하양(河陽)'의 별칭이고, '한씨'는
당 때의 문장가인 '한유'를 말한다. '죽림'은 위진(魏晉) 때 정치권력에
등을 돌리고 죽림에 모여 청담(淸談)으로 세월을 보낸 일곱 명의 선비를
지칭하며, '완가'는 그 죽림칠현(竹林七賢) 중의 일원인 완적(阮籍)과 완
함(阮咸)을 통칭한 것이다. 한유가 일찍이 하양 영(河陽令)을 지낼 때 한
노성(韓老成)이라는 조카가 죽자 그 슬픔을 구구절절이 적어 「제십이랑
문(祭十二郎文)」을 지었다. 위 시의 "한씨가 한을 품었다"는 구절은 바로
한유가 제문을 통해 조카의 죽음을 슬퍼했다는 말이다. 그런데 같은
삼촌과 조카 사이인 완적과 완함은 그렇지 않았음을 대조적으로 보이
면서 부러움의 감정을 드러내었다. 다음 두 구절에서도 '파주(播州)'와
'우석(禹錫)', '진령(秦嶺)'과 '한상(韓湘)'을 들어 시의 내용을 이끌었다.
중국 중당(中唐) 때의 시인인 유우석(劉禹錫)은 현도관(玄都觀)에서 놀다
가 지은 시가 화근이 되어 파주로 유배를 갔는데, '파주'와 '우석'은 이
를 두고 한 말이다. 또한 '진령'은 섬서성(陝西省)에 있는 산 이름이고,
'한상'은 한유의 질손(姪孫)으로 훗날 한유가 좌천될 것을 예견하고, 미
리 시 한 편을 주었는데, 이를 두고 한 말이다. 여기서 유우석은 유희춘
자신을, 한상은 유연개를 지칭한 것이다.

　이상과 같이 유희춘은 한 편의 시문을 완성하기까지 인명, 지명, 사
건 등이 어우러진 전고를 빈번히 운용하였는데, 이러한 전고를 시를
완성하는 중요한 근거로 삼은 까닭에 다소 의미 파악이 어려운 결과를
낳았다.

4. 전고 운용의 미학적 의미

한시에서 전고 운용은 작품의 완성도를 높여주는 장점도 있지만, 사실 너무 어렵다거나 빈번히 사용하는 것을 배격하였는데, 그 대표 문인으로 고려 중엽의 문인인 이인로(李仁老)와 이규보(李奎報)를 들 수 있다. 이 둘은 우리나라 초기의 대표적인 비평가들로 알려져 있는데, 시의 전고 운용에 대한 일가견을 가지고 있었다. 특히, 이인로는 작시 과정의 전고 운용을 지나치게 강조한 듯한 인상을 남겨 '기(氣)'와 '개성(個性)'을 강조한 이규보와 좋은 대조를 이루었다. 그렇다고 이인로가 모든 전고 운용에 호의적인 것은 아니었다. 그는 『파한집(破閑集)』 하에서 시인이 시를 지을 때 용사를 많이 한 것을 '점귀부(点鬼簿)'라고 하였고, 중국 송나라 때의 문인인 이상은(李商隱)의 용사는 지나치게 어려워 '서곤체(西崑體)'라고 불렀으니, 이러한 것이 모두 문장의 한 병폐라고 지적하였다. 전고 운용에 결코 호의적이지 않았던 이규보도 그의 시화서인 『백운소설(白雲小說)』에서 시를 지을 때 피해야할 아홉 가지를 '구불의체(九不宜體)'라고 하여 제시하였는데, 그 가운데 전고와 관련하여 '재귀영거체(載鬼盈車體)'와 '강인종기체(强人從己體)'를 언급하였다. '재귀영거체'는 '귀신을 수레에 가득 실은 체'라고 하여 한 편의 시 안에 옛 사람의 이름을 많이 쓴 경우를 말하고, '강인종기체'는 '강제로 자기를 쫓아내는 체'라고 하여 말은 순하지 못한데 인용하기에만 힘쓰는 것을 이른다. 이처럼 지나치거나 난삽하며, 과거에 묶여 헤어 나오지 못하거나 몰개성으로 내모는 전고는 배격의 대상이었다. 그렇지만, 이런 주장은 이론적으로 가능하며, 누구나 수긍하는 것이지만, 실제 작품 창작을 할 때는 제대로 적용이 안 되는 경우가 많았을 것이다. 전고 운용이 결국 학문적 수준과 무관치 않으며, 높은 학문 수준을 갖춘 어떤 문인이 시문을 창작한다면, 그 과정에서 자연스러운 연상 작용을 거쳐 때로는 난삽한 결과물이 나올 수 있기 때문이다.

유희춘도 그러한 경우에 해당된다고 하겠다. 유희춘이 시에서 운용한 전고의 양상을 보면, 위에서 이인로와 이규보가 피했으면 하는 것들과 깊이 연관됨을 알 수 있다. 특히, 두 번째 양상으로 언급한 '전고의 빈용과 의미의 난삽'은 이인로와 이규보의 잣대에 따르면, 비판 받아 마땅한 것이다. 우선 시의 의미 풀이가 어려운 것은 차치하고, 시 속에서 옛 사람의 이름이 자주 등장했으니, 이는 이규보가 '구불의체'의 하나로 지적한 '재귀영거체'로 마치 귀신들의 나열이라고 할 수 있기 때문이다. 이러한 이유로 전고 운용과 관련하여 유희춘의 시에서 과연 미적인 특질을 찾아낼 수 있을까 하는 의구심이 든다. 하지만, 유희춘이 시에서 운용한 전고의 양상을 통해 시적 상황의 일치라는 측면에서 동일시(identification)의 미학을, 의도적인 인상을 주기는 하지만 작품 안에서 포치(布置)에 힘쓴 점을 감안할 때 시의 안배를 상당히 고려했음을 알 수 있다.

먼저 동일시의 미학은 전고와 시적 상황의 내용이 매우 정합적인 유비 (類比) 관계를 가지고 있을 때 가능하다.[32] 유희춘이 운용한 전고어를 보면, 자신의 상황에 빗댄 경우가 많았다. 앞 3장 1절에서 이미 언급한 '흘간산의 참새', '우경', '굴서', '주자를 배우는 혈각', '범숙', '이고', '진청', '북해의 공융' 등은 현재 자신이 유배의 처지에 놓여있으며, 절의를 중요하게 생각하고, 존주의식을 저버리지 않겠다는 의식 속에서 선택

---

32 서명희, 「用事의 언어문화론적 연구」, 서울대 석사학위논문, 1999, 15~16쪽 참조.

된 전고어들로 상황과 유비 관계를 형성하고 있다 하겠다. 만일 유희춘이 1547년 양재역벽서사건에 연루되어 처음 유배지인 제주에 그대로 남았다고 가정한다면, 시에 자주 등장하는 인물이 굴원(屈原)과 소식(蘇軾)이었는지도 모른다. 이것은 하나의 가정에 불과하지만, 유배를 섬에서 보낼 때와 북녘에서 보낼 때는 상당한 차이가 있을 것인데, '흘간산의 참새'부터 '북해의 공용'에 이르기까지 주로 북녘과 관련된 사건, 인물 등을 등장시켰다는 것은 유희춘 자신이 전고어를 운용할 때 동일시를 간과하지 않았다는 뜻이기도 하다. 굴원과 소식은 주지하다시피 유배의 대명사처럼 여겨져 가령, 어떤 문인이 유배를 가게 되면 으레 시에 자주 등장하였다. 그런데, 유희춘의 시에서는 굴원과 소식이 단 한 차례도 등장하지 않았다. 이는 유희춘이 전고를 의례적이며 형식적으로 운용하지 않고, 상황과 긴밀히 연결하여 원용했다는 증거가 된다.

다음 유희춘은 전고를 운용함에 있어 안배를 중요하게 생각하여 안정감 있고 정제된 형태의 시를 지향했던 것으로 보인다. 앞에서 인용했던 시 작품 「투호정유후」, 「답이경회시문」, 「기질연개」 등의 전고가 운용된 연을 보면, 인위적인 안배가 아니면 볼 수 없는 형태를 띠고 있다. 「투호정유후」의 '…… 속수유명유백마(涑水有銘維白馬), 노재무해시청금(魯齋無害試靑襟). 제준장리생청흥(祭遵帳裏生淸興), 붕거준변조낭음(鵬擧樽邊助朗吟)……', 「답이경회시문」의 '……상경구소소황태(相輕久笑蘇黃態), 호문심다안계풍(好問深多顔季風). 장열손오종수석(張悅孫吳終受石), 양탐사부회조충(楊耽詞賦悔雕蟲)……', 「기질연개」의 '……하수종회한씨탄(河水縱懷韓氏歎), 죽림유유완가흔(竹林猶有阮家欣). 파주우석무사거(播州禹錫無辭去), 진령한상유의근(秦嶺韓湘有意勤)……' 등은 공간과 인물 등의 포치를 안배하여 안정감을 주고 있다. 이런 점을 통해서 보면,

유희춘 자신이 순전히 고전을 자연스럽게 운용했다는 것과 모순된다.
즉, 유희춘은 시를 지을 때 자연스러운 연상 작용을 통해 전고를 선택
하고, 의미의 안정감을 추구하기 위해 안배를 했음이 분명하다.

5. 맺음말

본 논고는 유희춘이 시에서 운용한 전고의 원래 텍스트 범위와 양상
에 관심을 가지고 이를 바탕으로 미학적 의미를 구명하고자 하였다.

유희춘은 어느 문인보다도 독서 체험과 경험이 다양하면서 넓었고,
암기력이 뛰어나 이러한 점이 여러 사람의 입에 오르고 내렸다. 이를
증명할 방법 중 하나는 실지 시에서 운용한 전고를 정리해보는 것인데,
동양 전적의 분류 방법인 경·사·자·집 4부 분류를 활용하였다. 그 결
과 유희춘은 경부의 12종, 사부의 19종, 자부의 21종, 집부의 18종 등
총 59종을 시문 창작에 운용했음을 알 수 있었다. 또한 유희춘은 전체
시문 282수 가운데 189수의 작품에서 전고를 사용하였고, 총 365회를
활용한 것으로 집계되었다.

그리고 전고 운용 양상은 두 가지로 나누어 볼 수 있었다. 첫째는
자신이 현재 처한 상황과 의식 등을 대신할만한 전고의 어휘를 다양하
게 찾아 반복 운용했다는 점과 둘째, 한 편의 시를 완성하기까지 전고
를 자주 운용하여 난삽함까지 안겨주었음을 지적하였다. 먼저 '전고어
의 운용과 상황의 대칭'에서는 '흘간산의 참새'부터 '북해의 공융'까지
이들 모두는 거의 떠돌이, 유배, 궁핍함 속에도 절의를 지키는가 하면
학문도 게을리 하지 않았다는 이미지로써 대칭하고 있음을 언급하였

다. '전고의 빈용과 의미의 난삽'에서는 유희춘은 한 편의 시문을 완성
하기까지 인명, 지명, 사건 등이 어우러진 전고를 빈번히 운용하였는
데, 이러한 전고를 시를 완성하는 중요한 근거로 삼은 까닭에 다소 의
미 파악이 어려운 결과를 낳았다고 하였다.

마지막으로 유희춘이 시에서 운용한 전고의 양상을 통해 시적 상황의
일치라는 측면에서 동일시의 미학을, 의도적인 인상을 주기는 하지만 작
품 안에서 포치에 힘쓴 점을 감안할 때 안배의 미학을 언급하였다.

【별첨】1

(＊괄호 속 숫자는 추가할 활용 횟수임. 저서 및 작품명에 대한 부호는 생략함)

4부 분류	서명(저자)	활용 시제	총 활용 횟수	권수 구분
經	論語 (孔子 제자)	感興4수(2), 讀韓退之三上書詩(1), 困學(1), 借光吟, 瓜子金, 悼明妃, 送李慶源遷刺光州, 門人作詩 … 以詩, 問中秋月4수, 次彦愼公武威樓韻, 次詠範石, 喜大叔登第	16	권1
		和金河西麟厚韻14수, 又寄河西2수, 輓李仲久湛, 榮及三世, 次風詠亭韻	5	권2
	孟子(孟軻, B.C372?~289?)	感興4수(1), 讀韓退之三上書詩, 困學, 借光吟, 韓亡子房奮, 半畝塘(1), 府文廟 … 位版, 謝張景順見假晦菴詩, 送李慶源遷刺光州, 問中秋月4수(2), 贈金興祖, 造山嶺中, 文山集來自洛中, 柳侯求改棋譜	18	권1
		又寄河西2수(1)	2	권2
	書經(미상)	感興4수(1), 讀韓退之三上書詩, 瓜子金, 送李慶源遷刺光州, 南鄕嘆, 次慶源掛弓亭韻, 送金許詣匡城, 寄權公擇	9	권1
		仁順王后輓詞(3), 和金河西麟厚韻14수(1), 直木吟, 雪夜, 伏蒙上…有作2수(1), 道中吟, 感恩	12	권2

經	小學(劉子澄, 宋)	門人作詩 … 以詩, 五朔無消息, 寄住沿溉	3	권1
				권2
	詩經(공자 편)	黃鸝一首送許演, 九月 … 有感, 泣受萱堂寄髮, 娼妓歌謠(1), 長城懷古, 送四皓還商山, 庚戌 … 三生, 府文廟 … 位版(1), 送李慶源遷刺光州, 南鄕嘆, 五朔無6消息, 嘯巖江邊卽事, 金觀察使歌謠(1), 次詠範石, 感尹元禮	18	권1
		仁順王后輓詞(2), 和金河西麟厚韻14수, 光先 … 成詩, 重到太學, 喜雨詩2수, 追感, 輓李仲久湛	9	권2
	呂氏春秋(呂不韋, ?~B.C235)	徐巖歌	1	권1
				권2
	易經(미상)	黃鸝一首送許演, 長城懷古, 五朔無消息, 問中秋月4수, 聞宗系改正將頒降	5	권1
		仁順王后輓詞(1), 和金河西麟厚韻14수(1), 馬上吟, 湖南雜詩13수, 輓柳太浩景深	7	권2
	禮記(戴聖, 前漢)	庚戌 … 三生(1), 倭奴嘆, 送李慶源遷刺光州, 呈仲沿公, 元日記夢, 次李侯春雪, 感尹元禮	8	권1
		仁順王后輓詞, 和金河西麟厚韻14수, 哭退溪先生, 輓柳太浩景深, 元日詩	5	권2
	爾雅(周公, 周)	感興4수	1	권1
				권2
	中庸(子思?)	困學, 次李侯春雪, 題三圖	3	권1
		仁順王后輓詞	1	권2
	春秋左氏傳(공자, B.C552~479)	謝張景順見假晦菴詩, 聞造山堡事(1), 呈仲沿公, 次金惟善韻, 金觀察使歌謠, 牛瘴嘆(1)	8	권1
		感舊吟, 輓從弟榮春, 和金河西麟厚韻14수(1)	4	권2
	韓詩外傳(韓嬰, 漢)	瓜子金	1	권1
				권2
史	舊唐書(劉昫, 後晋)	朴藟欣得舊狎老妓	1	권1
				권2

史	國語 (左丘明, 春秋)	黃鸝一首送許演, 瓜子金, 倭奴嘆	3	권1
				권2
	南史(李延壽, 唐)	憶故園	1	권1
				권2
	唐書(歐陽脩, 宋)	庚戌 … 三生, 遙謝宋庭筍庭篁	2	권1
		追感2수, 示兒	2	권2
	史記(司馬遷, B.C145~86)	讀韓退之三上書詩, 瓜子金, 長城懷古(1), 送四皓還商山, 韓亡子房奮(5), 庚戌閏六月十五夜記事示三生, 謝張景順見假晦菴詩, 答李景晦示文, 題高進士君梓樂天堂, 呈仲洽公(1), 謝景直寄遠, 次慶源掛弓亭韻, 懷遠亭卽事呈柳倅, 呈彥愼公, 金觀察使歌謠, 感尹元禮, 聞放謫人又聞許演夢, 心痛, 文山集來自洛中, 嘆墨碎, 勸府伯褒報範石 又, 謝公擇, 觀虹, 寄權公擇	31	권1
		仁順王后輓詞, 登紺嶽, 和金河西麟厚韻14수, 偶吟, 敬服 … 作詩2수, 道中吟, 登科吟(1), 與宋震, 感恩	10	권2
	史記平林 (淩稚隆, 明)	九月 … 有感	1	권1
				권2
	山海經(郭璞, 晉)	黃鸝一首送許演, 借光吟, 徐巖歌	3	권1
				권2
	三國志(陳壽, 晉)	謝張景順見假晦菴詩, 門人…以詩	2	권1
		示兒	1	권2
	三輔黃圖(미상)	謝景直寄遠	1	권1
				권2
	宋史(脫脫, 元)	瓜子金(2), 送李慶源遷刺光州, 南鄕嘆, 謝令公 … 前韻, 元日記夢, 投壺呈柳倅, 呈彥愼公, 觀玩溫泉	10	권1
		仁順王后輓詞	1	권2
	隋書(魏徵, 唐)			권1
		晉州 … 冤獄之解	1	권2
	新唐書 (歐陽脩, 宋)	瓜子金, 門人…以詩, 聞造山堡事, 呈仲洽公, 次詠範石	5	권1
		榮及三世	1	권2

史	梁書(姚思廉, 唐)	門人 … 以詩	1	권1
				권2
	越絶書(袁庚, 漢)			권1
		感舊吟	1	권2
	戰國策(劉向, 漢)	韓亡子房奮	1	권1
				권2
	晉書(房玄齡, 唐)	倭奴嘆, 悼逢春, 聞造山堡事, 謝景直寄遠, 次令公江上韻, 次柳侯詠範碩韻, 憶故園, 寄侄沿漑, 次李侯春雪, 雪中松	10	권1
		效劉中山詩	1	권2
	漢書(班固, 後漢)	瓜子金(1), 悼明妃, 韓亡子房奮(1), 送李慶源遷刺光州, 五朔無消息, 贈金興祖, 次金惟善韻, 牛瘠嘆, 朴薑欣得舊狎老妓	11	권1
		登紺嶽, 感追贈三世, 湖南雜詩13수, 道中吟, 連入畫講, 次風詠亭韻	5	권2
	玄晏春秋 (皇甫謐, 後漢)	文山集來自洛中	1	권1
				권2
	後漢書 (范曄, 398~446)	困學, 瓜子金, 嘯巖江邊卽事, 次慶源掛弓亭韻, 投壺呈柳侯, 送李侯, 勸府伯襄報範石 又, 張鳳靈 … 招之, 次李侯春雪	9	권1
		湖南雜詩13수, 定遷居于潭陽廣洞, 連入畫講	3	권2
子	孔子家語 (王肅, 魏)	黃鸝一首送許演	1	권1
				권2
	近思錄(朱熹, 宋)	半畝塘	1	권1
				권2
	蒙求(李瀚, 唐)	南鄕嘆	1	권1
		謝呂牧送燈油	1	권2
	法言(揚雄, 漢)	五朔無消息, 答李景晦示文, 寄侄沿漑	3	권1
				권2

子	法苑珠林 (道世, 唐)			권1
		又贈索和	1	권2
	山堂肆考 (彭大翼, 明)	賀李侯監兵二薦	1	권1
				권2
	三略(劉寅, 明)	送李慶源遷刺光州	1	권1
				권2
	書言故事 (胡繼宗, 宋) 편	戲柳侯不能棋	1	권1
				권2
	孫子(孫武, 齊)	瓜子金	1	권1
				권2
	荀子(荀卿, 周)	困學	1	권1
		和金河西麟厚韻14수	1	권2
	述異記 (任昉, 南朝 梁)	七朔無消息	1	권1
		效劉中山詩	1	권2
	拾遺記 (王嘉, 後晉)	嘆墨碎	1	권1.
		十箭烏竹杖2수	1	권2
	尸子(尸校, 晉)			권1
		送慶連兼示繼文	1	권2
	神仙傳(葛洪, 晉)	七朔無消息	1	권1
				권2
	列子 (列禦寇, 戰國)	感興4수, 送李慶源遷刺光州, 次令公江上韻, 贈陳國光	4	권1
		感君恩, 直木吟	2	권2
	韻府群玉 (陰時夫, 元)	遙謝宋庭筍庭篁	1	권1
				권2
	莊子(莊周, 戰國)	感興4수, 困學(1), 借光吟, 庚戌 … 三生(1), 半畝塘, 遙謝宋庭筍庭篁, 墜雁效西崑體, 狂僭歌, 飲酒一盃, 李侯惠網巾	11	권1
		和金河西麟厚韻14수, 送門生赴會圍, 光陽 … 侍衛, 輓沈同知逢源	4	권2

子	太平御覽 (李昉, 宋)	黃鸝一首送許演, 門人…以詩	2	권1
				권2
	抱朴子 (葛洪, 東晉)	半畝塘	1	권1
				권2
	韓非子 (韓非, 戰國)	困學	1	권1
				권2
	淮南子 (劉安, 前漢)	困學, 府文 … 位版, 墜雁效西崑體, 晚悟, 海上夜驚失火	5	권1
		言志, 湖南雜詩13수, 慕華館…之本	3	권2
集	賈浪仙長江集 (賈島, 779~843)			권1
		送門生赴會圍	1	권2
	開元天寶遺事 (王仁裕, 880~956)	次李侯春雪	1	권1
				권2
	古文眞寶 (黃堅, 宋)	題高進士君粹樂天堂, 題玩琴堂, 觀玩溫泉	3	권1
				권2
	陶淵明集 (陶潛, 365~427)	中秋陪柳侯遊江西	1	권1
		和金河西麟厚韻14수, 十節烏竹杖2수, 見成仲規畫大廳因成四韻	3	권2
	杜少陵詩集 (杜甫, 712~770)	半畝塘, 久雨嘆, 呈仲沿公, 次慶源掛弓亭韻	4	권1
				권2
	文選(蕭統, 梁)	題高進士君粹樂天堂 又, 次慶源掛弓亭韻, 喜大叔登第, 次無波居士 又, 狂憯歌	5	권1
		伏喜, 秋夕有感	2	권2
	白樂天詩集 (白樂天, 772~846)	送李慶源遷刺光州	1	권1
		直木吟	1	권2
	山谷集(黃庭堅, 1045~1105)	府文廟 … 位版, 次金惟善韻	2	권1
				권2

集	西京雜記 (葛洪?, 晉)	悼明妃, 五朔無消息	2	권1
		輓李仲久湛, 輓尹元禮復	2	권2
	世說新語(劉義慶, 403~444)	答李景晦示文, 戲投李侯	2	권1
		輓柳太浩景深	1	권2
	蘇東坡全集(蘇軾, 1036~1101)	次令公江上韻	1	권1
		仁順王后輓詞, 示兒	2	권2
	王右丞集(王維, 701~761)			권1
		輓韓判校灝	1	권2
	劉夢得文集(劉禹 錫, 772~842)			권1
		效劉中山詩	1	권2
	柳河東集(柳宗元, 773~819)	巖下灣上贈惟善, 讀柳游零陵諸記	2	권1
				권2
	李太白集(李白, 701~762)	悼明妃	1	권1
				권2
	朱子大全(朱熹, 1130~1200)	半畝塘, 謝張景順見假晦菴詩, 題玩心圖	3	권1
		自警	1	권2
	昌黎先生集(韓愈, 768~824)	讀韓退之三上書詩, 次李侯留別高進士韻, 謝高伯喬, 次柳侯, 謝令公 … 前韻, 風寒歎, 寄侄沿漑, 謝李侯 假我莊子, 方待南奴燈花報喜	9	권1
		答成仲, 贈館史趙啓沃	2	권2
	太平廣記 (李昉, 宋)	寄侄沿漑(1)	2	권1
				권2
총 활용 횟수			365	

제3부

고문헌의 한문학적 활용

제1장

무등산권 누정문학의 문화지도

1. 왜, 무등산권인가?

주지하다시피 누정(樓亭)은 누각(樓閣)과 정자(亭子)를 합한 말로 우리나라 어디를 가든 이러한 문화 공간은 어렵지 않게 발견할 수 있다. 이러한 누정이 문화 공간이 될 수 있는 가장 큰 이유는 오랜 시간을 거쳐 오면서 수많은 문학적 담론을 생성해냈기 때문이다. 그 문학적 담론들은 현장론적인 측면과 맞물리면서 어느 무엇보다도 우리의 고전을 살찌우는 역할을 담당해왔다. 그래서 생긴 특수 문학 용어가 '누정문학'이라는 것인데, 이제는 더 이상 특수하지 않은 보편적인 용어로 자리 잡았다 할 수 있다. 이러한 누정문학에 대한 연구는 그 중요성에 비추어 수많은 연구가 이루어졌다. 이는 크게 네 부류로 나눌 수 있는데, 첫째 누정에 대한 원론적인 연구를 한 경우, 둘째 어느 특수한 지역에 있는 누정문학을 연구한 경우, 셋째 어떤 작가의 누정문학 작품을 연구한 경우, 마지막 네 번째로 시기별로 연구한 경우[1] 등이 바로 그것

이다. 이러한 연구의 축적은 결국 누정문학의 실체를 밝혀주는 중요한
역할을 담당해 왔기에 그 성과를 결코 가볍게 넘길 수만은 없다. 한편,
누정은 공간적 배경을 바탕으로 형성되었기에 도상(圖上)에 그 존재 유
무 등을 나타내 보여줄 수도 있다. 따라서 누정에서 생성된 문학 작품
을 연구 대상으로 삼는 것도 중요하지만, 일목요연하게 도상에 나타내
보여줌으로써 시각적인 효과를 바라는 작업도 함께 이루어야 할 일과
중 하나라고 하겠다.

　　본 논고는 무등산권(無等山圈)의 누정문학 현황을 도상으로 나타내
보여주면서 아울러 각 누정 공간에서 행해진 문학적인 실상을 개략적
으로 살피는 것을 목표로 하였다.[2] 권역을 나누는 기준은 다양할 듯하
다. 가령, 산·강과 같은 자연지리적인 것이 기준이 될 수도 있겠고, 행
정 단위가 기준이 될 수도 있다. 그런데 행정 단위의 경우, 현재적 입장
에서 그 편리함은 있지만, 행정 단위야말로 시대의 변천에 따라 유동적
인 면이 다분히 있기에 기준으로 제시하기에는 한계가 따른다. 그 반면
에 자연지리적인 것을 기준으로 삼게 되면, 유동적인 면이 희박하여
시간의 경과에 따른 전통성을 살릴 수가 있다는 장점이 있다. 이러한

---

1 박명희, 「요월정과 누정문학의 전개」, 『지역전통과 정체성의 문화정치』, 경인문화사,
  2004, 88~89쪽 각주 1) 참조. 2004년 이후로도 '누정문학' 연구는 지속적으로 이루어
  졌는데, 필자가 분류한 네 가지의 연구 경향에서 크게 벗어나지 않는다고 생각한다.
2 본 논고를 작성하는데 참조한 저서는 다음과 같다.
  「전남지역의 누정조사 연구 I - 광주·광산·담양·장성」, 『호남문화연구』 14집, 호남
  문화연구소, 1985; 「전남지역의 누정조사 연구 II - 나주·화순」, 『호남문화연구』 15집,
  호남문화연구소, 1985; 이강로 외 2인, 『문학의 산실 누정을 찾아서』, 시인사, 1987;
  『樓亭題詠』 상~하, 광주직할시, 1992; 『화순누정집』, 화순문화원, 1997; 박명희 외
  3인, 『가사문화권의 고전문학지도1』, 도서출판 무진, 2000; 『(國譯)樓亭題詠』, 나주목
  향토문화연구회, 2002.

점을 감안하여 본 논고에서는 권역을 정하는데, 우선적으로 자연지리
적인 기준을 생각하였다.

그러면 왜, 무등산권의 누정문학을 대상으로 하게 되었는가? 이는
또한 무등산권역에 들어가는 시·군 등을 생각하면 답은 자명하다. 무
등산을 흔히 호남의 진산(鎭山)이라고 한다. 즉, 호남을 대표하는 산이
라는 뜻인데, 광주광역시(光州廣域市)와 전남의 화순군(和順郡), 그리고
담양군(潭陽郡) 등과 직접 연결되어 있다. 또한 전근대에는 '광(光)·라
(羅)·장(長)·창(昌)'이라는 이름으로 광주(光州)·나주(羅州)·장성(長城)·
창평(昌平: 담양의 옛 이름)을 하나의 권역으로 생각하였다. 따라서 전통
성까지 감안한다면, 무등산권역은 당연히 무등산과 직·간접으로 연계
된 현재의 광주광역시와 전남의 나주시·장성군·담양군·화순군 등까
지를 아울러야 한다. 이 다섯 곳의 지형적 특성은 먼저 무등산이 존재
함으로서 산수가 수려하고, 또한 무등산 줄기를 타고 내리는 계곡들이
즐비하여 옛 선인들은 그러한 곳에 휴식처인 누정 등을 만들기도 하였
다. 그 대표적인 예로는 조선중기에 만들어진 담양에 소재한 누정들이
있다. 이들 누정은 대체로 무등산의 원효계곡을 타고 배산임수(背山臨
水)의 입지적인 조건을 갖춘 곳에다 건립했다는 공통점이 있다. 또한
호남은 다른 지역에 비해서 넓은 평야를 가지고 있다. 특히, 나주와 장
성 등은 다소 산악적인 곳도 있기는 하지만, 대체로 완만한 평야를 지
니며 마찬가지로 옛 선인들은 배산임수의 지형적인 조건이 맞는 곳이
라면 누정을 세우고, 휴식 공간으로써 활용하였다.

그러나 다 알려진 바와 같이 처음에 개인의 휴식 공간으로 만들어진
누정은 시인묵객(詩人墨客)들이 모여들면서 시문이 생성되고, 이러한
시문은 시간이 흐름에 따라 점차 축적되는 양상을 보여 '시단(詩壇)'이

만들어지는 데까지 이르기도 하였다. 이러한 현상은 우리나라 전체 누정에 해당되는 것이기도 하지만, 특히 무등산권역에 들어가는 누정에 있어서는 더더욱 그러하다. 호남의 누정 가운데 무등산권에 속한 누정을 특별히 주목하는 이유도 바로 이 때문인데, 곧 문학적인 의미를 지닌 곳이 다수 있기 때문이다. 그런데 '다수 있다고 하는 것'은 전체 누정이 모두 문학적으로 의미가 있다는 말은 아니기 때문에 문학적으로 의미가 있는 곳은 그 중요도를 감안하여 도상에 특별한 표시를 할 필요가 있을 것이다. 또한 누정은 시간적인 경과 정도가 각기 다른데, 본 논고에서는 역사적인 값어치를 생각하여 20세기 이전에 세워진 누정을 대상으로 하였다. 이와 함께 누정은 시간이 지남에 따라 자연적으로 아니면 인공적으로 소실되는 운명을 맞이하는 경우도 하다한데, 도상에 표시하기 위해서는 아무래도 현존하는 누정을 대상으로 삼아야 할 것으로 생각한다. 이러한 사항을 다시 한 번 정리하자면, 본 논고가 대상으로 삼은 누정은 20세기 이전에 세워졌으면서 현존하는 것으로 우선 각 지역별로 총체적인 정리를 한 다음에 도상에는 문학적인 면을 감안한 표시가 이루어질 것이다.

지금까지 호남의 누정에 대해서는 일찍이 전남대학교 호남학연구원(구 호남문화연구소)에서 1985년부터 1991년까지 조사, 정리한 바 있다.[3] 당시로서는 흔한 일이 아니었기에 전국적으로 주목을 받았는데, 여러 고문헌 및 현대의 문헌을 참고 자료로 활용하면서 직접 현장을 다니면서 조사, 정리했다는 특장점이 있다. 따라서 현존과 비현존의 구분을

---

3 「전남지역의 누정조사 연구 I –VII」, 『호남문화연구』 14~20집, 호남문화연구소, 1985~1991.

확연히 하여 실존 여부를 파악할 수 있게 되었고, 현존한 경우 지역의 문화적 가치를 창출할 수 있는 곳으로 재인식하게 되었다.

본 논고는 이러한 호남학연구원의 조사, 정리 내용을 다수 수용하면서 변동 사항이 있을 경우, 그러한 점은 충분히 감안하고자 한다. 지금까지 무등산권의 누정은 광주광역시와 각 군이 따로 정리하는 양상을 보여 왔는데, 이제는 무등산권역을 하나로 생각하여 총체적인 정리가 이루어져야 하리라고 본다. 물론 총체적인 정리를 하다보면, 미시적인 부분까지는 손이 닿지 않을 가능성이 많다. 미시적인 부분에 대한 자세한 정리는 추후를 기대하면서 이번에는 총체적인 모습을 정리해보고, 이를 도상으로 나타내는 것으로 만족하고자 한다.[4]

2. 무등산권 누정문학의 실상과 지도

1) 광주광역시의 누정문학

광주광역시에 현존한 누정으로서 20세기 이전에 최초로 건립된 것을 표로 보이면 다음과 같다.

---

4 미시적인 부분이란 각각의 누정문학에 대한 연구를 이른다. 지금까지 이루어진 무등산권의 누정문학 연구는 息影亭, 俛仰亭, 松江亭, 獨守亭, 風詠亭, 邀月亭 등이 주된 대상이었다.

연번	누정명	소재지	최초 건립시기	건립자 및 건립사유	시단 형성 상황	비고
1	가학정 (駕鶴亭)	광주광역시 광산구 사호동	1601년	박경(朴璟)		
2	관수정 (觀水亭)	광주광역시 광산구 삼도면	1726년 추정	오응석(吳應錫)		
3	낙암정 (樂庵亭)	광주광역시 광산구 신룡동 신촌	중·명종 대경	기대승(奇大升)		
4	남덕정 (覽德亭)	광주광역시 남구 석정동	1881년	나도규(羅燾圭) 의 휴양소 겸 강학소		
5	부용정 (芙蓉亭)	광주광역시 남구 칠석동	15세기 초	김문발(金文發) 의 별서(別墅)	양응정(梁應鼎), 고경명(高敬命), 이안눌(李安訥) 등의 시문	광주광역시문화 재자료 제13호. 광주지역 향약이 처음으로 시행됨
6	불환정 (不換亭)	광주광역시 광산구 등임동	1771년	임덕원(林德遠)		
7	삼괴정 (三愧亭)	광주광역시 북구 금곡동	1900년	문병일(文炳日) 이 부친 문유식 (文愉植)의 뜻을 받들기 위해 건립	김희준, 기세구, 박흥규, 정안석, 김희숙, 정운영, 이재풍, 여창현 등의 시문	
8	양과 동정 (良苽 洞亭)	광주광역시 남구 양과동	미상이나 고려시대 ~조선 초기로 추정	향인(鄕人)	고경명, 송인수, 박광옥 등의 시문	광주광역시문화 재자료 제12호. 洞約·鄕約의 시행처. 송시열의 題額
9	읍취정 (挹翠亭)	광주광역시 북구 오치동	미상 1691년 (숙종17) 중창	읍취(挹翠) 이방필(李邦弼) 의 후손	기우만(奇宇萬), 이장헌(李章憲), 이재순(李載純), 김택수(金宅洙), 송병제(宋秉濟), 황열주(黃烈周) 등의 시문	

10	취가정 (醉歌亭)	광주광역시 북구 충효동	1890년	김덕령의 후손 김만식(金晚植)		
11	칠송정 (七松亭)	광주광역시 광산구 광산동	조선 선조대 로 추정	기효증(奇孝曾)		
12	풍암정 (風岩亭)	광주광역시 북구 금곡동	1602년	김덕보(金德普)	임억령, 고경명, 안방준, 정홍명, 김덕보 등의 시문	광주광역시 문화재자료 제15호
13	풍영정 (風詠亭)	광주광역시 광산구 신창동	16세기 (중· 명종대)	김언거(金彦琚)	이황, 주세붕, 송흠, 김인후, 송순, 소세양, 이덕형, 기대승, 고경명, 박광옥, 유희춘, 정홍명 등의 시문	광주광역시문화 재자료 제4호
14	호가정 (浩歌亭)	광주광역시 광산구 본덕동	1558년	유사(柳泗)	오겸, 이안눌, 김성원 등의 시문	광주광역시문화 재자료 제14호
15	환벽당 (環碧堂)	광주광역시 북구 충효동	1558년 또는 1559년 으로 추정	김윤제(金允悌)	임억령, 송순, 김인후, 정철, 조자이 등의 시문	광주광역시기념 물 제1호. 송시열의 제액

위 표와 같이 총 16동(棟)의 누정이 조사되었다. 광주광역시는 동·
서·남·북·광산구 등 총 5개 구로 나뉘는데, 표에 의하면 남구에 3동,
북구에 5동, 광산구에 7동이 현존한 것으로 나타난다.[5]

---

5 현재 남구에 남아있는 芙蓉亭과 良苽洞亭은 1988년 광산구가 광주광역시로 편입되기
  전에는 전남 광산군에 속했었다. 이로써 보면 현재 남구에 있는 누정 두 동도 광산구와

남구에 있는 누정으로는 남덕정(覽德亭), 부용정(芙蓉亭), 양과동정(良
苽洞亭) 등이 있다. 남덕정은 1881년에 덕암(德巖) 나도규(羅燾圭, 1826~
1885)가 지은 누정으로 주로 강학소로 이용되었다. 나도규는 어릴 때부
터 재능이 비범하여 문예 뿐 아니라 이학(理學), 예학(禮學) 등 여러 면에
뛰어난 능력을 가진 인물로 기정진(奇正鎭)에게 나아가 수학한 한편, 많
은 제자들을 길렀다. 나도규는 누정의 이름을 '남덕(覽德)'이라고 지은
사연을 기문을 통해 직접 언급하고 있는데, "자신이 덕을 닦아 광채가
다른 사람의 눈에 보일 수 있도록 한다."는 의미를 담고 있다. 그러나
주로 강학소로 이용되었기 때문에 시단을 형성되지 않았다. 부용정은
15세기 초엽에 김문발(金文發, 1359~1418)이 세운 누정으로 광주에서 향
약이 처음 시행된 곳으로 유명한데, 후대에 양응정(梁應鼎), 고경명(高敬
命), 이안눌(李安訥) 등이 시문을 남기기도 하였다. 양과동정은 언제 건립
되었는지 확실히 알 수는 없지만, 정황상 고려 말에서 조선 초에 세워졌
을 것으로 추정되며, 마을의 동약(洞約)·향약(鄕約) 등을 시행했던 곳으
로 알려져 있다. 그런 점에서 보면, 앞의 부용정과 통하는 부분이 있는
데, 그럼에도 불구하고 고경명, 송인수(宋麟壽), 박광옥(朴光玉) 등이 시
문을 남겨 누정문학적인 면모를 보여주고 있다.

　북구에 현존하는 누정으로는 삼괴정(三愧亭), 읍취정(挹翠亭), 취가정
(醉歌亭), 풍암정(風岩亭), 환벽당(環碧堂) 등이 있다. 삼괴정은 20세기 초
엽에 세워진 누정으로 대체로 오랜 역사를 가진 것은 아니다. 원래는
문유식(文愉植)의 휴식처였는데, 그가 죽은 뒤에 그의 아들인 문병일(文炳
日)이 선친의 뜻을 기리고자 호를 따서 누명(樓名)으로 삼았다. '삼괴(三

밀접한 관련이 있다고 하겠다.

愧)'란 '미립(未立)·미현친(未顯親)·미교자(未敎子)' 등 세 가지를 부끄러
워 한다는 의미를 담고 있으며, 정내(亭內)에는 당대 수많은 문인들이
남긴 시문이 게제(揭題)되어 있다. 읍취정은 창건 연대를 자세히 알 수
없다. 하지만 16세기 문인인 김인후(金麟厚)의 명(銘)이 존재함으로써 중
종·인종 즈음에 만들어졌을 것으로 추정한다. 처음 만든 사람은 읍취(挹
翠) 이방필(李邦弼, ?~1592)의 후손으로 선조의 호를 따서 누정의 이름으
로 정하였다. 이방필은 임진란 때 김천일(金千鎰)과 의병을 일으켜 진주
성 싸움에서 순절한 인물로 후손들이 그를 기리기 위하여 건립했음을
알 수 있다. 후대에 여러 차례 개보수의 작업을 하였고, 주로 19세기
말과 20세기 초엽에 지은 시문들이 남아있다. 취가정은 1890년도에 최초
로 건립되었기 때문에 그리 오랜 역사를 지닌 곳은 아니다. 그렇지만,
누정의 이름이 지어지게 된 내력은 멀리 16~17세기에까지 이른다. '취가
(醉歌)'란 이름은 김덕령(金德齡)이 권필(權韠)의 꿈에 나타나 부른 '취시가
(醉時歌)'를 줄인 말로 배경은 바로 이렇다. 어느 날 권필이 꿈을 꾸게
되었는데, 임진란 때 의병장으로 활약했던 김덕령이 꿈속에 나타나 술에
취한 모습을 보이며, 자신의 억울한 죽음을 하소연하는 듯한 내용으로
시문을 읊었고, 권필은 비록 꿈속이었지만 슬픈 감정을 김덕령과 함께
느끼며 시문으로써 화답을 했다고 한다.[6] 이러한 일이 있고 나서 시간이
흐르기는 했지만, 김덕령의 후손들이 뜻을 모아 김덕령을 기리는 누정을

---

6 이에 대한 기록은 권필의 문집인『石洲集』卷7에 나온다. 권필은 詩題에서 '夢得一小冊
乃金德齡詩集也 其首一篇曰醉時歌 余三復得之 其詞曰 醉時歌此曲無人聞 我不要醉花
月 我不要樹功勳 樹功勳也是浮雲 醉花月也是浮雲 醉時歌無人知我心 只願長劍奉明君
旣覺悵然悲之 爲作一絕'이라고 하여 김덕령이 꿈속에서 '취시가'를 읊은 내용을 적고서
자신의 시문 '將軍昔日把金戈, 壯志中摧奈命何, 地下英靈無限恨, 分明一曲醉時歌.'를
소개하였다. 이에 대한 내용은 宋近洙의 「醉歌亭記」(『立齋集』卷12)에도 있다.

건립하게 되었고, 누정의 이름도 권필의 꿈속 내용을 전적으로 수용하여 짓게 되었던 것이다. 취가정에 남아있는 제영시는 주로 19세기 말과 20 세기 초에 지어진 것들인데, 이보다도 이름을 짓게 된 내력에서 문학적 의미가 담겨있는 점이 주목을 요한다. 풍암정은 김덕령의 아우 김덕보(金 德普)가 은둔의 삶을 즐기기 위해 지은 누정이다. 김덕보는 위로 덕홍(德 弘)과 덕령 두 형님을 모셨는데, 둘 다 임란 때 의병 활동을 하다가 순절하 거나 억울한 누명을 쓰고 옥사(獄死)하는 일을 당한다. 이에 김덕보는 더 이상 세상에 나아가 살아갈 의지를 상실한 채 은거의 삶을 살아가는 데, 이때 풍암정을 짓게 된다.[7] 풍암정은 특히, 무등산에서 흘러내리는 원효계곡의 물줄기로 인하여 주변 풍광이 아름다운 곳으로도 유명한데, 김덕보, 임억령(林億齡), 고경명, 안방준(安邦俊), 정홍명(鄭弘溟) 등이 시 문을 읊어 작은 시단을 형성했음을 알 수 있다. 환벽당은 김윤제(金允悌, 1501~1572)가 나주 목사(羅州牧使)를 그만두고 고향에 지은 누정이다. '환 벽당'이라 이름을 짓게 된 연유는 주변의 승경이 푸른빛으로 둘러싸여 있기 때문인데, 앞에는 창계천(蒼溪川)이 흘러가고, 내를 사이에 두고 김성원(金成遠)이 지은 식영정(息影亭)이 있으며, 우측에는 취가정이, 또 동쪽으로 1Km지점에는 독수정(獨守亭)이 있어 누정이 들어설 수 있는 입지 조건을 두루 갖추고 있는 곳이기도 하다. 이 환벽당이 많은 이들의 주목을 받은 이유 중 하나는 정철(鄭澈)이 16세 때 우연히도 김윤제를 만나 11년 동안 공부했기 때문인데, 따라서 정철의 유적지로도 알려져 있다. 환벽당은 16세기 담양 인근에 세워진 다른 누정들과 함께 문인들이

---

7 김덕보가 풍암정을 지은 시기에 대해서는 의견이 분분하다. 이에 대해서는 앞으로 좀 더 자세한 연구가 필요하리라고 본다.

대거 출입하며, 시단을 형성했을 것으로 추정되는데, 현재는 임억령, 송순(宋純), 정철, 김인후, 조자이(趙子以) 등이 남긴 시문만이 전한다.

광산구에 현존하는 누정으로는 가학정(駕鶴亭), 관수정(觀水亭), 낙암정(樂庵亭), 불환정(不換亭), 칠송정(七松亭), 풍영정(風詠亭), 호가정(浩歌亭) 등이 있다. 가학정은 1601년 죽림 처사(竹林處士) 박경(朴璟, ?~?)이 지은 누정으로 몇 차례의 개보수를 거쳐 현재에 이르고 있다. 박경은 임진란 때 백의종군하면서 군량미를 모으는 일을 도맡아서 했던 인물로 선조(宣祖)가 이를 가상히 여겨 벼슬을 권했으나 극구 사양하고 강호에 살고자 하는 뜻을 굽히지 않았다. 때문에 선조가 이를 가상히 여겨 '죽림 처사'라는 아호(雅號)와 함께 궤장(几杖)을 내려 그의 지절(志節)을 드러내었다. 주변 승경이 아름다워 시인묵객들이 드나들었을 것으로 추정되는데, 남아있는 작품은 거의 없다. 관수정은 오응석(吳應錫, 1660~1735)이 그의 나이 만년에 지은 누정으로 앞의 '구곡천(九曲川)'을 바라다보면서 살아가겠노라는 의지를 담고 있다. 사실 '관수(觀水)'란 이름을 쓴 누정은 오응석의 것 외에도 다소 있는데, 대체로 공자(孔子)와 맹자(孟子)가 일찍이 흐르는 물을 보고 도를 터득했던 것과 같이 무엇인가를 얻고자 하는 자세를 드러내었다고 하겠다. 오응석도 이런 의지를 담고 관수정이라 이름 지었을 것인데, 당시인들의 작품은 남아있지 않다. 낙암정은 원래 기대승(奇大升)이 고마산(叩馬山) 기슭에 지어 강학소 겸 휴양소로 사용하였는데, 기대승 사후 후손인 기정룡(奇斑龍)이 거처하였다. 원래는 이름이 없었던 듯한데, 기정룡의 별칭이 '낙암(樂庵)'이어서 누정의 이름으로 삼았다고 추정된다. 주로 강학소로 사용되었기 때문에 시단과는 거리감이 있다. 불환정은 영조 때의 문인인 임덕원(林德遠, ?~?)이 지은 누정이다. 누명을 '불환'이라고 한 연유는 '아름다운 이 강산을 삼공(三公),

즉 영의정·좌의정·우의정 등과 바꿀 수 없다'는 의미에서였다. 문인들
의 시문이 많이 남아있는 것은 아니지만, 20세기 이후까지도 간간히
시적 대상이 되었다. 칠송정은 기대승의 장남인 기효증(奇孝曾, 1550~?)
이 건립한 것으로 언제 세웠는지는 정확히 알 수는 없다. 다만, 기효증이
임진란 때 의병에 참여하여 군량미를 모으는 등의 공훈을 세웠기 때문에
생존기에 맞추어 선조 때로 추정할 뿐이다. 이 누정에서는 특별한 시단
이 형성되지는 않았다. 풍영정은 16세기에 김언거(金彦琚, 1503~1584)가
지은 누정이다. 김언거는 1531년(중종26)에 문과에 급제하여 판교(判校)
의 벼슬까지 역임하였는데, 모든 관직을 그만두고 고향으로 돌아와 누정
을 짓고서 말년을 보내었다. '풍영'이라는 말은『논어』「선진(先進)」의
'욕호기풍호무우영이귀(浴乎沂風乎舞雩詠而歸)'에서 유래하였는데, 마치
증점(曾點)과 같이 세상의 모든 헛된 잡념을 버리고 자연을 벗삼아 심신
을 수련해보겠노라는 의지를 담고 있다. 김언거는 김인후, 이황(李滉),
기대승 등 당시를 대표했던 거유(巨儒)들과 교유하였는데, 따라서 이들
과 주고받은 시문이 현재까지 전해오고 있으며, 그 외에 주세붕(周世鵬),
유희춘(柳希春), 송흠(宋欽), 송순, 고경명, 정홍명 등 유명한 문인들이
적지 않은 시문을 남겼다. 따라서 대체로 규모가 큰 시단이 형성되었으
며, 이로써 광주를 대표하는 누정이라고 할 수 있다.[8] 호가정은 1558년
(명종13)에 유사(柳泗, ?~?)가 지은 누정이다. 유사는 16세기의 문인으로
문과에 급제한 후 사간원·사헌부·홍문관 등 삼사(三司)를 두루 거친 후
승지(承旨)로 있었는데, 권신(權臣)을 배척한 상소문을 올렸다가 모함을

---

8 풍영정에 연구는 박연호, 「光州 風詠亭 園林의 공간특성과 그 의미」, 『인문학연구』 36
집, 조선대 인문학연구소, 2008 참조.

받아 신변의 위협을 느껴 모든 관직을 버리고 낙향한 후 호가정을 지었다고 한다. '호가(浩歌)'란 중국 송나라 때의 학자인 소옹(邵雍)이 읊은 시 구절 '음아부족수호가(吟哦不足遂浩歌)'에서 따온 말로 자연에 도취된 자신의 회포를 작은 소리로 읊조리는 것에 만족하지 않고 큰소리로 노래를 불러보겠노라는 의지를 담았다. 유사는 그 뒤에도 벼슬이 내려졌으나 나아가지 않았고, 당시 명유(名儒)들인 이황, 이언적(李彦迪) 등과 교유하였으며, 오겸(吳謙), 김성원 등과도 친하게 지냈다. 이러한 인연으로 호가정과 관련된 이들의 시문이 남아있어 시단을 형성했음을 알 수 있다.

이상으로 광주광역시의 누정을 살펴보았다. 20세기 이전의 누정으로 현존하는 것은 총 15동이 있음을 확인하였는데, 이 가운데 크고 작은 시단을 형성했던 것으로는 부용정, 삼괴정, 읍취정, 풍암정, 풍영정, 호가정, 환벽당 등이라고 할 수 있다. 이것을 지도를 통해 표시하면 다음과 같다.

광주광역시 누정문학의 문화지도

2) 나주시의 누정문학

나주시는 동쪽으로 화순군, 서쪽으로 무안군과 함평군, 남쪽으로 영암군, 북쪽으로 광주 광산구와 접해 있는 전남평야의 중심지로 현재 1개의 읍과 12개의 면, 33개의 법정동으로 이루어져 있다. 현존하는 누정 가운데 20세기 이전에 세워진 것을 표로 보이면 다음과 같다.[9]

연번	누정명	소재지	최초 건립시기	건립자 및 건립사유	시단 형성 상황	비고
1	귀래정 (歸來亭)	전남 나주시 노안면 금안리	16세기 말	정심(鄭諶)	정심, 고경명, 진경문(陳景文) 의 시문	
2	금사정 (錦沙亭)	전남 나주시 왕곡면 송죽리	16세기 초·중엽	임붕 등 금강계회 (錦江禊會) 11인		
3	기오정 (寄傲亭)	전남 나주시 다시면 회진리	1669년	박세해(朴世楷)	유상운(柳尙運), 이건명(李健命), 최석정(崔錫鼎), 임영(林泳), 박세채(朴世采), 박세당(朴世堂) 등의 시문	전남문화재자료 제266호
4	남파정 (南坡亭)	전남 나주시 다시면 영동리	1883년	이탁헌(李鐸憲)	이탁헌(李鐸憲), 이계선(李啓善), 오계수(吳繼洙), 박창수(朴昌壽), 오준선(吳駿善), 나동륜(羅東綸),	

---

9 나주시의 누정표를 작성하는데 「전남지역의 누정조사 연구 Ⅱ – 나주·화순」, 『호남문화
  연구』 15집, 호남문화연구소, 1985와 『국역 누정제영』, 나주목향토문화연구회, 2002를
  주로 참조하였다.

					기우만(奇宇萬) 등의 시문	
5	만호정 (挽湖亭)	전남 나주시 봉황면 철천리	고려 중엽	이천서씨 (利川徐氏), 진주정씨 (晉州鄭氏)	정철환(鄭喆煥), 서요근(徐鐃謹), 여창현(呂昌鉉) 등의 시문	전남기념물 제145호
6	반계정 (潘溪亭)	전라남도 나주시 반남면 신촌리	16세기 초	나덕현(羅德顯)	오계수 및 후손들의 시문	
7	벽류정 (碧流亭)	전남 나주시 세지면 벽산리	1640년	김운해(金運海)	김수항(金壽恒) 의 중수기와 김순택(金淳澤), 임련(林堜), 나해봉(羅海鳳) 등의 시문	전남유형문화재 제184호
8	석관정 (石串亭)	전남 나주시 다시면 동당리	1530년	이진충(李盡忠)	장헌주(張憲周), 최광언(崔光彦), 기회상(奇繪商) 및 후손들의 시문	
9	소요정 (逍遙亭)	전남 나주시 다시면 죽산리	1529년	이종인(李宗仁)	기정진의 중수 기와 기대승, 박상, 임제, 임억령, 백광훈 등의 시문	
10	수산정 (首山亭)	전남 나주시 공산면 상방리	조선 초엽	김자진(金子進)	박기수(朴綺壽), 기학경(奇學敬) 및 후손들의 시문	
11	쌍계정 (雙溪亭)	전남 나주시 노안면 금안리	1280년 경 추정	정가신(鄭可臣)	정가신, 홍윤주(洪崙周), 정우선(鄭遇善), 김기우(金基禹), 성진(成晉) 등의 시문	전남유형문화재 제34호

12	야우정 (野憂亭)	전남 나주시 다시면 문동리	16세기 말	장이길(張以吉)		
13	양벽정 (漾碧亭)	전남 나주시 다도면 풍산리	1587년	홍징(洪澄)		
14	영모정 (永慕亭)	전남 나주시 다시면 회진리	1520년	임붕(林鵬)	임복(林復), 안현(安玹), 김선(金琁), 임서(林㥠), 박사해(朴師海) 등의 시문	처음에는 귀래정(歸來亭) 이라고 함. 전남기념물 112호
15	영호정 (永護亭)	전남 나주시 다도면 풍산리	1541~ 45년 사이	백인걸(白仁傑)		
16	장춘정 (藏春亭)	전남 나주시 다시면 죽산리	1561년	유충정(柳忠貞)	기대승의 기문과 기대승, 오상(吳祥), 안위(安瑋), 박개(朴漑), 임복, 송순, 양응정, 임억령, 박순, 박창수 (朴昌壽), 임제, 강백년(姜栢年) 등의 시문	전남기념물 제201호
17	장춘재 (長春齋)	전남 나주시 봉황면 덕곡리	17세기 초	홍종운(洪鍾韻)	홍종운의 시문	
18	정수루 (正綏樓)	전남 나주시 금계동	1603년	우복룡(禹伏龍, 당시 나주목사)		전남문화재자료 86호
19	창주정 (滄洲亭)	전남 나주시 다시면 신석리	1591년	정상(鄭詳)	정상 및 후손들의 시문	귀래정의 주인인 정심의 아우
20	최고정 (最高亭)	전남 나주시 남내동	19세기 중엽	이병우(李炳愚)	이병우의 시문	
21	칠두정 (七頭亭)	전남 나주시 다시면 운봉리	1624년	이지완(李止完)		

| 22 | 탁사정
(濯斯亭) | 전남 나주시
남평면 남석리 | 1587년 | 윤선기(尹先機) | 홍석희(洪錫憙),
서달수(徐達洙)
및 후손들의
시문 | |

위 표에 의하면, 20세기 이전에 최초로 건립된 누정 가운데 현존하
는 것은 총 22동임을 알 수 있다. 이를 다시 현재의 행정 단위로 구별해
보면, 나주시에 2동, 노안면에 2동, 다시면 9동, 왕곡면에 1동, 봉황면
에 2동, 다도면에 2동, 반남면에 1동, 세지면에 1동, 공산면에 1동, 남
평면에 1동 등이 산재해 있는 것으로 나타난다.

먼저 나주시에 소재한 누정으로는 정수루(正綏樓), 최고정(最高亭) 등
이 있다. 정수루는 『나주군읍지(羅州郡邑誌)』에 관문루(官門樓)라고 기
록하고 있듯이 관청의 문 역할을 담당했던 것으로 보인다. 남아있는
시문은 없다. 최고정은 19세기 중엽 즈음에 나주목사로 부임한 김병우
(金炳愚)가 읍성의 지휘소를 겸해 지은 누정으로 김병우의 칠언율시 한
작품만 있을 뿐 시단이 형성되지는 않았다.

노안면에 소재한 누정으로는 귀래정(歸來亭), 쌍계정(雙溪亭) 등이 있
다. 귀래정은 16세기 말에 정심(鄭諶, 1520~1602)이 지은 누정이다. 정심
은 이조정랑에 임명되었으나 고사하고 귀향하여 은거의 삶을 살다가
임진란이 발발하자 김천일, 고경명 등과 함께 의병에 참가하기도 했다.
남아있는 시문으로는 정심의 원운시와 고경명·진경문 등의 작품이 있
는데, 시단을 형성할 정도는 아니다. 쌍계정은 고려 충렬왕 때 여러 관
직을 두루 거친 정가신(鄭可臣, ?~1298)이 세운 누정이다. 정가신은 당
시 세자인 충선왕을 따라 원나라에까지 다녀왔으며, 문장에도 능하여
『천추김경록(千秋金鏡錄)』을 저술하였다. 훗날 이 누정에서 신숙주(申叔

舟)·말주(末舟) 형제와 홍천경(洪千璟) 등이 공부를 하였으며, 또한 향약의 시행처로써도 활용하였다. 정가신을 비롯한 몇몇의 문인들이 시문을 남기기는 했지만, 시단이 형성될 정도는 아니었다. 이는 쌍계정이 시단의 기능보다는 다른 용도로 사용되었던 때문이 아닌가 생각한다.

다시면에 소재한 누정으로는 기오정(寄傲亭), 남파정(南坡亭), 석관정(石串亭), 소요정(逍遙亭), 야우정(野憂亭), 영모정(永慕亭), 장춘정(藏春亭), 창주정(滄洲亭), 칠두정(七頭亭) 등이 있다. 기오정은 박세해(朴世楷, 1615~1699)가 1669년에 세운 누정이다. '기오(寄傲)'라는 말은 중국 진나라 도연명(陶淵明)의 「귀거래사(歸去來辭)」 중의 구절인 '의남창이기오(倚南窓以寄傲)'에서 따온 것으로 마치 도연명과 같은 은일의 삶을 살아가겠노라는 의지를 담고 있다. 유상운(柳尙運), 이건명(李健命), 최석정(崔錫鼎), 임영(林泳), 박세채(朴世采), 박세당(朴世堂) 등과 같은 당대 이름이 있는 문인들의 시문이 전하여 시단을 형성하였다. 남파정은 1883년에 이탁헌(李鐸憲, 1842~1914)이 지은 누정으로 손님을 접대하거나 종친간의 화수(花樹) 모임 장소로 주로 사용하였다. 그러나 주인인 이탁헌을 비롯하여 이계선(李啓善), 오계수(吳繼洙), 박창수(朴昌壽), 오준선(吳駿善), 나동륜(羅東綸), 기우만(奇宇萬) 등 19세기 말 호남을 대표하는 문인들이 시문을 남긴 점이 주목을 요한다. 석관정은 1530년경 이진충(李盡忠, ?~?)이 세운 누정으로 주로 강학과 소요자적하는 용도로 사용하였다. 여러 차례의 중수 과정을 거쳐 현재에 이르렀고, 주로 후손들의 시문이 남아있다. 소요정은 이종인(李宗仁, 1458~1533)이 1529년에 지은 누정이다. 이종인은 무과에 급제한 후 전라우수사·함경도북병사·전라좌수사·병조참판 등을 역임하였는데, 낙향한 후 소요정을 짓고 여러 문인들과 교유하며 여생을 보냈다. 16세기 호남의 대표적인 문인인 기대승, 박상, 임제,

임억령, 백광훈 등이 시문을 남기고 있어 당시 시단을 형성했음을 확인할 수 있다. 야우정은 세워진 시기는 자세하지 않지만, 장이길(張以吉, 1529~1595)이 말년에 관직에서 물러난 후에 자신의 호를 따서 누정의 이름으로 정하였다. 장이길은 문과에 급제한 후 사헌부지평, 선무랑, 이조정랑, 사간원대사간 등을 역임하였으며, 임진란 때는 김천일·조헌 (趙憲) 등의 의병을 도왔을 뿐 아니라 선조가 의주로 피난할 때 호종하는 등 당시 활약상이 적지 아니 하였다. 또한 당시 호남의 학자인 최학령(崔鶴齡)에게서 사사받았으며, 기대승, 변이중(邊以中), 윤두수(尹斗壽) 등과 교유하였다. 그러나 야우정에서 이들 문인들의 시문은 발견되지 않아 아쉬움으로 남는다. 영모정은 임붕(林鵬, 1486~?)이 창건한 누정으로 처음에는 그의 호를 따서 '귀래당(歸來堂)'이라고 하였는데, 아들 임복(林復)이 부친을 추모한다는 의미에서 '영모정'이라고 개칭하여 오늘에 이르고 있다. 또한 영모정은 임제가 공부했던 곳으로도 유명한데, 임복을 비롯한 안현(安玹), 김선(金琁), 임서(林㥠), 박사해(朴師海) 등의 시문이 전해오고 있다. 장춘정은 1561년 유충정(柳忠貞, 1509~1574)이 지은 누정이다. 유충정은 1534년(중종29)에 무과에 급제한 후 부안과 강진 현감, 장흥·온성 부사 등을 역임한 후 고향으로 돌아와 장춘정을 짓고 여생을 보냈다. '장춘(藏春)'이란 겨울에도 시들지 않는 숲과 사계절동안 피는 꽃이 마치 봄을 간직하고 있는 듯하다라는 의미에서 지어진 이름이다. 장춘정에는 기대승이 지은 기문이 있고, 기대승, 오상(吳祥), 안위(安瑋), 박개 (朴漑), 임복, 송순, 양응정, 임억령, 박순, 박창수(朴昌壽), 임제, 강백년 (姜栢年) 등의 시문이 있어서 시단의 규모를 알 수 있게 한다. 창주정은 1591년 정상(鄭詳, 1535~1609)이 지은 누정이다. 정상은 귀래정을 세운 정심의 동생으로 42세 때 문과에 장원급제하여 호조정랑 등을 역임하였으며 말년에는 고향으로 와서 창주정을 짓고 여생을 보냈다. 임진란 때는 충무공 이순신(李舜臣)을 도와 무공을 세웠으며, 자신이 늙어서 전쟁에 더 이상 나갈 수 없게 되자 둘째 아들 여린(如驎)을 이순신의 막하로 보내기도 하였다. 창주정에는 정상 및 후손들의 시문이 전해오고 있다. 칠두정은 1624년에 의금부도사를 지낸 이지완(李止完, 1569~1632)이 낙향하여 지은 누정이다. 이지완은 1624년 이괄(李适)의 난 때 오이건(吳以健)·임위(林瑋) 등과 함께 의병으로 나섰다가 난이 평정되었다는 소식을 접하고서 고향으로 돌아온 후 칠두정을 짓고 남은 생을 보내며, 임서, 유경현(柳敬賢), 김선 등과 교유하는데 남아있는 제영시는 없다.

왕곡면에 소재한 누정으로는 금사정(錦沙亭)이 있다. 금사정은 16세기 초·중엽 즈음에 나주 출신으로서 생원진사시에 합격한 후 서울 성균관에서 공부하던 태학생 11인이 낙향한 후 금강계회(錦江禊會)를 만들어 세운 누정이다. 금강계회에 참여했던 이들로는 임붕, 정문손(鄭文孫), 나일손(羅逸孫), 진세공(陳世恭), 진이손(陳二孫), 진삼손(陳三孫), 김식(金軾), 김구(金臼), 김두(金蚪), 정호(鄭虎), 김안복(金安福) 등인데, 기묘사화 때는 조광조(趙光祖)를 구명하는 운동에 앞장서기도 하였다. 남아있는 시문이 없는 것으로 보아서 시단이 형성되지는 않았다고 판단된다.

봉황면에 소재한 누정으로는 만호정(挽湖亭), 장춘재(長春齋) 등이 있다. 만호정은 세워진 시기를 정확히 가늠하기는 힘들어도 고려중엽 즈음에 최초로 건립되었을 것으로 추정하고 있다. 만호정은 여러 차례의 개칭이 있었는데, 처음 무송정(茂松亭)에서 괘심정(快心亭)으로, 또 다시 영평정(永平亭)으로 고쳤다가 조선 후기에 접어들어서야 만호정으로 수정되어 지금에 이르고 있다. 만호정은 무엇보다도 향약과 동약을 시행하던 곳으로 유명하다. 따라서 시단의 기능은 거의 없었다고 해도 무방하

다. 장춘재는 17세기 초에 홍종운(洪鍾韻, 1613~1658)이 후학을 양성할
목적으로 세운 누정이다. 그 때문인지 시단의 기능은 거의 없었다.

다도면에 소재한 누정으로는 양벽정(漾碧亭), 영호정(永護亭) 등이다.
양벽정은 1587년 홍징(洪澄, ?~?)이 지은 누정이다. 홍징은 선공감역
및 성균사업 등 역임하였는데, 벼슬을 그만둔 후 낙향하여 누정을 지은
후 여생을 보냈다. 홍징은 당시 이름 있는 문인인 양산보(梁山甫), 정철,
조헌(趙憲) 등과 교유하였으며, 양벽정에는 주로 후손들의 시문이 남아
있다. 영호정은 1541~45년 사이에 당시 남평 현감으로 부임한 백인걸
(白仁傑, 1497~1579)이 학문적인 분위기를 고취시키고자 세운 누정이다.
여기에서 공부한 인물들이 과거시험에서 좋은 성과를 내어 지역 인재
를 기른 곳으로서의 의미는 있지만, 시단은 거의 형성되지 않았다.

반남면에 소재한 누정으로는 반계정(潘溪亭)이 있다. 반계정은 16세
기 초엽에 나덕현(羅德顯, ?~?)이 세운 누정으로 오계수를 비롯한 후손
들의 시문이 남아있다.

세지면에 소재한 누정으로는 벽류정(碧流亭)이 있다. 벽류정은 1640년
김운해(金運海, ?~?)가 지은 누정이다. 김운해는 무과에 급제한 후 김해
부사를 끝으로 퇴임한 후 낙향하여 벽류정을 짓고 남은 생을 보냈다.
또한 병자호란 당시에 척화파(斥和派)의 대표 인물인 김상헌(金尙憲)이
청나라로 끌려갔다가 풀려나 평안북도 용만(龍灣)에 머물러 있을 때 손
수 가서 문안을 드렸다고 한다. 이러한 인연으로 훗날 김상헌의 손자
김수항(金壽恒)이 영암(靈巖)에서 유배 중일 때 「벽류정중수기(碧流亭重修
記)」를 써 준다. 누정에는 김순택(金淳澤), 임련(林埭), 나해봉(羅海鳳) 등
의 시문이 남아있다.

공산면에 소재한 누정으로는 수산정(首山亭)이 있다. 수산정은 조선

초기 무렵에 김자진(金子進, ?~?)이 세운 누정이다. 김자진은 고려 때 벼슬을 지낸 인물로 고려에 대한 불사이군(不事二君)의 충정을 보이는 데, 누정의 이름인 '수산(首山)'도 중국 은나라 말기 백이(伯夷)·숙제(叔齊)가 수양산(首陽山)에 숨어들어갔던 고사를 본 따서 지은 것이다. 박기수(朴綺壽), 기학경(奇學敬) 및 후손들의 시문이 남아있다.

남평면에 소재한 누정으로는 탁사정(濯斯亭)이 있다. 탁사정은 1587년 윤선기(尹先機, ?~?)가 휴식의 장소로 삼기 위하여 세운 누정으로 홍석희(洪錫憙), 서달수(徐達洙) 및 후손들의 시문이 남아있다.

이상 나주시의 누정문학 현황을 정리하였다. 마찬가지로 누정의 기능이 다양했음을 살필 수 있었는데, 특히 시단을 형성한 누정으로는 가오정, 남파정, 소요정, 영모정, 장춘정 등임을 확인하였다. 이를 지도상에 나타내 보이면 다음과 같다.

전남 나주시 누정문학의 문화지도

3) 장성군의 누정문학

전남 장성군은 전남 지역의 북부와 전북 지역 남부의 경계 지점에 있다. 동쪽으로는 담양군, 서쪽으로는 영광군, 남쪽으로는 광주광역시와 함평군이 위치해 있으며, 현재 1읍에 10개의 면으로 나뉘어져 있다. 장성군의 20세기 이전에 세워진 누정 가운데 현존하는 것을 표로 나타내면 다음과 같다.

연번	누정명	소재지	최초 건립시기	건립자 및 건립사유	시단 형성 상황	비고
1	관수정 (觀水亭)	전남 장성군 삼계면 내계리	1539년	송흠(宋欽)	송순, 김인후, 김안국(金安國), 홍언필(洪彦弼), 오겸(吳謙), 임억령, 유사(柳泗), 양팽손(梁彭孫), 나세찬(羅世纘), 신광한(申光漢), 박우(朴祐), 정순붕(鄭順朋), 정사룡(鄭士龍) 등의 시문	전남문화재자료 제100호
2	기영정 (耆英亭)	전남 장성군 삼계면 사창리	1543년	송인수(宋麟壽), 중종이 송흠을 위해 건립토록 명함.	송인수, 김우급(金友伋), 이희웅(李喜熊) 등의 시문	전남문화재자료 제99호
3	모옹정 (慕翁亭)	전남 장성군 장성읍 장안리	1850년	변종락(邊宗洛)		
4	백화정 (百花亭)	전남 장성군 황룡면 맥호리	1552년	김인후, 김인후의 강학소		

5	영사정 (永思亭)	전남 장성군 장성읍 장안리	여말 선초로 추정	변정(邊靜). 후대에 주로 강학소로 이용.		
6	요월정 (邀月亭)	장성군 황룡면 황룡리	1565년	김경우(金景愚)	김인후, 기정진, 김녹휴(金祿休), 김수항, 김창집(金昌集), 김창즙(金昌緝), 김창흡(金昌翕), 윤봉구(尹鳳九), 이이명(李頤命), 이희조(李喜朝) 외에 문중 인사들의 시문	전남기념물 제70호
7	유유정 (悠悠亭)	전남 장성군 삼계면 주산리	1564년	김조원(金調元)	김인후 등의 시문	
8	청계정 (淸溪亭)	전남 장성군 진원면 산동리	1546년	박원순(朴元恂)		전남문화재자료 제97호

위 표에 의하면, 장성읍에는 두 동, 삼계면에는 세 동, 황룡면에는 두 동, 진원면에는 한 동 등이 현존하는 것으로 확인되었다.

장성읍에 있는 누정으로는 모옹정(慕翁亭)과 영사정(永思亭) 등이 있다. 모옹정은 1850년에 변종락(邊宗洛, 1792~1863)이 지은 누정으로 원래의 모습은 섬 속에 있는 형태였으나 1869년에 이건(移建)하였고, 그 후 개보수를 하여 현재에 이르고 있다. 변종락은 순조·헌종 때의 학자로 과거에 실패한 후 평생 글과 바둑을 벗 삼아 살았다. 어느 해 흉년이 들었을 때 사재를 털어 구휼하였고, 촌계를 결성하여 상부상조 정신을 몸소 실천해 옮겼다. 모옹정을 지은 시기는 만년으로 모임을 결성하여 풍류를 즐겼다. 특히, 그와 관련하여 유명한 것은 회갑연 때 승려가 그린 것으로 알려진 '모옹영정(暮翁影幀, 전라남도유형문화재 제67호)'이다. 모임을 만들어 풍류를 즐겼다고 하니 누정 제영도 지었을 것으로 추측되나 현재 남아있는 작품은 없다. 영사정은 변정(邊靜, ?~?)이 지은 누정으로 고려 말에서 조선 초로 추측만 할 뿐 정확한 건립 연대를 알 수 없다. 변정은 고려 때 중군사정(中軍司正)을 지낸 이로 전공(戰功)을 세워 이름을 떨쳤으나 신돈(辛旽)의 미움을 받아 장성으로 유배 갔다가 정착하였다. 영사정의 원래 이름은 '산정(山亭)'이며, 훗날 변정의 후손들인 변이중(邊以中), 변경윤(邊慶胤), 변윤중(邊允中), 변치명(邊致明), 변득양(邊得讓) 등이 강학의 장소로 활용하였다. 그 뒤에 돌보지 않아 퇴락하였는데, 근래에 중건하면서 '선인을 사모한다'는 의미로 '영사정'이라 개명하였다. 강학의 장소로 쓰여서인지 현재 남아있는 문학 작품은 없다.

삼계면에 있는 누정으로는 관수정(觀水亭), 기영정(耆英亭), 유유정(悠悠亭) 등이 있다. 관수정은 송흠(宋欽, 1459~1547)이 말년에 낙향하여 지은 누정이다. 송흠은 34세에 문과에 급제한 후 여러 관직을 두루 거쳤는데, 특히 담양·장흥·전주부사, 전라도관찰사 등 주로 외직으로 돌아다녔는데, 이는 순전히 고향에 계신 노모를 돌보기 위해서였다. 때문에 효렴으로 상을 받았고, 공직에 있을 때는 깨끗한 자세를 인정받아 청백리로 녹선(錄選)되었다. 송흠이 관수정을 지은 시기는 81세설과 82세설이 있어 어느 것이 정확한 지 확실하지는 않다. 하지만, 81세 전후로 지었음은 분명하다. 송흠이 지은 「관수정기(觀水亭記)」 말미를 보면, "그 물결을 바라보고서 물에 근원이 있는 줄을 알고 그 맑은 것을 바라보고 그 마음의 사특하고 더러움을 씻어낸 후에야 물을 보았다고 할 수 있다."는 말이 있다. 이는 물을 보는 방법과 물의 진정한 가치를 말한 것으로

『맹자』에 "물을 보는 데에는 방법이 있으니, 반드시 그 물결을 보아야 한다.[觀水有術 必觀其瀾]"는 구절과 대동소이하다. 따라서 관수정 명칭은 바로『맹자』의 물을 보는 방법을 원용하여 붙인 것이니 성인을 좋고자 하는 마음이 은연중 배어 있다고 하겠다. 관수정에는 송순, 김인후, 김안국(金安國), 홍언필(洪彦弼), 오겸(吳謙), 임억령, 유사(柳泗), 양팽손(梁彭孫), 나세찬(羅世纘), 신광한(申光漢), 박우(朴祐), 정순붕(鄭順朋), 정사룡(鄭士龍) 등의 시문이 남아있어 과히 한 시단을 형성했음을 알 수 있다. 기영정은 1543년 당시 전라도 관찰사로 부임한 송인수(宋麟壽)가 왕명을 받들어 송흠을 위해 건립한 누정이다. 송인수가 전라도 관찰사로 부임하려고 할 때 중종이 관직 생활을 마치고 고향에 있는 송흠을 찾아가 보고, 그를 위해 누정을 하나 지어 이름을 '기영정'으로 할 것을 명했던 것이다. 기영정은 냇가를 사이에 두고 관수정 건너편에 위치해 있으며, 송인수, 김우급(金友伋), 이희웅(李喜熊) 등이 시문을 남겼다. 유유정은 1564년 김조원(金調元)이 지은 누정이다. 김조원은 김인후의 문인으로 당시 기묘·을사사화 때 사림들이 화를 당하는 것을 보고, 은둔을 계획하고 유유정을 지었다. 이는 바로 고려가 망하자 불사이군의 정신으로 은적(隱迹)을 생각하고, 나주에 수산정을 지어 벼슬에 더 이상 나아가지 않았던 선조 김자진을 따른 것이기도 하다. 김조원의 스승인 김인후의 시를 비롯한 두세 편의 작품이 남아있다.

황룡면에 있는 누정으로는 백화정(百花亭), 요월정(邀月亭) 등이 있다. 백화정은 1552년 김인후(1510~1560)가 자신의 생가 옆에 세운 누정이다. 김인후는 장성이 고향인데, 어려서부터 총명함이 남달랐던 것으로 알려져 있다. 30세 때 별시문과에 급제하여 정자(正子)에 등용되었고, 설서(說書), 부수찬(副修撰) 등의 벼슬을 거쳐 당시 세자로 있던 인종(仁宗)을 가르쳤다. 그런데 자신이 가르쳤던 인종이 왕에 오른 지 8개월 만에 승하하고, 을사사화가 일어나자 칭병(稱病)을 이유로 낙향하여 후학 진흥에 힘쓴다. 김인후는 특히, 성리학·천문·지리·의약·산수·율력(律曆)에도 정통할 뿐만 아니라 문장과 인종에 대한 절의를 두루 갖춘 인물로 평가받았다. 백화정은 주로 후학들을 가르치는 강학소로 이용하여 시단은 형성되지 않았다. 요월정은 1565년 김경우(金景愚, 1517~1559)가 세운 누정이다. 김 경우는 김식(金湜)의 문인으로 벼슬이 사복시 정(司僕寺正)까지 올랐는데, 말년에는 모든 관직을 그만두고 낙향하여 요월정을 짓고서 유유자적한 생활을 하였다. 또한 김인후·기대승·양응정과도 교유했음을 김윤동(金 潤東)은 「요월정기(邀月亭記)」에서 적고 있다. 요월정은 주변 승경이 훌륭 하여 하나의 원림(園林)의 형태를 이루고 있다. 이러한 승경 때문인지 김경 우의 당대 뿐 아니라 후대인들의 발길이 끊임없이 닿아 지속적인 문학 활동이 이루어졌다. 시문을 남긴 문인들을 열거하면 김인후, 기정진, 김 녹휴(金祿休), 김수항, 김창집(金昌集), 김창즙(金昌緝), 김창흡(金昌翕), 윤 봉구(尹鳳九), 이이명(李頤命), 이희조(李喜朝) 등인데, 특히 17~8세기 접 어들면서 정치적으로 노론(老論)에 속한 인사가 대거 들어있음을 확인할 수 있다. 이는 당대 사회사적인 의미에서도 주목할 부분이라고 하겠다.[10]

진원면에 있는 누정으로는 청계정(淸溪亭)이 있다. 청계정은 1546년 박원순(朴元恂)이 건립한 누정이다. 박원순은 김인후의 문인으로 성리 학을 주로 공부했으며, 진사시에 합격하였으나 이후 과거시험 보는 것 을 단념하고서 청계정을 짓고 후학 양성에 전념하였다. 주로 강학소로 활용해서인지 남아있는 시문은 없다.

---

10 요월정 시단의 변모 양상에 대한 연구는 졸고(2004), 전게논문을 참조할 것.

이상 장성군의 누정을 살폈다. 장성군은 다른 지역에 비할 때 현존하는 누정 수가 적은 편이다. 그럼에도 시단을 형성한 누정으로는 관수정과 요월정 등이 있음을 확인하였다. 이를 지도로 나타내 보이면 다음과 같다.

전남 장성군 누정문학의 문화지도

4) 담양군의 누정문학

전남 담양군은 지형상 광주광역시의 북쪽에 위치해 있으며, 현재 1읍과 11개 군으로 나누어져 있다. 20세기 이전에 건립된 것 중에 현존하는 누정을 표로 나타내면 다음과 같다.

연번	누정명	소재지	최초 건립시기	건립자 및 건립사유	시단 형성 상황	비고
1	관수정 (觀水亭)	전남 담양군 고서면 분향리	1544년	조여충(曺汝忠)	조여충, 소세양(蘇世讓), 이서(李緖), 박춘경(朴春卿) 등의 시문	
2	남희정 (南喜亭)	전남 담양군 담양읍 백동리	1857년	황종림(黃鍾林)	황종림의 시문 등	전남문화재자료 제18호
3	독수정 (獨守亭)	전남 담양군 남면 연천리	조선 건국 초	전신민(全新民)	김동수(金東洙), 정운오(鄭雲五), 김기주(金箕疇), 오승규(吳升圭), 정공원(鄭公源), 이광수(李光洙)의 시문 외에 다수	전라남도 기념물 제61호
4	몽한각 (夢漢閣)	전남 담양군 대덕면 매산리	1803년	이동야(李東野), 이훈휘(李薰徽), 이서(李緖)의 재실(齋室)이 없음을 알고 건립		지방유형문화재 제54호
5	문일정 (聞一亭)	전남 담양군 창평면 장화리	미상이나 1861년 으로 추정	이최선(李最善)		
6	면앙정 (俛仰亭)	전남 담양군 봉산면 제월리	1533년	송순(宋純)	송순의 가사 「면앙 정가(俛仰亭歌)」와 이황·김인후·임제· 임억령 등 수많은 제영시가 있음.	전남기념물 제6호
7	명옥헌 (鳴玉軒)	전남 담양군 고서면 산덕리	1650년 경(효· 현종대)	오이정(吳以井)	정홍명(鄭弘溟)의 시문	명승58호

8	연계정 (漣溪亭)	전남 담양군 대덕면 장산리	미상	유희춘(柳希春)		
9	상월정 (上月亭)	전남 담양군 창평면 용수리	1455년	김자수(金自修)	고광수(高光洙)의 시문 등	전남문화재재료 제17호
10	서하당 (棲霞堂)	전남 담양군 남면 지곡리	1560년	김성원(金成遠)	임억령, 정철 등의 시문	
11	소쇄원 (瀟灑園) 의 제월당 (霽月堂) 및 광풍각 (光風閣)	전남 담양군 남면 지곡리	1530년	양산보(梁山甫)	김인후의 「소쇄원48영」 등 수많은 시문이 있음.	명승제40호
12	송강정 (松江亭)	전남 담양군 고서면 원강리	1585년	정철(鄭澈)	정철의 가사 「사미 인곡」 및 「속미인 곡」의 배경이 됨.	전남기념물 제1호
13	식영정 (息影亭)	전남 담양군 남면 지곡리	1560년	김성원(金成遠), 장인 이억령 (林億齡)에게 희사.	임억령, 김성원, 고경명, 정철 등의 「식영정20영」을 비 롯한 수많은 시문이 있고, 정철의 가사 「성산별곡(星山別 曲)」의 배경이 됨.	전남기념물 제1호, 명승57호
14	지정 (池亭)	전남 담양군 월산면 월산리	미상	이윤공(李允恭)	이윤공, 송순 외에 후손들의 시문	

표를 통해 보듯이 20세기 이전에 세워진 누정 가운데 현존하는 것은
총 열네 동이다.

먼저 담양읍에 있는 누정으로는 남희정(南喜亭)이 있다. 남희정은 1857년(철종8) 당시 담양 부사였던 황종림(黃鍾林, ?~?)이 세운 누정이다. 황종림은 남쪽에는 남희정, 북쪽에는 관어대(觀魚臺)를 짓고, 양로와 교육에 힘썼다. 특히, 남희정은 향약을 시행한 곳으로서 사회사적인 측면에서 연구 대상이기도 하다. 주로 강학과 향약의 시행처로 쓰여서인지 남아있는 시문은 별로 없다.

월산면에 있는 누정으로는 지정(池亭)이 있다. 지정은 '못가에 있는 정자'라는 의미를 가지고 있는데, 이윤공(李允恭, 1489~1571)이 세운 누정이다. 이윤공은 중종 때 안당(安塘)의 천거로 건원릉 참봉(健元陵參奉)에 제수되었으나 벼슬에 나아가지 않고 송순과 교유하며 지냈다. 그런데 안타깝게도 임진란 때 불에 타버려 후손에 의해 중건하였다. 이윤공과 송순의 시문, 그리고 후손들이 지은 몇 편의 시문만이 전해오고 있어서 본격적인 시단을 이루었다고 보기는 힘들다.

봉산면에 있는 누정으로는 면앙정(俛仰亭)이 있다. 면앙정은 1533년(중종28)에 송순(1493~1583)이 그의 나이 41세 무렵에 세운 누정이다. 면앙정 터는 원래는 곽씨 소유의 땅이었는데, 송순이 32세에 전격 매입하여 이로부터 9년 후에 누정을 세운 것이다. 송순은 27세 때부터 관직 생활을 하였는데, 당시는 사화기(士禍期)로서 남곤(南袞)·심정(沈貞)·김안로(金安老) 등의 횡포가 극에 달해 있었다. 보다 못한 송순은 중추부사 대사헌(中樞府使大司憲) 벼슬을 그만 두고 낙향하여 면앙정 터에 초정(草亭)을 얽어 5년 정도 지낸다. 그 뒤에 다시 복직되어 벼슬에 다시 나아가니 초정을 돌볼 겨를이 거의 없어 잡초만 무성한 상황이 된다. 그러다가 60세 때 당시 담양 부사로 온 오겸(吳謙)이 도움을 주어 면앙정의 이룬다. '면앙(俛仰)'은 『맹자』에 나오는 말인 "땅을 굽어보고 하늘

을 우러러 부끄러움이 없다."는 뜻을 지니고 있는데, 송순은 「면앙정삼
언가(俛仰亭三言歌)」를 통해 그러한 내용을 전하고 있다. 면앙정은 실로
조선중기 호남의 시단을 대표하는 곳이라고 할 수 있다. 송순의 인품이
관대하여 많은 사람들이 따랐다고 하는데, 때문에 면앙정에 드나들었
던 유명한 문인들이 많았다. 기대승·임제·임억령·김인후·고경명·박
순·정철 등 당시 전국적으로 알려진 문인들이 면앙정에서 지은 시문은
다수가 있다. 특히, 송순은 자신의 누정 주변의 승경을 「면앙정가(俛仰
亭歌)」라는 가사 작품에 담았고, 임억령·김인후·고경명·박순 등은 연
작시 형태인 「면앙정30영」을 남겼다.

　고서면에 있는 누정으로는 관수정(觀水亭), 명옥헌(鳴玉軒), 송강정(松
江亭) 등이 있다. 관수정은 1544년에 조여충(曺汝忠, 1491~?)이 창건한
누정으로 임진란 때 소실되어 없어졌다가 20세기 초엽에 중건하였다.
조여충은 담양이 고향으로 학문이 깊고 단아하여 1533년에 어사대(御史
臺)의 관원으로 천거되는데 나아가지 않았고, 훗날 동몽교관에 특채되기
도 하였다. 그러나 벼슬을 그만 두고 낙향하여 관수정을 짓는가 하면,
수남학구당(水南學求堂)을 복원하여 후학 양성에 힘쓴다. 관수정에는 조
여충, 소세양, 이서, 박춘경(朴春卿) 및 후손들의 시문이 전하고 있다.
그러나 큰 시단을 형성하지는 못하였다. 명옥헌은 인조 때의 선비인 오희
도(吳希道, 1583~1623)의 4남 오이정(吳以井, 1619~1655)이 지은 누정으로
정원의 형태를 띠고 있다. 오희도는 어려서 어머니를 따라 외가인 순천
박씨 마을에 정착하면서부터 담양과 인연을 맺고서 '망재(忘齋)'라는 서
실을 짓고 출사 전까지 제자들을 가르치며 자연과 벗하여 살았는데,
어머니가 세상을 뜨자 별서(別墅)로 사용하게 되었다고 한다. 그 뒤에
4남 이정이 명옥헌이 있는 후산마을에 은둔하면서 승경이 뛰어난 도장

곡(道藏谷)에 집을 짓고 이름을 명옥헌이라고 하였다. 명옥헌에는 뛰어
난 주변 승경에 비하여 남아있는 시문이 그리 많지 않다. 다만, 이정의
스승인 정홍명의 시문이 전해오고 있어서 시단을 형성하지는 못하였다.
송강정은 죽림정(竹綠亭)이라고도 하는데, 1585년 정철(1536~1593)이 지
은 누정이다. 정철이 담양과 처음 인연을 맺은 때는 그의 나이 16세였다.
10세 때 을사사화를 경험한 후 6년 뒤에 부친이 유배에서 풀리자 선친의
묘소가 있는 창평의 당지산(唐旨山) 근처에 터를 잡고 살게 되었던 것이
다. 16세 때부터 본격적으로 학문의 길에 접어드는데, 시문은 임억령에
게서, 그리고 학문은 김인후를 비롯하여 송순, 기대승, 양응정, 김윤제
등에게서 익혀 27세에 과거시험에 합격하여 벼슬에 나아간다. 또한 당
시 소쇄원(瀟灑園)·면앙정·환벽당·식영정(息影亭) 등을 중심으로 활동
하던 김성원·고경명·백광훈(白光勳) 등과 친분을 갖으며 문학적 기질을
키워나간다. 벼슬에 나아가서는 경기도사·사간원헌납 등 요직을 두루
거치는데, 당시는 붕당기(朋黨期)가 시작된 초기인지라 동서 붕당의 경
쟁이 치열하였다. 이로 인하여 49세 때 담양으로 와 송강정을 짓고 4년
정도 관계에 나아가지 않는다. 이때 송강정에서 지은 가사 작품이 「사미
인곡(思美人曲)」과 「속미인곡(續美人曲)」이다. 정철은 그전 23세 때 식영
정 주변의 승경을 담은 가사 작품 「성산별곡(星山別曲)」도 지었는데, 이
로서 '가사의 대가'라는 칭호를 붙여주게 된 것이다. 그러나 송강정에
남아있는 한시문은 그리 많지 않은 편이다. 따라서 송강정을 '가사문학
의 요람지'라고 해도 될 것이다.

창평면에 있는 누정으로는 문일정(聞一亭), 상월정(上月亭) 등이 있다.
문일정은 1861년(철종12)에 이최선(李最善, 1825~1883)이 지은 누정이다.
이최선은 당시 호남의 거유(巨儒)인 기정진(奇正鎭)의 문인으로서 예법과

경전을 탐구하여 학문의 역량을 축적하여 스승의 뒤를 따랐다. 38세에
는 '삼정책'을 지어 국가의 폐단을 지적했으나 전달되지 못하였는데,
문일정을 지은 시기는 이 즈음이다. 또한 척사정신이 확고했던 이최선은
문일정에서 병인양요(丙寅洋擾)를 접하고 의병 활동을 주도하였다. 문일
정에 남아있는 시문은 거의 없다. 이는 당시 시대적인 분위기 때문이기
도 하겠지만, 이최선이 주로 시국(時局)에 관심을 둔 연유로 시단이 형성
될 상황이 아니었다고 생각한다. 상월정은 1455년에 김자수(金自修, ?~?)
가 지은 누정이다. 김자수는 세조 때 벼슬을 했는데, 벼슬을 사임하고
낙향하여 대자암(大慈庵)이라는 절터에 상월정을 세운다. 상월정의 의미
는 담양에서 최초로 세워진 누정이라는 점에 있는데, 김자수는 사위손자
인 이경(李儆)에게 양도하였고, 이경은 다시 사위인 고인후(高因厚)에게
양도하였다. 상월정에 남아있는 시문은 10여 수 된다.

대덕면에 있는 누정으로는 몽한각(夢漢閣), 연계정(漣溪亭) 등이다. 몽
한각은 담양으로 유배와 생을 마감한 이서(李緖, 1482~?)를 후손들이 추
모하기 위하여 지은 재실(齋室)이다. 이서는 양녕대군(讓寧大君)의 증손
자로 26세 때 둘째 형인 찬(纉)이 모반하려 한다는 노영손(盧永孫)의 밀고
로 맏형은 경상도로, 자신은 담양으로 유배를 가게 되는데, 유배가 풀려
도 한양으로 돌아가지 않고 생을 마감하였다. 이서는 평소에 중국 후한
때 사람인 중장통(仲張統)이 지은 「낙지론(樂志論)」을 즐겨 읽고, 감명을
받아 「낙지가」를 짓는다. 몽한각이 비록 이서 사후에 만들어지기는 했지
만, 「낙지가」와 관련 있음은 부인할 수 없다. 연계정은 유희춘(1513~1577)
의 강학 장소로 벼슬에서 물러나 후학을 가르쳤던 곳이다. 원래부터
'연계정'이라는 이름이 있었던 것은 아니고, 후대에 중건하면서 계류(溪
流)의 이름을 따서 누정의 이름으로 정하였다. 시단과는 관련이 없는

누정이라고 하겠다.

남면에 있는 누정으로는 독수정(獨守亭), 서하당(棲霞堂), 소쇄원(瀟灑園)의 제월당(霽月堂) 및 광풍각(光風閣), 식영정(息影亭) 등이 있다. 독수정은 고려 말의 충신 전신민(全新民, ?~?)이 세운 누정이다. 전신민은 북도안무사(北道按撫使) 겸 병마원수(兵馬元帥)를 거쳐 병부상서(兵部尚書)를 지냈는데, 고려가 결국 망하자 두문동(杜門洞) 72인과 더불어 두 나라를 섬기지 않을 것을 다짐하며 은거의 삶을 살았다. 정확하지 않은 기록으로 인해 독수정을 창건한 사람이 전신민의 아들인 전인덕(全人德)이라고 하는데, 전신민의 은거처에 연유하여 창건했음은 부정할 수 없다. '독수'라는 이름은 중국 당나라 시대의 시인인 이백(李白)의 시 '이제시하인(夷齊是何人) 독수서산아(獨守西山餓)'에서 따온 것으로 백이숙제와 같은 절개를 지키겠노라는 의지를 담고 있다. 독수정은 오랜 시간동안 하나의 시단을 형성하였는데, 전신민의 「독수정원운」을 비롯한 김동수(金東洙)·정운오(鄭雲五)·김기주(金箕疇)·오승규(吳升圭)·정공원(鄭公源)·유육(柳堉)·김헌규(金憲圭)·박원우(朴源佑)·김병규(金秉圭)·송조헌(宋祖憲)·김기환(金琦煥)·송각헌(宋珏憲)·이광수(李光洙) 등의 시문이 전하고 있다. 서하당은 1560년 김성원(1525~1597)이 건립한 누정이다. 김성원는 일찍이 부친을 여의고 모친을 모시고 살았는데, 지극한 효를 다하였다. 덕분에 50세 때에 효행으로 천거되어 침랑(寢郞)으로 임명되었고, 다음 해에는 제원도 찰방(濟源道察訪)에 이른다. 또한 임진란 때는 동복가관(同福假官)이 되어 의병과 군량을 모으는 일을 하였다. 서하당도 주변의 다른 누정들과 마찬가지로 많은 문인들이 드나들었을 것으로 보인다. 하지만, 누정이 오랜 시간동안 사라져있었기 때문에 연속성을 가지면서 나타나지는 않는다. 다만, 임억령의 「서하당팔영(棲霞堂八詠)」

을 비롯한 정철의 작품이 전해오고 있다. 소쇄원의 제월당 및 광풍각은 언제 지었는지 그 구체적인 연도를 파악할 수는 없다.[11] 단지 소쇄원을 본격적으로 조영한 양산보(梁山甫, 1503~1557)가 기묘사화 후에 은거하면서 시간을 가지고 차례로 지었을 것으로 보인다. 양산보의 나이 15세에 부친 양사원(梁泗源)이 당시 학문적으로 이름을 날리던 조광조를 찾아가 글공부를 할 수 있게 해달라고 청한다. 그런데 2년 후에 기묘사화가 일어나 스승 조광조가 능주(綾州, 현재 화순)로 유배를 갔는데, 한 달 후에 결국 사사되니 두문불출하며 소쇄원의 터를 닦는다. '소쇄'란 한자 그대로 풀이하면, 밝고 깨끗하다는 의미를 지니고 있다. 이는 공덕장(孔德璋)의 「북산이문(北山移文)」에 나오는 말로 양산보는 이를 자신의 정원 이름으로 삼았을 뿐 아니라 호로도 사용했던 것이다. 이러한 이름을 찾은 것은 흐린 세상을 떠나 자연과 벗하며 깨끗하게 살고 싶다는 평소 그의 소신이 담겨 있다고 하겠다. 소쇄원에는 제월당과 광풍각 두 동의 누정이 있는데, 전자가 주인이 살던 곳이라면 후자는 손님을 맞이했던 공간으로 여겨진다. '제월'과 '광풍'의 이름은 중국 송의 명필이었던 황정견(黃廷堅)이 주돈이(周敦頤)의 사람됨을 보고 '흉회쇄락(胸懷灑落) 여광풍제월(如光風霽月)'라고 했는데, 여기에서 연유했다고 알려져 있다. 소쇄원은 양산보가 생존했던 초기부터 시단을 형성했을 뿐 아니라 사후에도 문인들의 발길이 지속적으로 이어져 사적인 정리가 가능한데 그 중심에 제월당과 광풍각이 있다. 식영정은 1560년 김성원이 자신의 장인인 임억령에게 희사하기 위하여 지은 누정이다. 21세에 진사가 된 임억령은

---

11 소쇄원은 원림으로 구분할 수 있기에 누정은 아니다. 다만, 소쇄원 안에 소재한 제월당과 광풍각은 누정에 포함된다고 하겠다.

여러 관직을 두루 거치지만, 금산 군수로 있던 을사사화 때 동생 백령(百齡)이 소윤(小尹)에 가담해서 사림들을 탄압하는 것으로 보고는 자책하고 벼슬에서 물러나 고향 해남(海南)에서 은거한다. 그 뒤에 다시 관직에 나아가지만, 담양 부사를 마지막으로 벼슬을 더 이상 하지 않는다. 이 무렵 사위인 김성원이 임억령을 위해 누정을 짓는데, 임억령이 '식영정'이라는 이름으로 정한다. '식영(息影)'이라는 말은 장자(莊子)의 '외영오적(畏影惡迹)'에서 빌린 말로 그림자를 지금까지 자신이 남긴 흔적으로 생각해 하루 빨리 그 자취에서 벗어나고픈 간절한 소망을 담고 있다. 식영정도 주변의 누정들과 마찬가지로 하나의 큰 시단을 형성하였다. 식영정을 드나들었던 문인으로는 송순·김윤제·김인후·기대승·양산보·백광훈·송익필·김덕령의 삼형제 등으로 당시 유명했던 시인묵객들이 모두 망라되어 있다. 그 중 특히 임억령·김성원·고경명·정철을 지칭해 '식영정사선(息影亭四仙)'이라고 하며, 이들은 식영정의 승경을 대상으로 한 연작시 형태의 누정제영 작품을 각각 20수씩 모두 80수를 남겼는데, 누정문학의 백미로 손꼽힌다.

이상 담양의 20세기 이전에 건립된 누정 가운데 현존하는 것을 정리하였다. 지금까지의 내용을 통해서 볼 때 담양의 누정은 무등산권의 다른 지역의 것과 비교가 되지 않을 정도로 시단을 형성하여 끊임없이 문학 작품을 생산해 내었다. 그 가운데에서도 특히, 독수정, 면앙정, 서하당, 소쇄원의 제월당과 광풍각, 송강정, 식영정 등은 문학의 산실로서 중요한 의미를 지니고 있다. 이를 지도로 표시하면 다음과 같다.

전남 담양군 누정문학의 문화지도

5) 화순군의 누정문학

전남 화순군은 1읍에 12개 군으로 구성되어 있으며, 동쪽은 곡성군과 순천시, 서쪽은 광주광역시와 나주시, 남쪽은 보성군과 장흥군, 북쪽은 담양군과 접해 있다.

연번	누정명	소재지	최초 건립시기	건립자 및 건립사유	시단 형성 상황	비고
1	고사정 (高士亭)	전남 화순군 화순읍 삼천리	1678년	최홍우(崔弘宇) 의 장자인 후헌(後憲)		
2	유옥정 (流玉亭)	전남 화순군 남면 사평리	16세기 후반	남언기(南彦紀)	이한면(李漢冕), 민주현 등의 시문	

3	임대정 (臨對亭)	전남 화순군 남면 사평리	1862년	민주현(閔胄顯)	민주현, 김민수(金民秀), 윤정기(尹廷琦), 위계도(魏啓道) 등의 시문	전남기념물 제69호
4	만화루 (萬化樓)	전남 화순군 화순읍 교리	1433년	미상		전남유형문 화재 제60호
5	망미정 (望美亭)	전남 화순군 이서면 장항리	1646년	정지준(丁之雋)	정지준, 김창협, 김창흡, 정창주(鄭昌胄), 조망경(趙望景), 경허(鏡虛), 이건창(李建昌), 임영(林泳) 등의 시문	
6	물염정 (勿染亭)	전남 화순군 이서면 창랑리	16세기 중엽	송정순(宋庭筍)	나무송(羅茂松), 김인후, 이식, 권필, 김창협, 김창흡 등의 시문	화순군 향토문화 유산 제3호
7	부춘정 (富春亭)	전남 화순군 춘양면 부곡리	16세기 말	조수겸(曺守謙)	조수겸, 송명회(宋明會), 최경열(崔景悅), 김대현(金大鉉) 등의 다수 시문	
8	북애정 (北涯亭)	전남 화순군 도곡면 죽청리	1885년	양두남(梁斗南)		
9	삼벽정 (三碧亭)	전남 화순군 도곡면 원화리	17세기 후반	문세정(文世禎)	문세정 등의 시문	
10	서양정 (瑞陽亭)	전남 화순군 화순읍 향청리	1436년	미상		
11	송국정 (松菊亭)	전남 화순군 동면 경현리	1871년	임병주(林丙周)	임병주, 임석정(林錫正), 임노열(林魯烈) 등의 시문	

12	송석정 (松石亭)	전남 화순군 이양면 강성리	1613년	양인용(梁仁容)	양인용, 정방(鄭枋), 조희일(趙希逸), 안방준(安邦俊), 김창흡, 양우규(梁禹圭), 양주남(梁柱南), 윤봉구(尹鳳九), 송병선(宋秉璿) 등 다수 문인의 시문	
13	송암정 (松庵亭)	전남 화순군 춘양면 대신리	1638년	정흘(鄭忔)	민홍기(閔弘基), 윤기혁(尹奇赫) 등의 시문	
14	영롱대 (玲瓏臺)	전남 화순군 남면 복교리	1568년	김곤섭(金鯤燮)	이인승(李寅升)의 시문	
15	영벽정 (映碧亭)	전남 화순군 능주면 관영리	16세기 후반	미상	김종직, 양팽손, 양진영(梁進永), 정의림(鄭義林) 등의 시문	전남문화재 자료 제67호
16	오현당 (五賢堂)	전남 화순군 화순읍 앵남리	1896년	광산이씨 문중	김성일(金誠一), 고경명, 황현(黃玹), 최형한(崔亨漢) 등의 시문	
17	일종정 (一松亭)	전남 화순군 한천면 오음리	16세기 초	홍치(洪治)		
18	취월정 (醉月亭)	전남 화순군 도곡면 월곡	19세기 말~ 20세기 초	김용현(金容玹)	김영한(金甯漢)의 「취월정가(醉月亭歌)」 가 있음	
19	침수정 (枕漱亭)	전남 화순군 춘양면 우봉리	17세기 말	홍경고(洪景古)	홍우경(洪祐慶), 이수홍(李秀洪), 신태정(申泰鼎), 정재규(鄭載圭), 양교묵(梁敎默), 조병만(曺秉萬),	화순군 향토문화 유산 제36호

					윤근하(尹觀夏) 등의 시문	
20	학포당 (學圃堂)	전남 화순군 이양면 쌍봉리	1521년	양팽손(梁彭孫)		전남기념물 제92호
21	현학정 (玄鶴亭)	전남 화순군 춘양면 용두리	미상	정근(鄭謹)	민정중(閔鼎重)의 시문	
22	환산정 (環山亭)	전남 화순군 동면 서석리	17세기 초	유함(柳涵)	유함, 권춘식(權春植) 등의 시문	

이상과 같이 20세기 이전에 세워진 화순의 누정 가운데 현존하는 것은 총 22동이다. 이를 읍면 단위로 구분해 보면, 읍에는 4동, 이서면 2동, 동면이 2동, 남면은 3동, 도곡면 3동, 능주면이 1동, 한천면이 1동, 춘양면 4동, 이양면은 2동인 것으로 나타난다.

화순읍에 있는 누정으로는 고사정(高士亭), 만화루(萬化樓), 서양정(瑞陽亭), 오현당(五賢堂) 등이 있다. 고사정은 1678년에 최후헌(崔後憲, ?~?)이 자신의 부친인 최홍우(崔弘宇)를 기념하기 위하여 건립한 것이다. 최홍우는 최경회(崔慶會)의 조카로 임진란 때 고사정이 있던 자리에서 창의(倡義)하였다. 난이 끝난 후에 임금이 최홍우에게 벼슬을 내렸으나 이를 모두 사양함으로서 '남주 고사(南州高士)'라는 칭호를 내려주었는데, 이것이 누정 이름의 유래가 된 것이다. 이곳에 남아있는 문학 작품은 없다. 만화루는 1433년 세워진 누정으로 유생들의 강학처요, 향시장(鄕試場)으로 쓰였다. 시단이 형성되지는 않았다. 서양정은 1436년에 창건되었는데, 마찬가지로 시단이 형성되는 않았다. 오현당은 1896년에 건립된 것으로 광산이씨(光山李氏)의 오현, 즉 이선제(李先齊), 이조원(李調元), 이중호(李仲虎), 이발(李潑), 이길(李洁)을 향사하고 있다. 이들은 원래 강진의 수암서원(秀岩書院)에 배향되어 있었는데, 서원이 훼철되면서 화순에 오현당을 짓게 된 것이다. 그전에 이조원의 당인 청심당(淸心堂)이 있었는데, 이는 1482년에 세워졌었다. 오현당에는 현재 김성일(金誠一), 고경명, 황현(黃玹), 최형한(崔亨漢) 등의 시문이 남아있어서 작지만 하나의 시단을 형성했음을 알 수 있다.

이서면에 있는 누정으로는 망미정(望美亭), 물염정(勿染亭) 등이 있다. 망미정은 1646년에 정지준(丁之雋, 1592~1663)이 지은 누정이다. 정지준은 병자호란 때 의병장으로 활약하였는데, 인조가 청나라에 무릎을 꿇었다는 소식을 접하고 분개한 나머지 망미정을 짓고 은둔 생활을 하면서 그곳에서 나무송(羅武松)·하윤구(河潤九)·정호민(丁好敏) 등과 학문에 전념하다가 생을 마감하였다. 망미정은 원래 적벽 강가에 지어졌으나 동복댐이 건설되면서 1983년에 현위치로 옮기어져 후손들이 보존하고 있다. 망미정은 한말까지 유명 문인들이 오갔던 것으로 확인된다. 먼저 주인인 정지준의 시로부터 시작하여 17~8세기의 김창협·창흡 형제, 정창주(鄭昌冑), 조망경(趙望景), 임영(林泳), 경허선사(鏡虛禪師), 이건창(李建昌) 등의 시문이 있어서 시단을 형성했음을 알 수 있다. 물염정은 16세기 중엽 즈음에 송정순(宋庭筍, 1521~1584)이 건립한 누정으로 훗날 외손자인 나무송(羅茂松)·무춘(茂春) 형제에게 물려줌으로서 현재는 나씨 문중에서 소유하고 있다. 송정순은 1558년 별시문과에 급제하여 성균관 전적(成均館典籍)·세자시강원 보덕(世子侍講院輔德)·춘추관 박사(春秋館博士)를 거쳐 구례·영암·무안 수령 등을 지내다가 관직을 물러나 물염정을 지어 여생을 마쳤다. 물염정은 지형적으로 '화순적벽(和順赤壁, 전라남도기념물 제60호)' 상류의 물염적벽을 조망할 수 있는 곳에 세워진 누정으로 최고의 경승을 자랑하고 있다. 때문에 수많은 시인묵객들의 발길이 끊임없었는데, 나무송, 김인후, 이식, 권필, 김창협, 김창흡의 시문 등 20개가 넘는 현판이 걸려있다. 화순을 대표하는 시단이라고 할 수 있다. 또한 조선 후기 방랑시인인 김병연(金炳淵)이 생을 마감한 곳으로도 알려져 더욱더 이름을 날리게 되었다.

동면에 있는 누정으로는 송국정(松菊亭), 환산정(環山亭) 등이 있다. 송국정은 1871년에 임병주(林丙周, ?~?)가 지은 누정으로 휴식소로 주로 활용되었다. 현재 남아있는 작품으로는 임병주의 시문을 비롯하여 임석정(林錫正), 임노열(林魯烈)의 것 등 7~8편이 전해오고 있다. 환산정은 17세기 전반기에 유함(柳涵, 1576~1661)이 지은 누정이다. 유함은 당시 정경세(鄭經世), 이수광(李睟光), 조욱(曺煜) 등과 교유하였으며, 병자호란 때 의병을 일으켰으나 강화되었다는 소식을 접하고 귀향하여 환산정을 지어 여생을 보낸다. 현재 유함, 권춘식(權春植)의 시문 등 7~8편이 전한다.

남면에 있는 누정으로는 류옥정(流玉亭), 임대정(臨對亭), 영롱대(玲瓏臺) 등이 있다. 류옥정은 16세기 후반 남언기(南彦紀, 1534~?)가 세운 누정이다. 남언기는 이황·김인후의 문인이며, 이항(李恒)과 인심도심설(人心道心說)에 대해서 토론하기도 하였고, 당시 정철, 변성온(卞成溫), 기효간(奇孝諫) 등과 교유하였다. 학행으로 동몽교관(童蒙敎官)을 거쳐 빙고별좌가 되었으나 사직한 후 류옥정을 짓고 학문에 열중하였다. 류옥정에는 이한면(李漢冕), 민주현 등의 시문이 전하고 있다. 임대정은 1862년 민주현(1808~1882)이 지은 누정이다. 민주현은 기정진, 홍직필(洪直弼)의 문인으로 1836년 향시에 합격하고, 1852년 경과(慶科)에 급제한 후 여러 관직을 두루 거쳤다. 관직을 그만둔 후로는 임대정에서 후진 양성에 힘을 쏟는다. 임대정은 원래 남언기가 세운 수륜대(垂綸臺)

가 있던 자리였다. 그런데 거의 버려지다시피 하여 민주현이 다시 조경을 하여 임대정이라고 고쳐 불렀다. '임대(臨對)'란 중국 송 때의 학자인 주돈이의 시구인 '종조임수대여산(終朝臨水對廬山)'에서 따온 말로 마지막까지 학자의 모습을 보이려는 태도를 나타내었다. 임대정에는 민주현, 김민수(金民秀), 윤정기(尹廷琦), 위계도(魏啓道)의 시문 등 20편이 넘는 작품이 전하고 있어 조선 후기와 근·현대까지 시단이 지속적으로 이루어졌음을 알 수 있다. 영롱대는 1568년에 김곤섭(金鯤燮, 1541~1592)이 지은 누정이다. 이 누정은 특히, 김덕령 형제가 부모님을 위하여 광주에서 와서 손수 낚시를 하다 갔다고 하여 '김장군조대(金將軍釣臺)'라고도 부른다. 김곤섭은 이황의 문인으로 음직으로 승사랑이라는 벼슬에 제수되기도 했으며, 광주에서 화순으로 입향한 후 영롱대를 축조하였다. 영롱대에는 이인승(李寅升)의 시문이 전하기는 하지만, 시단을 형성한 것은 아니다.

도곡면에 있는 누정으로는 북애정(北涯亭), 삼벽정(三碧亭), 취월정(醉月亭) 등이 있다. 북애정은 1885년에 양두남(梁斗南, ?~?)이 지은 누정이다. 양두남은 양팽손의 현손 제용(濟容)의 아들이다. 북애정에서는 시단이 형성되지 않았다. 삼벽정은 17세기 후반에 문세정(文世禎, ?~?)이 지은 누정이다. 문세정은 송시열(宋時烈)의 문인으로 1689년 기사환국(己巳換局) 때 서인이 대거 축출당하는 상황에 놓이자 도내(道內)의 유림을 대표하여 항소(抗疏)를 올렸다가 화를 입자 은거하는데, 누정은 이때 지어진 것으로 추정한다. 이 누정은 '삼계정사(三溪精舍)'라는 이름으로 전해오고 있다. 문세정의 시문이 전해오고 있기는 하지만, 시단이 형성되지는 않았다. 취월정은 김용현(金容玹, ?~?)이 지은 누정으로 19세기말과 20세기 초에 건립된 것으로 추정된다. 김용현은 주로

강학소로 활용하였는데, 김영한(金甯漢)의 「취월정가(醉月亭歌)」가 전해
올 뿐 시단이 형성되지는 않았다.

능주면에 있는 누정으로는 영벽정(映碧亭)이 있다. 영벽정은 건립연대
및 건립자도 알 수 없다. 다만, 양팽손의 제영시와 『신증동국여지승람』
에 김종직(金宗直)의 시가 있는 것으로 보아 16세기 후반경에 걸립되었을
것으로 추정하며, 개인이 지었다기보다는 관 주도로 지었을 것으로 추측
한다. 영벽정은 능주팔경의 하나로 꼽힐 정도로 유명하다. 김종직, 양팽
손, 양진영(梁進永), 정의림(鄭義林) 등이 지은 10여 편의 시문이 전하고
있어서 작은 규모의 시단을 형성했다고 하겠다.

한천면에 있는 누정으로는 일송정(一松亭)이 있다. 일송정은 16세기
초에 홍치(洪治, 1441~1513)가 지은 누정이다. 홍치는 대제학을 지낸 안지
(安止)의 문인으로 학문과 효행으로 널리 알려져 후릉 참봉(厚陵參奉)을
제수받기도 하였다. 연산군 때 상소문을 올리려다가 주위의 만류로 그만
두고, 나주에서 능주(현 화순)로 이거하여 일송정을 지었다. 최부(崔溥),
이목(李穆) 등과 친하게 지냈다. 일송정에는 남아있는 시문이 없다.

춘양면에 있는 누정으로는 부춘정(富春亭), 송암정(松庵亭), 침수정(枕
漱亭), 현학정(玄鶴亭) 등이 있다. 부춘정은 16세기 말에 조수겸(曺守謙,
?~?)이 지은 누정이다. 조수겸은 1579년 천거되어 침랑에 제수되었으나
벼슬에 나아가지 않고 은둔 생활을 하는데, 부춘정은 이때 지은 것이다.
부춘정에는 조수겸, 송명회(宋明會), 최경열(崔景悅), 김대현(金大鉉) 등
다수의 시문이 전하고 있어서 시단을 형성했다고 하겠다. 송암정은 1638
년에 정흘(鄭忔, 1607~1679)이 세운 누정이다. 정흘은 병자호란 당시 집안
사람들을 이끌고 안방준(安邦俊)의 휘하에 들어갔다가 여산(礪山)에 이르
러 화의가 체결되었다는 소식을 접하고 통곡하면서낙향하여 송암정을

지어 여생을 보냈다. 민홍기(閔弘基), 윤기혁(尹奇赫)이 지은 시문 등 7~8
편이 전하고 있다. 침수정은 17세기 말에 홍경고(洪景古, 1645~1699)가
지은 누정이다. 홍경고는 허목과 윤선도(尹善道)의 문인이다. '침수(枕
漱)'란 '침석수류(枕石漱流)'를 줄인 말로『진서(晉書)』에 나오는데, "돌을
베개 삼고 흐르는 물로 양치질한다."는 의미를 지니고 있다. 즉, 부귀를
멀리하고 산수 간에 묻혀 살겠노라는 의지를 담고 있다. 홍우경(洪祐慶),
이수홍(李秀洪), 신태정(申泰鼎), 정재규(鄭載圭), 양교묵(梁敎默), 조병만
(曺秉萬), 윤관하(尹觀夏) 등 다수가 시문을 남기고 있어서 시단을 형성했
다고 하겠다. 현학정은 정근(鄭謹, ?~?)이 세운 누정으로 확실한 연대를
알 수 없다. 민정중(閔鼎重)의 시문 등 2편 정도가 전해오고 있다.

　이양면에 있는 누정으로는 송석정(松石亭), 학포당(學圃堂)이 있다. 송
석정은 1613년 양인용(梁仁容, 1555~1615)이 세운 누정이다. 양인용은 양
팽손의 증손으로 훈련원 첨정을 지내다가 광해군의 부당함을 보고서
관직을 그만 두고, 낙향하여 송석정을 지어 여생을 마쳤다. 송석정은
지석강의 수려한 암벽과 소나무 숲에 자리하고 있어서 수많은 시인묵객
들의 발길이 끊임없이 이어졌다. 현재 남아있는 시문으로는 양인용, 정
방(鄭枋), 조희일(趙希逸), 안방준(安邦俊), 김창흡, 양우규(梁禹圭), 양주
남(梁柱南), 윤봉구(尹鳳九), 송병선(宋秉璿) 등의 것이 있으니 시단을 형
성했다고 하겠다. 학포당은 1521년 양팽손(1488~1545)에 의해 건립되었
다. 양팽손은 1516년 식년문과에 급제한 후 정언을 거쳐 조광조와 함께
사가독서하였다. 그런데 1519년 교리로 있을 때 기묘사화를 만나 삭직되
었고, 1521년 사화가 또 발생하자 은거의 뜻을 굳히고 학포당을 건립하
여 강학과 시화(詩畵)로 여생을 보냈다. 양팽손은 특히 산수화에 능하여
'호남화단(湖南畵壇)'의 선구자라는 칭호를 받았다. 학포당은 주로 강학

소로 사용되었기 때문인지 남아있는 시문은 없다.

이상 화순군 누정의 실상을 살폈다. 이에 의하면, 시단을 형성한 누정으로는 오현당, 망미정, 물염정, 임대정, 영벽정, 침수정, 송석정 등이 있음을 확인할 수 있었다. 이를 지도상에 표시하면 다음과 같다.

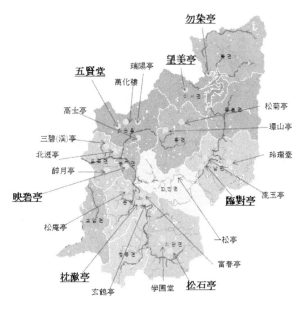

전남 화순군 누정문학의 문화지도

3. 맺음말

이상 20세기 이전에 세워진 누정 가운데 현존하는 무등산권 누정을 전체 살폈다. 그 결과 광주광역시에 15동, 나주시에 22동, 장성군에 8동, 담양군에 14동, 화순군에 22동 등 총 81동이 있음을 확인하였다.

그리고 또한 문화적인 관점에서 시단을 형성한 누정을 특히, 강조하였다. 그 결과 광주광역시는 부용정, 삼괴정, 읍취정, 풍암정, 풍영정, 호가정, 환벽당 등에서, 나주시는 가오정, 남파정, 소요정, 영모정, 장춘정 등에서 많은 문인들이 드나들어 시단을 형성했음을 알 수 있었다. 또한 장성군은 관수정과 요월정에서, 담양군은 독수정, 면앙정, 서하당, 소쇄원의 제월당과 광풍각, 송강정, 식영정 등에서, 그리고 마지막 화순군은 오현당, 망미정, 물염정, 임대정, 영벽정, 침수정, 송석정 등에서 주로 시단이 형성되어 시문이 지어졌음을 보았다.

본 논고는 이상의 내용을 정리한 것을 우선 만족하면서 앞으로의 과제를 제시하고자 한다. 첫째, 호남의 전체 누정을 지도로 표시해볼 필요가 있다. 지도는 무엇보다도 입체적이면서 일목요연하게 한 눈에 전체를 볼 수 있다는 장점을 지니고 있다. 만일 호남의 전체 누정을 도상에 표시해본다면, 지역별 편차 및 특징 등이 구체적으로 드러나리라고 생각한다. 둘째, 누정에서 시단이 형성되었다는 점에 주목하고 앞으로 구체적인 연구 대상으로 삼아야 할 것이다. 현재까지 호남 누정의 경우, 문학적인 연구가 이루어지기는 했지만, 아쉽게도 일정 지역의 몇몇 누정에 치우쳐 있었다. 앞으로의 누정 연구는 이러한 쏠림 현상을 지양하면서 다양한 누정을 대상으로 다각도의 연구가 진행되어야 할 것이다. 셋째, 호남의 전체 누정을 세기별로 정리할 필요가 있다. 이는 누정도 하나의 역사를 가지고 있다는 인식에서 더욱 그러한데, 그러면서 출입한 문인들의 양상을 파악할 수도 있다.

전남 화순 능주향교의
보존 고전적 실태와 교육적 가치

1. 머리말

전라남도 화순군에 소재한 능주향교(綾州鄕校)는 1985년 2월 25일에 전라남도 지방유형문화재 제124호로 지정되어 현재에 이르고 있다.[1] 그리고 능주향교에는 1719년에 양사재(養士齋)가, 1779년에는 원접청 (元接廳)이라는 두 개의 교육시설이 설립되어 나란히 교육활동을 전개한 바가 있다. 그러면서 이와 관련된 전적들을 다수 남겼는데, 결국 이러한 자료는 능주향교가 실행했던 교육 실태를 알려주는 것으로 다른 지역의 향교와 변별되는 특이사항이라고 할 수 있다. 따라서 양사재와 원접청과 관련된 전적들을 중심으로 그 내용을 살핀 후에 그 가치와

---

[1] 필자가 화순군 능주향교에 보존된 고전적을 조사한 시기는 2017년 5월 29일~6월 2일까지이고, 조사하는 데 서상연 능주향교 전교님과 화순군 심홍섭 전문위원님의 도움과 협조가 있었음을 밝힌다. 지면을 통해 감사의 말씀을 전한다.

의의를 전체적으로 따져 볼 필요가 있다.[2] 이러한 연구 성과는 전통 시대 향교가 맡았던 교육적 기능을 실제 전적을 통해 살폈다는 점에서 의미가 있다고 생각한다.

2. 보존 고전적의 현황과 개요

2010년 12월에 조사 보고된 『능주향교지(綾州鄕校誌)』에 따르면, 능주향교는 총 94종(種) 130책(冊)의 전적을 소장하고 있는 것으로 확인되었다. 이러한 전적은 시기와 관련하여 살폈을 때 1720년부터 1990년대까지 간행된 것들이 있음을 알 수 있는데, 1945년 해방 이전까지의 전적을 정리해서 표로 보이면 다음과 같다. 시기의 하한선을 1945년 해방 이전까지로 정한 이유는 고전적으로서의 위상과 가치 제고(提高)의 수월성을 위해서이다. 다만, 연도가 자세하지 않은 경우는 일단 제외하였다.[3]

---

2 능주향교의 양사재와 원접청에 대한 연구는 윤희면에 의해 주로 이루어졌다. 윤희면은 「능주 양사재 연구」 1, 2(『조선시대 전남의 향교 연구』, 전남대학교 출판부, 2015, 235~283쪽)의 논문을 통해 능주향교의 두 교육시설이 어떤 과정을 거쳐 만들어졌고, 어떻게 운영되었는가 등을 자세히 논의하였다. 특히, 향교에 소장된 전적을 바탕으로 한 연구로 소장 전적의 중요성을 다시 부각시켰다고 하겠다. 본 보고서를 작성함에 이 두 논문의 도움을 받았다.
3 〈표 1〉의 내용은 2010년 12월 화순군에서 간행한 『綾州鄕校誌』 속의 「능주향교의 소장 전적」, 97~148쪽에 근거했다.

〈표 1〉

연번	서명(책 수)	간행연도(왕년)	간행처	등록번호	특이사항
1	감란록(勘亂錄)(1)	1729년(영조5)	미상	58	
2	능주목유생흥학절목 (綾州牧儒生興學節目)(1)	1851년(철종2)	능주향교	47	
3	능주민고절목 (綾州民庫節目)(1)	1822년(순조22)	〃	33	
4	능주유안(綾州儒案)(1)	1862년(철종13)	〃	53	
5	능주향교안 (綾州鄉校案)(1)	1855년(철종6) ~1959년	〃	54	
6	능주향교안 (綾州鄉校儒案)(1)	1877년(고종14)~ 1885년(고종22)	〃	55	
7	능주향교전답안 (綾州鄉校田畓案)(1)	1805년(순조5)	〃	26	
8	동국문헌록(東國文獻錄)(1)	1804년(순조4)	井邑 忠烈祠	60	
9	동무중수의연록 (東廡重修義捐錄)(1)	1921년	능주향교	28	
10	동양사재신설정간안 (東養士齋新設井間案)(1)	1895년(고종32) ~1908년	〃	14	양사재(養士齋) 관련 전적
11	동양재식리기 (東養齋殖利記)(1)	1869년(고종6) ~1876년(고종13)	〃	13	〃
12	명의록(明義錄)(2)	1777년(정조원년)	미상	42	
13	명의록(明義錄)(1)	1777년(정조원년)	〃	43	
14	사마안(司馬案)(1)	1699년(숙종22)~ 1721년(경종원년)	능주향교	44	
15	사마재유사안 (司馬齋有司案)(1)	1886년(고종23)	〃	45	
16	서양사재유안 (西養士齋儒案)(1)	1873년(고종10)	〃	15	원접청(元接廳) 관련 전적

17	서양사재정간안 (西養士齋井間案)(1)	1880년(고종17)~ 1894년(고종31)	〃	18	〃
18	서양사재중창절목 (西養士齋重刱節目)(1)	1874년(고종11)	능주향교	17	〃
19	서양사재행심 안(西養士齋行審案)(1)	1874년(고종11)	〃	16	〃
20	송명신언행록외집 (宋名臣言行錄外集)(3)	1666년(현종7)	미상	38, 40, 41	
21	송명신언행록별집 (宋名臣言行錄別集)(2)	〃	〃	37, 39	
22	송명신행록속 (宋名臣言行錄續)(1)	〃	〃	36	
23	송주회암선생명신언행록 전집(宋朱晦菴先生名臣言 行錄前集)(1)	〃	〃	35	
24	송주회암선생명신언행록 후(宋朱晦菴先生名臣言行 錄後)(1)	〃	〃	34	
25	순영래강식절목 (巡營來講式節目)(1)	1865년(고종2)	능주향교	9	양사재 관련 전적
26	순영절목(巡營節目)(1)	〃	〃	8	〃
27	신간소왕사기 (新刊素王事紀)(1)	1804년(순조4)	미상	59	
28	양사별비보안 (養士別備保案)(1)	1724년(경종4)	능주향교	3	양사재 관련 전적
29	양사재정간안 (養士齋井間案)(1)	1743년(영조19)~ 1774년(영조50)	〃	11	〃
30	양사재거접정간 (養士齋居接井間)(1)	1847년(헌종13)~ 1869년(고종6)	〃	7	〃
31	양사재거접정간 (養士齋居接井間)(1)	1871년(고종8)~ 1899년(고종36)	〃	10	〃

32	양사재식리전각면분배기(養士齋殖利錢各面分排記)(1)	1849년(헌종15)~1864년(철종15)	〃	12	〃
33	양사재안(養士齋案)(1)	1720년(숙종46)	〃	1	〃
34	양사재안(養士齋案)(1)	1739년(영조15)	〃	4	〃
35	양사재안(養士齋案)(1)	1793년(정조17), 1817년(순조17), 1819년 追入員	〃	6	〃
36	양사재원납안(養士齋願納案)(1)	1721년(경종원년)~1775년(영조51)	〃	2	〃
37	양사재정간(養士齋井間)(1)	1801년(순조원년)~1846년(헌종12)	〃	5	〃
38	어제경세편(御製警世編)(1)	1764년(영조40)	미상	52	
39	어제상훈언해(御製常訓諺解)(1)	1745년(영조21)	미상	53	
40	열성지장통기(列聖誌狀通記)(영본(零本)9)	1758년(영조34)	미상	25~33	
41	예기집설대전(禮記集說大全)(영본(零本)1)	1668년(현종9)	미상	57	
42	원접청유안(元接廳儒案)(1)	1779년(정조3)	능주향교	19	원접청 관련 전적
43	원접청정간(元接廳井間)(1)	1780년(정조4)~1808년(순조8)	〃	21	〃
44	원접청정간안(元接廳井間案)(1)	1809년(순조9)~1811년(순조11)	〃	20	〃
45	원접청중수유안(元接廳重修儒案)(1)	1800년(정조24)	〃	22	〃
46	유중외대소신서윤음(諭中外大小臣庶綸音)(1)	1782년(정조6)	미상	56	
47	유현유일(遺賢遺逸)(1)	고종연간	〃	62	

48	유호남민인등윤음 (諭湖南民人等綸音)(1)	1783년(정조7)	〃	55	
49	육영록(育英錄)(1)	1842년(헌종8)~ 1862년(철종13)	능주향교	23	양사재 관련 전적
50	육영재절목(育英齋節目)(1)	1842년(헌종8)	〃	35	〃
51	임원급계원명부능주향교 존성계(任員及契員名簿綾 州鄕校尊聖契)(1)	1937년	〃	36	
52	정암선생유허식사문 (靜菴先生遺墟識事文)(1)	1901년	〃	61	
53	존성계규약(尊聖契規約)(1)	1937년	〃	37	
54	향교교생안(鄕校校生案)(1)	1768년(영조44)	〃	46	
55	향교유생안(鄕校儒生案)(1)	1861년(철종12)	〃	52	
56	향음예계창설안 (鄕飮禮稧刱設案)(1)	1828년(순조28)~ 1894년(고종31)	〃	34	

위 표에 근거해보자면, 능주향교에 소장된 전적은 총 55종 67책이
다. 이 수치는 1945년 해방 이전의 전적만 말하는 것이기 때문에 실재
소장하고 있는 것과는 다르다는 것을 다시 한 번 밝힌다.

우선 서명을 보면, 대체로 교육과 관련된 것이 많다는 것을 확인할
수 있다. 그리고 간행된 연도를 보면, 1666년(현종7)이 가장 이른 시기
이고, 1937년이 가장 늦은 시기인 것을 알 수 있다. 간행된 장소를 보
면, 능주향교에서 나온 전적도 있고, 능주향교가 아닌 외부에서 간행
되어 유입된 것도 있다. 능주향교에서 간행된 전적은 총 39종으로 주
로 필사본인데, 이 때문에 그 고유성을 인정받을 가능성이 높다 하겠
다. 그리고 특이사항으로 양사재 관련 전적과 원접청 관련 전적으로
구분하였다. 따라서 앞으로 보존 고전적의 실태와 내용은 양사재와 원

접청 두 교육 기관을 중심으로 서술할 것이다.

3. 보존 고전적의 실태와 내용

1) 양사재 관련 고전적의 경우

양사재와 관련된 전적은 총 14종으로 앞의 〈표 1〉의 연번 순서대로 나열하면 다음과 같다.

① 동양사재신설정간안(東養士齋新設井間案, 1895년(고종32)~1908년)

② 동양재식리기(東養齋殖利記, 1869년(고종6)~1876년(고종13))

③ 양사별비보안(養士別備保案, 1724년(경종4))

④ 양사재정간안(養士齋井間案, 1743년(영조19)~1774년(영조50))

⑤ 양사재거접정간(養士齋居接井間, 1847년(헌종13)~1869년(고종6))

⑥ 양사재거접정간(養士齋居接井間, 1871년(고종8)~1899년(고종36))

⑦ 양사재식리전각면분배기(養士齋殖利錢各面分排記, 1849년(헌종15)~1864년(철종15))

⑧ 양사재안(養士齋案, 1720년(숙종46))

⑨ 양사재안(養士齋案, 1739년(영조15))

⑩ 양사재안(養士齋案, 1793년(정조17), 1817년(순조17), 1819년 追入員)

⑪ 양사재원납안(養士齋願納案, 1721년(경종원년)~1775년(영조51))

⑫ 양사재정간(養士齋井間, 1801년(순조원년)~1846년(헌종12))

⑬ 육영록(育英錄, 1842년(헌종8)~1862년(철종13))

⑭ 육영재절목(育英齋節目, 1842년(헌종8))

이들 14종은 다소 일목요연하지 않은 측면이 있어서 비슷한 성격의
전적끼리 다시 묶을 필요가 있다. 즉, 우선 유안(儒案) 3종과 정간안(井
間案) 6종을 따로 묶고, 식리(殖利)와 절목에 해당하는 전적을 따로 묶
어야 한다는 말이다. 이렇게 비슷한 성격의 전적을 묶어 살핀다면, 전
적이 어떻게 변모해갔는가도 알 수 있지만, 그 내용 속에서 양사재의
역사를 읽을 수 있다는 이점이 있다.

(1) 유안

『양사재안』은 양사재를 세울 때 예미(禮米)라는 명목으로 쌀을 기부
하였는데, 기부자들의 명단을 기록한 것이다.[4] 이러한 이름으로 간행한
전적은 ① 1720년(숙종46), ② 1739년(영조15), ③ 1793년(정조17)~1819년
(순조19) 등 총 3종이 있다.

첫째, 1720년(숙종46) 전적의 전체적인 체제를 보면, 「양사재제명록서
(養士齋題名錄序)」를 필두로 기해년(1719년)의 양사재선생안(養士齋先生案)
을 정리했으며, 후미(後尾)에 절목(節目)이라 하여 13가지의 내용을 덧붙
였다. 우선 「양사재제명록서」는 윤홍(尹泓)의 아들 광주(光柱)가 작성했
다 하는데, 여기에는 임상덕(林象德, 1683~1719)이 양사재를 만들게 된
경위와 운영 방법, 향교가 있음에도 또 다른 교육시설을 만든 이유 등이
적혀 있다. 그리고 본격적인 내용이 시작되는 처음에 '기해사월일신설
양사재선생안(己亥四月日新設養士齋先生案)'이라 쓰고 예미를 기부한 사
람들의 명단을 각 면별(面別)로 구분하여 적었다. 그리고 명단의 마지막
에 필사(筆寫)한 사람의 명단과 도유사(都有司) 등을 적었다. 그리고 13가

---

4 윤희면, 전계논문, 237쪽 참조.

지 「절목」을 덧붙였는데, 거접(居接)의 기준을 위시하여 양사재 소유의 전답을 운영하는 방법, 거접할 때 사용하는 물품의 사용 방법, 흉년 때의 대비 등 여러 가지 내용을 담았다.

둘째, 1739년(영조15) 『양사재안』의 전체적인 체제도 앞에서 본 1720년도의 것과 비슷하게 「양사재제명록서」를 우선 적고, 분문에서 기미년(1739년)의 양사재선생안을 정리하였으며, 마지막으로 절목 13가지를 덧붙였다. 그런데 그 기록된 것을 보면, 앞의 1720년도의 것과 차이가 난다는 것을 확인할 수 있다. 즉, 1720년도 기록은 같은 면이 질서 없이 등장했는데, 여기 1739년도 것은 마지막 주내(州內)를 제외하고는 각 면의 이름이 한 번만 등장했다는 것이다. 이는 아마도 1739년의 『양사재안』은 상황에 따라 정리한 것이 일을 끝낸 후에 최종적으로 정리했기 때문이라고 생각한다. 그리고 마지막으로 1720년의 『양사재안』과 같은 「절목」을 덧붙였다.

셋째, 1793년(정조17), 1817년(순조17), 1819년의 『양사재안』은 전체적으로 1793년의 내용을 주로하면서 정축년(1817년)의 것을 부기(附記)로 덧붙였다. 서두는 서문 격인 박좌원(朴左源)의 글부터 시작한다. 그리고 '계축구월일양사재개수안(癸丑九月日養士齋改修案)'이라는 문구가 적혀있고, 1720년과 1739년과 마찬가지로 면별로 예미를 기부한 사람들의 명단을 적었다. 그런데 한 가지 1720년과 1739년과 다른 점은 면 아래에 마을 이름을 구체적으로 적고 기부자의 이름을 적었다는 것이다. 예미를 기부한 사람들의 명단을 정리한 후에 수안도유사(修案都有司) 양명일(梁命馹), 윤인수(尹仁守), 남익(南熤) 그리고 성조도유사(成造都有司) 문복규(文福圭), 정양훈(鄭陽勳) 등을 적었다. 이어서 「범례조약(凡例條約)」을 덧붙였는데, 앞에서 말한 「절목」과 같은 성격의 글이다.

이는 먼저 안(案)을 개수(改修)하게 된 사연을 적고, 18항목의 조약 내용을 담았다. 그런데 18항목의 면면을 살펴보면, 후반부에 앞의 1720년과 1739년에서 본 「절목」 13항목을 그대로 첨부했음을 알 수 있다. 따라서 5개의 항목이 새롭게 더 추가되었다고 하겠는데, 이는 시대의 추이에 따른 변화를 보여준다는 점에서 중요하다.

2) 정간안

정간안은 양사재에서 공부한 학생들의 명단을 적은 것이다. 능주향교의 양사재 정간안은 '정간안(井間案)', '정간(井間)', '거접정간(居接井間)' 등 다양한 이름으로 남아있다. 한편, 1719년에 설립된 양사재는 동양사재(東養士齋), 육영재(育英齋)라 불리기도 하였다. 이렇다고 할 때, 양사재 정간안은 총 6종으로 ①『양사재정간안(養士齋井間案)』[1743년(영조19)~1774년(영조50)], ②『양사재정간(養士齋井間)』[1801년(순조원년)~1846년(헌종12)], ③『육영록(育英錄)』[1842년(헌종8)~1862년(철종13)], ④『양사재거접정간(養士齋居接井間)』[1847년(헌종13)~1869년(고종6)], ⑤『양사재거접정간(養士齋居接井間)』[1871년(고종8)~1899년(고종36)], ⑥『동양사재신설정간안(東養士齋新設井間案)』[1895년(고종32)~1908년] 등이 전하고 있다.

첫째, 『양사재정간안(養士齋井間案)』[1743년(영조19)~1774년(영조50)]은 맨 처음에 '계해삼월일(癸亥三月日)'이라 적혀 있다. 여기서 계해년은 1743년을 말하는데, 즉 1743년 3월에 설접(設接)한 내용부터 기록했다는 의미이다. 전체 체제를 보면, 가장 먼저 간지월일(干支月日)을 적고, 접생(接生)들의 명단을 기록하였다. 그런데 접생의 명단이 시작될 때 그 해 거접에서 특이 사항을 적었는데, 가령 시험의 형태라든가 설접한

기간, 만일 거접을 하지 못하였으면 그 이유 등을 제시하였다. 그리고
접생들 중에서 행례(行禮)를 한 사람과 하지 않은 사람을 구분했을 뿐
아니라 시험에서 어느 정도의 결과를 냈는가 등을 적었다. 또한 접생한
사람 중에 나이가 든 사람은 '노유(老儒)'라고 구분하였다. 거접한 상황
을 전적에 있는 연도 순서로 정리하면 다음과 같다.[5]

〈표 2〉

연월	총 접생자	노유자	행례자	반행자	비고
1743년 3월	39	9	15	1	
1744년 3월	0	0	0	0	양사재의 전곡(錢穀)이 재의 중수에 사용되어 설접하지 않음.
1745년 1월	81	14	0	0	
1746년 8월	49	7	0	0	
1747년 4월	36	6	15	0	
1748년 8월	84	13	0	0	
1749년 4월	48	13	21	1	
1750년 6월	22	10	16	0	미행(未行) 2인이 있음.
1751년 5월	53	8	27	0	재외(齋外) 1인이 있음.
1752년 5월	46	14	1	0	재외(齋外) 1인이 있음.
1753년 6월					거접한 후에 향음주례를 행함.
1754년 7월	47	0	0	0	
1755년 6월	73	19	36	0	미행 1인, 동몽행(童蒙行) 1인

---

5 양사재 정간안의 경우, 『養士齋井間案』[1743년(영조19)~1774년(영조50)]의 거접 상
   황만 표로 보인다. 다음 정간안의 거접 상황은 간단한 설명으로 대신한다.

1756년 12월	0	0	0	0	흉년이 들어 설접하지 않음.
1759년 윤3월	54	11	0	0	
1760년 8월	47	15	12	0	
1761년 8월	33	7	0	0	동몽행 1인
1762년 10월	39	7	6	0	
1763년 5월	42	10	2	0	
1764년 7월	41	11	0	0	
1765년 7월	44	14	15	0	동몽행 3인
1767년 2월	41	11	0	0	
1767년 8월	42	12	1	0	
1768년 5월	50	14	26	0	
1769년 10월	41	10	11	0	
1770년 7월	43	11	0	0	
1771년 9월	49	12	24	0	
1772년 6월	69	16	53	0	
1773년 3월	71	14	0	0	
1774년 3월	72	21	0	0	

이와 같이 1743년(영조19)~1774년(영조50) 사이의 정간안을 표로 작성하였다. 이 정간안은 말미에「양사재식리전수용기(養士齋殖利錢需用記)」가 있다.

둘째, 『양사재정간(養士齋井間)』[1801년(순조원년)~1846년(헌종12)]에는 문연박(文演樸)이 쓴「양사재신구정간합부서(養士齋新舊井間合附序)」가 있다. 이 내용에 근거해보면, 이 정간안은 두 정간안을 합했음을 알 수 있다. 이어 양사재에서 공부했던 사람들의 명단을 연도순으로 정리하였는데, 앞의 첫째 정간안과 다른 점은 이름만 나열했을 뿐 각 연도의 상황에 대한 설명이 없다는 것이다. 다만, 초초(初抄), 재초(再抄), 삼초(三抄) 등으로 공부한 사람들을 구분하였다. 이는 지금의 1차, 2차, 3차라고 생각하면 된다.

셋째, 『육영록(育英錄)』[1842년(헌종8)~1862년(철종13)]은 표지에 '육영록(育英錄)'이라 되어 있어 처음부터 다른 것과 차별화된다. 처음에 이규헌(李奎憲)과 양진영(梁進永)이 쓴 두 편의 서문이 있는데, 전자는 '임인칠월(壬寅七月)'이라 되어 있어 1842년(헌종8)임을 알 수 있으나 후자는 간지 표시가 되어 있지 않아 정확한 연도를 알 길이 없다. 그 내용을 간추려 보면, 이규헌은 서문에서 그동안 능주가 문학(文學)의 고을로 불려 왔는데, 그것이 변질된 것을 안타까워하며 거접을 베푼 이유를 적었다. 그리고 양진영은 양사재를 육영재로 이름을 바꾼 이유와 재정 마련 방법 등을 말하였는데, 그 첫 부분을 인용하면 다음과 같다.

> 육영은 양사재의 새 이름이다. 사민(四民)의 첫째를 사(士)라 하는데 사가 이름에 부끄럽지 않은 사람은 아주 드무니 하물며 천하의 영재이겠는가. 우리 후의 사람들에게 바라는 바가 두텁고 지극하다고 하겠다. 후가 이 땅에 부임하여 고을의 풍속이 옛날과 같지 않는 것을 안타까워하며 학교를 일으키고 인재를 양성함을 힘써 고을의 치(治)에 옛날부터 있었던 양사재를 수리하고 고쳐 그 재력(財力)을 충분히 하고 과한(課限)을 늘리며 그 액호를 붙이기를 '육영'이라 하였다.[6]

이러한 서문에 근거하여 양사재의 이름을 바꾸어 육영재라 했음을 알 수 있다.

---

6 『육영록』(1842년) 서문(梁進永)

넷째, 『양사재거접정간(養士齋居接井間)』[1847년(헌종13)~1869년(고종6)]의 특징은 시(詩)와 부(賦)의 시험 등급을 적어둔 것이다.

다섯째, 『양사재거접정간(養士齋居接井間)』[1871년(고종8)~1899년(고종36)]의 내용을 보면, 이전에 비해 공부하는 횟수가 줄어들었음을 알 수 있다.

여섯째, 『동양사재신설정간안(東養士齋新設井間案)』[1895년(고종32)~1908년]의 서두에는 조존두(趙存斗)가 작성한 서문이 있다. 특징은 접생자와 노유의 이름을 나열하고, 시(詩)와 부(賦), 강(講)의 장원자(壯元者)를 표시하고, 그해의 설접 상황과 내용 등을 별도로 적었는가 하면, 다른 정간안에 비해 노유의 수가 많다는 점이다. 시와 부, 강의 장원을 선발했다는 것은 양사재의 성격 변화를 말하는 것으로 이전의 일정 기간 동안 공부를 하던 곳이 이제는 시부의 경합 장소로 바뀌었음을 의미한다.

(3) 원납안, 식리기 등 자료

양사재와 관련해서 원납안과 식리기 등의 자료도 전하고 있다. 여기에 해당하는 자료로는 ①『양사재원납안(養士齋願納案)』[1721년(경종원년)~1775년(영조51)], ②『양사별비보안(養士別備保案)』[1724년(경종4)], ③『동양재식리기(東養齋殖利記)』[1869년(고종6)~1876년(고종13)], ④『양사재식리전각면분배기(養士齋殖利錢各面分排記)』[1849년(헌종15)~1864년(철종15)], ⑤『육영재절목(育英齋節目)』[1842년(헌종8)] 등이 있다.

첫째, 『양사재원납안(養士齋願納案)』[1721년(경종원년)~1775년(영조51)] 전적은 양사재에 원납한 사람들의 명단을 적은 것으로 연월과 지역, 원납한 사람들의 순서로 되었다. 그리고 마지막 부분은 1775년 8월의 상황을 기록하였는데, '손득함완문전이십량자급출이완문소대사(孫得咸完文錢貳

拾兩自給出而完文燒大事)'라는 문구가 적혀 있다.

둘째, 『양사별비보안(養士別備保案)』[1724년(경종4)] 전적은 표지에는
'양사별비보안(養士別備保案)'이라 되어 있지만 순전히 보안(保案)의 내용
만 담고 있지 않다. 즉, 첫 부분에는 '갑진정월일양사별비보안(甲辰正月
日養士別備保案)'을 적었고, 그 다음에 '갑진이월일육영재중방재식리전
질(甲辰二月日育英齋衆芳齋殖利錢秩)'을 기록하였다. 여기서의 갑진년은
1724년(경종4)을 말하고, '양사별비보안(養士別備保案)'은 양사재의 보인
(保人)을 등록한 문안을 뜻하며, '육영재중방재식리전질(育英齋衆芳齋殖
利錢秩)'은 육영재와 중방재의 재정 보충의 방법을 적은 것이다. 다시
말해 '육영재중방재식리전질'은 육영재와 중방재는 양사재와 원접청(元
接廳)의 이칭으로 당시 능주향교에 있던 두 교육시설의 재정 보충의 방법
을 적은 것이다.

먼저 '갑진정월일양사별비보안'의 내용을 보면, 면(面)의 이름을 적고
그 아래에 보인의 이름과 함께 주거 지역을 구체적으로 기록하였다.
여기에 등장하는 면의 이름과 면 아래에 적힌 보인의 수를 정리하면
도림면(道林面)-4명 / 세청면(世淸面)-3명 / 단양면(丹陽面)-2명 / 송석
면(松石面)-2명 / 도장면(道莊面)-3명 / 호암면(虎巖面)-5명 / 대곡면(大
谷面)-2명 / 한천면(寒泉面)-1명 / 부춘면(富春面)-2명 / 오도면(吾道面)-2
명 등이다. 그리고 '육영재중방재식리전질'에 적힌 면의 이름으로는 회
덕면(懷德面), 한천면중도(寒泉面中道), 한천면하도(寒泉面下道), 도림면
상도(道林面上道), 도림면하도(道林面下道), 신풍면하도(新豊面下道), 단양
면(丹陽面), 호암면(虎巖面), 도장면(道莊面), 대곡면(大谷面), 화남면(花南
面), 오도면(吾道面) 등인데, 이들 면 아래에 전(錢)의 액수와 이전(利錢)
을 적고 합산된 금액을 기록하였다.

셋째, 『동양재식리기(東養齋殖利記)』[1869년(고종6)~1876년(고종13)] 전적은 양사재의 식리(殖利) 활동을 각 면별로 정리한 것이다. 전적의 표지에 따르면, 1869년 5월부터 1876년 9월까지의 내용을 기록한 것으로 되어 있으나 실제 본문에는 1869년부터 1874년까지의 내용을 기록했음을 확인할 수 있다.

1869년의 식리 활동에 참여한 면으로는 회덕(懷德), 한천(寒泉), 도림(道林), 신청(新淸), 신풍(新豊), 송석(松石), 단양(丹陽), 부춘(富春), 도장(道莊), 호암(虎巖), 대곡(大谷), 오도(吾道), 화남(花南), 주내(州內) 등이다. 또한 1870년과 1874년의 기록 내용을 보면, 각 면에서 추입(追入)한 것을 적었다.

넷째, 『양사재식리전각면분배기(養士齋殖利錢各面分排記)』[1849년(헌종15)~1864년(철종15)] 전적은 양사재의 식리를 각 면별로 분배한 것을 기록한 것이다. 처음에는 기유년, 즉 1849년의 식리를 각 면별로 분배한 것을 기록하였는데, 제목을 '기유육월일육영재중방재식리전각면분배기책(己酉六月日育英齋衆芳齋殖利錢各面分排記冊)'이라 하고, 어느 정도의 본전(本錢)을 각 면별로 분배했고, 나온 이전(利錢)은 거접할 때 사용하며, 언제부터 이러한 활동을 하게 되었는가 등을 적었다. 그리고 '기유년개안거접시별비전각면가배기(己酉年改案居接時別備錢各面加排記)'를 정리하였고, 각면향약전래식리전(各面鄕約傳來殖利錢)을 추가로 배당한 내용을 적었으며, 마지막으로 '갑자칠월일양사재식리전기(甲子七月日養士齋殖利錢記)'를 기록하였다.

다섯째, 『육영재절목(育英齋節目)』[1842년(헌종8)] 전적은 육영재를 어떻게 운영할 것인가에 대한 내용을 담았다. 우선 서문으로 앞에서 본 『육영록(育英錄)』[1842년(헌종8)~1862년(철종13)]의 이규헌(李奎憲)이 쓴 글을 실었고, 뒤이어 5개의 항목으로 이루어진 운영 규칙을 적었다. 그 운영 규칙은 다음과 같다. 첫째, 재내(齋內)와 재외(齋外)가 다 같이 거접을 하되 재외는 관자비(官自備) 중의 별하기(別下記)로 공궤(供饋)하고 재내는 재곡(齋穀)과 관자비를 계산하지 않고 전곡(錢穀)을 다 쓴 뒤에 재내와 재외가 일시에 철접(撤接)한다. 둘째, 혹시 백일장을 베풀거나 혹시 순제(旬題)를 할 때에는 거접에서 뽑되 중방재에서 20명을, 육영재에서 20명, 도합 40명을 정수(定數)로 하되 두 곳에서 각기 시와 부를 절반인 20명씩 가르친다. 셋째, 봄과 여름 해가 길 때에는 한 수씩 짓는다면 마치 책임만 모면하고 마는 것과 같으니 안 된다. 재분(才分)이 여유가 있는 사람은 2수씩 지어 바치기로 하고 제목을 다시 받아가기로 한다. 넷째, 공부를 하는 자리에서 혹시 잡담이나 장난을 하여 방해하는 일이 있으면 마땅히 매를 때리는 벌을 시행하되 재범을 하는 사람은 출접(出接)도 하여 조심하도록 한다. 당일에 글을 다 짓고 여가가 있으면 혹시 동료의 고부(古賦)를 보기도 하고 혹시 필묵으로 놀기도 하며 범과(犯科)를 하고 후회하는 일이 없도록 한다. 다섯째, 양사재의 비용 100냥에서 50냥은 보역색(補役色)에게 들이게 하고 50냥은 양사재에게 들이게 하는데, 혹시 지체가 되면 다사(多事)가 그 색리(色吏)에게 단자(單子)를 내어 즉시 징수해 들이도록 하고 양사보 25명은 세초색(歲抄色)으로 한다.

이러한 운영 규칙을 이어 추가 사항으로 재정적인 부분을 적었다. 요점은 본전 125냥에다가 이자가 50냥이 붙어 총 175냥을 본전으로 만들어 각 면에 나누어 준다는 것이다.

2) 원접청 관련 고전적의 경우

원접청과 관련된 전적은 총 8종으로 앞의 「표1」의 연번 순서대로 나열하면 다음과 같다.

① 서양사재유안(西養士齋儒案, 1873년(고종10))
② 서양사재정간안(西養士齋井間案, 1880년(고종17)~1894년(고종31))
③ 서양사재중창절목(西養士齋重刱節目, 1874년(고종11))
④ 서양사재행심안(西養士齋行審案, 1874년(고종11))
⑤ 원접청유안(元接廳儒案, 1779년(정조3))
⑥ 원접청정간(元接廳井間, 1780년(정조4)~1808년(순조8))
⑦ 원접청정간안(元接廳井間案, 1809년(순조9)~1811년(순조11))
⑧ 원접청중수유안(元接廳重修儒案, 1800년(정조24))

이상의 전적들은 양사재 전적과 마찬가지로 유안과 정간안, 그리고 그 외의 자료로 나누어 정리할 수 있다.

(1) 유안

원접청의 유안으로는 ① 1779년(정조3), ② 1800년(정조24), ③ 1873년 (고종10) 등 총 3종이 있다.

첫째, 1779년(정조3) 전적의 전체적인 체제는 우선 여선덕(呂善德)이 쓴 「원접청유안서(元接廳儒案序)」를 시작으로 1779년의 원접청유안을 정리하였다. 그리고 남익의 발문, 11항목으로 이루어진 절목, 문연박이 쓴 발문 등이 있다. 여선덕은 당시에 능주 목사로서 독서할 곳이 마땅치 않아 원접청을 복원한다는 말을 했는데, 이로써 원접청이라는 곳이 이전에 있다가 사라진 교육 시설이라는 것을 알 수 있다. 이어 본격적인 내용

이 시작되는 처음에 '기해십월일원접청유안(己亥十月日元接廳儒案)'이라
쓰고 예미를 기부한 사람들의 명단을 각 면별(面別)로 구분하여 적었다.
예미와 토지를 기부한 사람들의 명단을 정리한 뒤에 남익이 쓴 발문을
실었는데, 여선덕이 원접청을 복원한 것을 다시 한 번 기렸다. 절목은
원접청에서 지켜야 할 규칙을 적은 것이다. 그 첫 번째 절목의 내용을
보면, 원접청의 초기 창건 때의 여러 가지 일을 두루 알기가 어려우니
양사재의 규칙에 의거해서 간편히 절목을 완성하고 미진한 부분은 수시
로 변통한다고 하였다. 마지막으로 문연박은 발문에서 원접청의 의미와
함께 원접청을 양사재와 연결하여 설명하였다.

둘째, 1800년(정조24) 유안은 서문 없이 바로 기부자의 명단을 기록
하였다.

셋째, 1873년(고종10) 유안의 책제(冊題)는 '서양사재유안'으로 앞의
두 전적과 차이가 난다. 그리고 예미와 토지 등을 기부한 사람들의 명
단은 적지 않고, 어떤 과정을 거쳐 서양사재를 중수했는가에 대한 한치
조(韓致肇)의 「서양재중수유안서(西養齋重修儒案序)」를 정리한 뒤에 도
유사와 유사의 명단을 적고, 마지막으로 조약(條約)을 언급하였다. 한
치조의 「서양재중수유안서」의 내용은 다음과 같다.

　　이 고을에 서양사재가 있으니 바로 원접청이 그것이다. 임노촌(林老村)
　에 의해 창시가 되었고, 여지주(呂 知州)에 의해 중수가 되었는데 전후 모
　두 기해년이었다. 고을의 인사들이 이 재에서 거접을 하면서 그 이름을 기
　록하고 영화롭게 여겼는데, 이때에 관에서는 그 창고를 털어 내놓고 선비
　들은 토지를 내놓은 사람이 많아 문풍을 떨쳤다. 민속도 순후해졌다. 큰
　선비가 울연히 일어난 것도 실로 이 재가 설립되었기 때문이다. 어찌 아름
　답지 않겠는가. 내가 이 고을에 부임한 지 다음 해 임신년에 학궁 빈관 및

봉서루(鳳棲樓)를 중수하고 또 다음 해 계유년에 영벽정(映碧亭)을 중건했
으며 모든 해우(廨宇)와 장벽(墻壁)들이 번듯하게 되었다. 그런데 오직 원
접청은 담장이 무너지고 기와도 파손되어 위에서는 비가 새고 옆에서는 바
람이 들어오는데, 전일에 토지를 내놓았던 분의 자손들이 그 토지를 많이
숨겨서 선비들이 와서 거접할 수가 없고 또한 계속 관이 창고를 내놓지도
않았다. 이제 여후(呂侯)의 기해년과의 기간이 겨우 35년밖에 안 되었는데
도 재의 모양이 이러한데 또 몇 년이 지난다면 아마도 빈터가 되고 말 것이
다. 어찌 안타깝지 않겠는가. 그래서 원기(院基)에서 거둬들인 돈 300냥으
로 개건(改建)할 것을 도모하고 곧, 윤영진(尹榮鎭)과 양정(梁楨)에게 그
일을 맡아달라고 부탁을 하였다. 그래서 춘서 석가래 문 담장은 모두 새롭
게 되었는데, 흙을 바르는 일과 도배의 일은 이루지를 못했으니 그것은 재
력이 모자라서 그런 것이다. 윤영진과 양정 두 선비가 입을 모아 청하기를
"유안에 추입을 시키는 일은 오래 전부터 행해온 일입니다. 옛 안에 든 사
람들의 후손과 새로 와 사는 사람 중에서 문망(文望)이 있는 사람을 정하
여 가려서 안에 기록하되 그들이 헌정한 것을 들어오는 대로 추록한다면
이 일에 부족한 바를 보충할 수 있을 것입니다."라고 했다. 나는 말하기를
"전례가 그렇다면 해로울 것이 뭐 있겠는가."라고 했다. 안을 만드는 날 나
에게 그 사실을 기술해 달라고 하므로 내가 일어나 말을 했다. "비록 호원
(胡瑗)같이 교수한 공은 없을지라도 숭안(崇安)의 흥학(興學)한 규모를 잇
기를 생각했는데, 다행히 선비들의 힘을 입어 이 집을 거듭 새롭게 했으니
무릇 우리 능주의 인사들은 이 재에 오르면 몸을 착하게 하고 행실을 가다
듬을 것을 생각하고 나가서 벼슬을 하면 덕택을 천하에 베푸는 좋은 꾀를
생각하라. 그러면 재를 마련한 공이 어찌 얕겠는가. 제군들은 힘을 써라.
그러면 전토(田土)를 숨겼던 사람들도 마땅히 감발하여 스스로 고백할 것
이다. 이렇게 된다면, 이것이 모두 전후(前侯)의 주심이니 특히 오늘날 잘
한 효과뿐만이 아니다."라고 하고 드디어 이를 썼다.[7]

---

7 『西養士齋儒案』(1873년), 「西養齋重修儒案序」(韓致肇).

원접청이 처음에 누구에 의해 어떻게 만들어졌고, 중수되었으며, 그 후 어떤 과정을 거쳤는가를 상세히 적었다. 바로 원접청의 역사를 적은 것이다. 이러한 내용을 통해, 당시 능주향교가 고을 사람들의 교육을 위해 어떠한 노력을 기울였는가를 알 수가 있다.

(2) 정간안

원접청 정간안은 총 3종으로 ①『원접청정간(元接廳井間)』[1780년(정조4)~1808년(순조8)], ②『원접청정간안(元接廳井間案)』[1809년(순조9)~1811년(순조11)], ③『서양사재정간안(西養士齋井間案)』[1880년(고종17)~1894년(고종31)] 등이 전하고 있다.

첫째, 『원접청정간』[1780년(정조4)~1808년(순조8)]의 서두에는 「원접청정간서(元接廳井間序)」가 있다. 이 서문은 1789년 남익이 쓴 것으로 원접청이 복설된 후에 이전과 다르게 증거로 남기기 위하여 정간안을 만들게 되었다고 하였다. 거접한 상황을 전적에 있는 연도 순서로 정리하면 다음과 같다.[8]

〈표 3〉

연월	총 접생자(接生者)	행례자 (行禮者)	반행자 (半行者)	불행자 (不行者)	비고
1780년 5월					처음 거접했으나 정간은 유실됨.
1781년 5월					정간이 유실됨.
1782년 4월					행랑채 수리 때문에 설접하지 못함.

---

8 원접청 정간안의 경우, 『元接廳井間』[1780년(정조4)~1808년(순조8)]의 거접 상황만 표로 보인다. 다음 정간안의 거접 상황은 간단한 설명으로 대신한다.

1783년 5월					설접했으나 정간이 유실됨.
1784년 3월	27	2			
1785년 3월	30	4			
1786년 4월	29	6			
1787년					
1788년 4월	25	4			
1789년 4월	24				
1790년 4월	30	3			거접 기간:4월 24일~5월 14일
1791년 3월	29	3			
1792년 윤4월	30	5			
1793년 3월					본청 행랑의 수리 때문에 설접하지 않음.
1794년 4월	29	3			
1795년 4월					
1796년 3월	30	12			설접 기간:3월 25일~4월 12일
1797년 4월	29	7			설접 기간:4월 10일~4월 23일
1798년 4월	30	4			설접 기간:4월 8일~4월 17일
1799년 3월	30		4		설접 기간:3월 10일~3월 22일
1800년 윤4월	30	7			설접 기간:4월 5일~4월 20일
1801년 6월	30	7			설접 기간:6월 12일~6월 24일
1802년 3월	30	9			설접 기간:3월 30일~4월 13일
1803년 5월	30	7			설접 기간:5월 13일~5월 28일
1804년 3월	30	2			설접 기간:3월 27일~4월 13일
1805년 7월	30	2	1		
1806년 4월	30	4			설접 기간:4월 14일~4월 29일
1807년 5월	30	2		2	설접 기간:5월 4일~5월 14일
1808년 4월	28	4			설접 기간:4월 21일~5월 6일

둘째, 『원접청정간안』[1809년(순조9)~1811년(순조11)] 정간안은 서문이 없다. 여기에는 각 시기마다 총 접생자와 노유자(老儒者), 행례자, 반행자, 불행자 수를 적고, 설접 기간 등을 기록하였다. 그런데 간혹 설접하지 못한 시기도 있었는데, 곡식을 얻지 못해서라든가 흉년이 들었기 때문이라는 이유를 분명히 밝혔다.

셋째, 『서양사재정간안』[1880년(고종17)~1894년(고종31)] 정간안은 원접청을 서양사재라 이름을 바꾼 후에 나온 것이다. 특징은 각 연도마다 설접한 내용 및 소요 경비 등을 간략히 설명하였다. 또한 부장원(賦壯元), 시장원(詩壯元)의 수가 몇 명이며, 봉서루에서 백일장을 열었다는 내용도 적혀 있다.

(3) 양안 등 자료

유안과 정간안 외의 원접청과 관련된 또 다른 전적 자료로는 ①『서양사재행심안(西養士齋行審案)』[1874년(고종11)], ②『서양사재중창절목(西養士齋重刱節目)』[1874년(고종11)] 등이 있다.

첫째, 『서양사재행심안』[1874년(고종11)]의 '행심'이란 부세 수납 업무를 수행하기 위하여 필사된 기존 양안을 기준으로 실지 조사를 하여 변화사항을 기록하는 양안이다. 양안은 전안(田案), 양전도행장(量田導行帳) 등으로 불렸다.

『서양사재행심안』은 1874년부터 1894년까지의 서양사재의 전답을 행심하여 작성한 양안(量案)이다. 당시 서양사재의 토지의 규모나 그러한 토지가 어느 면에 어느 정도 있었는지, 그리고 그러한 토지가 어떤 목적으로 사용되었는지 등을 알려주고 있다.

우선 표지에는 '능주서양사재행심안(綾州西養士齋行審案)'이라 되어있고, '갑술십일월일(甲戌十一月日)'이라는 작성한 시기 표시를 하였다. 그리고 본론에 들어가면, '갑술십월일능주서양사재행심안(甲戌十月日綾州西養士齋行審案)'이라 쓰고, 구답(舊畓)과 신답(新畓)으로 구분하여 면별로 전답 상황을 기록하였다. 서술한 형식의 특징은 혹시 본문의 내용에 덧붙일 것이나 참고할 만한 사항이 있으면 하단에 기록하였는데, 가령 '서양사재즉원접청(西養士齋卽元接廳)' 등이다. 즉, 서양사재는 원접청을 말한다는 뜻으로 서양사재와 원접청은 같은 곳을 가리킴을 다시 한 번 확인하였다. 후미(後尾)에는 1893년의 '사포추심전평기(査案推尋錢坪記)'와 '양안신정기(量案新正記)'를 적었고, 마지막으로 1894년 3월 3일에 있었던 전답 이용 상황을 정리하였다.

둘째, 『서양사재중창절목』[1874년(고종11)] 전적은 원접청을 중창하면서 지은 절목으로 당시의 능주 목사가 지었다. 어떤 과정을 거쳐 원접청을 중창하여 서양사재라 했는지를 알 수가 있다. 전체 내용 중에서 앞부분만 보이면 다음과 같다.

무릇 선비를 길러 한 나라의 본보기가 되게 하고 권학을 하여 백세 동안 흥기하도록 하는 것은 모두가 성조(聖朝)의 문교(文敎)를 숭상하는 법전이요, 현 수재(守宰)의 인도하는 덕택이다. 우리 능주 고을은 지역이 궁벽하고 풍속이 무무하여 글소리가 적막하니 유식한 사람이 개탄을 한 지가 오래되었다. 정암(靜菴) 조 선생(趙先生, 조광조를 말함)의 훈도한 여택(餘澤)이 있고 학포(學圃) 양 선생(梁先生, 양팽손을 말함)의 육영(育英)을 한 도가 있으며, 우산(牛山) 안 선생(安先生, 안방준을 말함)의 입나(立懦)한 풍속이 있었는데도 아직까지 모신 바가 없다. 지난 기해년에 여선덕이 이 땅에 부임하여 백성을 인도하기를 예의의 방법으로 하여 선비들로 하여금 흡족히 날마다 문학에 나아가게 했다. 그래서 봉록을 털어 집을 사고 곳간

을 털어 토지를 사며 한 고을에 뜻이 있는 선비들과 함께 상의하고 논의하
였다. 그러니 혹자는 돈을 내어 돕고 혹자는 토지를 내어 도왔다. 계(契)를
만들고 안(案)을 세워 영원히 선비들이 거접할 곳을 만들고 이름을 원접청
이라 했으니 바로 지금의 서양사재이다.(이하 생략)[9]

4. 교육적 가치와 의의

지금까지 능주향교에 소장된 전적 중에서 1945년 해방 이전까지 간
행된 것을 중심으로 정리하고 특징적인 면을 중심으로 대강의 개요를
설명하였다. 다시 한 번 그 특징을 정리하자면, 능주향교에 소장된 전
적은 교육과 관련된 것이 많다는 것이다. 이렇듯 교육과 관련된 전적이
다수 전하게 된 데에는 양사재와 원접청이라는 두 교육시설이 존재했
기 때문이다.

기록에 따르자면, 양사재는 노촌(老村) 임상덕(林象德, 1683~1719)이 능
주 목사로 부임하여 1719년에 건립하였다. 임상덕은 능주 목사로 부임하
여 향교가 교육적인 기능을 다하지 못한 것을 알아 별도로 흥학(興學)할
수 있는 시설이 없을까를 궁구했을 것이다. 그래서 임상덕 본인이 앞장
서서 주관하고 양반들의 협조를 받아 시설을 만든다. 그는 향교 옆에
있는 민가를 사들여 양사재 건물로 고치고, 건립과 운영에 필요한 재정
을 확보하기 위하여 고을 사람들의 물심양면 협조를 받았다.[10] 훗날 이

---

9 『西養士齋重刊節目』(1874년) 앞부분.
10 윤희면, 「능주 양사재 연구」, 『조선시대 전남의 향교 연구』, 전남대학교출판부, 2015,
   237쪽 참조.

양사재는 동양사재(東養士齋), 육영재(育英齋) 등으로 불렸다.

원접청은 1779년에 세워진 교육시설이다. 그런데 1779년에 처음으로 세워진 것이 아니라 사실은 이전에 이미 있던 것을 복설(復設)한 것이다. 1779년에 작성된 「원접청유안서」의 기록에 따르면, "봄과 여름에는 양사재에서 시부(詩賦)를 익히고, 가을과 겨울에는 원접청에서 독서한다."라고 되어 있어 표면적으로는 두 교육시설은 서로 보완 관계에 있었고 목적도 달랐음을 알 수 있으나 실지 거접(居接)에 참여한 재생들을 보면 양사재와 구별되지 않는다.[11] 훗날 이 원접청은 서양사재, 중방재 등으로 불렸다.

이렇듯 한 고을에 두 개의 교육시설을 만들어 흥학에 힘을 쏟았다는 것은 의미가 크다. 비록 이러한 교육시설이 1894년 갑오경장 때 과거시험 제도가 사라지면서 그 기능을 상실하게 되지만, 18~19세기 능주 사람들의 흥학에 대한 관심이 어느 정도였는지를 말해주는 좋은 근거 자료가 되기 때문이다.

더군다나 주목해야 할 부분은 양사재와 원접청과 관련된 전적들이다. 조선 후기에 이르면, 전국의 많은 향교에 능주향교의 양사재 및 원접청과 같은 교육시설이 들어선다. 이들 교육시설은 처음 어떤 계기가 발단이 되어 어떤 과정을 거쳐 운영 유지되었을 것인데, 이런 내용을 상세하게 기록한 자료가 그리 많지 않다.[12] 그러나 이에 대비했을 때,

---

11 윤희면, 전게 저서, 248~251쪽 참조.

12 전남 향교의 고문서 소장 현황에 대한 정리는 윤희면의 전게서, 32쪽 표를 참조할 것. 이 표에 근거해보자면, 전통 시대 전남의 향교는 총 29개소인데, 양사재와 관련된 자료를 소장한 곳은 총 10곳이다. 그 10곳과 소장 자료의 양을 열거하면 다음과 같다. 남평향교-9종, 능주향교-21종, 담양향교-3종, 보성향교-1종, 순천향교-4종, 장흥향교-6종, 지도향교-1종, 창평향교-3종, 해남향교-1종, 화순향교-3종 등이다. 여기서

능주향교의 양사재와 원접청은 색다르다 하겠다. 이 두 교육시설은 현재까지도 관련된 전적들을 전하고 있어 그 자료들을 통해 건립될 당시의 초기 모습과 운영 과정 등을 알려주고 있기 때문이다.

앞 2장에서 이미 정리했듯이 현재까지 전하고 있는 양사재 관련 전적은 14종이고, 원접청 관련 전적은 8종으로 두 교육시설의 전적을 합해보면 총 22종으로 집계된다.[13] 이를 다시 전적의 성격을 중심으로 구분하자면, 유안(儒案)의 경우 양사재와 원접청 각각 3종씩이고, 정간안의 경우 양사재는 6종이고, 원접청은 3종이다. 또한 원납안 및 양안, 재정과 관련된 전적들도 있는데, 양사재는 5종이고, 원접청은 2종이다.

유안은 양사재와 원접청을 세울 때 쌀과 토지를 기부한 사람들의 명단을 적은 전적이고, 정간안은 두 교육시설에서 공부했던 교생(校生)들의 명단을 적은 전적이다. 따라서 유안을 통해서는 양사재와 원접청의 건립 배경과 규모 등을 이해할 수 있고, 정간안을 통해서는 이 두 교육시설이 어떻게 운영되었는가를 상세히 알 수 있다. 또한 이 두 유형의 자료 외에 원납안 및 양안, 재정과 관련된 전적들은 부수적인 듯하지만 두 교육시설이 실제로 어떻게 운영되었는가를 보여주는 것으로 간과할 수가 없다. 특히, 이들 자료들은 하나하나씩 따로 떼어서 그 의미를 따져볼 수도 있지만, 유안과 정간안의 경우, 시대 순서대로 정리가 되어 있어 서로 연계해서 볼 필요가 있다.

이로써 보면, 능주향교의 양사재와 원접청과 관련된 전적의 첫 번째

말한 능주향교의 21종은 양사재와 원접청의 자료를 총괄해서 말한 것이라 생각한다.

13 본 연구자의 통계에 따르면, 양사재와 원접청의 전적은 총 22종이었다. 그런데 앞 각주 14번에서 본 바와 같이 윤희면은 양사재와 원접청의 총 전적은 21종이라 하였다. 이에 대한 내용은 윤희면의 전게서, 32쪽을 참조할 것.

가치는 다른 향교와 다르게 많은 자료를 보존하고 있다는 측면에서 찾을 수 있고, 두 번째 가치는 이러한 자료들이 서로 연계되어 어떤 과정을 거쳐 운영되었는가를 보여준다는 측면에서 찾을 수가 있다. 특별히 유안과 정간안을 통해 보자면, 양사재는 1719년부터 1908년까지, 그리고 원접청은 1779년부터 1894년까지 존재하여 운영되었음을 알 수 있다. 이는 곧, 18세기 초엽부터 20세기 초엽까지 진행된 전통 시대 교육의 한 면모를 보여주는 것으로 그 현재적 가치는 높이 평가해야 한다.

능주향교의 최초 건립 시기는 아직까지도 의견이 분분하지만 늦어도 15세기 초엽에 세워졌을 것으로 보고 있다. 이런 향교는 건립된 이후로 수많은 우여곡절이 있었으며, 이런 과정을 거치면서 또 다른 교육시설인 양사재와 원접청이 건립되었다. 그리고 이 양사재와 원접청도 향촌이라는 지역적 한계와 변화하는 시대와 맞물려 변모를 거듭하며 마지막까지 이르렀다. 그러면서도 현재까지 그 관련 자료를 보존하고 있는 것을 거듭 높이 평가해야 하며, 이러한 측면은 다른 지역의 향교와 대비했을 때 그 의의가 저절로 찾아진다.

5. 맺음말

본 논문은 전남 화순군에 소재한 능주향교의 보존 고전적의 현황과 실태를 살피고, 그 가치와 의의를 구명하였다. 능주향교에는 1719년에 양사재가, 1779년에는 원접청이라는 두 개의 교육시설이 설립되어 나란히 교육활동을 전개하면서 이와 관련된 전적들이 만들어지고 현재까지 전해지고 있다. 이러한 고전적들은 다른 향교에서는 찾아보기 힘든 것들로 그 가치와 의의를 따져볼 필요가 있다.

첫째, 양사재와 관련된 전적은 총 14종으로 조사되었다. 이들 14종은 다소 일목요연하지 않은 측면이 있어서 비슷한 성격의 전적끼리 다시 묶을 필요가 있다. 즉, 우선 유안 3종과 정간안 6종을 따로 묶고, 식리(殖利)와 절목에 해당하는 전적을 따로 묶어 그 실태를 정리하였다.

둘째, 원접청과 관련된 전적은 총 8종으로 조사되어 양사재와 마찬가지로 비슷한 성격의 전적끼리 묶었다. 그 결과 유안 3종, 정간안 3종, 기타 자료 2종 등으로 묶어 그 실태를 정리하였다.

능주향교의 양사재와 원접청과 관련된 전적의 첫 번째 가치는 다른 향교와 다르게 많은 자료를 보존하고 있다는 측면에서 찾을 수 있고, 두 번째 가치는 이러한 자료들이 서로 연계되어 어떤 과정을 거쳐 운영되었는가를 보여준다는 측면에서 찾을 수가 있다. 특별히 유안과 정간안을 통해 보자면, 양사재는 1719년부터 1908년까지, 그리고 원접청은 1779년부터 1894년까지 존재하여 운영되었음을 알 수 있다. 이는 곧, 18세기 초엽부터 20세기 초엽까지 진행된 전통 시대 교육의 한 면모를 보여주는 것으로 그 현재적 가치는 높이 평가해야 한다.

참고문헌

제1부 _ 호남한시의 미학적 접근

1. 자료

『朝鮮王朝實錄』

『詩經』

『松溪漫錄』(權應仁 撰)

『文谷集』(金壽恒)

『高峯集』(奇大升)

『旅菴遺稿』(申景濬)

『存齋全書』(魏伯珪)

『西河集』(李敏敍)

『芝峯類說』(李睟光)

『錦湖遺稿』(林亨秀)

『耳溪集』(洪良浩)

『頤齋續稿』(黃胤錫)

『頤齋遺稿』(黃胤錫)

2. 논저

고동환, 「여암 신경준의 학문과 사상」, 『지방사와 지방문화』 6권 2호, 역사문
　　화학회, 2003.

구본현, 「한국 제화시의 특징과 전개」, 『동방한문학』 33집, 동방한문학회, 2007.

구사회, 『근대계몽기 석정 이정직의 문예이론 연구』, 태학사, 2013.

金德秀, 「朝鮮文士와 明使臣의 酬唱과 그 樣相」, 『한국한문학연구』 27집, 한

국한문학회, 2001.

金東俊, 「錦湖 林亨秀의 시세계」, 『한국한시작가연구』 5, 태학사, 2000.

金碩會, 『존재 위백규 문학 연구 – 18세기 향촌사족층의 삶과 문학』, 이회문화사, 1995.

김경호, 「선비의 감성 – 고봉의 '락'을 중심으로」, 『호남문화연구』 45집, 전남대 호남학연구원, 2009.

김도영, 「石亭 李定稷 書畵의 文化財的 價値 硏究」, 전남대학교 박사학위논문, 2014.

朴光根, 「石亭 李定稷의 書畵世界」, 원광대학교 석사학위논문, 2000.

박명희, 『호남한시의 전통과 정체성』, 경인문화사, 2013.

朴芝英, 「錦湖 林亨秀의 漢詩 硏究」, 건국대학교 석사학위논문, 1991.

서은숙, 「題畵詩의 연원과 발전 – 宋代 題畵詩가 흥성한 이유를 중심으로」, 『중국어문학논집』 16집, 중국어문학연구회, 2001.

손유경, 「『皇華集』을 통해 본 企齋 申光漢의 작가 의식 – 明使 張承憲의 酬唱 樣相을 中心으로」, 『한문고전연구』 23집, 한국한문고전학회, 2011.

오항녕, 「같은 인연, 다른 길 – 호당수계(湖堂修契) 제현의 배경, 현실 그리고 기억」, 『東洋漢文學硏究』 41집, 동양한문학연구, 2015.

尹用男, 「奇大升論–高峰 奇大升의 文學觀」, 『조선시대 한시 작가론』, 이회, 1996.

李敏弘, 「「武夷櫂歌」受容을 通해본 士林派文學의 一樣相 – 退溪·河西·高峯을 中心으로」, 『한국한문학연구』 6집, 한국한문학회, 1982.

_____, 「士林派의 武夷櫂歌 受容에 대하여 – 道敎的 傳說과 載道的 附會」, 『도남학보』 7·8권, 도남학회, 1985.

_____, 『朝鮮中期 詩歌의 理念과 美意識』, 성균관대학교 출판부, 1993.

李在淑, 「錦湖 林亨秀의 삶과 詩의 豪放性」, 『어문연구』 39집, 어문연구학회, 2002.

李定稷, 『石亭李定稷遺稿』(번역본), 김제문화원, 2001.

이종범, 「存齋 魏伯珪의 學問과 政論의 연원과 배경 : 傍村 魏氏家의 傳乘과 轉換을 中心으로」, 『역사문화연구』 19집, 한국외국어대학교 역사문화연구소, 2003.

이형대, 「18세기 전반의 농민현실과 「임계탄(壬癸歎)」」, 『민족문학사연구』 22집,

민족문학사학회, 2003.

林基中, 「林亨秀論」, 『조선시대 한시작가론』, 이회출판사, 1996.

임종욱, 『동양문학비평용어사전』, 범우사, 1997.

임형수 지음, 임동철·이두희 역주, 『역주 금호유고』, CBNU PRESS, 2011.

趙麒永, 「高峯詩의 '觀物'精神」, 『동양고전연구』 8집, 동양고전학회, 1997.

조민환, 「선비들의 예술세계에 관한 연구」, 『유고사상연구』 22집, 한국유교학
회, 2005.

진재교, 「이조 후기 유민에 관한 시적 형상」, 『이조 후기 한시의 사회사』, 소명
출판, 2001.

崔信浩, 「李德懋의 文學論에 있어서의 形似와 寫意 問題」, 『고전문학연구』 5집,
한국고전문학회, 1990.

최영성, 「석정 이정직의 학문과 사상, 그리고 예술 – 존고정신을 중심으로」,
『전북사학』 33호, 전북사학회, 2008.

최진원, 『한국고전시가의 형상성』, 성균관대학교 대동문화연구원, 1996.

하우봉, 「이재 황윤석의 사회사상」, 『이재 황윤석 – 영·정 시대의 호남실학』,
민음사, 1994.

河政承, 「演雅體 漢詩 研究 : 15·16세기를 중심으로」, 『退溪學과 韓國文化』 31
집, 경북대학교 퇴계연구소, 2002.

허경진, 「통신사와 접반사의 창수 양상 비교」, 『조선통신사연구』 제2호, 조선
통신사학회, 2006.

許俊九, 「林亨秀詩의 연구」, 『태동고전연구』 10집, 한림대학교 태동고전연구
소, 1993.

제2부 _ 특집 : 미암 유희춘의 한시 연구

1. 자료

『國朝寶鑑』

『論語』

『孟子』

『勉菴集』(崔益鉉)

『文心雕龍』(劉勰)

『眉巖集』(柳希春)

『涪溪記聞』(金時讓)

『書經』

『石潭日記』(李珥)

『惺所覆瓿稿』(許筠)

『詩經』

『五洲衍文長箋散稿』(李圭景)

『月汀漫筆』(尹根壽)

『佔畢齋集』(金宗直)

『朝鮮王朝實錄』

『周禮』

『朱子大全』(朱熹)

『中庸』

『芝峯類說』(李睟光)

『靑莊館全書』(李德懋)

『鶴峯逸稿』(金誠一)

『海東雜錄』

『虛白堂集』(成俔)

「논저」

고영진, 「이황학맥의 호남 전파와 유학사적 의의」, 『한국의 철학』 32집, 경북
　　대 퇴계연구소, 2003.

金恒洙, 「16세기 經書諺解의 思想史的 考察」, 『규장각』 10집, 서울대학교 규장
　　각 한국학연구원, 1987.

김동수, 『시적 발상과 창작』, 천년의 시작, 2008.

김종성, 「眉巖 柳希春의 한시 연구」, 전남대학교 교육대학원, 석사학위논문,
　　2003.

김진경, 「訥齋 朴祥 賦文學 연구 - 주제·형상화 방식을 중심으로」, 『한문고전
　　연구』 26집, 한국한문고전학회, 2013.

박명희 외, 『국역 미암집』 1, 경인문화사, 2013.

卞東波, 「조선의 『재거감흥이십수(齋居感興二十首)』의 유통과 수용 양상 연구」,

『한국문화』 54, 서울대 규장각연구원, 2011.

_____, 「高麗後期 濂洛風詩의 性格」, 『대동한문학』 15집, 대동한문학회, 2001.

서명희, 「用事의 언어문화론적 연구」, 서울대 석사학위논문, 1999.

成範重, 「한국 한시의 역사적 소재 수용양상」, 『진단학보』 77집, 진단학회, 1994.

宋宰鏞, 「미암 유희춘의 시세계-한시와 시조를 중심으로」, 『동양학』 30집, 단국대 동양학연구소, 2000.

_____, 『미암일기 연구』, 제이앤씨, 2008.

申美子, 「朱子 感興詩 硏究(1)」, 『중국어문논집』 11집, 중국어문학연구회, 1999.

沈慶昊, 「한국 한시와 역사」, 『한국한시연구』 1집, 한국한시학회, 1993.

_____, 「16세기 도학가의 세계관과 미학」, 『국문학연구』 제7호, 국어국문학회, 2002.

_____, 「朱子 『齋居感興詩』와 『武夷櫂歌』의 조선판본」, 『서지학보』 14집, 한국서지학회, 1994.

이연순, 「미암 유희춘의 유배기 문학 연구」, 『동양고전연구』 제32집, 동양고전학회, 2008.

_____, 「眉巖 柳希春의 『續蒙求』 硏究」, 『어문연구』 제38집, 한국어문교육연구회, 2010.

李潤和, 「退溪의 理學的 歷史認識」, 『退溪學』 4집, 안동대학교, 1992.

李鍾默, 「고전시가에서 用事와 點化의 미적 특질」, 『한국시가연구』 3집, 한국시가학회, 1998.

_____, 「李仁老의 漢詩作法과 詩世界」, 『한국한시작가연구』 1, 한국한시학회, 1995.

_____, 「韓國 漢詩와 哲學 - 朝鮮 中期 理學派의 觀物論과 修養論을 중심으로」, 『한국한시연구』 1, 한국한시학회, 1993.

李澤東, 「한국 영사시의 장르론적 연구 - 고려후기·조선전기 작품을 중심으로」, 서강대 박사학위논문, 1995.

鄭東和, 「道學的 詩世界의 한 局面 - 朱子의 「觀書有感」과 그 韓國的 受容에 대하여」, 『민족문화』 22집, 한국고전번역원, 1999.

鄭雲采, 「왕소군 고사 수용 한시에 나타난 충신연주지사의 심리적 특성」, 『고시가연구』 5집, 한국고시가문학회, 1998.

鄭在薰, 「眉巖 柳希春의 생애와 학문」, 『남명학연구』 3집, 경상대학교 남명학
　　연구소, 1993.
崔美汀, 「漢詩의 典據修辭에 대한 고찰 – 麗末·鮮初의 詩話를 중심으로」, 『국
　　문학연구』 47집, 국문학연구회, 1979.
崔信浩, 「初期詩話에 나타난 用事理論과 樣相」, 『고전문학연구』 1집, 한국고
　　전문학회, 1971.
황수정, 「미암 유희춘 문학 연구」, 『한국한시연구』 제14집, 한국한시학회, 2006.

3. 인터넷 자료

http://e-kyujanggak.snu.ac.kr
http://terms.naver.com/entry.nhn?cid=3423&docId=940080&mobile&cate
　　goryId=3423

제3부 _ 고문헌의 한문학적 활용

1. 자료

「전남지역의 누정조사 연구Ⅰ–Ⅶ」, 『호남문화연구』 14~20집, 호남문화연구
　　소, 1985~1991.
『(國譯)樓亭題詠』, 나주목향토문화연구회, 2002.
『樓亭題詠』 상~하, 광주직할시, 1992.
『능주향교지』, 능주향교, 2010.
『綾州邑誌』.
『石洲集』(權韠).
『新增東國輿地勝覽』.
『立齋集』(宋近洙).
『전남의 향교』, 전라남도, 1987.
『화순누정집』, 화순문화원, 1997.

2. 논저

박명희 외 3인, 『가사문화권의 고전문학지도1』, 도서출판 무진, 2000.
_____, 「요월정과 누정문학의 전개」, 『지역전통과 정체성의 문화정치』, 경인

문화사, 2004.

박연호, 「光州 風詠亭 園林의 공간특성과 그 의미」, 『인문학연구』 36집, 조선대 인문학연구소, 2008.

윤희면, 『조선시대 전남의 향교 연구』, 전남대학교출판부, 2015.

이강로 외 2인, 『문학의 산실 누정을 찾아서』, 시인사, 1987.

찾아보기

박명희

　전남 장성에서 태어났다.

　전남대학교 국어국문학과를 졸업하고, 같은 대학원에서 박사학위를 취득하였다. 단독저서에『18세기 문학비평론』(2002),『호남한시의 공간과 형상』(2006),『호남한시의 전통과 정체성』(2013) 등이 있다. 단독번역서에『노사집』1(2015)이 있고, 편역서에『박상의 생각, 한시로 읽다』(2017),『박순의 생각, 한시로 읽다』(2019) 등이 있으며, 60여 편의 논문이 있다. 전남대학교 호남학연구원 학술연구교수와 전북대학교 전라문화연구소 학술연구교수를 역임하였고, 현재 전남대와 조선대에서 강의하고 있다.

호남한시의 분석적 이해

2019년 5월 31일 초판 1쇄 펴냄

지은이 박명희
펴낸이 김흥국
펴낸곳 도서출판 보고사

책임편집 이순민
표지디자인 손정자

등록 1990년 12월 13일 제6-0429호
주소 경기도 파주시 회동길 337-15 2층
전화 031-955-9797(대표)
　　　02-922-5120~1(편집), 02-922-2246(영업)
팩스 02-922-6990
메일 kanapub3@naver.com / bogosabooks@naver.com
http://www.bogosabooks.co.kr

ISBN 979-11-5516-909-4 93810

ⓒ 박명희, 2019

정가 35,000원